T0278584

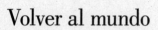

Volver al mundo

J. Á. González Sainz

Volver al mundo

Nueva edición revisada

EDITORIAL ANAGRAMA
BARCELONA

Ilustración: © Irina Bg/Shutterstock

Primera edición en «Narrativas hispánicas»: septiembre 2003
Primera edición en «Compactos»: septiembre 2023

Diseño de la colección: Julio Vivas y Estudio A

© J. Á. González Sainz, 2003, 2023

© EDITORIAL ANAGRAMA, S. A., 2003
  Pau Claris, 172
  08037 Barcelona

ISBN: 978-84-339-1825-3
Depósito legal: B. 258-2023

Printed in Spain

Liberdúplex, S. L. U., ctra. BV 2249, km 7,4 - Polígono Torrentfondo
08791 Sant Llorenç d'Hortons

A Amelia Sainz (desde un principio)
y a Lorenzo González, in memoriam

Yo me pregunto a veces si la noche
se cierra al mundo para abrirse o si algo
la abre tan de repente que nosotros
no llegamos a su alba, al alba al raso
que no desaparece porque nadie
la crea: ni la luna, ni el sol claro.

CLAUDIO RODRÍGUEZ

... y los vasos rebosantes de espuma,
brindando entre cánticos de júbilo, resonaban
por la gloria de la libertad.

FRIEDRICH HÖLDERLIN

Habla. Pero no separes el No del Sí. Y dale
a tu decir sentido: dale sombra.

PAUL CELAN

Primera parte

1

En cuanto alguien le decía que había visto su coche en la carretera, justo antes del indicador que anuncia la entrada a la población, sabía que a la mañana siguiente sin falta se lo encontraría esperándole en el mismo sitio de siempre. Podía levantarse más o menos temprano, tardar poco o mucho en arreglar a Carmen y emplear el tiempo que hiciera falta en recorrer con ella el repecho que separaba su casa de aquel cruce de caminos montaña arriba; pero de lo que no le cabía nunca la menor duda era de que, un poco más allá de los depósitos del agua, por donde empieza a poderse contemplar ya el pueblo en perspectiva si uno hace un alto y vuelve la vista atrás, iba a poder comenzar también a vislumbrar su figura escueta y todavía diminuta desde allí, casi como una mancha sólo del paisaje al principio, que poco a poco se le iría agrandando y perfilando según subía, lo mismo que se agrandaba su alegría de volverle a ver de nuevo allí, sentado bajo el viejo maguillo silvestre o bien recostado contra la cerca de piedras del otro lado del camino, pero en todo caso con la vista siempre puesta abajo en el valle, en los hilillos cambiantes y sinuosos del humo de las casas que se desentumecían del rigor de la noche, o por el contrario, pero también al mismo tiempo, en el perfil nítido, firme e irreducible de la sierra de la Carcaña que cerraba perfectamente el horizonte frente a sus ojos.

Algo encontrará en esa vista cuando la mira tanto, solía decir Anastasio, el viejo Anastasio, como él le llamaba siempre pese a no aventajarle más que en algún que otro año, cuando le comentaban que lo habían visto mirando absorto hacia allí mientras le esperaba, o se extrañaban por aquella cita a la que todos sabían que ambos estaban emplazados para el día siguiente a su llegada. Ahí lo tienes ya como un pasmarote, le decían, o ya está ahí Miguel, ya estaba ayer el coche en la carretera.

Era una cita tácita e imprecisa, una cita que en realidad nadie había concertado a las claras en ningún momento, pero con la que sin embargo ambos acababan contando siempre de la misma forma indefectible y no concertada con que se acaba por contar también con el destino. Pues hiciera frío o un calor bochornoso, y hubiese salido un día despejado o bien desabrido e incluso amenazante, jamás se le hubiera ocurrido a Anastasio la posibilidad de no acudir o de que él no fuera a estar ya allí, aguardándole como cada vez que venía en los últimos años, y observando seguramente desde hacía rato, con un detenimiento que a muchos se les antojaba impropio de una persona no sólo cultivada, sino incluso en sus cabales, la línea certera e inmutable de las montañas, las abruptas escarpaduras en que terminaba hacia el este la sierra de la Carcaña y el cielo raso o bien alterado de nubes, el valle entero abajo a la redonda y el camino de tierra batida que ascendía desde el pueblo y en el que poco a poco, una vez rebasados los depósitos de agua y a medida que iban subiendo, también él iba divisando mejor sus siluetas, menudas al principio a lo lejos y casi indistinguibles, y luego ya paulatinamente más claras, más reconocibles y familiares.

Lo primero que acertaba a distinguir era siempre el atuendo de Carmen, su chaquetón rojo tan vistoso si era invierno, o bien la última prenda que él le hubiera traído de regalo en su último viaje si se trataba de otra época del año, y luego ya enseguida la indumentaria anodina y apagada de Anastasio, casi siempre la misma, se hubiera podido decir, fuera la época del año que fuera. No como él, que siempre que venía parecía hacerlo con ropas distintas y no sólo con ropas, sino con un aspecto que siempre daba que pensar si no sería realmente de otro distinto cada vez. Había ocasiones en que venía con un bigote que le cubría por entero el labio superior, y otras también con una barba de días o bien tan larga y poblada como el bigote; unas veces con el pelo largo y más o menos echado hacia atrás –cada vez más cano, como la barba– y otras en cambio muy corto, tan corto –a veces rapado casi al cero– que en su cara parecía entonces como si no hubiese más que ojos, esos ojos grandes y cansados, diría luego Anastasio, que sin embargo se iban volviendo incomprensiblemente risueños e inocentes conforme nos veía acercarnos.

Nunca parecía el mismo, dirían en el pueblo, como si se disfrazara o quisiera parecer siempre otro a todo trance o lo fuera en realidad; mas el lobo puede perder el pelo, pero no la costumbre, decían, y alguno había siempre que se echaba luego a reír. Como cuando hablaban de su padre o de los padres de los otros, de Julio o de Ruiz de Pablo, de quienes daba la impresión de que lo sabían o lo entendían todo sin tener que decir sin embargo nunca nada.

Sabían, entendían, sabían porque lo habían visto o lo habían oído –porque alguien se lo había dicho de muy buena tinta– o simplemente porque lo sabían ya en su fuero interno como se sabe que a la primavera le sigue el verano y al invierno el deshielo y a la vida indefectiblemente la muerte, al disparo el ruido de su estampido. Ahora bien, de entre las cosas que no entendieron o no quisieron entender nunca, ni entonces ni siquiera luego, después de que todo hubiera ya terminado, estaba el por qué un hombre como él, un hombre de mundo que tenía todas las relaciones y las amistades que tenía, decían, llegó a tomarle tanto aprecio a Anastasio, al viejo Anastasio, como él solía decir, y a sentir tanto apego por un hombre del que bien se podía decir que casi no había salido nunca del pueblo o de los alrededores de aquel valle. Qué tuvo que ver en él para que se fuera estrechando cada vez más una relación que ni siquiera de pequeños había sido tan íntima y se fuera haciendo cada vez más incondicional, más imprescindible por su parte conforme pasaba el tiempo y Miguel seguía viniendo cada vez que podía, desde los lugares más diversos y en los momentos del año más impredecibles, con un apremio y una terquedad que no parecía sino que estuviesen guiados por una desazón que no se sabía cómo hacía aún alguno, comentaban, para no darse cuenta de que no podía conducir a nada bueno.

Algo habría aquí que le obsesionaba, como luego se ha visto, responderían después si alguien les preguntaba, algo, o quizás muchos algos, matizaba según quien hablase, que le impedía llevar una vida sosegada allí donde estuviera y le hacía volver una y otra vez no se sabía muy bien si para aplacar o para echar más leña al fuego de esa obsesión, o bien para ambas cosas a la vez. Algo que pertenecía al pasado, que se hundía efectivamente en el pasado, pero que a la vez era puro presente continuo, pura persistencia, puro haberse quedado enredado en el pasado como se queda un vestido enredado en una zarza o las nubes de tormenta en la cima de una montaña, como se queda a veces el rencor o persisten la duda o los celos, y no hay nada que pueda disipar o amortiguar nada de ello a no ser que se extirpe el motivo que lo provocó o el mundo en que todo ello fue posible.

Cada uno busca en la vida lo que busca, dirían, pero lo que uno encuentra al cabo es siempre su destino, y a él, con todo lo viajero y lo trotamundos que era, el suyo le esperaba aquí. Ni en Berlín, donde parece que vivía al final, ni en Sarajevo ni en los Balcanes ni en ningún otro sitio al que hubiera ido como reportero o como lo que fuera, sino sólo aquí, precisamente en el pueblo en el que nació; y aquí es adonde venía a buscarlo aunque él se pensara que venía a otras cosas.

Ganas de hacer mala sangre, dirían otros que decían cuando se daban cuenta de que había vuelto, ganas de revolver y de tentar al demonio, de darse cabezazos con lo que demasiado sabía ya que era así y no porque él quisiera podía ser de otra manera. Pero él sabrá lo que hace, agregaban, que ya tiene años y nadie le va a convencer ya de que haga o deje de hacer lo que está convencido que tiene que hacer o le pide hacer el cuerpo.

Cuando el diablo no sabe qué hacer, con el rabo caza moscas, había siempre quien rubricaba, y los demás asentían o guardaban silencio, agachaban la cabeza o la ladeaban hacia la ventana mientras esperaban en la taberna o en el bar del Hostal a que alguien viniera un día de pronto, abriera la puerta sobresaltado y les dijera que ya estaba, que ya había ocurrido por fin lo que no tenía más remedio que haber ocurrido y ellos no habían dejado nunca de vaticinar. Entonces asentirían –¡pero hombre!, dirían, ¡pero hombre!–, moverían a un lado y otro la cabeza rezongando las frases que no habían dejado de rezongar durante años, y se levantarían con lo que ni siquiera sería perplejidad, pero tampoco suficiencia, sino más bien una especie de turbado fatalismo, de temblorosa e insondable aceptación, para acudir a constatar lo que ya habían sabido desde siempre: que algunas heridas cierran y otras no, y que éstas, más que las primeras, son las que de verdad se apoderan del alma y mueven el mundo.

2

La mayor parte de ellos trabajaba o había trabajado durante toda una vida en la más completa soledad. Pasaban el día solos con el ganado en los prados, en el monte o los caminos, o bien encerrados en la cabina de un tractor o un camión el día entero, y al caer la tarde, cuando ya habían devuelto el ganado a los establos y las máquinas a los garajes, cuando ya habían terminado de ordeñar, de almacenar o limpiar por aquel día, iban apareciendo poco a poco, cabizbajos y huraños, con la intemperie y el ahínco de la jornada clavados en los ojos, por la taberna de la calle Mayor o el bar del Hostal al otro lado del pueblo. Pero ni siquiera entonces, ni siquiera bebiendo y fumando y alternando con otros, conseguían disipar o al menos mitigar por un momento su soledad, sino más bien espesarla, juntarla a otras soledades iguales a las suyas para hacerla inabarcable, ubicua y casi mineral de tan densa, inexorable como una helada o una montaña.

La soledad esculpía los rasgos de sus rostros e inoculaba la sequedad de sus frases; la soledad entumecía sus sentimientos y aceraba sus gestos, leñificaba sus formas de caminar y de estar sentados, de mirar o esconderse, y también los modos de hablar o sobre todo de callarse. Era difícil haber visto a alguien callarse con tanta soledad como ellos se callaban, soñar y desear con una soledad tan empedernida y también concebir y alentar ideas desde una soledad que tuviera tanto que ver con lo irrevo-

18

cable. Todas las grandes ideas se conciben siempre desde la más estricta soledad, recordaba haberle oído Anastasio a Miguel, las grandes ideas benefactoras y también las grandes ideas de venganza, pero hay que tener muchas ganas de creer para pensar que, desde una soledad tan incrustada, pueda concebirse alguna vez una idea del Bien que no sea en el fondo un irreprimible deseo de revancha.

Entraban –la mayor parte casi nunca saludaba– e, igual que si ocuparan su sitio en el tractor o el lugar más idóneo ante el ganado, iban directamente a sentarse en el mismo lado de la mesa o el mismo rincón de la barra en el que siempre se ponían. A veces empezaban a beber o a comer y todavía no habían hablado con nadie; empezaban a jugar a las cartas y no habían dicho todavía esta boca es mía. Sólo de repente alguien comentaba algo con una frase escueta y violenta, y entonces, con el mismo laconismo y la misma violencia, le hacían eco otras frases u otros gestos. Pero ni aun así se podía decir que hablara cada uno, sino que lo que de verdad hablaba más bien eran las palabras por ellos, los dichos o incluso el tiempo, que brotaba desde el fondo inaprensible y remoto de la colectividad que lo había atesorado en forma de palabras.

Solos y solitarios, con la vista desfondada de tanto horizonte abierto ante el parabrisas del camión o el tractor, por tanto monte y monte y tanta extensión de tierra y tanta extensión de cielo, al llegar la noche se metían en cuanto podían entre las cuatro paredes netas de la taberna o del bar del Hostal como quien se mete en una estrecha madriguera. Se hubieran enriquecido o no con el fruto estricto de su trabajo, siguieran pobres como ratas o nadaran en la más secreta y disimulada abundancia incluso para ellos mismos, seguían pidiendo siempre al tabernero –para entretener el gusanillo, decían, para matar el rato– el mismo vino fuerte y áspero de la ribera que allí habían tenido siempre y las mismas sardinas arenques y atunes escabechados que habían pedido allí mismo sus padres y los padres de sus padres. Agachaban la cabeza en cuanto se lo servían y se ponían manos a la obra con la misma arisca perseverancia y el mismo redoblado tesón con que labraban la tierra u hollaban las piedras del camino, y si alzaban un momento la vista –pero entonces, en ese brevísimo instante, resplandecía una extraña luz en la mirada– era sólo para llevarse el vaso a los labios de una cara que nunca se hubiese podido imaginar tan erguida, tan altiva entonces y suficiente. El brillo de los ojos era en ese instante el brillo de la luz de la taberna en la superficie del vino, el brillo de la satisfacción, el de la necedad tal vez o quién sabe si el de la más insondable sabiduría, aunque a lo mejor solamente el brillo de un momento puro de tiempo.

Luego ya se ha visto más claro, dirían, aunque a lo mejor al principio no tanto, pero aun antes de que sucediera, el que no lo veía era en realidad porque no lo quería ver. Era como si estuviese escrito o estampado en las cosas, y lo único que faltase fuera el cómo y el cuándo y tal vez el quién. Por eso cada vez que venía muchos pensábamos en nuestro fuero interno que si sería la última.

Cada uno lleva la vida que lleva y ya está, sentenciaban, de ahí no hay quien lo mueva, y él bien que se buscó lo que se buscó. ¡Si era como si se lo hubiera estado ganando a pulso durante toda su vida!, ¡como si no hubiera hecho otra cosa que reunir méritos! Además lo llevaba en la sangre, añadían, ¿o no es así? Porque por dinero no sería, ni desde luego por mujeres, según se ha visto luego lo que se ha visto. No hay más que la condición de cada uno, de éste y del otro y del de más allá, la condición de las personas y la condición de las palabras, de las condenadas y peliagudas palabras, que son más deslumbrantes que una mujer deslumbrante y más falsas también que una mujer falsa, más malas que una mala mujer, decían en la taberna o en el bar del Hostal junto a la cristalera, y luego se echaban a reír cada uno para sí mismo.

Ahora bien, el que tiene que saber lo suyo es Anastasio, les faltaba tiempo para decir a quien se lo preguntara; aunque ése no creo que suelte prenda así como así. Eran uña y carne en los últimos tiempos, en los últimos, porque antes se las debieron de tener también tiesas entre ellos, y no va a ir ahora y tirar de la manta a las primeras de cambio. Además nadie habrá oído nunca salir de su boca una mala palabra sobre nadie. Por eso casi nunca viene por aquí, solía rubricar siempre alguien con sarcasmo cuando se repetía esa frase, sino que sigue subiendo el hombre al monte lo mismo que cuando iba con él.

Apenas lo divisaba al subir por el camino de tierra batida, Anastasio le hacía enseguida señas con la mano y a Miguel le faltaba tiempo para responder levantando el brazo y moviéndolo de un lado para otro con el gesto campanudo y aparatoso de quien no se sabía si, como él decía, intentaba abarcar el mundo o simplemente dar señales de vida, si es que ambas cosas no tuvieran en el fondo bastante más que algo en común. A partir de ese momento, Carmen empezaba a correr disparada ya cuesta arriba hacia él como un potrillo desbocado. ¡Miguel!, gritaba, ¡ha venido Miguel!, y no había ya nada que la pudiese detener hasta que le echaba los brazos al cuello.

Le quería, siempre le quiso con delirio desde el primer día y hasta el último, que se levantó la pobre ya inquieta como si hubiese barruntado algo, diría Anastasio. ¿Que si nos conocíamos de niños?, ¿pues cómo no nos íbamos a conocer siendo esto tan pequeño? Nacimos a unas calles de distancia el uno del otro y fuimos juntos a la escuela, y aunque yo era algo mayor, fuimos un tiempo hasta de la misma cuadrilla, que aquí además no hay mucho donde elegir. Pero más tarde, cuando empezó a aparecer el otro y a cambiar y trastocarse todo como de la noche a la mañana, poco a poco fuimos distanciándonos y, para cuando quisimos darnos cuenta, ya no nos tratábamos en realidad más que lo inevitable.

Dejamos de congeniar durante mucho tiempo y ya luego ellos, con su marcha a Madrid, empezaron a hacer la vida que hacían y de la que aquí se decía de todo. A mí supongo que me veían entonces como una especie de pardillo apocado, que había tenido miedo de dar el salto y se había quedado aquí, amilanado y pueblerino, mientras ellos estaban de verdad en el mundo. Sólo al cabo del tiempo, y estoy hablando de veinte o veinticinco años, cuando él empezó a volver con regularidad

21

desde tan lejos y sin que se supiera muy bien por qué ni por qué no, las cosas comenzaron a cambiar de nuevo, y luego ya ve, íntimos, lo que se dice íntimos durante años y hasta el final. Hasta el extremo de que, si no podía venir por lo que fuese durante un tiempo, me llamaba siempre por teléfono estuviera donde estuviera, y no para nada especial, sino para preguntar cómo seguía y cómo estaba mi hija, por si era año de maguillas o les tocaba a los endrinos. ¿Han florecido ya las jaras?, me llamaba a veces desde Viena o Bruselas para preguntarme, ¿va a ser buen año de fruta?; o bien ¿ha llovido a finales del verano?, ¿hay muchos níscalos?, ¡estará ya el monte precioso este octubre!, exclamaba, y me preguntaba si amarilleaban ya los fresnos y los robles o estaban rojos los arces; ¿ha caído mucha nieve?, decía si había leído en el periódico que había nevado por aquí, ¡ya habrá empezado a helar! Yo le contaba lo que buenamente se me ocurría, cohibido siempre por el gasto que estaría haciendo al teléfono desde tan lejos por cosas tan nimias, y sin acabar de darme nunca cuenta de la importancia que todo aquello tenía para él. ¿Está nevada la Calvilla?, me preguntaba siempre si le decía que había caído una buena nevada, aludiendo a ese monte en el que termina como un ariete la sierra de allí enfrente, ¿completamente nevada? Yo se lo describía todo como podía, o más bien con palabras que eran más suyas que mías: la línea nítida y refulgente, como originaria, del blanco contra el azul intenso, los perfiles cambiantes de las nubes que a veces se le superponían –como los del lenguaje, decía él–; y acabé observando que yo no sólo hablaba muchas veces con sus palabras, sino que miraba incluso las cosas como las miraba él para contárselo todo después. Ya ve, como si no hubiera visto nunca lo que tengo aquí ante los ojos no habiendo visto jamás otra cosa, pero es como si se precisaran las palabras para ver.

Ahora miraba para contar y le contaba todo, y sobre todas las cosas las más menudas, las más normales o pasajeras: si se habían oído mucho ese año los berridos de los ciervos desde el pueblo durante la berrea o si había sido año de setas, si habían retoñado los olmos en primavera o se estaban secando ya de nuevo, y si estaban ya rojos los frutillos de los acebos o se habían adelantado las heladas. Le contaba que ya había cortado y apilado la leña para el invierno o que Carmen estaba como siempre, no sufre ni padece, le decía, o bien no parece que sufra ni padezca por nada; y él me comentaba que le había comprado un vestido en París o en Berlín, y que le había apenado por ejemplo no estar conmigo para ayudarme a amontonar la leña como había hecho otros años. Sólo algunas veces, ya hacia el final y después de mucho tiempo de haber vuelto a tratarnos con asiduidad, me preguntaba como quien no quiere la cosa si les había visto o me había tocado cruzarme con alguno de ellos.

3

Ya ve, diría después Anastasio, el viejo Anastasio, como él le llamaba, un pequeño ganadero anticipadamente jubilado, viudo y con una hija disminuida psíquica a su cargo, que había sido en los últimos años su más fiel y grato interlocutor aunque estuviera a distancia; ya ve, un hombre como él, a quien el mundo se le quedaba pequeño y estaba todo el día de aquí para allí, que se gastara el dinero y perdiera el tiempo en esas conversaciones conmigo desde tan lejos y al que esto, que está tan retirado y es tan pequeño, se le antojaba por lo visto algo así como el ombligo del mundo. Aunque eso fue sólo desde que empezó a volver: las cosas más señaladas parecía como si de repente perdieran toda su importancia, como si fueran algo secundario o consabido —instrumentales, solía decir sin que yo le entendiera a las claras—, y sin embargo lo más menudo, los hechos corrientes que a cualquiera le podían parecer de la mayor evidencia o el pan de cada día, se revestían en cambio para él de una relevancia incomprensible.

Pero todo en él era bastante incomprensible, añadiría Anastasio, Anastasio Ruiz Yarza, todo era peliagudo y chocante incluso para quien, también incomprensiblemente, más sabía aquí con toda probabilidad de su vida como yo. Pero saber, estar al corriente, no quiere decir comprender y, puestos a ser sinceros, yo no podría presumir nunca de haberle entendido ni tan siquiera a medias a lo mejor, porque eso no sería sino un pecado de presunción por mi parte y porque realmente creo no haber llegado nunca, no digo a entenderle de veras, sino siquiera tal vez a estar en condiciones de hacerlo y por lo tanto de aconsejarle o disuadirle en lo que fuese. Aunque sí es verdad que le escuchaba, y que le escuchaba con atención y lealtad, y tal vez, o por lo menos eso es lo que querría creer, esa lealtad al escucharle –y no me pregunte lo que es porque no voy a saber qué responder–, esa lealtad al escucharle y esa incondicionalidad, como él decía, hicieron de nuestra relación algo que bien pudiera pasar por una profunda y verdadera amistad. Escuchar de veras es ya la mejor forma de comprensión aunque no se llegue a entender y la mejor forma de respuesta, me decía cuando yo me quejaba de que no acababa de entender y no sabía qué decirle; no hay mejor forma de hablar que el escuchar de verdad.

Pero si he de ser franco, muchas de las cosas que me contaba o de los sentimientos que me expresaba eran para mí tan incomprensibles como si fueran de otro planeta. Todo ese barullo sentimental que se traía entre manos y ese afán por ir allí donde más peligro había y meterse siempre en la boca del lobo, que es verdad que era su profesión, pero hasta cierto punto supongo, hasta un cierto límite; todo ese no parar nunca quieto e ir y venir sin tregua a lugares del mundo que yo he ido conociendo al hilo de sus explicaciones y sus tarjetas postales, y sobre todo ese vacío, esa inquietud, esa obsesión que no le dejaba ni a sol ni a sombra más que a ratos tal vez aquí, lo más cerca posible, por otro lado, de donde todo tenía su origen. Todo eso me resultaba literalmente como algo del otro mundo, como algo sin pies ni cabeza, lo mismo que las palabras con las que se expresaba muchas veces y las vueltas y revueltas que le daba a todo. Pero a una y otra cosa, ya ve, fui acabando poco a poco por acostumbrarme, e incluso ahora creo que me expreso a veces con esas mismas palabras que antes no entendía y tampoco estoy tan seguro de entender todavía. Además también me fui dando cuenta de que, si me hacía partícipe de todo, a lo mejor no era tanto para que lo entendiese, sino precisamente porque muchas cosas me tenían que ser por fuerza incomprensibles, y entonces yo manifestaba un asombro o un recelo moral que es lo que a lo mejor él iba buscando y que, en el fondo, no eran muy distintos de los que él manifestaba en lo tocante a mi vida. Buscaba mi estupor, mi estupor inocente y como inaugural a mis años, como él decía medio burlándose, igual que quien busca algo que ha perdido y sabe, aunque sin querer acabar de darse por vencido, que no lo ha de volver a encontrar.

Yo no he salido casi nunca de estos valles, le diría Anastasio probablemente antes que nada a Bertha, a Bertha Hillman, que vendría de Viena a propósito después de lo ocurrido, y ocasiones es verdad que no me han faltado; pero de esto hice mi mundo en su día y fuera de aquí sería como si me encontrara en ninguna parte. Todo lo contrario de él, que en todas partes —y por lo tanto en ninguna, le decía yo— había encontrado su mundo.

Bertha Hillman, Bertha Hillman Quintanilla, como se hubiera llamado de haber nacido en España, de quien Anastasio tenía un amplio conocimiento aunque nunca hasta entonces se hubieran llegado a ver en persona, le había anunciado enseguida su visita con un telegrama. Sí, iré para el entierro y me gustaría poder hablar con usted, decía. Al llegar no estaba en casa, y entonces ella preguntó por los depósitos del agua y empezó a subir por allí monte arriba. Poco antes de la bifurcación del camino, del viejo maguillo silvestre y la cerca de piedras donde tantas veces había esperado Miguel contemplando abajo el valle, vio a un hombre de chaqueta oscura de paño que bajaba con paso cansino junto a una muchacha de chaquetón colorado. El hombre no pareció inmutarse al verla desde lejos; no aligeró el paso, ni lo aminoró, ni llamó a la muchacha que se había rezagado haciendo garabatos con un palo en la tierra del camino, pero al acercarse ambos un poco más, enseguida ella se dio cuenta de que la había reconocido. Tengo hasta alguna foto suya por casa, le dijo luego, y la abierta efusión de su saludo le dio a entender de inmediato que su viaje no había sido en vano.

No había interrumpido su paseo de las mañanas con Carmen más que dos días tras el suceso, pero lo que nunca hubiera podido imaginar era que algún día concluiría aquel último trecho del camino en compañía no de Miguel, sino de aquella mujer cuyo poso de extrañeza aun en la sonrisa más hermosa y provocadora siempre le había llamado la atención en las fotografías que Miguel le había enviado. En algunas estaba junto a él y en otras sola en su casa de Viena, un lugar amplio y acogedor lleno de plantas y libros, o bien en un bosque de árboles altos y muy oscuros. Pero era la última, la que estaba sacada en un aeropuerto, la que mejor revelaba esa extrañeza. Una mirada perdida, muy hermosa, que se esforzaba por sonreír sin objeto y sólo conseguía ser procaz y a la vez irremediablemente triste. Ésta es Bertha, le decía en el reverso de la primera que le envió, y ésa es su casa, y nunca he sido tan feliz. Pero luego había tachado con cuidado la última parte de la frase y había escrito: «y hacía tiempo que no estaba tan bien». Eso es lo que recordó nada más estrecharle la mano.

Carmen se acercó curiosa –no dejó de hacer garabatos con el palo en la tierra– y Anastasio se la presentó. Ésta es la novia de Miguel, le dijo –así que ésta es la famosa Carmen, dijo al mismo tiempo Bertha–, y entonces la muchacha se enfurruñó de pronto y apretó a correr hacia el pueblo. Bajaron aprisa tras ella y al llegar a las primeras casas, justo frente a la del ciego Julián, le dio cita para más tarde en el Hostal. Ya verá lo bien que se come allí, le dijo al marcharse pidiéndole que le disculpara.

Cuando bajó de su habitación, Anastasio ya la estaba esperando junto a la barra del bar. La saludó con la misma efusión de antes –se le acaloraba y ensanchaba la cara– y sin perder un momento la llevó hacia el comedor contiguo. El bullicio bronco y retumbante de las conversaciones del mediodía, que se había apagado como por ensalmo al entrar ella igual que si no se pudiera hablar y mirar al mismo tiempo, se reavivó a sus espaldas con la inmediatez de las apreciaciones y la espontaneidad de las burlas. ¡Habrase visto cosa igual!, se oyó, ¡cómo está la niña!, ¡mucho me parece eso a mí para Anastasio!, y luego se detuvieron en particularidades más concretas.

En su mayor parte se trataba de trabajadores de la construcción de las dos o tres obras que había en aquellos momentos en El Valle, empleados forestales o viajantes de comercio que habían terminado de comer y se habían detenido aún en la barra, o bien de cazadores que habían subido temprano al monte y se daban luego cita en el Hostal. Ya dentro del comedor, una vez dejado atrás el biombo de madera que lo separaba del bar y que estaba atestado de los carteles de las fiestas del verano ya concluido en los pueblos de los alrededores, de avisos a los cazadores, listas de lotería y anuncios de compraventa, Anastasio le indicó directamente un sitio junto a la cristalera. Era la mesa a la que siempre se sentaba Miguel y a la que invariablemente, con la más discreta insistencia, le invitaba cada vez a cenar en su compañía, aunque supiese a ciencia cierta que él declinaría sin falta la invitación, alegando siempre que tenía que dar de cenar a Carmen y acostarla; ya iría luego a tomar algo si se quedaba pronto dormida. Pero casi nunca se dormía pronto; necesitaba de su presencia y del tono de su voz para dormirse, así como de la televisión o de una luz continuamente encendida que Anastasio dejaba siempre para que no se pusiera a chillar por la noche si se desvelaba. Era como si le asistiera un sexto sentido para detectar la ausencia y reaccionar frente a ella, y aquella lamparilla encendida, la única luz que podía verse muchas veces en el pueblo durante la noche en el interior de una casa, emanaba una especie de alegato de ese sexto sentido siempre alerta. Ya fuera noche clara de luna u oscura y desapacible como boca de lobo, y no se moviese una hoja en la fronda del bosque o no cesara un momento de rugir el viento bronco e inclemente de Cebollera, aquella lamparilla permanecía siempre encendida. La luz de la loca, decían los chiquillos del pueblo y muchas veces también los mayores, cuando se asomaban a la ventana y veían su resplandor desde lejos a cualquier hora.

Cenaba y desayunaba siempre en esta misma mesa, siempre en la misma, le dijo Anastasio, y debía de ser lo único, junto con esperarme, que debía de hacer siempre igual y en el mismo sitio. Pero era porque desde aquí es de donde mejor se ve esa sierra de ahí enfrente y desde donde incluso, si están los árboles sin hoja, se llega a ver hasta la Calvilla, esa especie de espigón pelado en que termina de pronto la sierra que a él no sé si decirle que le fascinaba o más bien que le obsesionaba. Además desde aquí se ve también el televisor, que está todo el santo día encendido como si fuera la luz que yo le dejo siempre a Carmen por las noches.

La luz de los locos, saltó Bertha, y ambos rieron al unísono. Cuando Bertha se reía, si no dominaba enseguida su risa, las comisuras de sus labios carnosos y abultadamente dibujados se le ensanchaban de un modo excesivo que bien podía resultar procaz. Por eso había adquirido el hábito de domar casi en su nacimiento la sonrisa, produciendo así un gesto como de contención y melancolía si lo lograba que sin embargo, incluso cuando se superponía al fondo de tristeza de sus ojos, redoblaba aún más su poder de sugestión.

Al entrar al comedor, Miguel solía mirar siempre a la pantalla, le dijo; estaba un rato atento de pie frente a ella y luego torcía de pronto ostentosamente el gesto y se iba a sentar como aburrido o irritado. Pero si le preguntaban si le molestaba, si quería que la apagaran, él sin embargo contestaba invariablemente que no, que no era eso. Oía las noticias como quien está acostumbrado a hacer otra cosa mientras las escucha, pero a la vez no puede pasarse sin escucharlas en realidad a todas horas, como quien parece que no está atento y sin embargo no sólo no pierde ripio, sino que es capaz de decir luego qué y cuándo y cómo lo han dicho y en qué exageraban o se equivocaban o bien en qué mentían, sobre todo en qué mentían. Igual que los intermedios publicitarios o los diálogos altisonantes de los telefilms, que él seguía a veces, por insoportables que fueran, como si algo hubiese en ellos de la mayor incumbencia. Atendía al tono, a los gestos, a las interpretaciones más o menos afectadas o huecas y a los efectos especiales. Todo son ya efectos especiales en la vida, le había dicho una vez, sobreactuación, escenografía y efectos especiales, mientras la mirada se apartaba de las imágenes cambiantes y rapidísimas de la pantalla y se le quedaba prendida de pronto en la sierra, en las líneas nítidas e impecables de las montañas al anochecer o, al poco ya, en la impenetrable oscuridad de la noche.

Pensaba entonces a veces en los caminos que tan bien conocía, en las sendas que sin embargo, le decía, seguirían surcando el bosque igual que a la luz del día. Ahora está todo negro, le vino a decir un día, todo oscuro, y no obstante los caminos y las encrucijadas están en el mismo sitio de siempre, y en el mismo sitio están los barrancos y las ensecadas de piedras de los antiguos glaciares y están los precipicios y los grandes robles y hayas que tan bien conocemos. Pero se ha ido la luz, se ha apagado algo; ha oscurecido y ya no sabemos orientarnos o lo hacemos sólo dando palos de ciego como si todo fuera una infinita superficie de asechanzas. En realidad es como si estuviésemos siempre a oscuras en un bosque, tratando siempre de recordar cómo eran las cosas cuando había luz y, sobre todo, tratando de no dejarnos vencer por el miedo, ¿no es así?, por el miedo y el despecho. Un día tenemos que subir al monte por la noche, le decía.

Anastasio tenía la cara redonda, plácida, y los ojos como enrojecidos o húmedos siempre detrás de las gafas, y cuando levantaba la vista hacia el viejo ciruelo de la entrada, que ahora estaba ya perdiendo las hojas, y detenía un momento la conversación con Bertha, era como si oyera el viento rugir entre sus ramas a pesar del murmullo del comedor que la mala acústica del local amplificaba. Pero me digo, reanudó la conversación, que si no he salido nunca de aquí —ahora además aquí ya hay de todo y no es como antes—, supongo que será porque no he sentido nunca una verdadera necesidad o quizás suficiente curiosidad por otras cosas, o tal vez, y entonces miró hacia los arbolillos plantados hacía pocos años que flanqueaban el Hostal por el este y ahora el viento batía tras la cristalera, porque el cuidado de mi hija ahora —mi locura, como él decía—, y el de los prados y el ganado antes, no me lo han permitido nunca en realidad. Lo contrario, y a la vez lo mismo, que él, añadió, que por muchas veces que volviera aquí los últimos tiempos y mucho empeño que pusiera, no conseguía volver nunca de veras quizás hasta la última vez. Como si la vuelta estuviera o le estuviera ya a él en el fondo vedada; o bien como si la luz con la que él también velaba para que no se despertara «su locura», y empezara a chillar y disparatar, fuera la que no pudiese acabar de encender o mantener encendida, pero de eso tiene usted que saber más que yo.

Cada uno tiene que vérselas con su propia locura y cuidar de ella como haces tú con Carmen cada día, me escribió en una de las muchas cartas que me enviaba y que yo casi acababa por aprenderme de memoria, de tantas veces como las leía; cada uno tiene que convivir con ella día tras día, que arreglarla y arreglarse para salir con ella, peinarla y lavarla y adecentarla si no quiere que dé mucho al ojo, y también alimentarla para que no desfallezca, porque con el tiempo uno se da cuenta de que no sólo se ha acostumbrado tanto a vivir a su lado que no puede pasarse sin ella, sino que en el fondo es una parte tan constitutiva y necesaria de nosotros mismos que no somos nada ni tenemos sentido sin ella. Cada uno tiene que apaciguarla cuando se alborota y cuando rompe a chillar con alaridos amenazando con dar con todo al traste, pero también que despabilarla y alentarla si lleva mucho rato amodorrada, porque si no nuestra vida carece de algo tal vez fundamental, de una dimensión ambigua y resbaladiza donde quizás la alegría y el vigor y la necedad se den la mano incorregiblemente por igual. Vivir es encontrar un equilibrio con ella, decía, un ten con ten o un tira y afloja continuo con ella, un código de actuación secreto cuyas cláusulas sólo conoce cada uno y a cuyo conocimiento sólo se acaba llegando tal vez con el tiempo y con toda la prudencia y el tesón del mundo si es que no se acaba antes aplastado por ella.

Es muy posible que sin Carmen ya no supieras vivir en realidad, me decía, sin estar pendiente todo el rato de ella y, es más, sin ser su esclavo, sin tener que atenderla en todos los sentidos y sacarla a pasear o esperar cada día a que se duerma y a que despierte, igual que hay muchos que no son capaces de vivir sin el objeto de su odio o de su reconcomio. Porque cuando caminamos en silencio entre los robles del monte o nos detenemos a contemplar un paraje o el viento entre las hojas, me escribía, no te quepa ninguna duda de que en ese silencio y en ese viento, en ese paraje, resuena la locura que cada uno lleva consigo, la que cuida y vigila y atempera como si fuese su bien más preciado y a la vez su carga más aborrecible. Ambas, la tuya y la mía, tienen su dulzura y su belleza inquietante, y yo te ayudo con tu hija, le sacudo el vestido y la consuelo a veces cuando se cae en nuestras caminatas o le llevo regalos siempre que puedo, lo mismo que haces tú con la mía tal vez sin saberlo ni proponértelo siquiera.

Desde que recibí esa carta –lo recuerdo bien, le dijo Anastasio–, empecé a ver en cada una de las cosas que él hacía y en cada observación que realizaba como si otra Carmen caminara a trompicones también con nosotros, deteniéndose como ella ante los detalles más impensados y prorrumpiendo en las frases más incongruentes y los gritos más chocantes y enigmáticos que sin embargo eran inaudibles para mí, y como si ambas, algunos ratos, jugaran juntas con sus vestidos de colores chillones demasiado hermosos para ellas y se hablaran y entendieran a su modo aun quizás sin comprenderse.

Sabía pues que, al igual que yo, aquel hombre cuidaba desde hacía tiempo su insania con el mismo esmero y la misma obcecación y necesidad con que yo cuidaba al fruto de mi vida, y que al igual que yo algunas veces acudía a la taberna o al bar del Hostal a distraerme con las voces y el alboroto de la televisión siempre encendida, a aturdirme con la velocidad y variedad de las imágenes siempre cambiantes que allí se suceden continuamente y que nos dejan la sensación de haber estado en todas partes y haber oído todas las cosas sin haber estado en ningún sitio ni haber escuchado nada en realidad, él también –pero quizás al contrario– venía aquí siempre que sus ocupaciones se lo permitían y se demoraba ratos enteros ante un mismo árbol, ante una misma ventana o sobre todo ante el perfil siempre estable, firme e ineludible de una montaña como si allí se pudiera cifrar o esconder algo, como si se pudiera encontrar en aquella quietud algo que él había perdido o con lo que le fuera dado encajar o recomponer alguna cosa que a él se le había desencajado o descompuesto tiempo atrás, aquí y luego en todas esas ciudades en las que había vivido esa vida que a todos, y a mí mismo, nos iba pareciendo cada vez más apasionante a medida que nos llegaban noticias acerca de él y de sus correrías por el mundo.

Sí, no hace falta que me lo diga, ya sé que he acabado por hablar un poco como él, con muchas de sus palabras o su modo de decir las cosas y hasta con alguno que otro de sus gestos, le dijo a Bertha al notar que sonreía cuando le escuchaba, que se le ensanchaba la cara en una sonrisa amplia de reconocimiento que enseguida dominaba con un fondo de tristeza. Tiene gracia, tomar prestados modos y palabras de otro a mi edad, pero han sido tantas las horas de caminar juntos, de conversar, y sobre todo tantas las horas de escucharle, que no tiene nada de particular que algo se me haya terminado pegando. Todo se acaba pegando menos la belleza, le dijo sonriendo y bajando enseguida los ojos. Por eso tal vez, continuó después de haber comprobado que ella también había esbozado una sonrisa, porque llegué a escucharle como probablemente nadie que no fuera usted llegó quizás nunca a hacerlo –tú escuchas así porque te has pasado la vida escuchando a este viento cuando sopla entre las matas del suelo y las ramas de los árboles, me decía–, por eso supe desde el primer momento, desde que me dijeron lo primero que le saltó a la vista y se le quedó grabado al llegar aquel día, nada más dejar el coche junto a la carretera antes del indicador que anuncia el nombre de la población, como hacía siempre, que la próxima cita, la del día siguiente como se había hecho habitual, seguramente ya no sería conmigo. Sería tan tácita y tal vez no concordada como la nuestra y quizás mucho más insoslayable, aunque no bajo el maguillo silvestre o la cerca de piedras del otro lado del camino, como teníamos nosotros por costumbre, sino más arriba, pasado ya el desvío y, por lo tanto, después de haber optado ya por uno de los dos caminos en que se bifurca la subida a la montaña.

4

El destino es paciente y sabe que juega con ventaja, que por muchas vueltas y revueltas que se den para despistarlo, por muchos regates que se le hagan y trampas y triquiñuelas que se utilicen y por bien que nos vengan dadas repetidamente las cartas, a la larga él siempre lleva indefectiblemente las de ganar. Por eso se puede permitir no inmutarse ante una baza en su contra o un engaño o un quite, y aun por tandas y más tandas de malas manos o jugadas adversas, pues al final, con la mayor tranquilidad y como si ni siquiera hubiese estado jugando y acechando, acaba siempre por salirse irrevocablemente con la suya.

A él le basta con tener paciencia y nosotros estamos obligados a ganarle la partida cada vez, a ganar cada baza y cada mano con trampas o en buena lid, pero a ganarle siempre a toda costa, a intentar ladearlo y darle esquinazo de continuo, porque si un día dejamos de conseguirlo, un solo día y en una sola mano, ese día no sólo habremos perdido una partida o invertido una buena racha, sino que habremos sido vencidos definitivamente. A partir de ahí ya sólo jugaremos al dictado, moveremos carta al ritmo de sus órdenes y nos abstendremos cuando él haga ademán de abstenernos, apostaremos a lo que nos indique que hemos de apostar y nos retiraremos a la señal de retirarnos; y a someternos por entero a su albur, a ir a remolque y estar pendiente de sus señales, llamaremos jugar de común acuerdo y, si nos apuran, carácter.

Frente a ello no valen protestas ni declaraciones de candidez –si lo hubiera sabido, dicen algunos, quién me lo iba a mí a decir– ni tampoco excusas de mal jugador, pues demasiado se sabe ya desde el principio que, cuando tal vez menos nos lo esperemos y más creamos haber construido nuestra personalidad contra él, nos lo hemos de encontrar un día, a la vuelta de cualquier esquina o del recodo menos pensado, mostrando en abanico sobre la mesa sus cartas con un descaro y una flema conocidos, recreándose en su juego con la desfachatez y el recochineo en la sonrisa del que desde siempre ha sabido que llevaba la mejor parte y en todo momento contaba con que tenía las de ganar.

Sí, leído ahora, le dijo Anastasio recogiendo el papel que Bertha le devolvía, parece efectivamente algo así como un testamento. Es la última carta que recibí de él pocos días antes de ese último viaje en el que ya no llegamos a vernos, dijo, y como se puede figurar, la he leído muchas veces y la he puesto en relación con muchas cosas.

No les habían traído todavía la comida y Anastasio, que pensaba haberse anticipado mostrándole la carta –cada cosa a su tiempo, se decía, cada cosa a su tiempo–, se sintió de repente raro ante la presencia allí de Bertha, poco a sus anchas. Le cohibía su belleza, era verdad, pero por otra parte era como si se sintiese acogido por ella, como si nada en su hermosura, y ni siquiera en su actitud, dejara de contribuir en ningún momento a crear un verdadero ambiente de confianza. Cuando miraba a mi mujer, que en paz descanse –le diría luego escogiendo mucho las palabras–, aunque no voy a decir que fuera tan hermosa como usted, pero sí que era muy hermosa, o al menos a mí siempre me lo pareció, igual que cuando miro todavía las montañas o los árboles aunque sólo sea desde mi ventana, yo nunca pensaba que me tenía que morir. Como si las dos cosas, la percepción del rostro o del árbol que a mí me parecen bellos y la muerte, fueran de algún modo incompatibles. Hermoso es para mí lo que me aparta de la muerte, aquello cuya contemplación o compañía más me aparta de la idea de la muerte. Aunque luego se pone uno a pensar y ve que justamente es a lo mejor lo que más se muere, lo que más rápidamente se marchita, como una cara o la fronda de un árbol, y que la belleza del rostro tal vez no esté tanto en el rostro, como me decía Miguel, como en nuestra relación con él, en nuestra atención. No sé si estaré diciendo tonterías, le dijo de pronto Anastasio cortándose en seco y como disculpándose; usted dispensará a este pobre pueblerino metido en honduras. El viento azotaba los arbolillos plantados hacía pocos años frente a ese lado del Hostal –se turnaban las nubes y los claros sobre la sierra– y Anastasio, con toda su parsimonia y el cuidado de plegar el papel por sus dobleces originales –¡qué va a estar usted diciendo tonterías!, le había dicho Bertha–, guardó la carta en el sobre del que la había sacado y la introdujo lentamente en el bolsillo interno de la chaqueta.

Ya está –me ha dicho Julio, Julio Gómez Ayerra, su amigo de toda la vida, que le dijo aquella noche–, me ha pillado, el tiempo me ha pillado y ahora ya no hay más remedio. Vendría ya con la intención que se quiera, dijo, que eso yo no lo voy a negar a estas alturas, pero lo que le saltó a la vista al llegar el último día, nada más dejar su coche en la carretera como hacía siempre y empezar a bordear las tapias del cementerio camino del Hostal, no me cabe duda de que debió de antojársele como una señal definitiva. Tan racionales y tan materialistas como eran o presumían ser, y ya ve, tan supersticiosos en el fondo. Y hay que estar muy solos, le decía yo siempre –y se reía–, para mirar las cosas con los ojos de la superstición. Monigotes y espantajos, decía siempre mi padre de todo aquel que levantara algo de fascinación a su alrededor, ya fuera político o artista o lo que fuera. Se ríen todo lo que quieren de las cosas de la religión, y luego acaban fabricando idolillos; no saben hacer otra cosa, decía, y a lo mejor no le faltaba razón. Este mundo de ahora, repetía, no produce más que soledad, soledad y fascinaciones, que es más o menos lo mismo, pero ellos se echaban a reír con condescendencia, sobre todo al principio.

¿Que qué es lo que vio? Pues ahora mismo se lo voy a decir. Él nunca había podido soportar la vista de los caballos blancos, como supongo que sabrá; eran de malos augurios, decía. Con todo lo que le gustaban esos animales y todo lo buen jinete que era, tanto él como todos ellos, que eso sí que tenían, que les gustaban mucho los caballos, nunca había podido vencer el repeluzno que le producía la sola vista de un caballo blanco. Ni él ni su padre, de quien desde luego heredó esa superstición –ésa y otras mil como ésa, dice su madre, que a poco que puede los hace iguales en todo–, pero a lo que vamos. Nada más llegar y ver al caballo blanco del padre de Ruiz de Pablo restregarse contra las tapias del cementerio –se restregaba y movía la cola, le dijo a Julio, se restregaba y movía la cola y de repente se quedó parado mirándome–, todo lo que llevaría pensando y aquilatando durante tanto tiempo debió de precipitársele como un borbotón. Julio sostiene que venía ya con una decisión más que tomada esta vez, fuera al principio la que fuera, pero a continuación cuenta cómo le dijo que el caballo blanco ladeó de pronto la cabeza para mirarle y, tras un rato tan completamente inmóvil y clavado como su mirada, rompió a correr bordeando una y otra vez el contorno del prado pegado a las cercas y pasando y traspasando al trote varias veces ante sus ojos. Entonces Miguel volvió sobre sus pasos, desanduvo el camino que le llevaba al Hostal y, todavía con la bolsa de viaje en la mano, se dirigió directamente a casa de Julio, de su amigo Julio Gómez Ayerra, para no llegar ya nunca ese viaje ni ningún otro al Hostal.

¿Cómo se lo diría yo?, Miguel se fue aborreciendo esta inmovilidad, y volvió aborreciendo también todo lo que antes le había llevado a aborrecerla; se fue buscando, ansiando romper con el fatalismo y la conformidad de estos lugares, y volvió también buscando, aunque lo que buscara luego no fuera tal vez más que fatalismo y conformidad por mucho que él creyera otra cosa. ¿Que no diga eso? Habría que ver qué es lo que venía a hacer en sus incansables paseos, en sus llamadas a algunas puertas y sus interminables ratos muertos bajo los árboles contemplando durante horas el soplo de la sierra en sus ramas o la línea de las montañas. Habría que ver si no era en realidad eso lo que buscaba también: su caballo blanco, el caballo blanco que, al igual que su padre, había estado sorteando toda su vida, ladeándose y atajando o rodeando siempre a tiempo para procurar que no se cruzara en su camino, sin saber que eso era en realidad lo que más deseaban y lo que con más ahínco andaban buscando. Eso es, soportar la mirada que un caballo blanco nos tiene siempre reservada a cada uno y reconciliarse de alguna forma con ella, ya que no –como él decía– con las palabras que la nombran y hacen el mundo.

Cuando él volvía, y por paradójico que pueda parecer –como acostumbraba a decir–, volvía o intentaba volver en realidad al mundo. Volver al mundo, decía, reconciliarse con el mundo, intentar reconciliarse con ellos y también con la tierra y el tiempo y con los dioses de todo ello si los hubiera, decía, si bien yo diría que con Dios, pero dejemos eso aparte. Y sobre todo, y eso creo que era realmente el plato fuerte de veras, reconciliarse con lo incomprensible, con lo impepinable, como él decía, con las hojas de los robles suspendidas en una quietud inabarcable –como me escribió una vez–, que de pronto empiezan a mecerse y expresan lo incomprensible en su sonido lo mismo que lo expresan cuando reanudan luego su silencio.

Pero ya ve, venía a buscar reconciliación, equilibrio, y sin embargo cada vez parecía estar más lejos de lograrlo, añadió Anastasio, el viejo Anastasio, como si con lo único con lo que él pudiese reconciliarse fuese sólo con su incapacidad de hacerlo. Ésa debió de ser la mirada del caballo blanco.

Muchas veces, cuando Anastasio decía «él» o le hablaba de «él» a Bertha o a Julio mucho antes, cuando venía a verle, en realidad le hubiera gustado decir «vosotros» o más bien «todos vosotros», «él» y «usted» y «vosotros» y todos los que vivís más allá de estas montañas y en este o aquel país donde todos los países son en el fondo iguales y es igual buena parte de casi todas las personas, donde casi todo está cortado por el mismo patrón de la ausencia y medido con el mismo rasero de la fascinación; pero decía «él», y hablaba de «él» y de la manera en que sucedieron las cosas que tenían que suceder y a lo mejor no podían por menos de haberlo hecho, como si sólo a él le hubiera estado acechando aquel caballo blanco desde siempre, persiguiéndole sin dejarle ni a sol ni a sombra con su jadeo a la espalda y su hocico cálido y húmedo pegado al cogote, y no al mundo en realidad ni a ningún otro.

Con que así era, le dijo a Bertha comiendo ya en el Hostal el primer día después de su llegada; cuando yo distinguía por la mañana sus ojos plácidos y risueños bajo el maguillo silvestre o bien al otro lado del camino, junto a la cerca de piedras, justo antes de llegar al desvío, sabía que él venía ya de haberle dado esquinazo una vez más a su destino, de haberle burlado o habérsele escabullido un día más. Y entonces empezábamos a caminar monte arriba a veces por el camino de las balsas, ese camino junto al que todo acabó ocurriendo y que si está tan empeñada recorreremos otro día, y el resto, en el fondo casi siempre, por el que sube hacia la majada del Guardatillo. Ambos, en realidad pistas transitables hasta bastante arriba, salen del desvío que está poco más allá de donde usted y yo nos hemos encontrado esta mañana, y los dos se adentran por la sierra de Tabanera y atraviesan la linde con la otra provincia, uno por el puerto de la Peñuela y el otro, el que solíamos coger más a menudo y pasa primero por la fuente de la Beatilla y después por la del Haya, donde el agua parece que mana del mismo tronco del árbol, por el puerto algo más alto y escarpado del Guardatillo.

¿Que cuánto habrá hasta arriba? Pues en tiempo no sabría decirle, depende, pero si se empeña subiremos uno de estos días y la llevaré hasta arriba del todo, como hice con los guardias cuando me lo pidieron. No había vuelto a subir tanta gente desde hacía años, desde la época en que las últimas ovejas trashumantes aún pasaban por allí los veranos antes de bajar hacia el sur, o bien desde cuando, en los años cincuenta, acribillaron a tiros a una partida de guerrilleros por esos montes. Ya ve, parece que algunos sólo suben por allí a ver o a bajar muertos. Ya había ocurrido antes, durante las guerras napoleónicas, y luego en la primera carlistada; siempre hay quien se viene a esconder por esas breñas como si esto fuera el último lugar del mundo.

Cuando Anastasio hablaba con Bertha, lo mismo que cuando lo hacía con Inge o Claudia o con el resto de las personas que fueron desfilando por el pueblo desde el primer día después del suceso, lo solía hacer siempre con agrado a pesar de todo, como si en aquellas conversaciones que le requerían pudiera prolongar todavía de alguna forma el trato con él y, al volver a hacerse eco de sus palabras, aunque no fuese ahora más que salidas de su propia boca, pudiese en realidad volver a escucharle.

A veces me dan ganas de decir, le dijo a Bertha durante la comida, que él lo que quería conciliar era lo inconciliable, lo que no es que no tenga remedio a lo mejor, sino que es así ya de por sí sin remedio, no sé si me estaré haciendo un lío. Pero él miraba la ligereza sinuosa y voluble del humo salir de las chimeneas de las casas desde el monte, y miraba el perfil estable, majestuoso y eterno de la mole de la Calvilla; se miraba a sí, contemplaba los episodios volubles y sinuosos de su vida, y me miraba también a mí a su lado con aquellos ojos que me traspasaban, pero que a su vez también tenían algo de súplica.

Yo era una forma estable para él como el perfil de una montaña o el tronco corpulento de uno de los grandes robles que él admiraba tanto; mi vida era tan inequívoca como la Calvilla y casi tan mineral como ella, constante, fija, monolítica, sin ambigüedad ni doblez ni dudas. Y él era la incertidumbre, el deseo y el cambio, los caballos que tanto le gustaban si no eran blancos y el ansia de esto y lo otro y de lo contrario de esto y lo otro. Yo creo, pero no me haga usted mucho caso porque a mí estas palabras me vienen un poco grandes, que él se pasó toda la vida a lomos del mismo caballo del deseo, deseando y queriendo seguir deseando siempre para tapar o llenar o recoser lo que fuera; y que ni siquiera al final se puede decir que dejara en realidad de hacerlo, aunque lo que deseara fuera ya sólo dejar de desear. Tú eres como esa montaña, Anastasio, me decía; llueve, diluvia, se cubre de nieve durante meses y luego se reseca al sol, y nada la inmuta, a todo se hace y se aclimata y encima todavía es capaz de exhalar esos perfumes y prorrumpir en esos colores tan extraordinarios como lo más natural del mundo. No se rebela, no ansía, no se corroe ni avaricia —nada la hechiza—; las alimañas salvajes la surcan y tienen en ella sus guaridas y sus pasadizos lo mismo que los corzos, y ella presta a todo su forma inmutable: todo lo abarca, todo lo acoge y nada le inquieta. Así eres tú, Anastasio, no como yo, me decía, que cada mañana tengo que inventarme el deseo de vivir y tengo que alimentarlo y alentarlo como haces tú con tu hija.

Por eso, en cuanto distinguía su silueta bajo el maguillo y luego descubría poco a poco sus ojos, sabía que aquella placidez, e incluso aquella inocencia con que nos recibía, eran el resultado de una nueva batalla librada la noche anterior en el pueblo, en algunas puertas y algunas casas del pueblo, y por la mañana también por el camino que, más allá del desvío, lleva a las balsas y al viejo roble de su orilla por una senda que nosotros pocas veces tomábamos después.

Pero aquella mañana, le dijo a Bertha y repitió a Claudia y a Inge y a los guardias civiles todas las veces que le inquirieron, aquella mañana yo sabía a ciencia cierta, sin que pudiera decir ni ahora ni entonces por qué ni por qué no, que él no iba a esperarme donde siempre y que la senda que tendría que tomar sería la otra, no la que va a la derecha hacia la fuente de la Beatilla primero y luego hasta la del Haya, donde el agua parece manar cristalina del mismo tronco del árbol, sino la que lleva a las balsas y al viejo roble de la orilla. Lo mismo que también sabía que, por mucho que yo me levantara temprano y arreglase a Carmen sin pérdida de tiempo y la anduviera atosigando para que caminase deprisa y no se entretuviese como solía hacer a cada paso, no lograría llegar nunca a tiempo porque no era de eso ya de lo que se trataba.

5

Aquella mañana después de su última llegada, todos habían podido oír retumbar en el pueblo, a primeras horas de la madrugada, varias detonaciones casi en cadena. El día había amanecido terso y despejado, sin una sola nube que enmarañara en lo más mínimo la plácida intensidad del cielo, y era difícil creer que, bajo aquella estricta nitidez con que la luz disponía las cosas para el día, los hechos que en verdad sucedieron, y que hubieron de tener en vilo a El Valle entero durante tanto tiempo, pudieran presentarse de formas tan equívocas, tan confusas y arduas de encajar como si, en lugar de haber sido único e indiviso cada hecho, hubiesen sido muchos o por lo menos varios a un tiempo todos ellos.

Salvo a contadas personas, que habían sabido percibir con claridad, entre los ecos de las descargas de siempre, los ecos imbricados de otros disparos, entreverados o como en un extraño contrapunto, a nadie le habían llamado especialmente la atención en el momento los estampidos de aquellas madrugadoras detonaciones. Ya está otra vez El Biércoles, se habían dicho algunos con el tranquilo sobresalto de quien sabe que, si es verdad que aquellos disparos no podían por menos de provocar algún susto a pesar de la costumbre, también era cierto que tenían la rara peculiaridad de absorber y acotar toda la esfera del miedo, de vincularla a ellos y reducirla así desde hacía tiempo a un temor conocido.

El Biércoles o algún cazador furtivo que quiere levantar ya la veda con antelación, dijo luego la mayoría que había pensado. Según desde donde se tira, el sonido de los disparos resuena amplificado en todo el valle a la redonda y su estruendo es raro que, en época de veda y por acostumbrados que estén, no produzca en los más asustadizos alguna inquietud que siempre recuerda a otros tiempos. Había quien, como El Biércoles, conocía a la perfección esos sitios, y se divertía amedrentándoles cuando se le antojaba con unas detonaciones que nada tenían que ver con los disparos habituales de los cazadores; como si el mero hecho de haber sido realizadas con el solo fin de infundir miedo o provocar burla, de tener a raya, las distinguiese del resto confiriéndoles una entidad aleatoria e inquietante. No eran efectuadas para capturar una presa o dar en un blanco, sino fundamentalmente para delimitar un territorio y corroborar una potestad, para recordarles, por si lo tenían olvidado, su propensión a sentir miedo a las primeras de cambio, a dejarse intimidar y fascinar, y a olvidarse de que la estirpe de Caín camina siempre errabunda por el territorio del mundo y comparece no se sabe si cuando menos falta hace, o bien cuando se la llama por descuido, por infamia o soberbia o atolondramiento.

«La escopeta de El Biércoles», dicen también, en cuanto oyen esos disparos, los chiquillos del pueblo, con la misma temerosa reverencia con que dicen «la luz de la loca» cuando se asoman y ven su ventana iluminada en la oscuridad, o dicen «los ojos del ciego», «los ojos del ciego Julián» que ellos se desviven siempre por ver de cerca, pero al cabo nunca se atreven ni lo consiguen, igual que si fueran ellos los que no lograran ver y no el ciego.

La mayoría tampoco ha visto nunca a El Biércoles, sólo ha oído hablar a sus padres o a otros chiquillos de él y sobre todo ha oído esas frases: «la escopeta de El Biércoles», «ya está ahí otra vez El Biércoles», o bien «qué andará haciendo ahora», «qué habrá hecho». A cada disparo que oyen retumbar en la sierra o cada comentario que escuchan de refilón en casa o en la calle, en la tienda cuando van allí por algún recado y sorprenden medias palabras, reticencias, frases que quedan en suspenso cuando ellos entran o hacen como que no escuchan, su figura se les va agrandando en la imaginación como una masa que no cesa de fermentar. Dicen que es grande y fuerte como un toro y ligero como un caballo –les comentan a los que llegan nuevos los veranos–, que es más escurridizo e imprevisible que una serpiente y de peor condición que un lobo de mala condición, y que los sonidos que emite y los gestos que hace son más propios de esos animales o de las alimañas del monte que de cualquier otro de sus semejantes.

De esas alimañas –y de los peores de sus semejantes, se hablaba– había aprendido a lo largo de los años todo género de argucias para sobrevivir en las peores circunstancias, y decían que cuando llovía, durante las tormentas veraniegas y los temporales de otoño o primavera, había quien le había visto correr a veces desnudo desde las últimas casas del pueblo, tronchando las matas y las ramas y lanzando alaridos de júbilo como una bestia a la que se le hubiese dado suelta después de mucho tiempo encerrada. Luego, quien subía al monte en las horas o los días sucesivos a las tormentas, iba siempre temeroso de encontrárselo revolcándose en el barro igual que una lombriz gigantesca o un ofidio, envuelto en el fango de los venajes que dan lugar a los ríos o en los lodos del interior de esas cuevas que forman los grandes grupos de acebos en la sierra, como aseguró haber visto un pastor que bajó un día con más miedo que alma al oír algo así como unos alaridos extraños, como unos bramidos que salían de unos bultos o protuberancias de la tierra que, al llegar él, habían empezado a moverse.

Algún excursionista, al bajar del bosque, había asegurado también haber oído extraños mugidos. Al principio los había atribuido a alguna de las muchas reses que se crían sueltas por el monte, hasta que, al revolverse un momento con recelo, le había parecido ver una extraña figura escabullirse entre los robles o desaparecer de pronto entre las cárcavas. Otros hablaban de extrañas aves rapaces en la copa de algunos árboles o de estremecedores ruidos, como de persecución acezante o de lucha cuerpo a cuerpo, entre lo que parecían dos jabalíes o dos masas en todo caso de enorme corpulencia; y no faltaba quien sostenía en el pueblo que muchos de los ruidos del bosque, sobre todo los más turbadores y espeluznantes, tenían en realidad su origen en él, que podía imitar a la perfección el canto de cualquier pájaro o el grito de cualquier animal por enrevesado que fuera, pero que había perdido en cambio la facultad del lenguaje.

Con la misma segura credulidad con que de niños se presta atención a las cosas, o se da fe de países lejanos de los que sólo se oye hablar a los maestros o los locutores de la televisión, se le atribuía también en el imaginario infantil cualquier fechoría de la que se tuviese alguna noticia o cualquier exceso de la imaginación. Todas las figuraciones que se les ocurrían, todas las fantasías del miedo y los despropósitos de la maldad encontraban en él su más socorrido asiento, y a él se le achacaban, en la comodidad amedrentadora de las explicaciones paternas, lo mismo las desapariciones de personas o ganados que las muertes repentinas o los incendios dolosos. No había infortunio, ya fuera crimen, robo o accidente, y ni siquiera mala suerte, que no le tuviera a él como causa más o menos directa, y las inclemencias del tiempo y los desastres naturales eran castigos que se enviaban de lo alto para aniquilarlo y acababan ensañándose con el territorio que le daba cobijo. Los rayos y relámpagos eran también intentos directos de fulminarlo que señalaban con precisión el lugar o los lugares del bosque donde se encontraba, ubicuo y retador, corriendo o agazapado, revolcándose por el monte y amagando o mimetizando su presencia para eludirlos con toda la fuerza de su astucia.

Tiene más vidas que un gato, decían, o es más zorro que los propios zorros, y los niños se lo figuraban a veces como un felino de grandes proporciones y otras como un centauro o un gigante con cabeza o extremidades de distintos animales. Dicen que tiene pezuñas como los caballos y garras igual que los alimoches, se decían unos a otros, y que con sus fauces puede descuartizar a un jabalí. Con su nombre se les atemorizaba para que se durmieran por la noche, y con su nombre les asustaban sus padres cuando no querían obedecer, lo mismo que a ellos les habían asustado de pequeños invocando al anterior sepulturero –ahora era él también quien enterraba allí a los muertos– o incluso al viejo tabernero de las cejas blancas muy pobladas cuya mirada era tan difícil ver; como si esa pareja, el tabernero y el sepulturero, el que da vino y el que da tierra, el que alienta el equívoco y la libertad de las representaciones y ayuda a espantar el miedo y la ausencia, y el que restituye todas las representaciones a la más estricta e inequívoca realidad y todos los miedos y ausencias a la ausencia más definitiva, como le escribió Miguel una vez a Anastasio, estuviese condenada a personificar allí el ámbito a la vez de la amenaza y de la fascinación, el origen del miedo y la fuente del hechizo, en una saga improbable cuyo relevo no se transmitiera por la sangre sino por el oficio.

Cuando un niño tenía una pesadilla en el sueño, en ese sueño podía darse por seguro que se le había aparecido El Biércoles; cuando oía un ruido tras los postigos cerrados de la casa o se escuchaban extraños pasos que se acercaban, ese ruido y esos pasos era El Biércoles el que los había producido, y si dejaban atrás las últimas casas del pueblo y se adentraban en el bosque para recoger endrinas o buscar níscalos con sus padres, lo que ellos buscaban en realidad con ahínco o temían encontrar con aprensión eran rastros de El Biércoles, restos o señales o incluso su propia presencia en medio de la espesura o de repente en un claro del bosque. Cualquier extrañeza en el terreno, cualquier sonido –el chasquido de una rama, un aullido, el viento repentino entre las hojas– remitía en su imaginación al acervo de historias y dichos que habían escuchado sobre él y que después, al bajar del monte y volver a ver a los amigos aquel día, ellos mismos contribuirían a engrosar. Muchos días, al caer la noche, se retaban y azuzaban unos a otros para dar unos pasos más allá de la casa del ciego Julián, la última según se sube al monte por el camino del lavadero y tras la cual, donde acaba el resplandor languideciente de la última bombilla, es como si una cortina de oscuridad total se cerniese de pronto sobre el sendero y cerrara el paso. Más allá, sólo se extiende ya el ámbito de la falta de forma con que se yerguen las cosas en la noche o quizás más bien el del infinito estallido de sus representaciones, y el miedo que ello origina, ese pavor al que se incitaban y desafiaban, les fascinaba tanto como les aterraba y sobrecogía, igual que si el miedo y la atracción, la fascinación y el peligro, hubiesen de ir a partir de un cierto límite siempre de la mano.

Y sin embargo todas esas historias de fechorías y desatinos que le achacaban la comodidad de los padres y la imaginación infantil —y esa tal vez innata y zafia propensión a proyectar en alguien o en algo la causa de todos nuestros males y deficiencias, para liberarnos individualmente de una carga que a él o a ello así se le endosa— chocaban en realidad con algunos hechos fidedignos de los que, por el contrario, sí estaban todos paradójicamente al corriente; ya que nadie podía ignorar allí que, desde que murió Ismael, el último sepulturero del pueblo, también en extrañas circunstancias como no cabía por menos de esperar, bastaba dejar un aviso por si acaso al tabernero o bien tan sólo tocar a difuntos en las campanas de la iglesia —aunque en realidad ni siquiera eso— para que, sin ser visto por nadie ni saber cómo ni cómo no, El Biércoles bajara del lugar del bosque donde estuviera y se presentase el día adecuado y el momento justo para dar tierra al fallecido. Y entonces sí que lo tenían allí frente a ellos; no oían más que el ruido que hacía la pala al cavar o la paleta al raspar una superficie o aplicar argamasa en la tapa del nicho, pero allí estaba: siempre de espaldas, siempre manos a la obra, siempre imponente y silencioso y como si pechara con aquella tarea por alguna razón misteriosa e indeleble que le llevaba a trabajar siempre a destajo con la cabeza gacha hasta que, una vez concluida su labor, y con el mismo enigmático sigilo con el que había venido, desaparecía como por encanto de la vista de quienes ya no volverían a verle durante mucho tiempo más que con los ojos de la fantasía.

No ha fallado nunca desde la primera vez que, habiendo desaparecido Ismael, el viejo enterrador, dio sepultura a uno de los vecinos del pueblo, le dijo Anastasio a Bertha acabando ya de comer; ni dicen que ha faltado tampoco su visita al tabernero la víspera de un fallecimiento, como si fuera el sepulturero y a la vez el mensajero o el ángel de la premonición.

¿Que si vendrá mañana al entierro de Miguel, dice usted? La noche de la víspera de su muerte desde luego aseguran que sí pasó donde el tabernero; pero no puede ser porque fue Miguel quien subió a buscarlo, a no ser..., pero bueno, vamos a dejarlo.

6

Bajaba ya entrada la noche, al cierre del establecimiento, decían, y cuando el tabernero acababa de pasar por última vez la bayeta por la barra y los últimos clientes –siempre los mismos, siempre con la misma desesperación o inconsciencia en el rostro que unas veces parecía maldad y otras pura enajenación o arrobamiento– habían emprendido ya su bamboleante camino hacia casa, su silueta inconfundible se recortaba un momento en la puerta de la taberna. Vengo por lo mío, cuentan algunos haberle oído decir entonces desde el umbral. El tabernero echaba el cierre –callaban las músicas y los parloteos de la televisión y la noche recobraba su entidad– y ya luego decían que si había permanecido horas enteras allí dentro o más bien merodeando por el pueblo, recorriendo las calles desiertas y acercándose a algunas puertas cuyas casas, afirmaban, conocía como la palma de su mano, o bien guareciéndose en la sombra y aguardando, aguardando el momento de llevarse algo o de dar por cumplido algo o por llegada alguna hora.

Nadie sabe a ciencia cierta qué es lo suyo ni qué deja de serlo, pero siempre hay quien cuenta habérselo cruzado una noche al ir a recogerse a casa, quien ha oído sus pasos arrastrarse bajo la ventana de su cuarto o incluso le ha visto apostado, acechando, y luego ha escuchado sus aullidos antes de apretar el paso hacia casa. Y al día siguiente, la población infantil y los motivos del miedo –los mecanismos de la fascinación– disponen siempre de un material adicional que, convenientemente adobado y agrandado, va a engrosar el acervo de las historias que no cesan de contarse sobre él. Pero para otros —el carpintero lo vio anoche, se rumorea enseguida, el veterinario al volver de un parto— sólo bajaba el infeliz a recoger algo de comida, queso y embutidos o cecina, y también alguna hogaza de pan, pero sobre todo a llevarse las botellas de vino y licor de endrinas o maguillas con que el Ayuntamiento le pagaba sus servicios —además de con los cartuchos con que les amedrentaba— y cuyos envases vacíos oían estallar algunos más tarde en mil pedazos. Decían que se volvía luego como loco por el monte, y completamente borracho, o lo que fuera —a saber lo que mezclará o no mezclará, decían—, lanzaba unos rugidos inverosímiles que no podía saberse si eran de júbilo o de dolor, o si eran incluso humanos o animalescos o más bien, según sostenían algunos, casi como demoníacos.

Aun sin admitirlo, todos temían que esos pasos que algunas noches se oían arrastrarse amplificados por las calles se detuvieran más de lo preciso, como una señal premonitoria, ante sus puertas; ahí anda El Biércoles, se decían entonces en un susurro. Sabían que deambulaba algunas noches por las calles —a veces también cruzaban el pueblo, en lo más crudo del invierno, manadas nocturnas de caballos o ciervos solitarios que bajaban del monte expulsados por los fríos—, y que más de una vez su voz aguardentosa y retadora había resonado en la plaza desgranando, frente a quienes sostenían que había perdido el don del habla, un rosario no se sabía bien si de improperios o de arrepentimientos, si de amenazas o súplicas. Sobre todo en ciertas noches de abril o algunas más ventosas de marzo, sus aullidos daban más bien la impresión de ser como gritos de aflicción, como oscuras peticiones de perdón de un réprobo que purga con su lejanía una ofensa infligida. Pero otras tenían sin embargo el timbre inconfundible de la afrenta, la arrogancia del reto, el retintín obsceno de la burla y el agravio.

En realidad no se llama El Biércoles sino Gregorio, Gregorio Martín López, y nadie en el pueblo ignora de quién es hijo y quiénes fueron sus abuelos, le dijo Anastasio, el viejo Anastasio, a Bertha ya después de la comida. Pero nadie se refiere a él por su nombre desde el día en que de repente, tras un verano entero en que se había perdido hasta el menor rastro de él y ya nadie pensaba que se le volvería a ver por aquí, se presentó de pronto en la taberna como si fuera un aparecido. Fue con los primeros fríos del otoño, y lo que más les impresionó a quienes estaban allí dentro, más que ninguna otra cosa, que ya es decir, fue el color violáceo tan intenso de su piel, un color que por lo que dijeron era igual al del biércol, como llamamos aquí a un tipo de brezo que no tiene usted ahora más que asomarse y mirar hacia el monte para ver cómo florece en esta época y tiñe de violeta partes enteras de la sierra.

Mala hierba nunca muere, dicen algunos que dijo parado en el umbral de la puerta, como si no se atreviera a entrar mientras aún hubiera gente dentro. Y entre la alusión a la hierba y el color tan subido que traía, se le quedó ya ese nombre para siempre. Por lo visto había estado enfermo, muy enfermo, y se había curado como hacen los animales, con suerte y tiempo y con la ayuda de Dios y de las plantas y barros que ellos conocen por instinto y él por su familia, pues siempre se ha dicho que si eran o no eran medio curanderos desde quién sabe cuándo. Nunca se supo de nadie de su familia que acudiera nunca al médico o entrara en la farmacia, y sí al revés, que un farmacéutico, o incluso un médico, se llegara a ellos para consultarles o pedirles lo que fuera. Aquella especie de resurrección no hizo más que dar pábulo a las lenguas, y a partir de entonces empezaron a correr todo tipo de rumores, que si era esto o lo otro y había hecho no sé qué o no sé qué no en los años en que poco o nada se había sabido de él, y que si tenía más vidas que un gato; ése tiene más vidas que El Biércoles, se dice ahora por aquí, o fuerte como El Biércoles, que no se muere ni a tiros.

Pero con todo lo que digan, con todo lo que le teman ahora o les repela, nadie ignora que su presencia es y ha sido siempre imprescindible, aunque pocos lo quieran admitir. Ya sabe, es siempre más socorrida la fantasía, las campanas al vuelo de la imaginación o la mojigatería, como decía Miguel ya al final. Sin embargo, todos los trabajos sucios, todas las tareas ingratas y los cometidos en los que hubiese que comprometer la vida o se dirimiese algún trance importante, han recaído siempre sobre sus hombros. Él ha enterrado aquí a los muertos y limpiado las alcantarillas, ha mantenido a raya a los lobos en los montes y ha devuelto al pueblo los cadáveres congelados o despeñados de los incautos que se habían aventurado por el bosque sin conocer la naturaleza de la montaña ni menos aún la del hombre; y nos ha avisado, nos ha vigilado, nos ha tenido al tanto a su modo a veces incomprensible o brutal que amedrentaba o coartaba; ha custodiado las cercas de los prados y las lindes de los bosques –las lindes de la noche, decía Miguel– y ha señalado las encrucijadas, y todo eso lo ha hecho desde fuera, desde un afuera impenetrable y enigmático que sólo él –sólo ellos en parte– sabe en el fondo lo que es y qué lo ha ocasionado, desde la conciencia aflictiva e irredimible del que ha acaparado el miedo y ha pechado con él y con el poder de infligirlo, como me decía Miguel en los últimos tiempos. ¿Que por qué? Eso, si me permite, Bertha, ya se lo contaré en otro momento, a su debido tiempo. Bástele saber por ahora que un día, en esa época en que todos vivieron en París, le dijo por lo visto a Miguel que él había infringido el límite que ya no se puede volver a franquear hacia atrás nunca más –el límite de todos los límites, le debió de decir–, y por eso era su propia moral lo que le expulsaba. No necesito de ninguna otra, le dijo. El que atraviesa esa linde tiene ya una marca indeleble en el ánima y no puede volver a vivir con ella como si nada entre los hombres ni bajo la ley de los hombres, por mucho que ésta decida que puede hacer o no la vista gorda. Así que yo mismo me expulso, sin necesidad de que lo haga nadie más e independientemente de que tal vez se me llegara a perdonar; yo mismo me destierro a vivir fuera de vosotros, pero de alguna forma también a ser vuestra ley.

No me pida que se lo explique, Bertha, porque no voy a poder hacerlo, bastante he hecho ya con repetírselo; pero ésas fueron las palabras de Miguel o más bien las de Gregorio cuando estaba dejando ya de ser Gregorio. Y aún le diré más, le diré una cosa que Miguel no se cansaba jamás de repetir: sí fue él, fue él, decía, pero podía haber sido cualquiera de nosotros o más bien tenía que haber sido yo.

Durante mucho tiempo –¿más bien tenía que haber sido yo?, se hizo eco Bertha– no me atreví a preguntarle nada más; sólo le escuchaba y le dejaba que hablase cuando él por lo visto necesitaba hacerlo, y así fui sabiendo que, igual que me lo decía a mí, se lo había dicho también a Gregorio una y mil veces, pero completamente en vano. El destino me eligió a mí, y no a ti ni a ningún otro, y ahora soy yo el que se adelanta y lo elige a él, le debió de responder.

Así que ése es El Biércoles, el verdugo y la víctima propiciatoria, como decía Miguel, la causa del temor y la garantía de la paz, la memoria y el pacto, el hijo único en realidad de unos padres tan humildes y conformes como ya no quedan ni aquí ni seguramente en ningún sitio, de esas personas que parece que viven a sus anchas en la mayor estrechez y a nada aspiran ni han aspirado nunca, que creen incluso que aspirar es algo oscuro y dañino como un mal nublado o una alimaña. No lo concebían, igual que no concebíamos nosotros algunas de las costumbres que ellos tenían y que heredaban de padres a hijos; nos parecían algo de otra época, cuando no bárbaro y hasta cruel, pero de eso ya le hablaré otro rato.

Por lo demás han sido siempre de ese género de personas agradecidas con las que siempre se puede contar, trabajadores a carta cabal que raramente van más allá del silencio y de una mayor y más indescriptible intensidad en la mirada cuando algo les contraría o les subleva, y que nunca, nunca se quejan de nada, ni de un achaque ni de una incomodidad ni adversidad por grande que sea. Redujeron a la mínima expresión el trato con la gente cuando él volvió por el pueblo de la manera en que volvió después de tanto tiempo, pero tampoco entonces se les vio quejarse. Pensaban que había estado estudiando y ejerciendo por esos países desde los que les llegaba de vez en cuando alguna que otra tarjeta postal, y nada más verle debieron de comprenderlo todo sin saber nada ni tal vez quererlo saber. ¡Qué pronto ha sabido lo que hay al otro lado!, se les ocurrió decir un día, y a partir de entonces ya casi no se les veía con otras personas más que para lo justo. Su padre dejó de ir a la taberna y al Hostal después del trabajo, y su madre de acudir a misa mayor. Tener conformidad, decía, hay que tener conformidad, y así fue hasta el final.

Pero le voy a contar una cosa para que usted misma vea, le dijo Anastasio todavía en el comedor del Hostal. Un día, hace ya varios años, desapareció de Villar, ese pueblo que se ve allí enfrente en la falda de la sierra de la Carcaña, una niña de unos ocho o diez años, hija de unos veraneantes que venían por aquí desde siempre. Se dice, y se decía en tiempos de mis padres y de mis abuelos y desde luego mucho antes de éstos, que el interior de esa sierra está surcado por galerías y vericuetos que la atraviesan de una parte a otra en todos los sentidos. Son pasadizos subterráneos naturales y también debidos a la mano del hombre, ya que se asegura, y así está en las crónicas, que durante la época romana y después, en la dominación árabe, existían a lo largo de toda la sierra innumerables explotaciones de mineral de oro y plata. Debió de ser esto una especie de Potosí o de El Dorado, por lo visto. Pero el caso es que, desde entonces, a cada generación, por lo menos en una ocasión, le vuelve a dar la ventolera de adentrarse en la montaña para intentar descubrir alguna veta de oro que les haga salir de la pobreza y proyectarse a un futuro de felicidad ideal; y cada generación, tras un período más o menos largo de entusiasmo que nunca deja de cobrarse sus víctimas, sigue pagando siempre luego por ello su tributo de sangre y aflicción, de luto y discordia a la montaña. ¡El eterno sueño y la eterna locura de los hombres una y otra vez, sin los que al parecer no seríamos lo que somos!, pero con los que nunca llegaremos a ser, paradójicamente, más que lo que somos, que decía Miguel.

Cada vez lo intentan por una apertura que creen nueva, por mucho que ya lo hubieran intentado por allí en el pasado, y cada vez con el mismo vigor y la misma convicción. Y no sólo gentes de aquí o de la provincia, sino incluso gentes que vienen de lejos muchas veces, compañías con equipos nuevos cada vez más sofisticados y renovadas técnicas extractoras, que encuentran cada vez en los habitantes de El Valle seguidores incondicionales y adeptos esperanzados que los secundan con la mejor y más entusiasta de las persuasiones y dejan luego tras el empeño el mismo reguero de tristeza y pesadumbre. El último fue el padre de Julio, de Julio Gómez Ayerra, el amigo de Miguel y de Gregorio, que raro era, dado el carácter que siempre tuvo el hombre, que no se hubiera metido aún en aquello, y que acabó por dilapidar allí la fortuna que le quedaba arruinándose ya de una vez por todas.

De potrillos o terneros, por otra parte, que se han perdido por un extremo de la sierra, por Sotillo o Aldehuela, esa otra aldea que usted ve allí, le decía Anastasio señalándole a Bertha unas casas blancas que se veían a la derecha, y que han acabado saliendo al cabo del tiempo por Los Arroques de Espejo, el pueblo abandonado ahora que abre el valle a ese otro lado, las historias que se cuentan, y que dan pábulo a todas las imaginaciones, son muchas, más o menos adobadas o reales todas ellas.

Pues bien, un día, como había empezado a decirle, una niña de Villar se perdió en el verano por la sierra. Habían salido a merendar varias familias y los críos se habían puesto a jugar al escondite; no os vayáis muy lejos, les dijeron las madres, que os veamos desde aquí, pero para cuando se quisieron dar cuenta, la niña había desaparecido. Todo el pueblo salió al atardecer en su busca e incluso algunos de otros pueblos, en cuanto nos enteramos, acudimos a ver cómo podíamos echar una mano. Inmediatamente se pensó en lo peor, que hubiese caído o entrado por alguna de las muchas simas o cuevas que han ido dejando en el terreno las distintas oleadas del entusiasmo extractivo, que decía Miguel. Algunos jóvenes empezaron a entrar por alguna de ellas, y también algunos hombres que en su juventud habían participado en la última prospección minera, la que patrocinó en su día el padre de Julio con la convicción de que esa vez sí que iban a dar con una buena veta de metal precioso. Se oye dentro un rumor que parece el viento, un murmullo incomprensible como de hojas azotadas por el viento, y también como cascadas, como inmensos saltos de agua junto a todo género de ruidos de animales que raro es si no producen alucinaciones, habían dicho quienes ya habían penetrado en las entrañas de la montaña de jóvenes.

Al caer la noche llegó también un grupo de espeleólogos de la capital y enseguida, en varios puntos de la sierra, se emplazaron campamentos con fogatas en donde nos relevábamos los hombres y algunas mujeres para servir de base a quienes habían entrado y por si oíamos alguna señal o aparecía ella de repente por algún sitio. Pero todos ellos, los jóvenes del lugar y los espeleólogos y también los veteranos que ya conocían las entrañas del monte, fueron saliendo poco a poco sucios y compungidos, mirando al suelo desencajados para no provocar mayor decepción entre quienes ya esperábamos con la tragedia estampada en el rostro. A partir de entonces todos supimos que sólo cabía una posibilidad, y también lo supieron los padres de la niña. Alejandro, el tabernero, Alejandro Martín Cuévanos, se encontraba de retén en mi mismo grupo y a él vinieron, ya bien entrada la noche del segundo día, la madre y el padre para que hiciera el favor de ponerse en contacto con El Biércoles y pedirle que entrara él en la tierra. No se me olvidará nunca la expresión de desesperada solicitud de la madre al hablar con una persona a la que nunca se hubiera dignado tal vez dirigirle antes la palabra, ya ve la fama que tiene. Las facciones de su cara estaban unas como desleídas y las otras ahondadas, y sus pómulos y cejas parecían a la luz de la fogata como rasgos de una depravación. Ya hace rato que ha entrado, le respondió el tabernero con parsimoniosa indiferencia. La ubicuidad parecía ser una de sus características y nadie se asombró de que se hubiera enterado o estuviera ya allí dentro, sino que la esperanza volvió a encenderse en los rostros como si al cabo agotado de una vela se le pusiese encima otra vela.

Tres días y tres noches estuvimos aguardando al pie de la

montaña, dándonos relevos en campamentos improvisados para que nunca faltaran fuegos encendidos y oídos y ojos atentos, pero la esperanza se iba debilitando a medida que pasaba el tiempo y el dolor en los rostros de la familia parecía ya cincelado a perpetuidad. Durante el día, los espeleólogos volvían a acometer algún intento que los devolvía al cabo de las horas cada vez más desilusionados, y el cansancio iba haciendo mella en todos como un curso de agua que va erosionando el terreno. A la cuarta noche, tres días después del extravío de la niña y cuando ya se hablaba de que si era aquélla la última que algunos iban a pasar al raso, desde el campamento más cercano a Los Arroques de Espejo se vio salir de la montaña un bulto que parecía un fragmento más de tierra. Tenía su mismo color y, al acercarse, un intenso olor a humedad y a fango, a profundidad y moho y concavidades, se desprendió de él como si se hubiera desprendido del centro mismo de la tierra. Aquel cuerpo imponente lleno de rasguños y hematomas, en el que no se sabía dónde empezaba la carne y dónde el barro del que estaba cubierto, lo mismo que su barba y su melena enmarañadas lo estaban de cazcarrias, pasó al lado del grupo sin decir una sola palabra. Había entrado sin comida ni bebida, sin compañía ni luz, ni más equipo que una cuerda que le colgaba del hombro y él sujetaba con una mano escoriada y llena de heridas de las que manaba una sangre sucia o como granate cuyos tonos era imposible que pasaran inadvertidos al cruzar ante el resplandor del fuego. En la otra mano llevaba también algo que nadie logró distinguir al principio a ciencia cierta.

Fue caminando de retén en retén con la misma actitud y el mismo silencio y, al reconocer a la madre, que soltó un grito al revolverse un momento y verle acercarse, sin dirigirle la palabra ni esperar de ella tampoco ninguna, le tendió lo que llevaba en la mano contraria a la que sujetaba la cuerda. Era una muñeca de trapo cubierta de barro por completo y, al alargar la madre la mano para cogerla, ni rompió a llorar ni a gritar sino que en realidad se quedó paralizada. Parecía una estaca que alarga otra estaca. Enmudeció con un silencio todavía más profundo que el silencio de la noche, y fue como si toda ella se recogiera en torno a él hasta que, al cabo de un rato, lo quebró para buscar con la vista a quien ya desde hacía tiempo había desaparecido y, al comprobar su ausencia, dijo gracias en un hilillo de voz, gracias a todos, ya se pueden ir todos a acostar.

Pues ya ve usted lo que son las cosas; luego se ha dicho de todo, y más que hubiera habido que decir. Que si fue El Biércoles quien se la llevó allí dentro, que si la asustaría, que cómo iba a haber llegado si no allí tan pronto de no haber estado ya y no sé cuántas barbaridades y obscenidades más. En fin, lo que ya se puede usted imaginar. Los críos, claro, dan por sentado que fue él quien la mató, y se cuentan unos a otros que, si se la llevó allí dentro, fue para tocarla y luego comérsela poco a poco a sus anchas durante esos tres días que estuvo dentro de la tierra, y que por eso no probó bocado de lo que le ofrecieron al salir. Cuentan también que allí, en las entrañas de la sierra de la Carcaña, desde El Calar y La Umbría hasta la Calvilla, tiene de hecho su guarida en compañía de otros forajidos; y los padres, que se lo han oído contar a sus hijos de las formas más vistosas y extravagantes, no sólo no se lo desmienten o lo toman a risa, sino que a su manera lo fomentan y amplifican para aprovecharse del miedo que les infunde y asustarles luego con él. A ver si os va a oír El Biércoles, les dicen si quieren que se callen y no alboroten, o me han dicho que lo han debido de ver hoy merodeando por los lavaderos, cuando quieren que vuelvan pronto o no se alejen de casa.

Sí, no hace falta que me lo diga. Ya sé en qué está pensando desde que llegó y supongo que no voy a tener valor para decirle que no, le dijo al cabo de un momento Anastasio, el paciente e inalterable Anastasio, como decía Miguel, al ver que ella iba a romper a pedirle algo a lo que llevaba dándole vueltas visiblemente toda la tarde, pero no encontraba el momento ni la forma de decírselo.

7

La acompañaré por no desilusionarla, pierda cuidado, pero ya verá como no sirve de nada. Él aparece cuando se le antoja o cuando cree que debe aparecer, pero rara vez cuando se le busca. Es más, hasta se diría que cuanto más ahínco se pone en buscarlo, él más se retrae. Aunque eso sí, sabe siempre si alguien anda queriendo dar con él o se hace el encontradizo y, aun si me apura, hasta las intenciones que lleva. Que yo sepa, le han estado buscando durante estos años guardias civiles y periodistas, viejos amigos y antiguas novias suyas de la época de Madrid o París y de quién sabe cuántos sitios más, y nadie ha conseguido lo que se dice nada, le dijo Anastasio.

De poco servía que fueran con la mejor intención o con la orden de prenderlo, que fueran solos y con las manos en los bolsillos o bien con el mayor despliegue de medios y efectivos, como se había dicho los días de atrás en los periódicos que lo habían estado buscando. Daba igual; a la caída de la tarde, ya entre dos luces y con las farolas del alumbrado público encendidas aquí y allá, se les veía descender arrastrando los pies, desmoralizados y con las cabezas gachas —a más de uno había habido que subir a buscarle porque se había extraviado—, y con el rostro desfigurado por el cansancio y la desazón, por las expectativas burladas de dar con él y su fallida y ansiosa cabezonería, se iban enseguida a buscar consuelo al Hostal o bien, sin detenerse siquiera a tomar algo que les tonificara o les hiciera entrar un poco en calor, emprendían de inmediato el viaje de regreso a sus casas.

Todos les habían visto muchas veces entrar en el Hostal, subir cabizbajos los cuatro escalones que separan el vestíbulo del nivel de la calle y empujar, con lo que parecía ya sólo un residuo de fuerzas, la pesada puerta de hierro forjado de la entrada. Una vez dentro, preguntaban si les podían servir una buena cena cuanto antes, o bien subían a la habitación y seguramente se derrumbaban en la cama para bajar al cabo del rato ya algo más descansados, pero con la misma expresión de extravío en la mirada. Entonces devoraban lo que les hubieran puesto de cena con los ojos suplicantes por si alguien se decidía a acercarse un momento a darles alguna explicación, a proporcionarles por lo menos un alivio del género que fuera o bien un espaldarazo, un momento siquiera de conversación. Pero nadie se acercaba ni por asomo, y si luego, ya acabada la cena, atravesaban el biombo de madera que aísla el comedor e intentaban abordar a alguien en el bar, a alguno de los hombres que parecía como si hubieran estado ahí jugando de por vida a los naipes, levantando de vez en cuando los ojos impertérritos hacia el estante de la televisión o hacia la cristalera, no recibían entonces más que miradas recelosas y hostiles, rápidas y como de refilón, silencios o cuando más contestaciones secas y desabridas que todavía les desazonaban más. Pues ya se lo habían dicho, ¿no?, ¿o qué es lo que esperaba entonces?, solían espetarle. Algunos, los más obstinados, volvían a intentarlo aún otras veces, pero es como si disfrutara ocultándose, como si su más íntima condición fuera esconderse y aparecer únicamente cuando a él se le antoja, y como si no sólo no quisiera volver a saber nada de su pasado sino tampoco de ningún futuro, de ninguna de las personas que había conocido antes lo mismo que de ninguna de las que podría conocer en adelante, porque él es el puro presente o más bien es ya el tiempo, como le gustaba decir a Miguel para hacerle rabiar de incomprensión a Anastasio.

Y así es como las gasta, dijo Anastasio a la vez que saludaba con una ligera elevación de su cara redonda y bonachona a dos hombres que acababan de entrar en el bar del Hostal y se habían asomado un momento tras el biombo. Se pusieron en un lugar de la barra visible desde donde ellos estaban y pidieron dos cafés al hijo menor del dueño, que manipulaba el dial de la radio para cambiar de música cada dos por tres. Se echaron azúcar, la disolvieron con una cucharilla que hacían tintinear ruidosamente contra la taza, y luego se dieron la vuelta hacia donde estaban Bertha y Anastasio. Uno de ellos levantó con determinación la barbilla en dirección a donde se hallaban sentados; ahí la tienes, dijo por lo bajo, y a continuación se volvieron hacia la barra cargando los hombros sobre la misma e iniciando una conversación que sólo al hijo del dueño le cabía oír, a juzgar por las sonrisas tímidas en las que prorrumpía de vez en cuando antes de echar la vista hacia Bertha.

A quien va tras él sin embargo, como esté segura de que nos ocurrirá a nosotros si vamos —continuó Anastasio—, le da la impresión de que podría salirle al encuentro en cualquier momento, de que anda cerca, al acecho, espiando sus pasos y escuchando sus palabras, y además dando señales de vida en cada crujido del bosque o cada gorjeo de un pájaro. Le parece —prosiguió tras otra breve pausa, mientras el semblante de Bertha se despejaba como si sólo tuviese oídos para su ofrecimiento a acompañarla y ni siquiera le cupiese en la cabeza poder dar crédito a sus palabras de desaliento—, le parece que si aguza de verdad el oído y pone en la búsqueda toda la atención y, como decía siempre Miguel, toda su alma —a Miguel al final el alma le parecía que era sólo la atención—, no podrá por menos de encontrarle. Ya sé, ya sé que no ha venido usted desde tan lejos para irse de vacío y que, lo mismo que habla conmigo y lo hará otro día con Julio, con Julio Gómez Ayerra, querría hacerlo también con él. Pero me temo que eso es ya mucho más difícil, mucho más incluso quizás que con el otro, ya ve lo que le digo. Claro, allí, en su ciudad, igual que nosotros aquí, habrá estado dándole vueltas a todo desde que recibió la noticia, a la reconstrucción de los hechos, como dicen hasta la saciedad los periódicos, a la secuencia más verosímil en que debieron de producirse y sobre todo a sus causas, al porqué de todo ello y al hecho de que, ocurriera lo que ocurriera, que eso ya veremos a ver lo que fue en realidad, él es el último que le vio con vida, o más bien seguramente el penúltimo.

Los hechos son los hechos, le hubiese dicho probablemente Miguel, los hechos suceden, tienen lugar y ya está; y a nosotros sólo nos cabe representárnoslos para defendernos de su arrogancia y su despotismo con nosotros, reproducirlos de nuevo a nuestro modo en el único lugar en el que podemos hacerlo: en las palabras, en los periódicos y las conversaciones y sobre todo en la continua vorágine de palabras de nuestra conciencia, y allí, más tarde y cuando ya nada de lo sucedido tiene remedio, les damos un orden, una forma, establecemos unas causas y de ellas derivamos unos efectos, urdimos una explicación plausible para creer que sabemos a qué atenernos o quedarnos un poco en paz con las cosas o incluso pensar que las dominamos. Es nuestra mejor baza, pero al mismo tiempo el mayor atolladero; lo más fascinante, pero también lo más peliagudo e incluso lo más tremendo, ya verá más adelante por qué se lo digo.

A veces con ello nos desquitamos o nos parece que nos desquitamos de las cosas o que hemos hecho justicia, pero sin embargo sólo hemos expresado palabras y pensado palabras mientras que los hechos han ocurrido. Ahora bien, ¿cuántos hechos no son sobre todo palabras, palabras previas que los instigan, que los caldean, que les dan carta de naturaleza y los acucian a ser de una manera y no de otra, o bien palabras sucesivas que los interpretan y los cuentan y por lo tanto los hacen? ¡Ah, los instigadores, los creadores de sentido, los echadores de las cartas trucadas de la realidad! Le sonará a algo conocido todo esto, ¿no es así?

Las palabras son la vuelta de hoja de las cosas —ya ve que hablo un poco como él, le parecerá estar oyéndole, ¿no?–, son el otro lado de las cosas, su negación y también su condición. Entre las palabras y los hechos, decía, entre la palabra muerte y la muerte efectiva, la distancia puede ser todavía infinita, el vacío incolmable. Puede, decía, ¿pero cuántas veces no es así?

El vacío, repitió Anastasio como pensando en otra cosa, el vacío incolmable. Es curioso, ese vacío sin fondo, sin arrimo ni más agarraderos que las palabras, que ya ve lo que son, ese vacío que en verdad yo no he sentido antes nunca en mi vida, ni siquiera en los peores momentos tras la muerte de mi mujer, que fue lo que yo más he querido, ese vacío que era el alma misma de Miguel y de todos ellos en un determinado momento –el alma misma sobre todo del otro– es el que ahora su desaparición, o quién sabe si sus palabras, me ha dejado. Por eso no paro de hablar ahora yo tampoco, con lo que yo he sido, que casi había que sacarme las palabras con sacacorchos. Ya me disculpará si no la dejo a veces ni meter baza, añadió Anastasio bajando al principio la mirada y dejando luego que su vista se perdiera en la sierra por la que tantas veces habían caminado juntos y a la que tantas otras, sobre todo en los últimos tiempos, le había sugerido que tenían que ir también de noche.

8

La verdad es que, por más que llegué a temérmelo todo como me lo temí –continuó como si no hubiese hecho la menor pausa–, no lograba que me entrara en la cabeza que pudiera llegar a ocurrir de veras, que por muchos motivos que él pensara que tenía o tuviera en realidad, que eso yo no se lo quito, o por muchas cosas que no le cuadraran o no pudiera hacer cuadrar ya por más tiempo, pudiera dar de veras ese paso. A lo mejor por eso es por lo que tampoco acaba de convencerme la versión oficial, como dicen los periódicos, aunque por lo que se ve les parece que ofrece poco margen de dudas. Así que ahora ya ve, a mis años, también a mí ha acabado por volvérseme dudoso el mundo, precisamente cuando a él, por fin, se le debió aparecer todo claro y nítido como el perfil de esa montaña que se pasaba los ratos muertos mirando desde cualquier sitio desde el que se divisara. Mira, Anastasio, me escribía –y ahora había vuelto a sacar del bolsillo de su chaqueta de paño cuidadosamente otra carta–, cambia cada hora el color del día y ella, imperturbable, presta aquiescencia a cada cambio y lo refleja majestuosamente en el equilibrio de su entereza. Su serenidad es la indiferencia por nosotros y a la vez es la continua atención; su extrema nitidez es la resultante de la tensión de su permanente paradoja, y su belleza el dominio imponente de aquello de lo que carece, la conformidad con lo terrible y la insuficiencia, porque ella es lo que queda de cuanto es posible, el poso de todas las posibilidades y a la vez lo que resulta después de todo.

Era como si cada una de esas frases fuese el producto de horas de meditación o bien como si fuesen parte de una oración, de una plegaria dirigida a quien en realidad no se atrevía a dirigirla, pero dejemos eso aparte.

Tenía esa montaña fotografiada a distintas horas del día y en todas las estaciones por todas partes en su casa de Viena –intervino de repente Bertha–, frente a su escritorio y junto a su butaca de lectura, y al final también digitalizada en el ordenador portátil que llevaba siempre consigo en cualquier viaje de trabajo. Yo me la quedaba mirando muchas veces y me preguntaba qué es lo que veía o buscaba en ella, qué representaba en realidad para él, y ni recuerdo la de veces que le pedí que me trajera a verla. Él me decía siempre que sí, que más adelante, y ya ve, he tenido que venir yo sola por fin. Me trajo varias veces a España, a Madrid y a Salamanca y Segovia, y pasamos algunas temporadas en Andalucía, pero nunca me acercaba aquí por más que se lo pidiera. Era como si tuviese que solucionar algo consigo antes de hacerlo, algo que yo pensaba que tenía que ver sólo con su familia, con su madre, con la que yo sabía que no se trataba desde hacía muchos años, o bien con algún asunto de tierras o algún tropiezo de juventud, qué sé yo lo que llegué a pensar. Pero por lo visto se trataba de algo más, de algo no sé si más sencillo o más complejo, pero seguramente mucho más crucial.

Esa montaña, esa montaña que ahora no puedo dejar de ver yo también aquí a todas horas, se fue convirtiendo para mí en la cifra de todo lo que no entendía de él ni entendía tampoco de nuestra relación. Poco a poco, según iba mirando y escrutando unas fotografías que al principio me parecían insípidas y poco menos que todas iguales –un perfil nítido y seco, una abrupta escarpadura en el llano–, me iba dando cuenta, tampoco sabría decirle cómo ni en qué, de que allí tal vez no sólo estaba su secreto, sino el secreto también de por qué yo misma, a pesar de todo, a pesar de los pesares, como se dice en esa frase tan estupenda, esperaba siempre que me llamase a la vuelta de sus viajes y me dijese, Bertha, ya está, ya es posible, ya lo he conseguido o sé cómo hacerlo, ya creo poder tomar una decisión que te incumbe, y entonces me llevara ya definitivamente con él sin tenerme que separar nunca más de su lado.

Así que poco a poco empecé a pensar que todo estaba ahí, que todo hundía sus raíces o tenía su representación en ese dichoso ariete pelado en que termina la sierra y en esas dichosas fotografías que lo reproducían desde una perspectiva y otra y a una y otra hora del día y del año: un suceso tal vez, o más bien una imagen, un signo, o quizás tan sólo una obsesión, el secreto de sus cambios de humor y el secreto de su presencia lo mismo que de sus desapariciones y de la parte de su vida que yo desconocía y sólo me cabía imaginar y reconstruir a partir de mis figuraciones, de mis celos y mi rabia y mi impotencia, todo eso lo compendiaba yo en esa montaña.

Pero ahora ya no me basta con imaginar, Anastasio, ahora quiero saber y creo que tengo derecho a saber, y por eso usted me tiene que ayudar lo mismo que ese Biércoles, que alguna explicación supongo yo que también tendrá que dar algún día.

Me temo que se equivoca, Bertha, o que no lo ha entendido bien, replicó Anastasio; y no por lo que a mí respecta, que le ayudaré cuanto pueda, pierda cuidado, sino respecto a El Biércoles o más bien a la naturaleza de El Biércoles. Él vendrá mañana, de eso no le quepa duda, pero no vendrá a dar ninguna explicación, sino simplemente a hacer lo que tiene que hacer; y lo que tiene que hacer es enterrar a los muertos de un mundo que ya no es el suyo. En el suyo ya no hay explicaciones que valgan, ya no hay persuasiones ni representaciones, ya no hay más que hechos, más que cosas que suceden y lluvia que cae y hojas que brotan o se desprenden y ya está. Tiene hambre y come, tiene sed y bebe, hay algo que hacer y lo hace. Lo podrá oír todo acerca de él, todo, salvo que pida o dé ya explicaciones de nada; por eso es inútil además subir a buscarle. Su mundo es ya otro mundo que no tiene nada que ver con el de las palabras; es el mundo de las cosas, el mundo otra vez de la necesidad, decía Miguel cuando yo le preguntaba, el mundo que ha vuelto al otro lado, que ni sueña ni desea ya ni se representa nada y que desde luego nada tiene que ver con ninguna libertad. Eso es lo que decía Miguel aunque yo no le entendiera ni entienda ahora quizás demasiado tampoco.

Dicen que deja la escopeta muchas veces de lado para acosar a los animales como si fuera uno de ellos, que se arrastra por el suelo, husmeándolos y persiguiéndolos con la sola arma de sus manos o bien con un simple guijarro, y que se lanza contra ellos como si fuera un felino. Y hay quien cuenta, y quien lo cree a pie juntillas, que lo ha visto enfrentarse a cuchillo con un jabalí cuatro veces más grande que él, y ayuntarse con cualquier hembra de animal de la montaña de la misma forma que lo hace con las excursionistas que se pierden por el monte o que van directamente para perderse, como dice Alejandro, el tabernero, pero nada va ya nunca más allá del mismo hecho de hacerlo. Llueve y se guarece; el agua se hiela en las cumbres, y él baja, como los ciervos y los caballos del monte, a beber entonces en las fuentes de más abajo, e incluso hasta la misma fuente del centro del pueblo algunas noches. Se oye entonces resonar el galope de los caballos, el trotecillo ligero de los corzos, y algunos oyen también los pasos de El Biércoles que ha descendido entre las casas. ¿Habéis oído los caballos esta noche?, se dirá luego en las casas a la hora del desayuno, pues por ahí ha andado El Biércoles.

Se habían quedado solos en el comedor y Bertha llamó al camarero para pedir que le trajera otro café y de paso la cuenta. No, no voy a permitir de ninguna manera que me invite, le dijo a Anastasio; yo soy quien ha venido a importunarle —¿importunarme?, se hizo eco Anastasio— y además para mí éstos no son precios.

El que tenía que buscar y darse en cambio siempre una explicación era Miguel, que nunca estaba contento con nada, añadió Anastasio reanudando el hilo de la conversación donde lo había dejado hacía un rato; Miguel y supongo que también el otro, aunque de eso yo ya no he querido saber nunca más de la cuenta. Para ti también está todo claro, Anastasio, me decía cuando hablábamos de El Biércoles o más bien de Gregorio, que era como le seguíamos llamando nosotros, tan claro casi como para él ahora, aunque tú sólo tienes una idea de las cosas y nunca se te ha ocurrido que pudieras tener otras, y él ya no tiene ninguna. La tuvo, ya lo creo que la tuvo, y tan fuerte y entusiasta por lo menos como la tuve yo o la tuvimos muchos hace ya muchos años, más incluso de los que hace en realidad. Aunque para otros vuelve a ser hoy igual, nunca se aprende. Él ya ha pagado por ello, ha pagado por él y por otros más que no son él, pero no aceptó haber pagado lo suficiente y él mismo, para volver, se ha ido a un lugar de donde ya no hay retorno, porque es el retorno, decía Miguel. Ambos, tú y él, Anastasio —me decía—, cada uno a vuestro modo, tú desde siempre y él después de todo, estáis reconciliados, en paz con vosotros y en equilibrio con el mundo. No como yo, que quisiera ser como esa nieve, dijo. Había nevado y sobre algunas ramas de ese viejo ciruelo de la entrada, junto a la tapia de atrás, se acumulaba una estrecha capa de nieve que ningún cálculo ni ningún esmero hubieran podido depositar allí con aquella gracia y aquel equilibrio inverosímiles.

No entiendo, Anastasio, creo que no entiendo nada, repuso Bertha apartándose el mechón de pelo que le caía repetidamente sobre la cara y que con un gesto mecánico de la mano izquierda volvía a retirar tras la oreja. He estado cinco años queriendo a un hombre mucho más que a mí misma y cada día descubro que ignoro más cosas de él. Es verdad que todo lo que no conocía me atraía en él quizás tanto o más que lo que conocía, y aunque ello no me dispensara de ningún género de celos o de envidias por todo aquello que no compartía con él, tanto su vida al final en Berlín con otra mujer como los viajes aquí o las difíciles circunvoluciones de sus pensamientos, por lo menos me agrandaba su figura como sólo sabe agrandar las cosas el misterio. Ese misterio que sólo ahora, tras su muerte, me resulta realmente insoportable porque ya no me dilata un mundo sino que me lo encoge y restringe. Por eso quiero saber no sólo lo que ocurrió y cómo ocurrió sino las causas de todo ello, y saber sobre todo quién era en realidad la persona que he amado como nunca había amado antes ni creo posible volver ya a amar a nadie, y tal vez como pocas veces quepa amar en realidad, es decir, sin el menor proyecto de futuro, sin pedir nada ni desear pedir nada ni compartir tampoco casi nada, sin desear siquiera tal vez nada más en verdad que estar con él cuando él me llamaba a su lado. Por eso necesito que me ayude y necesito que me cuente poco a poco todo lo que sabe e incluso lo que no quiere saber. ¿Qué es lo que ha tenido que pagar El Biércoles, y quién demonios es ese otro del que habla?, ¿qué es lo que pasó y ha estado pasando, y qué es lo que en realidad ha pasado ahora?

9

Ahora no es caso de buscarle, le dijo el alcalde al teniente que había llegado de la capital al mando de un sargento y diez guardias en dos todoterrenos perfectamente equipados el día de los hechos; bajará sin falta para el entierro, de eso puede estar seguro, porque de lo contrario no creo que lo fuesen ustedes a encontrar por mucho que se lo propusieran.

A no ser que la herida sea de gravedad, respondió el teniente señalando el lugar de la cerca de estacas y alambre que acababan de descubrir y desde donde al parecer habría disparado y recibido también algún impacto. Le han debido de dar, uno u otro, que eso aún está por ver, justo cuando derribaba la cerca, añadió precisando todavía más el lugar hacia el que indicaba. Al pie de uno de los palos partidos, así como en varios puntos del alambre inferior, aparecían diversas manchas de sangre, algunas de las cuales habían caído también sobre la parte tronchada de la estaca.

Aunque así fuera, hágame caso y no gaste tiempo, porque será tiempo perdido, corroboró el alcalde, que en aquel momento le hizo una seña a Anastasio para que se acercara. Se había aproximado a unos metros de distancia, esperando a que ambos dejaran de hablar un instante y poder interrumpirles. Si se lo permitían, él se iría a casa de vuelta con su hija Carmen, que estaba muy excitada con todo aquello. No cesaba de decir ¡qué bonito!, ¡qué bonito!, ¡Carmencita estás muy guapa!, y de chillar o vocear frases muchas veces incomprensibles.

Váyase, váyase usted, Anastasio, por el momento ya no le necesitamos, a no ser que recuerde o se le ocurra algo más. Ya mandaré esta tarde a avisarle, le dijo el teniente mirando con fijeza su semblante pálido y agotado y sus ojos desconcertados que no cesaban de lagrimarle detrás de los lentes. Era como si se le hubiera ido el rostro, como si se le hubiera desleído o se hubiese querido sumir en una indiferencia que diluía los signos de dolor hasta dar casi una impresión de impasibilidad, a no ser, paradójicamente, por esa persistente irritación de los ojos que le aquejaba ya desde hacía años y nada tenía que ver con los vaivenes del sentimiento. Se dio la vuelta y, ya fuera del espacio recintado por los guardias, se llegó a donde estaba Carmen, que se entrometía entre los grupos de curiosos hablando en alto y señalando con el dedo ora a la cinta de plástico roja y blanca del precinto que el aire mecía a menudo, ora a la superficie quieta de la balsa o al bulto que al lado mismo de la orilla cubría por entero una sábana blanca. Cogía a alguien de la manga y le tiraba de ella haciendo ademán de empujarle hacia allí, pero le decían que no se podía, que los guardias no dejaban y que no se podía entrar tras la cinta. ¡Qué bonito!, decía ensimismada tocándose el jersey de lana muy vistoso que llevaba y agregando que se lo había traído Miguel en otro viaje. ¿Pero qué hace ahí tan quieto?, le decía a todo el mundo, ¿qué hace ahí tan quieto?

A la otra persona que habían encontrado tendida en el suelo al llegar –ésta al pie del viejo roble de la orilla, a diferencia del cuerpo que ahora estaba bajo la sábana, que habían sacado del agua de la balsa antes de la llegada del juez– se la había llevado una ambulancia al hospital de la capital escoltada por una pareja de guardias. Lo ha matado, empezó a decir Ramos Bayal, Fermín Ramos Bayal, el vecino de Ruiz de Pablo, nada más verlo tendido bajo el roble, lo ha matado por fin y él mismo luego se ha dado un tiro. Lo decía a todo el que iba subiendo a las balsas atraído por el suceso mientras él, que había sido uno de los primeros en llegar al lugar de los hechos, bajaba al pueblo a darle la noticia a la señora Blanca. Quería ser el primero en decírselo, en cuanto vecino y en cuanto amigo, le diría luego al juez, y por eso me faltó tiempo para bajar enseguida a su casa. Por eso y porque como también lo había oído todo por la noche –su casa está pared por medio de la mía, subrayó varias veces con orgullo– sabía que no podía por menos de estar sobre ascuas. Aunque a ella no le dijo que lo había matado, sino que se lo habían llevado sin pérdida de tiempo en ambulancia al Hospital Provincial y que seguramente no sería nada.

¿Que se han llevado a quién?, gritó de repente ella ante el ambiguo embarullamiento de las palabras de su vecino, ¿que ha matado quién a quién?

El que desde luego está más muerto que muerto, le respondió haciendo una breve pausa, es Miguel; de eso ya no cabe ninguna duda, y sus ojos pequeños y como juntos y hundidos observaron de hito en hito la reacción de su cara.

Pero ella no pareció inmutarse, no pareció sentir nada ni expresar nada más que una falta total de expresión o una ausencia de cualquier sentimiento, o tal vez no pareció siquiera seguir viva en realidad más que por algunas reacciones maquinales que eran como el fruto de un dispositivo de reserva. ¿Tiene ahí su coche?, dijo la voz que salió de ella sin que sus ojos miraran a su interlocutor ni miraran a ninguna parte, ¡pues a qué espera!

Entre él y Remedios, la anciana asistenta, que acababa de llegar como cada mañana desde el otro lado del valle para hacerse cargo de la casa y también de ella, que no podía levantarse de su silla de ruedas, la subieron al coche como pudieron; pero cuando ya se disponía a enfilar la carretera en dirección a la capital, en dirección al hospital al que se acababa de llevar la ambulancia a Ruiz de Pablo, ella le detuvo en seco –¿pero adónde quiere llevarme?, le gritó– y le indicó el sentido hacia el que se encaminaba prácticamente a pie medio pueblo. Me quedé de piedra, no se cansaría luego de decir Ramos Bayal en el Hostal; por mucho que supiera lo que sabía y lo que ya todos sabíamos, me quedé de piedra, lo que se dice de una pieza. ¡Que quisiera verle primero a él, cuando además ya le había dicho que ahí no había nada que hacer!

A pesar de los consejos del alcalde, o a lo mejor precisamente por ellos, el teniente, un hombre todavía en la treintena, de pocas palabras pero educado, que no se había separado en todo lo que iba de mañana del juez a cuyas órdenes se había puesto durante todo el trabajoso levantamiento del cadáver, mandó al sargento que subiera con seis guardias en busca de El Biércoles hasta donde pudiera seguir el rastro de sangre y, si lo perdían, que diera una batida hacia la Peñuela y luego por el Morrocino. Tengan cuidado, les dijo, ya han oído de qué tipo se trata.

La fama de El Biércoles se había extendido por todos aquellos contornos desde hacía tiempo y las hablillas circulaban sin cesar de boca en boca, de modo que no era raro que alguno de los guardias se hubiera hecho eco de algunas y las refiriera por el camino. Dicen que vive como un animal, o que se tiene creído que es como una especie de dios antiguo, contó uno de ellos; que caza ciervos y jabalíes con sus propias manos y que los del pueblo, a los que debe de haberles metido el miedo en el cuerpo, le envían de vez en cuando a la montaña algo así como una especie de víctima propiciatoria o lo que sea para que les deje en paz, forasteras que llegan al Hostal para conocer estos parajes o respirar aire limpio –o directamente atraídas por él, por el misterio de la montaña, como quien dice–, y a quienes les dan indicaciones equivocadas para que se pierdan y les sorprenda luego la noche en el bosque y ya no tengan escapatoria. ¡Menudo pájaro debe de estar hecho el tipo!

También contaron que se decía que era capaz de oler el miedo de un hombre desde muchos metros de distancia, y que el terror en los ojos de un hombre, o más si era de una mujer, lo excitaba como ninguna otra cosa. Aunque otros afirmaban que lo que en realidad olía a distancia y le excitaba y volvía loco de veras cuando lo veía en los ojos era el odio. Alguna noche, alguien que por lo que sea se había quedado al sereno en el monte, aseguraba haber oído también gritos como de orgías en lo hondo del bosque –terció otro guardia, más joven y que no parecía tenerlas todas consigo aunque se interrumpiera a menudo con sonrisillas entrecortadas y enfáticas–, y que al día siguiente, al adentrarse en la dirección del alboroto que había oído la víspera, había encontrado toda la tierra removida al pie de uno de esos grandes robles o en el interior de alguno de los corros de acebos. La tierra removida y como en círculos, igual que si alguien hubiera estado bailando, y llena también de sangre y de envases y cristales desparramados de las botellas de licor que por lo que parece le debe de suministrar el tabernero, una buena pieza también del que dicen que nunca te mira, pero que cuando lo hace nunca sabes si es que se está preparando para saltarte a los ojos.

¡Bah!, ¡historias de pueblerinos, que se pasan el invierno sin salir de casa y en algo se tienen que entretener!, cortó por lo sano y con autoridad el sargento, cuyo acento delataba una procedencia lejana. Luego añadió que hasta a lo mejor se lo había inventado todo también el poeta ese que se habían llevado no se sabía si al hospital o directamente al otro mundo en ambulancia. No sé qué Ruiz de Pablo, creo que se llama, dijo; sale mucho en la televisión y en los periódicos, y mañana ya veréis como viene el diario lleno de fotos suyas, que ni que fuera un futbolista. Está visto que no hay como dar patadas, al balón o a las palabras, y no como nosotros, que no salimos fotografiados más que cuando nos han matado.

Subieron y bajaron aquel día y los días siguientes por aquellos montes y los montes de los alrededores; llegaron hasta la Peñuela y por el otro camino hasta el Guardatillo, y recorrieron la garganta del río Razón hasta el Torruco y el Retamar de la Aranzana y otro día incluso hasta Cebollera, pero todo fue inútil, como les había anticipado el alcalde. Bajaban siempre de vacío, y sin haber encontrado nunca una pista certera ni siquiera con la ayuda de guías del pueblo que habían reclutado a regañadientes. Las huellas de sangre las habían perdido ya el primer día, al poco de dejar atrás la balsa en la que todo había sucedido, y las perspectivas no tenían por qué ser mejores, así que decidieron hacer caso del alcalde y esperar el día del entierro.

Se instalaron en el viejo cuartel cerrado desde hacía años,

un caserón de piedra construido al lado del barranco, que llegó a albergar en tiempos a toda una dotación de guardias con sus respectivas familias, y desde allí se les veía salir en parejas como antaño para recorrer las calles del pueblo y las inmediaciones, los primeros tramos de los caminos que arrancaban de la población y también el arrabal y la carretera, y relevarse luego bajo el farol de la entrada del cuartel que los vecinos volvían a ver lucir así tras muchos años. ¡Qué bonito!, ¡qué bonito!, exclamó Carmen, como solía hacer ante todo lo que le llamaba la atención, al pasar frente a él al anochecer. Comenzaba a hacer frío de veras casi por primera vez en aquel final de verano, y Anastasio la había abrigado y la había sacado a pasear un rato otra vez a la caída de la tarde. Con toda la inquietud de la jornada estaba excesivamente nerviosa y no podía parar un instante tranquila por casa; no está un momento quieta, le dijo al juez, que había vuelto otra vez desde la capital y se disponía a interrogar a Julián, a Julián Ortega Sanz o el ciego Julián, como le conocían todos en El Valle, que había subido al monte de madrugada con su sobrino como solía hacer a menudo y se había quedado esperándole a pocos pasos de donde todo había sucedido aquel día. No sería de extrañar que, con lo excitada que está, le dijo, le diese también el ataque, y lo que nos faltaba ya hoy.

Véngase un momento por aquí dentro de un par de horas, le respondió el juez pasándole la mano por encima del hombro y cogiéndole luego como un pellizco en los mofletes a Carmen, a la que le faltó tiempo para echarse a reír nerviosamente y preguntarle que cuándo iba a venir ya Miguel.

No era difícil cruzarse durante el día con el ciego Julián por el pueblo o incluso por los caminos, andando solo –hasta tal punto se conocía el lugar– o en compañía de su sobrino, o si no sentado a la sombra de algún árbol o bien en el poyo de piedra de su casa. Se pasaba allí quieto, al sol si era invierno o bien a la fresca ya por las tardes en verano, las horas muertas, como si el tiempo estuviese tan detenido para él como para la piedra sobre la que se sentaba o por lo menos el tronco del árbol bajo el que se guarecía, y todo el que cruzaba frente a su casa, que era la última del pueblo según se subía a la montaña, un poco apartada ya, le preguntaba si había pasado Fulano o había bajado ya Mengano, o si descargaría si es que estaba el tiempo revuelto o pensaba él que iba a apretar más el calor. Creían en él a pie juntillas cuando les decía algo; ver, lo que se dice ver, no verá, decían, pero saber, parece como si lo supiera todo el condenado ciego.

La familia, ya desde antiguo, había tenido siempre colmenas en el monte; algunas las dejaban fijas en los brezos, y otras, las más, las iban desplazando de un lugar a otro según las distintas floraciones. Así que muchos días que su sobrino subía a dar vuelta por ellas o a cambiarlas de lugar, Julián le acompañaba un trecho y luego se quedaba a esperarlo sentado bajo algún árbol. ¿Qué árbol es?, le preguntaba entonces su sobrino, y el ciego Julián escuchaba un instante el murmullo de las hojas y, con la más serena seguridad, como si no sólo no le cupiera nunca la posibilidad de equivocarse sino que no existiera siquiera el error, le respondía: un haya, o bien un viejo roble, un fresno, aunque me parece raro tan arriba, un arce con las hojas ya amarillentas. No se había equivocado nunca, y su sobrino, más que preguntarle ya para comprobar si sabía, lo hacía para asegurarse de que él mismo todavía fuera capaz de seguir dudando o asombrándose.

Fue él quien mandó a dar aviso al pueblo, cuando volvió su sobrino por él después de haberse llegado monte arriba a sus colmenas y haber bajado a escape al oír los disparos. Ve corriendo y dile al alcalde que suba y que antes llame a los guardias y al médico, que aquí ha ocurrido algo muy gordo, le dijo al muchacho, que tan pronto como oyó la última palabra salió disparado hacia el pueblo. El ciego lo sabe todo, pierda cuidado, es lo primero que le dijo el alcalde al juez al recibirle; y después de levantar el cadáver, que había quedado flotando en la balsa y estaba hinchado por el agua que le había entrado en los pulmones al intentar respirar por lo visto en los estertores, el juez le mandó llamar. A ver, ¿quién de ustedes es Julián?, dijo el teniente acercándose a los grupos de curiosos del otro lado de la cinta que acotaba el lugar de los hechos.

Lo habían llevado de vuelta a su casa y no había consentido en hablar todavía con nadie más que con Anastasio, que se lo había encontrado a las primeras de cambio en los alrededores de la balsa grande cuando subía acezando y más deprisa que ningún día. Aquella mañana Anastasio no dejó entretenerse a su hija en casa bajo ningún concepto; había oído los disparos, dos estampidos de escopeta como los de siempre, pero precedidos y seguidos esta vez por otras detonaciones que a él le resultaron no tanto desconocidas como de mal agüero, como si se tratara de algo anticuado y oscuro que de repente surgiera de algún recóndito lugar del olvido. Desde el punto de la mañana y antes incluso, durante toda la noche, en que no había podido casi conciliar el sueño ni con luz ni con la compañía de su padre al pie de la cama, Carmen se había ido poniendo cada vez más nerviosa. Barruntaba algo la pobre, diría Anastasio más tarde, y yo la verdad es que también, y ya luego, al dejar atrás los depósitos del agua según subíamos y no verle apoyado como siempre en la cerca o bien bajo el maguillo, se me redoblaron todos los temores que no habían hecho más que crecer todo el rato.

Sin hacer siquiera un alto en el desvío, siguió el camino opuesto al habitual ante las protestas de Carmen –que reaccionaba cada vez peor ante las prisas y las novedades–, lo mismo que si hubiera sabido ya de antemano hacia dónde tenía que dirigirse aquella mañana y qué era lo que se iba a encontrar. Tú sabes todo lo que ha ocurrido, ¿no, Julián?, le dijo Anastasio nada más descubrir su presencia al llegar a la balsa y mirar hacia el viejo roble de la orilla, antes de chillarle irritado a su hija como no había hecho nunca que se callara, que se callara por Dios un momento, pues no cesaba de gritar señalando a la balsa, señalando hacia la superficie verdinosa y amarillenta del agua de la balsa en la que estaba flotando su cuerpo por fin en equilibrio, por fin manteniéndose a flote sin esfuerzo ni pena y quieto y majestuoso para siempre.

10

Y entonces fue cuando el ciego Julián pronunció aquellas palabras que luego afirmaron en el Hostal que había estado ya diciendo desde siempre. Las palabras que no dijo al juez ni dijo al teniente García Acevedo, ni dijo quizás siquiera en el fondo a nadie más que a su propia oscuridad, pero que sin embargo repitió después, sólo un poco más tarde esa misma mañana, cuando al bajar ya hacia el pueblo con su sobrino, en las inmediaciones del cruce que une los caminos que descienden de la Peñuela y el Guardatillo, el muchacho vio acercarse, a la altura ya de los depósitos del agua, un todoterreno que levantaba una gran polvareda tras él.

Fermín, le dijo su sobrino después de que hubieran pasado junto a ellos llenándoles de polvo, Fermín Ramos Bayal y la señora Remedios que suben en el coche a la señora. Aunque esto último –a la señora, que suben en el coche a la señora– tal vez era lo que menos hubiese necesitado que le precisase. Se sacudieron el polvo –el aire se lo llevaba lentamente hacia las matas de la izquierda del camino– y entonces Julián, el ciego Julián, como le llamaban todos, volvió a repetir, en el mismo exacto tono irreproducible y certero, las mismas palabras que había dicho hacía unos momentos ante Anastasio, pero ahora redobladas con un nuevo añadido.

Le brotaron de un modo raro de los labios, diría más tarde Anastasio, no sabría decir si como si borbotara o como si decla-

78

mara o más bien transmitiera algo igual que una máquina; como si no fueran suyas ni hubieran salido de él, pero por otra parte como si tampoco fueran a lo mejor de nadie ni fueran siquiera palabras, dijo, sino más bien otra cosa, esa otra cosa que justamente no son las palabras.

¿Tú crees que es eso, Julián?, le dijo nada más oírle, mientras Carmen seguía sin dejar de chillar; ¿tú crees que en el fondo se trata de eso?

Con la misma conforme perplejidad o temblorosa inquietud con que le había escuchado, Anastasio dio entonces un paso más hacia el ciego –¿tú crees que es eso?, repitió ahora ya más bien para su fuero interno–, pero al igual que los niños que se le acercaban para intentar verle los ojos de frente y se echaban atrás atemorizados, él también dio la impresión de cerrar espantado los suyos como si le fuera imposible no claudicar al acercarse a la inaccesible noche cristalina de sus ojos, no ser el ciego él en ese momento. Pero a lo mejor fue sólo eso, una impresión, pues no se hubiese dicho nunca que la mirada de Anastasio fuera luego de espanto porque no se había atrevido a ver, sino más bien porque había visto.

Verle los ojos al ciego, se dicen los niños, a que no eres capaz de mirarle los ojos al ciego desde allí mismo. Ver lo que no ve, recordaba Anastasio que decía Miguel, verlo con los ojos que sí pueden ver pero son incapaces de hacerlo, incapaces de soportarlo o digerirlo, y entonces dejan de ver o dejan de mirar, se cierran o ladean o se vuelven para mirar a otro sitio.

Fue igual que si hablara la montaña o el aire entre los árboles o las matas del monte, le diría Anastasio después a Bertha, o incluso el mismo tiempo de los montes o del viento por el conducto de su boca, y ya luego no he podido quitarme de la cabeza esas palabras. Me acompañan a todas partes; me levanto con ellas y me acuesto con ellas, pienso en Miguel, o pienso en el otro, y pienso continuamente en ellas; paso por delante de la casa de su madre o de la casa del otro en la carretera, y enseguida me vuelven a la cabeza para no dejarme ya ni a sol ni a sombra; y aunque a veces logre olvidarlas, sé que en el fondo están siempre ahí, como esculpidas en el friso de un templo al que ya quizás nadie peregrine, rigiendo nuestras obsesiones y orientando nuestros deseos, pendiendo sobre nuestras cabezas o tal vez sólo burlándose de todo.

Cuando bajó Anastasio arrastrando a Carmen a regañadientes, todavía estaban subiendo muchos vecinos. Iban aprisa, concentrados y taciturnos –algunos bulliciosos– y con la indumentaria de casa o incluso el delantal en la mano –recogiéndose el pelo– si con las prisas alguna mujer no había caído en la cuenta de quitárselo más que ya de camino. La mayor parte iba a pie y apretando el paso, o bien en coche algunos o tractor hasta donde ya no dejaron subir porque habían acordonado la zona. De vez en cuando exclamaban frases hechas que incluían muchas veces la palabra Dios, o bien se daban la razón y comentaban lo que no podía por menos de haber pasado o ellos ya sabían desde siempre que iba a pasar. Si es que no podía ser de otra forma, decían, o el uno, o el otro, o bien los dos, pero no podía ser de otra forma. A paso ligero como buenos andarines aunque ya estuvieran entrados en años, o bien otros acezando y deteniéndose cada dos por tres, subían compungidos o excitados o más bien indiferentes, pero todos en cualquier caso como si tuvieran que llegar a tiempo a algo o algo estuviera esperando para suceder a que todos estuvieran ya allí.

Pero cuando muchos llegaron ya todo había concluido. El juez había levantado el cadáver, y un sargento y varios números habían subido monte arriba en busca de El Biércoles; una ambulancia –El Biércoles, El Biércoles, era el nombre que estaba en la boca de todos– se había llevado a Ruiz de Pablo a todo correr al hospital, levantando a su paso una polvareda descomunal sólo comparable a la que había levantado también al subir Ramos Bayal con su todoterreno, y más tarde, prácticamente a media mañana, otro coche se había llevado también el cadáver en la misma dirección. Luego bajaron el teniente y el juez en compañía del alcalde, y a eso del mediodía ya no quedaba más que una pareja de guardias como retén en torno a la cinta de plástico blanca y roja que precintaba el lugar de los hechos, como se empezó a llamar incluso en el Hostal a la parte de las balsas y el viejo roble de la orilla donde todo había sucedido.

Al anochecer ya no quedaría allí nada más que esa cinta, y el viento la mecería de un lado a otro produciendo un sonido insólito entre los árboles. Nadie se atrevería a retirarla probablemente en mucho tiempo, aunque ya de nada sirviera en apariencia, y sólo el viento o algún animal la romperían con el tiempo por algún lado. Pero aquel color chillón blanco y rojo, tan poco natural, la materia plástica misma de la que estaba hecha y el poder de disuasión que entrañaba algo tan dúctil y ligero, pero que acotaba allí la voz trascendente de una ley, era probable que permaneciera durante mucho tiempo, aunque no se dieran cuenta o no quisieran dársela, en la mente de los habitantes de El Valle.

Aquella misma noche en la taberna o en el Hostal, y durante los días y los meses y probablemente los años sucesivos, los vecinos que habían subido monte arriba y habían podido por tanto contemplar el lugar de los hechos y el desenlace de todo lo que se había ido sedimentando durante años más o menos ante sus ojos, empezarían a recomponer los detalles que habían visto dentro y fuera de esa cinta que acordonaba el espacio en el que todo había concluido, a dirimir los puntos oscuros y completar los datos que faltaban, y a decantarse por una u otra de las suposiciones que habían comenzado a echar raíces desde el primer momento, desde el instante en que Ramos Bayal bajó deprisa y corriendo sin dejar de decir a todo el que quería oírle que ya estaba, que ya lo había matado o lo habían matado, y luego él mismo se había disparado un tiro a bocajarro en la sien.

Para aquellos hombres cuya monotonía no había conocido a lo largo de muchos años prácticamente otras inflexiones que las de los ciclos de la naturaleza, que las heladas más inclementes de un año o las sequías más prolongadas de otro, la cantidad excepcional de los pastos o del grano unos años o la persistencia en otros de las nieves en las cumbres de Cebollera, o bien, como mucho, la boda de un vecino o el nacimiento del hijo de otro, o más bien la muerte de éste o aquél —el año que retejaron el Ayuntamiento, llegaban a decir si no había otra cosa, o el del comienzo de la chifladura de Gómez Luengo–, los sucesos de aquellos días suponían un acontecimiento que, más allá de sus sentimientos o su cercanía a las familias implicadas en ellos, los mantendría seguramente en vilo durante años en los que no cesarían de recordar, de elucubrar y atar cabos —en los que no cesarían sobre todo de maliciar–, hasta que poco a poco aquellos hechos fueran coagulando y acabaran por convertirse inexorablemente nada más que en un hito para señalar el tiempo y jalonar su paso, en una referencia que haría que en adelante se aludiera a aquel año como el año de la muerte de Miguel Sánchez Blanco, lo mismo que otros años eran el año de la muerte de su padre o el de construcción del Hostal o el remozamiento de la taberna, el que la temperatura bajó a menos veinte o florecieron los frutales a comienzos de marzo, y cuando alguien hacía memoria, y por lo que fuera quería referirse a ellos, los nombraba siempre de esa forma y no por ningún número ni cifra que valiese.

Generación tras generación —le escribía Miguel en una de sus últimas cartas a Anastasio–, desde un tiempo inmemorial, están acostumbrados a hacerse eco, las veces que hablan entre sí, de los crímenes y las malignidades de la gente como la mejor forma de pasar el tiempo, de considerarlo, de tener consideración con él y darle la razón y a la vez de matarlo, como si el relato de la muerte y la perfidia fuese su verdadera esencia a la par que la única réplica del tiempo, el único antídoto eficaz contra él extraído de lo más íntimo de sus propias entrañas. Se reúnen, cierran las puertas y los postigos para que entre menos frío y se amortigüe en algo el sonido del viento de la sierra, y si no hablan de dinero, de ahorro y transacciones —la otra réplica del tiempo, su otra o idéntica esencia–, ya están recordando una ingratitud o una infamia, un despecho, una insolencia, sobre todo si traía o podía traer aparejada consigo alguna muerte, ya están rumiando las mil y una ruindades y bellaquerías de la vida con una sequedad y una desconfianza hacia cualquiera –a saber también qué haría ése, suelen decir, o eso es lo que tú te crees– que es como si evaporase el oxígeno a tu alrededor, como si creyeran que el recelo les hace más hombres y el pensar mal más enteros. Aunque probablemente sea sólo miedo, miedo al tiempo, miedo a la soledad, lo único que muchos tienen en el fondo además de cuatro cuartos, lo único que en realidad les mantiene juntos y les hace agruparse todas las tardes para sentirse vivos relatando las vicisitudes de los que se fueron o escuchando ahora sobre todo la crónica de sucesos de la televisión, rehilando y recomponiendo los pormenores de una desgracia o un delito en relatos que repiten mil veces del derecho y del revés durante años, como si eso fuese la sola forma de mantener a distancia la soledad y el tiempo, de tratarlos a lo mejor de tú a tú y atizar un fuego que a su modo les mantenga caldeados los corazones. Gentes sin proyectos, sin esperanza, gentes sin hijos, gentes cargadas de resquemores y asechanzas que no aspiran más que a matar el tiempo y acumular rencores y por lo tanto a cargarse de razón. Por eso jalonan los años con accidentes u homicidios y refieren por menudo los entresijos de este o aquel percance o desgracia como si fuera lo más importante del mundo. Lleva mal camino, dicen de alguien, o malo, malo será que no acabe como tiene que acabar ese muchacho, como han dicho desde siempre de mí. Fue por los días del suicidio de aquel pobre párroco, ¿os acordáis?, suelen decir, o un año antes de la muerte de Gervasio, el padre de Miguel, Gervasio Sánchez Zúñiga, que se la venía buscando el hombre con ahínco, él sabría por qué, y entonces vuelven a recordar y a poner sobre el tapete detalles o suspicacias que habían ido dejando a lo mejor en suspenso o maquinando por su cuenta. ¡La de pan para sus dientes que no les habré dado yo, decía ya casi al final mi padre –concluía Miguel en su carta, una de las últimas–, y que no les seguiré dando!

Por la noche, ya en casa de nuevo, Carmen había atado un trozo de cinta roja y blanca que le había dado el teniente como obsequio entre la acacia del patio y una escarpia de la pared.

No pases, le dijo a su padre, de ahí no puedes pasar si no quieres que vengan los guardias y se te lleven preso. Pero luego la desataba y la volvía a atar en otro lado, donde quería, y por la noche, que pasó casi en vela, no cesó de oírla vibrar al viento desde la ventana de su habitación, desde esa ventana que una débil luz siempre encendida que venía del comedor enmarcaba perfectamente en la noche.

11

Cuando los primeros vecinos comenzaron a agruparse en torno a la puerta del cementerio –era muy de mañana y el entierro había sido previsto para primera hora–, pudieron oír a la perfección el sonido áspero y monótono de una pala que se hundía en la tierra, que extraía y vaciaba y volvía a hincarse con un ritmo mecánico cuyo eco atenuado habían podido oír algunos ya antes retumbar desde sus casas. Ya está ahí, se decían conforme iban llegando, a veces sólo con un gesto indicativo de la cabeza en dirección a la verja, ya está ahí y ahora ya la tenemos buena.

Según viniera el aire, podían percibirse muchas veces en toda la quietud del pueblo a la redonda los ecos de buena parte de los movimientos que acompasaban la vida del valle, y así los golpes de una azada que cavaba la tierra o de una mujer que sacudía unas mantas contra la barandilla de un balcón, el claxon de las furgonetas de la venta ambulante o el vareo de la lana de unos colchones –los mugidos de las vacas, la llegada de algún coche, un portazo o unas voces que de repente llamaban a alguien, los disparos de El Biércoles– ritmaban de ordinario los días como los toques de un reloj arbitrario y caprichoso. De modo que, al oír los ruidos secos y retumbantes que venían del cementerio, a pocos les pasó inadvertido aquella mañana que ya todo se había vuelto a poner de nuevo en marcha.

Eran todo hombres al principio, hombres madrugadores y

vestidos de oscuro, trajeados para la ocasión y con la boina de los días de fiesta calada en una cabeza que era difícil imaginar sin ella; hombres que raramente se podían contar entre sus más allegados de los últimos tiempos ni entre los amigos de toda la vida, sino más bien entre las personas que siempre están en todo, que siempre concurren puntuales o con antelación a todo y nunca se pierden una celebración ni se pierden la llegada de nada ni mucho menos una despedida, porque raro es que no aparezcan en el momento y el lugar adecuados para levantar acta o dar el visto bueno como si todo tuviera que pasar por ellos o nada pudiera suceder en realidad sin su consentimiento. Hombres todavía en activo o ya jubilados, trabajadores a carta cabal o bien marrulleros y enredadores que se las saben todas, que todo lo ven venir siempre o lo habían visto ya desde mucho antes, asiduos del bar del Hostal y de la taberna de la calle Mayor –algún que otro amigo de la familia– que acudían más para comprobar que para ver en realidad, más para seguir unos acontecimientos como se sigue la lectura de una epístola en la iglesia –para recordar, para volverlo a oír, o a oír quizás sólo como quien oye llover– que para asistir en el fondo a nada nuevo y menos aún para acompañar a nadie en sus últimos instantes sobre la superficie de esta tierra.

Según iban llegando, se acercaban a quienes les habían precedido y, sin saludar muchas veces, enseguida formaban corro con ellos. Ya está armada, decía alguno, o ya verás qué pronto se arma, y levantaba la cabeza, o tal vez sólo los ojos, en dirección a alguno de los guardias que habían visto apostarse alrededor del cementerio y tomar posiciones en la carretera y los caminos colindantes que llevaban al monte. Sabían que no actuarían hasta que hubiese acabado con su cometido por no espantarlo –no se moverá un dedo hasta que haya terminado de enterrarlo, decían que le había prometido el teniente al alcalde–, pero ninguno quería perderse ni por asomo el menor detalle de nada. Lo que es entrar, le dejarán entrar, habían dicho la víspera, pero en cuanto acabe ya se verá. Ahora que si creen que le van a echar el guante así como así, van listos, decían, y luego algunos remataban comentando que era mucho Biércoles El Biércoles para todos aquellos chavales vestidos de uniforme. Se las sabe todas, concluían, y les saldrá por donde menos se lo esperen y, si no, al tiempo.

Pero ni lo que iba a suceder, ni los resultados de la instrucción en curso, parecían inquietarles en el fondo lo más mínimo; pues era como si todos tuvieran ya de antemano su visión de los hechos y sólo estuvieran a la espera de que cada cosa viniera luego a encajar y ajustarse a ella como los muros y los pilares de unas obras al dibujo del plano de una casa. Nadie levantaba tampoco mucho la voz, pero la mayoría daba por sentado que habría sido él o que por lo menos no cabía oponer a esa posibilidad mayores objeciones, como si el eco de las historias y las hablillas que le tenían por objeto fuera tan indistinguible de la realidad y determinase de tal forma los hechos, que poco pudieran importar luego los datos o las comprobaciones de las que se pudiera tener en mayor o menor medida constancia. Era igual, las habladurías e imaginaciones que se habían tejido en torno a él establecían quién era de la misma forma caprichosa y arbitraria con que los ecos de los ruidos acompasaban el tiempo en el reloj de El Valle o los ecos de las creencias, en cuanto se ponen en marcha en el cerebro de los hombres, componen y dan realidad a las cosas. Se ve entonces, le decía Miguel a Anastasio en una de sus conversaciones, sólo lo que consiente o da pábulo a ver lo que se cree; se oye y huele, y hasta se palpa, únicamente lo que deja oír y oler y palpar aquello que se cree, igual que si el camino en el bosque no fuera sólo una forma de transitarlo sino que fuera en realidad el bosque entero.

Estaba más amoratado que nunca, decía quien aseguraba haberle visto bajar del monte nada más empezar a amanecer, y cojeaba, cojeaba como un demonio. Ahora bien, nunca le había visto tampoco tan limpio.

El Hostal se había llenado aquella noche; habían venido viajeros de Madrid y de mucho más lejos, de Berlín, que es donde vivía al final, y también de Viena y Hamburgo y otras ciudades cuyos nombres le parecieron al hijo del dueño que rellenó sus fichas al llegar tan exóticos como si fueran pájaros de los que nunca se hubiese tenido noticia por allí. También había venido su mujer –su mujer o exmujer o lo que fuera, habían dicho al verla llegar desde la cristalera del Hostal– y junto a ella una chica como de veinte o veintidós años, rubia y vestida de un modo informal y descuidado que en todo contrastaba con la forma de vestir de su madre, que a todos les pareció enseguida tan igual a Miguel como una gota de agua a otra gota. Ha salido enterita a él, dijo alguien al verla, con esa perspicacia que tienen en los pueblos para distinguir los rasgos no sólo físicos de las personas y atribuirlos a una u otra línea familiar. La cara y los ojos y hasta la forma de moverse, dijeron, y eso que qué habrá vivido con él, ¿seis?, ¿ocho años? Ya dicen que no para un rato quieta.

Eran periodistas como él en su mayor parte, antiguos compañeros de esto y lo otro, y amistades de muchos de los sitios en los que había vivido que hablaban en lenguas que ellos ni entendían, ni probablemente se habrían oído nunca por aquellos parajes. Mujeres desde luego no faltan ni podían faltar, dijo quien había asegurado haber visto a El Biércoles de madrugada; ahora bien, la que no creo que vaya a venir por nada del mundo es la madre. A ésa os apuesto lo que queráis a que no le vemos el pelo hoy aquí ni aunque la maten. Aunque bueno estaría también que no acudiese por lo menos el último día, al fin y al cabo era su madre.

Venir no sé si vendrá, pero lo que es penar, esa mujer ya lo ha penado casi todo, intervino Ramos Bayal, Fermín Ramos Bayal, que tenía fama de hablador y entrometido y había sido uno de los primeros, si no el primero, en llegarse también aquella mañana hasta la puerta del cementerio. Era de pequeña estatura y algo esmirriado, de ojos pequeños un poco hundidos y como juntos –y sin embargo extrañamente penetrantes–, y había trabajado durante más de treinta años, hasta su reciente jubilación, en una fábrica de espoletas de las cercanías de Bilbao, ciudad a cuyos alrededores había emigrado como otros muchos de aquel valle en su día y en la que solía encontrarse por lo visto muchas veces, cuando éste también anduvo por allí, con el padre de don Enrique, como él le llamaba siempre, de don Enrique Ruiz de Pablo, el poeta o el profesor, como le llamaban muchos, o bien el otro, como decía Anastasio todas las veces que se refería a él. Se jactaba siempre que podía de haber trabado desde entonces una íntima amistad con la familia, algunos de cuyos flecos misteriosos u opacos le gustaba subrayar continuamente viniera o no al caso. A saber lo que habrá alternado ése con nadie, si no habrá hecho otra cosa que trabajar y deslomarse como una mula por allí arriba, repetían; o bien enredar, porque lo que es eso seguro que lo habrá sabido hacer bien, remataba a menudo Fulgencio, Fulgencio Mateo Cercas, un viejo vaquero retirado que vivía al lado de Ramos Bayal lo mismo que éste vivía casi pared con pared con don Enrique, al otro lado de la carretera, y que también había estado en la taberna la tarde en que el ama de llaves de la madre de Miguel había venido con el recado.

Que no se le ocurra ni tocar la tumba de familia a ese orangután, le había mandado decir a su ama de llaves la señora María, María Blanco Ibáñez, dos días antes de la mañana del entierro, cuando ya todo el valle conocía de sobra lo que había sucedido –no se hablaba de otra cosa– y Anastasio había llamado desde el teléfono del Ayuntamiento a los números de la agenda del fallecido que había juzgado conveniente. Dile, dile bien claro, y si hay mucha gente mejor, que le diga que no se le ocurra enterrarlo ni por asomo en la cripta de la familia, y que cuanto más lejos y más hondo mejor estará, le dijo, y el ama de llaves lo repitió palabra por palabra al tabernero casi sin atreverse a entrar en el local, de carrerilla y con esas ganas de acabar que se tienen cuando se siente incomodidad en decir lo que nos han mandado decir. Eso es lo que me ha dicho la señora que dijera, concluyó antes de salir ya más aliviada, y volver al cabo de un rato para añadir que también le había dicho que a ella desde luego la esperaran sentados, que ni se le había pasado un momento por la cabeza la sola idea de acudir.

Todos sabían que era inútil esperarla, que era y había sido

siempre de esa índole de personas que cifran en su orgullo inconmovible el eje de su conducta, y cuyo no dar jamás su brazo a torcer es para ellas en realidad no sólo el bastón en que se apoyan, sino una especie de ariete incluso contra la muerte. Jamás se la vio desdecirse ni echarse atrás en nada en los días de su vida, jamás se la oyó solicitar una ayuda que no pudiese pagar de su bolsillo ni mostrar una debilidad ni un azoramiento siquiera en los peores momentos, cuando ella sabía que todos sabían que estaba al cabo de la calle de todo; y no se le conocieron nunca ni medias tintas ni paños calientes en lo referente a ninguna opinión u opción que ella hubiese tomado en público o en privado e hiciera poco o bien muchos años atrás, pero en cualquier caso siempre de una vez por todas, siempre a rajatabla y sin que le dolieran prendas, y sin embargo siempre también a carta cabal, según le gustaba repetir a menudo.

Era una mujer de una distinción natural, de una elegancia y desenvoltura sobrias y contenidas que todavía conservaban en la pulcritud de sus rasgos y la inverosímil delicadeza de su rostro –en su pelo blanco todavía vivo y sedoso que ella recogía y se tocaba aún con asombrosa finura– los restos de una rara belleza sobre los que sin embargo en los últimos tiempos sobrepujaba y se aupaba la altivez, una suerte de arrogancia escéptica y displicente con la que se defendía del mundo atacándole todo lo que podía y en la que había ido apergaminándose poco a poco igual que lo había hecho su piel.

Durante muchos años, los años de su última juventud y buena parte de su madurez, había vivido en Madrid casada con un hombre de negocios que la sacó del ambiente reducido de la vieja capital de provincias, donde tan fácil le había sido descollar, y se la llevó a un ámbito más concurrido en el que la gracia de su porte y de sus modales y la fuerza de sus convicciones le granjearon desde el principio, y durante todos los años de su estancia allí, una amplia gama de recelos y desconfianzas. Su marido, descendiente de ganaderos trashumantes que se habían establecido y enriquecido en el sur, pero que no había perdido sin embargo ni el espíritu sufrido y emprendedor de su tierra de origen ni su relación con ella, se enamoró de María apasionadamente –a primera vista, como le había ocurrido ya otras veces y le seguiría ocurriendo en adelante– y la quiso como se llegó a decir que nunca se había visto a nadie querer jamás a una persona. Venía de Madrid cargado de regalos, de joyas y prendas de vestir que compraba siempre en las mejores tiendas y no perdía nunca ocasión de mostrar en público, y la rodeaba continuamente de atenciones y de todo tipo de cumplidos –demasiado amable y demasiado atento, dijo siempre la madre de ella, que nunca consiguió verle con buenos ojos y aprovechaba cualquier detalle para intentar malquistarle con él.

Al principio, desde el día de su boda y hasta por lo menos el nacimiento de Miguel, su segundo hijo, la invitaba muchas veces a marcharse de viaje con él al extranjero o a otras ciudades, adonde viajaba a menudo para acudir a alguna feria o llevado por sus múltiples intereses económicos. Pero ella, como si nada se le hubiera perdido nunca fuera de su ámbito habitual y por nada sintiese más curiosidad en el fondo que desdén, solía declinar la invitación y contraponerle siempre una temporada en su casa de El Valle, en la vieja casona de finales de siglo, de grandes sillares de piedra a la vista en las esquinas y los marcos de las puertas y ventanas, como era uso en la zona, que heredó de sus padres y él mandó rehabilitar después de la boda y dotar de todas las comodidades por dentro, manteniendo su impecable hechura y sobriedad exterior. A ella se entraba, y todavía se entra, poco más arriba de donde luego construyeron el Hostal, por una vieja verja que todo el mundo recuerda pintada siempre de verde y flanqueada por dos pilares de piedra permanentemente coronados de siemprevivas, a las que ella nunca dejaba de contemplar un momento cada vez que llegaba. Parece como si no necesitaran ni tierra para vivir o no necesitaran de nada, y sin embargo ahí las tienes, solía decir aludiendo en apariencia sólo a las siemprevivas, les basta una piedra o un tejado, algo sólido sobre lo que asentarse, y ya entonces no se marchitan nunca; cambian de color, pero no se marchitan; las atenaza la helada o la tórrida canícula de agosto y se vuelen violáceas o amarillentas, pero ni se ajan ni se hielan ni se secan nunca; se contraen o se ensanchan, resplandecen o simplemente perseverran, pero siempre están vivas y siempre hermosas y con esas flores tan bellas por si fuera poco en cuanto asoma por algún lado la primavera.

Era la casa en la que nació y en la que quiso que nacieran sus hijos, la casa en la que murieron sus padres y murieron asimismo sus abuelos y bisabuelos y donde ella había dispuesto que quería morir también a toda costa, aunque sin prisas, decía, como era norma –dispensa celestial, se afirmaba– en una familia cuyos miembros femeninos habían superado, o por lo menos rondado en su práctica totalidad, los cien años desde donde alcanzaba la memoria. La abuela Inés murió con ciento tres años y su madre, vuestra bisabuela –les había contado innumerables veces a sus hijos en presencia siempre de su marido– estaba para cumplir los cien cuando se la llevó aquel invierno tan frío de la guerra, que si no habría sido capaz de superar hasta a mi bisabuela Gregoria, vuestra tatarabuela, que llegó a la venerable edad de ciento seis años y la víspera de su muerte todavía aseguran que dijo que al mundo no le auguraba mucho futuro, tal y como veía a todos de acelerados. En cuanto a mí, no pienso ser menos, agregaba quedándose siempre al terminar la frase mirando a su marido con un gesto de inquietante satisfacción.

La casa la habían construido sus bisabuelos, ya en edad avanzada y a la vuelta de largos años de emigración en América, y conservaba desde entonces la misma estructura y el mismo porte sobrio y señorial de siempre, y también el largo muro intacto de piedra que vallaba la amplia huerta y circunscribía la casa por la parte de la calle y también por debajo y por el este, donde lindaba directamente con prados y más prados que se perdían en la montaña hacia los altos de Tabanera y Celadillas, y más abajo hacia Mojón Albo y el altozano de la Asomadilla, y así hasta el pueblo de Espejo y las escarpaduras de la Calvilla ya al otro lado del río. Ése era el horizonte en el que se había criado Miguel, el muro de cinta de la huerta y más allá Tabanera o

Mojón Albo o más bien la Calvilla, y ésa era la vista que luego se había detenido tantas veces a contemplar solo o con Anastasio, con el viejo y recio Anastasio, caminando por el monte o sentado después en el comedor del Hostal.

Desde la fecha en que se construyó la casa y se valló la propiedad, todos los miembros masculinos de la familia habían realizado alguna mejora o modernización en su interior, y todos los miembros femeninos le habían consagrado a la huerta parecidos desvelos y semejante afición. Todas habían podado los rosales en enero y los emparrados en noviembre, habían recortado o mandado recortar los setos de mirto y las acacias de bola, y cultivado o mandado cultivar una tierra de la que siempre se habían alimentado con el íntimo convencimiento de que no podía comerse una verdura, tardía pero al fin y al cabo verdura, de mayor calidad y mejor sabor; y, sobre todo, cada uno de los longevos componentes femeninos de la familia había mandado plantar, en un momento determinado de su vida, algún árbol o grupo de árboles de su predilección, motivo por el cual muchos de ellos llevaban nombre propio como si fueran animales domésticos. No se decía «los cerezos de la valla» o «los nogales del fondo», sino «los cerezos de la abuela Inés» o «los nogales de la bisabuela Alfonsina» o, directamente, «los ineses», así, con el género cambiado, o «los alfonsinas», o todo lo más «los ineses de la valla» o «los alfonsinas del fondo». «Este año les toca poda a los ineses», se podía oír incluso de labios de los hortelanos contratados, o bien «han dado unas cerezas estupendas esta vez los ineses, pocas pero estupendas». Que un árbol hubiera dado escaso fruto un año, pero de buena calidad, era lo mejor que se podía decir en la familia de él, y de haberlo hecho así durante varias temporadas, al igual que una persona que realiza en su vida pocas cosas pero bien hechas, adquiría fama de difícil y raro pero de «buen fondo», de «enjundioso» o «cabal», como les gustaba decir mucho a todos los miembros femeninos no sólo acerca de los árboles, sino también de las personas, a las que inmediatamente dividían no en ricos y pobres, cultos e ignorantes o toscos y refinados –forasteros y del lugar–, sino en «sinsustancias» y hombres o mujeres «de prove-cho», en «sinsentidos» y personas «de fundamento», «enjundio-sos» y «a carta cabal» como hay pocos.

El destino, o lo que fuera en su lugar, había querido que, al contrario de las hijas, muchos de los hijos varones de los matri-monios de la familia, y prácticamente todos los hombres de los que aquéllas se prendaban y con los que contraían largos pero penosos y enrevesados matrimonios, tuvieran que alinearse con los del tipo «sinsustancia» y «pocoprovecho», personajes de ca-beza alocada y escasa estabilidad –de culo de mal asiento, se re-petía de generación en generación– a los que no se entendía cómo sintiéndose ellas tan atraídas por todo lo que arraiga, se asienta y permanece, lo que apenas se advierte crecer ni mo-verse, parecían estar invariablemente asignadas y condenadas a pechar con sus caprichos y veleidades durante el resto de sus días, y a referirse a ellos siempre con aquellos apelativos que hereda-ban las hijas de las madres y las nueras de sus suegras y pronun-ciaban al alimón diversas generaciones al mismo tiempo.

El pocofundamento de tu marido parece que va mucho por Londres esta temporada; ya me dirás lo que se le ha perdi-do por allí, se pudo oír durante un tiempo a la señora Inés, la abuela de Miguel que mandó plantar los cerezos de la valla, que le decía a su hija cuando ésta, como casi todas las mujeres de la familia, tomó por costumbre acudir a la casona de El Va-lle a refugiarse durante temporadas enteras.

A partir de una cierta edad, rebasados ya con creces los cuarenta, las visitas a la casona se volvían más frecuentes y pro-longadas. Como si estuvieran cansadas del ajetreo de la vida al que las destinaban sus maridos o una fuerza mayor les impulsa-ra a poner coto, a trazar una línea divisoria tras la cual poder decir a sus anchas «ahora ya está bien» o «hasta aquí hemos lle-gado» –«¿bien está lo que bien ha estado?»–, las mujeres de la familia solían recoger velas y establecerse de alguna forma mi-tad en la casona de El Valle, mitad en la capital en la que vivie-ran, en Madrid o Buenos Aires o en Londres o allí donde les llevaran los negocios o los proyectos de sus maridos, pero con el pensamiento fijo no obstante de dejar cuanto antes de ir de un lado para otro y abandonar definitivamente Madrid, o abandonar México o París, el círculo entero de sus amistades y la índole de sus preocupaciones y trajines más cotidianos, para volver a El Valle la mayor parte de las veces sin sus maridos y sin que mediara una palabra de explicación a nadie, pero con un orgullo heredado con el que no casaba que se pudiera echar en falta ni una cosa ni otra. Era como si de repente hubieran entendido algo, como si hubieran cruzado una linde o se hubiera decantado una situación, como si algo que hasta entonces no se había perfilado o acabado de perfilar suficientemente hubiese hecho irrupción en sus vidas como hace a veces un rostro.

Luego, poco a poco, según iban viendo que se aproximaban ya las primeras estribaciones de la vejez, empezaban a pensar un día en el lugar y los árboles que plantarían en la huerta como si aquélla fuera una de las decisiones más importantes de sus vidas. Empezaban a viajar entonces por los alrededores y a visitar huertos y viveros de uno y otro sitio, a probar frutos y escoger calidades, hasta que al final daban con la variedad exacta del árbol que querían ver arraigar en el recinto contorneado por el viejo muro de piedra y legar a sus descendientes como si fuera lo más importante del mundo. Los elegían con sumo cuidado, prestando atención al tipo de tierra y a las condiciones del clima tanto como al abrigo del viento de Cebollera o a la anchura que los tenía que separar de los otros –anchos, plántelos bien anchos unos de otros, les decían a los hortelanos; como si fueran personas, que es como mejor estamos, a distancia unos de otros– y, a diferencia de la mayor parte de sus maridos e hijos, raro era luego el que no echaba raíces, el que no sentaba sus reales en la huerta y perseveraba a veces hasta inconcebiblemente como la rama femenina de la familia.

Gozaban en efecto aquellos árboles de ordinario de larga y buena salud, de extraordinaria y lozana estampa y también del prestigio adquirido por los miembros de una añosa dinastía, y cuando alguno de ellos, muy de tarde en tarde, se secaba o enfermaba irremediablemente, el duelo y el recuerdo que se le consagraban entonces eran en muchos aspectos semejantes o incluso seguramente superiores a los que se dedicaban a algunos de los miembros varones de la familia. «El pobre gregoria, ¿os acordáis del pobre gregoria?», se dijo durante mucho tiempo cuando la memoria se detenía en el vetusto ciruelo que mandó plantar al final de sus días la bisabuela Gregoria, la tatarabuela de Miguel, que alcanzó a vivir la provecta edad de ciento seis años; tuvo que ser un rayo el que acabara con él, decían, porque estaba hecho de su misma pasta y hubiese aguantado lo que le hubiesen echado in sécula seculórum. Se plantaban –le escribió Miguel un día a Anastasio–, dudaban a lo mejor al principio, y luego ya se hacían al lugar y al tiempo como se habían hecho las montañas o las rocas y se hacen también algunas personas como tú. Imperceptiblemente iban creciendo y ensanchando su tronco cada año, y cada año contaban con algunas ramas nuevas lo mismo que con otras que el viento, o bien alguna causa incomprensible, tronchaban o hacían que se secasen. Perdían esas ramas, ganaban otras, daban poca o mucha sombra y llegaban a sazón pocas o muchas flores, pero siempre estaban ahí, enhiestos, emblemáticos, obsequiosos e imperturbables, componiendo sin recelos ni odio el paisaje lo mismo que los montes y estallando sin embargo en primavera con el asombro de sus flores blancas y en verano con el alivio de su frondosidad: grandes, retorcidos, achacosos a veces, pero siempre longevos, serenos, impecables. Hubiese querido ser uno de ellos, Anastasio, uno como tú; los observaba tanto de niño desde la ventana de mi habitación, a ellos y a las montañas, tanto rato tan inmóviles siempre, o tan en movimiento muchas veces en su fijeza, que era como si pudiesen echar a volar de un momento a otro sin apartarse nunca un ápice de donde estaban; los observaba y los envidiaba tanto que llegué a odiarlos con todas mis fuerzas de tanto como me hubiera gustado ser ellos.

12

Mientras tanto los varones de la familia continuaban viajando, continuaban haciendo o elucubrando negocios y cambiando de ciudades o amantes casi como se cambia de muda. A veces lo perdían todo, se derrumbaban y volvían a ponerse en pie, o bien ganaban y se enriquecían sobremanera y entonces empezaban a despilfarrar, a echar la casa por la ventana y derrochar el dinero y la salud y sobre todo empezaban a pasar muy deprisa, todavía más deprisa, por todas las cosas, como si les persiguiera siempre alguien o tuvieran que llegar siempre a algo que estaba indefectiblemente más allá o en otro lado.

El mundo era para ellos el continuo aliciente de su deseo, un espacio ilimitado donde cada uno no era sino el fruto casi exclusivo de su voluntad y cada cosa sólo el efluvio de la magia que ellos habían proyectado en ella. Por lo que raro era el componente masculino de la familia que no hubiese sido muchas cosas en la vida –muchas cosas incluso a la vez– o no hubiese vivido en distintas ciudades de Europa y América: emigraciones a Chile y Argentina, negocios en México, continuos viajes a Londres y París y largas estancias en Bruselas o Múnich, o bien toda una vida de exiliado como el abuelo Alfonso, o de exiliado y luego corresponsal como el propio Miguel. Para ellas, en cambio, era el ámbito de la finca que el largo e intacto muro de piedra circunscribía, el de la vieja casona levantada con las sólidas piedras acarreadas desde los pedregales de los antiquísimos glaciares del Guardatillo, un mundo limitado y certero en el que encerrarse significaba abrirse a una dimensión que a ellos, o por lo menos a la mayor parte de ellos o a la mayor parte de la vida de todos ellos, les estaba por alguna oculta o innata razón fundamentalmente vedada.

Así fue también como, a partir sobre todo de una cierta época, que para algunos debió de coincidir con los años posteriores al nacimiento de Miguel, pero para otros databa ya de mucho antes, de antes incluso de dar a luz al primer hijo, su madre, la señora Blanco Ibáñez, doña María Blanco Ibáñez, fue viniendo poco a poco cada vez más a menudo por El Valle y no ya en verano o en Navidades, como no había dejado de hacer nunca, sino durante temporadas enteras primero de primavera y otoño y luego prácticamente ya de todo el año. Al principio venía en compañía de su marido o sus hijos, y luego paulatinamente cada vez más ella sola; venía –en el pueblo se sabía porque mandaba siempre airear bien la casa y sacudir antes de su llegada alfombras o mantas– y en cuanto entraba en su casa, apenas se la podía ver ya fuera de ella a no ser por el jardín y la huerta o bien durante su paseo matinal por la estrecha carretera de Molinos. Iba casi siempre sola por ella, pero a veces se le pegaba de improviso, saliéndole al encuentro por detrás del viejo Preventorio como si hubiese estado allí todo el rato al acecho, la madre de Julio, de Julio Gómez Ayerra, el amigo de toda la vida de Miguel, a quien le había impuesto como condición para permitirle pasear con ella que no le mencionara nunca –jamás de los jamases, como le gustaba decir– ni el nombre de su marido ni el de su hijo menor, y le hiciera el favor de hablarle lo menos posible, ya que no podía evitarlo nunca del todo, de los suyos. Pero esto último era más fuerte que ella, casi imposible a decir verdad, ya que los desaguisados de su marido, los descalabros y chaladuras que el chiflado de Gómez Luengo, como le llamaban desde hacía tiempo en El Valle, el loco de Gómez Luengo, era capaz de cometer en el breve lapso de tiempo de una de sus ausencias eran tan chocantes y variopintos, tan desesperantes para la pobre mujer, que era de todo punto imposible y poco caritativo impedirle que diera rienda suelta a su desahogo. Ahora bien, sobre el que no hacía falta ponerse nunca de acuerdo para no mencionarle en lo más mínimo durante los paseos por la carretera de Molinos era sobre el otro, como le llamaba siempre Anastasio, o sobre el poeta o el profesor, como le llamaban todos, sobre ese don Enrique Ruiz de Pablo al que buena parte del pueblo, en particular los más jóvenes, trataba con auténtica reverencia, incrementada por la fama que le daba que en algunas ocasiones se le hubiera podido ver hablar en la televisión, y respecto al que la otra parte, aunque minoritaria y más entrada ya en años, nutría una no menos auténtica y cerril desconfianza.

No se sabía muy bien al principio –aunque de todo se dijera en el pueblo– si aquellas estancias en la casona, cada vez menos espaciadas entre sí y más prolongadas, y que acabarían por ser al cabo de no mucho tiempo un traslado definitivo, se debían al menosprecio de la vida mundana a la que le tenía acostumbrada su marido o más bien a algún despecho. Pero para cuando Miguel empezó a cursar sus estudios universitarios, varios años después de que lo hiciera Ruiz de Pablo y el mismo año de Julio Gómez Ayerra y también de Gregorio, ella ya se podía decir que vivía desde hacía años en el pueblo con sus hijos y era su marido el que, primero prácticamente todas las semanas y luego de forma cada vez más espaciada, venía desde Madrid con coches cada vez más potentes y en un tiempo cada vez más reducido que luego siempre se comentaba en la taberna –y todavía hoy se comenta allí o en el bar del Hostal– como si aquella vuelta fuera el objeto de un desafío o un récord que tuviera que ser superado cada vez o bien la satisfacción de una penitencia.

De las más de cinco horas iniciales, cuando venía con ella y se detenían a comer en Sigüenza o ladeaban por el Burgo de Osma, pasó a las tres horas escasas de viaje, y de ahí fue bajando paulatinamente hasta rebasar en poco el par de horas. Hoy ha debido de venir en dos horas y media, se comentaba en la taberna de la calle Mayor, y dice que, si no llega a ser por un accidente con el que se ha tropezado, se planta aquí en dos horas y cuarto justas. Hasta que empezó a venir de noche, al amparo de una oscuridad que dejaba desierta la mayor parte de la carretera, sobre todo de las que circulaban ya dentro de la provincia, y le permitía alcanzar las mayores velocidades con una conducción temeraria de la que luego no necesitaba hacer gala en el pueblo porque ya todo el mundo se hacía lenguas y estaba sobre aviso.

Todo lo que era excesivo le fascinaba, todo lo ímprobo o arriesgado le cosquilleaba la voluntad, lo mismo la velocidad que el trabajo, el sacrificio por algo o la dedicación a lo que fuere, y también el amor o más bien el sexo. Quienes habían tenido ocasión de trabajar a su lado, o más bien a sus órdenes, lo describían invariablemente como un hombre de una capacidad inverosímil que estaba siempre en todo y para el que cosas como el cansancio, la pereza o la desidia parecían no tener siquiera carta de naturaleza. Si te descuidabas, te organizaba no sólo lo que tenías que hacer en la oficina sino también fuera de ella, decían; ahora que no he visto a nadie en los días de mi vida con tanto tesón ni tanta seguridad en sí mismo. Y quienes habían viajado alguna vez en coche con él, por escaso que hubiese sido el recorrido, contaban luego por los cuatro costados el vértigo de aquel viaje, la velocidad endiablada a la que conducía y la habilidad con que trazaba una curva o sorteaba un percance. Y también que no le habían visto una mínima señal de contrariedad si alguien le pedía que le sacara de algún apuro, como si el poder hacer algo por alguien, pero sobre todo si ese algo era peliagudo o sacrificado, le templara en realidad los nervios o fuese la emanación más cabal de su temperamento. Le gustaba disponerlo todo, imponerse, le gustaba conseguir y sobrepasar y también percibir el miedo en derredor, la admiración, la sensación de que todo estaba a su merced y de él dependía, y el alivio que todos manifestaban una vez concluida cualquier tarea o cualquier viaje con él.

Sobre todo tenían miedo de los animales, del ganado o los caballos sueltos que muchas veces se cruzaban de improviso en aquellas carreteras, desiertas la mayor parte del tiempo, o incluso te podías encontrar tumbados en el arcén o en medio de la calzada. Para cuando te quieres dar cuenta, ya los tienes encima, decían en la taberna, o bien sus pasajeros cuando no podían por menos que desear que aminorara aunque sólo fuera un momento la marcha; porque no será la primera vez ni la última que un turismo choca contra un ciervo de los que tanto abundan por esta parte o contra una vaca, decían, y perecen en el acto todos los ocupantes del vehículo. No hay más que oír las noticias para darse cuenta de las veces que ocurre; cuando los ves ya es tarde, te les echas encima sin que dé tiempo a maniobrar ni a hacer nada.

Pero él se reía, se reía siempre con una risa de discreta suficiencia, nada estentórea ni burlona, como si aquellas recomendaciones, más que incrementar su precaución, contribuyeran a dar aún mayor aliciente a su temeridad. Hasta que un día, muchos de los vecinos a los que había hecho algún favor o le habían advertido de esos peligros tuvieron que ir a visitarle al hospital de la capital después de que, como por un milagro del que ya pueden ir dando gracias a Dios, como les dijo a los hijos el facultativo que le atendió, hubiera salido con vida, y al fin y al cabo relativamente ileso, de uno de esos encontronazos. Lo había visto desde lejos, diría luego, cuando ya estuvo en disposición de hablar, y le pitó y le echó las luces intermitentemente varias veces al condenado ciervo con la seguridad de que se apartaría antes de llegar a su altura, pero sin considerar siquiera la posibilidad de aminorar ni un ápice la marcha. Cómo iba a pensar que no se apartaría, dijo. Pero al condenado ciervo, plantado en medio de la carretera como si fuera un árbol, no se le ocurrió hacer otra cosa que mirar alelado hacia donde venía el resplandor de las luces que lo deslumbraba y el sonido del claxon, sin moverse un milímetro del medio de la carretera. Se me quedaron clavados esos ojos saltones, como disecados o alucinados, le dijo a Miguel, y aún los veo muchas noches. Los ojos saltones de la noche, pensaría más tarde Miguel al recordar sus palabras, los ojos deslumbrados o alucinados de la noche, los ojos disecados que te salen al encuentro cuando menos te lo esperas y se te echan encima, y ya luego no te los puedes quitar nunca.

Se estrelló contra un talud en la cuneta después de dar un par de vueltas de campana por querer sortearlo –el ciervo huyó después despavorido pinar adentro– y el coche quedó inutilizado para siempre, convertido en un amasijo de chatarra amontonada hasta que una grúa de la ciudad vino semanas más tarde para depositarlo en un camión camino del desguace. Él salió por su cuenta del coche, incomprensiblemente vivo, y ya en el hospital se le apreció más tarde la rotura de varias costillas y le trataron los múltiples rasguños y magulladuras que tenía diseminados por todo el cuerpo. Estaba molido, igual que si hubiera sido objeto de una inmensa tunda de palos, pero cuando regresó al pueblo su jactancia había subido de tono lo mismo que su desafío; hubiera bajado de las dos horas esta vez si no se me atraviesa el condenado ciervo, parece que fue lo primero que les dijo a algunos.

Durante los días que duró su convalecencia en el hospital, enseguida se supo que su mujer no había ido ni una sola vez a visitarle, no se sabía si como un acto punitivo por ver si escarmentaba o bien por alguna desavenencia o despecho más profundos, que fue lo que se había empezado ya a barruntar desde hacía tiempo. Sólo sus hijos, tanto Pablo, el mayor, como sobre todo Miguel, se trasladaron diariamente al hospital para hacerle compañía y llevarle lo que necesitase; pero él les decía que no perdieran el tiempo, que no le hacía falta de nada y que saldría de allí enseguida, en cuanto acabaran con aquellos dichosos análisis a los que no dejaban de someterle porque no creían que no le hubiera sucedido nada más. Pablo no echó en saco roto aquellos comentarios y dejó de ir prácticamente al día siguiente, pero no así Miguel, que continuó acudiendo todas las tardes no sólo para seguir su evolución. Siempre llegaba con alguna que otra cosa para él –fruta, periódicos, o bien la correspondencia que le enviaban desde su despacho de Madrid– y su padre, aunque se sentía obligado a desairarle cada vez diciéndole que para qué se había molestado, que si no tenía nada mejor que hacer, empezó a darse cuenta a su pesar de la situación inédita a la que aquellas visitas daban ocasión. Nunca, en efecto, se habían encontrado padre e hijo solos cara a cara durante tanto rato. Dos, tres y hasta cuatro largas horas, en las que el padre llevaba siempre al principio la voz cantante proclamando lo que podía o más bien tenía que hacer Miguel una vez que acabara los estudios y lo que no debía hacer en ningún caso, poniéndole como ejemplo alguno de los negocios o de las iniciativas que él había emprendido, o ponderándole las cosas que él había ido experimentando en la vida. Día que pasa no vuelve, hijo mío, así que no te dejes nunca nada por hacer aunque creas que no puedes, le decía, y no conjugues nunca ese verbo, no digas nunca no puedo, sino no quiero; quiero o no quiero, eso es todo, hazme caso; y redobla siempre la apuesta, no te quedes sin probar nada, no des nunca un paso atrás y si te dan, encaja y, en el momento adecuado, responde siempre con doble ración, eso es, siempre doble ración de tu parte.

Pero luego, poco a poco, aquella efervescente verborrea del principio fue dando paso inadvertidamente a unas pausas cada vez mayores en las que decaía el entusiasmo y las palabras parecía que hubiese que ir a buscarlas a no se sabía dónde, y entonces, en el silencio, empezaron por primera vez a lo mejor a comunicarse. Empezaron a mirarse como quien mira al reverso de lo que se decían, al hueco que las palabras dejaban o incluso producían al ocupar el espacio, al cansancio de las palabras o más bien al cansancio que se acumula entre éstas y las cosas, eso que a veces enhebra el tiempo y que yo llamo extrañeza, le escribiría Miguel años después a Anastasio. Pero durante ratos enteros apenas si abrían la boca; no se decían nada, y por eso supieron entonces que había algo que alguna vez habrían de decirse, que uno de ellos tendría que decir y el otro escuchar porque sólo uno lo sabía, o quizás porque el otro sólo pudiera saberlo de verdad si lo oía de su boca, o bien sólo quería oírlo de su boca para que fuera verdad.

Más que en la compañía o bajo el amparo de su padre –difícilmente encontraba su secretaria un hueco en su agenda para ellos; siempre les decía que estaba de viaje, o reunido, o que andaba con un asunto de vital importancia que no se atrevía a interrumpir–, se podía decir que Pablo y Miguel habían ido creciendo en su estela o bien ante sus expectativas; y lo mismo que esas personas que acudían antes a las estaciones a ver pasar los trenes, a contemplarlos circular velozmente o bien verlos llegar y detenerse un momento antes de reemprender enseguida la marcha, así habían vivido ellos en su domicilio en relación con su padre, como si su casa fuera una estación de ferrocarril y su padre un potente y exótico convoy cuya extraordinaria fuerza de arrastre venía siempre de lejos y provocaba admiración y a veces, aunque sólo a veces y durante breves instantes, detenía su marcha en medio de un gran alboroto donde la efusión de los sentimientos se mezclaba al trajín y al ahogo de los movimientos. Sabían que llegaba a ciertas horas y que se iba a otras, que pasaba en casa determinados días o determinadas temporadas en las que su madre solía adquirir siempre un inquietante aspecto de irónica abnegación, y que cuando llegaba lo hacía siempre con regalos, siempre con cara de pascuas pasara lo que pasara y armando un estrépito de mil demonios desde que ponía un pie en casa y ellos eran por un momento el centro de la atención. Durante unos días –durante unas horas– le oían bullir impetuoso por la casa dando órdenes y más órdenes, haciendo proyectos y distribuyendo sugerencias y recomendaciones aquí y allí y llamando y recibiendo continuamente llamadas que él respondía siempre en voz alta, con aquella voz segura y amable con que persuadía a todo el mundo de lo que fuera, y el tono jovial y animoso de quien nunca ve un obstáculo en nada por mucho que lo tenga ante sus ojos y esté tal vez a punto de darse de bruces con él.

Su padre había sido para ellos más el vacío del aire que desplazaba en su movimiento que la propia presencia que desplaza, más la posibilidad que la concreción, y si alguna noción del límite les había inculcado, si alguna noción de los peligros o lo inextricable del mundo a lo que es prudente poner coto les había inspirado, ese límite estaba siempre en el infinito, en lo que proyecta cualquier cosa al infinito de lo que ha de ser desafiado por principio y hay que retar por juego o por designio u hombría o simplemente por cabezonería. ¡A que no eres capaz de subirte a ese árbol!, había resonado continuamente en sus oídos durante toda la infancia, ¡a que no te atreves a hacerlo!, ¡a que no consigues atravesarlo sin caerte! A que no te atreves, a que no vales, a que no eres capaz, a que no esto o lo otro, ¡venga hombre, que no se diga!, ¡pues a ver si no lo vas a conseguir si te lo propones! Todas las cosas del mundo eran para él algo que había que desafiar, un imposible que había que tentar, una linde que franquear, un paso más allá que siempre cabía dar. Todo existía en cuanto objeto de intento o motivo de reto y como si sólo retando e intentando, como si sólo yendo más allá o todavía más allá, pudiera llegar a tener tal vez alguna idea cabal de sí mismo.

¿Cómo sería con ella?, le dijo a Miguel con un gesto ascendente de la barbilla –los ojos burlones– en dirección a la puerta que acababa de cerrar la enfermera. Era una mujer joven, no muy entrada en la treintena, de aspecto inteligente y pómulos altos graciosamente encarnados, que tenía un brillo tan profundo de alegría en los ojos cuando sonreía, un espejeo tan proclive y turbador, que dejaba una extraña sensación de desconcierto. Su semblante cambiaba de tal modo al sonreír, que apenas parecía la misma persona de antes, cuando hablaba y se refería a las cosas profesionalmente, y lo que podía parecer sequedad en una primera impresión se convertía enseguida en dulzura, lo que parecía inane y apagado cobraba una inusitada y luminosa animación. Antes de salir con una bandeja que había entrado a retirar, había mantenido brevemente con intención la mirada al darse un momento la vuelta –¿me llamaban?, había dicho sujetando con el pie la puerta que se cerraba– y al final terminó sonriendo. ¡A ver a quién de los dos le hace caso!, apostilló su padre, orientando ahora hacia él aquella misma mirada y aquel mismo gesto que antes había dirigido hacia la puerta.

A ver a quién, a ver a qué o a ver cómo, ¿cómo será o cómo

sería?: ése era su padre, su padre en carne y hueso o la viva imagen de su padre postrado ahora en la cama, vivo de milagro, baldado y sin poder apenas moverse, y sin embargo incapaz de no seguir tentando al destino, de no seguir imaginando o tramando o no seguir hipotizando. Consiguió que aquella enfermera accediese a mantener relaciones esporádicas con él durante un tiempo, más o menos hasta que volvió a entrar de nuevo por la puerta de aquel hospital otra vez en camilla, aunque entonces ella ya no pudo cuidarlo. Al principio, cuando iba a El Valle a pasar algunos días, se detenía siempre a verla en la capital; la esperaba al acabar su turno y la acompañaba a su casa donde a veces se quedaba a pasar la noche. Pero andando el tiempo, algunos de sus viajes acabaron por no llegar ya más allá de la capital de provincia, de aquel alto de El Mirón donde se yergue el viejo edificio del Hospital Provincial y desde el que se divisa a la perfección la mole casi siempre nevada de Cebollera hacia el oeste, la misma estampa emblemática que presidía también con sus soberbios atardeceres la vista de muchas de las casas de El Valle, incluida la que se dominaba desde el dormitorio de su mujer en la vieja casona rodeada de los árboles plantados generación tras generación por toda la familia. Le separaban apenas veinticinco kilómetros de allí, lo que en ningún caso era ni había sido nunca distancia para él, pero tal vez algo que había dejado en suspenso desde hacía mucho tiempo, algo que empezaba a no poder franquear ya con la sola velocidad de la locomoción o esquivar con su habitual habilidad para una aceleración sostenida, le impedía muchas veces concluir su viaje allí donde estaba fijado en principio el final de su trayecto.

Hasta que llegó el día que todos habían previsto y ocurrió lo que nadie a su modo había dejado de pronosticar, y la enfermera de las mejillas agradablemente coloreadas y un brillo tan intenso de alegría en los ojos cuando sonreía que no podía por menos que dejar desconcertados, Elisa, se llamaba, Elisa López Gómara, ya no pudo asistirle de nuevo ni encarnar todavía el objeto de un reto ni el aliciente de una fantasía. Sólo pudo ya acudir, entre una pequeña muchedumbre de allegados y conocidos, a despedirle al pequeño cementerio de El Valle al que, unos veinte años después, habría de volver de nuevo para asistir también a la inhumación de los restos de aquel joven con el que su padre, un día de hacía ya todo el tiempo, había competido por su conquista tras haberla visto sonreír una tarde, a la media vuelta y con una bandeja en las manos, en el umbral de la puerta; aunque el segundo entierro, el del hijo, no se celebrara ni con la pompa con que habían enterrado al padre y ni siquiera en la cripta de familia, sino deprisa y corriendo y en uno de los extremos más apartados del cementerio, al lado justo del osario y de la caseta de las herramientas.

Había pasado mucho tiempo entre un sepelio y otro, pero ella ocupó igual que entonces un lugar apartado y anónimo entre la muchedumbre. Sólo al final, cuando ya todos empezaban a desparramarse hacia la salida como aquella vez, pero con la entrada ahora en el recinto de seis guardias civiles uniformados que, al rebasar a los congregados, empuñaron de repente sus armas de reglamento, se atrevió a adelantarse en sentido contrario a la gente que salía, tropezándose con ellos y bajando como por instinto los ojos, y acercarse a la tumba de Miguel, de soslayo y como a escondidas, para no ser notada tal vez ni siquiera por ella misma. Ajena a lo que todo el mundo sabía o barruntaba lo mismo que ellos lo eran a su presencia, se disponía a dejar sobre la sepultura de Miguel la mitad de un ramo de claveles cuya otra mitad tenía intención de depositar después, con el mismo cuidado de que nadie la viese, en el panteón de su padre, cuando de pronto, sin previo aviso ni recuerdo ya de los guardias que sin embargo la acababan de sorprender, vio salir a El Biércoles cojeando de la casilla de las herramientas. No lo había visto nunca –sólo había oído hablar confusamente de él– y ni siquiera podía haber reparado en el enterrador desde el lugar trasero y esquinado en el que había permanecido disimulada entre la multitud. Pero de repente lo tuvo frente a ella, a tres metros escasos y sin que nada ni nadie se interpusiera entre los dos –unas melenas y unas barbas largas y descuidadas enmarcaban un extraño semblante inverosímilmente congestionado–, y sus grandes ojos extraviados, como clavados o poseídos por un raro fulgor, se la quedaron mirando de hito en hito, o más bien mirando en su dirección, como si hubieran sido deslumbrados en la noche, antes de proferir un grito inconfundible –se subió ipso facto al tejadillo de los nichos encaramándose por ellos con la misma facilidad de quien sube escalones– y caer del otro lado de las tapias del cementerio al tiempo que unas ráfagas de fusil ametrallador sonaban a su espalda.

Una de las últimas tardes en que Miguel fue a visitar a su padre, tal vez la última, al despedirse de él, su padre le llamó cuando estaba ya a punto de cerrar la puerta por fuera. Volvió a abrirla, entró de nuevo, y le dijo: ¿me llamabas? Le estuvo mirando fijamente a los ojos durante un rato –él de pie y su padre recostado en los almohadones de la cama en el centro justo de la habitación, inmóvil, pero sin embargo como alguien que se atraviesa en el camino– porque sabía que aquél era el momento, el instante en que las palabras y las cosas podían superar su cansancio y expulsar al tiempo de entre ellas o bien instalarlo de forma irrevocable y absoluta.

Pero al cabo del rato, y como si hubiera estado viendo de nuevo los ojos saltones, deslumbrados y como alucinados de la noche en la mole de un ciervo que se le atravesaba en la carretera, su padre sonrió desde el centro de la habitación, sonrió con una fatiga tan infinita como nunca había sospechado en los ojos de su padre, una fatiga más bien como de falta de aplomo, es decir, como de falta de él mismo, y le dijo: nada, nada, sólo quería darte las gracias por toda la compañía que me has hecho estos días.

13

Todo ocurrió muy aprisa, o por lo menos tan aprisa como ocurren las cosas cuando antes se las ha estado aguardando mucho tiempo con codicia. El día había amanecido claro y seco –muy límpido– y a los grupos de curiosos, que desde primera hora se habían concentrado en las inmediaciones del cementerio, no se les escapaba la menor oportunidad de escrutar a las personas venidas de fuera, como si dejar de hacerlo, aunque fuese con todo el disimulo y la reserva del mundo, equivaliera a perder baza en un juego de naipes larga y pacientemente esperado. Miraban hacia una persona y hacia otra –miraban en silencio– y cada dos por tres volvían o ladeaban la vista como quien aguarda que de un momento a otro haga irrupción lo que ya no puede tardar mucho en llegar.

También las personas que habían llegado de fuera se miraban de vez en cuando entre sí o miraban en torno; miraban a los grupos de hombres, que entonces bajaban u orillaban la vista, y miraban a quienes parecían más compungidos y ensimismados para intentar sorprender en ellos los rasgos de alguien de quien se ha oído hablar mucho, de quien se tiene una imagen y una idea y ahora se les quiere buscar una réplica en la realidad.

Ésa debe de ser Inge, se dijo Bertha al apartar un momento al principio los ojos de las espaldas de El Biércoles y ver hacia su derecha, a pocos metros de donde se encontraba, a una chica menuda y totalmente vestida de negro cuyas ojeras violáceas resultaban evidentes cuando se llevaba el pañuelo a los ojos quitándose por un momento las gafas oscuras. Esa Inge, y esa Claudia y aquel de más allá, por cómo no me quita un instante la vista de encima, debe de ser Julio, su amigo Julio Gómez Ayerra. La que está a su lado no sé quién será, pero tampoco deja un segundo de mirarme.

A quien no vio al volverse luego y recorrer con la mirada un momento a los presentes fue a Anastasio. Todavía no ha llegado, se dijo, o yo no acierto a verlo, y de repente le pareció que todas las miradas confluían en ella, las miradas de soslayo de los hombres cabizbajos y vestidos a la antigua, y las miradas de las mujeres, de las extranjeras que habían venido igual que ella de lejos y de aquellas otras que, como la que estaba al lado de Julio o la que se hallaba un poco más allá, junto a esa otra chica que era en todo la viva imagen de Miguel y que por lo tanto no podía ser otra que su hija, no cesaban de mirarla ni siquiera cuando pasaba un momento la vista por ellas. Todas las miradas excepto la de El Biércoles, que estaba allí vuelto de espalda a pocos pasos de ella y parecía hacerlo todo no únicamente solo, sin la ayuda casi para nada de los dos empleados de la funeraria que habían venido con la caja, sino también en la más completa soledad. Le veía las espaldas, grandes e incluso probablemente inmensas y sin embargo hubiese dicho que como ocultas, y le veía también las manos que iban de aquí para allí, que ora cogían una soga, ora de nuevo la pala o la caja, pero que sin embargo daban la impresión de coger sólo tierra, de coger hojas y troncos y piedras o lo que fuera, pero en el fondo sólo tierra. Incluso cuando lo veía de perfil, cuando se giraba un momento y parecía que iba a volverse por completo, veía sólo el pelo que le caía desgreñado o la barba que le cubría y por lo tanto veía sólo opacidad, sólo espalda, nuca, dorso, sólo la inmensa soledad de los dorsos y de las cosas que se vuelven de cara a la pared, o bien de cara a la inmensidad, al mismo tiempo como se había vuelto Miguel o bien la caja donde estaba Miguel, el dorso de la vida de Miguel o el dorso también de su vida, de lo que ya nunca iba a volverse hacia ella y mirarla a los ojos como tantas veces la había mirado.

La pechugona esa deber de ser Bertha, le dijo su mujer a Julio, que veía cómo no la perdía un momento de vista; y esa otra más joven, a la derecha, la que vivía ahora ya al final con él en Berlín, ¿no? Pero de la que no tengo ni idea de quién pueda ser es esa otra, la rubia, ni de los de allá detrás; deben de ser reporteros como él, o artistas por lo afectados que parecen.

Artistas, eso era lo que muchos pensaban en su fuero interno que debían de ser casi todos, esos hombres altos, extranjeros por lo visto en su mayor parte o venidos de lejos, vestidos de oscuro e invariablemente con gafas negras y bigotes o colas atrás de caballo igual que las mujeres, que hablaban a veces entre sí por lo bajo y luego les miraban a ellos. Artistas o periodistas o gentes que hablaban en la televisión o escribían en las revistas, pero que luego les ibas a oír y apenas si les entendías algo, aunque hablaran perfectamente la misma lengua que ellos, porque es como si sólo hablaran palabras. Gentes que no paraban, que hacían cosas todo el rato, pero sólo cosas que no servían más que para no servir, para ocupar sitio y llenar huecos y sobre todo para coger polvo, como decía la señora Remedios de todas las obras artísticas. Eso era lo que pensaban, y también, cuando miraban delante –había quien volvía atrás cada dos por tres la cabeza–, que menos mal que había venido su hermano Pablo de Madrid, porque lo que era su madre, demasiado se sabía que no iba a poner un pie en el cementerio por muy hijo de sus entrañas que fuera.

La que sí ha venido es la exmujer o lo que fuese, decían, aunque seguramente que por la hija, porque si por ella hubiera sido, corroboraban, de qué iba a volver a pisar esto. De qué iba a volver, decían, o quien sí ha venido, a quien no veo o quien no podía faltar, y también hay que ver lo que ha crecido –cómo pasa el tiempo–, si ya está hecha una mujer y cada vez se parece más a él. Hablaban en voz baja, casi sin despegar los labios ni mover la cara, y luego volvían la vista atrás; miraban a Bertha o a la otra extranjera allí delante, al hermano o a la hija de Miguel –son como dos gotas de agua, repetían– y sobre todo miraban la espalda de El Biércoles, la espalda que se agachaba y se erguía, que se ponía de lado o bien era como si ocupara de pronto todo el espacio ante su vista o más bien todo el tiempo, y luego se volvían a mirar de nuevo hacia atrás esperando que en el momento menos pensado hicieran irrupción ya los guardias.

¿Ése es El Biércoles, mamá?, le dijo a una mujer impecablemente vestida, y con aire de impaciencia todo el rato, la muchacha de los ojos idénticos a los de Miguel, de idéntica nariz, un poco aquilina, e idénticas ganas de moverse, de ir y acercarse al ataúd y acercarse también a uno y a otro y sobre todo a aquella mujer que su madre no dejaba de mirar y a aquel hombre que les daba tan opaca e inmensamente la espalda.

Es el pobre Gregorio, que fue amigo de tu padre y del otro y ahora se ha debido de convertir en una especie de calamidad, le respondió. También fue amigo mío, añadió con otro tono. Enterrar a tu padre es lo último que va a hacer, él sabrá por qué, pero ahí están los guardias para llevárselo en cuanto acabe.

En quien ninguna de las personas que se encontraban delante podía haberse fijado era en la mujer que había entrado ya mediada la ceremonia empujada en una silla de ruedas. Había franqueado la puerta –y el ruido lento de las ruedas sobre el chinarro había advertido a quienes siempre están atentos a las ruedas que se desplazan sobre la grava de que ya estaba allí como no podía ser de otro modo– y se había quedado allí mismo, a pocos metros del umbral y al abrigo de un grupo de cipreses.

Cuando Anastasio llegó por fin casi arrastrando a Carmen, fue a la primera persona que vio. Le hizo un gesto amable con la cabeza primero a ella y luego a la señora Remedios, y continuó por el lado de la tapia hasta un poco más adelante, hasta un rincón un poco apartado de todos para que Carmen tuviera algún desahogo, pero desde el que sin embargo podía ver a Bertha allí delante lo mismo que ella también podía verle si acertaba a volverse un momento.

¡Qué guapa estás con este vestido!, le dijo Bertha a Carmen

unas horas más tarde, después de que todo hubiera ya concluido, acariciándole el pelo con una mano a la que luego ella se aferró sin consentir soltarla durante un buen rato; recuerdo perfectamente cuándo y dónde lo compramos. Yo iba siempre con él cuando tenía que comprarle algo –o iba por lo menos muchas veces– y él siempre le decía a la empleada señalándome: para una persona casi de su misma altura pero más gruesa, y entre los dos escogíamos el modelo y el color y a la vuelta yo le preguntaba siempre si le había gustado. Cuanto más colorido tiene más le gusta, me decía, y que había dicho ¡qué bonito!, ¡qué bonito! luego durante mucho rato sin parar de acariciarlo ni de acariciarse con él la mejilla.

–Sí, siempre solía hacer lo mismo –dijo Anastasio, ¡qué bonito!, ¡qué bonito!, replicó Carmen nada más oír esa frase de boca de Bertha–, y luego por la noche le costaba dormirse y no había quien le arrancase el vestido o lo que le hubiera traído de las manos. Dormía con la mejilla apoyada en la prenda que fuera y por la mañana amanecía llena de arrugas y babas, pero si se la quitabas, procurando tirar despacio de ella mientras dormía, y se despertaba, entonces ya la teníamos buena, empezaba a gritar igual que si hubiera apagado la luz del comedor que dejo toda la noche encendida.

–Siempre me decía –le dijo Bertha mirándole a Anastasio a los ojos con una rara deliberación– que tenía la misma edad que la que habría podido tener su hija mayor, y que era un poco como si fuera lo mismo, pero a mí las cuentas no me salen.

–Ni le saldrán –le contestó–. Ahora bien, un poco lo mismo a lo mejor sí que podía ser de alguna forma. Cada uno con su locura a rastras, me decía muchas veces, y tenía razón. Lo que ocurre es que la suya en realidad se quedó en ciernes en este caso. Lo contrario de Beatriz –aceleró Anastasio como queriendo pasar a otra cosa–, a quien ya he visto que no le quitaba esta mañana usted ojo.

–Pero si Beatriz nació como nació el mismo año en que conoció a su madre –replicó Bertha–, no puede haber hija mayor que valga, vamos digo yo; a no ser...

–Déjelo, Bertha, déjelo –insistió Anastasio–, porque no le van a salir las cuentas ni le pueden salir.

Apenas se miraron durante un rato, como si fuese la inmensidad del mundo entero lo que cada uno tuviese que afrontar a solas y el otro no fuera más que una voz menuda que surgiese en alguna parte indeterminada de esa soledad. Me parece que le está cogiendo a usted mucho afecto, añadió tras un largo silencio que ninguno de los dos supo bien cómo resolver más que recurriendo de nuevo a Carmen; pero inmediatamente, al ver que Bertha asentía humillando la cabeza con un gesto de repentina tristeza, se precipitó a rogarle que le disculpara. Usted me perdonará si he dicho algo que no hubiera debido decir; supongo que estoy muy afectado, y lo que menos quisiera es contribuir a aumentar su dolor.

–No se apure, se lo ruego, no se apure –le dijo Bertha–, porque yo no sólo siento un gran consuelo al poder hablar con usted, sino incluso como que algo de él está vivo todavía en usted, algo de lo que yo además desconozco y ha hecho falta a lo mejor que él muriera para que tal vez empiece a conocer. Ya ve, yo he pasado años con él, los mejores años de mi vida seguramente, aunque no todo fuera felicidad, y en realidad no sé muy bien con quién he pasado esos años y he sentido esa felicidad. Quién sabe si es así de alguna manera siempre, me digo, y es ésa una de las condiciones de la felicidad, no saber muy bien quién es aquel con el que la sentimos.

Lo tenía conmigo muchas veces, lo tenía físicamente en mi casa muchos días, pero sabía que en realidad no lo tenía nunca por completo, que aunque él estaba allí en aquel momento plenamente conmigo, aquella plenitud era sólo una parte, la parte que él había hecho crecer conmigo o que ambos habíamos creado para nuestro uso digamos común. No sé cómo explicarme. No sé además si es el dolor de estos días lo que me lleva a querer buscar a lo mejor donde no hay, donde no se puede o no nos es lícito por algún motivo buscar, o es más bien otra cosa que quizás se podía nombrar más fácilmente con la palabra rencor o despecho o más bien con la palabra celos para no dar más rodeos. No sé. Es como si yo tuviera una parte del ánfora, la parte tal vez más importante del dibujo –o eso es lo que quiero creer–, pero me faltasen sin embargo muchos trozos para poder hacerme una idea cabal de su forma. O al revés, como si hubiera comprendido la forma de la vasija pero me faltase el tema central del dibujo.

Habían pasado sólo unas horas después de todo y estaban sentados en el banco de piedra contiguo a la puerta de la casa de Anastasio, dentro del pequeño patizuelo delantero defendido por un muro corrido de mampostería y dominado por una vieja acacia cuyas hojas habían empezado ya a amarillear. A la entrada, fuera de la tapia de piedra, un pequeño acebo igual que los que se podían ver en las puertas de otras casas de El Valle –para ahuyentar los malos espíritus, decían, para espantar las calamidades– robaba algo de sitio a la acera. No se vaya a pinchar con las hojas, le había advertido al entrar.

El sol había caldeado durante toda la tarde la pared a la que estaba adosado el banco y sus piedras, iluminadas por el último resplandor del día, retenían todavía un calor contra el que era agradable recostarse. Se estaba bien allí; resguardados del aire, que se empezaba a levantar casi siempre al atardecer aquellos días, y con el calor que desprendía aún el muro en la espalda era como si a pesar de todo todavía cupiese acogerse a algo, sentirse respaldados, guarnecidos, y el último arrebol del crepúsculo que se anaranjaba frente a ellos por Cebollera ponía un tono de dulzura en los rostros. ¿Aceptación es la palabra?, preguntó Bertha en un determinado momento, ¿la palabra más rebelde? El exiguo espacio del patio –penetraba el aire en la fronda de la acacia– parecía un momento como evacuado del tiempo, y sus escasos elementos –los rosales de la entrada, que llevarían ya sus buenos veinte años tapizando una parte del muro, el intenso perfume de sus flores otoñales, la acacia, la mesa y la piedra del muro– era como si contuviesen un mundo aparte con sus leyes y su sentido, su perímetro y también su tiempo.

Carmen había estado cogiendo escaramujos de los rosales

mientras ellos hablaban y depositándolos uno a uno en un pequeño calderillo de plástico. ¡Qué bonito!, ¡qué bonito!, exclamaba cada vez que atinaba a introducirlos a distancia en el cubo. Cuando terminó de llenarlo, fue hacia ellos y lo vació sobre la mesa –muchos rodaron al suelo– y luego les empezó a pasar la mano por encima acariciando repetidamente con movimientos circulares sus formas redondeadas como si estuvieran vivas. Al cabo de un rato volvió a meterlos en el cubo y, tarareando una canción inidentificable, intentó volverlos a colocar uno a uno en los rosales hundiéndolos en las espinas de los tallos. Si alguno se le caía al suelo, hacía un ademán de disgusto –empezaba a gruñir un instante– y se agachaba a recogerlo recriminándole que así no podría volver a florecer nunca más. Sin embargo, permanecía impasible si se pinchaba con alguna espina; se miraba salir poco a poco la sangre en el dedo y formarse la gota, y a veces hasta se pinchaba adrede para volver a verla crecer y redondearse colorada en la yema, como si el dolor fuera sólo una representación del dolor y aquél no figurara en su mente.

Siguió tarareando la canción indiscernible y al poco, cuando hubo terminado de engastar los escaramujos en los rosales de los que los había arrancado, se puso a hacer de repente un agujero en la otra parte del patio. ¡Qué haces, Carmen, te vas a ensuciar!, le dijo su padre interrumpiendo la conversación que para entonces fluía ya sin los ligeros tropiezos del principio. Un hoyo para que venga aquí Miguel cuando quiera otra vez, le respondió haciendo una breve y extraña pausa en su canción indistinguible. Se dieron cuenta de que para hacer el agujero –al responder les había sonreído con una pura e insoportable expresión de inocencia– se había revuelto el pelo y tiznado de tierra la cara desde las sienes a la barbilla y también por encima de los labios.

Bertha se la quedó mirando un momento y acto seguido miró la copa de la acacia; sus ramas musitaban otra música tan familiar y sin embargo también tan indiscernible como la que tarareaba Carmen a ramalazos con rara reiteración. ¡Cuántas veces no se habrá quedado Miguel igual que usted ahora, en esa misma posición y esa misma actitud, mirando ahí mismo las ramas de la acacia y oyendo el sonido del aire en ellas como si tuviera que descifrar algo de suma importancia o se pudiera en realidad descifrarlo!, dijo Anastasio. No había nada que le fascinara tanto como el modo en que el ciego Julián sabe de qué árbol se trata con sólo oír el susurro del viento en sus hojas. Cómo puede ser posible, me decía una y otra vez; a lo mejor él sí sabe lo que dice ese sonido. Le obsesionaba que un ciego, que un ciego además de nacimiento, distinguiera los árboles según el rumor que producen sus hojas cuando las mueve el viento, y por mucho que hubiéramos estado con él en el monte y lo hubiera comprobado personalmente en más de una ocasión, no lograba hacerse a la idea. Lo llevaba del brazo y lo dejaba de repente bajo la copa de un árbol, y antes de que hubiese terminado de preguntarle de qué clase de árbol se trataba, él ya había respondido «fresno» o «arce», o bien «un chopo con las hojas ya muy amarillas» o «un viejo roble», «una encina, claro». Ya ve lo que son las cosas, él no cesaba de preguntarse acerca de lo que escucharía el ciego cuando estaba solo en casa o su sobrino lo llevaba al monte y se quedaba sentado bajo un árbol mientras éste regresaba de las colmenas, qué habría descifrado o habría entendido sin tener incluso que descifrar tal vez nada, y ahora es eso mismo lo que se preguntan muchos, aunque no respecto a los árboles o a la montaña, sino precisamente respecto a él, qué oyó o qué entendió Julián, qué cuentas se hace o qué es lo que vio en resumidas cuentas. Aunque ni el teniente ni nadie fuera de aquí estará dispuesto a darle el menor crédito.

Sí, a mí también me hablaba mucho de Julián, dijo Bertha, y muchas veces, cuando íbamos de paseo por un parque o un bosque, se detenía de repente cuando soplaba el aire –me hacía señal de que me callase– y él cerraba los ojos y se concentraba en el zumbido del viento en las hojas intentando detectar rasgos o establecer oposiciones, como decía, con el sonido de otros árboles. Cuando me cansaba de tanto esperarle, le decía que ya valía, que ya estaba bien y que dejara de hacer el bobo, que era absurdo y yo ya estaba un poco harta, pero él me respondía irritado que me callase y me obligaba a llevarle de la mano –él cerraba los ojos– bajo la copa de algún otro árbol, cuyo sonido escuchaba con una atención que yo no sabía si me parecía más incomprensible o más asombrosa o ridícula, hasta que por fin espetaba: roble, un viejo roble, o no, castaño, un castaño, sí, claramente un castaño. Se equivocaba, casi siempre se equivocaba y eso le hacía rabiar más de lo que usted se pueda imaginar, y si atinaba de vez en cuando era sólo para volver a equivocarse luego a las primeras de cambio e incluso ante el mismo árbol que antes había acertado.

A mí me hubiera gustado llevarle de la mano mientras él mantenía los ojos cerrados, continuó Bertha tras un silencio –Carmen seguía arañando la tierra–, pero no para que volviese a intentar descifrar denodadamente nada ni se empecinase todo el rato en dirimir nada, sino justamente para lo contrario, para que dejase de empeñarse, para que dejase de buscar y de intentar y se dejase llevar. Cierra los ojos, me habría gustado decirle, y no quieras abrirlos porque ya está, porque ya está bien así y así es, ¿no lo ves?, ¿no ves que ya está y esto es ahora todo?, ¿y que esto que es todo está ya de algún modo también bien? Cierra los ojos, cierra los ojos y confía, pero confía no porque yo te lleve a ninguna parte sino precisamente por todo lo contrario, y lo contrario es que estás conmigo, que estás aquí y conmigo y eso es ahora todo. A veces conviene cerrar los ojos para ver más, me hubiera gustado decirle, conviene no querer ver para ver más y confiar sólo por el hecho de confiar y por el hecho estricto de estar, y no tanto –ya ves lo que te digo– por quién es incluso el depositario de tu confianza o el lugar de tu estancia.

Así que cierra los ojos y no quieras abrirlos tal vez nunca del todo, y déjate, déjate estar. Donde des un paso, dalo con confianza; donde pongas un pie, ponlo con confianza, como si ése fuese el único sitio donde habrías podido ponerlo y la única dirección hacia donde habrías podido darlo; pero no vayas en busca de recompensas ni te hagas eco de promesas, no quieras saber o no quieras saberlo todo, y por una vez cierra los ojos y olvida, concéntrate en el tacto de mi mano en la tuya –concéntrate en el tacto del olvido– y en el roce de la brisa y no te inquietes, no te preguntes continuamente ni penes, y entonces ya verás como la recompensa es lo que ya tienes y la promesa lo que recoges cada día, y que la respuesta es ya la misma pregunta que te haces sin saber hacértela nunca como es debido. Hazte fuerte en ello y toma impulso en tu confianza y tu benevolencia, y sobre todo no tengas miedo, no receles ni te sientas continuamente amenazado, porque quien te amenaza fundamentalmente eres tú mismo; no temas pero tampoco ansíes, eso me hubiera gustado decirle, pero seguramente no tenía ninguna razón para hacerlo, entre otras cosas porque era yo la que más miedo tenía y la que más ansia sentía, y sobre todo miedo y a la vez ansia de perderle.

14

Hablar, prosiguió Bertha, mientras Carmen continuaba tarareando su canción indiscernible y ahondando un agujero se diría que sin forma con su paleta de juguete; hace días que no hago otra cosa que hablar, que utilizar palabras y escuchar palabras perdida en una madeja inextricable de sentimientos, de angustias y vacíos que no logro devanar y me llevan a hablar y escuchar obsesivamente, a rebuscar e hilvanar palabras a solas o en compañía, como si sólo así pudiera desurdirme y no enredar en cambio más la madeja creando más nudos y más angustias y vacíos precisamente al hablar, al no poder dejar un momento de darles vueltas a las palabras ni aquí ni en Viena, ni después de recibir la noticia en mi casa –en la casa que durante un tiempo fue también la suya–, ni tampoco durante todo el trayecto hasta aquí que había sido también su trayecto.

Hablar, buscar palabras, componer frases con palabras en mi lengua y sobre todo en la suya que es asimismo la mía, componer pensamientos con frases y sentimientos con frases y sobre todo componer la realidad misma con frases no sé si para tenerla a raya y que no se nos acabe de echar encima y nos sepulte, o bien para que, al ser de mentira en la mentira de las palabras, podamos hacernos la ilusión de que somos capaces de medirnos con ella y tal vez incluso vencerla. Hablar, escuchar, estar hablando y razonando siempre y continuamente tal vez para que sean las mismas palabras las que encuentren algo de mí donde ya no hay nada, las que me formulen y me orienten otra vez en este magma de inexistencia en el que su desaparición me ha dejado y se dirijan a mí mientras las empleo y me digan «mira, ésta eres tú y éste es el mundo ahora que él ya no está», «éste es él ahora para ti y éste el lugar que las palabras te hemos hecho y hemos concebido para ti como lo hemos hecho para lo que él es ahora y en realidad para todos y todo, porque no te engañes, el que todo lo puede sólo nos creó a nosotras y fuimos nosotras las que hicimos el resto y creamos en realidad a las cosas, que antes no eran nada porque no había palabras para decirlas y no había por lo tanto nada».

Hacer el resto, decir, haber palabras para decir y adoptarlas y combinarlas hasta crear un entramado tan denso con ellas, tan certero y suficiente, que haga las veces del mundo en el que él estaba y lo sustituya con creces o por lo menos con ventaja. Hablar y no parar nunca de hacerlo por miedo a que ese mundo surja de repente de la malla de las palabras, como un monstruo en un lago, y lo desbarate todo; hablar en voz baja o hablar hasta desgañitarse, hablar para mi fuero interno como hago todo el rato o hablarle a usted, o bien hablarles a lo mejor tan sólo a las palabras para que no haya sido posible lo que ha sido o se haga posible lo que no puede ser, pero también para que se nos vuelva hacedero de nuevo seguir viviendo y seguir aceptando al mismo tiempo la muerte, para que ellas nos hagan otros distintos de nosotros y nos hagan otra a la muerte.

Hablar, hablar y escuchar a solas, hablar conmigo o bien con la que yo fui cuando él era y a veces estaba a mi lado; hablar con él, con quien él era para mí cuando estaba vivo y estaba conmigo, o bien con el que ha empezado a ser ahora justamente a través de las palabras con que le hablo; hablar con quien yo era para él y ahora está a punto de dejar de existir, o bien hablar con quien tiene que nacer de mí tal vez con todo este hablarme, con todo este hablar estos días no sólo para indagar cómo ha sido su muerte y era en realidad su vida, la parte de su vida que a mí se me escapaba, sino para indagar también en mí y en nosotros dos lo mismo que en ustedes dos, Anastasio. Hablar tal vez en último extremo por hablar, para espantar los fantasmas o bien para verlos, para resguardarnos del miedo o quizás para provocárnoslo como los niños que se cuentan historias de monstruos y aparecidos, y hablar para tratar de entender o para cerciorarnos de que no podemos entender, para estar menos solos seguramente o para cerciorarnos también de que no podemos hacer otra cosa que estar solos. Hablar para dar oxígeno a las cosas como un fuelle a unas ascuas mortecinas, para mantenerlo a él en vida o más bien mantener en vida lo que éramos con él, para que no muera lo más delicuescente que había en él, pero al mismo tiempo lo que más le hacía tal vez ser él mismo y hace que nos diferenciemos en realidad los unos de los otros: nuestra forma de ver y de representarnos las cosas, lo más delicuescente y sin embargo lo más crucial: su percepción de lo que él era y lo que era el mundo y éramos usted y yo para él, así como de lo que era Ruiz de Pablo, ese Enrique Ruiz de Pablo que no se le iba nunca de la cabeza, al igual que no se le iban tampoco Gregorio ni Julio y lo que había pasado en su día entre ellos, ni se le iba, pero eso yo no puedo saberlo, otra persona de la que nunca me hablaba.

Lo que es menos real es lo que paradójicamente nos hace más reales, me he dicho estos días; eso es lo que muere cuando uno muere, eso es sobre todo lo que se apaga, la luz con que uno veía las cosas, la luz que uno mantiene encendida en la noche para ver la imagen de las cosas o bien para que no nos espante su falta de imagen, como le espanta a Carmen si se despierta sin luz por la noche.

Ya, claro, las palabras, dijo Anastasio, las palabras y el mundo de las palabras, y luego también todo lo que no son palabras, sino que son a lo mejor sólo las cosas. Yo creo que Miguel, a partir de un determinado momento de su vida, a partir del momento en que no hizo lo que el otro quiso que hiciera, pero podía perfectamente haberlo hecho, ya no pensó en otra cosa: lo que son capaces de hacer las palabras, las cosas a las que son capaces de movernos, y también, por el contrario a lo mejor, lo que son capaces de decir las cosas, las palabras a las que son capaces de movernos; aunque eso también es lo que él decía.

Así que hablar, sí, y escuchar, pero no apartar nunca tampoco el silencio de nuestras palabras, como decía Miguel al final, no cernerlo como se cierne el trigo después de molerlo para separar el salvado de la harina, lo fino de lo tosco, lo estimable y puro de lo residual e informe, lo que hemos llegado a decir de lo que no hemos podido por menos de callar. No desentendernos nunca de lo callado, decía, de lo desechable, no vaya a ser que luego salga a relucir en el momento menos pensado, y entonces sea solamente para vengarse. Ya ve quién lo fue a decir.

Tú dices «las hojas de la acacia», Anastasio —me decía—, dices «el sol de la tarde» o «el vino de la taberna», «el chiflado de Gómez Luengo, de Benito Gómez Luengo, el padre de Julio» o «el chisgarabís de Ramos Bayal», y sabes inconsciente y perfectamente lo que dices porque también sabes lo que callas; lo sabes tan perfectamente –lo callas con tanta perfección– como si algo remoto y eterno, nítido y fijo como el monte de la Calvilla, sustentase cada cosa desde siempre en el fondo. Y así dices «mi pobre Elvira que en paz descanse» y luego callas, y dices «qué le vamos a hacer» o «deja ya de darle vueltas, porque no vas a ganar nada con ello más que atormentarte»; dices «los olmos, los grandes olmos que había antes en la carretera» y «los sueños del padre de Julio» o bien «el carácter de tu padre, Miguel, la condición inescrutable de tu padre», y luego también callas aunque calles en realidad de otro modo, del mismo modo que cuando dices «el viento, ya se ha levantado otra vez el viento por Cebollera», y cierras las ventanas, o bien dices «Dios, Él sabrá por qué y por qué no».

Para mí sin embargo las palabras no son ya más que como prostitutas más o menos, me decía, más que mujerzuelas que se ofrecen a cambio de cualquier sentido que tú quieras darles o con el que quieras hilvanarlas, y más cuanto más fuerte y resuelto sea; pelanduscas que se van con todos y se rinden al poder de quien las utiliza, a la arrogancia y la desenvoltura. Lo que significan cada vez es lo que quiere que signifiquen el que más fuerza o más desparpajo tiene, el que ha puesto en pie una maquinaria más poderosa y retumbante, más insidiosa. Si yo te digo «olmo», Anastasio, me decía, «los grandes olmos desaparecidos de la carretera», o si digo «su casa, la casa de ella y también de él» o bien «la casa de mis padres», todavía sé algo de la de cosas que quiero decir con ello, pero ya no cuando digo «pueblo», «bien», «fraternidad». Sólo cuando digo «fascinación» sé de algún modo ahora que digo «soledad», lo mismo que cuando digo «hombre», «libertad», «la condición inexorable» y a lo mejor también «padre», «la maldición irrevocable de la paternidad».

Nos tienden trampas, no se cansaba nunca de decirme; las palabras nos ponen la zancadilla para que caigamos y luego nos levantemos y volvamos a correr tras ellas, tras su brillo equívoco y maligno o bien límpido y como sagrado. Nos engatusan, nos llevan a mal traer o a veces en una continua borrachera de sentido; nos hacen ver lo que no es, pero tal vez como único modo de ver algo de lo que es. Cada palabra es un paraíso al que nos parece descontado haber llegado, decía, pero los paraísos ofuscan lo mismo que encandilan, los paraísos envanecen y crean delirios de omnipotencia, y nunca se ha engendrado tanta desdicha como cuando se ha dejado a la promesa de dicha campar a solas por sus respetos; nunca se ha creado tanto sinsentido como cuando se ha dejado a la promesa de sentido campar a sus anchas.

Por eso para mí son falsas como mujerzuelas, me decía, como mujerzuelas irresistibles y peripuestas, pero vanas, venales, lujuriosas, voraces o agotadas, frías en realidad e indiferentes aunque tú tiembles por ellas, por su ausencia o por la rotundidad de su presencia, y enrevesadas y presuntuosas como si fueran cada una la señora de la casa. Te dan la impresión de que las posees cuando las usas, y luego si te he visto no me acuerdo, desaparecen, se esfuman, pero en esa desaparición, decía, está también sin embargo nuestra fuerza y tal vez nuestra salvación, no como cree el otro, el gran poeta, el sumo profesor y el gran revolucionario, decía, el chuloputas de las palabras que está convencido de crear por ellas y sacar a relucir la verdad como si fuera una virgen enjoyada, cuando en realidad no ha sacado nunca a relucir más que odio, más que despecho y una música que suena demasiado a venganza.

15

Muchos de los presentes enseguida se dieron cuenta, hacia el final ya de la ceremonia, de las miradas atrás, adonde estaba Anastasio, de aquella mujer morena, alta y bien entrada ya seguramente en la treintena, que parecía no haberse movido un momento hasta entonces de delante del féretro. Era de facciones y formas muy vistosas, que ella trataba de hacer pasar desapercibidas con la formalidad de su indumentaria, y tanto ésta como los rasgos de su cara –no llevaba gafas oscuras– denunciaban una procedencia verosímilmente extranjera. Nadie recordaba haberla visto antes por el pueblo hasta el día anterior y sin embargo, tras veinticuatro horas escasas entre ellos, ya todos parecían tener alguna idea de quién era. Se hablaba de ella, se la señalaba, y rara era la persona a la que no le hubiese llamado la atención tan pronto como entró en el recinto del Hostal o incluso antes, cuando, desde detrás de los cristales, se la pudo ver bajar del taxi que habían observado acercarse con la misma expectación con que observaban llegar cada coche aquellos días. Apenas se movía algo frente a la cristalera, detenían el juego o dejaban de prestar atención al televisor, y se concentraban en el vehículo que había aparecido en el horizonte. Lo veían bordear los prados de enfrente, primero de costado y asomando sólo la parte alta sobre las cercas de piedra como si avanzara cortado longitudinalmente por ellas, y luego, tras doblar en ángulo recto, ya de frente, con el morro del vehículo ocultado por la linde durante un trecho y el parabrisas alternativamente sombreado por los fresnos. Avanzaban poco a poco sorteando los baches, y el sol extraía entonces, según la hora, algún destello de la carrocería antes de desaparecer un momento tras el almacén y reaparecer enseguida, ya aminorada la marcha y con el ruidillo característico que producen los neumáticos al detenerse lentamente sobre la gravilla, en la explanada frontera al Hostal ante sus ojos.

El coche estuvo un momento parado con las puertas cerradas, y se vio cómo el taxista se volvía y señalaba algo fuera, en dirección opuesta al Hostal, con el dedo índice de la mano extendido. Al cabo de un rato, que se les hizo eterno, salió del coche y fue a abrirle la portezuela de atrás antes de llegarse al maletero y extraer una maleta de reducidas proporciones que entró sin pérdida de tiempo en el vestíbulo y dejó a mano izquierda, bajo el pequeño mostrador de la recepción al que en aquel momento acudía un muchacho moreno, de aire sosegado y ojos enrojecidos de haber dormido poco, que no necesitó hacer caso al taxista —más interesado de lo corriente en que atendieran a su clienta como era debido— para ser amable con ella tan pronto como apareció ante su vista.

Igual que si le hubiera costado un gran esfuerzo levantarse, ella había salido del coche, se había estirado levemente y enseguida su mirada había ido a buscar la misma perspectiva que el taxista le había indicado desde dentro; precisamente la misma por la que preguntó también después la otra extranjera, incluso antes de interesarse por dónde estaba el cuartel de la guardia civil o la casa de su madre, diría luego, ya desde detrás del mostrador del bar, el muchacho que la había atendido y subido la maleta a su habitación.

La otra extranjera era una mujer más joven, más menuda e inquieta —de una irresolución que enseguida saltaba a la vista—, cuyas ojeras violáceas, que de vez en cuando dejaba al descubierto al quitarse un momento las gafas oscuras, se diría que no sólo no lograban afearle un ápice la belleza del rostro sino más bien subrayarla. Llevaba el pelo recogido hacia atrás, muy estirado y pegado a la cabeza –unos grandes pendientes de aro–, y las formas impecables de la cara, los pómulos altos, los labios gruesos, los ojos grandes y rasgados, resaltaban de un modo puro y doloroso. La habían visto llegar la tarde de la víspera en compañía de otros dos hombres, de aspecto también extranjero, con un coche rojo a buen seguro alquilado en Madrid a juzgar por la matrícula. Al llegar a la gravilla –era ella la que conducía–, tras haber descrito la misma trayectoria frente a los ventanales del bar, parecía como si no acertara a encontrar sitio para aparcar en toda aquella amplia explanada casi completamente vacía o no se decidiera por ninguno de ellos. Al final dejó el coche frente a la puerta del almacén, en el lugar realmente más inoportuno, y fueron saliendo con sus bolsas y sus atuendos de tonos oscuros. Sus calzados hacían crujir la grava –se movían lentamente y como desorientados– y, nada más entrar y pedir habitación, la mujer se puso a preguntar atropelladamente por una cosa y por otra, por la dirección del cuartel de la Guardia Civil y la de la familia de Miguel Sánchez Blanco y, antes que nada, sacando una fotografía de su bolso y mostrándosela al muchacho que había atendido también horas antes a Bertha, por si conocía aquella montaña y dónde estaba, si se veía desde las habitaciones. Estaba nerviosa –se desenvolvía a duras penas en una lengua que no era la suya– y daba la impresión de que preguntaba más por preguntar que para recibir efectivamente información, como si se hubiese aprendido antes de memoria las preguntas que tenía que hacer para decirlas luego de corrido en el momento adecuado. Se hubiera dicho que no había dormido desde hacía días, o que había venido desde un lugar inmensamente lejano y en un viaje enormemente penoso. A ratos parecía la mujer más agotada y desvalida del mundo y a ratos la más impertinente y dominante, y ese desvalimiento e impertinencia entreverados son los que notaron también en su comportamiento del día siguiente en el cementerio. Por momentos daba la impresión de que empequeñecía, de que se iba consumiendo y reduciendo a la mínima expresión, y otras veces, sin embargo, la impresión que producía era la de una persona que no podía parar quieta un momento ni ante la situación más delicada y dolorosa. Lloraba, y luego de repente se distraía y miraba a un lado y a otro y sobre todo de reojo hacia Bertha.

Al final de la ceremonia, cuando El Biércoles hubo acabado de poner la losa sobre la tumba y la gente empezó a desfilar poco a poco hacia la puerta, los más rezagados pudieron ver cómo las dos mujeres se quedaban un momento en silencio una frente a otra sin saber qué hacer ni cómo reaccionar. No sabían, aunque enseguida imaginaron, qué relación tenían ni el tipo de sentimiento que engendraba aquella tensión, pero como todos tuvieron ocasión de percibir fue Bertha quien dio el primer paso y desentumeció la situación adelantándose a abrazarla. Parecían madre e hija por la diferencia de tamaño, y estuvieron un rato abrazadas todavía en silencio antes de empezar a hablarse en una lengua que allí seguramente nadie comprendía.

Una vez fuera de las puertas, la más joven y menuda le presentó en esa misma lengua a Bertha a los dos hombres con los que la habían visto llegar en el coche la víspera y luego volvió a abrazarla. Todavía mantenía el brazo sobre su espalda –los dos hombres habían iniciado ya el camino hacia el Hostal–, cuando de pronto se oyó, desde dentro del recinto, un grito difícilmente definible seguido de otro espantado de mujer. Inmediatamente, como si fueran un remate de los mismos, les sucedieron otros ruidos que habrían bastado para acabar de helarles la sangre –eran disparos, detonaciones de disparos de verdad y allí mismo– si no se hubiesen repetido luego varias veces más durante los minutos siguientes lo mismo que el barullo de gritos, de sirenas y voces de orden, y de coches que arrancaban de repente a toda velocidad y dejaban las marcas de las rodadas en los caminos de tierra. La gente corría para un lado y otro, algunos a sus casas, y otros hacia el lugar desde donde mejor pudieran ver lo que habían estado esperando que ocurriese desde el punto de la mañana.

Quienes habían dado algunos pasos por el camino de tierra

batida de detrás del cementerio en dirección a la salida del pueblo, o bien los que se precipitaron enseguida hacia allí o se subieron sin perder un segundo a alguna altura, pudieron ver un momento la mancha sucia de El Biércoles cruzar como una exhalación ante sus ojos montaña arriba. Iba lanzado a todo galope sobre uno de los caballos blancos del padre de Ruiz de Pablo que pastaban en el prado contiguo al cementerio, probablemente –se diría luego Julio, Julio Gómez Ayerra– el que vio Miguel al llegar la última noche mirarle fijamente y luego romper a correr bordeando el contorno; y las cercas de los prados y los puestos de control que había establecido la Guardia Civil mientras se celebraba la ceremonia parecían meros obstáculos de juguete ante el ímpetu, no se sabía si desesperado o más bien de otro mundo, de su cabalgada. Agarrado a las crines del caballo y aplastado de tal forma contra sus lomos, ora a un lado ora al otro según vinieran los tiros, más parecía una excrecencia del animal que un jinete, una parte consustancial incluso del galope y del movimiento mismo más que la persona que lo dirigía.

Algunos, todavía dentro del recinto del cementerio, al igual que la enfermera que lanzó el primer grito asustado tras el alarido indefinible de El Biércoles, habían tenido también ocasión de verlo trepar antes por los nichos como si fuera un felino y desde allí, en un abrir y cerrar de ojos y no se sabía muy bien si como consecuencia de los disparos o bien como causa de ellos, dejarse caer del otro lado a los prados donde pacían los caballos que siempre había tenido contiguos al cementerio la familia de Ruiz de Pablo. Pero los que estaban ya fuera del cementerio en aquel momento, andando por el camino de tierra que lo bordea por detrás paralelo a la carretera, o esperando lo que se diría que ya tenían barruntado hasta en sus menores detalles, lo vieron subirse a uno de aquellos imponentes ejemplares blancos con la fulminante destreza con que sólo habían visto subirse antes a alguien en las películas o bien recordaban haberles visto hacerlo a ellos tres de pequeños. Arrancó prado arriba saltando una cerca tras otra y, lanzado al galope como si fuera la misma imagen de la temeridad, dejaba escapar unos gritos que parecían tener el poder de achicarlo y amilanarlo todo a su paso. Así que los grupos de curiosos, y las personas que se asomaron a las ventanas de sus casas o volvían a ellas en aquel preciso instante, pudieron ver a retazos, cada una un trecho o desde una perspectiva, cómo aquella figura abrumadora que no pudo por menos de tener a todos por unos momentos sobrecogidos, casi sólo un pegote sucio aplastado contra la grupa blanca del caballo, saltaba las empalizadas y burlaba las balas y los cercos, componiendo aquella visión inverosímil de la que tantas veces sin embargo habían hablado a sus hijos o habían imaginado cruzar de estampida algunas noches por las calles del pueblo hasta la plaza y la carretera y hasta la casa luego allí de Ruiz de Pablo.

Uno de los hombres que habían permanecido como apostados o a la espera en las inmediaciones de las tapias del cementerio, el tal Fermín, Fermín Ramos Bayal, que no podía pasarse un momento en público sin presumir de su intimidad con Ruiz de Pablo —tenía los ojos pequeños y como hundidos y juntos—, se adelantó en cuanto vio saltar a El Biércoles de un brinco la primera cerca y sortear a los primeros guardias y, como si todos aquellos gritos y aquellos disparos no hubieran hecho más que excitarlo y tuviera que dar suelta por necesidad a su excitación igual que lo haría una válvula, se llevó las manos a la boca haciendo pantalla y le espetó de repente, a voz en grito y ante la estupefacción de los que le rodeaban, que ahora al que se había cargado era también a Ruiz de Pablo. Lo has matado, gritó, lo has matado estrangulándolo; ésas fueron sus palabras.

Es posible que tal vez casi nadie, excepto quienes estaban con él, llegara a oírle de veras en medio de todo aquel alboroto, o por lo menos a descifrar a las claras sus gritos, de la misma forma que quizás casi nadie se hubiera atrevido tampoco a asegurar a ciencia cierta que El Biércoles, o tal vez en este caso aún Gregorio o más bien de nuevo Gregorio, Gregorio Martín López, lo hubiese podido oír en efecto; y sin embargo todos los que estaban allí alrededor vieron salir de repente al tabernero de entre un grupo de curiosos y empezar a golpear a Fermín nada más llegar frente a él de una forma tan brutal, y sin embargo serena –eres un miserable imbécil, dijeron luego que le decía–, que nadie sabía cómo podría haber acabado si un grupo de guardias no se hubiera echado enseguida sobre el tabernero para apartarlo y llevárselo a rastras.

16

Los caballos, le diría luego Anastasio a Bertha, todavía recostados contra el muro del patio de su casa; estaban locos por los caballos, tan locos y ciegos por ellos como luego lo estarían por él, por el gran poeta, por el gran hacedor y desbaratador de palabras y en el fondo el gran réprobo, que es lo que siempre se ha sentido sobre todas las cosas.

Desde muy pequeños, desde que apenas levantaban un metro del suelo, raro será quien no los recuerde a los tres, a Miguel y a Julio y Gregorio, siempre a vueltas con los caballos, siempre contemplándolos extasiados, admirándolos, acercándose en cuanto les dejaban solos a acariciarlos y palmotearlos y pidiendo siempre a las personas mayores que les aupasen sobre su grupa, que los llevasen montados delante un trecho con ellos o les dejasen llevar solos las riendas un momento; que les permitiesen cepillarlos, darles de comer, llevarlos de los ramales, el caso era estar siempre al retortero con ellos. Perdían la noción del tiempo y de lo que tuviesen que hacer si había un caballo delante, pues malo era si no se pasaban entonces los ratos muertos subidos a una cerca o apoyados en ella y observando cómo se movían o cómo se estaban quietos, lo imponente de su estampa cuando trotaban libres o en manada o bien cuando pacían silenciosos en los prados. Si alguno de ellos desaparecía de casa o no estaba dónde debía estar, ya sabían adónde ir a buscarlo, a algún sitio donde hubiera caballos o se vieran caballos o alguien anduviera haciendo algo con ellos, así fuera vacunarlos o subirlos a un camión para llevárselos luego a una feria o al matadero. Se podía decir que no tenían ojos más que para ellos –y ninguno para sus peligros, para las coces y las caídas de las que no cesaba nadie de prevenirles–, y no había día que no se acercaran a ellos o no hablaran de ellos durante ratos interminables que a mí, que soy de familia de ganaderos supongo que desde que se tiene recuerdo, se me llegaban a hacer a veces tan tediosos e insoportables que acabaron por alejarme poco a poco de los tres, primero de Miguel y de Julio y luego ya también de Gregorio, que era el que parecía que les seguía en todo a los otros dos en cuanto se lo permitían al pobre sus obligaciones. Con aquella ingenuidad bondadosa y confiada que gastaba por entonces, y que parecía haber sacado tanto de los animales que ayudaba a cuidar a sus padres como de éstos, que han sido siempre un ejemplo de bondad y discreción donde los haya, no sólo los secundaba en todo lo que podía, sino que daba la impresión de gozar con que se le pegaran sus costumbres y formas de ser. Aires de señorito, le decía a veces su padre, se te están poniendo aires de señorito.

Pero lo que más les gustaba, y en lo que a partir de un determinado momento no dejaron ya nunca de pensar, era evidentemente montarlos, subirse a ellos como podían y cabalgarlos manteniendo al comienzo a duras penas el equilibrio –manteniendo el tipo, como empezaron a decir por entonces y habrían de decir después muchas veces refiriéndose a otras cosas–, y luego ya, con el tiempo, como hábiles y consumados jinetes. Hasta tal punto usaron esa frase, mantener el tipo, mantenerse en equilibrio, que llegó a convertirse enseguida en una especie de divisa o lema de los tres. Lo importante es mantener siempre el tipo, se decían para cualquier cosa, para aguantar una regañina o afrontar un examen o la conquista de una chica, lo importante es mantenerse en equilibrio como sobre un caballo lanzado a galope.

Al principio los montaban un poco por los prados, sobre todo por los que tenía la familia de Julio, sin salirse de ellos y procurando que nadie les viese, pero poco a poco, cuando les parecía que podían pasar desapercibidos, empezaron a salir por el campo y los montes de los alrededores. Al poco tiempo ya todos les habían visto galopar por todo y saltar cualquier cerca o arroyo que les saliera al paso o ellos fueran a buscarse, y no había en el pueblo quien no se temiese lo peor, excepto el padre de Miguel, que cuando alguien le quería poner sobre aviso –tu hijo se va a descalabrar el día menos pensado, le decían, se va a romper la crisma– no conseguía sino que se sintiera orgulloso de él.

Montaban con silla y montaban a pelo, con riendas o sin ellas y agarrados a las crines como si fueran uno con el caballo, como si fueran uno con el puro movimiento –diría más tarde Miguel– y como siempre se ha dicho después que cabalgaba todavía muchas noches El Biércoles, solo o en medio de alguna manada que bajaba de la sierra, y usted y yo hemos podido verle cabalgar también esta mañana burlándose de los guardias y escabulléndose en aquel caballo blanco, le dijo Anastasio ladeando luego un poco la mirada para echarle un vistazo a Carmen, que continuaba tarareando su canción indiscernible y sembrando de hoyos el patio. La seguía con la vista de vez en cuando mientras hablaba, y ella a veces se volvía hacia ellos y se les quedaba mirando como si al hablar tanto estuvieran haciendo algo incomprensible. Papá, no paras de hablar, le decía, pero sin dar la impresión de que hubiese querido esperar respuesta ni explicación alguna.

Parecía que lo llevaban en las venas, como si no hubiera ni pudiera haber en el mundo nada fuera de aquello, prosiguió Anastasio, y al resto de la gente, por lo que yo he sabido, no sólo a mi familia o a la de quien luego sería mi mujer, también ganaderos desde siempre, sino en general a todos aquí, que siempre han visto a los animales como un exclusivo objeto de sus desvelos y sacrificios, como meros instrumentos de trabajo o fuente de riqueza, pero sobre todo como sufrimiento, como preocupación –si éste se enferma o aquélla va a dar a luz, si contraen esta peste o aquella epidemia–, aquel capricho de montarlos, de divertirse con ellos o tomarlos como cosa de juego, no podía por menos de contrariarles o de repatearles incluso en lo más profundo. Pensaban no sólo que tarde o temprano alguno daría con sus huesos en el suelo, lo que en el fondo quizás no era lo peor y les serviría de escarmiento, decían, sino que aquello era una especie de ofensa que no podía llevar a nada bueno. Y si no, al tiempo, concluían.

Durante toda su vida, durante generaciones, han vivido de los animales y para los animales, vacas y caballos sobre todo. Ellos han sido la causa de sus alegrías y el motivo de sus penas, de sus afanes y preocupaciones; si engordaban y criaban y estaban bien, ellos estaban también bien; si enfermaban o se morían, se podía decir que también enfermaban o que morían también un poco con ellos. Trabajaban con ellos y vivían pegados a ellos, los ayudaban a salir ya del útero de sus madres y les cuidaban y limpiaban más que a sí mismos, les daban de comer porque ellos luego a su vez también les darían de comer. La belleza del mundo era verlos sanos y rollizos, verlos criar, y su suciedad era la suciedad que siempre les envolvía, el andar siempre con las manos pringadas, con los zapatos embadurnados y los vestidos y hasta la cara y el pelo salpicados siempre de su porquería e impregnados con ese olor que siempre llevaban encima, en casa y en el Hostal o la taberna y allá donde fueran, y ya no podían quitarse nunca. Con ellos araban, transportaban, se trasladaban, con ellos sabían de la condena de la tierra y el capricho de la fortuna, de las inclemencias y reveses del tiempo, pero con ellos nunca jugaban ni se les hubiese ocurrido nunca bromear ni tomarlos jamás como objeto de antojo o de extravagancia, como si al hacerlo así, como si franquear ese límite, fuera no sólo una excentricidad o una travesura, sino algo en el fondo mucho más grave, mucho más peliagudo y punible.

Así ha sido durante mucho tiempo y en parte todavía sigue siéndolo, continuó Anastasio. Pero el caso al que vamos es que ninguno de ellos se cayó, o bien sí se cayeron, pero con caídas de poca monta que, más que provocar prevención, les sirvieron para templarse. Una caída o un trastazo a tiempo evita a veces luego caídas o trastazos de mayor entidad, decía siempre Sánchez Zúñiga, el padre de Miguel, y seguramente no le faltaba razón.

A mí, si tengo que serle sincero, todo aquello en realidad me daba bastante miedo ya desde el principio, y me daba miedo, o a lo mejor sólo un poco de repeluzno, no sólo montar o montar como ellos –yo en realidad sólo me he encontrado bien con los pies siempre en el suelo y pisando sobre seguro–, sino sobre todo sus ansias, sus urgencias, ese entusiasmo y esa avidez sin límites que no atendían a ruegos y nunca les abandonaban. Era como si tuvieran que estar siempre desafiando algo o a alguien, desafiándose entre sí, claro, pero sobre todo desafiando algo que nunca he acabado de saber muy bien lo que era y a lo mejor ellos tampoco, pero de cuyo reto yo barruntaba que ya no se podía volver, que era como un estado irreversible del que ya no había vuelta de hoja.

El resultado ahí lo tiene usted; aunque no me haga mucho caso, Bertha, porque lo mío tal vez no sean más que imaginaciones de otra época, ilaciones del miedo o la pusilanimidad, como decía Miguel, figuraciones de un hombre apocado que no se ha movido de aquí y todo lo ha visto siempre nada más que desde aquí, casi como si fuera un árbol, me decía. Bertha sonrió y tuvo que refrenar un impulso de llevar la mano a su rodilla o al brazo. Empezaba a hacer frío en el patio aunque ellos no parecieran darse cuenta –se habían quedado ya también frías las piedras del muro que el sol había calentado durante toda la tarde–, y el aire que se había levantado sacudía a rachas cada vez con mayor fuerza las ramas de la acacia. Viento de Cebollera, le diría más tarde Anastasio, ya en el interior de la casa, un momento en que se detuvieron a oír zumbar el aire en las ranuras de las puertas y las rendijas de la madera como si en aquel sonido persistente, bronco y desapacible, residiera en el fondo, más allá de todo acuerdo y toda convención, no habrían podido decir si el contrapunto burlón o bien el verdadero significado de aquellas y de todas las palabras.

Los tres lo intentaron, es verdad –prosiguió–, los tres intentaron descabalgar cada uno a su modo de esa cabezonería del entusiasmo, pero cuando ya el animal, por decirlo así, estaba desbocado y era insensible a ningún freno, cuando todo iba ya demasiado aprisa y estaba demasiado confuso.

El único que parece haberlo conseguido, el único que quizás, y digo quizás, ha sabido volver, que ha podido echar marcha atrás más o menos indemne y ha tenido la suerte o los reflejos suficientes para ladearse a tiempo, antes de que todo se le viniera irremediablemente encima como se les vienen encima las vacas o los ciervos a esos coches que se estrellan contra ellos por estas carreteras o bien los jabalíes enfurecidos a los excursionistas, ha sido tal vez Julio, ese Julio Gómez Ayerra que usted ha visto esta mañana en el cementerio y al que le digo que tiene que ir a ver usted sin falta, hágame caso.

Sí, allí estaba sin poder dejar de mirarme, le dijo Bertha. La de Viena, diría, la profesora de español, o más probablemente, tal y como son los hombres, la tetuda de Viena o el bombón vienés de Miguel. Cada vez que ladeaba la vista hacia él, le veía apartar la mirada igual que si le hubiese sorprendido en algo que no debía hacer. Quién sabe con qué sentimientos me miraba, con qué pensamientos, aunque tal vez era sólo esa admiración que, según se dejaba decir Miguel, sentía por todo lo que tenía que ver con él. Ha sido siempre como una especie de hermano menor para mí aunque tuviéramos la misma edad, decía Miguel cuando yo le preguntaba por él, y con lo único con lo que tenía que andar siempre con cuidado, me decía, era que no había chica que me gustase que luego no le gustara también a él.

El caso es que faltaba poco para que El Biércoles acabara esta mañana –prosiguió Bertha–, y de repente, no me pregunte por qué ni por qué no, me vino al mirarle un impulso casi irrefrenable de llegarme a donde estaba y abalanzarme sobre él. Hubiera querido saltar, gritar, echarme a correr hacia él apartando a la gente para decirle soy yo, soy Bertha, ¿no me reconoces? Seguro que Miguel te ha hablado montones de veces de mí.

Pero me estuve allí quieta, impertérrita, a pie juntillas al lado de la fosa y sin apenas fuerza siquiera para pestañear, como si cuantas más vueltas dieran las palabras y la imaginación en mi mente menos margen de acción me quedara, menos posibilidad de moverme, de tocar algo que todavía pudiera estar en contacto con él –la madera del féretro o la tierra de la que parecía haberse adueñado El Biércoles igual que si fuera parte de él– o más bien a alguien que me lo aproximara y al que le pudiera decir por lo menos alguna de todas aquellas palabras a las que yo me había reducido y que eran lo único que me quedaba para reemplazar su pérdida, como si las palabras no fueran ya de por sí una pérdida, la pérdida con la que sin embargo queremos hallar o nos hacemos la ilusión de hallar algo.

Así me quedé hasta que todo terminó, sin menearme apenas un centímetro y anonadada por lo que veía y sentía y por lo que oía que me decían mis palabras, como si sólo me hubiera cabido ya estarme allí inmóvil, de cuerpo presente y manteniendo a duras penas la verticalidad, completamente mareada y entumecida de dolor y sin que me hubiera importado lo más mínimo caerme y que me hubiesen cubierto a mí también de tierra con él, de lo muerta que estaba a no ser por las palabras y las imágenes que se me amontonaban, que se superponían y rivalizaban y se quitaban unas a otras la delantera.

Cerca de mí tenía a esa chica, Inge –ya vería usted después la escena, me figuro–, que tampoco cesaba de mirarme de reojo la pobre. Estaba completamente perdida, mucho más todavía que yo, y sin otro punto de referencia que yo además. Ya ve lo que son las cosas, que a una no le quepa en un determinado momento mayor alivio que acogerse a lo que, hasta hacía sólo días, no había representado sino una fuente de desazón o por lo menos de rivalidad. Pero así es, y además de ella, de Julio y ese Biércoles con el que no sabía cómo iba a hacer para hablar con él después y del que, si le tengo que ser sincera, apenas me extrañaba nada –en realidad no me extrañaba nada de nada salvo la idea de que Miguel estuviera muerto–, sólo reconocí enseguida a su hija y a su hermano, que apenas si se dignó darme la mano luego y preguntarme si me hospedaba en el Hostal. Yo hubiera querido abrazarle, hablarle, preguntarle, hubiera querido tocarle y olerle para ver si olía igual que Miguel, lo mismo que también hubiese querido abrazar enseguida a Inge, sin importarme nada, para ver si había algo de él todavía en ella a pesar de los pesares. Pero sobre todo hubiera querido decir que ya bastaba, que ya estaba bien, lanzarme sobre la caja y abrirla sin contemplaciones delante de todos para demostrar que allí no estaba Miguel, que todo era una trampa o una farsa, un mal sueño, una broma pesada, y que no era posible que estuviera allí, que no era comprensible ni razonable ni sobre todo tenía ningún sentido, como no lo tenía tampoco pensar qué sería su cuerpo después de la autopsia, su cara y su frente que yo había besado y acariciado y tenido en mi regazo y sobre mi pecho tantas veces, y que seguía teniendo y besando y tocando en mi mente mientras me decía que tenía que haber desayunado más, que tenía que haber comido algo más y así no estaría a punto todo el rato de desmayarme sin decir esta boca es mía, sin gritar ni echarme a correr ni abalanzarme sobre nada ni nadie y sin que se me tragara tampoco la tierra, sólo contentándome con volver la vista de vez en cuando hacia atrás para ver si entraba por fin usted y para cerciorarme de algo que no sé muy bien qué es, pero que probablemente tenga que ver con esas palabras del ciego que usted todavía no quiere decirme. Yo no sé cuáles serán esas palabras, no sé qué dirán ni qué razones tendrá para decirlas o de dónde las habrá sacado, pero si dan alguna clave, si arrojan alguna luz o algún sentido sobre todo este disparate de la vida, yo le ruego que no tarde mucho en decírmelas.

A su tiempo, no se apure –le respondió Anastasio–, a su tiempo se las diré igual que le diré también otras cosas, pero deme tiempo a que yo antes haya podido asimilarlo no le digo que totalmente, porque hay cosas que no se llegan nunca a asimilar del todo, pero por lo menos un poco para que no me parezcan palabras dichas así, a voleo o como haciéndome sólo eco. Deme tiempo y déselo usted también a sí misma, Bertha.

Su madre era de esperar que no acudiera, prosiguió enseguida, sin darle opción a que pudiera rechistar. Cuando tomaba una decisión, esa decisión era terminante y no tenía jamás vuelta de hoja, lo mismo que si plantara un árbol o construyese una casa, que ya estaban allí para siempre y después ya no había que estar llevándolos y trayéndolos de acá para allá. Lo contrario de su hijo, que llevaba siempre la casa a cuestas igual que los caracoles o los gitanos, como ella decía las pocas veces que se le oía referirse a él. No se sabe que se desdijera nunca de nada en ninguna circunstancia, como ya le contaría él, y es más, cuanto más apurado y comprometido era el trance, más se reafirmaba en sus trece, como si en lugar de poderla poner nada ni nadie en duda, lo que automáticamente se pusiese en entredicho fuera el mundo entero por el solo hecho de atreverse a dudar de ella. A mi pobre Elvira que en paz descanse la estuvo llamando siempre Amalia durante todos los días de su vida, y todavía supongo que lo hace si alguna vez se refiere a ella; y todo por no dar su brazo a torcer un día que se equivocó al saludarla a la salida de la iglesia delante de todos. Como mucho, al cabo del tiempo de llamarla Amalia y aprovechar para llamarla Amalia en cualquier circunstancia como quien aspira a que todos vayan cambiando poco a poco de parecer, empezó a consentir a veces en decir Amalia, esa que todos no sé por qué os empeñáis en llamar Elvira. Un día... pero bueno, eso supongo que ya se lo habrá explicado Miguel y que no tengo yo por qué hacerme eco de todo, aquí se dicen muchas cosas.

Bueno, bueno, el caso es que ese día, no hará menos de quince años –Miguel rondaría entonces los treinta y cinco si no me equivoco–, al echarle de casa y mandarle no volver a poner un pie allí dentro, juró que para ella era como si ya no existiese, que ya no tenía más hijo que uno y que no quería volverle a ver nunca más ni vivo ni muerto. Y así ha sido. Cuando le decían que había vuelto, que estaba en el pueblo, ella cerraba a cal y canto los postigos de las ventanas que daban a la calle y se abstenía de salir hasta que le aseguraban que se había ido. No abandonaba entonces su casa bajo ningún concepto, ni siquiera, con todo lo que era ella de cumplidora, para ir a misa el domingo por no aventurarse a tropezar con él o a que fuera a esperarla a la iglesia a la hora que fuere; Dios ya lo entenderá, dicen que decía con la resolución del que piensa que más le valía entender porque no le quedaba otro remedio.

Le había mandado a la sirvienta que por nada del mundo le dejara ni que fuese poner un pie más allá de la verja y la pobre, que siempre le tuvo mucho aprecio a Miguel, se las veía y se las deseaba para no dejarle entrar en contra de lo que hubiese sido su voluntad; no me ponga usted en un aprieto, que sabe que me juego el puesto, le oí decir un día en que él insistió algo más de la cuenta. Miguel volvió muchas veces a llamar a su casa –creo que cada vez que venía volvía a intentarlo– y en muchas ocasiones, como en la de su penúltimo viaje –lo recuerdo bien porque fue el último rato que pasamos juntos–, yo le acompañaba hasta la verja verde flanqueada por los dos pilares rematados con matas de siemprevivas y me despedía de él haciendo como que bajaba hacia casa, pero en realidad le esperaba unos pasos más abajo para acompañarle hasta el Hostal porque sabía a ciencia cierta, como sabían todos en el pueblo, que aquella verja nunca se volvería a abrir para él. Hay quien dice, pero por decir se dicen siempre muchas cosas, que después de salir de la casa de Ruiz de Pablo la última noche y antes de subir monte arriba, volvió a intentarlo por última vez. Dicen que estuvo mucho rato llamando al timbre y vociferando, y las cosas que dicen que gritó a lo mejor tampoco son para repetirlas.

En cuanto al otro, ése sí que hubiera querido estar presente como tal vez no hubiera querido nada tanto en su vida, pero era imposible porque a estas horas todavía parece que no se sabe si está o no fuera de peligro, como dicen con grandilocuencia los periódicos de esta mañana, aunque yo, y ni yo ni muchos otros –y si no pregunte en el Hostal–, no me crea una sola palabra; no en vano quien firma la crónica ha sido siempre un fiel seguidor suyo y ha hablado siempre hasta con sus mismas palabras, dijo Anastasio después de haber hecho una pausa y como si todo lo anterior hubiese sido sólo un preámbulo. El sol se había puesto hacía ya rato tras los montes teñidos de violeta por las flores de los brezos, que ahora parecían haberse hundido de repente en la lejanía de la oscuridad, y las piedras del muro se habían enfriado ya del todo a sus espaldas. En la copa redonda de la acacia el viento zarandeaba ahora con más fuerza las ramas desde direcciones que parecían contrapuestas y de vez en cuando se desprendían algunas hojas.

¿Fue Miguel quien lo hizo?, le espetó de pronto Bertha mirándole un momento a los ojos con una extraña intensidad contenida que le obligó a él a apartarlos de inmediato; ahora ya creo que puede usted empezar a contarme todo, creo que ya estoy preparada, agregó antes de que Anastasio se levantara y llamara a Carmen –venga Carmen, para dentro, que ya hace frío aquí, gritó– e invitara a Bertha a pasar a su casa aunque allí no hubiera ninguna comodidad, le dijo, pero es que aquí ya nos estamos quedando fríos.

Segunda parte

1

El automovilista que, picado por la curiosidad o movido
por el aliciente de descubrir otras rutas, se dirigiera desde la capital a la zona de Pinares dando un rodeo al principio hacia el
norte hasta más allá del puente sobre el Zarranzano y, una vez
dejados atrás los llanos de Chavaler, decidiera torcer a la izquierda tomando una carretera de tercer orden en dirección a
El Royo, podía encontrarse, a la caída de la tarde en verano o
poco después de la sobremesa algunos días de buen tiempo de
la primavera o el otoño, a una mujer de mediana edad, enjuta y
al parecer elegante –su noble cabeza siempre enhiesta sobre una
chaqueta de lino–, pacientemente empujada en una silla de
ruedas muchas veces por un hombre de ademán altivo y buena
presencia –la cabeza escultórea de abundante cabello gris muy
rizado– en algún trecho del arcén de la larga recta de dos kilómetros que une la población con la vecina Sotillo. De allí vienen las tormentas, los fuegos y los malos casamientos, aseguran, lo mismo que se asegura más o menos en cada lugar del
lugar más cercano como para tenerlo a raya, respecto a la localidad que, al fondo de esa recta, se halla como metida en el rincón formado por los montes del Mogote, el Calar y la Umbría
y por ello recibe el nombre completo de Sotillo del Rincón.

La carretera, que tiempo atrás estuvo flanqueada en muchos tramos por los olmos que exterminó la grafiosis y que todavía vuelven a retoñar en algunos sitios hasta que se insinúan

de nuevo los signos irreversibles de la enfermedad, discurre por el valle a cierta distancia del río y en paralelo a él justamente hasta el comienzo de esa recta. A partir de ahí modifica su rumbo y, en esos dos kilómetros rectos y casi planos –a excepción de una discreta elevación en el centro–, se dirige hacia el curso del río que atraviesa precisamente por Sotillo partiendo en dos la población. Luego vuelve a discurrir en paralelo a su cauce, pero esta vez más cerca y por su margen izquierda, hasta que se empieza a empinar para dejar El Valle a su espalda en busca de otros parajes más altos que, todavía poblados de robles en su mayor parte, irán acercando al viajero hacia Pinares.

En muy contadas ocasiones –una de esas tardes a lo mejor especialmente benignas en que parece adelantarse la primavera, o alguna otra señaladamente fresca de verano o aún templada de octubre que se diría como si quisiera poner puertas al otoño–, el hombre de movimientos altivos y suficientes, a pesar de estar empujando una silla de ruedas, prolongaba su paseo por el arcén de la carretera hasta Sotillo, como suele hacer buena parte de los paseantes; sino que más bien, atravesando la calzada para volver por el lado opuesto, de espaldas al sol que se ponía por Cebollera y en sentido contrario a los coches que se encaminan hacia Sotillo, daba término al paseo en un punto medio del camino para estar de regreso cuanto antes y no volver a salir ya probablemente de casa hasta el día siguiente. Tanto a la ida como a la vuelta, y al contrario que a ella, le molestaba tener que encontrarse con gente por la carretera, sentir cómo llegaban desde atrás a su altura y aminoraban el paso a sus espaldas para escuchar algún comentario o dar lugar a intercambiar unas frases o incluso un diálogo, y su aliento a la espalda se le antojaba húmedo y desagradable como el de los bueyes y las vacas que muchas veces cruzaban la carretera a aquellas horas para ir a recogerse a los establos. Pero nadie logró oírles jamás hablar durante un paseo, y al ver al cabo del rato que ni siquiera su presencia contigua tenía nunca los menores visos de llegar a producir el más pequeño acercamiento, todos se llegaban un momento a su lado, saludaban a ambos con deferente cortesía sin olvidar nunca preguntar qué tal estaban o hacer alguna observación sobre el tiempo, y les adelantaban sin la menor esperanza de recibir un día otra respuesta que no fuera un «buenas tardes» –un «bien gracias» o «buenas tardes tengan ustedes» por parte de ella– que consideraba zanjada cualquier posibilidad de dar mayor continuidad al encuentro.

Le había dicho –ella se llamaba Blanca, Blanca Álvarez Soto–, y raro era el día que no se lo repetía antes de cada paseo, que no debía dar opción al menor equívoco al que pudieran agarrarse para empezar enseguida con que si esto o lo otro –no esperan otra cosa, le decía, más que pegar la hebra un día para que así no nos los quitemos ya una sola tarde de encima–; pero ella sabía que, aunque nunca les daría esa posibilidad cuando fuera él quien la sacara de paseo, nadie podía impedirle sentir algo así como una grata sugestión cada vez que alguien se acercaba lentamente a sus espaldas y reducía un momento la marcha, una tibia inquietud parecida a la que le producía también el paso de los bueyes a su lado, la cercanía de sus cuerpos inmensos, cálidos y potentes que podrían derrumbarla en cualquier momento con su volumen, con sus poderosas testuces de las que podría esperarse cualquier cosa y que, sin embargo, sólo ofrecían permanentemente su arcaica e inofensiva imperturbabilidad, la ancestral mirada insondable de las víctimas. Cada vez que se le cruzaba un buey o un hatajo de vacas pasaba a su costado, sentía en su fuero interno un intenso deseo de acercárseles aún más, de que le rozaran su silla de ruedas y estuviesen a punto de hacerla tambalear, de volcarla incluso con su paso lento, voluminoso y apacible, y sus cuerpazos primordiales cuyas impenetrables cabezas se le aparecían luego muchas veces en los sueños dando de repente un derrote, moviendo bruscamente en el momento menos pensado los nubarrones inextricables de su mansedumbre en una dirección imprecisa.

Pero llegaban ya de vuelta a su casa, la primera vivienda nueva viniendo de Sotillo al pie mismo de la carretera, y nunca se había producido la menor salvedad. Sólo había cruzado la carretera frente a su casa, la había empujado por el arcén al que, unos metros más allá, daban las vallas de la casa de Julio y, a la altura de ordinario del cambio de rasante, había vuelto a cruzar la calzada en sentido contrario para regresar lentamente, y haciendo a la vuelta un mayor esfuerzo a causa de la ligera pendiente ahora cuesta arriba, ya por el lado mismo de su casa. Al llegar junto a la verja —son raros los coches que pasan por allí a cualquier hora y, cuando así ocurre, uno siempre tiene tendencia a volverse a mirarlos—, la dejaba un momento atrás y él se adelantaba a abrir; la empujaba adentro, la volvía a dejar ahora frente a la rampa de la puerta y tornaba sobre sus pasos para cerrar la cancela. Esas dos paradas, antes y después de oír el chasquido de la cerradura y el chirrido de los goznes —el golpetazo del metal contra el metal al cerrar—, eran para ella algo angustioso, punzante —la mecánica del umbral, decía—, algo previo y cortante como el aire de las tardes frías ya de octubre.

A partir del momento en que entraban en casa, y si él no tenía que salir del pueblo por lo que fuera o que marcharse por unos días como hacía con frecuencia, ambos se encerraban ya si no había otra novedad hasta el día siguiente. Él subía directamente a la buhardilla desde la que dominaba todo el valle a la redonda, encendía la lámpara de su mesa y la pantalla del ordenador, y ya no se movía de allí muchos días hasta la madrugada más que si alguna vez, casi siempre ya de noche entrada, se oía el ruido de un coche o una furgoneta detenerse a pocos metros de allí, fuera de la vista en todo caso de la carretera, y alguien llamaba a la puerta a unas horas en las que ya nunca estaba Remedios, la vieja y servicial Remedios que llevaba la casa desde que la señora llegó a El Valle. Entonces él bajaba rápidamente a abrir; enseguida, sin dar cuenta de nada ni hacer caso si ella por casualidad le preguntaba algo, subía a la buhardilla con quien hubiese llamado y, durante algún rato, que llegaba incluso a veces a prolongarse hasta el alba, se oían los ecos de una conversación que casi siempre parecía agitada, o más bien los ecos de su voz grave y sonora sobresaliendo siempre sobre las otras. Pero de no ser así, era sólo el silencio lo que se adueñaba inmediatamente de la casa, el silencio —el ladrido de algún perro, el

150

motor de los pocos coches que atravesaban el valle, las hojas de los árboles del barranco contiguo cuando soplaba el viento– y el resplandor de esa luz, mitad cálida y mitad fría y como metálica, que podía verse hasta altas horas de la noche dominando El Valle, rivalizando a veces –se diría– con la de la hija de Anastasio. Las luces de los locos, decía siempre en tono más que de sorna Mercedes, Mercedes Díaz Serna, la mujer de Julio, cuando volvía tarde por la noche de la capital y veía esas dos luces encendidas, las luces de los locos, pero era casi siempre ella sola la que empleaba allí ese plural.

Ella en cambio, la mujer elegante y enjuta, tocada con una chaqueta de lino de distintos colores siempre sobre los hombros, entraba en su silla de ruedas directamente a la pequeña habitación del piso bajo donde tenía instalado su estudio. Allí, frente a la cristalera que daba a poniente, se encerraba cada día, a la vuelta del paseo por la carretera, para pintar al óleo. Pintaba siempre a la caída de la tarde, siempre durante el mismo rato y desde el mismo sitio, y pintaba siempre el mismo tema. Mi tema, decía ella, o más bien el tema, el único tema. Con un empeño y una atención que probablemente ya más que en el objeto en sí de su pintura se centraban en ellos mismos, en la propia atención y el propio empeño empedernidos, pintaba cada tarde la luz siempre distinta y sin embargo idéntica del crepúsculo, la luz y el sonido del ocaso, decía, la lentitud cálida y tremenda como un buey, anubarrada a veces y siempre inextricable, con que se va la luz de las cosas, con que delimita durante un momento nítidamente los perfiles de las formas y luego inexplicablemente se va, se esfuma y apaga como si ya no tuviera que volver nunca a despuntar.

Tenía siempre diez, quince cuadros empezados o en curso de ejecución, cada uno de ellos con una luz y en una época del año, con la cima de Cebollera despejada y azul o bien cubierta de nieves o rodeada de nubes, y cada día, según la luz con que se pusiera la tarde tras la cristalera, cogía uno u otro para añadir aunque sólo fuera algunas pinceladas, algún retoque o reelaboración del mismo tema que llevaba pintando en docenas y docenas de variantes desde hacía veinte años largos, desde poco antes justamente de la muerte de Sánchez Zúñiga, el padre de Miguel, primero en la vieja casa de la familia de Ruiz de Pablo, a pocos pasos más hacia el río, y luego en esta de ahora, desde que dejó el hospital y luego las infinitas e inútiles tardes de rehabilitación, y accedió a ir a recogerse a aquel valle en el que no había puesto antes un pie en toda su vida.

Y cuando ya el último resplandor del ocaso se había apagado magnífico y telúrico sobre la línea de Cebollera, y se oían los últimos mugidos y esquilones del ganado que iba a recogerse a los establos, la enjuta y elegante señora dejaba a un lado los pinceles y, haciendo rodar la silla por sí misma o empujada todavía algunos días por la infatigable Remedios, salía de su estudio, se llegaba al ascensor instalado para que pudiera subir y bajar del piso alto y ascendía a su dormitorio. Sin encender todavía la luz, tras los cristales de la ventana o bien en la terraza, si hacía bueno, hasta que sentía el primer frío a pesar de la chaqueta que llevaba echada siempre sobre los hombros, volvía a contemplar cada noche, a solas durante un buen rato, la misma vista que había contemplado desde hacía casi veinte años: la recta de dos kilómetros de carretera por la que la empujaban durante las tardes de buen tiempo y por la que luego, durante la noche, veía despuntar de vez en cuando, de la curva del fondo, las luces de los coches que venían de Sotillo y enfilaban la carretera en dirección a su casa. Veía todo oscuro —la cinta plateada de la carretera y las siluetas de los árboles si había luna— y de pronto los veía salir de la curva de Sotillo con sus pares de faros blancos o amarillos que titilaban como si le enviaran alguna señal. En la oscuridad de la noche —no había ya ninguna otra casa por su lado más allá y ni siquiera una farola—, surgían de repente al fondo, como salidos de la montaña, dos puntitos minúsculos de luz frente a su ventana, y poco a poco esos dos puntos luminosos se iban acercando, agrandándose e irradiando progresivamente una mayor claridad. Pero de pronto, como a mitad de la recta, los dos puntos de luz, los cuatro si se trataba de un camión, desaparecían como tragados por la carretera o engullidos por la noche, y la oscuridad volvía entonces a adueñarse otra vez por completo del paisaje durante unos instantes, al cabo de los cuales los faros tornaban a aparecer, ahora en un plano ligeramente superior, al tiempo que la deslumbraban un momento ya casi en las inmediaciones de su casa. Habían sido ocultados unos segundos por la ligera elevación que presentaba la carretera antes de llegar al pueblo, hasta que el cambio de rasante los había devuelto de nuevo a su contemplación durante el breve lapso que transcurría entonces antes de desaparecer ya definitivamente por el costado.

Como surgida de la nada, veía pues una luz a lo lejos, y esa luz iba acercándose poco a poco hasta que de repente, cuando parecía que la iba a tener enseguida ante ella, desaparecía como velada en la noche. La oscuridad volvía a hacerse dueña del horizonte de un modo que parecía definitivo, pero al cabo de nada esa misma luz volvía a aparecer de pronto, más cerca ahora y con más fuerza, y la deslumbraba de tal forma que, por su propio efecto, veía tan poco como un instante antes en la más rigurosa oscuridad. Pero también esa ceguera era fugaz y enseguida volvía a ver cómo la luz salía de nuevo de su radio de visión por un costado. A veces podía ver tres o cuatro vehículos al mismo tiempo en la recta, unos saliendo de la curva y otros acercándose o escondidos por el cambio de rasante y deslumbrándola al cabo, o bien seguidos, aproximándose y deslumbrándola unos detrás de otros. Cuando el último de ellos acababa de deslumbrarla y la noche restauraba su inherente oscuridad, entonces, poco a poco, sus ojos recuperaban la visión que la luz había ofuscado y todo se revelaba más claro: miles de puntitos luminosos tachonaban la bóveda celeste componiendo geometrías ante su renovada perplejidad –se elevaba a ramalazos el susurro de los fresnos y los chopos del río– y trazando mapas, alegorías y caminos que la atrapaban en su inescrutable e imponente inmensidad.

2

Sus ojos, le diría Julio más tarde, lo primero que me impresionó fueron sus ojos, o más bien el contraste del asombro estancado de sus ojos, detenidos siempre en algún punto impreciso de su interlocutor, y el cuello erguido y grácil que se movía igual que el de una bailarina. No había gesto que hiciera o movimiento que emprendiera que no comunicasen ese dilema, esa contradicción incomprensible entre su esbeltez, entre esa gracia natural o deliberada con la que no te hubiera extrañado que se pusiera a bailar en cualquier momento, y la tristeza perpleja de su mirada que parecía como una tristeza de antemano, como una tristeza recóndita e ineliminable que ni imaginabas de dónde venía ni adónde podía llevar, pero que sí veías que te incomodaba, que te atraía y distanciaba a la vez como hacen las soledades demasiado inaccesibles, demasiado tozudas e incomprensibles. A lo mejor era, me he dicho después, al saber de ella lo que ahora sé, como si ya entonces, y por lo tanto no sólo luego, en adelante, se hubiese estado haciendo carne y cuerpo de su carne todo lo que iba a avecinarse, todo lo que había de venir o estaba ya viniendo desde hacía tiempo y ni ella, ni a lo mejor nadie, estaba en disposición de impedir: un lento, continuo y sin embargo rotundo acabamiento, habría que decir, los duraderos compases de un persistente desmoronamiento. Pero perdóneme usted, Bertha, perdone que empiece a lo mejor por el final, la casa por el tejado.

Bertha había llamado al timbre después de la hora de la comida y un perro de lanas blancas, que le caían incluso por encima de los ojos, había salido parsimoniosamente a recibirla. Ladró un momento con desgana detrás de la verja, y ella le acarició la cabeza introduciendo una mano inquieta entre los barrotes. Era suave y cálido al tacto, todo lo contrario del hierro de la cancela, que estaba frío, y aquel contraste de suavidad y frialdad, de abulia del perro e inquietud suya, se apoderó de ella mientras esperaba a que alguien le abriera. Los pilares de la puerta de entrada de la tapia estaban también coronados de siemprevivas, como los de la casa de la madre de Miguel, adonde había llamado por la mañana sin que nadie le abriera. Ha salido la chica y yo no puedo bajar a abrirle, le había dicho una voz desde detrás de una ventana apenas entreabierta después de que se apartara el visillo; además estoy segura de que usted y yo no tenemos nada en común de que hablar. Se cerró la ventana sin dar la menor opción a que ella repusiera nada y los visillos volvieron a extenderse por toda la superficie de los cristales; lo contrario de ahora, que se descorrían para dejar vislumbrar a pesar de los reflejos un rostro femenino –ya antes se habían descorrido otros en el piso de arriba– cuya propietaria hacía una seña con la mano y gritaba «un momento, ahora voy» con el mismo tono de fría afabilidad que reinaría luego durante los primeros momentos.

Era la mujer de Julio, de Julio Gómez Ayerra, que enseguida salió a la puerta, bajó los dos escalones que separan la casa del patio y, desde el lado del acebo que también flanquea la vivienda, la saludó con amable recelo antes de llamar a su marido; es para ti, gritó hacia el piso de arriba, e inmediatamente volvió a concentrar en ella su mirada como si la estuviera inspeccionando. Pero pase, pase, no se quede ahí con el frío que hace, le dijo. No hacía verdaderamente mucho frío, o por lo menos no lo hacía comparado con el que ella estaba acostumbrada a soportar en Viena –el sol disimulaba las cosas en un atractivo contraste–, pero al entrar en casa se sintió inmediatamente reconfortada. Un grato perfume presidía el ambiente –el calor le subió a las mejillas nada más entrar– y en él predominaban a todas luces dos olores; el uno le era muy familiar y provenía del horno, y el otro, más en el fondo pero también más penetrante, era el mismo que embriagaba al entrar en muchas iglesias de la zona y que a Miguel le catapultaba siempre, mucho más que ninguna otra cosa, a su infancia: el olor de la madera de enebro, de las tablas de enebro de los entarimados o el serrín de enebro con que muchas mujeres barrían sus casas para que se quedara impregnado aquel aroma, y también el de los pequeños troncos que los vecinos acostumbraban a poner en los armarios para dar olor a las ropas y que Miguel había llevado siempre consigo, casi como un talismán, a todas las casas de todos los países en donde había vivido. Tenía siempre alguno de esos pequeños conos sobre su mesa de trabajo, le diría Bertha a Julio más tarde, y a veces se lo llevaba a la nariz y aspiraba, y por un momento las cosas que nunca vuelven y siempre se transforman tornaban un instante y eran, como le gustaba a él decir, su permanencia.

Sí, sí, ya sé quién es usted, en realidad estaba esperando su visita desde que la vi antes de ayer en el entierro, le dijo Julio nada más verla, sin dejar que acabara de presentarse y mientras le estrechaba calurosamente la mano. Estaba acostumbrada a que los hombres, y también muchas mujeres, la miraran con detenimiento, con admiración o procacidad más bien y en ocasiones con insolencia, a lo que ella respondía a veces con atrevido descaro y a veces con la más crasa y despectiva indiferencia, según estuviera de humor. Pero aquella actitud de sumo interés por sus facciones, por los abultamientos y sinuosidades en los que Julio se había dado literalmente de bruces al ayudarle a quitarse el abrigo, y a la par de sumo interés también para no dar a entender que aquello le despertaba el menor interés que se pudiera interponer ante lo que realmente importaba, le resultó francamente simpática y, en ocasiones, cuando reparaba en la nerviosidad de sus gestos, de sus miradas y cambios bruscos de tema, se veía forzada a abortar, nada más insinuarse, una sonrisa que a ella se le dibujaba con creces enseguida en la boca, ensanchándola desmesuradamente y obligándola a intentar ensimismarse entonces en una actitud de imposible contención reconcentrada –los ojos bajos, las comisuras pugnando por dilatarse, el cuerpo como bailando por dentro– que era entonces la quintaesencia de la voluptuosidad.

La mujer de Julio había ido a preparar café a la cocina –acabamos de tomarlo, pero para mí cualquier motivo es bueno para tomarme otro. Julio no, que es muy austero, le dijo–, y enseguida sacó también una tarta de arándanos que ella misma había hecho, lo que dio lugar a una serie de comentarios sobre recetas y calidades de la mantequilla del lugar que, unidos a una andanada de preguntas sobre Viena –yo me pasaría la vida viajando, pero a Julio no hay quien le mueva ya de aquí, dijo con algunas variantes dos o tres veces–, empezó a poner visiblemente nervioso a su marido. Pero al cabo de un rato en el que Julio apenas había abierto la boca, ella pidió disculpas –tenía que arreglarse para ir a trabajar a la capital– y los dejó solos «para que habléis de vuestras cosas», dijo. Daba clases en el Instituto de Enseñanza Media donde dio también las suyas a principios de siglo el poeta Antonio Machado –sí, justo en el aula de al lado, ya se la enseñaré un día si quiere, le dijo a Bertha cuando ésta le preguntó si se trataba del mismo edificio–, y donde al comienzo «había impartido también sus enseñanzas», dijo con el mismo retintín con que después diría que les dejaba para que hablaran de sus cosas, durante un año, antes de trasladarse a San Sebastián y luego a Madrid, «el otro gran poeta que, no Dios aún por desgracia, por lo que parece, pero sí muchas personas tienen en su gloria», rubricó. Llevaba una melena corta, peinada con gracia sobre la frente, y cuando hablaba parecía que no sólo se le rieran los ojos sino todo el cuerpo, un cuerpo menudo y enérgico que daba la impresión de no caber en sí mismo de tanto como se movía en todo momento.

Entre unas y otras cosas, parecía que a la conversación le costaba levantar el vuelo como a esas palomas demasiado gordas y fofas de las ciudades, que se empantanaba aún en preámbulos de cortesía y fórmulas convencionales, o no pasaba de ser un tanteo de preguntas y comentarios con los que cada uno intentaba sondear al otro o ver hasta qué punto podía entrar en materia. Pero oír abrirse la puerta del garaje –ponerse en marcha el motor del automóvil– y dejar de golpe todo convencionalismo para entrar de lleno en la conversación pareció ser todo uno, como si ambos hubieran estado no sólo esperando, sino preparando incluso durante mucho tiempo tanto aquel momento en que por fin tendrían ocasión de verse y hablar a solas, como las palabras con las que seguramente hablarían y hasta el guión con arreglo al cual irían a hacerlo. Un guión que adelantase unas partes y retardase o escamotease otras adrede para crear tal vez sólo mayor intriga o quién sabe si para hacer que esos saltos o escamoteos, esos acicates de la intriga, se podría decir, tuvieran que llenarse entonces de algo y ese algo pudiera ser quizás lo más importante o dar lugar a una meditación que fuera incluso lo único que contaba o podía ya contar.

Desde la ventana del salón vieron cruzar al otro lado de la valla el coche rojo de Mercedes, que tocó suavemente el claxon y saludó con la mano, y a ambos les faltó tiempo para corresponder a su saludo, él levantando levemente la mano y ella agitándola un momento de un lado a otro y diciendo «adiós» como si hubiese podido oírla. Al fondo, los robles otoñales de la sierra de la Carcaña teñían el horizonte de las distintas tonalidades del ocre y el cielo era de un azul tan impoluto, tan terso e impecable, que parecía la permanente alusión a la esencialidad de algo que sin embargo siempre acaba por escaparse.

Es muy hermoso todo esto, dijo Bertha, y se quedó un momento en silencio contemplando el paisaje; demasiado hermoso –continuó– como para que haya pasado todo lo que ha pasado. No sé, como si la belleza de los sitios o de las cosas tuviera que mantener a raya o conjurar ciertos sucesos para ser verdadera belleza.

A su izquierda, por el lado por donde acababa de desaparecer el coche rojo de Mercedes en dirección a la capital, una mujer mayor, delgada y sarmentosa, sacaba ahora a pasear a la señora Blanca en su silla de ruedas por el arcén de la carretera de Sotillo. Se llamaba Remedios, Remedios López Vadillo, y desde que se tenía memoria se la recordaba en el pueblo venir cada madrugada desde Aldehuela, la aldea del otro lado del valle, atravesando los prados. Hiciera el tiempo que hiciese, aquella mujer sempiternamente vestida de negro salía de su casa muchas veces todavía con la oscuridad, bajaba la ladera y cruzaba los prados con el mismo paso constante, resuelto y vigoroso de cuando era joven, y con las primeras luces del alba su figura ágil y menuda aparecía en el pueblo por donde la iglesia para ganarse su jornal haciendo faenas en una casa y en otra. Hasta que, al volver Ruiz de Pablo con Blanca impedida en su silla de ruedas, irá ya para veinte años, le dijo Julio, pasó al exclusivo servicio de ésta. A pesar de su edad, que nadie sabía precisar a ciencia cierta —siempre, incluso de joven, la habían visto vestir de negro y siempre, incluso ahora, moverse con la misma ligereza e idéntica desenvoltura—, era de esas personas que no pueden estarse quietas un momento, de esos caracteres enteros y sufridos que no logran pasar un instante sin hacer nada y que cuando andan siempre parece que están corriendo. Estaba siempre en todo y a todo llegaba, y rara era la vez que se la necesitara para cualquier cosa y ella no estuviera ya allí, solícita y abnegada al pie del cañón, como si pudiese barruntar cuándo se le iba a necesitar o no hubiese nada que pudiese pasársele inadvertido o estuviera más allá de su alcance o de sus fuerzas. No había que decirle nunca lo que tenía que hacer o se podía hacer, y se anticipaba de tal manera a cualquier orden —igual que se anticipa el ruido al eco, decían— que no sólo las hacía innecesarias, sino que despojaba a los otros de la facultad de darlas. Eso es lo que tienen quienes, para bien o para mal, adolecen de un elevado sentido del deber, dijo Julio, o de un sentido del otro que muchas veces supera al que tienen de sí mismos.

Los días que sacaba ella de casa a la señora Blanca, ambas saludaban a todo aquel que se encontraban y a veces incluso se demoraban un momento a hablar con ellos. Cuando no está Ruiz de Pablo es otra y da gusto hablar con ella, habían asegurado siempre. Al pasar por delante de la casa de Julio, unos doscientos metros más allá de la suya al otro lado de la carretera, si le veía tras los cristales —sobre todo si le veía solo–, Blanca levantaba la mano y se quedaba mirando hacia allí hasta que la ventana salía de su ángulo de visión, y Remedios sabía entonces que tenía que quedarse callada hasta que fuera ella la que empezara a hablar.

Vengo de parte de don Ruiz de Pablo, me dijo ella como era lo convenido, de don Ruiz de Pablo, y no de don Enrique o de Ruiz de Pablo a secas por ejemplo, le contó Julio a Bertha. Yo la miré –y vi sus ojos y su cuello– e inmediatamente miré el reloj como estaba previsto, y entonces ella, sin esperar a que yo hablase, me dijo la hora con diez minutos exactos de adelanto como era también lo convenido. Era la contraseña, dijo Julio, y el otro, quien quiera que fuera en cada caso y en este caso ella, debía pronunciar esa frase exacta, vengo de parte de don Ruiz de Pablo, y el contacto entonces debía mirar el reloj y esperar a que fuera el otro el que dijera la hora con diez minutos de adelanto. Nada, ninguna palabra, ningún gesto podía apartarse lo más mínimo del orden de aquel guión establecido, y cada uno tenía que atenerse a su estricto papel sin cometer ningún desliz, sin decir Ruiz de Pablo o don Enrique o esperar a que el contacto dijera la hora o decirla él exactamente, so pena de que luego ocurriera lo que ocurriera. Así es como ella, y otros muchos que él reclutaba aquí y allí, se vincularon a la Organización, y así es como se producían los contactos y no sólo los contactos. Su nombre, que era lo más oculto, era también lo más evidente, la forma exacta y el contenido más certero, el acceso y el lugar al que se accede, el hacedor y la contraseña.

Julio se echó a reír de repente, se rió con una risa triste y desdeñosa, un poco forzada, y a continuación –¿no sólo los contactos?, había repetido Bertha–, igual que si le hubiera estado hablando con aquella confianza desde siempre, e igual también, al mismo tiempo, que si sus palabras brotaran de pronto de un fondo de ensimismada serenidad o de un recipiente donde se hubieran estado decantando, tamizando y contrastando pacientemente en el reposo, y ahora por fin estuvieran listas para ir vertiéndose poco a poco con el mayor cuidado, le dijo: ya ve, parecen juegos de niños, risibles y ridículos juegos de niños, y en realidad eran, y todavía siguen siendo, juegos de asesinos, de verdugos y de víctimas se matara o no se matara. Es verdad que los niños cuando juegan, juegan a veces a ser asesinos, y que los asesinos cuando asesinan lo hacen a veces también como si fueran niños, con esa convicción de inocencia y ese asomo de omnipotencia que tan al alcance de la mano —y del corazón— ponen las ideologías y facilitan algunas religiones, pero eso no quita para que unos jueguen y los otros asesinen, y para que unos sean las víctimas y los otros los verdugos. Ella debía de llevar ya algún tiempo con Enrique, en las circunstancias o las condiciones que fueran y supiera cada uno al principio lo que supiera, que ése no es ahora el caso, y en un determinado momento, por ella misma o más bien seguramente por él —por esa auténtica estrategia de la insidia en la que él era un mago— decidió pasar a la acción, como se decía entonces con un significado cercano al de pasar a la verdad, al de dejarse de cuentos, cuando en realidad la verdad no se nos presenta nunca más que en los cuentos, en el prestigio elaborado de un relato y una percepción: la verdad, la verdad o la mentira que hace falta creerse para pasar a matar o a poder matar o dejarse matar, que es el verdadero contenido de pasar a la acción.

3

Una mañana, a primera hora –le contó Julio–, cuando ella ya llevaba varios meses colaborando en tareas que podríamos llamar de infraestructura, Ruiz de Pablo se empeñó en ir a recoger con nosotros a la imprenta unos folletos de propaganda que él había redactado. Nunca descendía a esas menudencias, ni se dejaba ver en minucias como ésa por contactos vamos a decir subalternos, así que su decisión no pudo por menos de extrañarnos. En los últimos tiempos había empezado además a menudear sus relaciones con nosotros, que habían sido realmente intensas al principio –su guardia pretoriana, nos llamaban–, pero aquel día –irán Blanca y Miguel, ¿no?, se aseguró– fue él quien insistió en acompañarnos a la imprenta en la que editaban de tapadillo parte de nuestro material. Pasado el primer momento de extrañeza, enseguida supusimos que sería simplemente por ver a Blanca o porque tuviera que decirnos algo y no pudiese esperar a comunicárnoslo por los cauces normales, o también, quizás, aunque eso creo que sólo lo pensé o lo deseé yo, porque le hubiera dado de repente por remediar el tiempo que llevaba sin dar ocasión a que pasásemos un rato juntos, como solíamos hacer largo y tendido en los primeros tiempos. Esta última perspectiva nos alegró, o por lo menos me alegró a mí, pues recuerdo que Miguel enseguida torció el gesto –ya había empezado a torcerlo continuamente desde hacía un tiempo– y dijo terminantemente que no iría. Ni ahora ni nunca más ya, recuerdo que dijo, y se marchó sin dar más explicaciones ni esperar a que se las pidiésemos. Pero a mí me atrajo la idea de poder volver a pasar una mañana a nuestras anchas con él después de tanto tiempo, aunque era verdad que, si lo que hubiera querido hubiese sido en realidad eso, tampoco tenía por qué haber venido precisamente a por unas cajas de folletos a un sitio donde, a partir de ese momento, malo sería que no le asociaran ya con nosotros.

Pero él era así, le dijo Julio, lo más evidente es a veces lo más escondido, sostenía, lo más público y a la luz del día –a la luz de los focos y las pantallas, decía, como si el día no fuera para él más que focos y pantallas– es a veces lo más paradójicamente clandestino, y cuanto más se está en la mente de todos, por extraño que pueda parecer, más fácil puede ser escabullirse y mayores son las posibilidades de ocultación. Una de nuestras reuniones, para que se dé cuenta, la teníamos siempre en un bar contiguo a una comisaría al que acudían a todas horas policías y comisarios, con varios de los cuales llegamos a tener un trato incluso fluido que en el caso de Gregorio, como era de esperar, no me cabe ninguna duda de que fuera sincero por lo menos con uno de ellos, al que siguió viendo y tratando con independencia de todo hasta muchos años después, prácticamente hasta que tuvimos que marcharnos los tres al extranjero. Formaba parte de esa redomada estrategia de Ruiz de Pablo que, si he de serle franco, yo no creo haber llegado a comprender nunca del todo y que a Miguel, que fue el que más la sufrió, le llevó toda su vida desentrañar o quizás no se pueda decir que lo hiciera tampoco del todo hasta su última noche. Algún día tenemos que salir al monte de noche, cuenta Anastasio que le decía, y ya ve, subió, sí, pero solo y para no volver ya a bajar ni a decir lo que entendió más que tal vez a Gregorio o quizás ya sólo a El Biércoles. Aunque lo que entendió esa noche, lo que vio o tal vez por fin constató, a lo mejor no debió de ser muy distinto de lo que cuenta Anastasio que le dijo luego el ciego Julián, como broche ya de todo, cuando llegó acezando a las balsas por la mañana, y al pobre no se le va de la cabeza desde entonces.

Pero a lo que íbamos, se interrumpió Julio corrigiendo bruscamente el rumbo de la conversación –lo que dijo el ciego, lo que dijo el ciego, rezongó Bertha, haga el favor de no mencionarlo usted también si no me lo va a decir enseguida–, y a lo que íbamos es a esa mañana de hará ya unos treinta años. Nunca he sabido, y con Miguel fue siempre un tema que no se podía tratar de lo furioso que le ponía, si todo lo que aquella mañana acabó por ocurrir quiso ser en realidad una prueba que le salió mal sólo a causa de la ausencia de Miguel, o bien fue un error cuyas consecuencias no podía prever, si fue algo deliberado, algo tramado a conciencia y minuciosamente –lo que muchas veces me ha extrañado–, o bien simplemente la consecuencia de una rabieta, de una voluntad contrariada que era lo que en ningún caso podía hacérsele a él, llevarle la contraria, que le desairáramos uno u otro o bien que le desairara simplemente el mundo. No acertar, no salirse con la suya, que las cosas no funcionaran tal y como él las había previsto o no surtieran enseguida el efecto deseado, era algo que le sacaba literalmente de quicio, que le ponía fuera de sí como yo no he visto nunca a nadie ponerse. Aún ahora cualquiera le podrá decir que, cuando se le estropean los ordenadores de esa buhardilla que parece que tiene permanentemente encendidos, cuando espera a alguien que no llega o alguna noticia, o lo que sea, que no se produce, se le oye gritar desde allí arriba como si fuera un jabalí herido en el bosque. Le saca de sus casillas que el mundo no se ajuste a lo que él tiene en la cabeza, que las cosas no funcionen o se produzcan como él ha pensado que deban funcionar o producirse, que no encajen con lo que debiera ser según él. Así que tal vez fuera sólo eso, un berrinche, un puro pataleo de funestos resultados o una ventolera de las que le daban a veces y no había quien se la quitara de la cabeza o bien, por el contrario, la experiencia fallida de nuevo –¿de nuevo?, se hizo eco Bertha– de la estrategia que ya había puesto en marcha hacía un tiempo y cuyas consecuencias de aquella mañana no nos ha sido fácil entender, prácticamente hasta hace nada, por qué quiso luego expiar de alguna manera sin rechistar durante toda la vida.

Estrategias, expiaciones..., le interrumpió Bertha de pronto, usted me perdonará, pero a veces me parece que cada día entiendo menos, que lejos de empezar a atar cabos de una vez, cada día tiene todo menos pies ni cabeza para mí. Es como si el Miguel que yo conocí y amé como nunca probablemente he amado a nadie, como si el Miguel con el que conviví a pesar de todo durante años, fuera en realidad una persona completamente distinta al que vivió aquí y al que aquí volvía de vez en cuando, aunque cada vez sepa menos también lo que quiero decir cuando digo aquí. Como si no sólo su pasado y las relaciones de su pasado me resultaran ajenas, sino como si incluso tuviera otros gestos y hasta otra cara. No, no digo que me ocultara nada, sino que tal vez él era otro conmigo y ese otro entonces no tenía nada que ocultarme. Pero ahora he venido para conocer a ese otro Miguel, al que salió de aquí y aquí volvía, al que se pasó una parte de la vida queriendo salir de aquí y la otra tal vez queriendo o necesitando volver, al que volvía por lo que fuera y escapaba después para no estar luego pensando más que en aquello de lo que había escapado o a lo que tenía que volver. He venido para saber a qué y de qué quería volver y cuáles eran los motivos que le inducían a ello, si era sólo nostalgia o se trataba más bien de una venganza, de un asunto pendiente desde hacía tiempo; si era miedo o rencor o tan sólo un arrimo, la búsqueda del último arrimo del que, como esos toros moribundos, busca el abrigo de algo fijo que semeje a un amparo.

Al que luego vivió con Inge en Berlín, con esa chica que vino también el día del entierro, dijo Bertha, o con Claudia o Anita en Viena antes de mí o incluso cuando estaba conmigo, ya me parece conocerle o que puedo llegar a conocerle. No paraba, no tenía un momento de sosiego, iba de un lado a otro enviado por el periódico o movido por el deseo de obtener este dato o el otro o de conocer a esta o a la otra persona. Así que rara era la semana que no tenía que coger varios aviones, que no tenía que cubrir la información de una guerra, de unas elecciones o una revuelta, y yo nunca sabía al despertar si aquel día dormiría en casa o dormiría en Sarajevo o en Praga, si dormiría en Moscú o en Bucarest o lo haría en Viena conmigo o bien con Claudia o Anita o con quienquiera que durmiese. En casa tampoco estaba quieto un momento, y si lo estaba era para quejarse de que no tenía un momento para estar quieto, para no hacer nada, decía, para no tener que ver a nadie ni ir a ningún sitio y permanecer inmóvil como un árbol o una montaña, y a continuación ponía inmediatamente un canal tras otro de las docenas de televisiones cuya señal recibía, un telediario tras otro en una lengua tras otra y un reportaje de allí y el otro de donde fuera. El aparato del fax de su casa podía decirse que funcionaba continuamente, que recibía y mandaba un documento o un mensaje tras otro, lo mismo que el teléfono o más bien que las dos líneas de teléfono que tuvo siempre en las tres casas en las que vivió en Viena, sin contar la mía, en apenas cinco años. Hacía o recibía una llamada y acto seguido ya estaba escribiendo, dictando al teléfono, buscando o mandando un texto tras otro en uno de los tres o cuatro ordenadores que siempre tenía al retortero, dos portátiles que cambiaba continuamente y llevaba a todas partes y otros dos fijos. Era como si viviera en el aire, en la pura conexión, no en las cosas ni en el momento, sino en la pura posibilidad de que las cosas sucedieran o quisieran suceder y el puro disparadero de la combinación de las palabras. Le parecerá mentira, pero la imagen en la que yo trataba de concentrarme siempre en los momentos en que le aborrecía y hacía lo posible por olvidarle, que no eran pocos, era la de ese Miguel que estaba siempre acabando un artículo, fumando y dejando sonar el teléfono y pulsando convulsivamente una tecla tras otra completamente poseído por esas palabras que iban surgiendo en la pantalla, borrándose y volviendo a surgir como si al llenarla de letras llenara en realidad el mundo. Odiaba con toda mi alma ese momento en que yo tenía la comida preparada, la mesa lista y el plato humeante como una buena ama de casa sobre el mantel, el vino servido y el pan cortado y hasta la fruta ya sobre la mesa y él —ahora mismo acabo, dos minutos y estoy contigo, decía con esas frases que todavía me ponen los nervios de punta al oírlas donde sea—, él todavía estaba acabando el artículo o rematando el artículo o anotando algo o llamando a alguien antes de que se le olvidara. Y entonces yo terminaba por comerme lo que fuera a solas y beberme el vino a solas sobre el mantel tan bien puesto a solas, antes de marcharme como una furia, a clase o a trabajar a mi casa, aborreciéndole como sólo se puede aborrecer a quien se quiere a la vez tanto que uno jamás acabaría de aborrecer. O también ese otro momento en que se levantaba de la mesa, o incluso de la cama, cuando empezaba a llegar un fax y, con la boca llena –con el vaso de vino o el tenedor en la mano–, empezaba a leerlo a medida que se iba imprimiendo. Lo odiaba, lo odiaba entonces con todas mis fuerzas y todavía me parece que le odio cuando lo recuerdo, cuando recuerdo esos «ya voy», esos «sólo un segundo más y ya estoy», «tú vete comiendo», o «tú vete preparando, que yo enseguida estoy»; y yo iba comiendo o me iba preparando, y terminaba también de comer y de prepararme y hasta de estar harta de haber terminado de comer y de prepararme cuando, de repente, él apagaba el ordenador o colgaba el teléfono y, sin probar todavía bocado, me llevaba entonces directamente a la cama si no estaba ya en ella, y ya un poco después, al irse deprisa si había venido a cenar a casa, se llegaba un momento a la mesa y se metía algo en la boca de pie y ya con el abrigo o la chaqueta puesta para irse.

Pero yo sabía que eso no era todo, que no quedaba ahí la cosa, que el que me amaba aunque necesitara pensar que no me amaba o que no podía amarme sólo a mí –que no podía amar en realidad–, era también, o sobre todo, otro que no estaba allí porque ya no sabía estar en ningún sitio, porque ya no sabía estar sino en el mero cambio de lugar, en la mera movilidad o en la pura y estricta posibilidad de relación, que ya no sabía estar más que donde no estaba. Amarme era para él relacionarse conmigo, poder llamarme a cualquier hora y decirme «ahora mismo voy a tu casa» o «llego hoy con el avión de las cuatro», «¿qué te parece si nos vemos esta noche?», o incluso, en el mejor de los casos, «nos vamos este fin de semana a Merano», «diez días enteros a Andalucía, ¿no estás contenta?». Que él me quisiera quería decir para él que no quería perderme, que no quería perderme todavía o no quería incluso perderme nunca, pero lo que de mí no quería perder no era yo sino la posibilidad de mí, la posibilidad de verme, de abrazarme, de estar todavía juntos una noche o hacer el amor todavía una vez más; era saber que todavía era hacedero que volviéramos a acostarnos juntos, que volviera a contarme su último viaje o que yo volviera a escucharle y a acogerle todavía con amor, es decir, que yo no dijera aún no, que no dijera ya está bien o hasta aquí hemos llegado, ya no puedo más, ya todo esto se acabó, para que él pudiera sentirse vivo a su modo. Pero el que me amaba de veras, o lo que en él me amaba en realidad y no podía pasarse sin mí aunque no se atreviera a aceptarlo, era otro que, en el fondo, no sólo no era eso sino precisamente todo lo contrario. Era el mismo que escrutaba una y otra vez en las fotografías el perfil y la loma de la Calvilla y el mismo, según cada día me voy dando más cuenta, que volvía a este valle una vez tras otra, aunque aún no sepa si era para ver qué había olvidado o bien para acabar de olvidar de una vez lo que quería olvidar a toda costa.

Cuando Anastasio estos días me ha hablado de él, de cómo era él aquí y de sus paseos y sus palabras, ha sido como si no sólo lo sintiera vivo todavía, sino como si sintiera vivo a mi lado sólo aquello que en él me amaba y yo seguramente me empeñaba inútilmente en hacer prevalecer; y como si se hicieran además tan claros como esos cielos los motivos por los que yo soporté, durante más años a lo mejor de lo soportable, lo que tal vez pocas mujeres de mis condiciones estarían dispuestas a soportar, su continua, su aparente e insaciable volubilidad, su constante y versátil picoteo aquí y allí como si fuera un pajarillo o una urraca ladrona. Ya veo, por la cara que pone, que no le digo nada nuevo, pero es verdad que sólo parecía ser él cuando pulsaba con apremio las teclas de un ordenador o los números de un teléfono, cuando se ponía en contacto, cuando saludaba y se despedía o entraba y salía de casa y yo abría o cerraba la puerta delante o detrás de él. Parece que te corre alguien, le decía, que te escuece algo si estás quieto, y él entonces se levantaba de pronto de la silla para dar unos pasos por el estudio, para echarse más whisky o ir a la cocina a prepararse un café, y volver luego otra vez a tamborilear febrilmente en el teclado del ordenador o marcar un número de teléfono. Estar, lo que se dice estar, daba la impresión asimismo que sólo estuviese en el orden y la velocidad que iban adquiriendo las palabras en una pantalla, en las frases que iba componiendo o descomponiendo y que luego mandaba y recibía y volvía a mandar, en el ritmo y la presión de los dedos que pulsan teclas o marcan números o bien en ese movimiento como descontado, que yo tantas veces he tenido que ver, de la mano que abre un armario y coge acto seguido unas camisas, unos jerséis y unas mudas para llenar una maleta que nunca estaba guardada en los altillos de ningún armario. Sí, yo conocía bien a ese Miguel, tan bien –porque le amé– como para saber en el fondo a ciencia cierta que eso no sólo no era todo, sino que ni siquiera era lo más importante ni desde luego lo que yo amaba, pues lo que amaba, lo que amaba como ya le digo que no creo que vuelva a amar nunca a nadie, era lo que en aquel Miguel se había ausentado. No lo que en él lograba y conseguía, o por lo menos eso creo, no el artículo brillante, la palabra fácil o el estar siempre a la última, y ni siquiera su don de gentes ni su atrevimiento, esa insolencia que tanto gusta muchas veces a algunas mujeres, sino lo que había detrás de todo eso, el vértigo del que sabía que estaba en el aire y que eran sólo los aspavientos que realizaba lo que le mantenía a duras penas en equilibrio. Yo amaba lo que él no era para mí, ya ve lo que somos las mujeres, amaba su vacío y la tensión que con él mantenía en silencio, y no el resplandor de sus artículos o su conversación ni las prestaciones sexuales de las que tan orgulloso se sentía. Para amar a los hombres de veras, en el fondo hay que amar lo que no son, o por lo menos lo que ellos no se empeñan en mostrarnos que son. Por eso –ríase, ríase si quiere–, pero por eso, y a pesar de que siempre solía escurrir el bulto cuando le preguntaba, o de que me contestaba si no haciendo un poco de literatura y elaborando una cierta nostalgia, me llamaban tanto la atención esas fotografías que siempre tenía en su estudio y llevaba consigo adondequiera que fuera. Era lo primero que ponía, antes incluso de deshacer del todo la maleta y como si se tratara de esas estampitas o fetiches que ponen los actores o los toreros en sus camerinos, en cuanto llegaba a algún sitio, a cualquier habitación de hotel o cualquier casa de amigos o de alquiler en la que fuera a pasar unos días. Lo mismo daba que estuviera poco o mucho tiempo, sólo o en compañía y en un viaje ajetreado o bien de asueto, nunca faltaba alguna de esas fotografías. Podía olvidarse de la ropa, del cepillo de dientes o de lo que fuera, pero nunca de alguna de ellas. No sé, decía si le preguntaban, pero siempre las llevo conmigo. Raro, ¿no?

Y de esas fotografías, no me diga cómo ni por qué, era como si formara parte también Anastasio y esa correspondencia con Anastasio. Se reirá si le digo que era de la única relación de la que en realidad he llegado a sentir verdaderos celos, e incluso, ya ve usted, hasta celos de la pobre Carmen cuando aún no sabía quién era y veía cómo nunca se olvidaba de comprarle algún vestido. ¿Quién será?, me decía al principio, ¿qué relación tendrá o habrá tenido con ella? La loca, he sabido estos días que la llaman a la pobre los críos del pueblo, los vestidos caros de la loca. Pero no era ella, claro, la que me tenía que haber preocupado por lo que veo ni era esa locura.

¡No sabe la de veces que me he parado a mirar esas fotografías de la Calvilla y de esos viejos árboles que Anastasio ha prometido llevarme a ver, esa fotografía también de la verja cerrada de la casa de su madre flanqueada por siemprevivas y esos troncos de enebro que siempre tenía sobre la mesa! ¡Bah, cosas de otra época, me decía para espantar mi curiosidad, pura nostalgia! Pero yo sabía que no se trataba de nostalgia ni de otra época, sino de algo mucho más importante, de algo lejano, sí, y opaco para mí, pero no imperceptible, aunque no supiera si ese algo tenía que ver con él mismo, con él mismo vamos a decir en su ser más profundo, o bien, como a veces he pensado, sólo con un hueco, con un espacio vacío, una mera ausencia, un vértigo o un desgarro que era lo que él llamaba libertad y lo que yo amaba o amaba más bien mi vacío o mi libertad también más profundos.

Sí, tal vez era, o éramos –intervino Julio–, en realidad todo eso al mismo tiempo. Nuestro ser más profundo, como usted dice, era como uno de esos vetustos árboles en buena parte huecos cuya oquedad parece que no se va a acabar nunca de lo extendida que está y llega incluso hasta las raíces; uno de esos árboles en los que jugábamos a escondernos y a hacer equilibrios, y respecto a los cuales uno no acierta a comprender cómo es posible que cada primavera vuelvan a retoñar si ya no son casi más que oquedad y decrepitud, y sin embargo cada primavera, con los primeros calores y las primeras lluvias, las ramas de su vetusto e incomprensible tronco hueco vuelven a llenarse como por ensalmo de brotes y hojas, hasta el punto de que parece como si sólo rebrotaran de la nada. Usted es ya de otra generación, y de otra parte del mundo por mucho que su madre fuera también de una de estas provincias, como me ha dicho Anastasio, pero nosotros, que pasamos en estos valles toda nuestra infancia y nuestra primera juventud, en un lugar donde casi todo estaba ya establecido por un ritmo de siglos, casi todo fijado como la música de las estaciones y la disposición de las estrellas, de repente dejamos de sentir respeto por toda esa herencia y todas las inveteradas costumbres de estos sitios y de todos los demás, que empezaron a parecernos irremisiblemente opresivas e intolerables. Dejamos de acordarnos de cuándo había que cerrar las ventanas por si las tormentas o apilar la leña para el invierno, de cuándo se hace la corta de la madera y la poda de los árboles y de cómo siempre se ha hecho larga la espera del deshielo y corta la de los primeros fríos, de cómo después de la salud viene la enfermedad y después de la fuerza, la debilidad, y a las ganas de comerse el mundo les suceden muchas veces simplemente las de que el mundo no se lo coma a uno a lo mejor del todo y del peor de los modos; dejamos de recordar y de sentir lo que habían sentido y recordado generaciones y generaciones antes que nosotros y de pronto experimentamos un terrible deseo de movernos, de cabalgar sin descanso y sin miramiento, de gritar esto no y esto tampoco y de gritar simplemente, de gritar y despreciar y modificar las cosas muchas veces por el solo hecho de modificarlas, para que todo fuera por fin otra cosa. Todo lo que veíamos nos parecía inadecuado, nos parecía feo o injusto o estrecho; todo lo que teníamos nos parecía poco o nos sabía a poco, nuestras familias, nuestras casas, nuestra forma de ser y de actuar, y todos estos muros y estas cercas de los prados que odiábamos más que nada en el mundo. Algunas noches salíamos a dar un paseo y, en el calor de la conversación, de repente la emprendíamos contra la cerca de piedra del prado de Fulano o de Mengano y se la tirábamos al suelo. Nos íbamos a acostar tan contentos. Años, generaciones de acumular piedras, de tropezar en ellas al hincar el arado y arrancarlas de la tierra, de retirarlas a pulso y acarrearlas a las lindes para levantar luego con tino y equilibrio, piedra sobre piedra, las cercas que desafiaban al tiempo y a las inclemencias sin más argamasa que el cuidado en ponerlas, que se derrumbaban una y cien veces y había que volver a levantar, nosotros las echábamos por tierra en un arrebato cargado de razones. Y no es que muchas cosas no fueran injustas o estrechas, no fueran erróneas o estuvieran torcidas, no, yo no digo eso, sino que las formas de enderezarlas o ensancharlas resultaban a veces tan injustas y tan inadecuadas o más, precisamente por no recordar, por no estar atentos y ser acaso algo más humildes. Es como querer erradicar una soberbia contraponiéndole otra soberbia mayor.

No sé si antes o después, o tal vez al mismo tiempo –no sé si como causa o como consecuencia–, sentimos también ese inmenso vacío del que usted habla, esa oquedad que nos ocupaba en buena parte por dentro y llegaba hasta las raíces, pero que al contrario de los árboles teníamos que llenar de alguna manera. Los huecos se llenan de muchas formas, y sobre todo se llenan muchas veces de basura, tal como están las cosas, pero nosotros quisimos llenar los nuestros con lo más excelso, con lo más perfecto y brillante que pudiésemos imaginar. Sin regatear esfuer-

zos, sin regatear en realidad narcisismo y soberbia e irresponsabilidad que nosotros entonces llamábamos sólo voluntad y
entrega, generosidad, nos propusimos hacer realmente el Bien e
imponer lo Bello, no algo bien o algo hermoso, no, sino el
Bien y lo Bello así como suena y generalmente confundido uno
con otro; nos pusimos a crear y liberar, y sobre todo a conseguir para poder seguir creando y liberando. Nos pusimos a ela-
borar formas ideales, formas lejanas e impecables como los caballos de pura sangre que aspiraba a criar mi padre o los
cristales perfectos que buscó durante toda su vida por la sierra
de la Carcaña en agotadoras excursiones, o bien como ese oro
que tantos, y cómo no, también él, han buscado con fervor en
esa misma sierra desde siempre. Formas bellas, vidas auténticas,
verdades como puños –la verdad de la buena–, las mil y una
maneras de nombrar el paraíso: la anarquía, el comunismo, la
independencia, y también la droga, el arte, el verdadero pueblo, la hostia consagrada o la caraba, la madre del cordero, la
repanocha, El Dorado o la felicidad generalizada, todas, todas
las formas de nombrarlo, menos una, que es, claro, el infierno,
su nombre más cabal. Y luego la voluntad de consagrar nuestra
vida a alcanzarlas, de hacer reales esas representaciones deso-
yendo y apartando la vista y la mente de todo lo que desautori-
zaba o estorbaba esa larga y penosa pero exaltante y heroica
marcha. Pero déjeme que vaya por orden, déjeme que le cuente
las cosas por orden o por lo menos por el orden que yo he acabado dándoles en todo este tiempo en el que, con algo de exa-
geración si usted quiere, se puede decir que no he hecho otra
cosa que pensarlas. Déjeme que me remonte a más atrás y que
me remonte ahora –porque por algún sitio hay que comenzar–
al episodio por el que había empezado al principio, a aquella
madrugada del invierno madrileño de hace ya treinta años y a
Blanca y Ruiz de Pablo –y a mí mismo– hace ya también esos
años, ya verá más tarde por qué.

Sí, dijo Bertha, perdone, perdone la interrupción; pero a
veces no sé si importa más entender o explicarse, o si una y otra
cosa son en el fondo distintas, lo mismo que no sé si usted ha-

bla en realidad para mí o bien yo soy sólo un pretexto para que hable. A lo mejor es así siempre y ya nadie habla con nadie, sólo somos pretextos u ocasiones para que el otro se exprese y a lo mejor entienda. Pero siga, hágame el favor, dijo Bertha.

La tarde estaba cayendo y desde la ventana del comedor se veían resplandores rosáceos y anaranjados por encima de Cebollera. Eran los tonos que sin duda, a aquella misma hora, estaría tratando de captar, de entender o expresar una vez más, desde una casa situada sólo a unos cientos de metros de distancia, al otro lado de la carretera, la mujer de la chaqueta de lino echada siempre sobre los hombros que había pasado hacía rato ya de vuelta, manteniendo la vista fija en todo momento hacia donde ellos estaban, y que un lejano día de verano de hacía ya muchos años, bastantes más de los que ella tenía por entonces, se le acercó en Madrid diciéndole que venía de parte de don Ruiz de Pablo. No del hombre con el que había entrado en contacto quizás por casualidad, según pensaban entonces, y con el que al parecer se acostaba desde hacía algún tiempo, ni de aquel con el que luego habría de compartir toda su vida hasta ahora, y ni siquiera de parte de Ruiz de Pablo el poeta, el famoso poeta y profesor ya por aquellas fechas, sino tan sólo de parte de don Ruiz de Pablo, de un nombre solamente, de una cadena de sonidos sin embargo tan necesaria y suficiente y exacta como una contraseña. Aunque a lo mejor todos ellos, el que compartía al parecer a veces su lecho desde hacía un tiempo, el gran poeta que de tal modo era dueño del lenguaje que ponía nombre a las cosas y creaba su realidad, el nombre, el puro nombre o más bien la contraseña, y el que luego viviría con ella prácticamente los mismos años que ella llevaba sobre una silla de ruedas, primero en San Sebastián y en Madrid y después en la casa de El Valle sacándola a pasear los días buenos por la carretera de Sotillo y compartiendo las comidas cuando no tenía que ausentarse para acudir a sus clases de la universidad o a la infinidad de congresos, de actos y conferencias o lo que fuera a los que no cesaban de invitarle y ella se cuidaba de planificar y encajar en el calendario como se enca-

174

jan las piezas de un puzzle mientras oía sus pasos en la buhardilla y el crujido de la silla cuando la arrimaba o retiraba del escritorio, a lo mejor todos ellos, el amante y el compañero y el poeta y el nombre o la contraseña e incluso alguna cosa más que a lo mejor era lo más importante, el que la fascinó y el que pechó con su invalidez y el que la inventó como inventaba todo al nombrarlo y le dio la contraseña con que seguir adelante, no eran también más que las formas de lo mismo, de ese mismo hueco y esa misma compulsión a colmarlo.

En la calle se oía el sonido de los esquilones del ganado que volvía a los establos y el aroma del heno, de un heno tan fino y perfumado que el padre de Julio había tratado de explicar científicamente por la especial composición de la flora de El Valle, se extendía apacible y vespertinamente por todo el pueblo. Julio le preguntó si quería otro café, y antes de ir a la cocina se llegó a una estantería y tomó de ella el primer volumen de una serie del mismo formato y grosor. Era un álbum de fotos viejas, de su familia y de cuando era pequeño –para que se distraiga mientras preparo el café, le dijo–, y en ellas aparecían a menudo los tres juntos, los tres montando a caballo o rodeados de caballos en los prados o los establos de su familia, y los tres yendo a la escuela, tirándose bolas de nieve o haciendo cristos en la nieve, dejándose caer de bruces o de espaldas con los brazos en cruz limpiamente sobre la nieve para dejar marcada la silueta de una figura como crucificada en medio de toda aquella blancura. En algunas aparecían también subiéndose a los árboles, a los grandes y añosos árboles en los que hacían equilibrios o se escondían en sus huecos, o bien yendo de excursión, llevando a la espalda mochilas repletas de minerales de la sierra de la Carcaña, comandados por una figura animosa e infatigable que parecía estar siempre indicando algo o viendo algo que los demás se obstinaban en no ver. Mi padre, claro, quién iba a ser, le dijo luego Julio cuando le preguntó que quién era. Otras veces estaban simplemente fotografiados contra la cerca de piedra de algún prado, él con Gregorio y con Miguel o bien sólo con Miguel o sólo con Gregorio, siempre el peor vestido de los tres y el más risueño y con aquel aspecto ya imponente pero bonachón en el que tan difícil era vislumbrar los rasgos del futuro Biércoles. Sólo hacia las últimas páginas aparecía una foto con Ruiz de Pablo, ya todo un hombre, sobre todo comparado con ellos, y con una insolente melenita para el tiempo de cabellos crespos y unos pantalones que, según Julio, fueron los primeros pantalones acampanados que se vieron en El Valle. Llevaba también un bolso de cuero colgado al hombro y parecía estar hablándoles ya con aquella facilidad de palabra y aquel don de gentes que luego habrían de ser tan celebrados. Iban por la carretera de Sotillo, por el ligero declive que haría luego, muchos años después, que la mujer que observaba siempre hacia poniente cómo el crepúsculo acaparaba El Valle y ocupaba las cosas dejara de ver por un momento desde su casa las luces de los coches que venían de allí, hasta que volvían a aparecer un poco después, deslumbrándola si era ya de noche, antes de pasar de largo a su lado.

Julio llegó con la cafetera humeante –me encanta el olor del café y su borboteo final al salir, dijo ella, sólo por eso me pasaría el día preparando cafeteras– y al acercarse para servirle una taza no pudo por menos de mirarle un instante el escote. Ella se dio cuenta –ya está bien, ya está bien, dijo aludiendo al café que le estaba sirviendo– y una sonrisa amplia, que inmediatamente dio la impresión de ir a desbocarse, se dibujó brevemente en sus labios antes de que acabara por dominarla. Sí, a esa fotografía es a la que quería que llegase, le espetó de inmediato para salvar la ambigüedad del momento. No sé quién la debió de sacar, tal vez mi padre, que nunca vio con buenos ojos ni a Enrique ni sobre todo a su padre, que fue empleado suyo un tiempo antes de que se estableciera por su cuenta. Ese hombre es de la piel del diablo, le oía decir a menudo, pero yo lo interpreté, a partir justamente de la época de esa fotografía, como un mero desprecio de clase, como el odio de quien posee, y se puede permitir despilfarrar lo que le parezca en las chifladuras que sea, a quien en cambio exige sus derechos y lucha por lo suyo sin tolerar que le pisoteen. Llegué incluso a admirar a aquel hombre enjuto, renegrido y sarmentoso, que parecía todo nervio y músculo, casi tanto como al hijo con el tiempo, a admirarles y a temerles. Porque tanto uno como el otro, el padre al principio y de niño, y el hijo después, algunos años sólo después, consiguieron causarme también probablemente los únicos miedos cervales de verdad que he sentido en mi vida.

Aunque a lo mejor era tan alto como Enrique, su abnegada dedicación al trabajo –la mano siempre en la azada, en la hoz, en la bruza o la almohaza, los ojos bajos– había hecho de él una figura encorvada y huraña cuya mirada era tan afilada e inmóvil como una acusación. Lo veíamos venir con su bicicleta cargada de hierba y su guadaña a la espalda –siempre de oscuro, siempre con su boina calada en cualquier tiempo– y nada más verle era como si nos sintiéramos culpables de algo, de perder el tiempo, de estar allí o hacer lo que hiciéramos, de ser sobre todo quienes éramos o haber roto o robado algo aunque no supiésemos lo que podía ser ese algo. Echábamos a correr por no cruzárnoslo o no tener que esquivar su mirada, y sin embargo aquel miedo inicial, aquel pavor de que nos retorciera con saña una oreja o nos diera un pescozón como solía cuando nos encontraba o de que simplemente nos mirara, se fue transformando poco a poco, y no sólo en mí sino también en Miguel y Gregorio, primero en desconcierto y enseguida en pura admiración, hasta convertirse para nosotros en el emblema del hombre duro y esforzado de estas tierras que, con su sola tenacidad y espíritu de sacrificio, sabe abrirse paso con altiva dignidad en el mundo y llega a darle estudios a su hijo y a hacer de él no sólo un hombre, sino un gran hombre, el heredero de todos sus sufrimientos y sacrificios, de todas las humillaciones y todo el tesón y el indomeñable amor propio finalmente recompensados y materializados.

Sí claro, eso es lo que tú te crees, me dijo mi padre –no sé si habrá oído hablar de él, Gómez Luengo, el chiflado de Gómez Luengo, le llamaba casi todo el mundo– en la única temporada desengañada y triste que le he visto pasar en su vida, de regreso de un viaje a México en el que confiaba vender con provecho alguna de sus patentes, y donde lo único que debió de vender fue su alma a alguna mujer que yo creo que no llegó a olvidar en los días de su vida. De vuelta aquí, ya casi con el cerebro en las últimas, se encerraba día y noche en su estudio a oír continuamente canciones de Chavela Vargas. Se las sabía de memoria y muchas veces, sobre todo a estas horas del atardecer, las tarareaba al unísono probablemente con algún vaso de tequila de más y atronando toda la casa y el pueblo. Ya está el señor con sus melancolías, decía la sirvienta, que por aquella época empezamos ya a tener problemas para pagar. Aunque mi madre me escribió años después que estaba mejor con sus melancolías que ahora, decía, que ha vuelto otra vez con sus inventos. Aquélla fue, en efecto, la única temporada de su vida —la época mexicana, la llamábamos, para distinguirla de la época química o metalúrgica o de su etapa láctea— que dejó de inventar artilugios, que dejó de tener ideas o de intentar materializar sus chifladuras, como si el amor —esa idea, esa invención—, cuando es grande y acaparador, apagara el resto de las ideas y las invenciones porque todas las quisiera para él.

Pero dejemos todo esto —usted me perdonará— y volvamos a aquella mañana si no le importa, se interrumpió Julio de pronto, mientras intentaba sacudirse cierta tristeza y miraba a Bertha con un intencionado detenimiento.

4

¿No viene Miguel?, dijo Blanca al subir al coche, a la parte delantera del coche, junto al conductor, y no detrás como las últimas veces que había tenido que esperar también de pie junto a la barra, con la consumición ya pagada y la vista puesta más allá de los cristales del bar, a que un coche blanco y con puerta trasera asomara el morro de repente ante sus ojos aminorando la marcha. Ella entonces salía de inmediato –el coche la esperaba algo retirado, fuera de cualquier posibilidad de visión desde el interior del establecimiento– y subía a los asientos de atrás de un vehículo que reemprendía en el acto la marcha y que tal vez, aunque todavía no lo supiese y quizás hubiese preferido no saber nunca, era igual el sitio al que la llevara o la dirección que tomara, porque en cualquier caso, y cualquiera que fuera también el motivo, iban a ir los cuatro juntos, Gregorio y ella detrás, y delante Julio, siempre al volante, y Miguel a su lado volviendo a menudo atrás la cabeza para mirarla.

Julio le contestó que no, que no iba, y sin extenderse en más explicaciones se quedó observándola con recelo un momento antes de volver a meter en silencio la marcha –sonó algún claxon tras ellos– y seguir calle Velázquez arriba a la velocidad sostenida que permitía aún un tráfico todavía fluido a aquellas horas. Había hecho adrede que aquel instante se diluyese más de lo normal, sin abrir la boca ni dejar de mirarla de medio lado, para ver si al sentirse observada caía en la cuenta y hacía algún gesto o decía algo que pudiera delatarla. Pero no fue así, y él supo después que había respirado con alivio. Ni la menor señal ni el menor asomo de nada consiguió ponerla en entredicho ni autorizaba a pensar que aquel momento hubiera sido para ella de especial tirantez o se le hubiese hecho interminable. Sin reparar en la mirada de Julio ni darse cuenta de que había dicho Miguel, Miguel y no Héctor, que era su nombre de guerra y el único nombre por el que tenía que conocerle, había mantenido los ojos al frente, fijos en las escobillas del parabrisas que retiraban a un lado y a otro la leve llovizna de la madrugada, prácticamente agua nieve, como si de improviso hubiera quedado hipnotizada por la rítmica dualidad de aquel movimiento.

Pero la desconfianza que le había provocado el que ella pronunciara aquel nombre, que para él era tan íntimo e indisociable como el suyo propio, no acabó de disiparse del todo sino que más bien cambió de signo, sobre todo a partir del momento en que, todavía sin haber vuelto a dirigirse la palabra —los ojos fijos uno en el tráfico y los semáforos y la otra en el parabrisas—, superpuso a aquella sospecha el desasosiego que había sentido los días de atrás con aquel continuo ladearse y volverse a mirarla de Miguel en el coche y seguramente a sonreírle, a juzgar por la sonrisa que acto seguido se dibujaba entonces en la imagen que el retrovisor le devolvía de ella y que sobrepujaba con creces por un momento a la frialdad estancada en sus ojos, a la dureza seca e inmóvil que se venía abajo de una forma inverosímil cuando sonreía y que tanto contrastaba con la esbeltez de su cuello erguido y grácil que parecía no pertenecer sino a una bailarina.

El primer resplandor de la mañana se insinuaba ya grisáceo sobre la ciudad y en el centro y los lados de la calzada, junto a los coches aparcados, se acumulaba un barrillo sucio de agua nieve mezclado con el hielo de la noche. Aún la luz del alumbrado eléctrico despejaba la oscuridad de las calles mucho más que la incipiente claridad del cielo y los coches, todavía escasos para lo que es la calle, despedían al pasar salpicaduras de agua y hielo en un cadencioso y monótono chasquido. El que viene hoy es Enrique, le dijo de pronto Julio tras no haber abierto la boca desde la negativa inicial. Dijo Enrique, y no Ruiz de Pablo, que era su nombre de guerra y su nombre digamos artístico y también su nombre de verdad –igual que si la guerra y el arte y la verdad fueran para él la misma cosa, diría después Miguel–, como si con aquella salvedad a la regla quisiera darle a entender que aceptaba pasar por alto a conciencia la suya o ratificaba entre ambos definitivamente la existencia de otro ámbito. Pero lejos de hacerse cargo, Blanca pareció observar ahora con mayor atención el movimiento a una parte y a otra de las escobillas del parabrisas. Retiraban hacia un lado el agua nieve de una franja circular a cuyo extremo se acumulaba y escurría negruzca, y durante un breve instante, tan breve que casi no se podría llegar a decir que estuviera completamente limpio en ningún momento, ese fragmento de la superficie dejaba ver con más claridad los movimientos de los coches en los que otras escobillas procuraban también a un lado y a otro una imprescindible y momentánea visibilidad. Pero al poco, o más bien ya desde el punto en que se llevaban el agua hacia una parte con un movimiento como de péndulo invertido, la superficie barrida empezaba a cubrirse otra vez de minúsculos y continuos círculos de agua que volvían de nuevo borrosa la visión.

Blanca parecía hipnotizada con aquel movimiento continuo a derecha e izquierda, monótono y descontado y sin embargo indispensable. No dijo nada, no se extrañó o por lo menos no pareció extrañarse de la misma forma que antes tampoco había parecido caer en la cuenta de su desliz, pero al cabo de un rato se volvió hacia Julio –y el movimiento ágil y armonioso de su cuello contrastó con la expresión de una mirada todavía imperturbable– y le sonrió de repente. Sus ojos eran grandes y claros, eran verdes, y cuando sonreía, su cara se transformaba de pronto de tal manera que no parecía la misma de hacía sólo un instante. Lo había observado otras veces, sobre todo en el retrovisor más a sus anchas, y era como si las facciones de su rostro compusieran al sonreír la cara de otra persona por completo distinta, de una persona mucho más femenina, o más bien sólo entonces sorprendentemente femenina, que nada tenía que ver con la otra faz habitualmente rígida y severa cuyos ojos, que a Julio siempre le querían recordar o traer a colación algo, detenían siempre la vista en un punto frente a ella como si fuera la inane prolongación de una mirada que ya hubiera prescrito. Era hermosa, extrañamente hermosa o hermosa sobre todo por su extrañeza, por aquel juego de contrastes y tensiones que entonces sólo le pareció a Julio que era el eje de su personalidad porque todavía no podía saber que lo era también de su destino.

A la altura de Juan Bravo, junto a la boca del metro, Julio detuvo el coche e inmediatamente un hombre alto y bien trajeado, con gafas de montura negra y una rizada cabellera entrecana, subió a la parte de atrás después de echar un rápido vistazo a un lado y a otro mientras sacudía y cerraba el paraguas. No saludó, sino que se limitó a oír los saludos de Gregorio, atrás a su lado, que hizo ademán de tenderle la mano, y de Julio, que aprovechó enseguida el primer semáforo en rojo para volverse un momento y sonreírle. Había estado buscando en vano su mirada en el retrovisor y necesitaba mostrarle que estaba contento de volver a verle después de tantos meses sin poder hacerlo a solas, como en los primeros tiempos cuando paseaban por El Valle durante horas, sin parar de hablar o más bien de escucharle, él y Miguel y sobre todo Gregorio, que no perdía nunca ripio de lo que decía y prácticamente pendía de sus labios con aquella ingenuidad bonachona, fuerte y generosa que gastaba entonces y todavía conservaba por aquellas fechas. ¿Héctor?, dijo de repente Ruiz de Pablo con voz imperiosa e inquisitiva.

—No ha podido venir, y además no hacía falta para ir a recoger unas cajas —le respondió Julio (Blanca no había dicho una palabra ni se había vuelto a mirarle) todavía contagiado por la alegría de volver a verle.

—Soy yo quien dice aquí lo que hace falta y lo que no, ¿o es que hay alguien que todavía no lo ha entendido? —repuso en el mismo tono imperioso, dando al traste de un tajo con cualquier posibilidad ulterior de cordialidad. Nadie volvió a abrir la boca hasta que llegaron a la imprenta y, durante todo el trayecto, los sonidos que de ordinario ocultan las palabras ocuparon su lugar y tal vez su significado: el ruido conocido del motor, el tintineo de las llaves, los chasquidos y salpicaduras de los coches y el movimiento monótono y cansino de la goma de las escobillas contra el cristal que parecía concentrar todos los pensamientos.

La persiana metálica del almacén ya estaba levantada cuando llegaron y Julio dejó el coche en el vado de la acera, salió y abrió la portezuela trasera del vehículo mientras los otros tres entraban hacia la imprenta por el almacén. Le pareció que Blanca y Ruiz de Pablo se detenían a hablar en su interior y que, detrás de Gregorio, que les llevaba una buena delantera, al torcer ella para entrar ya en la imprenta, Ruiz de Pablo la quiso sujetar del brazo y ella entonces se sacudió con violencia volviéndose a mirarle un instante fijamente a los ojos antes de seguir adelante. Pero no logró oír nada, estaban muy adentro en el almacén y el ruido de los coches que pasaban despidiendo agua sucia amortiguaba cualquier sonido. Se guareció de la lluvia bajo la portezuela levantada del coche y esperó a que salieran para ayudarles sumido en una perplejidad demasiado pura para poder ser malhumorada. En cuanto los vio aparecer de vuelta en el almacén –un hombre de guardapolvos azul, que les había acompañado para indicarles las cajas, se metía ahora un sobre en el bolsillo mientras volvía a la imprenta mirando de reojo hacia ellos– le faltó tiempo para acercarse a coger uno de los paquetes que llevaba Ruiz de Pablo. Eran sólo cinco cajas, del tamaño de una televisión de unas veinte pulgadas y sin marca alguna de la empresa, selladas con cinta adhesiva y atadas con una cuerda de paquetería. Al dejar Blanca su bulto de golpe dentro del maletero, se miró la mano; la cuerda se le había hincado en la palma dejando una señal transversal blanca, como retorcida o trenzada, sobre la superficie enrojecida.

Siguiendo su enrevesada dialéctica, Ruiz de Pablo había

dispuesto que no se editara nunca en ninguna imprenta clandestina ni en ninguna empresa perteneciente a algún simpatizante, que llegado el caso pudiera haber hecho el trabajo hasta gratis, sino en una empresa totalmente comercial, sin sombra alguna de sospecha ni de simpatía por la causa, que hiciera el trabajo sólo por dinero y por estricto afán de dinero, por la suma añadida que se le pagaba cada vez por el riesgo y que le llevaría a operar, según él, con mayores garantías y más inmune sigilo que cualquier simpatizante. Un margen de ganancias elevado y un volumen continuo de negocio son más seguros que cualquier solidaridad ideológica, decía, y eran palabras que nunca se le iban de la boca: «un margen de ganancias», «un elevado margen de ganancias», y también, pero en otro orden de cosas, «una máquina de guerra más potente», «una compensación del sufrimiento», «la imposibilidad del paso atrás» o «la inducción de la ceguera», «la construcción de la estupidez voluntaria». Un suficiente margen de ganancias, en el terreno que sea –y éstos pueden ser muchos–, decía, es más convincente que cualquier adhesión; no hay duda o recelo que no se vengan abajo o voluntad que no se gane reduplicando las promesas de ganancia, o bien reduplicando y manteniendo el miedo, la amenaza tácita o explícita pero siempre inequívoca y continua, una vez que la obediencia por persuasión, la obediencia fanática, quiero decir, y la inducción de una ceguera y una estupidez voluntaria ya no dan más de sí y han hecho su camino.

–¿Comemos juntos? –le preguntó Julio a Ruiz de Pablo nada más poner el coche de nuevo en marcha y sobreponiéndose un momento (Blanca continuaba sin decir esta boca es mía)–; si quieres puedo intentar dar con Héctor.

–Dentro de menos de tres cuartos de hora tengo que coger un tren sin falta, así que ya me estás llevando a Chamartín; y a Miguel –y pronunció el nombre haciendo deliberado hincapié en cada sílaba– le dices que se ande con cuidado, ¿me has entendido?

Le había visto por el retrovisor volver ostensiblemente la cabeza un par de veces y, al cabo de unos momentos de tenso silencio –Gregorio estaba todo el rato como cohibido y Blanca seguía con la mirada fija las evoluciones de las escobillas del parabrisas–, le oyó decir con voz imperiosa que no dejaba lugar a la menor vacilación: tuerce inmediatamente a la derecha y acelera. Nos vienen siguiendo ya desde hace rato.

–No me ha parecido observar nada –repuso pacatamente Julio aumentando sólo ligeramente la marcha pero sin cambiar de dirección.

–A ti nunca te parece observar nada porque siempre has tenido quien lo hiciera por ti. Pero ya estás acelerando inmediatamente y dando un rodeo para despistarlos, ¿me has oído?

Julio aceleró para no quedarse en un semáforo que acababa de ponerse en rojo y, al girar a la derecha de improviso a mayor velocidad, el coche patinó sobre el barrillo helado y pareció írsele un instante de las manos. Acelera, te he dicho, acelera, le atosigó Ruiz de Pablo desde atrás, adelantando la cabeza entre los asientos al ver que Julio respiraba un momento con alivio después de ver que el resto de los coches se había quedado en el semáforo. Con el dorso de la mano izquierda trataba de desempañar cada rato el parabrisas –Blanca se había cogido del asa de la portezuela al dar la curva sin decir una sola palabra– y a pesar de estar seguro de que nadie les andaba siguiendo, o de que de ser así les habrían perdido ya de vista con el viraje, también lo estaba de que no sólo no se atrevería a volver a replicarle, sino tampoco a dejar de atenerse a aquella orden y aquella velocidad estúpidas, incomprensibles y temerarias como quien se atiene a un destino. Métete, métete a la derecha y sales luego rodeando más arriba a la avenida del Doctor Arce, oyó de nuevo antes de meterse a toda velocidad a la derecha y luego enseguida a la izquierda.

Volvió a torcer a una velocidad a la que a duras penas podía dominar el coche –se oía desplazarse a las cajas de la imprenta en el maletero– y sólo varias horas después, mientras andaba y desandaba un pasillo iluminado por una cruda luz de fluorescentes con la misma perplejidad y el mismo desasosiego de la mañana, pero entonces cada vez más teñidos retrospectivamente de rabia, se daría cuenta a las claras de que había mirado a Blanca un momento de refilón como quien mira a la única persona de la que sabe seguro que podría salvar la situación, pero a quien sabe también, con igual seguridad, que ni le puede pedir que lo haga ni ella puede ponerse tampoco en realidad en disposición de hacerlo.

Embocó una nueva bocacalle –no había dejado de caer agua nieve y había hielo entre las junturas de muchos adoquines– y al dar otra nueva curva a la misma velocidad que había asumido su falta de objeciones, su obediente y timorato desconcierto, tocó el freno antes de salir de ella y el coche patinó de repente dando una vuelta de campana y yendo a estrellarse contra una farola.

Era como si todo se hubiera detenido con alivio tras el estruendo, tras el ruido de frenos y la aparatosidad del revolcón y el batacazo, como si por fin se hubiese puesto término a una insensatez que parecía imparable y ahora todo quedara un momento por fin inmovilizado, suspendido, subordinado tan sólo a la necesidad imperiosa de comprobar a qué mundo se pertenecía, si al de los indemnes, o al del dolor, o bien al del que ya simplemente yace, mientras volvían a moverse poco a poco las cosas con el sonido de los primeros cláxones de los coches que esquivaban el obstáculo, que se detenían o bien seguían adelante por los carriles que todavía quedaban libres.

El hombre alto, de rizada cabellera entrecana y gafas de montura negra, salió inmediatamente del coche, que quedó prácticamente para el desguace, e instantes después un transeúnte logró abrir la portezuela del lado de Julio y le ayudó a incorporarse. ¿Se encuentra usted bien?, ¿se encuentra usted bien?, le dijo cogiéndole todavía del brazo mientras daban la vuelta a lo que quedaba del coche, de aquel morro blanco que ella había visto asomar desde detrás de la cristalera del bar no hacía ni una hora, y se llegaban asustados hasta la mujer que no había dado hasta el momento las menores señales de vida. Siempre has sido un inútil, recordaría luego, no sólo aquel día sino durante años, que le dijo entonces Ruiz de Pablo en presencia de Gregorio, que se dolía de varias heridas, y viendo que ella estaba atrapada dentro sin moverse ni rechistar; llévatela si tiene algo a la clínica que ya sabes y éste que se vaya también a ver qué tiene, yo me encargo de las cajas, añadió parando casi a la media vuelta un taxi de entre los coches que acertaban a pasar por el embudo que se había formado.

Llamen a una ambulancia, por favor, llamen a una ambulancia, imploró sin embargo Julio, sin hacer caso de nada, a los transeúntes y conductores que se habían detenido. Blanca no se movía, no emitía siquiera el menor sonido y, si no sus ojos, que estaban cerrados, su cuello blanco y grácil parecía imposible que no llegara a moverse siquiera con una infinitésima parte de aquella soltura que tanto contrastaba con ellos. Por fin consiguieron abrir la portezuela con ayuda del hombre entrado en años que les había auxiliado desde el primer momento, pero no se atrevieron a moverla y, al erguirse para enjugarse la sangre que le manaba de una ceja, y también de la frente y las manos, vio que Ruiz de Pablo subía al taxi sin volverse y con una sola caja.

La parte de atrás del automóvil era la que había sufrido menores daños y la portezuela del portaequipajes podía abrirse y cerrarse sin excesivo esfuerzo. La abrió —oía ya las sirenas que se acercaban— y vio las cajas, las otras cuatro cajas que cogieron sin pérdida de un segundo Gregorio y él y tiraron en un contenedor de allí cerca para estar de vuelta junto a Blanca cuando llegaran la ambulancia y la policía. Bueno, yo me voy, ya no creo que me necesiten para nada, dijo el hombre entrado en años mirándole fijamente al verle regresar sin las cajas y oír ya allí mismo la sirena de la policía, a ver si hay suerte y no es nada.

Algunos conductores habían salido de sus coches y ahora se hacían a un lado o le abrían paso a la ambulancia, de la que inmediatamente bajaron dos hombres con una camilla de ruedas. Han hecho bien en no moverla, dijo uno de ellos después de haberla depositado con un esmero profesional sobre la camilla. La introdujeron a toda prisa en la ambulancia —en ese momento Gregorio ya se había marchado– y Julio entró también en la parte de atrás de la furgoneta junto a uno de los enfermeros. No entendía nada, le dolía tremendamente la cabeza, estaba aturdido, angustiado por la suerte de Blanca, que continuaba sin moverse –había abierto un momento los ojos–, y atormentado por su actuación, que ahora empezaba a rememorar rápidamente paso a paso mientras el enfermero le hacía una cura de urgencia en la herida de la frente. Continuaba estando completamente convencido de que nadie les había seguido más que en la mente o la voluntad de Ruiz de Pablo, en aquella mente y aquella voluntad que se habían desentendido curiosamente de unas cosas y empeñado en otras, y ahora no sabían que ya no había nada que pudiera dar lugar a ninguna sospecha y que lo único que importaba era la salud de Blanca, su cuello lacio y como desencajado y sus ojos también desencajados. Pero cuanta más fuerza cobraba aquella seguridad, más aumentaba también la perplejidad que le embargaba y que, lejos de amortiguar la irritación con la que cada vez más se entreveraba, contribuía a ahondar y remachar. Como cuando de repente –iba sentado en la ambulancia junto al cuerpo tendido de Blanca asistida por el enfermero y el estrépito de la sirena le trepanaba las sienes– recordó que una de las cajas de folletos que había echado al contenedor de basuras estaba desgarrada de una forma extraña, manual, que dejaba algunos folletos torpemente al descubierto.

5

Al salir del quirófano, todavía bajo los efectos de la anestesia, Blanca abrió de repente los ojos en la camilla en que la trasladaban y, al reconocer a Julio en el pasillo, o por lo menos al discernir su presencia de una forma inconsciente, su mirada se dilató de pronto sobremanera y se quedó como prendida en él con una inaudita expresión de alegría que, sin embargo, fue sólo cuestión de segundos. Acto seguido, y como si aquel breve instante en que la alegría había resplandecido de par en par en sus ojos se hubiese verificado únicamente para acentuar su cesación, los párpados se le cerraron de improviso como a cámara lenta, abatiéndose con una dolorosa pesadez cuyo contraste con la primera expresión de reconocimiento, de gozosa sorpresa y franca espontaneidad, había de quedársele impreso a Julio durante mucho tiempo de una forma punzante e inabarcable, como si contuviera en sí el nudo o la imagen especular de todo lo que estaba sucediendo.

Había pasado casi cuatro horas en el quirófano y ahora la trasladaban a una sección donde todavía no podía recibir visitas. Dentro de poco la podrá usted ver, le dijo el médico antes de guardar gravemente silencio mientras él le seguía pasillo adelante hasta una sala de espera cercana. Llevaba puestos todavía los pantalones y el blusón verdes del quirófano y, en cuanto hubo entrado después de Julio –¿no ha venido ningún otro familiar?, le preguntó, ¿sus padres?–, cerró la puerta tras él. No

189

había nadie dentro; sólo la luz blanquecina y como desustanciada de los fluorescentes parecía correr a cargo con todo y Julio obedeció a la indicación de sentarse. El médico también se sentó, pero inmediatamente se levantó y dio dos o tres pasos hacia la puerta. Todavía estaba de espaldas a Julio –había dos o tres carteles enmarcados en las paredes con fotografías de alta montaña– cuando de pronto comenzó a hablar: estese tranquilo porque no corre peligro, dijo, pero se quedará impedida de la cintura para abajo. Habían intentado reducir las fracturas óseas y estabilizar la columna, pero una de esas fracturas presentaba una interrupción lumbar en la médula cuyas consecuencias no podían resultar más que irreversibles. El diagnóstico no tenía vuelta de hoja, añadió.

No tiene vuelta de hoja, le rimbombaba a Julio en la cabeza mientras andaba arriba y abajo por los pasillos, no tiene vuelta de hoja, pero no corre peligro, su vida ahora no corre peligro; se quedará impedida, pero no corre peligro, se quedará impedida, inválida, inútil de cintura para abajo, se quedará paralítica en una silla de ruedas el resto de sus días, pero peligro, lo que se dice peligro, no corre. Aquellos ojos y aquel cuello y aquel cuerpo que parecían en todo momento a punto de echarse a bailar se iban a pasar el resto de sus días en una silla de ruedas, pero había que estar tranquilos –estese tranquilo, fueron las palabras exactas del doctor– porque su vida no corría peligro.

Desde que entró en el hospital con la ambulancia por la puerta de urgencias, Julio no había hecho otra cosa que contestar preguntas y dar datos, que caminar arriba y abajo por los pasillos completamente desazonado –le estallaba la cabeza al principio hasta que le hicieron efecto las pastillas que le suministraron– durante aquellas infinitas cuatro horas en las que, apenas veía un médico o una enfermera salir o ir a entrar por la puerta que daba acceso al quirófano, acudía disparado a preguntarles y atosigarles hasta que recibía siempre la misma respuesta, que estuviese tranquilo, que no se preocupara, que todo seguía su curso y ya le avisarían con lo que fuera en su momento oportuno. Pero era eso lo que precisamente le preocupaba, que todo siguiera su curso y no hubiese más remedio que aceptarlo, que no se pudiera hacer mucho más que lo que un médico o un equipo de técnicos, un personal altamente cualificado, le habían dicho, estuviera ya realizando mientras él no hacía otra cosa que preocuparse, que pasar un mal rato y molestar, que ser un estorbo con todas las ganas que tenía de ayudar.

A lo mejor es así en general en la vida, le había dicho Miguel la otra noche, y la intención, las mejores y más puras intenciones y los mayores esfuerzos tras lo que nos parece más bello o en contra de lo más funesto, no sólo no siempre contribuyen a crear el mejor curso de las cosas, a moldearlo y encauzarlo de la mejor forma, como él había creído en los últimos años, sino que pueden ser incluso a veces un estorbo. El estorbo de la buena conciencia, el estorbo de la estética, decía, la costumbre de mirarse al espejo todo el rato y querer verse siempre guapo y a ser posible el más guapo. No entendía a Miguel, llevaba meses en que cada día le entendía menos; el más convencido siempre, el más echado para delante y al que todos en realidad le habían seguido desde el primer día, que ahora, por la cuestión que fuese, se estuviera haciendo cada vez más reaccionario si es que sólo se trataba de eso. «Ve allí» o «haz esto», le había dicho Miguel siempre o le había dicho Ruiz de Pablo –o «ya lo hago yo», saltaba él, «ya voy yo»–, «lleva esto o di lo otro o encárgate de lo de más allá», o bien «acelera, me oyes, acelera, ¿no ves que nos siguen ya desde hace rato?», y él iba y hacía, él llevaba y decía o se encargaba de lo que hubiese que llevar y decir o hubiese que encargarse, y también aceleraba, aceleraba y se metía por una calle y por otra a toda velocidad aunque no sólo no hubiera visto que nadie les siguiese, sino que estuviera completamente seguro de que nadie lo hacía en realidad más que en la mente de Ruiz de Pablo. La mente de Ruiz de Pablo, pensó, la mente calenturienta y delirante de Ruiz de Pablo, había dicho Miguel la noche anterior; dile que me voy, bien clarito, y que no se le ocurra mandarme a nadie.

Pero ahora lo que le habían dicho en cambio era «así están las cosas» o «esto es lo que hay», «así es», y él no había tenido otro remedio que asentir o que responder «gracias, doctor» y estrecharle la mano, o como mucho hacer que se lo repitieran, decir que no era posible para que a lo mejor diciéndolo no lo fuera o simplemente para que le reiteraran que sin embargo «así es» y «no hay vuelta de hoja», «esto es lo que hay», por mucho que no se le alcanzara el porqué de nada de ello, el por qué aquello y no otra cosa, por qué justamente aquella chica que le había dicho hacía menos de un año que venía de parte de don Ruiz de Pablo, de don Ruiz de Pablo y no de Enrique o de Enrique Ruiz de Pablo por ejemplo, y no otra, había acabado en la mesa de operaciones de aquel quirófano del que había tardado tanto en salir.

Él no había tenido nunca a lo mejor demasiada personalidad, tal vez tampoco excesiva perspicacia, pero sí buen sentido, buen ánimo, buena disposición, como le había oído una vez al maestro hablarle a su padre: tiene muy buena disposición; ahora, que siempre está con Miguel y no se le despega nunca ni a sol ni a sombra. No hay cosa que el uno haga y el otro no quiera hacer enseguida también. Pero esta vez no le había seguido, no le había seguido o tal vez sí, porque ahora estaba con ella o era él quien más cerca estaba de ella y el único que sabía.

Le dijeron que todavía no podía verla, que estaba bien atendida y no tenía por qué preocuparse, pero él no abandonó el hospital ni durante el día –aún no había ido a casa y parecía que le dolía ahora todo el cuerpo y ya no sólo la cabeza– ni luego a lo largo de toda la noche. A ratos se llegaba por la noche a la cafetería cerrada del sótano y allí, a la vista de la barra pero en un recodo del pasillo anterior a la misma, introducía una moneda en la ranura de una máquina automática y pulsaba siempre el mismo botón del café solo. La tensión y el malestar –es como si me hubieran molido a palos, se decía, y a palos no sólo físicos– le habían producido un cansancio torpe y entumecedor que parecía interponer una distancia extraña entre las cosas y su conciencia de ellas, y toda esa operación, desde que sacaba la moneda del bolsillo y la introducía hasta que retiraba el café de la máquina, daba la impresión de entrañar una importancia capital a la que tuviera que prestar la mayor de las atenciones. Como quien contempla algo cuyo significado, por mucho que se le escape, presume que es de crucial relevancia, él oía descender ruidosamente la moneda y conectarse el mecanismo de la máquina a la vez que se encendía una luz abajo, en el receptáculo inferior del que se recogía el café, y aparecía un vasito de plástico marrón que al poco, tras una prolongada presión sobre un fluido, se iba llenando de un líquido negro y cremoso de cuyo chorro al principio y goteo al final no podía apartar un momento la vista. Hubiera introducido en la máquina una moneda tras otra, hubiera pulsado una vez tras otra el mismo botón y aguardado impertérrito a las mismas operaciones, pero no tanto por el café, cuanto para observar de nuevo el mecanismo o quedarse más bien perplejo ante la serie perfectamente invariable y reiterada de ruidos y movimientos irreversibles a los que con ello se daba automáticamente lugar. Introducir una moneda, pensaba, pulsar un botón, tomar antes una decisión o simplemente obedecer a un deseo, a una compulsión o necesidad o capricho, y luego ya está, ya todo sigue su curso y está todo en marcha.

Pero cogía el café y subía a la planta baja; allí, a veces, se asomaba a los jardines de la plazoleta por la que había entrado con la ambulancia y observaba si llegaba alguna otra, o bien cruzaba las dos puertas correderas, bajaba los seis escalones que le separaban del asfalto, y se llegaba despacio a la verja del recinto tras la que las hileras de árboles desnudos contribuían a difuminar en la noche la larga perspectiva de la avenida. Veía venir pares de faros delanteros, que al principio eran dos puntitos blancos en el fondo y poco a poco se iban agrandando hasta llegar a su altura, y también, en el sentido contrario, parejas de pilotos rojos que al acabar de pasar ante él lucían con toda evidencia y luego se iban convirtiendo paulatinamente en dos puntitos encarnados cada vez más minúsculos que se perdían a lo lejos. Unas luces iban y otras venían, unas se agrandaban y otras se empequeñecían, y la perspectiva de la avenida era un movimiento incesante de unas y otras, de lo que va apareciendo poco a poco y lo que va desapareciendo, de faros blancos y pilotos rojos y anaranjados que se acercaban y alejaban, que entraban y salían de repente de su vista y al final se desvanecían como si estuvieran diciéndole algo o como si todo estuviera siempre diciéndonos algo o tal vez diciéndonoslo todo sin que sepamos nunca descifrarlo.

Con la visión de los automóviles y la avenida en su mente como si nunca hubiera visto antes una calle con coches, volvía lentamente sobre sus pasos –el viento soplaba en los pinos del jardín de la plazoleta con un susurro agudo y desapacible– e intentaba recordar cómo era lo que ahora veía cuando entró por la mañana con la ambulancia, cómo era el lugar y era él antes del accidente y del diagnóstico irreversible que había aparecido igual que una de aquellas parejas de faros blancos que, al llegar a tu altura, te deslumbran un momento si los miras cara a cara, y es entonces como si de repente no hubiese existido ningún antes ni pudiese existir ningún después, como si todo se hubiese cancelado por un momento y hubiese que reconstruirlo: aquellos pinos –el viento puntiagudo y destemplado entre las hojas– y aquella escultura central, aquella puerta de cristales y aquella fachada y también la indiferencia de todo ello.

Otras veces no salía fuera, subía directamente hasta la sala de espera y los corredores de la planta en la que estaba Blanca y miraba sus geometrías y sus perspectivas; miraba los pasillos vacíos o a las personas que pasaban presurosas o bien matando desazonados el tiempo como él, y miraba a los coches que desde las ventanas se veían circular abajo en un sentido y en otro, a las caras de los que esperaban –hablaba lo menos posible si se dirigían a él– y también a la superficie negra y quieta del café de cuyo vasito de plástico bebía a pequeños sorbos como si, al hacerlo durar más y aplazar hasta más tarde su conclusión, pudiese detraer más tiempo de la espera, quitarle tiempo al tiempo, a aquella suspensión en que todo se había convertido y que él trataba de engañar con aquellos sorbos y aquellos pasos arriba y abajo y aquellas miradas fijas o como entumecidas en las cosas. Las miraba –miraba la dirección que tomaban las personas y los coches, las perspectivas, los volúmenes, los marcos y el cristal de las ventanas y el perímetro de las baldosas, el color de todo, que se le antojaba reducido al color de la luz espuria de los fluorescentes– como si esperara tanto de ello que acababa por no recabar nada, por no ver más que su abstracción o quizás sólo la necesidad que tenía de ver y de explicarse, de que nada saliera todavía peor porque él había sido el responsable.

Se había tomado ya tres o cuatro comprimidos, pero seguía doliéndole la cabeza –le seguía doliendo más bien todo el cuerpo– y de vez en cuando acudía a que le dieran otro analgésico. Voy a pedir que le hagan un reconocimiento, le dijo la enfermera de guardia.

–No, no se moleste, es sólo dolor de cabeza –le respondió.

–Como usted quiera, pero yo ya se lo he dicho –repuso mientras le acercaba la pastilla y un vaso de agua y le miraba de una forma entre complaciente e inquisitiva. Y agregó–: Haría mejor marchándose a dormir a su casa y viniendo mañana si quiere; aquí no hace nada más que ponerse malo.

En realidad nada le hubiera apetecido más que quedarse allí a hablar con ella, a preguntarle cómo se llamaba –a lo mejor no era hermosa, pero tenía algo, como decía Miguel de casi todas las mujeres– y qué hacía en la vida además de trabajar allí. Pero salió y se dirigió con lentitud a los teléfonos que se hallaban en el rellano de los ascensores, a los que iba también a llamar cada dos por tres. El rellano, amplio y con una gran cristalera, daba a la parte opuesta a la plazoleta de entrada y desde allí se veían, sobre un mar de tejados y farolas, las luces y viseras de un gran estadio y una parte de su perímetro. Julio extendía su mirada hacia allí, hacia el abigarramiento nocturno de calles y edificaciones, de zonas iluminadas y zonas en sombra, y luego se llegaba al teléfono en el que marcaba una y otra vez casi siempre el mismo número que se sabía de memoria y donde nadie le contestaba por mucho que dejara sonar el teléfono. Al llamar, ponía cuidado en seguir a pie juntillas siempre el mismo ritual; componía el número, dejaba sonar una vez el teléfono, y luego colgaba para volver a marcar de inmediato el mismo número y dejar que el aparato sonara ahora tres veces antes de volver a colgar y volver a componer el número acto seguido, pero dejando sonar el teléfono ahora, la tercera vez, hasta que se cortaba la comunicación porque nadie lo cogía. Repetía toda esa operación dos o tres veces y luego, como embotado o atónito, se detenía a contemplar de nuevo la vista de los tejados hasta el estadio. Todo parecía callado tras los cristales, y a veces abría de repente una ventana y se asomaba un momento. Un rumor sordo, de fondo, como la respiración de un inmenso animal adormecido, subía impertérrito de las calles y el frío le daba enseguida en la cara y no hubiera sabido decir si como un alivio o más bien como una bofetada.

A veces cogía después uno de los dos ascensores; le gustaba llamarlos, apretar los botones de llamada de ambos aunque después a lo mejor no los utilizara, y oír sus campanillas mientras los números de las plantas se iban iluminando progresivamente sobre sus respectivos dinteles. Era como si aquel mecanismo de una caja que ascendía y descendía suspendida en el vacío, junto a una serie de números que se iban iluminando en orden creciente o decreciente, le atrajese de una forma insólita y sin embargo consustancial. Se aprieta un botón por un deseo, por un capricho o una necesidad, como en el caso de la máquina del café, y ese volumen hueco sube en el vacío; se aprieta otro botón, y enseguida baja entonces igualmente en el vacío.

Siempre le había molestado sin embargo la espera ante el ascensor, tener que detenerse en silencio ante la puerta, solo o en compañía de otras personas también en silencio, y aguardar sin poder hacer otra cosa que aguardar en aquel vaciado de tiempo –en aquel tiempo puro y estricto– o bien apretar una vez más el botón para llamarlo, aunque él mismo u otros lo hubieran pulsado ya más de una vez con anterioridad y como si al hacerlo pudiesen acelerar un mecanismo indiferente. Vacío, mecanismos, deseos, necesidad de hacer algo ante el vacío y ante esos mecanismos aunque ese algo fuese ciertamente no hacer nada o bien hacer por hacer, moverse y desear y apretar botones, algo para distraer la oquedad y eludir el tiempo ante un mecanismo cuyo funcionamiento, indiferente a las ansias salvo en un primer instante, detendrá el ascensor por sí mismo a su debido tiempo ante quienes han sabido aguardar y abrirá sus puertas para que entren y pulsen de nuevo antes de permanecer otra vez callados unos junto a otros, deseosos o aburridos o molestos, pero sin otra cosa más socorrida que hacer que tener la vista puesta en el panel donde se van iluminando los números de las plantas a las que van ascendiendo o descendiendo rápidamente en el vacío.

Se pulsa el botón, pensó aquella noche infinita y también más tarde otros días a partir de entonces, se da a una luz verde o se introduce una moneda, y luego ya el automatismo que se ha puesto en movimiento no puede detenerse si no se estropea o se encalla, si no hay un agente o una violencia exterior que lo descomponga o no se produce con el tiempo un desgaste o un desajuste insólitamente sobrevenido. Baja el vaso de plástico marrón al receptáculo que un segundo antes se ha iluminado, y el chorrito de café, tras los mismos ruidos de resortes accionados y los mismos tiempos, empieza entonces a surtir con indiferencia desde los intríngulis mecánicos de la panza metálica de la máquina; se pulsa un botón, el botón de la cuarta planta por ejemplo, y el ascensor inicia su marcha hasta esa cuarta planta precisa a la vez que la serie de los números se va encendiendo y apagando hasta el cuatro sin que podamos hacer mucho más que observarla.

Se ven números, se oyen sonidos, se pulsan botones y códigos y se oyen también palabras, palabras que aluden a cosas y señalan cosas o bien crean incluso cosas, las dibujan, las fabrican, las ponen al descubierto o bien las echan aparte, las hacen apetitosas o aborrecibles, había dicho Miguel, siempre Miguel, y entonces las cosas así creadas ocupan un tiempo –se despliegan en un lugar– y se inscriben en un mecanismo que se acciona luego con gestos o se acciona con actos o asimismo con palabras que son actos, tal vez casi igual a como se selecciona un café o se marca un número o indica una planta. Pero no, pensó, no es posible que eso también sea así, que lo mismo que luego aparece una voz al otro lado o tienes a tu disposición una bebida, surja también de repente un sentido o una respuesta, un fin quizás de por vida si no hay algo, algo tal vez exterior como una violencia o bien interior como un desgaste o un desajuste, que lo encalle o lo desbarate todo, que haga que se abra entonces la herida y esa herida devuelva el vacío y restituya crecido el vértigo, mientras por ella mana una sangre que no se acierta a detener o se vence un cuello, un cuello lacio y desencajado sobre el pecho, o bien se cierran unos ojos que a lo mejor más tarde al pasar se abren un momento y tal vez reconocen.

6

Durante dos semanas enteras, las semanas que fueron de
los últimos días efectivamente invernales de aquel año a la primera luz primaveral, Julio acudió cada tarde a aquella cuarta
planta del hospital con algo más que un sentimiento de com-
pasiva obligación. Llegaba a diario sobre las cinco, a la hora en
que empezaban las visitas, y cuando se iba, todo lo tarde que
podía, la noche se había hecho ya con la ciudad del mismo
modo que se había ido haciendo con su estado de ánimo.

No falté ni un solo día, continuó diciéndole a Bertha con la
vista puesta ahora en el perfil de la sierra de la Carcaña; con mi
bolsa verde de asas de cuero en la que le llevaba fruta, revistas y
mudas limpias o lo que ella me hubiera pedido, yo atravesaba
cada tarde aquella verja de entrada como quien entra en otro
mundo. Nunca había prestado tanta atención a los límites o los
umbrales de nada. Los cercados o las vallas eran algo que servía
para saltarlos con los caballos, para pasar por encima de ellos, y
estaban ahí exclusivamente para franquearlos. Pero a partir de
esos días en que yo cruzaba sobre las cinco la verja del hospital
con mi bolsa en la mano, rodeaba la plazoleta y subía luego
aquellos seis escalones que había contado tantas veces la primera
noche, para atravesar a continuación las dos puertas correderas
de cristal por las que se accedía al vestíbulo, creo que no hay
verja o puerta o umbral que yo atraviese y no repare cuidadosamente en lo que separa o distingue, en lo que deja a un lado y al

otro o ampara o pone coto. Porque una vez dentro del vestíbulo ya todo era otra cosa y era otra la cara de cada cosa.

Ella estaba en la otra parte, al otro lado de las cosas, y además seguiría estándolo ya siempre. Pero de alguna forma la parte en la que yo me había quedado tampoco podía ser ya la misma.

Recuerdo que la gente me aturdía, y ésa era mi primera impresión después de haber atravesado las puertas correderas: gente, una multitud de gente que iba de un lado para otro en todos los sentidos, de personas desorientadas o cabizbajas en muchos de cuyos rostros había estampado un rictus de gravedad que iban hacia el mostrador de información, hacia los ascensores o la cafetería, y se cruzaban de vez en cuando, como me cruzaba yo, con médicos o enfermeras en bata y con pacientes trasladados en camillas o sillas de ruedas. Y luego estaban las baldosas, esas baldosas del suelo siempre tan claras y brillantes –casi nunca faltaba algún empleado de la limpieza que pasara la mopa por algún lado– cuyo omnipresente reflejo blancuzco, que no parecía sino el brillo del desasosiego, era una especie de bienvenida al otro mundo, como si aquel resplandor, que refulgía como indicando un camino por cualquiera de los pasillos por los que uno se adentrara una vez franqueadas las puertas acristaladas de la entrada, me estuviera diciendo: «Abre bien los ojos, ahora que no te deslumbran las luces de fuera, abre los ojos y no te dejes cegar ya más para que veas la cesación al otro lado y veas la deficiencia y también el acabamiento». O al revés: «Cierra los ojos para que este fulgor no te ciegue y te haga ver lo que es, pero sin serlo nunca todo, para que no te haga ver a partir de ahora nada más que la cesación y el acabamiento».

Así que en cuanto cruzaba las puertas de cristal automáticas –me hacía gracia que soliese haber siempre algún que otro niño que jugara a abrirlas y cerrarlas– y me orientaba, subía siempre a la misma sección de la misma cuarta planta del edificio y allí buscaba la misma habitación donde al entrar, al llamar a la puerta y entrar sin haber podido oír nada, sin haber podido oír un «entre» o un «adelante» nunca supe si porque nadie lo pronunciaba o porque no se oía desde fuera, una de las dos convalecientes, la del lado concretamente de la calle, estaba siempre vuelta hacia la ventana, hacia el atardecer que iba ensombreciendo poco a poco irreversiblemente el abigarramiento de calles y edificios del que destacaba a lo lejos la construcción en cemento de un estadio.

Julio guardó un momento de silencio; miraba tras la cristalera del salón de su casa como si de repente lo que viera fuese aquellas calles y edificaciones de las que sobresalían los pilares y viseras grises del estadio, y no la falda suave y otoñal de los ocres caducos de los robles y arriba, en lo alto, como cubriendo el lomo de la sierra de una parte a otra, la franja de pinos que se prolongaba hasta llegar casi a la Calvilla y cuya verde perennidad siempre igual a sí misma rompía bruscamente en línea recta con las múltiples tonalidades efímeras del robledal. Bertha le observó y se abstuvo de interrumpirle; se apartó el mechón de pelo que le caía sobre la cara con un gesto mecánico de la mano, y se quedó mirando también hacia la sierra contorneada a la perfección por aquel cielo inmaculadamente azul.

Para entonces, continuó de pronto como si no se hubiese detenido en ningún momento, para entonces yo ya había llamado un sinfín de veces, a todas las horas del día y de la noche y observando siempre el mismo ritual, a un par de números de contacto y asimismo a otro más, también en parte de contacto. Ni una sola vez, ni en esos dos números ni en el tercero –que ya puede usted imaginar de quién era–, había encontrado a nadie o bien había cogido nadie el teléfono; y ni una sola vez me había llamado a mí nadie tampoco, o por lo menos nadie que pudiera ser alguien para mí en aquel momento, a pesar de que yo no me movía de casa más que durante las horas que iba al hospital. Llegaba a casa y empezaba a marcar el primer número y luego el segundo y el tercero y así cada rato incluso durante algunas horas de la noche, cuando me despertaba y volvía a probar mecánica y ritualmente antes de volver a dormirme y volver a probar al despertar. Nada, no había nadie o nadie quería saber aposta

201

de mí o bien que se supiera de ellos, como si yo fuera un apestado o pudiera suponer un peligro. Pero lo que no era posible, me dije, era que ellos no supieran de mí, que se hubieran desentendido así como así después de lo que había pasado y simplemente me hubieran dejado de lado lo mismo que a ella. Cuando uno entra en ciertos sitios no hay lado que valga; de modo que me vigilan, pensé, que me siguen paso por paso desde que bajo de casa hacia las tres y como algo antes de coger el autobús hasta el hospital. De modo que ahora mismo, me dije, alguien está apostado en algún sitio, en algún coche seguramente, y está al tanto de mis movimientos lo mismo que otro a lo mejor hasta de mis llamadas. No tenía nada que esconderles ni nada de lo que ocultarme, nada tenía por qué haber despertado tampoco la menor sospecha de nadie, pero por primera vez concebí esconderme de ellos como lo había hecho hasta entonces de la policía. Le parecerá lo que quiera, pero yo no era entonces más que un joven lleno de entusiasmo y completamente fascinado desde mi primera juventud por Ruiz de Pablo, un joven, prácticamente un chiquillo todo buenas intenciones y maneras, para el que desde hacía tiempo, salvo la de Miguel, casi no contaba otra opinión que la de Ruiz de Pablo, y eso él lo sabía y lo ensoberbecía y a eso le tenía reservado su destino.

¿Su destino?, se hizo eco Bertha y pareció que se quedaba absorta, con la vista fija en algún sitio que en realidad no era ninguna parte. Aunque al final –continuó– parece que solamente usted ha acabado por escurrirse; porque por lo demás, y dígame si me equivoco, creo que casi se podría decir que Ruiz de Pablo se ha salido con la suya.

Ya ve, el más dúctil, el que permanecía siempre en un segundo plano detrás de Miguel, tal vez el más débil o el más apocado, o en todo caso el que tenía mayor temor a defraudar o a no estar a la altura y se avergonzaba de todo, de él y de su familia rica y atolondrada y venida a menos, y el que seguramente, en contraposición a todo ello, tenía que demostrar siempre arrojo y radicalidad, ser un echado para delante, como se dice, y no pendía en realidad más que de sus labios, de todo lo que saliera de su boca aunque le pareciera lo más enrevesado o disparatado del mundo, porque el mundo no era más que todo lo que él fundaba con sus palabras. Pero no sé, no sé, no sé si me le he escurrido como usted cree o si, por decirlo con otras palabras, uno deja de obedecer alguna vez de verdad a los mecanismos que le han hecho ser como era. Los transforma, sí, les cambia la dirección, la intensidad o la modalidad, pero la verdad es que no sé. Él estaba seguro de que el destino de Miguel, el de Gregorio y el mío, de que el destino en el fondo de todos estaba en sus manos porque ése era su destino según él, ser y señalar el destino de todos y el destino del mundo al que él daba significado con sus palabras y también el de su patria, como él llamó luego a lo que no era más que su lugar de nacimiento por pura, o tal vez forzada, casualidad, pero de eso ya hablaremos otro rato. Y en ese destino estaba el espíritu de los héroes, como decía aquel verso que él siempre nos citaba, «el vino de la vida, el espíritu de los héroes», la vasija que no puede contener todo ese vino y ese espíritu y hay que hacer estallar y romper en mil añicos para que su receptáculo sea entonces el mundo, el mundo como obra de arte total, como vida total, y él como artista de esa totalidad. ¡El poema total, la vida total, la obra de arte total y todo en esta vida de cada día al servicio de ese poema y esa totalidad! Ha sido siempre un verdadero mago, un verdadero encantador de serpientes, el dueño de la más seductora dialéctica, y aún ahora que casi se podría decir que no me falta un solo motivo para odiarle y aborrecerle con todas mis fuerzas, creo que no puedo evitar estar de algún modo todavía fascinado por él. Ya ve lo que son las cosas, y usted me perdonará si le soy así de franco. No sé si me entiende.

Bertha esbozó una leve sonrisa que inmediatamente viró hacia un rictus de tristeza, y se retiró el pelo que le caía sobre la cara. ¿Entenderle? ¿Cómo no voy a entenderle? Lo que no logro ver en cambio es qué queda después de la fascinación, con qué se queda uno si consigue arrancársela de cuajo o despojarla poco a poco hasta de los últimos resquicios de su valor camaleónico. Quien está fascinado por alguien o por algo –y hay incontables modos de estar fascinado– de alguna forma no piensa que no tiene por delante todo el tiempo del mundo; cree, aunque no tenga conciencia de ello, que el mundo no tiene tiempo, o que ese tiempo no importa. Pero cuando la fascinación se desvanece, dijo apartando la mirada hacia la ventana, cuando se esfuma la magia que nos mantenía encandilados o remite su fuerza de persuasión, entonces lo que se cuela es el tiempo, o más bien lo que ya se ha colado, entonces uno se da cuenta de que lo único que ha ocurrido en realidad, de que lo único que nos ha pasado de veras y ha tenido importancia, es el tiempo, es que el tiempo ha pasado, y que ese tiempo, que de algún modo nos parece ya todo el tiempo, está ya todo, como el mundo, por detrás, y uno y otro, el paso de uno y la inabarcabilidad del otro, son tan irreversibles como oscuro el ramaje del que todo brotaba. No sé si ahora me entiende usted.

Los tonos otoñales de los robles seguían contrastando con la línea de pinos que cubría el lomo de la sierra, y el sol, como un foco inapelable, parecía integrarlo todo bajo su manto, incluso las sombras de las tapias y las casas y troncos medio desnudos de los árboles. Pidió otro café, tal vez para quedarse un momento a solas, y Julio se levantó a prepararlo. Le gustaba preparar el café, desenroscar la cafetera y sacudir la cazoleta hasta que se desprendieran los últimos posos, y luego lavarla y llenarla del agua justa, ni más para que no se sobrara luego o corriera peligro la cafetera, ni menos para que no saliera demasiado fuerte el café. Destapar a continuación el tarro del café molido y aspirar un momento su aroma era probablemente el momento central, y luego ya no había más que llenar la cazoleta hasta arriba con cuidado y enroscar la cafetera para ponerla en el fuego. Lo que restaba era sólo esperar y la espera era siempre recompensada por aquel borboteo y aquel perfume que inundaban la casa y le gustaban también incluso más que el propio café.

En los últimos tiempos, había aprendido a apreciar muchos momentos como si toda la vida estuviera concentrada cada vez en cada cosa y cada instante, y todo pudiera ser contenido no ya en el ánfora sagrada del vino y del espíritu, sino en el pequeño receptáculo de la atención. Ni héroes ni poetas ni almas bellas, le había escrito Miguel, ni el vino de la fascinación ni el espíritu del sacrificio, sino la vieja y desgastada vasija de la atención, el humilde, continuo y ordinario vaso de agua de la atención. Rescatar cada momento de todas las ansias y todas las representaciones y fascinaciones, eso es salvarse, le escribía, de todos los miedos y todos los rencores, porque ese rescate es la única revancha contra el tiempo. Por eso yo ya estoy condenado y visto para sentencia, concluía.

La revancha contra el tiempo, recordaba, el rescate de cada momento, pero luego pensaba también en su familia, en su padre y su abuelo y sus respectivas luchas por abolir el tiempo, y no tenía más remedio que echarse a reír. Sabía que aquello no era tampoco más que una fascinación, otra fascinación tal vez menos perniciosa o bien más apocada, más adecuada a él en el fondo, pero una fascinación al fin y al cabo.

A mi padre –a lo mejor ya se lo contaría Miguel, le dijo más tarde a Bertha– le dio por pensar una época que el tiempo era una simple cuestión de costumbres, que era producto del hecho de que estamos acostumbrados a hacer las cosas asignándoles siempre una cantidad parecida de lo que él denominaba «disposición» y que no hacía falta más que trastocar esa relación entre cosa –«extensión», en sus términos– y «disposición», esto es, alterar decidida y continuamente el «gradiente conjetural», para trastocar el tiempo en un primer momento y, luego ya, abolirlo. Esa alteración exigía según él, es verdad, una práctica paciente y rotunda, gradual si se quería, pero cuyos resultados estaba convencido de que permitirían al sujeto, al «usuario libre de extensiones a disposición», vivir primero un «tiempo borroso» y luego en el «sin tiempo» efectivo o «mera dilatación vital» o «esponjamiento zoético», según sus palabras.

Escribió sus teorías en un artículo que envió a varias revistas y periódicos, no recuerdo con qué resultado, y llegó incluso a pronunciar una conferencia al respecto en el salón social del Círculo de la Amistad en la capital, del que la familia figura entre sus socios fundadores, ya le enseñaré las fotos. Pero no tuvo adeptos, y sus esfuerzos por poner en práctica personalmente la teoría no le valieron de mucho, a no ser para sedimentar de una vez por todas la opinión que se tenía ya de él. Decía, por ejemplo por la noche, «me voy a dormir», y dormía sólo una hora y media, y luego se ponía a lavarse los dientes y se los lavaba durante más de dos horas o bien se pasaba una hora entera poniéndose los zapatos; si decía por ejemplo «voy a estirar las piernas», podía pasarse tanto trece o catorce horas paseando como salir de casa, cerrar la puerta y luego volverla a abrir de inmediato diciendo «vaya paseo tan bueno me he dado». Es verdad que durante un tiempo se emplearon en la taberna algunos de sus términos para referirse a cosas disparatadas; se decía por ejemplo: «anda, ponme un gradiente conjetural, pero bien conjetural, de ese morapio» o, los más avezados, «¡menudo usuario libre de extensiones a disposición estás hecho tú!» o «para tiempo borroso el de ayer con la parienta, ¿o no?». Pero de ahí no pasó la cosa. «Ejercicios de dilatación y contracción temporal», recuerdo que decía cuando emprendía una de esas «alteraciones»: todo está, y no ya sólo respecto al tiempo sino en general, decía, en los principios de contracción y dilatación de la materia y sobre todo de la representación de la materia, que hay que ajustar y desajustar hasta conseguir su equilibrio o, en este caso, su desequilibrio perfecto.

Julio regresó de la cocina con el café –todavía quedaba un buen trozo de tarta sobre la mesa– y su aroma se volvió a mezclar con el perfume del enebro al que ya Bertha se había acostumbrado casi hasta dejar de percibirlo. Le sirvió, todavía de pie, y advirtió de nuevo sus formas prominentes y cálidas como en la mejor de las representaciones y las comisuras de sus labios que se ensanchaban un momento después de decirle «gracias, ya está bien; uno, sólo un terrón de azúcar». Pero siga, por favor, que creo que le he desviado, añadió. Estábamos en el hospital con ésa, y en los días en que ibas a verla allí; que lo que yo no sabía es que a ti –y vamos a dejar ya el usted, si te parece– también te había dado por ella.

Solo siete días después del accidente, prosiguió Julio ya sentado, y sin que hubiese podido comunicarme con nadie y decirles que no había ningún peligro, que se trataba sólo de Blanca, de un accidente puro y simple, pero de un accidente grave y sin sentido, recibí una llamada de Ruiz de Pablo. Fue una llamada seca, inequívoca, insidiosa como era siempre todo lo suyo aunque sólo entonces empezara yo a querer darme cuenta, una llamada injuriosa en una sola dirección y sin opción a respuesta: eres un inútil mimado, me dijo, un inútil hijo de inútiles y atolondrados que es lo que has sido siempre y serás siempre. No me falles la próxima vez, ¿me oyes? Y colgó en seco sin darme la menor oportunidad a decirle nada.

Durante los siete días siguientes no volví a recibir de nuevo una sola llamada. Yo seguía intentando una y otra vez ponerme en contacto, dar con alguien para saber por lo menos a qué atenerme, pero todo era en vano, todos parecían haber desaparecido o más bien todas las comunicaciones parecían haberse interrumpido. Llegué a ir a casa de Miguel saltándome todas las normas, pero nada, tampoco había allí nadie ni encontré razón de nada. Estaba aislado, completamente aislado, a merced de que ellos quisieran dar señales de vida cuando lo consideraran oportuno o cuando hubieran comprobado lo que fuera, y mientras tanto seguía yendo al hospital cada día a la misma hora con mi bolsa verde de asas de cuero, seguía atravesando aquella verja y aquellas puertas automáticas, y seguía llamando aquel ascensor ante el que mi mente se quedaba un momento en blanco como si fuera un mecanismo que no podía hacer más que esperar a otro mecanismo.

Pero no era un mecanismo la relación con ellos, no podía serlo —había sido pasión, entusiasmo, ganas de cambiar el mundo o sentido de la justicia—, no era algo ante lo que yo podía limitarme a esperar con la mente en blanco, porque poner la mente en blanco era además lo que menos estaba en condiciones de hacer aquellos días. Torrentes, cascadas de hechos y de gestos y palabras se me venían a la mente de rondón a cada rato, apelotonándose, retorciéndose, apareciendo en escorzo, sin previo aviso o bien de forma obsesiva, mostrando otro aspecto distinto del que yo estaba acostumbrado a ver o bien su lado mísero, ofensivo, hasta el punto de que era como si empezara a verlo todo por primera vez aunque yo mismo hubiera sido su testigo presencial.

No podía parar, no podía pasar un rato en paz sin darles vueltas a las cosas y sin embargo estaba siempre quieto, sentado o tumbado o asomado continuamente al balcón, bajando a comer a la casa de comidas donde sabía que podían encontrarme si querían y cogiendo luego el autobús de la forma más evidente para ir al hospital. Todo diáfano, monótono, a merced de ellos como un inculpado que espera su veredicto de absolución o un convaleciente del que sabemos siempre dónde encontrarlo, aunque pocas veces su verdadero estado de ánimo. Lo mismo que me ocurría a mí cada tarde con Blanca en aquella cuarta planta de aquel edificio cuyos pasillos se me habían convertido ya casi en una prolongación de mi casa, que sabía exactamente dónde encontrarla, pero nunca, creo que ni siquiera en un solo momento, prácticamente nada de su verdadero estado de ánimo.

Llamaba a la puerta de la habitación y cuando entraba, sin esperar nunca una respuesta que seguramente no llegaba a oírse desde fuera, me la encontraba siempre de espaldas a la puerta y mirando hacia la ventana, vuelta hacia el crepúsculo que ella contemplaba con una mirada impasible que apenas si modificaba al principio al volverse hacia mí. Las tardes iban alargando poco a poco, y al entrar cada día, yo asistía siempre a ese mismo momento de retirar pausadamente la mirada de la ventana para verme llegar, de apartar la vista del lento y esplendoroso atardecer sobre Guadarrama, que probablemente habría estado observando desde hacía rato sin pestañear, para posarla no en la ropa o los recados que le traía, y ni siquiera en mí, sino en aquello que yo creía más evidente: mi sentimiento de culpa, mi oneroso e invencible sentimiento de culpa que no me dejaba ni a sol ni a sombra, a pesar de saber que yo no había sido el culpable de nada, sólo el agente quizás poco habilidoso que no había estado de nuevo a la altura.

Sin embargo, a lo largo de todos aquellos días en los que no falté una sola tarde ni dejé de marcar los mismos números de teléfono que había marcado desde el primer día sin que nadie diera señales de vida –ni siquiera el único familiar de Blanca al que había querido que se pusiera al corriente–, ella no sólo no me hizo el menor reproche respecto a nada, sino que ni un solo gesto suyo ni una sola alusión hubieran podido interpretarse, por nada que no fuera pura obcecación o estricta suspicacia, como una mínima señal en ese sentido. Al principio raras veces hablaba con nadie, ni con los médicos casi, ni con las enfermeras, ni por supuesto con su compañera de habitación, a la que apenas dirigía tampoco una mirada que sí se detenía por lo visto, durante algunos ratos del día, en las imágenes cambiantes y vistosas de la televisión que la otra mantenía siempre encendida y ella miraba aparecer y sucederse tal vez del mismo modo descodificado y asombrado con que a lo mejor veía pasar las nubes. Poco a poco sin embargo, con el pasar de los días, esa mirada se le fue ensanchando y modulando, volviéndosele más serena a medida que avanzaba en un proceso interno del que yo no he podido hacerme más que un sinfín de conjeturas. Y la tarde en que, cuando entré en la habitación con mi bolsa, a ella se le agrandaron los ojos al volver la cara de la ventana para sonreírme casi tanto como a su salida inconsciente del quirófano, supe que ya estaba preparada para hablar o bien que ya hablar tenía sentido, que la vida había vuelto a recobrar lo que fuera para ella.

Habían transcurrido diez días desde el accidente –tres desde la llamada seca y despectiva de Ruiz de Pablo– y en ningún momento de todas aquellas tardes en las que yo no había escatimado tiempo para estar muchas veces simplemente en silencio junto a ella, con una solicitud pusilánime y amedrentada que no desaprovechaba ocasión para preguntarle si le hacía falta algo o quería que hiciese esto o lo otro por ella, si le dolía aquí o allí o dónde le dolía, en ningún momento había hecho no sólo la menor recriminación o puesto el menor reparo –apenas se quejaba en realidad de nada–, sino incluso la menor alusión todavía a nada de lo que había sucedido. Y ese silencio, esa actitud de superioridad moral, que a partir de entonces tal vez ya nunca dejó de crecer, recuerdo que acentuaba aún más mi desmoronamiento. Era como si se hubiese instalado de repente en otro mundo, como si hubiese descubierto algo, después o quién sabe si antes ya del accidente, que fuera incluso más grave que el propio accidente y la situase ya más allá o más acá de las cosas o tal vez en su raíz misma, en esa raíz trágica, en ese desgarro trágico que siempre sacaba a relucir Ruiz de Pablo ante cualquier cosa, ese desgarro que no se restaña ni se armoniza ni equilibra, decía, sino que sólo se supera tal vez con el esfuerzo de una violencia titánica.

Pero a mí se me llevaban todos los demonios, me veía como una cosa ínfima y despreciable, como el inútil que había dicho Ruiz de Pablo, inútil hijo de inútiles y atolondrados, y aprovechaba cualquier circunstancia para pedirle perdón, para decirle que no podía comprender cómo lo sentía. Pero ella no sólo no hacía referencia a nada ni mostraba enojo ni rencor, sino que ni siquiera hacía nunca la menor mención a su destino, como si ese destino, por disparatado que pudiera parecer, no fuese en realidad el suyo sino de alguna forma el de todos. Sólo miraba por la ventana, miraba el atardecer y miraba las imágenes sobrecargadas y chillonas del televisor, y mostraba gratitud por las cosas que le traía y los cuidados que le dispensaba. Y únicamente, al marcharme ya aquella tarde en que había empezado realmente a hablar y a comunicarse conmigo, cuando estaba ya en la puerta con mi bolsa verde en una mano y el picaporte en la otra, ella me llamó de repente sin dejar de mirar sin embargo el televisor –había un bebé con su madre en la pantalla– y me formuló la primera y única pregunta hasta entonces respecto a todos aquellos días: ¿Se lo has podido decir a Miguel?, dijo –¿todo?–, y sus ojos fueron los ojos grandes y expectantes, de repente bellísimos y acto seguido infinitamente tristes y como eclipsados, que yo había visto a veces estamparse en el retrovisor del coche y luego, hacía sólo días, a la salida del quirófano.

A la semana exacta de la llamada de Ruiz de Pablo, nada más llegar por la noche del hospital, todo pareció empezar por fin a desentumecerse. Igual que aquello que ha permanecido inaccesible a todo esfuerzo durante un tiempo que no se mide por su objetividad, sino por la persistencia de ese empeño y que de pronto, sin saber cómo ni por qué motivo, se ofrece por sí solo o con el único concurso aparente del tiempo, así empezaron a despejarse las cosas de repente aunque no fuera más que para enredarse al poco de nuevo. Julio recibió una segunda llamada, igual de seca y contundente que la primera, en la que tampoco le cupo la menor opción a decir nada ni a formular la más mínima pregunta. Cuando se disponía a decir algo, a iniciar una frase tras haber dicho que sí, que había entendido, la comunicación se cortó de golpe y se quedó con el teléfono en la mano emitiendo pitidos como quien se queda sólo con las asas de un bolso que se ha desprendido en el vacío. Pero ahora no era la voz de Ruiz de Pablo la que estaba al otro lado del aparato, la que le imponía y apocaba como había empezado a hacer de un tiempo a esta parte, sino una voz anónima, una voz imperativa e igualmente desabrida que sin embargo sólo pretendía aparentemente cursar unas órdenes. Recoge tus cosas y estate preparado para pasar unos días de viaje, dijo. Dentro de veinticuatro horas alguien vendrá a recogerte. No falles. ¿Me has entendido?

«No falles», había dicho ahora la voz; «espero que la próxima no falles», había dicho antes Ruiz de Pablo y había añadido «inútil», «inútil hijo de inútiles y atolondrados que es lo que has sido y serás siempre». Durante aquella semana, durante aquella semana infinita que separaba una y otra llamada y luego en los días irreales que la siguieron, Julio se había repetido docenas de veces las mismas frases y las mismas intimidaciones: «no me falles», se decía, «no me falles, espero que la próxima no me falles, inútil». Pero en qué no tenía que fallar ahora y cuál era la próxima, se preguntaba, qué le habría preparado o como preparación de qué a lo mejor habría servido todo aquello. Veinticuatro horas, tenía veinticuatro horas para inquietarse o bien para sosegarse antes de salir «de viaje» por unos días, y sobre todo veinticuatro horas para pensar, para pensar en lo inútil que había sido siempre o bien en echarlo todo a rodar, en decir ya basta o hasta aquí hemos llegado como había hecho Miguel y mandarlo todo a paseo, toda aquella pantomima absurda disfrazada de vitalidad y heroicidad, del «vino de la vida y el espíritu de los héroes». Pero él no era Miguel, o bien no tenía por qué ser Miguel o justamente tenía que no ser Miguel ni ser tampoco un inútil hijo de inútiles y atolondrados; y además en esas veinticuatro horas podría ver también otra vez a Blanca. De repente, volver a atravesar aquella verja y aquellas puertas correderas de cristal, volver a entrar una vez más en su habitación en el momento en que ella volvía la vista de la ventana con aquella gracia de nuevo en el cuello y aquella sonrisa ahora en los ojos, se le representó como algo de lo que no podía prescindir o soportar que acabase, como un arrimo extraño con el que había contado sin saberlo durante todos esos días lo mismo que si él fuera el necesitado y desvalido y no en cambio ella, o como si asistir a quien lo necesita se convirtiese a veces, para el que asiste, en una necesidad incluso mayor que la del necesitado y su cese por lo tanto en un desvalimiento.

A los pocos minutos, e igual que si se hubiese producido un acuerdo previo para quebrar de repente desde distintos flancos el aislamiento que hasta entonces no había habido modo de romper, recibió de pronto otra llamada. Esta vez era de Miguel; se había marchado a París el mismo día del accidente, como le había insinuado la noche anterior, y estaba dispuesto a no parar, le dijo enseguida, hasta que Gregorio y él no se fueran allí cuanto antes para evitar lo que todavía se pudiera evitar. Hacía ya mucho que no estaba de acuerdo con nada, que no podía ya más, que se había ido apoderando de él una desconfianza creciente que hacía que aquella admiración inicial por Ruiz de Pablo se hubiera ido convirtiendo, poco a poco pero irreversiblemente, primero en rechazo y luego, a partir ya del día del acebal –del día que todos querían olvidar, pero todos recordaban a cada momento–, en pura aversión, en una inquina sorda y violenta no sólo por todo lo que representaba y lo que decía y hacía, sino por todo aquello que había representado hasta entonces en su vida y él había hecho más o menos a su sombra o por su causa. Por todo ello, y por algo seguramente más que aún no podía o no acertaba a comprender.

Acabarás si no como Gregorio, porfió sin dejarle todavía decir nada, acabarás como Gregorio la tarde del acebal si no consigues dejarlo ya. No seas imbécil, Julio.

Todos parecían de acuerdo en no dejarle decir nada, en no dejarle decir esta boca es mía o esto es lo que hay y esto lo que ha pasado; todos le daban órdenes, los que no le conocían y los que le conocían, la voz anónima y la voz sobre todo de Miguel que siempre le había estado diciendo lo que tenía que hacer y lo que no tenía que hacer, cómo empezar y ahora cómo acabaría. Ven, vete, acelera, estate preparado y sobre todo no falles, inútil, no seas imbécil. Pero Julio no acababa de entender: la tarde del acebal, de aquel lugar que había sido, no hacía tanto, una especie de paraíso al que acudían a caballo desde el pueblo, y que desde aquella tarde ventosa de abril de casi un año atrás no era ya más que un infierno de la conciencia que trataban de olvidar, había ocurrido en el fondo lo que tenía que ocurrir y no podía por menos, tal como se presentaron las cosas, de haber ocurrido y, por su parte, él no había visto a Gregorio desde aquella tarde más que unas pocas veces, contra lo que era habitual, y nunca a solas. Es verdad que lo había notado raro, como era normal por otro lado después de aquello –hay cosas que no suceden en balde–, pero era inútil llamarse a engaño, pues demasiado sabían ya que aquello no sólo entraba dentro de lo posible, sino que en su fuero interno, en lo más íntimo de su fuero interno, en realidad lo buscaban como si fuese la culminación, el verdadero momento de la verdad en el proceso de todo lo que pensaban y soñaban. Aunque era cierto que se hacía raro ver así precisamente a Gregorio –en Miguel hubiera sido normal, siempre la voz cantante, siempre el primero en todo y el más resuelto–, pero se hacía raro ver cómo Gregorio, el más sensible y bonachón justamente, apoyaba ahora las opciones más radicales e insensatas con una convicción y un encono inusitados en él y, al poco, parecía como distraído, como ausente o aún más, como si se le fuera la cabeza por momentos, como si perdiera el juicio de repente y empezase a decir desatinos o bien a negarse a todo con una violencia igualmente inusitada, antes de terminar muchas veces por decir a lo que fuera que no se preocuparan, que él se encargaría; ya puestos, concluía.

No sabía, o más bien no había querido saber, lo que Gregorio habría hecho o le habría tocado hacer en realidad durante todo aquel período; no sabía en el fondo cómo había acabado, que decía Miguel, pero lo que sí pensaba, o tal vez le resultara cómodo pensar, es que en realidad la desavenencia de éste con Ruiz de Pablo se había si no engendrado, por lo menos cristalizado y ahondado de una forma irreversible por causa de Blanca, de aquella chica que había llegado de su parte, como tantas otras cosas, y ahora estaba ingresada en un hospital al que ni había entrado ni saldría por sus propios pies y en el que, prácticamente cuando volvió en ella, cuando volvió a sonreír por poco que fuera y a mover el cuello de aquel modo tan grácil y airoso que aunque estuviese quieta y postrada seguía pareciendo el de una bailarina, lo primero que hizo, antes que hablar de su situación o de lo que había ocurrido y le iba a malograr toda su vida en adelante, fue preguntar si lo sabía Miguel, si alguien le había puesto a Miguel al corriente.

Desde que Blanca había aparecido, desde que se puso en contacto con ellos aquella mañana diciendo que venía de parte de don Ruiz de Pablo, y no de Enrique o de Enrique Ruiz de Pablo por ejemplo, todo había comenzado a cambiar o por lo menos a precipitarse de un modo que estaba seguro, o tal vez sólo le conviniera estarlo, era impensable de no haber sido por ella. No sabía lo que podía haber entre ellos, ni tampoco Miguel se había dejado decir nada al respecto, pero le costaba poco imaginárselo tratándose de Miguel y recordando como recordaba muchas veces aquellas miradas suyas hacia atrás en el coche, aquel cuello grácil y esbelto de ella cuando se volvía hacia él o bien Julio la sorprendía sonriendo por el retrovisor con una sonrisa tanto más desarmante cuanto que brotaba de un rostro impasible el resto del tiempo, de un rostro artificioso excesivamente concentrado en expresar dureza y desprecio y que tan poco casaba en realidad con ella, como si estuviera siempre representando un papel o llevando una máscara.

Pero ahora Miguel le hablaba desde París unos minutos después de haber recibido la llamada que le conminaba a estar preparado. Vente, no cesaba de decirle, venid los tres antes de que sea demasiado tarde. Los tres, le había dicho, lo antes posible y antes de que sea demasiado tarde, pero ahora era él quien no sabía, quien no estaba al corriente de quiénes eran o podían ser ahora los tres y qué podía querer decir demasiado tarde.

Nunca había visto, y he visto varias guerras, le escribiría muchos años después, tanta desesperación en la cara de un hombre, en una cara además que conocía desde niño, como cuando fui a recoger a Gregorio a la estación de Austerlitz. Aquella expresión de bondad y sencillez, de una ingenuidad y una entrega de las que ya no existen, de repente había desaparecido de tal forma que se hubiese podido decir que se había quedado hasta sin los rasgos anteriores de la cara, hasta el punto de que era como si ya no emergiera ningún rostro de su cara o se hubiese producido un eclipse. El eclipse del rostro –repetía–, el eclipse del rostro y el despunte de la rigidez. Algo semejante a lo que seguramente también me estaba empezando a suceder a mí, pues creí que ya no se podía sentir más odio por otro hombre que el que yo ya sentía, hasta que me dijiste lo de Blanca. Entonces me di cuenta de que el odio es un disparadero infinito, una espiral sin más agarraderos que los pretextos para seguir odiando y sin otro horizonte que su propia perpetuación. Todo lo que mira el odio lo convierte en motivo para continuar odiando, todo lo que oye, en razón para acrecentar el rencor. Es como una linfa vital, que da energía y sentido a una vida, sobre todo a una vida en crisis, y a la vez como una plaga de langostas, que todo lo arrasa a su paso y no hay lugar al alcance que no sea devastado por ellas. Porque el lugar del odio es el errar, el ir de un sitio para otro –aunque sea de la misma habitación– sin encontrar un amparo de sí mismo ni hacer otra cosa que girar en torno a su origen. También me di cuenta –concluía– de que sólo entonces podía empezar a entender de verdad a Ruiz de Pablo, la estrategia de su seducción y la dialéctica de la inversión del gran poeta de la libertad y el gran hacedor de mundos.

Dentro de unas cuatro horas estaré en Madrid, le dijo en una segunda llamada, al cuarto de hora escaso de la primera; ¿pero es realmente irreversible?, ¿no hay de verdad nada que hacer?, acabó inquiriendo entonces con una angustia inédita en él. Durmió en casa de Julio –me da igual que lo sepan, es más, casi lo prefiero, le dijo– tras muchas horas de conversación en las que hablaron de ellos, de sus vidas durante los últimos años y de todo aquello como seguramente nunca habían hablado. La noche pasaba, se encendían y consumían los cigarrillos, se vaciaban las botellas, y ellos no cesaban de hablar, de discutir, de gritarse y reprocharse esto y lo otro y sobre todo de reprocharse el ser cada uno como era; pero cuando ya Miguel parecía haberle convencido de que se fuera con él también al día siguiente, de que no fuera imbécil y no acabara como Gregorio, Julio recapacitaba de nuevo, o bien dejaba de recapacitar, y de pronto, después de haber ido dándole ya al final la razón o por lo menos asintiendo en silencio, le decía que sí, que era verdad y que así era, pero que él ahora no podía fallar. Pero yo ahora no puedo fallar, le volvía a gritar, ¿no lo comprendes?, no me puedo echar atrás.

Ni te echas atrás de nada que merezca la mínima pena –le objetó–, ni fallas a otra cosa que no sea a la imagen que él, y todo lo que él representa o en lo que anda metido y hemos estado metidos hasta ahora, ha querido que tú tengas de ti y de las cosas. Pero esa imagen, fíjate bien en lo que te digo, acabará siendo tarde o temprano a unos ojos mínimamente sensatos, o simplemente a los ojos de después, sólo la imagen de un criminal. De un criminal, sí, así como suena, un criminal a secas, por mucha ideología o moral o justificación que le echen: un asesino, uno que ha matado y punto. Piénsalo, probablemente no te quede demasiado tiempo para pensarlo y poder decidir con algún resabio de verdadera libertad, y no de eso que va cacareando tan bien Ruiz de Pablo. Luego ya habrás franqueado la frontera, y esa frontera ya no se puede volver a atravesar nunca en sentido contrario, y si no, ve y pregúntaselo a Gregorio.

Ya había amanecido, cuando decidieron irse a descansar un rato; la luz fría y tímida del invierno que empezaba a querer irse despidiendo se insinuaba entre los marcos de las ventanas y las ranuras de las persianas, y parecía mentira que hubieran transcurrido tan sólo quince días escasos desde aquella mañana aterida del día del accidente en que las cunetas y los charcos habían amanecido helados y era una imprudencia, una temeridad insensata, circular a ciertas velocidades.

Se despertaron hacia las dos del mediodía, se asearon –era un día claro de sol sin una nube– y bajaron a comer a un restaurante distinto de aquel al que Julio había estado yendo aquellos días sin falta como para dar a entender que se mantenía voluntariamente bajo control. Nada más acabar de comer –Julio no olvidó la bolsa verde de asas de cuero–, ambos acudirían en derechura al hospital. Cruzarían ahora juntos la verja del recinto, subirían aquellos seis escalones que había subido Julio solo tantas veces antes de atravesar las dos puertas correderas de cristal que daban acceso al vestíbulo, y se dirigirían hacia el ascensor y luego hacia una habitación de la cuarta planta cuya puerta, después de haber llamado, pero sin esperar de dentro una respuesta que difícilmente podía oírse al otro lado, franquearían ahora los dos, Julio y Miguel, aunque seguramente primero éste y luego Julio detrás, pero no tan separado de Miguel como para no estar en condiciones de apreciar la sonrisa en la que a buen seguro prorrumpiría, no la mujer de la primera cama según se entraba, que tenía siempre los ojos puestos en el televisor, sino la que entonces volvería la mirada de la ventana por la que estaría contemplando el atardecer sobre el estadio para verle por fin entrar a él, a Miguel y no a Julio, o más bien a Miguel primero seguido de Julio, de un Julio al que sólo vería un rato después y al que seguramente le agradecería enseguida, con más gratitud quizás ese día, lo amable que había sido viniendo otra vez y trayéndole como cada día todo lo que le traía.

Los ojos, pensó Julio, otra vez sus ojos o más bien el contraste de sus ojos, de esos ojos grandes y certeros que siempre parecían estar queriéndole recordar algo o sacar a colación algo que nunca llegaba sin embargo a recordar o a ver con precisión, y que siempre acababan por mirar a otro o buscaban mirar a otro: sus ojos fijos y duros y sus ojos sonrientes en el retrovisor, los ojos de aquella tarde, diez días después de su ingreso, en que empezó a sonreír y hablar de veras otra vez desde su cama, y también los de su salida inconsciente de la sala de operaciones, aquel gozo inicial inconcebible al reconocerle, e inmediatamente aquella infinita pesadumbre consecutiva de una mirada que era como si contuviera en sí el nudo o el germen de todo lo que le embargaba desde principio, de todo lo que le desasosegaba y le impedía hacer otra cosa que pensar en ello de una forma mortificada y obsesiva. Esos ojos que ahora se apartarían de nuevo del atardecer como cada día, pero que de repente, una vez vueltos a la puerta, se agrandarían hasta lo inverosímil, hasta todo lo de sí que puede dar la alegría, al posar su mirada no en él, no en el Julio Gómez Ayerra que había venido sin falta cada tarde, sino en quien por esa sola vez, pero por esa sola vez de nuevo tras muchas otras, le iba a tomar la delantera seguramente al entrar.

Pero al entrar en la habitación, al entrar tras llamar Julio suavemente con los nudillos y darle la prioridad a Miguel para que pasara primero sin esperar en vano a una respuesta que en cualquier caso no se oía desde fuera, no se volvió ninguna mirada de nadie que hubiera estado hasta ese momento mirando hacia la ventana. La mujer que ocupaba el lugar más cercano a la ventana y cuya compañera de habitación era la misma señora mayor que tenía siempre los ojos puestos en el televisor, en las imágenes cambiantes y abigarradas de un televisor muy subido de colores, no estaba de espaldas a la puerta ni tuvo que volverse a mirarles; sino que sólo debió alzar levemente la vista y desviarla un instante de la pantalla en la que también la tenía concentrada y en la que al parecer, por el poco caso que estaban dispuestas a concederles, ambas seguían sin perder el menor detalle un serial televisivo. Ya no está; se la han llevado esta mañana, dijo la mujer mayor del lado de la puerta –la otra ni se dignó saludar–, después de haberse cerciorado velozmente de que la voz de Julio correspondía en efecto al hombre que había venido todos aquellos días y haber devuelto la mirada al televisor, del que ya no la retiró ni para contestar «sí» o «eso es lo que le acabo de decir», ni para saludar siquiera cuando se marcharon.

8

No volví a verla allí, en el hospital, ni en Madrid ni en ningún otro sitio, le dijo a Bertha con los ojos fijos en ella, pero ahora tal vez sin mirarla, hasta después de transcurrido mucho tiempo, hasta el mismo día en que, pasados más de quince años y vuelto ya definitivamente a España y luego a este valle, abrí la primera tarde esas mismas contraventanas que usted tiene ahí.

Había vuelto a hacerme cargo de las cuatro cosas que dejó mi madre al morir y que mi padre, ya en un auténtico disparadero de insensatez durante sus últimos años, no había conseguido despilfarrar o malvender antes con sus chifladuras. Pero no sólo, o bien no fundamentalmente, por ese motivo. La casa estaba igual, no había cambiado nada respecto a como yo la recordaba de las veces que había venido antes más o menos de incógnito tras el entierro de mi padre; no había en ella ninguna novedad, ninguna modificación, como si mi madre, una vez sola y sin el incordio que debió de ser siempre mi padre a su lado, hubiera querido detener el tiempo dejándolo todo intacto y sin alterar por una vez en su vida. Cada uno afronta el tiempo a su modo, unos sin parar de moverse y hacer cosas e imaginar novedades, como si el mero aliciente de la movilidad y el ímpetu de la imaginación pudieran hacer verdadera mella en él y no ser en realidad su esencia, y otros intentando acomodarse y no tocar ni modificar nada como para pasar desapercibidos ante él. Ella era de estos últimos y sucumbió al tiempo de esa segunda forma, procurando dejarlo todo intacto, cuidado pero intacto, como si el cuidado fuese el único diálogo digno que se pudiera mantener de tú a tú con el tiempo.

En eso se parecía a otras muchas personas de por aquí, sobre todo mujeres, que se van apagando poco a poco sin quejarse ni dar guerra a nadie y, si vamos a ver, sin decir casi nunca en realidad esta boca es mía. Como si la soledad fuese el único premio efectivo y posible a la abnegación de toda una vida, viven solas durante mucho tiempo tras la muerte del marido y solas afrontan enfermedades e inclemencias. Comen solas las cosas que ellas se preparan y duermen solas en sus habitaciones despojadas de toda novedad que no sea las medicinas de su mesita de noche, y solas pasan también la mayor parte del tiempo, sobre todo en invierno. Solas se entretienen y solas concurren a todo, solas cuidan de su casa y cuidan de su ropa y hasta de su huerto mientras pueden, haciendo en cualquier caso el menor gasto de todo –casi nunca hacen ruido– y causando las menores molestias a la par que se van yendo lentamente como se va yendo aquí el día o se apagan unas brasas, sin hacer un mal gesto, sin levantar la voz, ni pedir una ayuda, y sin poder decir a la postre que esa persona ha hecho, lo que se dice hecho, nada en la vida más que atender a su familia y su casa y tener cuidado. Atender y tener cuidado. Al contrario de mi padre, que no podía estarse quieto ni dejar de dar que hablar, y cuya imaginación, como era de ley, no descansaba un momento. Cada día ideaba o hacía una de las suyas, y cuando no era una cosa era la otra, a cuál más descabellada e improductiva.

Bertha sonrió, pero no quiso entrar a comentar nada, como dándole a entender que no era por ahí por donde ella esperaba que siguiera. Cuando volví –continuó Julio– la primavera estaba ya muy entrada y el día era luminoso como tantos días de por aquí. Vine en coche desde Madrid y lo dejé junto a la verja, una de las pocas cosas que no soportaba nunca mi madre, que alguien dejara un coche detrás de la cancela entorpeciendo la vista y el paso, con el sitio que hay por todo, decía.

221

Me di cuenta de que ofendía su memoria, pero aunque estuve a punto de volver a arrancar y moverlo siquiera a un poco más allá, lo dejé ahí, a conciencia donde lo había puesto, no sé si por ratificar un cambio o con la excusa de las cosas que traía.

Abrí la verja y luego la puerta de entrada con aprensión, y nada más poner un pie dentro de la casa –el día del entierro de mi madre no había podido hacerlo– me di cuenta de que todo estaba no sólo igual sino en perfectas condiciones. Mi madre debió de empezar a sentir que ya no podía valerse por sí misma unos meses antes de su muerte, y entonces ella misma, sin dar cuenta a nadie ni dejar de darla, acordó ingresar en una residencia de ancianos de la capital; en noviembre, dicen que les dijo, cuando empiece ya a entrar el frío. Sus últimos días, antes de que vinieran en un coche de la residencia una mañana a por ella, los consagró a dejar la casa limpia y recogida. No había una sola prenda cuando entré que no estuviera lavada y perfectamente doblada en su armario, ni ningún objeto que se hallara fuera de su lugar correspondiente. Cada cosa estaba en su sitio y todo, las luces, la calefacción, los electrodomésticos, en perfecto estado de uso como si allí no hubiese sucedido nada o se pudiese reanudar en cualquier momento un diálogo que simplemente se hubiera dejado en suspenso por algún instante, el eterno diálogo de la vida con el tiempo.

Mientras pueda valerme, decía, mientras pueda valerme por mí misma. ¡Cuántas veces no habré oído esa frase de su boca! Valerse, valerse uno por sí mismo en todos los sentidos. Cuando yo ya no pueda valerme y tú no estés –tu padre da igual que esté o que no, porque es siempre como si no estuviera–, decía, y entonces yo ya no le dejaba seguir con la frase. Venga, venga, no digas bobadas, le cortaba yo, y pasaba a otra cosa. Siempre se pasa a otra cosa cuando se tiene miedo.

Pues eso es lo que estás haciendo ahora, si no me equivoco, espetó Bertha removiéndose en su asiento y apartándose el pelo con un gesto repetido de la mano que lo retiraba detrás de la oreja.

Puede, sí, pero solamente puede, contestó, y la miró un

momento fijamente antes de proseguir, sin que hubiera podido decirse si la veía a ella al mirarla o qué es lo que veía en su lugar. Yo sabía que si no tocaba nada –continuó–, que si no movía nada de sitio ni hacía obras o traía muebles nuevos, ella, o por lo menos algo de ella, seguiría estando allí como si una persona fuera en buena parte su relación con el espacio y los objetos, y como si frente a esa relación, perdurable aun después de la desaparición física, el tiempo se sintiera de alguna forma como inhibido o por lo menos se anduviese con más tiento. Entendí de repente a esas personas que no tocan la habitación de quien acaba de morir ni quitan ni ponen nada durante tiempos. Ése no sería mi caso, me dije, por mucho que lo comprendiera, pero inmediatamente salí y aparté el coche unos metros de la puerta.

He pensado muchas veces en esos últimos días de mi madre en casa, en ese atarearse para dejarlo todo a punto y en su sitio como si el último día sólo fuera un día más que no tenía por qué ser distinto, un día como tantos, y como si condescender a esa distinción fuera en el fondo aceptar que todo se acaba y se acaba de verdad en uno. Alguien que cuida durante toda su vida que todo esté a punto, me he dicho, que todo esté dispuesto, a disposición, las cosas y el tiempo a disposición y no que, por no estarlo, dispongan ellas y él a su antojo de nosotros, no puede tener mucho miedo. Y así era ella: la comida humeante a tiempo en la mesa, la ropa planchada y fragante para cuando hiciera falta, la leña apilada, los goznes engrasados para que nada chirriase; alguien cuya presencia no se nota y de quien sin embargo toda la marcha de las cosas depende, alguien acostumbrado a pasar inadvertido, a quien nunca hemos hecho mucho caso, y de cuya atención no obstante nos hemos sentido siempre acreedores; alguien cuya forma de vivir para ella no era sino vivir para todo lo demás, empezando por su familia y sus huéspedes y luego todo el resto, la casa, los empleados, el pueblo y el día a día de las cosas; alguien que a veces es como si no fuera nada o no hubiese sido nada, como si no fuera nadie más que la mera asiduidad y solicitud en las que se ha disuelto, el puro celo, el esmero, la exactitud y minuciosidad que cría y provee y mantiene igual que si ella fuera en realidad sólo todo lo otro para ser ella.

En noviembre, me he repetido todo este tiempo aquí tras su muerte, antes de que empiece a entrar el frío. Primero dejaría de salir a pasear por las tardes con la madre de Miguel, que tenía sólo algunos años menos que ella, pero a la que le parecía que salir con mi madre era como salir con viejos, y luego ya, con el tiempo, incluso de pasear a solas. Saldría ya sólo a tomar la fresca y a saludar a los que pasaran frente a su casa, hasta que una tarde dejara también de salir a la puerta igual que había dejado antes de subir al monte o llegarse hasta otro pueblo. Un día acordaría que por favor le trajeran las cosas del supermercado a casa, o por lo menos las cosas de más peso, y enseguida acabarían por llevarle ya todo, y otro, tal vez no mucho después, dejaría ya de recibir visitas o de recibirlas por lo menos con agrado. Quién sabe cuál sería el último día que se sintió con fuerzas para una cosa y el primero que las sintió faltar para la otra y cómo sería ese darse cuenta, pienso a veces.

La verdad es que no la recuerdo nunca fascinada por ninguna de las genialidades de mi padre, y eso que las hacía una detrás de otra, pero tampoco disgustada ni contrariada en exceso. Sólo sonreía; tu padre, decía, como quien dice el nublado o la tormenta, por ahí estará haciendo de las suyas. Y mientras tanto ella cuidaba y procuraba, facilitaba y despejaba y aligeraba y no tenía nunca miedo ni se sentía sola. A lo mejor era esa actitud la que realmente tenía que ver con algo parecido a la perfección, he pensado, y no lo que buscaba siempre mi padre y mi abuelo antes que él y en el fondo buscamos con la mejor voluntad y la peor ingenuidad luego tantos de nosotros. No sé, dijo Julio prorrumpiendo de improviso en una sonrisa triste y escéptica mientras se encogía de hombros; lo único que sé es que al abrir, nada más entrar aquí la primera tarde, esas contraventanas que dan a la carretera y a los rosales que plantó mi padre en la época en que le dio por querer cultivar las rosas más perfectas, me pareció ver volverse de repente un momento a lo lejos, por el margen que me dejaba visible el coche aparcado y con un movimiento que no me era desconocido, la cabeza enhiesta y armoniosa de una mujer que alguien llevaba de paseo sobre una silla de ruedas por la carretera.

Aunque apenas perceptible a distancia, aquel leve movimiento del cuello me produjo de improviso una sensación extraña, como de mareo o sobresalto, o como si revolviera de pronto algo que no sabía muy bien lo que era pero que había estado quieto y olvidado durante mucho tiempo, igual que lo habían estado tantas otras cosas que aquel primer día de mi vuelta parecían querer empezar a destaparse sin cesar.

No reconocí enseguida a la persona que había vuelto tan aprisa la cabeza quizás atraída y luego repelida por el golpe seco de las contraventanas contra el muro –hay tanto silencio aquí que llama la atención cualquier ruido–, pero sí a quien empujaba lentamente la silla de ruedas en dirección a Sotillo. Tenía el pelo completamente gris, aunque era tan abundante y rizado como siempre, y su altivez y gravedad no sólo no parecían haber disminuido lo más mínimo, sino que ni siquiera sufrían el menor menoscabo empujando una silla de ruedas. Es más, daba la impresión de que se hubieran mineralizado, monumentalizado como todo él, hasta el extremo de que parecía ser más bien ella la que se moviera con sólo menear la cabeza o las manos y él quien estuviera impedido. Por lo demás, se diría que nada había cambiado en él al primer golpe de vista salvo la montura de las gafas, que antes era negra y gruesa y ahora metálica y delicada. La misma forma de andar, el mismo inquietante empaque y hasta el mismo desasosiego que antes generaba a su alrededor, aunque supongo que eso sería cosa mía. Pero ahora era la pareja la que desprendía algo equívoco e incomprensible, tan incomprensible como quizás lo fuese también que, por más que me hubieran llegado noticias sobre ello y no se pudiera decir que no estuviese al corriente, de pronto, al verlos allí de sopetón ante mis ojos, todo se me hiciera aún más ininteligible después de tanto tiempo.

Habían pasado quince años desde el accidente, quince largos años en el tramo central de la vida de una persona y algunos más de veinte desde que, una mañana helada de principios de otoño, me había ido de aquí como alma que lleva el diablo, como quien no puede soportar un minuto más el sitio donde está y las gentes del sitio en el que está, y no espera otra cosa que no tener que volver nunca por allí en los días de su vida. Pero quien ahora volvía era un hombre completamente distinto, un hombre de arrugas pronunciadas y cabello ralo que había vivido y había visto muchas cosas que nunca hubiera podido imaginar aquel muchacho que, en compañía de Miguel y Gregorio, de ese Biércoles por quien nadie moverá ya un dedo ni a nadie importaría ver un día colgado de un árbol o desnucado bajo un risco, con veinte años mal cumplidos y sin consentir que ningún familiar nos llevara en coche a la capital, había estado esperando a pie juntillas en la plaza de allí arriba, al punto de una mañana heladora y con una maleta a cada lado, el autobús de línea que nos llevó a coger el tren para Madrid y a poder hacer gala ante nosotros mismos, así ya desde el principio y durante todo el trayecto, de nuestra definitiva independencia, de nuestro viaje inaugural a no sabíamos en realidad dónde, solos, orgullosos y despectivos y valiéndonos únicamente de nuestras propias fuerzas.

Nunca llegamos a comentarlo después mientras estuvimos juntos, como si todo lo que habíamos dejado atrás, la familia, el pueblo, la misma tierra o el clima, nos mordiese o avergonzase allí con su sola mención o su recuerdo, pero es imposible que ninguno de los tres hubiera olvidado aquella mañana. El cielo estaba completamente azul, terso y diáfano como nunca, y debió de ser el primer día de auténtico frío de aquel final de verano. Sólo los padres de Gregorio habían venido a despedirle –a los demás ya les habíamos aleccionado convenientemente–, y se le notaba que se avergonzaba de ello y que no tenía más remedio que afearles delante de nosotros aquella cabezonada de la despedida, aunque en su fuero interno estuviera el pobre seguramente tan desgarrado como ellos. Siempre iban cogidos del brazo cuando iban juntos los padres de Gregorio

–siempre hasta el último día– y tenían un bamboleo característico que se podía reconocer desde lejos. Ahí van, como si fueran novios, decía mi madre muchas veces con una punta de admiración cuando los veía. Les quería mucho y le gustaba que yo anduviera siempre con Gregorio, que sin embargo era un muerto de hambre hijo de dos muertos de hambre para mi padre, gente de pocas luces que no sabe más que trabajar y trabajar para sacar lo justo con que mantenerse sin tener una sola idea en su vida, decía. Un día quiso contratar a su padre a cambio de un buen sueldo, pero el padre de Gregorio, que se llamaba Fulgencio, Fulgencio Martín Arias, y conmigo fue siempre el hombre de lo más cariñoso, lo debió de tomar casi como una ofensa, como si le quisiera decir que él por sí solo no podía mantenerse. Nada, que se deslome como un burro, dijo, y fue entonces cuando, a instancias del padre de Miguel, como recuerda aquí todo el mundo, mandó llamar, o él se creía que mandaba llamar, a Ruiz Solana, que volvió de Bilbao con un mocito ya crecido y ya repipi que se llamaba Enrique, Enrique Ruiz de Pablo, al que enseguida mandaron a estudiar interno a Madrid.

Recuerdo que el padre de Gregorio no despegó los labios ni descompuso el gesto hasta que su hijo le fue a dar el abrazo de despedida; había permanecido tieso, rígido como un palo y sin que se le moviera un solo músculo de la cara ni se adivinara nada de lo que sentía en aquel momento ni de los pensamientos que le cruzaban por las mientes, hasta que al ir Gregorio a abrazarle al final –su madre se desprendió del brazo de su marido y rompió a llorar con desconsuelo– le dijo a él, pero también seguramente a nosotros dos, vosotros sabréis lo que hacéis, pero que sepas que tu madre y yo aquí quedamos para lo que haga falta.

Para lo que haga falta, para lo que sea menester o cuando haya necesidad, y también como es de ley, como Dios manda o como ha de ser, y sin que ello sirva de molestia, como ellos hicieron todo en la vida y habían hecho sus antepasados hasta el último día, y como ellos decían muchas veces al acabar las frases, las pocas frases que decían sobre todo cuando veían que no estaban por escucharles. Era como si no hubiesen salido nunca del mundo de la necesidad, del mundo del deber y la ley y de lo que es menester, como ellos decían, ni hubiesen imaginado siquiera que se pudiese salir de él, todo lo contrario de lo que nosotros estábamos dispuestos a hacer: no salir nunca del mundo de la libertad; pero de eso ya habrá tiempo para hablar más adelante.

Gregorio tenía el corazón desgarrado –no habló luego casi hasta Almazán– y si por una parte le abochornaba el hecho de que sus padres y sólo sus padres hubieran venido a despedirle a la plaza –yo me cuidé de prohibírselo tajantemente a los míos y a la madre de Miguel ni se le pasaría por la cabeza, su padre supongo que debía de estar de viaje–, por otra creo que debió de estar reprimiéndose las lágrimas todo el rato. Para Gregorio, para quien iba a ser después El Biércoles, aquel viaje, aquella ruptura, era también, como para sus padres aunque él no lo supiera, el cumplimiento de lo que hacía falta y de lo que era de ley, de lo que Dios mandaba en el fondo, si bien ese Dios, o por lo menos su ángel mensajero, su ángel díscolo, hubiera ido adquiriendo las facciones de Ruiz de Pablo y su mandamiento se hubiese metamorfoseado en el mandamiento de la libertad. Algo así como «un mandamiento nuevo os doy: liberaos los unos a los otros como yo os he liberado». No te rías, Bertha, no te rías.

Aparte de sus padres, y de los cuatro o cinco hombres cabizbajos y ateridos de frío que esperaban también el autobús en silencio y haciendo como que no veían nada ni sabían de qué se trataba, no había ninguna otra persona ni ningún movimiento en la plaza. Sólo Miguel, que nunca podía parar ya desde pequeño, daba unos pasos arriba y abajo fumando, pero nadie le miraba ni parecía hacerle el menor caso, como si sólo se tratase del contraste necesario para que se pusiera de relieve la completa inmovilidad de todo lo demás.

He pensado luego a menudo en las mil cosas que estaban sucediendo en el fondo aquella mañana o se inauguraban en ese intervalo, en aquella especie de tensa interrupción o pausa de las cosas que era tan difícil de soportar como lo son de ordinario los preámbulos. Si ahora lo recuerdo otra vez, si rememoro aquella espera en la plaza, lo veo todo como detenido en su puro ofrecerse como lugar: el volumen tranquilo de las casas, los perfiles certeros, la reconocida geometría de la plaza, la sólida y veraz materialidad de la piedra, y también el agua continua de la fuente, la tierra, los colores nítidos que estampaba la mañana, todo parecía veraz, certero, sólido y tranquilo, nítido, eterno, pero entonces no podíamos verlo como ahora tras el lento decantarse de los hechos en la memoria. Entonces ese puro espacio, la firmeza arraigada de ese espacio —«pues sobre suelo firme brilla más hermoso el cielo para el hombre seguro», he recitado luego rememorando esa visión de la espera en la plaza—, se compadecía mal con el deseo de que pasara cuanto antes el tiempo y llegara por fin el autobús que se nos había de llevar de allí. Era como si el lugar, como si las cosas todas —que son las distintas componendas de la riña infinita entre lo que son y nuestro modo de mirarlas, decía Miguel al final— se hubieran puesto en fuga de común acuerdo para dejar que sentara sus reales despóticamente el tiempo. El tiempo y su lacayo el deseo, que lo ocupaban todo como si lo demás sólo fuese el escenario de su triunfo. Y así iba a ser en adelante, sólo que el lacayo, como ocurre muchas veces —y nosotros creíamos que siempre—, acabó enseguida mangoneando y subordinando a su señor.

Recuerdo que no pasaba el tiempo ni a tiros —parecía haber usurpado todos los rasgos del espacio— y el silencio era absoluto, o por lo menos era lo primero que se oía aunque estuviera quebrado por el chorro grueso y continuo de los caños del agua de la fuente y punteado por los gorjeos de los pájaros y los mugidos que venían de cuando en cuando de los establos. De repente, en medio de la quietud mineral de la espera, se acercó un perro a beber a la fuente y todos dirigimos la atención hacia él como aliviados por tener algo inocente que mirar y como si aquel movimiento, aquel hecho baladí, reinstaurase afortunadamente el equilibrio de las cosas. No hay equilibrio más que en el movimiento, en la acción, decía al principio Miguel; lo demás es necrofilia, mineralogía. Pero después, en sus últimas cartas, cuando estaba obsesionado por la inmovilidad y por estas montañas lo mismo que por la vida de Anastasio –que era quien se había quedado aquí aquel día–, ese Miguel tuyo que no había parado un momento quieto en su vida ni había mantenido nada más allá de unos meses, como tú sabes mejor que nadie, me escribía que el tiempo no es más que el espejo en el que se miran nuestras acciones y su disparate, decía, es sólo nuestra insensatez.

Como de común acuerdo, continuó Julio al ver que ella no se hacía eco de la alusión más que con un ligero movimiento basculante de la cabeza arriba y abajo, todos coincidimos en mirar de pronto cómo el perro alzaba sus patas delanteras sobre el brocal de la fuente y daba una lengüetada tras otra, y lo insignificante, como en tantas ocasiones, o bien la pura mirada que no sabe ni se pregunta, nos mitigaron la insoportable pesadez de lo que nos aplastaba con sus significados. Luego, todavía con sus dos patas delanteras sobre la pila, recuerdo que el perro pareció mirarnos un momento con una rara y sorprendida intensidad –las orejas enhiestas– y de pronto se fue, y entonces, después de seguirle con la vista calle abajo, creo que todos nos quedamos como si de repente nos hubiesen arrebatado algo fundamental y no sólo hubiese acabado una escena, o como si ese mero acabarse de la escena fuera a la vez lo más fundamental y también lo más insignificante.

Era el perro de Julián, del ciego Julián, me dijo un día, sin vacilar un segundo ni hacer el menor esfuerzo para acordarse, uno de esos cuatro hombres taciturnos y cabizbajos que esperaban con nosotros el autobús aquella mañana haciendo como que no veían nada. Era los ojos del ciego, me dijo, aunque en realidad a Julián le ha bastado siempre con oír para verlo todo, como a los perros les basta con olerlo y a otros, ya ves –y entonces me miró fijamente–, con presentirlo. Se refería a los padres de Gregorio, allí de pie los pobres, cogidos del brazo como

230

dos pasmarotes aquella mañana y sin hablar con nadie, ni siquiera entre ellos, ni moverse un ápice del sitio que habían ocupado al llegar. Gregorio se retiró de su lado torciendo el gesto apenas llegaron los tres a la plaza –un poco más adelantado él y con cara de haber discutido, y ellos atrás con la maleta más pesada que a buen seguro se habría empeñado en llevarle su padre–, pero no por ello desistieron de permanecer allí a pesar de todo, de rubricar hasta el final con su presencia engorrosa, atarugada y pueblerina aquella espera igual que si su gesto no estuviese sujeto a ninguna elección, sino que fuera de alguna incomprensible manera necesario. ¡Ah, esas despedidas!, ¡esas despedidas eternas en que unos padres u otros familiares o amigos, pero sobre todo unos padres, te acompañan desde un buen rato antes de la salida del coche o el tren y se te plantan ahí, tiesos como palos e hincados igual que los postes de la luz, reducidos lo más del tiempo a la mirada o a alguna señal de la mano, abrigados con lo justo para el frío que hace o abrochados hasta el cuello con un calor que derrite, pero siempre firmes y constantes como si su presencia fuera tan ineludible allí como la tierra que se pisa o el aire que se respira, o como si dieran cumplimiento a una ley ancestral, a un designio –que alguna vez comprendería el despedido– que les impidiera moverse por nada del mundo de donde están hasta el último momento, hasta que por fin se va el tren o el autobús y el paisaje no devuelve a la mirada ya nada más que una ausencia! Miran, miran fijamente como si no te hubieran visto nunca hasta entonces o no les hubiera bastado haberte visto cada día desde que naciste, como si sólo se pudiera ver de verdad cuando se está a punto de dejar de ver. Miran con una mirada no se sabe si absorta o penetrante, si aprobadora y condescendiente o bien esquinada, pero en cualquier caso huidiza, extraña, igual que si no fuera de ellos en realidad o el no ser de ellos fuera lo más propio; una mirada que percibe punto por punto lo que tiene delante o bien que tal vez no ve nada porque está viendo de pronto toda la vida transcurrida antes o bien lo que queda por transcurrir, porque está viendo tiempo, tiempo y coágulos de tiempo que reciben nombres de personas y se llaman yo, tú, mi hijo, mi mujer y mi hijo y la vida con ellos; una mirada que tal vez no percibe sino que más bien conforma, que no registra sino que representa e interpreta como si en realidad fuera imposible ver lo que hay o lo que hay delante fuera en parte también lo que no hay. Pero ellos miran, miran y apuran con los ojos cada segundo que falta, y no dicen nada o prorrumpen si no repetidamente en las mismas palabras, en los mismos consejos infinitamente dados una generación tras otra y las mismas advertencias que suenan igual que el ruido de los motores en marcha, cuídate, ¿me oyes?, ándate con cuidado, no dejes de abrigarte y escribe, escríbele a tu madre alguna vez. Pero pasa el rato y no se van; pasan los minutos y pasan los siglos y no se van; han dicho esas palabras ya un sinfín de veces y tampoco se van nunca sino que allí los tienes perennemente plantados, inmóviles como estacas, testarudos como mulos, engorrosos como muebles inservibles y llorosos como animales dóciles y apegados, pacientes y recalcitrantes y acartonados, leales a aquel momento de un modo tan incondicional e irremisible que para nosotros es ya insoportable, igual que lo es para ellos perder un solo gesto o un solo segundo de la compañía del que se marcha porque aquel gesto, o aquel segundo, pudieran ser los últimos. Como los perros a los que se les tira algo a lo lejos o se les da un puntapié o se hace un mal gesto no para que vuelvan, sino para que se alejen de una vez, pero vuelven con la alegría de la docilidad tras cada palo o cada puntapié, así responden ellos ante cada desplante o alusión a que se vayan, a que ya nada hacen allí más que quedarse helados o asarse de calor. Tú no te preocupes, dicen, y siguen mirando y siguen quedándose allí quietos igual que si custodiaran algo de cuya presencia nosotros no nos pudiéramos dar efectivamente cuenta tal vez hasta que, al cabo de muchos años, no nos tocara a nosotros ir a despedir a alguien como si de alguna forma nos despidiéramos a nosotros mismos.

Y al fin llega el tren o llega el coche, aunque parezca ya mentira, y ellos entonces por un momento se sienten útiles;

232

ayudan a subir los bultos, a colocar las cosas, y entonces ya se despiden, se vuelven a despedir una vez más definitivamente y otra vez dan sus últimos consejos, sus últimos cuídate o ten cuidado, no dejes de abrigarte que ya sabes el frío que hace también por allí, aunque ellos se hayan estado helando ahí mismo, en el lugar más helador del mundo. Pero al cabo uno se asoma, uno se asoma de refilón a la ventanilla sabiendo ya de antemano lo que es inevitable, y los vuelve a ver allí en efecto, se los vuelve a encontrar otra vez a pie juntillas, pero ahora con la cabeza empinada bajo la ventanilla desde la que no puede oírse nada si está cerrada ni cabe casi verse según el reflejo, pero sin que eso a ellos les importe lo más mínimo porque lo importante es estar ahí, seguir ahí quietos otra vez como estatuas que desearían expresar tantas cosas o tal vez las expresen, seguir ahí mirando pase lo que pase y saludando de vez en cuando con la mano en alto, una, dos, diez veces antes de que el tren o el autobús se pongan de una vez en marcha y entonces, sin dejar un instante de mirar, prorrumpan en un saludo más estentóreo y digan por fin algo en voz alta que sin embargo ya nunca consigue oírse.

El tren o el autobús echa a andar, y ellos al principio por un momento no se mueven sino que siguen con la vista fija el desplazamiento lento de la ventanilla. Pero enseguida se ponen también a andar en la misma dirección dando grandes pasos al comienzo para seguir el ritmo, para acompañar aún un poco más, y luego ya, cuando a las pocas zancadas ven que no pueden, que se sofocan, con mayor lentitud entonces o bien sólo con la mirada en la dirección del andén o la calle por donde ha arrancado el tren o se está yendo el autobús. Pero ni aun así se van, ni aun así abandonan su actitud ni cejan en su mirada, sino que todavía se quedan allí, de pie, solos y persistentes como árboles que se alejan en el paisaje, apurando la lejanía con los ojos hasta que todo, coche, tren, rostro de su hijo, pasado y futuro, recuerdos y temores o presentimientos, ciudades lejanas y habitaciones de casa, trabajos y miserias y algunas alegrías se convierten en un punto, en un solo y minúsculo punto que se va alejando poco a poco en el horizonte hasta que por fin desaparece y sale definitivamente de su campo de visión para no quedar ya más que en su mente, pero sin que por ello pierdan nunca la constancia de su compostura ni su sequedad, ni se sepa qué es lo que aquellas miradas veían o no veían y qué es lo que sabían de la esperanza y la desesperanza, de la espera y la incertidumbre y lo irremediable de una y otra, y qué sabían a fin de cuentas del tiempo, que nos guiña sus ojos con la desfachatez de las convicciones.

9

El autobús desapareció calle abajo, y al torcer frente a la iglesia para tomar la carretera rumbo a la capital, dos figuras de pie, al abrigo del aire junto al viejo Ayuntamiento en ruinas, se separaron del edificio al paso del vehículo y alzaron de pronto lentamente la mano. La mujer la mantuvo más rato ondeando y el joven apenas si la levantó un momento para bajarla enseguida, pero al volverse atrás Julio de improviso en el autobús nada más haber sobrepasado el indicador que anuncia la entrada a la población, justo donde dejaría Miguel muchos años después el coche al volver, todavía pudo divisar dos bultos oscuros sobre la carretera; ella le pareció que aún agitaba la mano, y él había empezado ya a andar.

A los dos les debí de repetir hasta la saciedad que no se les ocurriera venir a despedirme, le dijo Julio a Bertha ahora con un pesar melancólico; a él, a Anastasio, por cobarde, por no atreverse a venir con nosotros –no te quitarás nunca de encima el olor a enebro y a boñiga de vaca, le dijo Miguel, ni harás nunca en la vida lo que se dice nada, ya ves–; y a ella seguramente sólo por ser mi madre, por no pasar el bochorno adolescente y vergonzoso que pasó Gregorio en la plaza con sus padres, allí de pie como dos pasmarotes hasta el último momento, cuando lo que habíamos decidido era que no podíamos más con todo aquello, con nuestros padres tan sobrios, tan rígidos y trabajadores y pusilánimes los unos, y tan atolondrados los otros como el mío, que no podíamos más de toda aquella tranquilidad pobretona y aquel remanso de inexistencia, de todo aquel aire puro de la sierra y todos aquellos prados y lindes de prados, y de todo aquel inveterado deslomarse de sus habitantes, de todo aquel sufrir y ser tozudos y abnegados para nada que no fuera siempre aquel recocido y maldito inmovilismo de la condena a la tierra, a la nieve y los árboles y a la amenaza perenne de las nubes de Cebollera y sobre todo al destino, a la fatalidad de todo aquel limbo de la vida y aquel mediocre y retrógrado estar fuera de la historia y del mundo.

Nos íbamos al mundo, al mundo ancho y abierto donde todas las posibilidades se extendían múltiples y sugestivas ante nosotros, donde todo era por definición posible, nuevo, hacedero, mejor y, sobre todo, mejorable. Porque nosotros no íbamos con la intención de forjarnos un porvenir cada uno o encontrar un acomodo, como decían y creían nuestros padres, no íbamos a habitar el mundo, sino a cambiarlo, a ponerlo patas arriba, a hacer historia, y no sólo a sufrirla. Con aquella «salvaje tensión hacia el curso de las estrellas» de que hablaba el poema que él nos había leído, «con el presentimiento de la plenitud en el orgulloso iris del entusiasmo», como decía en una de sus propias poesías, nosotros íbamos impregnados de la conciencia de un protagonismo que desprecia todo aquello que no aspira a que las cosas sean como debieran ser o más bien, enmendando siempre el deber con el deseo, como queríamos que fuesen, me digo ahora. Pero también me digo «hacer historia», «plenitud», «la plenitud del desprecio», «el iris del entusiasmo», y recuerdo.

Llevamos un mundo nuevo en nuestros corazones, nos gustaba decir y pensar citando a uno de nuestros héroes históricos preferidos; podemos destruirlo y abatirlo todo cien veces porque llevamos un mundo nuevo en nuestros corazones que poder construir después. Poder, borrachera de poder en el fondo, poderlo destruir todo y construir luego lo que se lleva en el corazón. ¡Un mundo en el corazón!, ¡qué infame y brutal superchería!, ¡qué hermosa ignorancia y qué hermosas palabras y cuánta presunción! Pero eso ha sido una parte de nuestra vida, una parte fundamental, me temo, y también de nuestro siglo. «La vida nueva», decía aquel poema, «la vida nueva nunca disfrutada toma con entusiasmo la nueva determinación de levantarse sobre la locura y el orgullo, placer más dulce e inefable.» Y nosotros fuimos a buscar esos placeres más dulces e inefables, esa comunión en el orgullo del entusiasmo, como él decía, igual que si fuera algo debido y merecido que había que arrebatar. Orgullos, paraísos de hombre nuevo y de vidas nuevas, el despliegue infinito de la propia naturaleza, y luego el mito de la tábula rasa, de la proeza, del pasar por encima de todo «con el filo de la frialdad bien afilado», que escribió en otro de sus poemas. Pacotilla, un siglo abundante de pacotilla y monserga sentimental y mitológica, pero ¡tan hermosa a veces!, ¡tan indignadamente justiciera! Aunque eso lo digo ahora, claro. Te estaré pareciendo muy reaccionario, ¿no es así?

–Sigue –le contestó Bertha.

–El rey está desnudo, claro, le gustaba repetir a Miguel ya desde la época de París (supongo que se lo habrás oído porque lo decía a todas horas); pero no sólo es el rey el que está desnudo (eso sería en el fondo muy tranquilizador, decía), sino que también lo están el encono y la guerra contra el rey. Los oropeles del rey se parecen demasiado a la fanfarria de la guerra contra él, y los motivos de su arrogancia no andan tampoco muy lejos de las razones de la soberbia de los que le quieren derrocar.

Y luego también repetía otra cosa, pero la verdad es que, visto lo visto, da un poco de repeluzno recordarlo, agregó Julio tras una pausa en la que parecía que se había puesto a pensar de nuevo en lo que acababa de decir.

–¿Y qué no da repeluzno a partir de un determinado momento? –repuso Bertha con los ojos bajos, como si los dirigiera más hacia dentro que hacia el exterior.

–Por no acabar a su debido tiempo con las pretensiones del descendiente bastardo –decía, aunque yo no creo que nadie pueda saber en realidad el alcance que les daba a esas palabras–, se tendrá que apechugar toda la vida con las insidias de los seguidores del pretendiente, con la desfachatez de sus asechanzas y la infinita pesadez de sus ambiciones, con la murga insufrible de la guerra que generan y no pueden menos de generar. Si a eso se le llama ser legitimista, pues que me lo llamen, allá quien sea, yo le llamo tener dos gramos de sensatez y pocas ganas de gaitas, y a lo mejor también pechar con el delito de previsión.

–¿Quieres que te diga una cosa? A mí me parece que es como si en el fondo os hubierais escondido siempre todos de él, del otro, que dice Anastasio, como si os hubierais escondido detrás de la fascinación por él o del deprecio o lo que sea, pero como si hasta para referiros a él lo hicierais todavía con miedo o con aprensión, o seguramente con algo más que yo no acierto a distinguir todavía; tal vez como si algo de él fuerais también todos y eso es lo que os provocara verdadero pavor, no sé.

–Puede, puede ser, lo cierto es que con su magisterio y su autoridad –el hijo de una de las familias más pobres del pueblo se había convertido en un catedrático y un poeta respetado y famoso, aunque de ideas difíciles–, Ruiz de Pablo había ido moldeando nuestros deseos y nuestro imaginario a su voluntad, nuestro modo de percibir el mundo y nuestro lenguaje para nombrarlo, y nada resultó más normal, ni mejor visto por nuestras familias, que la decisión colectiva de ir a estudiar a Madrid. A Gregorio, el de menos posibles de todos nosotros, Ruiz de Pablo incluso le consiguió una beca para cursar Agrónomos, una carrera útil y adecuada para una inteligencia despejada y una abnegación como la de Gregorio, que le venían de familia lo mismo que su candidez y confianza a veces sonrojantes. Sus padres bebían los vientos por él, lo mismo que por don Enrique, como ellos le llamaban, y hasta la vuelta definitiva de su hijo y su posterior evolución siempre pensaron que estaba investigando y perfeccionando estudios en las capitales desde las que alguna vez les escribía. Miguel, por su parte, se matriculó en periodismo, un poco a regañadientes de Ruiz de Pablo, que no acababa de estar de acuerdo, y yo, el más devoto de sus admiradores, el más callado y al que por ello tenía como de menos carácter, un poco como mi madre, hice lo que él quería que hiciese y me matriculé con toda mi ilusión en Filosofía.

Gregorio y yo no llegamos a terminar nunca la carrera, y ya ve lo que es la ironía de las cosas: yo he acabado luego volviendo y dedicándome a estos montes, claro que no como agrónomo sino como un simple guarda forestal, y Gregorio, El Biércoles, no es que se haya convertido en un filósofo sino en algo así también como un guarda filosofal, en alguien que guarda o custodia algo a la vez que lo impugna y repudia con todo su cuerpo hecho palabra.

Dicen que encontró por no sé qué andurriales de no sé dónde ese hongo, ese cornezuelo del centeno que los antiguos griegos debieron de tomar al parecer mezclado con vino en los misterios iniciáticos de Eleusis, y el tabernero, ese Alejandro, Alejandro Martín Cuévanos –ya ve qué apellido–, que es el único en realidad que ha mantenido siempre contacto con él y al que es imposible sacarle una palabra o incluso una mirada si no sale de él, se lo debe de destilar con el licor de maguillas o endrinas que le da cada tanto, junto a pocas cosas más, como una especie de pago, o de tributo, según dicen otros, de la comunidad.

Él es el gran transgresor y al mismo tiempo también la ley, decía Miguel, como si la ley no fuera en realidad sino la gran transgresora de la vida de los hombres, la mayor transgresión que hemos cometido contra nosotros, pero para ser también lo más esencial de nosotros mismos: cálculo, previsión, consecución. Y El Biércoles es el fundamento de la ley y a la vez el sentido del terror, el guarda y el ladrón sagrados, el más humilde de los súbditos que se rebaja a las tareas más indignas –limpia las cloacas, entierra a los muertos...– y también el más soberbio de los déspotas, el sentido de la inteligencia y a la vez la más rastrera de las alimañas, lo más impío y el más descarnado cogollo de la piedad. Los gritos que todo el mundo en este pueblo ha oído alguna vez en la noche o por el monte, por las cárcavas más escarpadas o lo más intrincado del bosque, esos gritos que atemorizan y cautivan a los niños y no sólo a los niños y encantan a la pobre hija loca de Anastasio, son –decía Miguel– los gritos de quien ha entrado tal vez, después de un viaje espeluznante, en el secreto —¿cómo se lo voy a decir?— de alguna de las más misteriosas articulaciones de las cosas. Pero es como si ese secreto no pudiera ser revelado, o por lo menos comprendido hasta el fondo, más que a través de la realización de un viaje que contempla entre sus primeros pasos precisamente el de vedarse el regreso. Y si no que se lo hubieran preguntado a Miguel.

Aunque se decía que había perdido hasta el habla —el habla y el juicio dicen muchos, remachó Julio—, en realidad es como si sus palabras se hubiesen liberado a partir de un determinado momento de toda su impotencia de palabras y pasaran a expresar certeramente la cosa, o bien la linde o la tensión exacta entre la palabra y la cosa, con la misma nítida veracidad con que estos cielos expresan los perfiles de las cosas. Y quien alguna noche, en las horas de mayor oscuridad, cuando ya sólo quedan encendidas la luz interior de la casa de la loca y las cuatro farolas ateridas del alumbrado público —los ordenadores de la buhardilla de Ruiz de Pablo—, ha podido verlo cabalgar como enloquecido, saltando de la grupa de un caballo a otro de la manada con que a veces baja de las lagunas de Cebollera, del Retamar de la Aranzana y el Picorzo, y atraviesa al galope el empedrado de la calle Mayor hasta la fuente antes de torcer hacia la casa de Ruiz de Pablo para horadarle, como había dicho Miguel, el sueño de la memoria con el eco de los cascos de los caballos y unas palabras que nadie ha dado en descifrar o se ha atrevido a reproducir todavía, sabe también que ya no se trata en realidad de un hombre, sino de algo tal vez inferior o más probablemente muy superior a nosotros para quien el espacio y el tiempo, la realidad y la ficción, y la vida y la muerte tienen ya otro sentido distinto o bien el sentido de haber penetrado el sentido, de haber franqueado el límite y haberse instalado a la vez en él.

Pero me estoy desviando, me estoy desviando otra vez y no es ahí adonde quiero ir todavía. Déjame ir por orden —Bertha le había preguntado, con un ostensible gesto de impaciencia, que qué es lo que sucedió en realidad para que una persona como Gregorio se pudiera convertir así, de la noche a la mañana como quien dice, en El Biércoles; ¿o es que no se puede decir?, concluyó.

Julio se levantó y entró en la cocina. Voy a preparar otro café, dijo con la misma gravedad con que hubiera podido decir «voy a por el secreto de todo». Desde la sala se oyó primero desenroscar la cafetera –el chirrido del metal contra el metal– y, después del chorro de agua sobre el fregadero, se oyó desenroscar también la tapadera del tarro del café. De repente Bertha percibió un leve golpe seco contra la madera del suelo; era la tapa, que por lo visto se le había deslizado y siguió rodando después de su caída hasta que un ruidoso tambaleo en redondo precedió al momento en que acabó por detenerse. Se representó su recorrido por el suelo hasta que debió de comenzar a perder progresivamente la verticalidad –¿o sería en un momento dado?– y entró en una espiral acelerada, como de peonza, que la llevó a posarse ya horizontalmente sobre su base más ancha. Luego oyó crujir las articulaciones de Julio al agacharse para recogerla y el ruido del enroscado que cerraba de nuevo la cavidad resonante del tarro. Puso la cafetera en el fuego –el tarro en su sitio– y cuando salió el café su aroma se sobrepuso otra vez al olor más complejo y extraño al que ya se había hecho Bertha al rato de estar allí.

Miguel fue el primero y el único que terminó sus estudios, continuó después de ofrecerle más café, y antes incluso de salir de España ya había empezado a hacer sus pinitos aquí y allí y a enviar sus colaboraciones a varios medios de comunicación, entre ellos a uno de los dos periódicos locales de aquí para oprobio de su madre, a la que siempre le pareció la reencarnación de la pesadilla de su marido. Son iguales y acabarán igual, decía a menudo después de la muerte de éste; parece mentira que hayan salido de mi vientre tanto desasosiego y tantas ganas de enredar.

Enseguida encontró trabajo de corrector por las noches en un periódico de Madrid y poco después le buscó sitio también a Gregorio, que desde que se vio con unas perrillas parecía el hombre ya la encarnación de la felicidad más radiante. Con la

241

beca y el periódico, no sólo se mantenía y estudiaba sino que incluso mandaba algún dinero a casa y le quedaba para sus gastos, bueno, para pagar él siempre a la que nos descuidábamos en los bares. A mí me enviaban dinero mis padres y no tenía necesidad de ponerme a trabajar, lo que siempre me creó una situación algo incómoda o que yo vivía como incómoda sin que me resolviera a modificarla. Recuerdo cómo a Miguel se le iban poniendo poco a poco esas ojeras violáceas que tenía, esos ojos hinchados de no dormir y no parar que le daban sin embargo un aire atractivo, como de sufrimiento o de profundidad y misterio, que les gustaba tanto a las chicas, a las que siempre –ya me perdonarás– llevaba de calle para nuestra envidia manifiesta y la secreta de Ruiz de Pablo, que en nada toleraba que nadie estuviese por encima de él. Trabajaba y estudiaba más que nosotros y aun militando, como se decía entonces, también más –aunque siempre a su modo a partir de un determinado momento y con el gesto un poco torcido del que nunca acaba de estar de acuerdo–, sacaba tiempo para hacer sus crónicas en la prensa local y sus artículos de fondo para la clandestina, que fueron, para mayor ironía, los primeros que le censuraron y el primer medio del que le expulsaron.

Pero él no se daba paz, no paraba un momento ni se dejaba desalentar por nada. Si algo fallaba o salía mal –si alguna opción se le escabullía–, buscaba enseguida por otra parte o lo intentaba de otro modo sin dar nunca demasiadas riendas al desconsuelo. Siempre estaba al tanto de un sinfín de cosas a la vez; encontraba fuentes de información inimaginables y establecía contactos en los que a nadie se le habría ocurrido pensar o relaciones asombrosas de las que luego nos avisaba; yo que vosotros no me fiaría, solía decir, o eres un poco alelado, a mí muchas veces. Madrid era el lugar ideal para que se desarrollara ese carácter emprendedor suyo, despierto e inquieto y atento siempre, incansable, aunque también el sitio idóneo para que madurase su creciente desapego, su distancia cada vez más desdeñosa y sus relaciones meramente utilitarias o de interés muchas veces no sólo con las cosas. Ahora cojo esto mientras me sirve o brilla o me fascina y luego lo dejo, cojo y dejo y me sirvo como si el mundo fuese algo que está ahí a tu entera disposición igual que una mesa preparada por una madre solícita. Pero me parece que te estoy molestando, disculpa.

Julio advirtió un mohín de tristeza en el rostro de Bertha, como si algo le hubiese hecho repentinamente sombra o la penumbra sólo fuese cuestión de la luz de los ojos, que empezaron a humedecerse de repente y ella intentó contrarrestarlo con una sonrisa que quiso ser irónica y le salió como pesarosa. Ya me perdonarás, pero con lo mucho que le apreciaba y le he apreciado siempre –en realidad yo siempre quise ser como él–, continuó Julio, había algo al mismo tiempo en él que empezó a atragantárseme en aquella época y a echarme para atrás, y ese algo yo lo identificaba por lo que sea con esa forma suya de coger y dejar las cosas, de agarrarlas más bien y luego soltarlas o tirarlas cuando ya no le hacían falta, de coger por ejemplo el teléfono y luego colgar casi tirándolo con fuerza o por lo menos con lo que a mí me parecía una insoportable falta de cuidado y miramiento. Compraba un periódico y lo hojeaba deprisa y corriendo, descomponiéndolo al pasar rápida y ruidosamente las páginas como quien busca algo concreto que, al no encontrar, hace que ya todo lo demás carezca del menor valor. Recuerdo que eso me sublevaba; a los pocos minutos, nada más haberlo hojeado o comprobado algo en él, algún dato o alguna forma de dar una noticia, ya estaba diciéndonos que si alguien quería leer aquella mierda, y si no se lo cogíamos o decíamos algo enseguida, lo tiraba ostentosamente a la primera papelera que le saliese al paso. Esto es infumable, decía, o esto no hay quien se lo trague. Pero al poco rato ya estaba comprando otro.

Yo creo que compraba un periódico igual que otros, o él mismo, encienden un cigarrillo. Como esas personas que no saben hacer nada si antes no encienden o tienen un cigarrillo entre las manos, él había sitios a los que no sabía ir sin un periódico. Y no era una excepción el día en que, después de haber tirado uno, volvía a comprar otra vez el mismo porque se había olvidado de mirar algo o ver cómo habían resuelto esta noticia o aquel titular o, sobre todo, porque pensándolo bien le interesaba recortar una página para guardarla en su archivo. Guardaba, sí, recortaba y guardaba algunos recortes que le importaban, pero era como si tuviese que tirar mucho o muchas veces antes de pensar en que aquello que había tirado le interesaba sobremanera conservarlo. Pero ya me estoy yendo otra vez por las ramas, ya me estoy empantanando, y a lo mejor de eso es de lo que menos tendría que hablar contigo.

Continúa por favor, continúa, no te preocupes, repuso Bertha visiblemente afectada, como si en aquel momento no le hubiese sido posible agregar una sola palabra más. Retiró la vista hacia la ventana y contempló los viejos rosales de variados colores que precedían a la valla del jardín. Sobre ellos, por encima de las casas del otro lado de la carretera, los robles de la sierra de la Carcaña prorrumpían al último resol de la tarde en los mil matices abigarrados del ocre, y la línea de pinos que coronaba su espinazo zanjaba los matices con la inequívoca nitidez de la perennidad de sus hojas.

A Ruiz de Pablo, Miguel era sin duda el que más le importaba de nosotros, por no decir el único, prosiguió Julio. Con él tenía una relación especial que ninguno lográbamos entender y que a veces parecía de clara debilidad por él y otras de rara rivalidad, de pura inquina. Siempre nos estaba preguntando por él si no lo veía, siempre Miguel por aquí y Miguel —o Héctor— por allí, hasta el punto de que no era difícil —o bien era su intención— que despertara recelos en los demás o por lo menos en mí. De nosotros estaba seguro, sabía que nuestra fascinación por él no contemplaba fisuras y que podía contar con nosotros a su debido tiempo para lo que fuera. Pero con Miguel no las tenía todas consigo. Sabía que podía ser el mejor apoyo llegado el momento, pero también —y nosotros creíamos que sólo por sus dotes y su carácter— su peor contrincante, que podía ser su brazo derecho y a la vez que nadie podía anularle como él; pero sobre todo sabía otras cosas más de las que nosotros estábamos a oscuras, y por eso trataba de estar siempre al tanto de lo que hacía y de por dónde se movía.

Vistos desde la distancia, eran en efecto una pareja rara; siempre a la greña y buscándose las vueltas el uno al otro a partir de un determinado momento que nunca he sabido situar muy bien, pero que debió de coincidir con la época del primer accidente de su padre, y sin embargo siempre sin poder pasarse mucho tiempo en el fondo el uno sin el otro; siempre contradiciéndose y sin embargo siempre esperando a ver lo que decía o pensaba el otro, lo que hacía y sobre todo lo que callaba, como si no pudieran vivir ninguno sin estar pendientes de esa contradicción. Se buscaban, se espiaban, maldecían el uno del otro cuando estaban juntos y cuando estaban separados, y parecía que gozasen discutiendo en público o dándose la espalda: se atraían y repelían como sólo se atrae y se repele a decir verdad lo que es demasiado semejante.

En unas cosas se parecían de hecho como una gota de agua a otra gota, y en otras eran diametralmente opuestos, el perfecto reverso el uno del otro. Ruiz de Pablo nunca se deshacía por ejemplo de nada, todo lo acumulaba, lo guardaba y administraba para que cumpliese en su momento la función que él le asignase. Lo mismo daba un objeto, un dato o un documento que un rencor o una mala pasada, todo, toda humillación o desplante, todo desaire o menosprecio y en especial toda ofensa, desde la más pequeña y ridícula hasta la de mayor envergadura, encontraba acomodo en su conciencia como si ésta fuera un semillero y allí estuviera siempre a la espera, en ciernes, germinando o fermentando y creciendo con la temperatura y el abono adecuados para brotar y estallar en el momento idóneo o bien a pequeñas dosis, continua e insidiosa e irreparablemente. Ruiz de Pablo no echaba nada al olvido y Miguel, sacado de cuatro cosas, jamás conservaba nada, aunque es verdad que una de esas cuatro cosas fue también el encono que siempre le profesó al otro y cuyo verdadero fondo, por mucho que pudiéramos atribuirle efectivamente una causa o la otra, no hemos llegado a comprender de veras hasta hace muy poco.

Por lo demás nunca he visto a nadie como él —¿como él, quién?, repuso Bertha, ¿de quién me estás hablando?, ¿de Ruiz

de Pablo?– que tuviese la certera impresión de manejar los resortes del mundo. Era como si no sólo lo que sucede o puede
suceder dependiera en buena parte de lo que él hiciera o dejara
de hacer, sino que incluso lo que es o deja de ser le tuviera a él
asimismo como fundamento. Hasta que un día, poco después
de que ella se me presentase diciendo que venía de parte de
don Ruiz de Pablo, Miguel –siempre en danzas, siempre en el
disparadero– llegó tarde a una reunión y vio volverse de repente nada más entrar, con una soltura y una gracilidad incomprensibles –la línea de su cuello al descender por los hombros y
el escote, me repitió hasta la saciedad aquella noche–, un rostro
cuya misteriosa severidad contrastaba con la desenvoltura de
unos movimientos que Miguel se hizo la ilusión, o quiso hacerse la ilusión, de apresar y de que le fueran al mismo tiempo indiferentes.

10

Creo que no estoy teniendo muchos miramientos, le dijo Julio acto seguido; ya me dirás cuándo no quieres que siga. Pero en mi descargo, dijo de pronto cambiando de tono y levantándose del sillón, te invito ahora mismo a tomar algo en el Hostal. El perro blanco de lanas se había adormecido desde el principio al pie de su butaca y, al levantarse Julio de repente, alzó la cabeza como si fuera un periscopio y emitió unos leves ladridos. Salieron de casa –el aire era terso y casi se agradecía en la cara– y subieron por la calle paralela al barranco. Una vez dejadas atrás la antigua casa del médico y la mole amarillenta del cuartel, torcieron a la derecha frente a la casona que había pertenecido a la familia de Julio en sus tiempos de esplendor y ante la que éste pasaba intentando no mirar demasiado –tan imponente y agradable era a la vista–, y enfilaron ya la calle Mayor hasta la fuente.

Al pasar junto a la taberna, ambos miraron hacia la ventana por ver si había luz adentro. Casi nunca abría a esas horas –o bien abría cuando le apetecía–, pero a veces se podía ver a Alejandro, a Alejandro Martín Cuévanos, el tabernero, comiendo solo de pie en el mostrador y hablando como si se dirigiera a alguien, o más bien como si, al no haber precisamente nadie a quien dirigirse, él hubiese encontrado entonces las palabras o el habla con que hacerlo. Movía entonces los labios, sacudía la cabeza y extendía el brazo con el tenedor o la cuchara a veces en la mano como quien participa en una discusión acalorada, pero si por azar ladeaba la vista y veía a alguien detrás de los cristales, enseguida devolvía la mirada a la cazuela o la sartén de las que comía directamente, untando con una aplicación inverosímil sus trozos de pan y bajando la cabeza hacia ellos como si ésta tolerara mal la mediación con las cosas. Pero no se veía nada más que la barra recogida y los escasos vasares con botellas en penumbra, y las siluetas de las manillas y los caños de los barriles de cerveza parecían interrogantes inertes.

Ya en el Hostal, preguntaron si podían entrar al comedor a picar algo. Se sentaron a la mesa más alejada de la familia del dueño, que estaba ya cenando antes de que empezara a venir nadie a cenar, junto a las ventanas de delante y al lado del biombo de madera que separaba las mesas donde servían comidas de las ocupadas por los parroquianos del bar, y guardaron silencio mientras esperaban. Del otro lado del biombo venía el alboroto de las conversaciones –el resto del comedor estaba aún vacío–, y Julio no habría sabido decir si ese barullo exasperaba o más bien mitigaba la incomodidad del silencio que de repente se había instaurado entre los dos. Como si el cambio de lugar y distancia entre ellos hubiese desajustado algo que había que recomponer no se sabía cómo o de pronto se hubiesen quedado sin palabras, los dos se miraban y volvían a mirar –sonreían– tratando de encontrar el cabo por donde reanudar la conversación. Aludían a cosas triviales, a detalles descontados, y Julio a veces le miraba los labios o el seno como a escondidas antes de retirar enseguida la mirada. La mesa de Miguel, ¿no es así?, dijo de pronto Bertha desviando la mirada hacia una mesa del otro lado que, según le había dicho Anastasio, solía ocupar Miguel cuando venía. La mesa de Miguel, sí, repitió Julio con el tono del que se queda aún más trabado en la conversación. Las comisuras de la boca se le ensancharon entonces a ella en una sonrisa que inmediatamente trató de dominar, y su rostro cobró un aspecto cuya inexplicable concordancia con la ostensible redondez de su pecho le produjo a Julio una impresión tan intensa –una especie de hormigueo en el fondo del alma, recordó a regañadientes que también decía Miguel– que le impidió tomar la palabra todavía durante un rato más. Ella se debió de dar cuenta y volvió a sonreírle mientras se llevaba a la boca la copa de vino que les acababan de traer, hasta que, de improviso, con una brusquedad inusitada, Julio rompió atropelladamente el silencio con una embarullada serie de comentarios sobre el lugar y las gentes, antes de inquirirle sobre ella y sobre Viena y su vida allí, y de volver, ya después más tranquilo, sobre lo que ella había venido a saber.

Entonces estuvimos bastante sin regresar por aquí y casi sin escribir a casa, tal vez excepto Gregorio, recomenzó Julio, pero luego ya, con el buen tiempo, empezamos a volver de vez en cuando los tres juntos, Miguel a ver y provocar a una madre que acabaría echándole de casa al cabo de los años, y yo a estar al tanto de las chifladuras de mi padre y la ruina progresiva de la fortuna de la familia. Aunque supongo que por lo que también veníamos era sobre todo por los caballos. ¿Has montado alguna vez a caballo? ¡Ah, el temblor de las venas del animal, la potencia en la carne y el resuello de la fatiga, la tensión en las piernas y los brazos y la tierra cabalgada, el placer del dominio, el aire de la distancia! Éramos jinetes consumados, casi una especie de centauros de tan compenetrados como estábamos con los caballos, y a mi padre se le caía realmente la baba al vernos. Esos chicos llegarán donde quieran, le dijo uno de los pocos días que por entonces se dignaba aparecer por el pueblo a Ruiz de Pablo.

Gregorio fue el que regresó más a menudo durante esos primeros años a echar una mano en casa, con la siega de la hierba o durante la matanza, pero luego estuvo mucho tiempo sin volver ni dar noticia y, cuando lo hizo, al cabo de los años, ya entonces no era él. Era El Biércoles, como le empezaron a llamar enseguida, y de ser la persona más afable y bondadosa de esta tierra, pasó a convertirse en la imagen y el depositario de todo el mal que se hiciera o que fuera posible concebir. Ya sabes, hasta a los niños les asustan aquí con llamar a El Biércoles o con que va a venir a llevárselos como no se porten como les mandan.

Pero déjame volver al día exacto en que regresé por fin aquí, abrí por primera vez las contraventanas de casa y vi su cuello, el movimiento grácil y esbelto de su cuello que se volvía de repente hacia el frente, hacia la carretera de Sotillo por la que la llevaban en una silla de ruedas, después de haber mirado intencionadamente hacia casa. Luego, en los diez años que llevo ya viviendo de nuevo aquí, la he vuelto a ver muchas veces ir por un arcén y volver al poco por el otro, pero aquel día fue como si de repente hubiese vuelto a verla de nuevo por primera vez; aunque ahora ya no venía sólo de parte de don Ruiz de Pablo, sino empujada literalmente por él, empujada y acaparada ya completamente por él. La contraseña, el nombre que facultaba o daba paso, se había convertido en aquello a lo que se pasa.

Al principio no comprendía o no quería comprender, no quería informarme ni tener que ver con nada de lo de antes ni con nadie, pero las noticias llegan a su manera aquí aunque no quieras que te lleguen. Y al constatar que vivían juntos –juntos o separados o al lado uno del otro o como ellos sabrán, que allá se las hayan entendido, dicen en la taberna o ahí mismo, al otro lado del biombo–, que estaban juntos desde aquella mañana en que él debió de aparecer de repente por el hospital para llevársela sin dar cuenta a nadie y sin que yo entendiera hasta hace poco cómo le pudo ser posible, pensé que lo mejor sería rehuirla por todos los medios, no acordarme ni inquirir nada, sino convertirla en una de esas personas con las que se tienen conversaciones descontadas y formales las pocas veces que uno se las cruza y no puede por menos de cruzárselas. Me parecía, por otro lado, que era la única persona –mucho más que él incluso, que ya es decir– que podía devolverme a algo de aquello de lo que llevaba quince años huyendo, quince años queriendo olvidar e intentando que dejara de atormentarme, y a la vez quince años pensando en cómo había podido llegar a pensar y actuar de aquella manera. Pero luego, cuando decidí no sólo satisfacer mi deseo de quedarme aquí, sino aplicar incluso la propia dialéctica de Ruiz de Pablo con él –donde menos puede contra mí es justamente lo más cerca posible de él, delante de sus mismas narices cada día, me dije–, la verdad es que, si me tocaba estar en casa, procuraba no perderme nunca el momento en que, al caer la tarde en verano o hacia la sobremesa de los días buenos de otoño o primavera, la sacaban poco a poco a pasear por la carretera, y sobre todo si era él quien lo hacía.

A veces era el portazo de cierre de la puerta de su casa lo que me avisaba, o bien el chirrido de los goznes de la verja; otras, si no había estado atento o me había pasado inadvertida la salida, los solía ver ya por la carretera y los seguía con la mirada hasta donde alcanzaba: los movimientos de la cabeza de ella, los esfuerzos de él por no detenerse nunca a hablar con nadie, su ademán altivo, escultóreo, y la armonía de ella, que parecía estar moviéndose aunque estuviera postrada. En su rostro, y si bien tardé mucho en verlo frente a frente de nuevo, yo siempre me imaginaba sus ojos, sus ojos verdes y abarcadores, como cristalizados en una contradicción, que siempre me querían recordar algo o sacar algo a relucir, pero no conseguía figurarme cómo sería la mirada que le reservaría ahora a él. Sus ojos en el retrovisor, su mirada fija y severa e inmediatamente como abierta y propiciadora, sus ojos vueltos al atardecer o vueltos siempre a otra cosa o a otra persona. ¡Pero no me hagas caso! Lo que más me gustaba –continuó sin hacer la menor pausa– era presenciarlo todo desde el principio, desde que se abría la puerta de casa y la bajaba por la rampa, hasta que la dejaba un momento junto a la entrada del jardín, abría la verja de hierro y la atravesaba con ella para coger enseguida la carretera e ir ya luego empujando lentamente hasta que se cansaba.

Tengo la seguridad de que, por lo menos durante los primeros tiempos, él debió de creer que aquel paseo ante mis ojos debía de ser para mí como si me escarbara en una herida, y por eso supongo también que no dejó de sacarla a pasear ni un solo día al principio de cuantos estuvo por aquí. Tú mismo has acabado por volver a tu propia trampa, no me cabe duda que diría, como si tu destino no fuera otro que el de acudir una y otra vez a ella hasta acabar por caer de lleno. Varias veces te has escabullido, es verdad –tu famoso paso atrás del que tan orgulloso te sientes–, pero ya tendrías que haber aprendido que escabullirte es tu propia forma de estar también cayendo siempre en la trampa.

Me parecía estar oyéndolo –¿tu famoso paso atrás?, dijo Bertha–, y aquella presencia representada era más real que su presencia de carne y hueso allí al otro lado de la carretera. Por el pueblo no se le veía nunca; no iba ya a la taberna ni entraba en el Hostal ni se le había vuelto a ver desde hacía mucho en la panadería o el supermercado, y no se hubiera sabido nunca de su presencia a no ser por esa hora del paseo y por la luz nocturna de su buhardilla, la única –además de la luz de la loca– que lucía por la noche con las contraventanas abiertas. Pero más que su presencia física, él era –y lo había sido siempre– el conjunto de sus representaciones, la sombra que las penetraba y traspasaba y nuestro continuo llenarla y vaciarla para mantener en vigor nuestra fascinación o nuestro odio, pero en cualquier caso nuestro sentido.

Con aquel paseo, él creía ponerme ante la vista cada día aquello en lo que sin duda se figuraba que yo no podía haber dejado de pensar, y su actitud volvía a ser, como siempre conmigo, amilanadora e inductora de culpas. ¡El más apocado y entregado de sus seguidores, de su guardia pretoriana del pueblo, como se dijo alguna vez!, ¡el que menos necesidad tenía siempre de dar su opinión o llevar la voz cantante y el más necesitado de obtener su beneplácito! Pero ahora yo ya no estaba atemorizado, o bien no estaba atemorizado y a la par fascinado también por aquel temor. Ahora estaba fundamentalmente atento. E iba a demostrarle que no sólo lo veía, sino que lo veía además siempre que podía y con la mayor atención posible, desde que salía de casa hasta que volvía a entrar por aquella puerta y en cada uno de sus gestos. Por eso tenía siempre las contraventanas abiertas e incluso las ventanas a la hora en que salían, para decirle aquí estoy y te estoy viendo, y he venido o me he quedado no sólo para verte, sino para no perderme nunca el menor movimiento por nada del mundo. Porque es eso lo que te desafía, no yo, que siempre seré un don nadie a tu lado y además doy siempre un paso atrás y me escabullo, y tú estás hecho en cambio de la madera y el espíritu de los héroes, como nos enseñabas en aquel poema que hay que estar hechos y no sólo del vino de la vida. Pero ándate con cuidado, estaba allí para decirle con mi actitud, porque si es verdad que doy siempre un paso atrás, no es ya un paso a cualquier parte, sino a una parte concreta que tampoco es que esté atrás sino a la vez delante, pues yo me escabullo ya siempre detrás de mi atención, y ella sí, ella sí es la que te desafía, esta atención tan precisa, tan resistente y abarcadora con la que yo no sólo no olvido sino que ostento esa falta de olvido, con la que yo no sólo me detengo a mirarte, sino que detengo el mundo con mi mirada para que sea mundo de otro modo y tú no tengas más remedio que caer en él en falso el mejor día.

Pero no, no te estoy contando nada de lo que quiero contarte, dijo Julio, desalentado o exhausto de repente, como quien acaba de salir de un estado de suma concentración en el que ha derrochado toda su energía; no te estoy contando lo que quiero o por lo menos no en el orden en que debiera contártelo.

11

Lo que no te he dicho, rompió a hablar Julio tras un buen rato de silencio ya de regreso a su casa, es lo que pasó aquel día en Madrid después de que Miguel y yo fuéramos al hospital. Y no es que quiera escurrir el bulto –añadió–, sino que es como si fuera la misma narración la que lo hiciera y se desviara o engolfara a su antojo.

Al cabo de poco empezaría a anochecer y se encenderían en las casas paulatinamente las primeras luces. Los faroles del alumbrado público, diseminados aquí y allá y no en línea y a ambos lados de las calles como en las ciudades, comenzarían a resplandecer algo más tarde y su luz, al principio aún insignificante en medio de los rastros del día, se iría haciendo cada vez más visible y proveedora de visibilidad a medida que fuera entrando la noche. No se vería entonces lo mismo que a la luz del día; se vería menos, mucho menos y casi como si se estuviera viendo de memoria. O bien se vería a lo mejor tan solo de otro modo.

Julio encendió una lámpara y se puso a preparar la chimenea del comedor. Sin que le diera el sol desde hacía ya un rato, la casa se había ido quedando fría y Julio estuvo entrando troncos, entrando piñas y astillas y arrugando papeles sin decir palabra igual que si aquella actividad le absorbiese por completo. Colocaba cada cosa en su sitio como a lo mejor hubiera querido hacer con el material combustible de su memoria o como quien anda sopesando, con apuro pero a la vez con mimo, por dónde sería mejor empezar o incluso si empezar de verdad a contar lo que llevaba ya rato intentando contarle. En el fondo, pensaba, y por mucha confianza o cualquier otro sentimiento sugestivo que le inspirase, aquella mujer no dejaba de ser una desconocida. Aunque tal vez por eso mismo, porque ella era ajena y extraña, necesitaba contárselo, para que alguien, alguien de fuera y de lejos, le devolviera aunque sólo fuese por un momento con su atención una imagen de sí en la que pudiera reconocerse. O tal vez al revés: para que alguien, pero no un alguien cualquiera, sino alguien tan ligado a Miguel que era lo más cercano a él que ahora existía, le dijera «bien, no te preocupes, no te atormentes ya más, ya está y estuvo bien, no tienes por qué torturarte más ni que volver a pensar en ello sino para saber que hiciste por fortuna lo que tenías que haber hecho y lo mejor que se podía hacer».

Así que fuisteis al hospital y ella ya no estaba, dijo Bertha incitándole a seguir sin perder más tiempo. Pero acto seguido, y cuando Julio iba a decir algo, ella misma se le adelantó y prosiguió como quien habla sólo para sí mismo. Un día volveré y tú ya no estarás esperándome, me dijo una vez así como de pasada, pero con una rara insistencia en la mirada que hizo que se me quedara grabado. Él, ya ves, que era el que siempre se iba y nunca esperaba, el que siempre estaba yéndose, aunque ahora tal vez empiece a entenderlo, era el que se quejaba de que un día volvería y yo ya no estaría esperándole; te habrás ido, me dijo, aunque creas que eres la que está más a expensas del otro o la menos deseosa de moverse, o tal vez justamente por ello. Pero yo creía que bromeaba, que era parte de ese continuo juego suyo de las contradicciones si es que no ya pura desfachatez, puro cinismo, algo que pertenecía a ese margen amplio de lo que yo nunca entendía de él y que tal vez precisamente por no entenderlo me atraía más en el fondo, me cautivaba y absorbía más en ese vertiginoso juego del revés que parecía ser siempre la vida para él, ese juego de no querer estar nunca donde se está, de no querer ser nunca lo que se es, de querer ser otra cosa y venir de otro sitio o bien estar siempre pendiente de algo que no está presente, de una partida o una batalla que se libra en otra parte. O simplemente de querer seguir queriendo siempre otra cosa como si eso fuese ya lo único apetecible.

Cuanto más le quería, menos quería él que le quisiese, pero si alguna vez, si alguna vez por azar o por pura mala interpretación suya, creía a lo mejor que le estaba dejando de querer, entonces se desvivía por merecerme y reconquistarme como el primer día, hasta que ya luego interpretaba enseguida lo contrario. Cuanto más le esperaba, cuanto más conformaba mi vida como una espera, menos quería que le esperase y mayor malicia parecía poner en defraudar mis expectativas. A veces me citaba y se iba de repente adrede antes de que llegase, o me hacía esperar y esperar a propósito con el mayor descaro. Pero yo sabía que lo hacía no tanto contra mí, cuanto sobre todo contra él mismo o contra otra cosa, y que era feliz conmigo, que era en realidad tan feliz que no podía soportarlo y tenía que destruirlo, que marcharse para que no fuera ese tiempo de felicidad el que se marchara primero, y serme infiel para intentar saltarse a la torera la inevitable infidelidad del tiempo o continuar siéndole fiel a algo que a mí se me escapaba, a un vacío o una crispación o disparadero que yo nunca sabía si tenía su origen atrás o más bien era simplemente un adelanto. Sé de firme que alguna vez podía haberse quedado en casa unos días más y de repente, cuando menos parecía venir a cuento, se inventaba una excusa para marcharse a cualquier sitio con cualquier propósito, y esa decisión y esa excusa no me cabe duda de que le asaltaban en los momentos en que más feliz era conmigo.

Yo me daba cuenta, y darse cuenta, aunque no fuera entender, era ya por lo menos empezar a darse una explicación, continuó Bertha tras una breve pausa, mientras miraba con fijeza el perfil de la sierra de la Carcaña, una línea neta, limpia y convincente más que nunca ahora al anochecer, pero cuya extrema nitidez era sólo el preámbulo de su inminente desaparición en la oscuridad. Y darse una explicación –prosiguió–, hilvanar o urdir una explicación, es la única forma de seguir haciendo pie, de no hundirse en el barrizal de la desesperación que no es sino el barrizal de la falta de palabras, de la falta de los agarraderos y los arrimos que son las palabras. Es lo único a lo que tendríamos que ser acreedores, a una explicación, y aunque fuera falsa, porque a lo mejor no puede ser de otra forma. A algo que, por lo menos en el atardecer y por unas horas, fuera certero y convincente como ese perfil. Y eso es lo que yo creo que he venido a buscar.

El día del accidente con el coche, intervino Julio luego de un breve intervalo y como si hubiese estado acumulando fuerzas para ello, Miguel la había citado en una cafetería de la plaza de Colón para después de comer. La estuvo esperando desde las tres, la hora en que habían quedado, hasta las seis, y al pie de su mesa, desde la que se divisaba la plaza entera y los coches que la atravesaban perpendicular y horizontalmente en un sentido y en otro –la cafetería está situada sobre una planta elevada–, tuvo siempre a la vista, durante esas tres interminables horas, una maleta grande de viaje que acababa de comprar y, sobre el respaldo de la silla contigua, una funda plegada igualmente nueva con dos trajes en su interior. Sobre la mesa había depositado un libro al llegar del que en ningún momento, a pesar de lo prolongado de la espera, echó mano para leer, pero de entre cuyas páginas sobresalían claramente unos papeles. Eran billetes de avión, dos billetes de avión para el vuelo de las siete y media de la tarde a París.

Se fue solo, y a partir de entonces –ya me perdonarás– siempre he creído que estuvo solo por muy acompañado que estuviera, y aunque sólo mucho después llegara a lo mejor a entender en qué consistía en el fondo esa ausencia. Pero aquella tarde se fue él solo, solo o bien con el puro hueco del tiempo, que es, o por lo menos era para él, como irse con la única verdadera soledad, la de quien no se ha podido librar de esa compañía.

Algo de él se le debió quedar allí esperando en aquella cafetería, en el movimiento circular de las manecillas del reloj y el movimiento a veces horizontal y otras transversal de los coches, de las riadas de coches hacia un lado y hacia el otro continua y alternativamente, salvo en un solo instante en que todo se detiene un momento para dar paso a un cambio de sentido, a que lo que antes era horizontal se convierta ahora en transversal de repente. Luego volvió, volvió enseguida cuando por fin se decidió a llamarme desde París y supo lo del accidente, pero sólo para volverse a marchar de inmediato y ahondar y perseverar más en esa marcha. Lo que pasó aquella última mañana del hospital ya te lo he contado o ya lo puedes reconstruir. Pero no es esto tampoco lo que te quería seguir contando ahora.

Cuando yo era pequeña, no tendría aún ni seis años, atajó de repente Bertha, un domingo mis padres me llevaron a pasear al Prater. No debió de ser la primera vez que íbamos allí, aunque vivíamos en un barrio de Viena muy alejado del parque, pero aquel día sucedió algo que luego recordaría muchas veces como si fuera un emblema de mi vida. En un puesto ambulante, de los muchos que había y hay todavía los domingos por allí, mis padres o, mejor, mi padre –porque era él siempre el que me hacía los regalos– me compró un estupendo globo hinchado, un hermoso globo rojo que yo elegí sin dudar un segundo de entre las docenas de globos de todos los colores que el vendedor tenía sujetos por sus hilos en la mano. Recuerdo que la enorme noria del Prater giraba detrás del puesto de los globos, y que el vendedor hacía aspavientos con la mano que sujetaba los cordones como si se fuera a echar a volar. Sujétalo fuerte, me dijo al dármelo, no se te vaya a volar, y se me quedó grabada su extraña sonrisa socarrona. Tal vez nunca me haya sentido de pronto tan dichosa en la vida como aquel domingo con mi globo rojo en la mano por los paseos del Prater. Caminaba por ellos más ufana que ufana, como si lo que llevaba sujeto y a mi entero capricho fuera lo más preciado del mundo, y la plenitud de aquella alegría siempre me ha parecido luego imposible poder siquiera igualarla. Cuando nos cruzábamos con algún niño y me miraba, yo sabía que le daba envidia no sólo porque yo tenía un globo y él no, sino porque aquel globo encarnado era en realidad el más bonito del mundo, el más rojo y el más airoso y perfecto y hasta el más globo del mundo.

Terminado el paseo, cogimos el tranvía para volver a casa y ya allí, mientras mi madre preparaba la comida, salí a jugar con mi flamante globo rojo más contenta que unas pascuas al pequeño jardín trasero de la casa. Corría con él, lo ataba a la rama de un árbol o bien lo zarandeaba a un lado y a otro. Pero de repente, sin saber cómo ni cómo no, el cordoncillo blanco con que lo tenía amarrado se me desprendió de pronto de las manos y el globo empezó inmediatamente a subir, a subir y subir y a perderse rojo poco a poco en el cielo. Al principio, en un primer momento muy nítido a pesar de lo instantáneo, el cabo del cordoncillo todavía estuvo a mi alcance o me pareció que se balanceaba al alcance de mi mano, y yo salté y salté para intentar cogerlo, pero ya luego aquella visión de la mancha roja ascendiendo más allá de los árboles y de los tejados de las casas me dejó paralizada, con una angustia en el cuerpo que el resto de las angustias y congojas de la vida a lo mejor no ha hecho luego casi más que igualar. Me costó romper a llorar, pero cuando lo hice debió de ser de una forma tan desconsolada y amarga que mis padres se asustaron. Los dos dejaron lo que estaban haciendo y se precipitaron al jardín, pero cuando se dieron cuenta de lo que se trataba, se les escapó una sonrisa de alivio y se pusieron a consolarme como mejor pudieron, sobre todo asegurándome que al domingo siguiente volveríamos a ir al Prater y me volverían a comprar otro globo aún más bonito. Pero yo sabía que aquello ya no sería lo mismo, que era imposible que fuera lo mismo, y ni fue suficiente aquel día para atajar mi berrinche, ni lo fue el domingo siguiente ni tampoco, estoy por decir, el resto de la vida. La pérdida se había producido, aunque fuera de aire en el aire, como me diría muchos años después Miguel medio riéndose, y yo podría tener más adelante otro globo e incluso otro globo más caro o más sofisticado, pero ya también tendría para siempre la experiencia y la marca de la pérdida.

Fuimos en efecto a la semana siguiente otra vez al Prater, y en el mismo puesto del domingo anterior mi padre me compró de nuevo otro globo rojo. Pero ya no era igual, o bien sólo fue igual lo peor. Era tal el miedo que yo tenía a perderlo, a que se me volviera a escapar y a volárseme otra vez hacia arriba por los aires, y lo tenía tan prieto en la mano y con tanto apuro –¿no te advertí que lo sujetaras fuerte?, me dijo el vendedor acentuando su sonrisa socarrona–, que ya apenas disfrutaba, o bien sólo disfrutaba, como empecé a pensar también después, del temor a quedarme sin él, de la cautela avisada y previsora con que lo llevaba en la mano y que ya nada tenía que ver con la plenitud anterior. Y como es el miedo el que engendra la mayor parte de las veces el peligro y no a la inversa, al llegar de nuevo al jardín de casa y de nuevo mientras esperaba a que mi madre terminara de preparar la comida, no sé cómo se me volvió a soltar otra vez el cordoncillo de la mano y otra vez lo vi desprenderse y ascender, primero saltando y dando manotadas al aire para intentar agarrarlo, y luego ya fuera de mi alcance y cada vez más arriba mientras lo seguía atónita con la mirada y rompía de nuevo a llorar.

No sé si alguna vez más me volvió a suceder lo mismo, pero ya nunca creo haber podido dirimir a las claras el placer de tenerlo del dolor de perderlo, o a lo mejor tendría que decirlo al revés, el dolor y la preocupación de tenerlo del placer de perderlo. Porque muchas veces me asalta la duda de si de veras se desprendía de mis manos por azar o descuido, o bien era yo la que en realidad lo soltaba para sentir el apuro y la congoja, pero también la fascinación de la pérdida, del ver desasirse de repente incomprensiblemente de mis manos aquel hilo y luego alejarse poco a poco bandeándose hasta que, primero el cabo y más tarde la mancha roja, desaparecían como un puntito en el cielo.

Se lo conté una vez a Miguel y, a partir de entonces, continuó Bertha, como si fuera un niño al que le gusta que le repitan una y otra vez los mismos cuentos, me hizo que se lo contara en infinidad de ocasiones. Cada vez le íbamos sacando más punta, e íbamos descubriendo más matices y enrevesamientos que yo ya no sabía si pertenecían a lo que en verdad había ocurrido, o pertenecían más bien sólo al relato que yo iba haciendo o que se iba haciendo incluso de alguna forma por sí solo, componiéndose y abultándose o esponjándose con nuestras palabras por sí solo, y alimentándose quizás más de los anteriores relatos que de aquello que de verdad había sucedido, que en realidad se me había escabullido también como un globo dejándome sólo ya con la perplejidad de las palabras.

La ausencia fundadora, decía Miguel, el aire que se pierde en el aire, el vacío en el vacío, la falta que únicamente nos consiente ser libres. Yo creía que lo que más le impresionaba era mi desolación, la mía, la desolación de aquella niña ante una pérdida que de alguna forma inauguraba un hueco que ya nunca lograría colmar, que intentaría colmar siempre, sí, pero con algo que probablemente sabía de antemano que se le escaparía en el momento menos pensado. Pero él quizás había estado hablando siempre de otra cosa. Primero nos acongojamos y abatimos ante esas manos curvadas y abiertas hacia lo alto que han perdido algo que nos parecía fundamental e imprescindible en aquel momento, decía, y luego lo que perdemos es esa misma congoja: ése es el primer día de nuestra libertad. Entonces ya la pérdida es total y ya todo cabe, y ese caberlo todo, esa tremenda oquedad a disposición es el solo fundamento de la libertad. Lo demás son lloriqueos, actos serviles, apuntalamientos de lo que se derrumba. Quien no haya sentido nunca en lo más hondo de su alma un abandono de ese tipo, jamás podrá llegar a ser libre, decía.

Me suenan, me suenan esas palabras y no puedes llegar a saber hasta qué punto, interrumpió Julio; pero sin embargo, y frente a todo lo que pueda parecer, él no podía soportar que se acabaran las cosas, ni los amores, ni las amistades, ni siquiera un libro o una película que le gustase o un atardecer, y más de una vez, en sus peores momentos, me hizo subir arriba del todo de alguna de estas montañas para seguir viendo todavía algo más de luz, aunque luego tuviésemos que bajar a oscuras dando casi palos de ciego.

Sí, no podía soportar que las cosas acabasen y por eso las acababa él de pronto, sin previo aviso ni siquiera de sí mismo y con violencia, dijo Bertha. Se había quedado mirando al frente con los ojos puestos en ninguna parte y, al arquear un momento las cejas en señal de escepticismo, compuso de pronto una expresión que parecía poseer el poder de detener el curso de las cosas. Algunas veces, prosiguió, si estaba a gusto en algún sitio o conmigo, y se daba cuenta de repente de que aquello tenía que terminar o iba a terminar al cabo de poco, se levantaba de improviso y, sin decir una palabra, desaparecía de allí. La angustia que entonces lo poseía creo que sólo él debía de saber lo que era, ni siquiera tal vez yo, que luego siempre lo disculpaba ante mí y ante los demás diciendo que era así y que no se podía hacer nada para que cambiase.

De pequeño, a los nueve años escasos, dijo entonces Julio, sus padres lo llevaron interno a un colegio religioso de Madrid. Recuerdo la tarde de domingo del día en que se fue. Habíamos estado jugando con los caballos y él parecía ajeno a todo y más contento que nunca. Se despidió con soltura de todos nosotros y con ese aire de protagonista que siempre tuvo; pero luego aquella tarde, los menores detalles de aquella tarde y de aquella alegría, me los estuvo recordando durante años como si hubiese sido algo esencial en la marcha del mundo. Las noticias que nos llegaban por sus padres no podían ser más preocupantes. Algunos domingos iban a verle, pasaban el día o la tarde con él de paseo y lo llevaban al cine o a alguna cafetería, pero su angustia cuando acababan esas visitas y esas tardes de domingo era tal que tenía que venir luego a la puerta del colegio un religioso a llevárselo. Chillaba por las noches en el dormitorio, salía por las ventanas y se escapaba por los patios hasta que conseguían dar con él, y en clase respondía siempre de malas maneras, hacía mil trastadas y buscaba con todo su ahínco la forma de que lo expulsaran. Robaba, rompía, no estudiaba, le faltaba el respeto a todo el mundo y estaba siempre deseando armar camorra, y sólo cuando se acercaba el fin de semana en que habían prometido llevárselo a casa se podía decir que se aplacaba. Los esfuerzos que tenían que hacer entonces los domingos por la tarde para ir a buscarle para llevárselo de vuelta eran ímprobos, pues siempre desaparecía cuando veía acercarse la hora del regreso. Hasta que un domingo se montó adrede en un caballo que lo derribó a todo galope y tuvo que pasar meses en casa.

Para cuando quisieron volver a llevarle al colegio, ya habían cursado una orden de expulsión y no hubo nada que hacer. No valieron ni ruegos ni dinero ni propósito ninguno, ni allí ni luego en ninguno de los otros dos colegios de donde también lo expulsaron en menos de dos años. Y entonces, al recibir esa primera carta de expulsión, fue cuando su madre debió de entrar en la habitación en la que estaba postrado y, mostrándosela con todo su disgusto, le dio esa bofetada de la que ya te habrá hablado –¿que no, dices?– y que no pudo olvidar en los días de su vida. Dicen que no lloró, que no pestañeó siquiera, que sólo la miró fijamente un momento –me has dado en el alma, dicen que dijo–, y después se levantó como pudo de la cama y le cruzó a su vez la cara a su madre ante el asombro horrorizado de la vieja criada que tuvieron hasta hace bien poco y que ya entonces era vieja. Le dio una vez y otra hasta que ésta consiguió separarle, que si no hubiera seguido por lo visto hasta vete tú a saber dónde.

Todo el amor, el inmenso y desmesurado amor que le tuvo a su madre y del que no podía prescindir cuando estaba en el internado o tal vez no haya podido prescindir nunca en su vida, mucho menos que de cualquier otra cosa, contra lo que se quiera decir, se convirtió desde entonces en un odio cerril cada vez más profundo y declarado que gozaba haciéndola sufrir lo mismo que ella gozaba apartándolo de su vista y de su vida. Nunca, desde que le echó definitivamente de su casa, dejó de intentar que su madre lo volviera a admitir bajo su techo, de la misma forma que tampoco nunca antes, mientras siguió admitiéndolo a pesar de todo, dejó de volver a ofenderla de un modo cada vez más intolerable. Supongo que ha sido su forma de amarse, de quererse y no poderse soportar o no poder soportar quererse. Pero el caso es que ya entonces, después de su tercera expulsión, se quedó aquí, educándose como los demás pardillos de sus amigos, como decía siempre su madre.

Lo raro es que no te haya contado nunca nada de todo esto, pero aquellas tardes de domingo, aquellas horas que se iban acortando aceleradamente a medida que pasaba la tarde y que concluían con su vuelta irreversible al colegio, fueron algo que le debió de marcar para siempre. Nunca he sufrido tanto ni creo que llegue a sufrir tanto, me dijo en una ocasión ya en París, cuando rememorábamos los días de por aquí, como en aquellas tardes. Por eso quizás tenía que concluir él antes todo lo que creía que iba a concluir, antes y con violencia.

Así era, asintió Bertha, y por eso cuando me llamaron a Viena para darme la noticia de su muerte y luego, ya aquí, cuando me preguntaron que si creía posible que se tratara de un suicidio, lo primero que se me ocurrió decirles fue que sí.

12

Me había hecho tanto a sus abandonos, a sus marchas repentinas e imprevisibles, que lo imprevisible mismo me llegó a parecer lo más predecible, lo menos inesperado y hasta estoy por decir que lo único seguro, continuó Bertha; así que cuando me dijeron que había muerto, que había muerto de verdad en un lugar lejano de una y sin embargo siempre demasiado presente geografía a la que nunca quiso llevarme, fue como si no me dieran en realidad noticia alguna, como si no me dijeran nada nuevo, sino que simplemente me certificaran aquello que yo había estado viviendo una y otra vez desde el principio. El abandono, sencillamente, se había hecho por fin definitivo. Y ya estaba. Porque cada vez que se iba, cada vez que cogía la maleta y abría de espaldas a mí la puerta de casa, o bien apartaba de pronto las sábanas de la cama o el edredón con el que estábamos cubiertos y me decía «se me está haciendo tarde» o «hay que ver cómo ha pasado el tiempo», «ya va siendo hora de que me vaya», «lo siento», «ya tengo que irme», cada vez era en realidad como un anticipo de esa noticia de la que ya sólo me cabía esperar la confirmación definitiva.

Al principio aún le acompañaba a la puerta; miraba a ver si se dejaba algo o le retiraba algún cabello mío de los hombros o de entre los suyos –le ponía bien el abrigo o la chaqueta– y le seguía hasta el quicio mismo de la puerta en el que todavía esperaba que se volviese un momento y me besara, que me dijese algo de repente y ese algo no fuera un cumplido o una ironía –no fuera «y decías que no tenías ganas, pues si llegas a tener...» o «estás guapísima con esa cara tan triste»–, sino tal vez una promesa o, por lo menos, una próxima cita que yo me quedaba esperando desde aquel momento, mientras le miraba bajar por el tramo de escaleras que veía desde el hueco de mi puerta y un peso inconcebible, un peso que sin embargo era un vacío que amenazaba con colmarlo todo, me impedía hacer otra cosa que no fuera vencer mi cuerpo contra el marco de la entrada y dejarlo allí como un residuo, como un despojo apoyado en el quicio de la puerta, aun después de que él hubiese desaparecido ya de mi vista y hubiese oído el eco del golpe del portón que se cerraba abajo ascender por el vano de la escalera como el ahogo por mis entrañas. A duras penas apartaba luego mi cuerpo de allí; entraba en casa, y cerraba la puerta a mi espalda, y entonces el peso del estómago ascendía también por el pecho hasta la garganta, como si una mano me agarrara de las vísceras y los pulmones y tirara de todo ello para arrancarlo de cuajo igual que se hace con un pollo o un conejo en la cocina.

Llegué a temer ese primer movimiento, ese gesto brusco de la mano hacia un lado que aparta de repente las sábanas, como a ninguna otra cosa, como a esa orden acuciante de expulsión que te arroja de pronto del paraíso de cobijo y calor que, manteniendo a raya al tiempo, han cobrado juntos los cuerpos; o como si lo que destapara no fuera en realidad sólo unos cuerpos sino algo mucho más crucial, algo así como la finitud o lo perecedero de todas las cosas. Porque aquella orden no sólo te devolvía a tu cuerpo, a tu cuerpo estricto e intransferible, sino a mucho menos que tu cuerpo, a algo cansado, triste, usado, a algo apagado y frágil en donde ese gesto de apartar las sábanas no sólo ponía al descubierto la desnudez, sino que la dejaba indefensa y desguarnecida, la dejaba sola, y toda su belleza y poder anteriores se venían abajo hasta convertirse de pronto nada más que en vergüenza y desvalimiento, en mero cuerpo desnudo que se veía feo y fofo de repente a sí mismo –que se veía ajado, obsceno– y al que enseguida le daba frío si no reaccionaba de inmediato y se volvía a cubrir o se ponía a hacer cualquier cosa, porque se había quedado a la intemperie de su precariedad.

Las primeras veces –las primeras veces aún venían a verle a Viena de vez en cuando su mujer y su hija–, yo me levantaba siempre de la cama y le seguía al baño. Le encendía el calentador –le sacaba una toalla limpia– y le extendía la alfombrilla bajo la bañera mientras él se duchaba y me empezaba a hablar de repente de un reportaje, de unas elecciones o una guerra como si ya estuviera a mil leguas de mi cama y de mi cuerpo y el rato que habíamos pasado juntos. Con un entusiasmo y una emoción que supongo que me admiraba y entristecía a partes iguales, hablaba de un conflicto o de otro, de una revuelta o un caso de corrupción o una reunión en la cumbre, pronunciando nombres de personas o ciudades que yo oía con una especie de rendida conformidad y por los que a veces le preguntaba también con cariño para hacer ver que le atendía, para intentar estar también donde estaban sus palabras, aunque en realidad me aturdieran y lo que decían no pudiera importarme menos en aquellos momentos en que yo todavía sentía su cuerpo en el mío y sus palabras todas para mí, y no como las que pronunciaba bajo la ducha, que no podían estar más lejos de lo que yo hubiera deseado o necesitado oír entonces: que algo de sus palabras me volviera a abrazar, me volviera a hacer un sitio en el mundo y en ese sitio alentara, aunque sólo fuera por un momento más, la ilusión de que no había sido expulsada.

A falta de ello me dejaba envolver por su tono certero y convincente, por la efusión de sus frases y el nervio que ponía en ellas, pero sobre todo porque era él quien hablaba y su presencia todavía era cierta, nítida y tangible, y por eso yo algunas veces alargaba una mano o acercaba la boca mientras él hablaba para volver a tocarle, pero ya no tanto quizás a él cuanto a su presencia, a la seguridad de que todavía estaba allí frente a mí y yo podía verificarlo aún cuando quisiera y luego retirar la mano o la boca y la cara mojadas y secarlas lentamente en mi toalla

como si me secara de él, y luego ya, mientras él seguía todavía
hablando y hablando, desvelándome seguramente alguna trama
o poniéndome en antecedentes de lo que fuera, lo que a mí
más me importaba era peinarme, cepillarme el cabello o ponerme la bata o empezar a lavarme también amagando una fami-
liaridad junto a él que sabía que era imposible, pero que por
eso mismo tal vez hacía tan maravilloso y terrible aquel momento.

Me hice, con el paso del tiempo, a esa imposibilidad, a esa
terrible maravilla de los momentos, como él decía, y a ese
abandono reiterado que se me incrustó en el alma y se me convirtió en algo prácticamente consustancial, en algo así como mi
verdadera naturaleza o más bien la verdadera naturaleza de las
cosas. Con altibajos, con despechos y congojas y mil tentacio-
nes de dejarle de una vez para siempre, pero también con alegría, me había convertido en lo que él llamaba un habitante cabal de nuestra época, como no cesaba de repetirme, en alguien
que se atreve a vivirla, decía, asumiendo hasta el fondo su radi-
cal abandono. Palabras, nada más que palabras igual que aquellas de las que él tanto despotricaba.

Cada cierto tiempo, cuando una ausencia demasiado prolongada o inexplicable o bien un abandono demasiado angustioso o demasiado cínico se me hacían intolerables, yo rompía
o hacía como que rompía con él y durante un tiempo –durante
el tiempo en realidad que en cualquier caso quizás hubiéramos
estado separados– dejábamos de vernos o de estar en contacto,
hasta que un día, de repente, se presentaba como si tal cosa en
casa o en algún congreso o reunión donde sabía que yo estaba
trabajando de traductora, y entonces yo nunca era capaz de re-
chazarlo. Al principio lo intentaba, o hacía como que lo intentaba y le decía que se fuera, que me dejara en paz de una vez
por todas y se llevara de una vez aquella maldita maleta de mi
casa y no me volviera a llamar ni a traer nunca más ninguna
cosa de ningún sitio, que se largara con Fulanita o con Menga-
nita, que seguramente tendrían más paciencia que yo, y me olvidara ya de una vez. Pero luego acababa por entrarle yo misma

la maleta hasta mi mismo cuarto o sacaba de la papelera, adonde lo había echado con furia, el paquete que me había traído, aceptando su invitación a cenar en un sitio nuevo que acababa de conocer o quería que conociéramos juntos para ver cómo era. No podía echarlo de mi vida, no quería quizás por mucho que creyera quererlo, y así fue como me fui haciendo a él y fui haciendo de mi vida lo que nunca se sabe si a lo mejor una no tenía más remedio que hacer. Al contrario de su mujer, que con todo lo dinámica y lo moderna que alardeaba ser, y que tal vez es sin duda –ya la viste el día del entierro–, no tardó mucho en dejarlo completamente harta y en no volver más por Viena con su hija, a la que luego Miguel iba a ver siempre que podía más para corroborar el hueco de su falta que para otra cosa, creo yo, un poco como su padre con él, ¿no?

Pero el caso es que andando el tiempo, y sobre todo cuando era por la tarde o ya de noche cuando venía a verme, empecé a dejar de acompañarle ya a la puerta y me quedaba muchas veces metida en la cama. Me volvía a tapar, volvía a tapar mi cuerpo cansado y lacio y arrebujado, y hacía lo posible por no oír el agua de la ducha ni el ruido de la puerta al cerrarse, por estar lo menos presente posible cuando volvía a entrar en mi cuarto ya duchado y se despedía o se acercaba a hacerme la última broma o a darme el último beso de adiós. A veces me tomaba luego una pastilla para dormirme, o a veces lloraba o me indignaba contra mí misma, o encendía la televisión hasta que me quedaba dormida y amanecía al otro día con la televisión todavía encendida y las mismas ganas de llorar, de indignarme o volverme a tomar otra pastilla en una habitación donde el olor de la víspera se había quedado frío y era el olor de su ausencia. Pero ya luego, poco a poco, me fui haciendo a la idea, a sus llamadas o llegadas intempestivas y a sus marchas igualmente intempestivas, y lo intempestivo comenzó a ser no sólo mi normalidad sino incluso, y fíjate la ironía, casi la única normalidad que me era concebible o por lo menos soportable. Empecé a ver los ratos con él como un regalo, como una dimensión de más en mi vida que no tenía por qué impedirme en teoría ninguna otra cosa, como una brisa o un viento que de repente sopla y refresca o regenera el aire, pero al que no se le puede pedir, y tal vez ni siquiera desear, que sople siempre; como algo que no se tiene ni puede tenerse sino que llega, y su llegada y el estar en disposición de recibirlo es el modo de poseerlo.

Fui dando pasos adelante también en mi carrera –ya sabes que soy traductora, una buena traductora, creo– y empecé a hacer traducciones simultáneas no sólo en Viena y en otras ciudades de Austria sino también en Suiza y sobre todo en Alemania, por lo que paraba mucho menos en casa y nuestros encuentros se volvieron más difíciles, más complicados de encajar, pero también por eso más atractivos y extraordinarios. Nos veíamos en Berlín unos días y luego a lo mejor en París; una vez en Hamburgo y la vez siguiente por ejemplo en Ginebra o en Frankfurt o donde fuera, y la superposición de las calles y las habitaciones de hotel de las distintas ciudades en las que nos veíamos, de los cafés a los que entrábamos y las vistas desde las camas en las que nos queríamos, se convirtió en nuestro verdadero lugar en el mundo. Una ventana que había dado a la fronda otoñal de los árboles de un parque en una ciudad se superponía al agua nieve de una calle nocturna de otra ciudad flanqueada con lucecillas de Navidad y al sonido de las sirenas de los barcos de otra más que llenaba de vez en cuando el aire sofocante. La sala de un restaurante se unía a la entrada de otro en otra ciudad y el camarero de un café a veces nos lo figurábamos en otro de otro país diferente, lo mismo que hacíamos que correspondieran a veces habitaciones de unos hoteles con comedores de otros y con ventanas y calles y lenguas también de otros. Miguel tenía palabras para nombrar todo aquello, y decía «ubicuidad», «lógicas borrosas», decía «movilidad» y «desarraigo», «indistinción y simultaneidad» y qué sé yo cuántas cosas más, pero sobre todo decía «fragmentación», «época», «el tiempo del fin de los tiempos», y eso era tal vez lo que más nos separaba, que yo carecía de ellas, o que cuando las pensaba o las pronunciaba no sólo en mis traducciones en los congresos, me parecía que no llegaban a nombrar, que se lanzaban y se quedaban ahí a medio camino, agarradas en el aire a una cuerda de seguridad como esos que se tiran de los puentes para hacer deporte, o que eran fallas como nueces fallas.

Siempre me veía entrando y saliendo de puertas diferentes que no eran la mía o cuya superposición tal vez sí lo fuera; puertas acristaladas o de madera, portones antiguos de viejos palacios restaurados o puertas de diseño y de aleaciones extrañas, tras las que relucían los suelos y brillaban lámparas bajo cuyas luces y resplandores indiscernibles e indistintos o tal vez simultáneos yo ya me había hecho a pasar, a caminar enhiesta e incluso un poco altiva y no de cualquier forma como en el pasillo de casa, hasta el punto de que los umbrales de los vestíbulos o de las habitaciones, el traspasar las puertas que él me franqueaba y en las que yo por su amabilidad le precedía, y luego, a los días o tal vez sólo al día siguiente, el volverlas a atravesar cerrando a nuestra espalda e intentando no volver a mirar las habitaciones en las que tan bien habíamos estado y que seguramente no volveríamos a pisar nunca más, se había convertido en nuestra verdadera morada, en nuestra casa en común, donde el resto, las paredes y el techo y los muebles y hasta los pequeños recuerdos, los ponía siempre el tiempo. A él le encantaba, estaba así verdaderamente en su salsa, como se dice, o por lo menos yo así lo creía, igual que empezaba a creer que a mí a fin de cuentas era también lo que más me gustaba. Luego, encima, y si bien cada vez más como un umbral y unas habitaciones y puertas que superponer a las demás, aunque éstas me fueran más conocidas e inequívocas –el sonido de la manilla y la cerradura de la puerta, la luz exacta de la entrada y sobre todo la cocina, el borboteo del agua o la sopa en el fuego, mis sábanas–, tenía también mi casa de Viena y toda la libertad para hacer uso de ella.

Miguel llevaba siempre sus cuadernos y su máquina de escribir, y enseguida su ordenador portátil, por todas partes, y donde mejor decía que escribía sus artículos era en los trenes y los aviones, junto a la ventanilla de los aviones que daba a la inmensidad, al equilibrio de la velocidad y la inmensidad, como él decía, o en las salas de espera de los aeropuertos que daban al inicio y al final de tantos viajes. En cualquier sitio se recortaba su pequeño espacio de recogimiento y concentración que enseguida hacía propio —mi casa, decía—, y lo mismo le daba estar en los vestíbulos de los hoteles donde entraba y salía tanta gente distinta, que en esas mesas pequeñas de las habitaciones de hotel que se asoman siempre a calles diferentes y donde él se había acostumbrado a crearse su propio sitio con las cuatro cosas imprescindibles, entre las que nunca faltaba, incomprensiblemente para mí, una fotografía de esa montaña de ahí delante que ahora tal vez esté empezando a entender lo que significaba para él, dijo Bertha alzando y ladeando la vista, como si pudiera ver en la noche que ya había descendido el perfil de la montaña y quién sabe si superponiendo, aunque fuera por un momento, la imagen de la mole de la Calvilla que había visto de día, de ese monte drástico y pelado como un ariete en el que termina la sierra de la Carcaña, con la fotografía que Miguel llevaba por todo y era lo primero que ponía a la vista.

Recuerdo que al principio me daba no sé qué entrar con él en una tienda y ayudarle a elegir una camisa, un traje o lo que le hiciera falta en aquel mismo momento según el sitio al que tuviese que ir. Lo necesito para esta misma tarde, decía, o mañana sin falta vengo a por él, y a la tarde, o al día siguiente si había que hacer algún arreglo de mayor envergadura, salía de la tienda con su flamante traje nuevo o lo que fuera ya puesto, dejando allí a veces las viejas prendas sucias y gastadas si venía de hacer algún reportaje por algún país lejano o alguna zona menos pacífica o urbanizada del mundo, por alguno de los países del Este europeo, por ejemplo, de cuyas últimas vicisitudes él prácticamente creo que no se debió de perder ninguna.

Aquella absoluta falta de apego, aquel olímpico desdén por una mínima previsión o por la menor noción de economía, supongo que me fascinaban al mismo tiempo que me encogían el ánimo. Me daba duelo ver aquel despilfarro o más bien aquella displicencia ante las cosas, aunque había ocasiones en que me parecía percibir que era como si necesitara hacerlo así forzándose a sí mismo. Yo a veces, y sin que se diera cuenta, mandaba que llevaran las viejas prendas al hotel, y luego las limpiaba y las cosía en Viena o las llevaba a la tintorería para que les dieran un buen repaso. Tenía, y todavía tengo, los armarios llenos de ropa suya, de camisas y trajes y cazadoras, y a veces, cuando de pronto le sacaba algo para salir una noche a cenar o para que se lo llevara de viaje a donde fuera, y le decía ponte esto o a ver si te acuerdas, él entonces, al sentirse cogido por sorpresa no sé si por mí o por el tiempo, o por la estricta evidencia a lo mejor tan sólo del cuidado y la pervivencia de las cosas, solía resolver la situación burlándose de mí o haciendo como si lo despreciara o se lo pusiera por darme gusto, pero nunca fallaba. Berlín, cuando el muro, decía, o Bucarest, o Praga, eso fue lo que llevé en Mostar, lo que me compré en París para ir a Moscú. Siempre acertaba a la primera, y yo le veía de repente la mirada detenida y perdida igual que cuando miraba las fotos de ese monte o se paraba de vez en cuando, como encantado, o tal vez sería mejor decir asustado, por algún movimiento como de vaivén al ver por ejemplo pasar los coches a lo lejos. Y así hacía con todo; compraba esto o lo otro en el momento en que le hiciera falta o le viniera en gana, sin parar mientes en que podía habérselo traído de Viena o de donde hubiera venido, o en que no era la primera ni la segunda vez a lo mejor que compraba el mismo libro o el mismo objeto que además no pensaba volvérselo a llevar. Cogía, echaba mano, compraba y usaba y arramblaba y luego dejaba, dejaba tirado o abandonado como para que todo tuviera el mismo rasero del abandono o el olvido con el que poder medirse de igual a igual o como si ésa fuese ya la única forma de vida consentida. Todo daba la impresión con él de que empezaba y terminaba en cada momento, de que se cogía y se dejaba como se coge un vaso y se llena de agua del grifo cuando se tiene sed, y luego se olvida en el fregadero hasta que se vuelve a necesitar echar mano de él; todo parecía existir sólo para su uso en cada momento como un cuerpo que luego nunca siente cansada y triste su desnudez y como desconcertada, que luego nunca se siente como cesado o como un despojo y al que luego nunca le da frío al destaparse. Todo venía como un regalo y se iba como obedeciendo a un destino, o como venían y se iban aquellos globos de mi infancia que nunca he acabado de saber en realidad si se me escapaban sólo con dolor y congoja, o también en el fondo con su poco o su mucho de placer o de intriga.

En todo paraíso hay siempre tarde o temprano una serpiente, me decía mi madre, que como supongo que sabes era de un pueblo de Salamanca y huyó de España después de la guerra. Vivió en Madrid llena de vida y de entusiasmo aquella época, y luego en París y en Viena unos años llenos de turbulencias y aventuras y sobre todo de amor a mi padre; pero de repente todo se le vino abajo, todo empezó a desmoronarse y avinagrarse. Mi padre, una persona enérgica y emprendedora, con un verdadero don de gentes, se hizo cada día más ácido e insoportable a partir de un accidente de tráfico que le dejó muchas secuelas y que coincidió con un final muy mal digerido de su juventud, y entonces la casa, aquella estupenda casa de Viena en la que habían vivido como en una especie de paraíso tras haberlo hecho en tantos pisos minúsculos y destartalados de tantos sitios, y no solamente la casa, sino la ciudad y el país entero y su cultura se le fueron haciendo cada vez más tristes, más grises y aborrecibles y como vaciados. Mi padre acabó echándonos y gastándose su fortuna con mujeres de tres al cuarto que le complacieron mientras le duró el dinero, y nosotras nos mudamos a un pequeño piso de las afueras. Vi a mi madre volver a trabajar otra vez cada día en lo que le iba saliendo al principio, salir de madrugada con un frío que echaba para atrás y volver ya de noche a sus años; la vi envejecer de repente, arrugarse y enflaquecer y andar desmejorada por el pasillo de casa arrastrando los pies como si de pronto se hubiese convertido en una viejecita. Nunca quiso volver a España; ya no quería hablar más que español conmigo y con las dos amigas españolas que tenía en Viena y cada vez escribía y recibía más cartas de allí, pero nunca quiso volver. Hay siempre un momento en la vida, decía, en que las cosas, si han ido bien, se empiezan de repente a torcer. Puede tardar mucho o poco ese momento, pero siempre llega. Entonces todo empieza de pronto a desmoronarse, te quedas sola o enfermas o te arruinas –a lo mejor sólo envejeces– y empiezas a saber entonces cuál era el verdadero sentido de algunas cosas y el significado de lo irreversible. Todavía no tienes palabras para expresarlo, o tal vez no tienes quien te escuche, pero tú sabes que en todo caso ya no podrás ser nunca feliz a partir de entonces más que a pequeñas dosis, en pequeños ratos pasajeros que no son sino momentáneas cesaciones del dolor o la soledad o la amargura y la melancolía de seguir viviendo. Pero siempre hay un momento en el que te das cuenta de que, si no lo has sido ya, ya no podrás ser nunca feliz en la vida. Ése es el momento en que ves la cabeza de la serpiente asomar en forma de accidente o de hospital o marido o a lo mejor sólo de habitación vacía, recuerdo que me decía. Y a mí, junto a Miguel, me daba por pensar, al recordar esas palabras de mi madre, en que, quizás, si en todo paraíso es verdad que acaba por haber siempre tarde o temprano una serpiente, quién sabe si en toda serpiente no puede haber asimismo siempre, por más raro, oculto o enrevesado que parezca, también un paraíso.

13

¿La quieres mucho, verdad?, le dijo Bertha al día siguiente, casi nada más llegar de nuevo a su casa. Había venido por la tarde, después de comer otra vez, y mientras Julio colgaba con el mayor cuidado su abrigo en el perchero de la entrada –entra, entra, no te quedes ahí, le dijo– ella se entretuvo mirando las fotografías que había a la vista sobre los estantes de la biblioteca. Estaban puestas contra los lomos de los libros, algunas con su marco y otras sin nada, y en casi todas ellas aparecía su mujer, sola a veces, retratada de cara o de cuerpo entero en distintos lugares a los que había ido de viaje, y otras, las que correspondían a los años más recientes, siempre con él en casa o por algún sitio de los alrededores, como aquella que le había llamado la atención ya desde el día anterior. Cuando Julio entró en la sala, acababa de cogerla para acercársela y él también se quedó mirando la fotografía por detrás de ella. ¿Que si la quiero mucho?, repitió como si más que ir a contestarle, se hiciese él mismo otra vez la pregunta.

Estaban los dos en un camino de montaña –era a comienzos de otoño por el color de las hojas– y la fotografía debía de ser bastante reciente, tal vez no haría más de uno o dos años. Julio se disponía a cerrar un paso de ganado que por lo visto acababan de franquear, cuando alguien, seguramente el autor de la fotografía, llamó su atención para que se volviera. Y así aparecía, de espaldas al fotógrafo y en el instante de dejar suspendida la operación de introducir el extremo del último palo de la valla en una lazada de alambre, pero con la cara vuelta hacia quien le llamaba como transfigurada en una extraordinaria expresión de sorpresa. Unos cuatro o cinco metros más adelantada dentro del vallado estaba Mercedes, Mercedes Díaz Serna, la mujer de Julio, y aunque su cara no revelaba que hubiera sido cogida por sorpresa en aquel instante como él, sí denotaba una alegría tan radiante que llegaba a desfigurarla. De repente me lo vi allí, como al acecho tras una revuelta, haciéndome con el dedo la señal impelente de no abrir la boca, le diría por la noche Mercedes tras volver del trabajo, hasta que él mismo le llamó para cazarle justamente cerrando el paso. A Julio le gusta mucho esa fotografía, añadió, y no sólo porque la sacó quien la sacó, sino por lo que dice que supo captar; aunque yo he salido horrenda y el mejor día se la tiro por muy simbólica que sea.

Sí, le había dicho antes Julio, la hizo Miguel, que apareció de repente un buen día sin que supiéramos siquiera que había venido. Esperó a que estuviera cerrando la valla y, en ese mismo instante, la sacó. Luego me la envió desde Berlín avisándome de su siguiente llegada —no me dirás que soy mal fotógrafo, dice en el reverso si lo miras, esencial y definitorio, como el verbo ser—, y ésa fue la primera y la última vez que me avisó de que venía. Porque por lo demás llegaba siempre de improviso, cuando le daba la ventolera o cuando podía, aunque las malas lenguas solían adivinar su llegada según si iba a estar o no Ruiz de Pablo en el pueblo.

Yo me lo solía encontrar de buena mañana al salir a hacer mi recorrido por el monte, solo o bien ya con Anastasio y su hija, o si no, si veía luz por la noche en casa, era él quien llamaba sin importarle nunca la hora que fuese. Aunque otras veces era Mercedes la que primero le veía, como el día de la fotografía. Miguel, ha venido Miguel, entraba diciendo al volver de trabajar si se lo encontraba en la carretera o veía un coche aparcado junto al indicador de la población, y enseguida subía a arreglarse porque sabía que lo más probable era que se pasara por casa. Dejaba siempre su coche de alquiler en el mismo sitio, a las puertas del pueblo, se podría decir, como si algo le detuviera un momento antes o le impidiera entrar enteramente, o más bien como si lo dejara en esa linde como un aviso cuyo contenido sabía que no iba a dejar de llegar a sus destinatarios.

Nadie más, ni del pueblo ni de fuera, dejaba ahí nunca su coche ni ningún otro vehículo, igual que si ese sitio sólo le estuviera reservado a él, y nadie, cuando veía allí un coche, ignoraba a qué oídos tenía que llegar la noticia y tal vez hasta con qué precedencia. Entraban en el Hostal o en la taberna –echaban una voz junto a una valla o tras los cristales de una cocina–, y al cabo de poco todos, pero sobre todo los más directamente interesados, sabían que había vuelto, y cada uno, lo mismo Anastasio que su madre, y nosotros que Blanca o Ruiz de Pablo si estaba en el pueblo, se alegraba o inquietaba al respecto, se irritaba o temía, pero sobre todo se preparaba por si acaso para algo. Y a lo que yo me preparaba era a que me hiciera siempre la misma pregunta que, de palabra o por carta, me llevaba formulando desde hacía tiempo y a la que yo sólo pude responderle con pleno conocimiento en mi última carta y luego ya de nuevo aquí, en ese mismo sillón, la última vez que vino, que fue también la última vez que le vi.

Sí, ya he conseguido las pruebas, por fin las tengo, le escribí, no te puedes hacer una idea de lo que me ha costado. Y entonces él me mandó esa fotografía por correo urgente con una nota. En cuanto mismo pueda estoy allí, recuerdo que concluía, y así fue.

Fue la última carta que me escribió, dijo Julio ya sentados junto al fuego, y el último viaje que hizo. ¿Por qué tiene que pasar a veces tanto tiempo para que aparezca la duda, para que uno empiece a darse cuenta?, me decía, ¿cómo no lo vimos antes? Se refería a algo concreto, que enseguida te diré, pero también a algo más general, a eso que quizás no se pueda definir mejor que con las palabras que dicen que dijo el ciego Julián el día de su muerte, allí arriba junto a su cadáver cuando llegó Anastasio, y luego parece que repitió también según bajaba con su sobrino y se cruzaron con Ramos Bayal, que subía a Blanca y a la señora Remedios en el todoterreno y los debió de poner perdidos de polvo al pasar. Y sí, en esa fotografía efectivamente me retrataba y ya verás por qué, pero retrataba también por lo menos otra cosa, le dijo Julio, antes de levantarse a responder a una llamada al teléfono y dejarle a Bertha con la palabra en la boca: ¿pero qué otra cosa y qué duda y qué pruebas de qué?, le decía con evidentes muestras de impaciencia.

Era Mercedes, su mujer, que le avisaba de que se retrasaría un poco, pero que no se les ocurriera no esperarla a cenar. La tarde anterior, al volver después de las clases, los había encontrado aún hablando en casa. Casi se habían dejado apagar el fuego, y fue ella la que se dio cuenta al entrar y, todavía con el abrigo puesto, pasó por delante de ellos y se llegó a echar un par de troncos. Muy interesante tiene que estar la conversación para que tú te descuides el fuego, le dijo en un tono impertinente que les llegó como de otro planeta mientras se sacudía las manos con amaneramiento –le sonaron unos dijes en la pulsera– y sin haberle dirigido a Bertha todavía una mirada. Había dejado como una estela de frío seco y limpio al entrar y cruzar la sala hasta la chimenea, y en su abrigo parecía que traía impregnada la intemperie. Julio sonrió –arqueó las cejas y las dejó un momento en suspenso en dirección a Bertha–, y se dirigió a la cocina después de haber invitado a Bertha a quedarse a cenar con ellos de un modo que le hizo imposible declinar la invitación. Pues entonces voy a echarte una mano, dijo; pero ahora fue Julio el que se negó arguyendo que hoy día las mujeres donde mejor están es fuera de la cocina. Mercedes fue a cambiarse de ropa –me voy a dar un baño caliente y enseguida estoy con vosotros, dijo– y luego, mientras su marido trajinaba en la cocina, estuvo hablando con Bertha como si hubiera esperado también ese momento desde hacía mucho. Le preguntó por su trabajo y por Viena, por lo que hacía en una ciudad tan bonita y lo fascinante que tenía que ser andar siempre de un lado para otro, de un congreso y una ciudad a otra, pero sobre todo, velada pero insistentemente y a propósito de lo que fuera, intentaba sonsacarle siempre sobre su vida con Miguel.

Mientras le preguntaba, y en particular mientras Bertha hacía lo posible por escabullirse respondiéndole como mejor podía, no cesaba de mirarle fijamente un instante, y no sólo a los ojos, sino también al cuerpo y a cada una de sus formas con una mirada penetrante y como de marisabidilla cuya tácita oferta de complicidad la intimidaba y entristecía por igual, como si fuese a un tiempo acreedora de compasión y disgusto.

Julio acabó por salir y entre los tres dispusieron la mesa. En previsión de que se quedara a cenar, había dejado medio preparado un guiso de cordero con verduras típico de la zona y sacó también una ensalada. Ahí tienes al viejo revolucionario, subrayó Mercedes con retintín, después de que Bertha hubiese encomiado el olor que desprendía el cordero; lo que es en realidad es un buen cocinero y un buen guarda forestal, pero ellos lo que querían no era hacer algo bien o algo útil para la gente, cualquier cosa, no importa lo que fuera pero bien –eso era de reaccionarios y acomodaticios–, sino que lo que querían los muy echados para delante era hacer directamente el Bien y la Utilidad, así como suena, con su buena mayúscula y todo. No querían a esta persona o a la otra, sobre todo si eran sus vecinos y sus familias o las personas que más de cerca tenían que ver con ellos –a quienes detestaban por norma–, sino que a quienes querían era nada menos que al Hombre o a la Humanidad en general, y si para ello había que pasar por encima de éste o de aquel hombre concretos o de todos los que hiciera falta, qué más les daba si era en función de la Humanidad y el Bien en general y ellos se quedaban con la conciencia más tranquila y más limpia que una patena. Y digo bien, que una patena. Igual que los otros, aplastaban también la vida a cada rato, la pequeña, peliaguda y retorcida o puñetera vida de cada cosa, cada persona y cada instante, porque ellos aspiraban a la Vida total, a la Vida verdadera y directa hecha a su imagen y semejanza, sin recortes ni componendas ni cambalaches, y la Vida prometida pasó así a ser la Vida inmediata y total, ya ves. Todo ya, gritaban: la caraba, el no va más, la hostia consagrada de nuevo y el mismo esquema del anuncio y la promesa, lo llamaran como lo llamaran, pero ahora dicho de malos modos, de pésimos modos muchas veces, dijo Mercedes de pronto, y a partir de ese momento casi monopolizó toda la conversación. Conforme hablaba, la primera impresión de petulancia iba amortiguándose para dar paso a la imagen de una mujer aguda, de una inteligencia recelosa y dominante y tal vez también como herida o despechada por algo que ya no tenía remedio. El mismo truco del almendruco de siempre, dijo, el mismo esquema reelaborado ahora por enésima y retorcidísima vez, el mismo patético sueño de los sentimientos más elementales, de la lírica hecha sangre y pulsión política y el anhelo hecho pura y exclusiva fuente de sentido. Quien no vea lo que todo eso ha dado de sí, que no lo vea, pero que deje en paz a los demás de una vez.

Cuando Julio se hallaba ante varias personas –bastaba con que hubiese sólo más de una muchas veces– no era fácil que se arrancara a hablar. Solía permanecer siempre callado en un segundo plano, a la escucha, discreto o inhibido, como si el lenguaje le saliera fluido únicamente cuando estaba a solas con alguien y seguro de su interlocución. Lo mismo que no se puede montar más de un caballo a la vez, solía decir, no se puede hablar tampoco de verdad con más de una persona la mayor parte de las veces. Y en eso siempre había sido igual, por lo que solía parecer de ordinario tímido en público, remiso y partidario siempre que podía de la actitud más conciliadora. Tiene poco carácter, había siempre quien decía, sobre todo si lo comparaba con la personalidad arrolladora de Miguel –su eterno término de comparación– o bien con la de su padre, para quien Julio, según acostumbraban también a decir, no pasó nunca de ser una invención más, una más de sus muchas chifladuras que, una vez ideada y experimentada, pasaba enseguida a engrosar la trastienda del olvido o la ristra de las incomprensiones del mundo. Por lo demás, nunca le había costado cambiar de opinión y con el tiempo, sobre todo a partir de su vuelta o más bien de algunos años antes, de la época ya de París, al ir a expresar en ocasiones alguna idea, se ponía muchas veces de repente a considerarla del revés o bajo otros aspectos o casos distintos a aquellos bajo los que la había pensado hasta ese momento, y entonces le acostumbraban a asaltar tales dudas que, o bien acababa por no expresarla, o si lo hacía era con tales titubeos y salvedades o tal falta de prestancia que era como si no expresara nada en realidad o lo único que expresara fueran sus dudas. Era de ese género de personas que, si por algo llaman la atención, es por lo atentos que están, y a las que la mayor parte de la gente suele hacer caso omiso o bien subestimar ya de entrada como si sólo lo que deslumbra, lo que pisa fuerte e irrumpe con decisión y autoridad fuera digno de crédito. Una persona que decía gracias, que decía por favor o disculpe, si me permite o cuando usted pueda, no hay prisa, no se preocupe, y que no había dejado de decirlo nunca cuando se dirigía a los demás, ni siquiera en la época de mayor ardor y desdenes políticos. Una persona que se desvivía para que quien estuviese con él estuviera a gusto aunque ello le generara a él alguna molestia, que se desvivía por hacer un favor o prestar un servicio y que era consciente de que todo ello redundaba en una aparente falta de personalidad. A veces si sonríes y eres amable, estás perdido, se decía, porque ya entonces creen que eres un don nadie que estás tratando de estar a bien con ellos o de ganártelos para lo que sea. Alguien, en resumidas cuentas, que solía pasar desapercibido, que siempre se quedaba atrás, al lado –un fiel seguidor, se pensaba, un seguro apoyo–, y nunca sufría por no llevar la voz cantante, o por lo menos ésa era la impresión que daba.

No me has contestado a la pregunta que te he hecho al principio, le dijo de repente Bertha al día siguiente, con los ojos clavados en los suyos, después de que hubiera ido a responder al teléfono y cuando ambos estaban ya sentados junto al fuego y habían dejado la fotografía en el estante. Estaba todavía más atractiva que la víspera, como si no sólo se hubiera arreglado con mayor esmero, sino que la calma y el descanso de la noche le hubieran serenado también el rostro. Al concluir la frase, sin embargo, no pudo evitar sonreírle y su sonrisa, que acostumbraba a contener por su tendencia a excederse, resultó tal vez sin querer un prodigio de malicia.

¿Que si la quiero mucho, dices?, repitió Julio mientras se agachaba y arrojaba unas piñas y unos troncos al fuego de la chimenea. Las piñas prendían de inmediato y chisporroteaban como teas impregnadas de resina, hasta que de pronto, al cabo de poco rato, empezaba a menguar la llama súbita que habían producido y en un instante se quedaban reducidas a nada. Lo contrario que los troncos, que tardaban más en arder, pero que cuando lo hacían daban una llama duradera y firme, quizás menos espectacular, pero que parecía que no tuviera que apagarse nunca.

Te contaré una cosa que me ocurrió de pequeño, salió al paso Julio, y Bertha volvió a sonreírle. Yo creo que tendría seis o siete años, aunque mis padres siempre sostuvieron que fue más tarde y que andaría ya por los ocho o nueve cumplidos, pero para el caso es igual. Todavía vivíamos en la época de nuestro mayor esplendor, en la casona grande de la esquina de la calle Mayor que tanto te gustó ayer y que yo procuro no mirar mucho cuando paso por delante, y no sé por qué razón, pero en cualquier caso por un motivo con el que yo no tenía absolutamente nada que ver, me llevé un día una reprimenda y una tunda colosales y completamente inmerecidas. Era la hora de la siesta y mi padre, que estaría enfrascado en su locura de turno –creo que era la época en que le daba por hacer experimentos de inseminación artificial con el ganado junto al nuevo veterinario–, salió de repente de su despacho como alma que lleva el diablo y vino derecho a mí, que estaba tan entretenido jugando solo y sin molestar a nadie en mi habitación. Me debió de atizar de pronto sin mediar palabra un par de bofetones tan sin ton ni son, tan sin comerlo ni beberlo, que la estupefacción que me produjo aplastó cualquier otro sentimiento, hasta el punto de que enjugó completamente las lágrimas antes de que brotaran. Recuerdo en efecto que no lloré, que la impresión de injusticia, de asombro y absurdo fue tan fuerte y tal vez tan inaugural en mí, que paralizó de entrada toda posibilidad de desahogo. Pero entonces esa reacción, esa aparente insensibilidad ante el dolor y el castigo, debió de ser interpretada por mi padre como una forma de rebeldía, como una especie de contumacia o de maligna desvergüenza con la que yo le plantaba cara, y me volvió a arrear otra vez para que aprendiera a reírme de él y a desafiarle. Yo no me reía, ni desafiaba ni me rebelaba contra nada, yo no hacía nada en realidad, ni siquiera llorar, pero eso es lo que precisamente seguía acarreándome un correctivo tras otro que, a su vez, iba aumentando cada vez más mi estupefacción ante todo aquel absurdo y toda aquella injusticia. En cada nueva ronda de tortazos, mi asombro encontraba una mayor corroboración y acaparaba mayormente toda mi capacidad de reacción, así que me era cada vez más imposible hacer otra cosa que no fuera permanecer atónito, y a mi padre, cada vez más enfurecido, le era también imposible no volver a juzgar esa actitud como el colmo de la osadía y de la más redomada rebeldía y rubricarla por consiguiente con una nueva tanda de bofetadas. No recuerdo cuántas me llegó a dar, sólo que de repente mi padre se fue, chillando y encomendándome a todos los demonios, de la habitación en la que yo había estado hasta ese momento entreteniéndome tan tranquilamente y que, con todo mi estupor a cuestas, no me cupo entonces duda alguna de lo que debía hacer. Una de las pocas veces en mi vida, te lo puedo asegurar.

Me hice el firme propósito de no volverme atrás –debía de tener la cara y el trasero ardiendo– y me fui en derechura al desván de los trastos, donde sabía que guardaban una maletita de cuero marrón que me habían traído de no sé qué viaje. En mi cuarto la llené con lo que me pareció más necesario o más mío –a saber qué es lo que consideraría yo necesario entonces–, y sin hacer el menor ruido me deslicé hasta el piso de abajo; abrí como pude la puerta de casa sin que nadie me viera, atravesé el patio y la cancela y empecé a caminar por las calles del pueblo. Era verano y la hora de la siesta debía de estar en su punto más álgido, por lo que no había en todo el pueblo un alma fuera de casa; así que nadie cayó en la cuenta de aquel renacuajo que andaba decidido y absorto por las calles con su maletita de cuero en dirección a la salida del pueblo. Recuerdo las fachadas soleadas de las casas, la luz como detenida y vitalicia, absoluta, cristalizada, los adoquines del suelo y las referencias conocidas que iban quedando atrás: las casas de mis amigos, la taberna, la farmacia, la fuente de la plaza y luego el cementerio y los prados contiguos del padre de Ruiz de Pablo. Acabado el pueblo, seguí impertérrito todavía por el camino del camposanto adelante y luego a través de unos prados hasta que de pronto, al ir a abrir una cerca para salir a la carretera, levanté la vista y me detuve por primera vez desde que había salido de casa.

Todo estaba inmóvil, blanquecino, lejano, no pasaba un solo coche por la carretera ni se veía una sola persona y, de repente, como por ensalmo, todo se había vuelto extrañamente desconocido y ajeno. Era como si toda la intemperie posible –el sol, recuerdo perfectamente el sol– se hubiera concentrado y desplegado allí ante mis ojos, como si toda la exterioridad que fuera posible concebir, todo lo ajeno y extraño, se hubiera dado cita ante mí en aquel momento. Debí de contener la respiración, y de pronto me di cuenta con desconcierto de que una ligera brisa mecía primero las hojas de los árboles y luego, más silbante y prolongada, también las matas de las hierbas que me rodeaban. Sentí miedo, sobrecogimiento, un desamparo súbito que me iba subiendo desde las piernas y el estómago y se apoderaba del pecho y la garganta, y entonces probé a defenderme con lo único de que disponía: nombrando, intentando nombrar lo que se me alcanzaba de toda aquella intemperie para que el mundo no concluyese allí. Pero sólo me alcanzó para decir «la carretera» y «más allá el cruce», «los llanos de Chavaler» y «el puente de Zarranzano», como tantas veces había oído decir, «la ciudad con sus tiendas y sus luces» y «la curva del río», y ya nada más, o ya no sólo nada más, sino que ni siquiera estaba seguro de si seguiría sabiendo decir todo aquello si abría aquella cerca, si la atravesaba y seguía adelante. Más allá ya no había mundo porque ya no podía nombrar, porque ya no tenía la seguridad de hacerlo ni las palabras me decían o emplazaban las cosas, me las hacían mías o incluso las creaban, ya sólo había un todo indistinto y ajeno, una especie de solidificación de la extrañeza y el sonido del viento en las hojas. Apenas me tenían las piernas, pero di la vuelta y me volví poco a poco con mi maletilla de cuero a casa donde ya andaban todos revueltos.

Ése fue mi primer paso atrás, el primero de una larga serie de fundamentales pasos atrás que han marcado mi vida para bien o para mal y en todo caso para hacer de mí lo que ahora soy. No sé si te he contestado bien a la pregunta que me has hecho.

14

Nos gusta una persona, nos atrae su carácter, la modalidad de su sonrisa o el nacimiento de sus senos, pero no nos atrevemos a franquear la cerca y dar ese paso adelante que nos adentre por una intemperie sin nombres, por un espacio que nos devuelve la insuficiencia de las palabras que no aciertan a hacer pie de nuevo por ningún lado al principio. No hay mundo más allá de la cerca, más allá de la proclividad de su seno o el tono con que ella se dirige a ti, porque todo está por nombrar. Las cosas y el tiempo se diría que recobran de repente su virginidad perdida, y se ponen a la espera de que un lenguaje común principie a nombrarlos, dijo Julio, eligiendo con cuidado las palabras mientras escarbaba lentamente con el atizador en el rescoldo del fuego.

Y estamos por el contrario con una persona, continuó, vivimos cada día a su lado desde hace un tiempo que de pronto nos parece ya todo el tiempo, y de nada vale preguntarnos si nos gusta, si nos atrae su carácter o nos cautivan todavía las formas de su cuerpo o el sesgo habitual de sus observaciones. Porque en ella, y en esa vida con ella, está el mundo y las cosas del mundo se nos conceden a las palabras que pronunciamos en común. Al principio también fue la intemperie, y cada frase, que se medía con la inmensidad como el primer hilo segregado en una tela de araña, creaba el mundo al nombrarlo: la luz, las aguas y los montes, pero también el miedo y el amparo, el gozo y la inseguridad, el presente y el futuro e igualmente el pasado y la imagen acordada de cada cosa. Con cada frase se recortaba un poco el abismo, se aquietaba un poco el caos, se acercaban los cuerpos y lanzaba una pequeña balsa en las agitadas olas del vacío. Se daba nombre a algo y eso era un paso adelante, se conseguía explicar algo o escuchar algo de veras y era otro paso, y de pronto la intemperie a cielo abierto estaba poblada de referencias, de vínculos y conexiones, y el cambio destructor, la vorágine de la extrañeza, podían ser afrontados con la entereza de tener de nuestra parte el arrimo de las palabras. El mundo estaba creado, la tela de araña tensa y al mismo tiempo blandamente tejida y el vacío navegable. A lo mejor el mismísimo Dios no hizo otra cosa que nombrar y propiciar que le escucharan al crear el mundo.

Miguel le llamaba amor a ese designio de crear siempre y cada vez el mundo, prosiguió dejando el fuego y dándose ahora la vuelta hacia Bertha, a ese empeño de franquear siempre la cerca y adentrarse en la intemperie para nombrar de nuevo y desbaratar enseguida lo nombrado y que así tal vez no hubiera ni duración ni lugar, sino sólo el puro acto de crear y destruir e inventar de nuevo. Otros llamamos amor a lo creado, a las cosas que, tozudas en el tiempo, continúan respondiendo a sus nombres, al plano levantado poco a poco por una mirada compartida o, déjame decirlo así, a la topografía de la compañía. Y aún hay un tercer tipo, el que llama amor no al crear ni a lo creado sino sólo al creador. A ellos pertenece Ruiz de Pablo, y también muchas, infinitas nuevas camadas de ruicesdepablo. Ellos son el amor del futuro, el puro creador como amor, que ni necesita ya amar a su criatura ni al acto de crear sino sólo a sí mismo, rubricó Julio con un escéptico deje de desdén.

Pero lo creado, a diferencia tal vez de las otras dos modalidades, exige sus cercas y sus empalizadas, y también el dilema continuo u ocasional de franquearlas o echarse para atrás. Esa escena de mi infancia que te acabo de contar fue mi primer paso atrás. El primero, pero luego ha habido otros.

¡Cuánto azar, cuánta casualidad e inconsecuencia hay en el

hecho de que estemos con una persona y no con otra!, interrumpió Bertha asintiendo a su modo, ¡de que pasemos una parte importante, o incluso la mayor parte de nuestra vida, compartiéndolo todo con esa persona o estando siempre pendiente de ella y no de otra o de otras! El mundo pende de repente de las palabras con que lo nombra esa persona, del gesto con que lo hace; adquiere una ordenación y un encaje nuevo en ellas e incluso un cobijo, y luego ya no podemos dejar de vivirlo durante mucho tiempo, durante todo el tiempo a veces de nuestra vida, más que con arreglo a esa hechura. Se dilata o se contrae respecto a esas palabras, muestra sus flecos, sus ribetes, su hilaza fina o basta y hasta sus inmensos jirones y descosidos, pero ahí está, existiendo porque te ha sido nombrado de la misma forma que existes tú porque lo nombras. El amor es sólo en realidad una cuestión de lenguaje.

Yo conocí a Miguel siendo muy joven, o a lo mejor tendría que decir sólo que empecé a estar con él desde muy joven, pues tal vez sea únicamente ahora, en esta rebelión mía contra el hecho de que haya muerto, cuando lo estoy conociendo de veras, recomponiéndolo o incluso recreándolo de nuevo con vuestra ayuda. Cuando estaba conmigo, o bien cuando yo estaba con él independientemente de lo que él lo estuviera conmigo, acabé por hacerme completamente a él y a su modo de vivir y de amar casi sin rechistar, porque terminó en efecto por no haber mundo suficientemente nombrable para mí fuera de él, como tú dices. Nombrar es ya dar significado y él se lo daba a las cosas para mí. Pero ahora, cuando me hace falta volver a encontrar sentido a cada cosa para que el mundo vuelva a serlo para mí, necesito decir, al menos para empezar, las palabras que me rebelan contra él y al mismo tiempo las palabras que lo vuelven a crear. La rebelión ante la muerte de las personas que amamos, o simplemente ante su desaparición de nuestro lado, es también la conciencia de que, sin ellos, las cosas ya no nos responden cuando nos acercamos a ellas, o bien, si nos responden, lo hacen de malas maneras, desairándonos o dándonos la espalda o bien mostrándonos sólo el vacío que ellos dejan o la réplica de todos los vacíos que es el tiempo. Mostrándonos que a partir de entonces nos toca nombrar a solas cada cosa, y nombrar a solas es el nombre de la soledad verdadera.

Por eso he venido aquí, para no nombrar a solas a la persona a la que más he querido en mi vida aun sin tener ninguna certeza de que él también me quisiera de veras o bien como yo hubiese querido que me quisiera, para no darle vueltas y más vueltas a solas a lo que él fue o dejó de ser en realidad y a lo que pasó y tal vez fueron todos esos años y fuisteis vosotros en ellos. Así que cuando me hablas de que por fin habías encontrado las pruebas, quiero saber por favor de qué estás hablando para no seguir diciéndomelo yo todo a solas aún más, lo mismo que quiero saber por qué Gregorio se convirtió en El Biércoles o lo que es igual, pero al revés, según intuyo, cuáles fueron tus sucesivos pasos atrás. Y qué era o qué es de verdad Ruiz de Pablo y sobre todo qué fue para Miguel.

Ya ves que no te aturdo con preguntas sobre esa Blanca, Blanca Álvarez Soto o como se llame, o sobre ninguna otra mujer. No son celos, no son celos lo que he tenido casi nunca, ni siquiera luego, cuando al final se fue a Berlín, pero sobre todo no son celos retrospectivos ahora. Es otra cosa, subrayó Bertha.

La tarde se estaba poniendo, y por encima de la línea nítida de la sierra de la Carcaña aparecían tonalidades rosas que irían virando poco a poco, sin solución visible de continuidad, hacia los rojos y cárdenos que de allí a poco despedirían el día. Bertha se arrellanó en el sofá –Julio callaba– y por un momento pareció que sus ojos denotaban un profundo desamparo, hasta que de pronto, como subiendo de un pozo o más bien entrando de una intemperie, prosiguió. Tenía poco más de veinticinco años y la alegría de mis primeros días de trabajo en la primera ocupación seria de mi vida, cuando le conocí. Fue en las oficinas de la agencia de prensa para la que empecé a traducir, en el ascensor más bien, y el encuentro, si bien se mira, no podía ser ya más significativo. A lo mejor es como todos los primeros encuentros, que, si uno sabe atender a los detalles y leerlos como si fueran en realidad parte de una novela –quizás no son más que eso–, abrigan ya la estructura de la relación que está estableciéndose en esos momentos, de su naturaleza y su futuro desarrollo. Él ya tenía entonces ese aspecto de hombre joven pero maduro, o bien al revés –como casi todo en él, que nunca se sabía si era al derecho o al revés–, ese aspecto de hombre maduro pero de algún modo joven, curtido y misterioso, con el bigote extraordinariamente poblado y la barba rubia de pocos días, la frente surcada por profundas arrugas y esa nariz tan afilada como su mirada. Vestía con buenas prendas pero como de aventurero, arrugadas y puestas de cualquier forma igual que uno de esos reporteros de países lejanos que vemos en la televisión y que no esperas encontrarte nunca bajo techo o en unas oficinas.

Yo acababa de entrar en el ascensor, tan contenta con mi traducción lista para entregar. No había hecho más que pulsar el interruptor de la planta a la que me dirigía y aguardaba a que se pusiera en marcha con esa mirada y esa actitud vacía que tenemos en los ascensores, cuando de repente vi entrar a la carrera en el último momento, con las puertas que ya se estaban cerrando y que él volvió a abrir con un movimiento brusco y decidido, una especie de torbellino impetuoso que hizo tambalear toda la caja del ascensor. Más que entrada fue una irrupción, fulminante y ruidosa. Yo me aparté a un rincón como para dejarle sitio todavía –en realidad se me había echado encima al entrar– y él simplemente se llevó el pelo hacia atrás con la mano y me miró –yo creo no haberle quitado un ojo de encima–. De pronto, ya con el ascensor en marcha y sin haberme pedido disculpas, se dirigió a mí; no soporto el silencio en los ascensores, me dijo, así que ya está usted contándome cómo se llama y en qué sección trabaja, haga el favor. Inmediatamente descubrí, no sólo por su acento, que era español y me dirigí a él en su lengua. Tal vez si no hubiera sido así, aquella mezcla de galantería y desfachatez, de simpatía y grosería al mismo tiempo y de atractivo a la par que repulsión, me habría hecho seguramente ser más cortante, pero le contesté de inmediato y con una alegría que a mí misma me sorprendió y él no dejó de advertir. Me llamo Bertha, soy traductora y mi madre es española, le dije muy desenvuelta, con un tono supongo que un poco repipi; y era imposible haber imaginado en ese instante la de veces, la de momentos y situaciones distintas en las que volveríamos a pronunciar en el futuro esa misma frase, así con esos tres componentes y por ese mismo orden, en los tonos más diversos y con la hilaridad y la ironía más inacabables. Al teléfono desde donde fuera o en compañía, en las presentaciones a quien fuera o en la intimidad, aquella primera frase que yo le dirigí fue para nosotros no sólo un socorrido motivo de broma, sino una especie de talismán, de contraseña o ganzúa que abría todas las puertas atascadas por un enfado o un mal humor y nos devolvía, como por arte de magia, a la maravilla de la fluidez y la enrevesada alegría de vivir. ¡Cuántas veces no me la habrá dicho con los tonos más refitoleros, coquetos o angelicales posibles! Era como el recordatorio de que, a pesar de todo, a pesar de los pesares, en el cajón cerrado y sin perspectivas de cualquier momento siempre se pueden abrir de repente las puertas y hacer irrupción lo imponderable.

Cuando llegamos a la planta donde yo tenía que salir, y con el mismo gesto brusco y decidido con que momentos antes había abierto las puertas que estaban cerrándose, pulsó de pronto el botón de la última planta sin darme opción a salir. Usted irá a la última planta, pero no sé si se ha dado cuenta de que yo no he bajado en la mía, le dije intentado controlar el sobresalto. ¿De verdad?, no me he dado cuenta, contestó sonriendo, y la ironía de aquella sonrisa tenía bajo sus bigotes un embrujo inexplicable. En cuanto lleguemos arriba, volveré a apretar el botón de la planta baja y así podremos empezar de nuevo, agregó intentando percibir en mi expresión si empezaba a enfadarme o aquello me hacía gracia. Debió de advertir que me hacía gracia, la verdad no sé por qué, y al cabo de pocas frases más me invitó a tomar un aperitivo, cuando usted haya entregado todos esos papelotes, recuerdo que me dijo.

Y así empezó todo entre él y yo, en ese habitáculo cerrado

y sin aire y subiendo y bajando en el vacío, ya ves. Y por esa inmensa casualidad de que justamente en ese preciso momento yo me encontrase allí, donde sólo iba a recoger y entregar trabajo de tanto en tanto, y él llegara precisamente en esa décima de segundo; porque una décima de segundo después no hubiera podido abrir las puertas del ascensor y no nos hubiéramos conocido nunca seguramente en la vida.

Sí, muy suyo, dijo Julio sonriendo, no soportar que algo se le cerrara en las narices o más bien que nadie ni nada le dejara fuera, cortado, o bien dentro si no era él quien manejaba los mandos. Recuerdo esa frase cuando me habló de ti por primera vez. Era raro que hablara de sus conquistas y por eso supongo que se me quedaría grabada, pero la recuerdo perfectamente: se llama Bertha, es traductora y su madre es española, es verdad que me dijo, y luego hizo las apreciaciones físicas que te puedes imaginar, añadió Julio con intención, pero ya antes de acabar la frase, Bertha se percató de que se estaba arrepintiendo de estarla pronunciando. Le sonrió, y esta vez dejó que su sonrisa se afirmara y desparramara sin reprimir su desbordamiento.

Le costó reponerse a Julio, pero ante el silencio un poco tenso que se había creado de pronto –crepitaba la madera en el fuego que a veces se oía también chisporrotear y el viento había arreciado tras los cristales– decidió ordenar la conversación y reanudar lo que había dejado antes en suspenso.

El segundo paso atrás –o más bien tendría que decir el tercero, pero de ése ya hablaremos más tarde– fue el más decisivo en mi vida, y tuvo lugar después de aquella última visita frustrada, de Miguel y mía, al hospital para ver a Blanca durante su convalecencia. Y ahora sí que no voy a tener más remedio que contarte por fin lo que ocurrió, le dijo Julio mientras se levantaba y se dirigía al mueble bar. ¿Te apetece un coñac?, ¿un poco de licor de maguillas?, le preguntó solícitamente y, ante su reiterada negativa, cogió la botella de coñac y se sirvió él medio vaso.

15

Miguel –como recordarás– volvió de París para ver a Blanca en cuanto supo lo que había sucedido, y al día siguiente de su llegada fuimos al hospital. Yo acababa de recibir de la Organización una llamada en la que me emplazaban a estar preparado para algo, para salir de viaje, como decían, y no fallar esa vez, y durante toda la noche, que nos pasamos en vela hablando, o mejor, discutiendo sin parar, Miguel me puso en guardia con sus mejores y sus peores palabras. Me hizo una descripción descarnada de la boca del lobo en la que poco a poco nos habíamos ido metiendo, increpando a cada rato y llamando a cada cosa con un nombre nuevo y opuesto a aquel con que antes las nombrábamos, y me exhortó como pudo a que lo dejara todo ahora, decía, que todavía estaba a tiempo y me fuera con él al día siguiente a París después de ver a Blanca. Pero yo no podía hacerle caso; le daba la razón en mi fuero interno y me daba cuenta de que no sólo la tenía, sino de que todo aquello podía ser en efecto algo repugnante y siniestro, como él decía, pero sin embargo algo me impedía hacerle caso, algo lo suficientemente arraigado o enrevesado como para que aquel vendaval de sus palabras no consiguiera ni arrancarlo de cuajo ni siquiera desmocharlo, sólo bambolearlo de un lado a otro, pero como si sus raíces estuvieran tan firmes que ninguna fuerza externa pudiera abatirlo. ¡De qué poco valen muchas veces las palabras sensatas de los otros, las palabras razonables, y cuánto y por cuánto tiempo las palabras que nos han persuadido una vez con el brillo del entusiasmo!, ¡qué blando, qué pacato y aburrido suena siempre todo lo que avisa y aconseja prudencia, y qué noble, qué enaltecedor, todo lo que llama a batalla! Además, el hecho de que fuese Miguel quien me hablara allí como siempre, como si yo no pudiese hacer otra cosa que seguirle lo mismo que un perrillo, igual que había hecho toda mi vida, como si yo no pudiese tener un criterio propio y una personalidad y sobre todo un deseo propio, y de que al día siguiente todavía, igual que todos los días anteriores y aunque fuera con Miguel, yo pudiera ir a ver de nuevo a Blanca al hospital antes de emprender aquel viaje, como decían, hacía que todo estuviera aún en el fondo a este lado de la cerca, en el lado conocido del mundo. Y yo aquella cerca la tenía que franquear.

Pero al día siguiente nos encontramos con que, sin previo aviso de ningún tipo –como sabes–, Blanca había desaparecido de repente del hospital. Había firmado un documento en el que se arrogaba toda la responsabilidad de su salida y de cuanto le pudiera suceder en adelante, eximiendo a la institución y a sus médicos de cualquier compromiso, y se había marchado sin decirme nada ni dejarme el menor recado de nada después de que yo me había estado desviviendo, es verdad que con un ambiguo sentimiento entreverado de culpa, por atenderla día tras día desde el momento mismo del accidente. Se la ha llevado, fue lo primero que dijo Miguel, nada más cerrar por fuera la puerta de la habitación en la que había estado convaleciendo todos aquellos días, el muy hijo de su madre se la ha llevado sin decirte una sola palabra, ni darme a mí la menor opción de que la viera.

Caminábamos por los mismos pasillos que yo conocía de memoria y nos detuvimos ante los mismos teléfonos desde los que tantas veces había intentado llamarle en vano para contárselo todo, ante el mismo ascensor delante del que tantos días me había detenido con el corazón en vilo, con el alma en un puño, y con una sensación poderosa de culpa e inutilidad que me abrumaba de día y de noche y me hacía vivir como si yo subiese y bajase también igual que aquella caja de ascensor en el vacío. Pero aquella cama de su habitación, aquella cama ocupada por quien ya no era ella sino cualquier otra, me había catapultado de repente, sin que yo pudiera hacer nada por defenderme, a una confusión desconocida. Una punzada de congoja me perforaba el estómago y ascendía por el pecho hasta quitarme cualquier gana de hablar mientras removía, como las zarpas de un predador a la carrera por un barrizal, los sentimientos velados o aparentemente asentados a los que durante los largos días de cuidados y visitas había conseguido acostumbrarme. Me vi allí, pulsando como siempre en silencio para irme el botón de bajada, pero ahora con la bolsa verde que contenía de vuelta las mudas limpias, las manzanas y el par de recados que me había encargado la víspera, y me sentí timado, ridículo e inútil, como si no fuera nada en el mundo o fuera en realidad muy poca cosa, y es más, como despechado, y aquel sentimiento remachaba el clavo, ya hincado hasta muy adentro por aquellos días, de mi inadecuación.

—Lo sabe todo y está perfectamente al corriente de todo —dijo Miguel ya en el interior del ascensor—, al corriente de mi llegada y de tu estado de ánimo de ahora mismo, y por eso te ha mandado llamar para que estés preparado precisamente hoy. Lo maquina todo, lo urde y lo desurde todo a su antojo con ese cerebro calenturiento y endiosado que tiene y esa meticulosidad maniática.

—Sólo que a veces se le va un poco de la mano —le dije.

—¿Que se le va de la mano? ¿Pero es que no te quieres dar cuenta? Eso que tú llamas «írsele de la mano» no sólo forma parte del juego, sino que es el fundamento mismo en torno a lo que todo da vueltas: que algo nos implique hasta el cuello con su muerte o su parálisis para que no tengamos ya más remedio que seguir matando y paralizando en adelante, empezando y terminando por nosotros mismos, recuerdo que me dijo. Así que cuanto antes me vaya va a ser mejor, y tú te vienes conmigo antes de que sea demasiado tarde.

Pero yo no podía, era superior a mis fuerzas o al concepto que yo aún tenía de lo que debía hacer; o quién sabe si era sólo que no quería irme lejos de donde, inconscientemente, pensaba que tenía que seguir estando Blanca. Permaneciendo en Madrid y en activo en la Organización, de alguna forma permanecía en la órbita de Blanca, y tarde o temprano la volvería a ver. O a lo mejor eso lo pensé sólo después, y lo que más me retenía allí era mi sentido de la lealtad, lealtad a una persona y a un ideario o bien lealtad tan sólo a mí mismo, a la imagen de mí mismo que me había trazado durante aquellos años y en la que tanta parte habían tenido tanto Miguel como Ruiz de Pablo.

–¿Lealtad? –se burló Miguel–, ¿lealtad, dices? Yo más bien diría miedo, verdadero pánico a abandonar lo que ahora te conforma, las relaciones y los ideales que te hacen ser ahora lo que eres, y apechugar con la soledad de no ser ni lo de antes ni lo de ahora, de no ser nada y estar solo. Eso es lo que tienes: miedo, puro canguelo, te cagas de miedo ante la sola idea de tener que pensar de nuevo, de tener que ver todo de nuevo a otra luz que ni siquiera sabes cuál puede ser; ante la idea de carecer de nuevo de respaldo, de orientación, de toda la malla de relaciones y sentimientos que te hacen creer que eres algo, es más, que eres algo que vale la pena, una especie de héroe, un alma bella que se mira en el espejo y se gusta. Narcisismo, narcisismo y cobardía, y tú lo llamas lealtad. Él nos enseñó una vez, en el momento justo en que todo se tambaleaba, la belleza del desprecio, la utilización de la voluntad contrariada, la canela en rama de la negación y el deseo y el desquiciamiento de todo como forma más alta de vida, como un proceso imparable a lo mejor, y era fundamentalmente revancha, inquina, afirmación personal también. Nos hemos hecho a ello y eso nos ha hecho ser lo que somos, y abandonarlo ahora es salir de nuevo a la intemperie. Y para eso, claro, hay que tener un poco de coraje, que es lo que a ti te falta –me dijo.

–¿No será al revés, Miguel?, ¿no será que eres tú el que no te atreves a dar el paso decisivo porque estás cagado? –le espeté.

–El paso decisivo, como dices, es matar, convertirse en un criminal por las ideas calenturientas que sean. Pasar a matar, ése es el verdadero sentido de «pasar a la acción» en boca de Ruiz de Pablo. Así que tú mismo.

El caso, fuese lo que fuese, es que yo no podía irme y que Miguel no pudo convencerme por mucho que insistiera. Durante las horas que pasamos juntos antes de que saliera ese mismo día su avión para París, recuerdo que no dejó de instarme un momento para que me fuera con él; sabía el peligro que se cernía, y que el siguiente paso no podía ser más que uno. El precedente de Gregorio no estaba tan lejos y así me lo había advertido ya antes de marcharse a París la primera vez: acabarás como Gregorio, me dijo ya entonces, acuérdate de la tarde del acebal; acabaremos todos como Gregorio si no conseguimos dejarlo ya, y aún no sé cómo no hemos acabado ya como él. Tal vez sólo gracias a él, pero de eso no hay quien le saque una palabra.

A su debido tiempo, no te preocupes, eso ya te lo explicaré a su debido tiempo, le dijo Julio a Bertha al ver aparecer ahora en sus ojos la misma interrogación que ya le había formulado antes; déjame ir por partes.

Miguel ni siquiera quiso que volviéramos por casa —había dejado la maleta en el aeropuerto por lo que pudiera suceder— y anduvimos durante un par de horas de un lado para otro tratando de despistar a quien nos pudiera estar siguiendo, a la rata de cloaca que le toque seguirnos, recuerdo que dijo, porque a mí aún me dolía esa manera de dirigirse a aquello de lo que todavía formaba parte. Entrábamos a un bar de dos puertas, y de repente —sin haber dejado un momento de mirar hacia ellas con disimulo— pagábamos y salíamos en dirección a otro sitio, o bien caminábamos a paso lento por una calle y, cuando llegábamos a la altura de una parada de autobús, cogíamos de pronto, sin haber hecho ademán de pararnos a esperar y en el instante justo en que iba a cerrar las puertas, cualquiera de los que pasasen en ese momento aunque nos apeáramos sólo unas paradas más allá. Durante esas horas, y aunque a trompicones, Miguel me habló de Ruiz de Pablo, y de todo lo que tenía que ver con él y con lo que habíamos hecho juntos, con una acritud y una virulencia desconocidas para mí incluso en una persona que no había ahorrado nunca, ni aun en sus momentos de mayor implicación, sus críticas respecto a todo aquello. Tontos útiles, me dijo, no hemos sido más que tontos útiles, tontos crédulos embaucados por ese maestro de embaucadores y credulidad que es el puñetero poeta, el que embauca mayormente haciéndote creer que te salva de un embaucamiento anterior, el que crea una credulidad mayor haciéndote ver que te rescata de ella, el que te embruja con el pensamiento de la audacia, con su capacidad de dominio y su dedicación fanática a una empresa superior que no es en el fondo más que la de sí mismo. Y tontos útiles, recuerdo que dijo, los que no son ya criminales.

Y ahora, por si fuera poco, añadió, ya ni siquiera estamos combatiendo por un mundo posiblemente mejor o por un sueño de mundo mejor, sino por un bocado de mundo a todas luces peor, por esa majadería sangrienta de la identidad que no puede acabar siendo más que irremediablemente totalitaria. Y ya sólo además por estética, tú ya sólo estás por una especie de estética del yo y por ingenuidad, Julio, me dijo, porque has perdido algo como todos estamos condenados a perder muchas cosas en la vida y lo quieres recuperar por estética, un pedazo de pan como tú por la estética de la violencia, vamos, que cuando se pone uno a pensarlo...

Pero yo me quedé; le escuché, le escuché no sé si con verdadera atención o más bien con una especie de sensación de revancha frente a él, de que por fin había llegado el momento de crecerme y afirmarme frente a él, pero me quedé. Todavía era pronto para que yo me pudiera desurdir de toda aquella malla de sentimientos y credulidades, de toda aquella densa trabazón de representaciones, propósitos y mitologías que conformaban a lo largo y a lo ancho todo mi mundo por entonces y sin el cual sabía o intuía que yo no era nada. Uno no es nada sin un mundo que le haga ser, pero el que nosotros queríamos y en el que nosotros creíamos era el que nos permitía ser héroes de nuestra propia presunción. Algo en el fondo muy viejo y muy socorrido, me dirás. Pero para despojarme de pronto de todo aquello, como me urgía Miguel, para desprenderme de todo aquel atolladero moral en que nos habíamos metido poco a poco hasta las orejas, tal vez no eran suficientes –aunque sí desde luego necesarias– las palabras de otro, las palabras que dicen no creas o tú no puedes no darte cuenta, tú tienes que saber, sino que hacía falta que esos verbos se acabaran conjugando en primera persona y dijeran por fin yo sé y yo me doy cuenta y por lo tanto debo, yo puedo.

Julio hizo una pausa y bebió un sorbo largo de coñac mientras desviaba la vista hacia la sierra –había estado mirando casi siempre al fuego de la chimenea– y veía cómo los colores del otoño se habían sumido ya en una sola tonalidad oscura que contrastaba con la claridad del cielo todavía sobre la línea neta de las montañas. Bertha fue a decir algo, a preguntar algo seguramente para aprovechar el intervalo, pero él de repente se le volvió a adelantar tomando aliento tras un nuevo sorbo. Y todo sucedió tal como Miguel me había pronosticado: harán contigo como con Gregorio, como con el pobre Gregorio, me dijo, te inducirán a dar el paso definitivo y entonces ya estarás irremediablemente en sus manos, que son las manos de la desesperación. Hasta ahora has alquilado pisos, has cobijado a esas sabandijas, has transportado material de aquí para allí y has guardado armas, dado avisos, hecho recados. Ahora ya estás preparado para un salto de cualidad, para el viaje de verdad, como le llaman, me dijo. Y ya sabes igual que yo que si no diste ese paso el día del acebal fue por pura casualidad. Pero no tienes bastante, no ha servido de mucho. Tú y yo hemos hecho esas y otras cosas poco a poco y sin darnos demasiada cuenta, queriendo creer de verdad en la estrategia que nos expuso Ruiz de Pablo en su día, me dijo. Cada vez una cosa más, cada día un paso más, primero escondíamos algo o a alguien y luego prestábamos nuestro nombre para un contrato de alquiler o la compra de unas bajeras, un día llevábamos cuenta del itinerario de una persona y otro facilitábamos un contacto o hacíamos el caldo gordo a Ruiz de Pablo donde hiciera falta. Pero eso era al principio; luego, me dijo, todo se ha ido precipitando sin que casi se le pueda poner coto. Que si no me digas que no te atreves, que si te mojas, ¿no?, ¡no te irás a echar atrás ahora!, que si esto es lo que hay que hacer o lo que toca o no creerás que ahora ya te puedes escaquear así como así. Invocaciones al valor, a la hombría –a tenerlos bien puestos, como dicen–, a un sentido delirante del deber y también amenazas veladas, claro, avisos, como si cada paso fuera un eslabón de un proceso inapelable, cuya falta de cumplimiento no sólo apartara de la heroicidad sino del mínimo aprecio de uno mismo. El Buen Camino de la religión ahora en versión chusquera, vamos, recuerdo que dijo.

–¿Pero de qué estrategia me estás hablando y de qué Organización, si puede saberse? –interrumpió Bertha ya sin poder contenerse.

–¿De qué Organización va a ser? –respondió Julio sin ganas–. En cuanto a la estrategia, era sólo la estrategia del despecho y la ambición de Ruiz de Pablo, de la revancha, como ni siquiera Miguel podía intuir entonces hasta el fondo, que utilizaba lo que le venía bien en cada momento y por entonces consiguió convencernos a todos, es verdad que sin mucha resistencia, de que apoyásemos lo que debía haber sido una línea autónoma y libertaria en el ámbito de un nacionalismo desestabilizador del sistema como era el del norte, y en realidad no fue más que otra máquina delirante de matar, de alienar y engatusar. Pero no es a eso a lo que voy, sino a lo que ocurrió aquella tarde y en los días sucesivos a aquella tarde: exactamente tal y como Miguel me lo había anticipado.

Él se fue con un taxi al aeropuerto y yo volví a casa de inmediato. Ahí te quedas, me dijo, y así fue. Faltaban dos horas para que se cumplieran las veinticuatro que me había dado de plazo la voz al teléfono antes de que vinieran a por mí. Recoge tus cosas y estate preparado para pasar unos días de viaje, me había dicho; dentro de veinticuatro horas alguien vendrá a recogerte, no falles, ¿has entendido?, dijo antes de colgar en seco cuando yo me disponía a hablar. Inmediatamente después de esa llamada –ya te lo he contado–, llamó Miguel y yo le hice saber lo que había pasado, y diez minutos más tarde volvió a llamar anunciando que iba a coger un avión y llegaría a mi casa al cabo de unas cuatro horas más o menos. Aquellas llamadas suyas, que yo había esperado como agua de mayo desde que decidió marcharse y se produjo el accidente, debieron de neutralizar el desasosiego que me había dejado la anterior. Pero ahora, cuando ya me había despedido de Miguel y sólo me quedaba clavada la imagen de su cara mirándome fija a los ojos tras la ventanilla cerrada del taxi que se ponía en marcha, era como si esa neutralización hubiese perdido de repente su efecto y me quedara solo de nuevo a la intemperie. Pero solo esta vez de una soledad de la que ya nunca se vuelve.

Llegué a casa y cogí en una bolsa un poco mayor que la verde de asas de cuero algunas cosas como para un largo viaje, incluidas las manzanas que no había podido darle a Blanca. Luego, ya con la bolsa preparada, me dispuse a esperar y, cuando ya había pasado cumplidamente el plazo –llegaron casi una hora después– y yo ya me estaba inquietando, una llamada por el interfono, una llamada reglamentaria de dos toques breves y dos largos seguidos al cabo de un buen rato de otros dos breves, me instó a bajar con todo y a ir caminando por la segunda bocacalle a la izquierda hacia delante. Así lo hice y, tras unos minutos y un par de semáforos, un coche se detuvo delante de mí y me abrió la puerta trasera. Subí sin pérdida de tiempo y dos personas a las que apenas vi de perfil –el retrovisor interior estaba puesto de modo que yo no podía verle la cara al conductor– me llevaron en un casi completo silencio, sólo interrumpido por frases secas o reticencias que me daban a entender lo inútil de querer entablar la menor conversación, a un piso de un barrio bastante distante del mío. Tercero segunda, fue lo único que me dijeron al darme las llaves, antes de añadir que no saliera hasta que me dieran órdenes precisas. Órdenes precisas, recuerdo que dijeron, y que yo pensé de inmediato sin poder evitarlo en Miguel.

Era un piso amplio de tres habitaciones, con dos y hasta tres camas cada una, cuyas ventanas daban directamente sobre una boca de metro que yo me entretuve en mirar mucho rato aquella noche. No podía decirse que estuviera aparentemente muy sucio, pero recuerdo que había un olor a rancio y a cerrado, como de mantas y colchas o cortinas que no habían visto un lavado en mucho tiempo, que lo invadía todo y echaba al entrar realmente para atrás. Así que dejé la bolsa y lo primero que hice fue abrir enseguida las ventanas.

La nevera estaba llena y también los armarios de la cocina, y calculé que habría allí comida para más de un par de semanas. Pero aquella noche no me preparé nada; abrí una bolsa grande de cacahuetes, de entre los muchos paquetes de frutos secos que había, y me entretuve en írmelos comiendo de una forma mecánica y obsesiva mientras iba de una parte a otra de la casa y miraba aquí y allí y miraba también a veces, haciendo a un lado levemente la cortina, por alguna de las ventanas. Por lo demás, no me dio la impresión de ver en el piso nada que me llamara demasiado la atención. Parecía que había estado viviendo alguien hasta ese mismo momento, pero como si ese alguien apenas hiciera uso de la casa o bien sólo la tuviera para dormir. Lo que no era óbice para que todo pareciera funcionar a la perfección, lo mismo el frigorífico, grande y con un formidable congelador, que la cocina o la caldera del agua caliente, o bien la televisión y las radios y toda la grifería, como fui comprobando no sé por qué poco a poco.

Y así pasé la primera parte de la noche, comiendo cacahuetes, acercándome de vez en cuando al interfono y al teléfono para descolgarlos y ver si funcionaban –o si los habría colgado realmente bien la última vez que fui a ver si los había colgado bien–, y mirando por la ventana. Con las luces apagadas y apartando levemente la cortina, veía cómo entraba y salía la gente por la boca de metro, y recuerdo que hacía conjeturas sobre el lugar adonde irían y los motivos que tendrían para ello. Unos subían presurosos y decididos, otros cansinos o como derrotados, y había quien tenía aspecto de contar con una familia que le esperaba o con una cita o cometido, y quien llevaba paso de no tener ya nada concreto que hacer que no fuera dormir y esperar la llegada del día siguiente; quien parecía caminar a gusto y sabiendo dónde estaba y quien daba la impresión de estar completamente desorientado o era como si hubiese perdido algo o bien nunca hubiese encontrado lo que buscaba todavía. No sabía a quiénes de ellos podría parecerse mi paso de estar en esos momentos en la calle, si a los que daban la impresión de tener un cometido seguro o a los que habían perdido algo, si a los que buscaban o a los que acudían en derechura a una cita insoslayable.

Luego, una vez finalizado el horario del metro, vi cómo se las arreglaba un mendigo para hacer de aquella entrada cerrada su aposento. Debía de tener bastantes años, aunque es difícil saber la edad de los mendigos y más desde donde yo estaba, y había acarreado hasta allí unos cartones grandes de embalaje, como de maquinaria o electrodomésticos, en los que se envolvió después de haber dejado en el rincón y como almohada unas bolsas de plástico llenas de trapos que rebosaban. La mayor parte quedaba en penumbra y sólo al fondo del cartón, a lo que correspondía a los pies, le llegaba la luz de las farolas. Pero sin embargo, y aunque tal vez fuera sólo porque le había visto llegar de espaldas, recuerdo que me parecía adivinar entre las sombras del rincón su cabeza gorda llena de greñas que no obstante dejaban ver atrás, bajo el pelo sucio y apelmazado, un cuello grueso y oscuro y sin embargo no sabía por qué extraordinariamente humano.

Tenía la televisión todo el rato encendida y, cuando me cansaba de mirar a la calle, me tumbaba en el sofá frente a ella por ver si me quedaba dormido. Intentaba no pensar en nada, o por lo menos no darles demasiadas vueltas a las cosas y entrar en esas espirales obsesivas de las que rara vez se saca algo más que afianzar lo obsesivo del carácter; no pensar sobre todo en que todavía estaba a tiempo de irme de allí, sino en dejarme embotar primero por los programas de la televisión y luego también —sin apagarla al concluir la programación, como si esperara que me hipnotizara el chisporroteo como de granito vivo de la pantalla— por los que emitían las distintas emisoras de radio. No pensar y esperar, dejar que pasara el tiempo como si fuera un interminable tren de mercancías con los vagones todos iguales que mirar con el ánimo en suspenso, y esperar hasta ver qué es lo que de verdad había al otro lado una vez pasado el furgón de cola.

Por la mañana –al despertar había una carta de ajuste fija en la pantalla y una musiquilla también hipnótica–, dos breves toques seguidos de dos largos y de otros dos breves al cabo de un rato me llevaron de sopetón primero hacia el interfono y después, todavía medio dormido, hacia el teléfono. Era la misma voz seca y cortante que me había dicho hacía dos días que recogiera mis cosas y estuviera preparado, y también que no fallara esta vez. Toma nota, fue lo primero que me dijo ahora, y me dio una dirección y el nombre de un bar –¿estás anotando?, intercaló– y también una hora para por la tarde. Nada más, porque enseguida colgó como la otra vez antes de que yo pudiera preguntarle nada. ¿Te has enterado?, me dijo asimismo como la vez anterior al final.

Se trataba de una cafetería de barrio, bastante concurrida a aquellas horas, a la que acudían grupos de jubilados o amigos a jugar la partida o pasar la tarde desde la hora del café. Recuerdo que había mucho humo, y que el abigarrado murmullo de las conversaciones y la cantidad de gente que se agolpaba junto a la barra y alrededor de las mesas me aturdió al entrar. Entre todas esas caras que miraban las cartas propias o las de quienes jugaban, que fumaban o charlaban o tal vez se habían vuelto hacia la puerta al abrirse, tenía que haber alguna que me reconociera, que probablemente yo no conocería pero ella sí, aunque también era posible que me encontrara con alguna cara conocida o incluso con alguna sorpresa, pensé; tal vez, quién sabía, hasta con el propio Ruiz de Pablo en persona. Pero no me pareció para empezar que ninguno de los que se encontraba en la barra me prestara la menor atención, a pesar de que yo les hubiese mirado casi uno a uno con disimulo al pasar a su lado.

Me llegué al extremo de la barra, donde había un hueco al lado de una pila de periódicos del día y sobre todo de los días anteriores, y pedí una cerveza. Cada dos por tres venía alguien a dejar o buscar un periódico y me pedía disculpas por tener que molestarme, pero ninguna de esas personas, a las que yo miraba acercarse y atendía con prevención cuando se disponían a decirme algo, me hablaba de otra cosa que del periódico que buscaban o del mal sitio en que me había puesto. Le voy a tener que molestar, decían, se ha puesto usted en el peor sitio. Mal sitio, me repetía yo cuando se iban, me he puesto en mal sitio o incluso en el peor sitio, y continuaba esperando en vano a que alguien me dijese algo más y mirando poco a poco todas las caras que divisaba desde allí. También dominaba la puerta –siempre nos poníamos de cara a la puerta, según era norma– y me fijaba en cada una de las personas que entraban. A veces, y seguramente porque yo les observaba, me parecía que me miraban al entrar y que iban a venir hacia mí, pero luego se detenían antes o pasaban de largo hacia las mesas.

Empezaba ya a inquietarme –habrían pasado más de quince minutos de la hora de la cita– cuando entró un tipo de mediana edad, con gafas oscuras y bigote, y vestido de una forma anodina, que después de pasar a mi lado se fue a sentar a una mesa que se había quedado vacía. Caí en la cuenta de que se había asomado haría diez minutos y se había vuelto a marchar después de echar un vistazo, y luego lo había visto otra vez pasar por delante de la puerta y mirar hacia dentro. Pidió un café, y después de que hubieran ido a llevárselo y de que, aunque no distinguía detrás de las gafas la dirección de su mirada, yo hubiera jurado que había estado un rato observándome y observando a mi alrededor, vertió el sobrecillo de azúcar en el café, lo disolvió con la mayor parsimonia y, tras tomar un solo sorbo, se levantó de repente y vino hacia mí. Soy amigo de don Ruiz de Pablo, me dijo, y no de don Enrique o de Enrique Ruiz de Pablo por ejemplo, y entonces yo miré el reloj como estaba previsto y él, sin esperar a que yo dijese una palabra todavía, me dio la hora con diez minutos exactos de adelanto como también estaba convenido.

Cogí la cerveza que me estaba tomando y le seguí hasta su mesa. Ahora mira detrás de mí a la mesa de la ventana, me dijo de repente y sin mediar ninguna otra palabra ni quitarse las gafas. Hay seis personas, ¿no?, preguntó sin volverse a mirar. Pues fíjate en el de las gafas de metal, no en el de las grandes de carey sino en el de las de metal, ¿estamos? Yo me fijé en él con atención, a pesar de que me quedaba algo a trasluz. Era un anciano como de unos sesenta y ocho o setenta años, tal vez más, con una chaqueta de espiguilla gris y corbata verde oscuro, que conservaba buena parte de su cabello blanco bien peinado y repeinado hacia atrás. Daba la impresión de llevar la voz cantante en el grupo de amigos que estaba jugando la partida, y su porte erguido y sus ademanes algo más vivos le hacían parecer quizás el más joven de la cuadrilla. Ese imbécil, me dijo, es un coronel retirado y viene aquí todas las tardes. Juega la partida con esos tipos y luego, cuando se van, se queda a leer un rato el periódico y pide cuando ha acabado algo de cenar. No se mueve de la misma mesa y a eso de las diez, una vez terminada la cena, se va a casa. Baja por esta calle hasta la parada del metro y va siempre solo.

Pues bien, dijo Julio, a ese imbécil que había sido coronel del ejército y ahora jugaba la partida con esos otros tipos, o bien a ese hombre de unos setenta años, con ademanes todavía vivos para su edad, que se comía cada noche su tortilla o su merluza antes de volverse poco a poco a su casa, donde lo más probable es que viviera solo desde el tiempo que fuese y no tuviera ya otra cosa que hacer que esperar al día siguiente, yo tenía que pegarle un par de tiros. Un par de tiros bien dados y ya está, como me dijo el tipo de las gafas oscuras, repitió Julio antes de quedarse un momento en silencio con los ojos muy abiertos sobre el fuego.

16

Durante dos días, según las indicaciones que me habían dado, volví a los alrededores de la cafetería para verificar sus pasos intentando no llamar la menor atención. Habían aparcado un coche a unos cincuenta metros del establecimiento, junto a la acera opuesta, desde cuyo interior se dominaba la puerta y buena parte de la calle, y yo acudí con suficiente antelación esos dos días para no perderme su salida del bar y calibrar el tiempo que empleaba para llegar a la boca del metro. Con unos guantes de piel que no me quitaba hasta que cerraba luego el coche al marcharme, abría la portezuela del conductor y allí me quedaba haciendo como que hojeaba el periódico y sin perder de vista la puerta de la cafetería hasta que le veía salir. Luego le seguía a distancia –había calculado ya antes lo que tardaba en bajar yo también hasta el punto en que tenía que darle alcance– y después de sobrepasarle y dejarle atrás bajando las escaleras del metro, comprobaba los distintos movimientos que podría realizar al final para escabullirme y desaparecer sin dejar rastro en el laberinto del metro hasta llegar a mi escondite. Tras esos dos días, y ateniéndome también a rajatabla a lo que me habían estipulado, dejé de salir y me dispuse a esperar que me dieran la orden.

Recuerdo perfectamente que fueron un miércoles y un jueves, y que yo a duras penas me enteraba de algo de lo que veía en el periódico. Miraba al frente, a la puerta de la cafetería, por encima de las páginas desdobladas del diario, y miraba también atrás por el retrovisor del coche. Y cada ruido de pasos que oía acercarse por detrás, cada coche de los pocos que bajaban, me sobresaltaba como si pudieran venir a por mí, como si de repente se fueran a detener y a romper en sólo cuestión de segundos el cristal de la ventanilla para apuntarme a la sien y sacarme a rastras de allí. Eres un blando, me decía, eres un cagao, y ahora no puedes rajarte; en lo que ha de venir no se piensa más que para asegurarte de la eficacia de lo que tú vas a hacer y nadie ni nada puede impedir que hagas. El futuro no es el reino del impedimento, sino el de tu convicción y tu acción y ésta, como la verdad, me remachaba de mil modos, está toda de tu parte. Soy yo el que muevo ficha y no ellos, y para cuando la quieran mover yo lo estaré viendo todo ya en la pantalla del televisor.

Le vi salir ambos días en efecto siempre solo, siempre en torno a las diez y después de cenar algo, y luego bajar lentamente la calle hasta el metro como quien no tiene nada más que hacer ya esa noche y aprovecha cualquier pretexto para matar aún el rato. Había echado la tarde un día más, primero con los amigos y la partida de cartas y luego ya, conforme éstos se habían ido yendo a cenar a sus casas, entreteniéndose con los periódicos hasta la hora en que le servían algo de cena e intercambiaba sus últimas frases con el camarero, a cuya conversación se acogía al final como si fuera una lapa. Todavía le saludaba otra vez desde fuera antes de empezar a bajar despacio la calle, dilatando adrede los movimientos para hacer tiempo y llegar lo más tarde posible a un asiento de un vagón de metro, y a una casa después donde, probablemente, no le aguardaría ya más que la pantalla del televisor y luego los programas de la radio, además de la esperanza de coger el sueño lo antes posible. Por eso los doscientos metros de calle que aproximadamente separaban la cafetería de la boca del metro se me hacían eternos, infinitos, como si en ellos pudieran caber todos los pensamientos y los sentimientos que uno es capaz de albergar en toda una vida, desde los más convincentes y alentadores hasta los más deleznables y desde los más indispensables en aquel momento a los más prescindibles, todo ello contraído en esos pocos metros que él dilataba como si fuera el calor y yo deseaba contraer como si fuera el frío, en esos doscientos metros escasos de aquella calle estrecha, en ligera pendiente y con muy poco tráfico, que sin embargo desembocaba justamente junto a una entrada auxiliar de metro de una estación con varias posibilidades de enlace.

A esas horas de mediados de marzo hace ya mucho que ha anochecido, y él tardaba pues sus buenos diez minutos en recorrer lo que yo hacía en menos de uno. Caminaba con un movimiento pesado o como inseguro que contrastaba con la viveza de su genio en la mesa de juego, y se detenía de vez en cuando a encender un cigarrillo o a mirar los escaparates, en especial el de una licorería que había al final de la calle. Luego ya sólo le quedaban unos pasos para empezar a bajar las escaleras del metro, que era lo que más le costaba y hacía ayudándose siempre de la barandilla. En esas escaleras de aquella boca de metro poco utilizada, por la que sólo de vez en cuando y como a rachas solían subir algunas personas y entrar poca gente, o bien tras el primer recodo ya del pasillo una vez abajo, es donde se había decidido que yo le disparara.

Tardaba bastante en bajarlas, y por lo tanto tenía tiempo suficiente para elegir el momento adecuado en que no saliera ni entrara nadie y descargar entonces la pistola casi sin detenerme al pasar junto a él. Luego ya sólo tenía que desaparecer a buen paso en los intríngulis del metro, pero sin correr ni dar para nada en el ojo, hasta llegar a la estación al pie de mi escondite, de donde no debía salir hasta que me avisaran. La barandilla metálica ennegrecida, el revestimiento de granito, los escalones sucios con sus colillas pisadas y sus cáscaras de frutos secos que yo ya veía manchadas de sangre antes incluso de disparar, no se me olvidarán mientras viva, y todavía sueño a veces con algo parecido a esa entrada de metro y su recodo abajo a la izquierda.

En el armario de la habitación más grande, entre otras ropas, me dijo el tipo de las gafas oscuras, tienes un chaquetón reversible de dos colores, y debajo del fregadero, en una trampilla del suelo bajo los detergentes, las lejías y los botes de pintura viejos, una pistola con su munición. No dijo pistola, dijo pipa, una pipa con su munición, y luego añadió que tal vez me sonaría a algo. Sí que me sonaba, pero de eso ya te hablaré luego porque tiene que ver con Gregorio, o más bien, ya desde ese momento, con lo que luego sería El Biércoles, le dijo a Bertha, que escuchaba sin perder una palabra y con una evidente expresión de tristeza.

En esos dos días –la orden tardó otros cuatro después, prosiguió Julio– había intentado no verle de cerca la cara, no mirarle más que de espaldas y a distancia, y pasar sólo a su lado para dejarle atrás en el momento justo en que estaba terminando de bajar las escaleras o estaba ya en el tramo corto del pasillo tras el primer recodo. Le miraba sólo la nuca, el cogote con su pelo blanco bien peinado y repeinado y la parte trasera del cuello, el abrigo verde de loden que el camarero le ayudaba siempre a ponerse antes de salir de la cafetería sobre su chaqueta gris de espiguilla. Le miraba por la espalda al pasar y amagaba mentalmente mis movimientos de unos días después, tal vez sólo un día, tal vez más, incluso más de una semana, me habían dicho, mis movimientos de mirar delante y detrás por última vez y sacar de repente la pistola que en pocos segundos vaciaría sobre la nuca, sobre el cogote o el cuello de aquella figura que se movía, de aquella silueta de espaldas, de aquella abstracción que no era más que una abstracción, antes de escabullirme y desaparecer anónimamente por los intrincados vericuetos del metro. Un abrigo verde y el cabello blanco peinado y repeinado hacia atrás, eso es lo que me concentraba en ver, la opacidad de una nuca, la materialidad de un número, de un imbécil, de un coronel retirado que a saber lo que tenía sobre la conciencia, sin duda un montón de cadáveres y un sinfín de atrocidades. No era una persona a quien yo le iba a disparar sino a un efectivo, a una representación del enemigo, a alguien que no era nadie y que no tenía derecho a vivir o había vivido ya más de la cuenta.

Y sin embargo se la había visto, le había visto la cara, de cerca el primer día y de más lejos, desde fuera de la cafetería, los dos días siguientes mientras el camarero le ayudaba a ponerse su loden sobre la chaqueta de espiguilla con una cansada sonrisa servicial y le decía unas últimas palabras amables que yo no podía oír. Y aquella cara, aquellos ojos generalmente bajos y ceñudos tras sus gafas de montura dorada, aquel gesto grave y brusco que sin embargo adivinaba ya desamparado calle abajo y aquella tez blanca, con la nariz y los pómulos enrojecidos por el alcohol y el calor del local y la cena, no se me quitaron de la cabeza durante esos dos días, y sobre todo durante los cuatro días sucesivos antes de la llegada de la orden, más que cuando el coñac de las botellas que me fui bebiendo por la noche me vencía por fin y me sumía en un sueño primero profundo y luego agitado que sólo se interrumpía ya entrada la mañana. No es un hombre, me decía, es un perro, un coronel, un militar, es una sabandija cuya profesión es la muerte, esparcir muerte y dar muerte, es un enemigo opaco y anónimo, no tiene rostro y la cara que yo he visto es la cara de una abstracción. Sólo tiene nuca, cogote, parte trasera del cuello, bulto, abrigo de loden y pelo peinado y repeinado hacia atrás sobre el pescuezo.

Al tercer día me volvieron a llamar para que estuviera preparado en cualquier momento. Distráete mientras tanto y estate tranquilo, me dijo la voz, y sobre todo no falles, ¿me oyes?, no se te ocurra fallar, no des un solo paso en falso esta vez, me entiendes, ¿verdad? Los ojos del hombre o la nuca de la abstracción, el rostro o la cerviz, los pómulos enrojecidos por el calor o la testuz de la indiferencia: el tictac del reloj, los minutos, las horas y los días interminables en el flujo pastoso y amorfo de una soledad como no es posible sentir otra igual porque es la soledad del verdugo, del justiciero, del que va a hincar sus dedos en los ojos de lo irremediable, sus uñas en la córnea de lo irreversible y por lo tanto necesita no sentir, no pensar, no dudar ni imaginar, no saber ni querer saber nada que no esté encaminado a reducir todo a paso bien dado, a reflejo, a instrumento, a obstáculo superado y objetivo cumplido, a finalidad, a no alentar ni consentir más sentimientos que uno, rígido e inequívoco, ni más palabras que las pocas que hacen falta para nombrar lo que hay que hacer, lo que alguien con agallas tiene que hacer por todos con esa rata, con esa odiosa rata de cloaca que no merece vivir. No es un hombre, me repetía, me repetía una y cien veces cuando a lo mejor me asomaba a la ventana apartando un poco las cortinas y veía a la gente que caminaba por la acera o bajaba las escaleras del metro, al mendigo que sin saberlo me hacía por la noche una compañía intolerable porque también tenía su cogote y su nuca ennegrecida que yo veía cuando llegaba arrastrando sus cartones y adivinaba luego toda la noche. No es un hombre, es el objetivo de una acción, es un obstáculo, un estorbo, y su ajusticiamiento es un paso más en el arduo camino de la liberación, me venía a decir, es una baja en la guerra, un número en un cómputo, el efecto de una estrategia o el pormenor que permite que ésta se cumpla con éxito, el detalle de una operación, la contribución a un proceso. Una rata, me reiteraba para hacerme fuerte, un perro, una sabandija –y entonces, al pensar esa palabra, recuerdo que por un momento me acordé de que Miguel la empleaba ahora en relación con nosotros, pero enseguida apartaba de un plumazo todo lo que tenía que ver con él–, es una puta mierda, redoblaba, es algo que no es en definitiva humano y por lo tanto es sacrificable y eliminable.

Deshumanizar, he pensado luego muchas veces en el tiempo que ha pasado desde entonces, reducir a animal, a cosa, a abstracción e indiferencia, a desecho y representación de nuestro odio; producir una inversión moral, una proyección estética, no ver al hombre que hay más acá de toda idea, de toda representación y todo motivo de desacuerdo, por frontal o grave que éste sea, no ver más allá de un abrigo de loden o de unas trazas de revoltoso o una mueca de imbécil. Eran también personas y nosotros creíamos que eran sólo subversivos, he leído que ha dicho hace poco un militar arrepentido de la dictadura argentina que arrojaba desde un avión en vuelo al mar o a la cordillera de los Andes a los jóvenes izquierdistas. Lo mismo por un lado que por el otro, el mismo mecanismo, la misma saña, el mismo despojamiento y la misma o parecida cerrilidad, la misma deshumanización y reducción a idea, a abstracción, a culpable de todo, a nuca opaca e indiferente.

Imperceptiblemente, los ojos de Bertha se habían ido contrayendo poco a poco –el labio superior elevándose levemente en un extremo– y su inicial expresión de tristeza al comenzar a oír el último relato se había transformado en una ligera pero evidente mueca de repulsión. Cuando el tiempo no fluye, continuó Julio con los ojos fijos y sin pestañear mirando al fuego, cuando parece que se ha obturado y apelmazado en el espacio y la casa se te ha convertido en un conjunto de tics, en un manojo de desplazamientos nerviosos a la ventana y luego al teléfono a ver si está bien colgado o si no ha dejado de haber línea, y después a la nevera o al mueble bar y a apagar si no o encender la televisión antes de volver a la ventana, es el pensamiento el que tiene tendencia a fluir, a correr desbocado y formar remolinos y sobre todo a espumarajear, a generar excrecencias que lo mejor es atajar a tiempo, tajante y automáticamente, lo mismo que cualquier otro sentimiento que no fuera en mi caso lo que yo creía que era el sentido del deber, el coraje y la determinación que proporciona ese inquietante sentido del deber. En otros casos –te lo puedo asegurar porque lo he visto– el sentimiento único es el odio, no hay más, un odio aprendido o madurado, inculcado o heredado, pero en cualquier caso acérrimo, sordo, unívoco; mas en el mío era sobre todo el sentimiento del deber, un sentimiento de rectitud y responsabilidad con el mundo. O eso es lo que creía yo. Unos sentimientos y otros, como si se necesitaran los unos a los otros, se juntan para terminar formando un revoltijo en el que todo acaba siendo a la postre lo mismo o por lo menos surtiendo los mismos resultados, el odio lo mismo que el ansia de mejora y perfección, y la pura maldad o meras ganas de joder la marrana igual que la más ingenua bondad.

Recuerdo aquellos días como una interminable pesadilla, y

los marcos de las ventanas desde las que me asomaba, el roce y el olor rancio de las cortinas, el ir y venir del sofá a la cama, de la cocina al lavabo y al teléfono, el umbral de cada habitación y la mirilla de la puerta –el vestíbulo deformado que veía por ella cada vez que oía el ascensor– todavía se me aparecen en sueños alguna que otra vez o me vienen de rondón a la memoria. No he vuelto a comer cacahuetes desde entonces, porque su olor y el ruidillo de aplastar y romper las cáscaras aún me sacan de quicio, aún me saben a muerte, a sentencia, a aislamiento, a una soledad que es en el fondo la soledad de la muerte, la soledad de matar y también la de estar muerto, encerrado días y días enteros sin contacto no sólo con nadie, sino ni siquiera contigo mismo, con alguien que reúna por lo menos lo fundamental de ti mismo en un piso en el que eres su único inquilino. Soledad de estar sólo con el más amedrentador de los rostros del tiempo que es la sentencia; soledad de estar muerto para todo excepto para matar. Porque cómo ha de estar quien no puede pensar ni sentir, quien no puede dudar ni saber ni imaginar sino sólo empapuzarse de tiempo, de convicción, de palabras e imágenes que te aturden como el chorro de una manguera disparada a presión en la cara.

Por la noche, recuerdo que algo me impulsaba a no perderme nunca, ninguno de los días que allí estuve, la llegada del mendigo. Enloquece uno así aislado, encerrado en el delirio de omnipotencia del que ha matado o se dispone a matar, separado del trato normal con la gente, del curso común de las palabras que te llegan todas ya marcadas al fuego como una res de propiedad, tapiado a todo lo que no sea la dimensión de tu desprecio. La mirada se te vuelve rígida entonces, saltona, crispada, con un brillo detenido en los ojos que es el brillo del filo de un cuchillo donde no cabe nada más que la acción que corta, que hiende y saja y cercena. Y en ese estado de insania presuntuosa, el cogote mugriento del mendigo, sus bolsas atestadas de trapos y sus cartones sucios de embalaje surtían en mí un efecto como de imantación, como de repulsión y atracción al mismo tiempo del que no sabía por qué no podía desurdirme. Era como si no pudiera perderme su llegada por nada del mundo, como si fuera mi única distracción verdadera o la sola cosa exterior –pero a la vez muy íntima– a la meritoria suficiencia en la que me había instalado; y en cuanto cerraban esa entrada de metro bajo mis ventanas, se apoderaba de mí una impaciencia incomprensible que sólo remitía cuando lo veía venir arrastrando paso a paso sus cartones. Entonces sentía una extraña sensación de compañía y repeluzno a la par, de compasión y a la vez repugnancia, que me hacía no quitarle ojo a sus greñas apelmazadas, a su nuca sucia que sobresalía oscuramente de la vieja zamarra en la que se enfundaba, como si fuera otra capa de su piel, antes de envolverse en los cartones en los que se introducía para echarse a dormir. No hablaba con nadie más que consigo mismo –parecía borbotar palabras todo el tiempo en una melopea interminable–, no parecía interesarle nada de lo que tenía ante su vista y, si veía, no era desde luego porque hubiese mirado. Sólo arrastraba, se arrastraba, se enfundaba y se echaba a dormir y a la mañana se retiraba quién sabía adónde. ¿Cómo puedo estar yo ahora en esta situación?, me decía a veces por un momento, viéndole dormir indiferente y mugriento en aquella entrada oscura y cegada de la que había hecho su aposento, ¿cómo puedo haber llegado hasta aquí? Luego me echaba al coleto otro trago y trataba de espantar como podía ese y otros pensamientos acudiendo de nuevo a la televisión o buscando otra emisora de radio. Una entrada oscura y cegada, me he dicho luego, muchos años después, recordando la fuerza de imantación de aquella imagen, hacer aposento de una entrada oscura y cegada por donde ya no se puede pasar.

Una cuña, sostenía en cambio Ruiz de Pablo, una cuña libertaria en una de las dos organizaciones armadas del norte que se disputaban el protagonismo aquellos años, en la más espontánea y asamblearia. Pero para eso hay que entrar y colaborar e ir teniendo un peso cada vez mayor, cada vez más insoslayable que hay que ganarse a pulso hasta que podamos llevar nosotros las riendas.

Llevar las riendas, llevarlas nosotros que ya no sabíamos ni quiénes éramos, ni quién era ya él, ni de qué parte estaba, aunque sí el poder que tenía. Pero lo que éramos antes, años antes en El Valle o al principio en Madrid, sí que era posible saberlo: buenos chicos, jóvenes con todas las buenas intenciones del mundo, pero necesitados de ser yo cada uno en la vida y de ser yo de una forma nítida e irritada, insumisa y ruidosa; jóvenes con muchas ganas de ser y muchas ganas de hacer lo que creíamos que debía ser hecho a pesar de los pesares y cayese quien cayese; almas bellas predispuestas al entusiasmo, al fervor de una moralidad nueva y auténtica, de una verdad efectiva y poderosa que discriminara inequívocamente todas las cosas para poder ser yo aprisa y enérgicamente en su defensa, heroicamente a ser posible, y para dotarnos, de la misma forma inequívoca y violenta, de un enemigo a la altura de nuestras propias convicciones. Artistas del yo, hambrientos de salvación, soñadores de absoluto, temperamentales e ingenuos, fascinados por la audacia y la estética de la violencia, por la guerrilla de la palabra y la conspiración contra lo más poderoso, que en el fondo no hacía sino esconder y sublimar la pequeña conspiración casera contra nuestros padres para la que no teníamos ni arrestos ni solvencia. Y todo ello –¿cómo te lo voy a decir?– en medio del mismo ejército de obtusos y farsantes, de hipócritas y resentidos que hay en todas partes, pero que allí se daban licencia para matar. Una auténtica banda de sabandijas, como vio muy pronto Miguel, pero no así yo por las razones que fueran.

No sé si te habrá hablado Julio de su familia durante todos estos días de charla, le dijo Mercedes, Mercedes Díaz Serna, la mujer de Julio, a Bertha durante la cena pocas horas después; pero si no lo ha hecho, no sabes lo que te pierdes. No hay nada como hablar de las familias de uno para entender algunas cosas, en lugar de tanta monserga teórica y tanto desahogo de la conciencia, ¿o no?

De su padre me figuro que ya habrás oído hablar, y todo lo que se cuente es poco. Era una persona encantadora, deliciosa, con la cabeza llena de pájaros, eso sí, pero encantadora. Yo me pasaba a verle muchos ratos, sobre todo en su época digamos que melancólica, a la vuelta de un viaje a México en el que no debió de vender una sola de sus patentes, pero donde por el contrario se enamoró de lo lindo ya a sus años. Allí enterró sus últimos dineros, los últimos restos de la inmensa fortuna que amasó el abuelo primero en América y luego ya aquí, y allí es de suponer que fue feliz, o bien más feliz todavía de lo que siempre fue. De aquella época data la sustitución de los inventos por los viajes. Dejó de idear artilugios y productos revolucionarios y, rodeado de un sinfín de mapas y enciclopedias que leía sin parar, se puso a imaginar viajes. Te tienes que venir conmigo, me decía, y en cuanto llegaba a verle, sin bajar en lo más mínimo el volumen de las canciones de Chavela Vargas que oía a todas las horas del día, me detallaba el último viaje que había imaginado. Nunca he visto que a nadie le brillaran los ojos con más entusiasmo. En cuanto venda alguna de mis patentes, que tiene que estar al caer, tú y yo cogemos los trastos y nos vamos a México como te lo estoy diciendo, me decía. Era un sol, y un irresponsable como hay pocos. Ahora que para eso estaba su mujer, la madre de Julio, que llevó buena cuenta de todo durante toda la vida con una abnegación y un cuidado rayanos en la santidad, y supo inculcar en sus hijos un sentido del deber, de la responsabilidad y la lealtad casi enfermizos de tan estrictos. Nunca se sabe que no cumpliera una sola vez su palabra ni dejara de hacerse cargo de nada en la vida esa mujer. Y la permanente chifladura de su marido la llevaba con la asumida conformidad con que se lleva una carga enviada por lo alto. Hubo épocas, ya hacia el final, en que nadie sabía cómo se las ingeniaba para echar algo de sustancia en el puchero, pero siempre encontraba algo, algún fleco inesperado de la fortuna del abuelo o algún préstamo de quien fuera, que ella intentaba administrar a escondidas y lejos del alcance de las garras de su marido, que, al contrario del rey Midas, todo el oro que tocaba lo convertía en nada, en palabras y planos y entusiasmo y más entusiasmo. Derrochaba alegría aquel hombre –bueno, por derrochar, la verdad es que lo derrochaba todo– y yo no he visto en los días de mi vida a nadie con una sonrisa tan abierta, tan franca, de un lado a otro siempre de la cara. En contraste con la de su mujer, que era una sonrisa escéptica, bondadosa y como hecha ya a todo, pero sonrisa al fin y al cabo, la sonrisa que oponía a cualquier contrariedad en la vida y también a la continua contrariedad de su marido. Verles a los dos sonreírse, ella a pesar de todo y él a causa de casi todo, era un espectáculo maravilloso. Y Julio es al fin y al cabo el fruto de esas sonrisas dispares, ya ves cómo te pongo.

Fue su abuelo quien empezó aquí con la cría de caballos después de haber amasado en su juventud un buen capital en América, estupendos alazanes de monta o potros de trabajo o de carne que luego llevaba a las ferias de Almazán y de Aranda y La Rioja. Llegó a reunir un buen dineral por aquella época, pero era un hombre demasiado emprendedor, y financió ya con el abuelo de Miguel, al que llevó a la ruina, la primera expedición mineralógica moderna –la última la financió su hijo no hace tanto– en busca de ese oro que siempre dicen que extraían los árabes y antes los romanos de la sierra de la Carcaña sin que en realidad nadie tenga otras pruebas que lo que le decían sus antepasados. Allí empezó a enterrar parte de su fortuna, comprando maquinaria y trayendo obreros especializados de Asturias, y allí enterró también a uno de sus hijos, que se quedó en las entrañas de la sierra como si fuera un tributo que hubiera que pagar por profanarla. Dicen que se oyen cascadas y corrientes de aire por todas partes en su interior, y esos sonidos, dicen, se unen a los ecos de las voces de quienes han sucumbido a lo largo de los siglos al embrujo del oro y de la montaña. Eso es lo que se dice. Como también que la mayor ilusión del ciego Julián ha sido siempre que alguien lo introdujese en esas galerías que atraviesan la sierra, y la codicia y los sueños de los hombres, añade, porque asegura que es el único capaz de orientarse y descifrar esos vientos y esas voces.

Muerto el abuelo, la familia siguió con la cría y la venta de caballos, pero sus hijos, de menor carácter y don de gentes, empezaron a caer poco a poco en manos poco recomendables que les engañaban como a bobos, así que todo el trabajo se quedaba en bien poco. Hasta que le tocó llevar las riendas al padre de Julio y acabó de arreglarlo todo. En menos de diez años, lo que fue una fortuna colosal se había convertido en un capitalillo nada más que para ir tirando a duras penas. Aunque esa senda de despilfarro en realidad fue ya el abuelo, el mismo creador de la fortuna, quien la inició. En sus últimos años, le dio por buscar otra vez en la sierra de la Carcaña, pero ahora ya no el famoso oro de los árabes, sino una simple maleta, una maleta llena de monedas que, según llegó a convencerle un medio primo suyo de Aldehuela, esa aldea del otro lado del valle, había enterrado por el Alto del Somo un capitán cajero fugitivo que debió de huir cuando la última carlistada y le escribió una carta a su familia, detallándole todo a su manera, antes de que se perdiera su rastro. Así que pasó sus últimos años mandando cavar por esos altos, y no porque le hiciera falta dinero o incluso por el dinero mismo, sino sólo por encontrar esa dichosa maleta, o más bien por buscar, por el mero hecho de buscar lo que no se encuentra ni a lo mejor puede encontrarse, como solía decir mi padre.

A aquella zona se le conoce ahora como «Los pozos del Alto del Somo», de tantos agujeros como hay por todo, y ha habido escritor, y hasta científico, que se dejase ir a especulaciones muy cultas sobre el origen de esa extraña orografía llena de pozos y montículos. Pero no es más que lo que queda después de una búsqueda obsesiva, inútil y disparatada, la eterna búsqueda y el eterno afán a lo mejor del destino de los hombres, o al menos de los que llevan la voz cantante. O bien lo que hace el no estarse tranquilos en casa, como decían en mi familia, que son todos unos culos de mal asiento y tú nos quieres hacer emparentar con ellos.

17

Historias ejemplares, anécdotas conmovedoras, leyendas, relatos modélicos y edificantes que hablan de individuos íntegros y generosos que entregan su vida por una idea, que no reparan nunca en esfuerzos ni en sufrimientos y al final se sacrifican por todos en el altar de la Causa, seguía hablando Julio –la copa de coñac en la mano– antes de que llegara su mujer, ya sin mirar a nada en concreto y con los ojos sin embargo muy abiertos. Tenía las cejas enarcadas –algo más elevada la izquierda– y su torso, que se había quedado inmóvil sin apoyarse no obstante en el respaldo del sillón, parecía querer ahorrar cualquier energía superflua para no escamotearla a su concentración. Podían ser en positivo o en negativo, por activa o por pasiva, y extremamente virtuosos o admirablemente atolondrados, pero el esquema era siempre el mismo: hombres de conductas intachables o bien absolutamente reprobables y por eso irreprochables a nuestros ojos, hombres magnánimos y perseverantes, inquebrantables, con un valor y una determinación más que humanos que nunca dudaban ni se venían abajo, que sentían momentos de flaqueza, momentos bárbaros y terribles donde la crueldad del mundo se ensañaba con ellos, pero que siempre acababan por salir airosos, por remontar la cuesta como sólo es dado que la remonten los héroes, los seres dotados de un halo especial que los hace invulnerables, inasequibles al desfallecimiento porque su causa es siempre la causa de la verdad, la buena causa, la más hermosa y justa y verdadera, y por eso su entusiasmo y su fuerza son indestructibles. Morirán ellos, morirán tal vez ellos materialmente víctimas de la saña y la maldad del mundo, pero su luz y su ejemplo permanecerán y otros muchos recogerán la antorcha inmarcesible de su misión y se convertirán en héroes como ellos, en ejemplos vivientes de lo que sería el mundo si no fuera por tanta empecatada realidad, en hombres sin miedos ni vacilaciones, tenaces, perentorios y excesivos, que arrostrarán trabajos y sinsabores sin perder nunca la sonrisa y afrontarán lo que haya que afrontar porque saben que de alguna forma Dios está de su parte, Dios o el Demonio, o la Naturaleza o la Vida o la Patria, palabras intercambiables, conceptos grandiosos e inconmensurables que te dejan chiquito de tanto pronunciarlos, insignificante de tanto trascenderlo todo en ellos, pero que paradójicamente también te van haciendo hombre, un gran hombre a veces que sin embargo no es distinto del niño, y te van moldeando a su imagen y surtiéndote de sentido.

«Un dios del amor te concedió la llama divina», nos leía al principio Ruiz de Pablo, «un sentido purificado y cordial para descubrir lo magno y lo bello. Inocencia infantil y orgullosa libertad encienden tu corazón.» Y también: «La vida nueva nunca disfrutada toma con entusiasmo la nueva determinación de levantarse sobre la locura y el orgullo, placer más dulce e inefable». ¿Te das cuenta?, ¿podemos ya darnos cuenta? Todo ya en unos cuantos poemas garrapateados hace doscientos años, como quien no quiere la cosa, por el entusiasmo de un hombre cuya rara sensibilidad le llevó luego a volver al mundo encerrándose el resto de sus días en una habitación de un carpintero. Una nueva vida, la sola vida que merece la pena vivir, se levantaba ahora sobre el placer de la locura y el orgullo, porque un dios nos había concedido precisamente a nosotros la llama divina del sentido puro y cordial. ¡Ahí es nada!, ¡y por nuestra cara bonita! ¡Ah, el orgulloso entusiasmo de quienes cantan libres como dioses alrededor de unas copas, de quienes se dan, temerarios, al placer de la infinitud y sólo se mueven por metas hermosísimas, por metas que son a la vez el punto de arranque, los motores inmóviles, la presuposición y el objetivo, y en cualquier caso la determinación como verdad! ¡No sabes –o a lo mejor sí– lo que dan de sí luego todos esos corazones encendidos por la inocencia infantil y el orgullo de la libertad!, ¡todo ese «entusiasmo hacia las alturas» y esos «placeres inefables»!

Bertha lo miraba extrañada, con tristeza, como si se apiadase no se sabía si de lo que decía o de aquello que le hacía decir lo que decía. Estaba enfebrecido, tenso, y había perdido toda la cordialidad de hacía sólo un rato, hasta el extremo de no importarle si hablaba ya únicamente para sí mismo. Tienen eso los desahogos, le diría luego Bertha, que ahogan a veces a quien los escucha.

Primero fueron quizás las historias de santos, continuó ya un poco más tranquilo tras una pausa, las historias ejemplares de mártires y santos que nos contaba mi madre de pequeños a la luz de las velas y los resplandores del fuego cuando nos quedábamos aislados por las grandes nevadas de invierno, o bien cuando, al rato de habernos metido ya en la cama, subía a darnos las buenas noches y nos leía entonces la historia de un martirio, de una decapitación o un despellejamiento, de una santa a la que le sacaban los ojos o arrancaban de cuajo los pechos por no aceptar una mancilla que a mí siempre me resultaba incomprensible. Historias tremendas y sugestivas, historias intranquilizadoras que yo asociaba también a los cuentos con que nos asustaban las criadas cuando nos quedábamos solos con ellas o no podía subir mi madre, a los cuentos de aparecidos o de almas en pena con que nos aterrorizaban no sé si para que nos estuviésemos callados y no enredáramos o bien para qué, pero que sin embargo luego algunas veces acababan en una broma. No como las historias de santos, como esas rigurosas historias de individuos probos e incorruptibles que yo escuchaba sin perder una palabra de los labios dulces y constantes de mi madre y que, cuando había acabado de contarlas, extasiado y amedrentado al mismo tiempo, le decía muchas veces que me las volviera a contar otra vez desde el principio, y ella, con el

mismo tono, con las mismas palabras y los mismos efectos
–con la misma dulzura inquietante en sus labios–, volvía a empezar paciente y amorosamente para que yo me volviera a ho-
rrorizar con todo el placer del mundo, bajo el calor de las
mantas y la suavidad de las sábanas siempre limpias, con el corte de los pechos de santa Águeda o la extracción de los ojos de
santa Lucía, con la decapitación del Bautista o de Holofernes o
la crucifixión de Pedro. Ojos, pechos o cabezas que se presentaban luego en lujosas bandejas ante los poderosos del mundo y
los sátrapas de la tierra y sobre los que yo le hacía luego siempre las mismas incrédulas, indignadas y atónitas preguntas.
Pero cómo es posible, le decía, cómo puede Dios permitir todo
eso; a lo que ella me respondía aumentando aún más si cabe el
misterio –todo eso y más, decía– y dejando que yo me las entendiera luego en mis sueños con los ojos, con las cabezas y sobre todo con los pechos en los que no cesaba de pensar después
de que ella, ya cansada y preocupada seguramente por lo que
estaría haciendo a aquellas horas mi padre –que siempre oíamos trastear con su extravagancia de turno–, me hubiera dado
ya las buenas noches porque al día siguiente, como todos y
cada uno de los días de su vida, se levantaría de nuevo la primera, antes incluso que los criados, y barrería la cocina y venti-
laría la casa y extendería el mantel sobre la mesa para que cuando nos levantáramos nosotros, los criados y los niños y al final,
mucho más tarde, su marido, encontráramos la casa caldeada y
recogida y el desayuno humeante en la mesa como hizo siempre mientras pudo valerse por sí misma.

Todavía recuerdo el contacto del algodón de las sábanas
que yo enrollaba y apretaba en los momentos más comprometidos de la narración, formando como una especie de tirabuzo-
nes que me introducía arrebujados entre los dedos hasta que se
daba cuenta mi madre, o bien los nudos y las aguas de la madera de la vieja mesa de la cocina que todavía guardo y que yo
miraba y repasaba con los dedos mientras nuestra madre nos
leía en la cocina. Vas a volver tonto a ese niño con tanta bo-
bada, le decía a veces mi padre al pasar cuando la oía; déjale

que juegue y les toque el culo a las criadas, que es lo que tiene que hacer. Lo decía para escandalizar inútilmente a mi madre, que solía sonreír, pero el que se escandalizaba era siempre yo. El culo de las criadas, los pechos de santa Águeda, la cabeza del Bautista o el cuchillo de Judith: si quieres que baile para ti me tienes que ofrecer la cabeza de ese hombre.

A mi hermano Juan, que ahora es ingeniero de una empresa de tecnología punta en Madrid, esas historias le aburrían soberanamente. Empezaba a bostezar enseguida cuando mi madre nos contaba algo a los dos, o bien aprovechaba cualquier motivo —el recuerdo fulminante de algo que se le hubiera olvidado o que tuviera que hacer sin falta para papá— y salía corriendo a las primeras de cambio; y por la noche le faltaba siempre tiempo para quedarse dormido, completamente roque en la cama de al lado de la mía, sin cuidarse nunca del final de ninguna historia ni sentir la menor perplejidad. Él ha ido siempre por su camino, tranquilo y haciendo cada cosa en su momento, la cosa adecuada en el momento justo, como si el que yo hubiese heredado a mi modo buena parte del carácter de mi madre, y tal vez también los excesos del de mi padre, le hubiera a él dispensado de tener que hacerlo. Se fue antes que yo a estudiar a Madrid, y allí, en aquellos años de agitaciones de toda índole, él iba siempre a lo suyo sin querer saber nada de lo que ocurría a su alrededor. Estudiaba día y noche con un tesón y una exclusividad que a mí entonces me parecían repugnantes, y que me llevaron con el tiempo a romper con él. Eres un cochino burgués, creo que le dije al despedirme en el umbral de su piso una vez, antes de estar años sin intercambiar más que los saludos de rigor. Era el insulto de moda: burgués, cochino burgués, eres un pequeño burgués de mierda. Pero él, con la frialdad a la que me tenía acostumbrado, me espetó: hasta cuando quieras, santurrón, pero cuando te vuelvas a meter en un lío, ya sabes dónde no tienes que volver a llamar. ¿Santurrón yo?; era algo que no podía caberme entonces en la cabeza.

Debió de ponerse a investigar ya desde el principio más o menos por su cuenta, y hoy día creo que tiene varias patentes a su nombre, algunas de las cuales siempre ha dicho –aunque no sé si sólo para ponerle contento– que en el fondo se debieron a alguna idea de mi padre. Imagínate el entusiasmo del viejo, que no cesaba de darle una idea tras otra, a cuál supongo más delirante, cuando venía al pueblo. Era su niño bonito y no tenía ojos más que para él, para él y para sus propias extravagancias, que yo no logré ver nunca más que como la causa de la ruina de todo. Recuerdo cómo disfrutaba mi padre al oírle contar a mi hermano sus avances en cualquier investigación y el orgullo que sentía por él. Tienes que arriesgar más, que apuntar más alto, le decía; todo lo pensable es realizable y todo lo que se puede hacer se debe hacer. Se sentía en la gloria cuando mi hermano se anotaba alguna de sus observaciones y cuando le escuchaba atentamente y le pedía detalles sobre su locura del momento, como por ejemplo aquella de construir, a imagen de los oleoductos o los gaseoductos, también lacteoductos que llevaran la leche fresca refrigerada directamente a las centrales lecheras y de allí a las cocinas de las casas privadas que se hubieran abonado al servicio. Sólo había que encontrar la manera de mantener refrigerados a bajo coste kilómetros y kilómetros de tubos; pero ¿no se había hecho con el gas y el agua y también con el flujo de imágenes de la televisión que ahora todo el mundo recibía tranquilamente en su casa? Pues lo mismo sería con la leche. A quien se le hubiese dicho, sólo unos años antes de que se hiciera efectivo, que uno iba a poder recibir imágenes en su casa como si tal cosa, te hubiese tratado como un loco igual que me tratan a mí aquí los ganaderos en la taberna, o incluso tu misma madre, cuando les hago partícipes –que no sé por qué sigo yo contando aquí las cosas– por ejemplo del proyecto del lacteoducto. Aunque cada vez le cuento menos a nadie, decía apesadumbrado, pero tú estás en Madrid, Juan, y puedes y debes hacer lo que tu pobre padre no ha podido llevar a cabo por culpa de este medio inhóspito y cerril a cualquier novedad o rasgo de genio. Imagínate, decía a todo aquel que quería escucharle, lo que será el día de mañana en las ciudades no tener que ir a la tienda o al supermercado, sino abrir por la mañana, con toda la tranquilidad del mundo, tu grifo de la leche y esta cantidad quiero y ésta no quiero; y mi hermano le escuchaba las veces que hiciera falta y le seguía la corriente. Nunca le desairaba, sino que se ponía serio y empezaba a hablar de materiales y medidas, de procedimientos y maquinarias. Se pasaban las horas muertas, cuando venía al pueblo, hablando y trajinando en el laboratorio que mi padre se había construido en una de las viejas cuadras en desuso y que, en sólo tres años, había hecho saltar por los aires un par de veces, obligando a venir a todos los vecinos a apagar el incendio. Cada Gómez Luengo con su tema, se decía en el pueblo en alusión a la locura de mi padre.

Aún recuerdo, con la misma nitidez del primer día, la última tarde que le vi. Se había ido a pasear por el monte con Anastasio y su pobre hija retrasadilla que aquí llaman loca, y yo no sé por qué subí a buscarlo para despedirme. Nunca solía hacerlo cuando me iba si no estaba en casa, pero aquella vez, como si hubiese podido barruntar acaso que sería la última que lo vería con vida, me fui monte arriba en su busca. Los encontré en la Fuente de la Gallina, la primera que hay según se sube hacia el Guardatillo. Anastasio estaba recogiendo berros y parecía un poco cansado –le habrá puesto la cabeza como un bombo, me dije nada más ver su gesto de aturdimiento–. Ya sabes lo paciente que es y lo incapaz de desairar a nadie, pero mi padre podía estar horas y horas describiéndote su nuevo invento y contándote sus innumerables ventajas, y esa tarde hasta Anastasio parecía que se había dado por vencido. De modo que mi padre, completamente enfebrecido y con todo lujo de detalles, se lo estaba explicando todo a su pobre hija loca. Qué bonito, decía ésta a cada rato, qué bonito, y mi padre se entusiasmaba y seguía dándose la razón y explicándole las múltiples posibilidades de aplicación de no sé qué artilugio. Cuando la hija rompió de repente a aplaudir y chapotear con los pies en el riachuelo –Anastasio levantó entonces la vista para mirarme–, yo no tuve fuerzas para acercarme y decirle nada a mi padre y me volví hacia el pueblo sin que él me hubiera visto siquiera.

Pues ya ves, ése era mi padre y ése es mi hermano, que por supuesto se casó en el momento adecuado —no sé cómo conseguía hacer hueco antes incluso para cambiar a menudo de novia— con una chica como es debido, inteligente y hermosa y además rica, y también en su momento oportuno tuvo dos hijos que por lo visto ha sabido educar con distancia y ecuanimidad, aunque uno de ellos, me ha dicho un poco alarmado, haya empezado a leer poesías y frunza mucho el ceño. Pero me estoy desviando, dijo Julio, me estoy desviando, y Bertha prorrumpió en una sonrisa que no se cuidó mucho de dominar.

18

Yo no tengo patentado, como mi hermano, ningún invento, dijo Julio después de beber un sorbo de coñac, mientras sus ojos recuperaban la extraña fijeza que habían perdido al hablar de su familia, pero mi invención, o la invención en la que participé con igual o mayor entusiasmo que el que inspiraba los inventos de mi padre o las tecnologías de mi hermano, fue realmente mucho más formidable. No fue un invento personal, no puede atribuírseme patente alguna y ni siquiera una mínima corrección o añadido, porque en esa invención, aunque siempre haya, como en todo, quien está en el principio y quien al final, quien a su debido tiempo y quien a destiempo, participamos en realidad un sinfín de gentes. Y entre todos, cada uno a su modo, inventamos un mundo e intentamos hacer realidad ese invento del mundo. Se hace realidad una cosa al creer en ella, al quererla con todo el ardor y el entusiasmo, o al menos así lo creímos nosotros. Y puestos a creer –aunque nos decíamos no creyentes–, creímos en la vida sagrada de la libertad, en el «osado placer de la libertad», que decía otra de aquellas poesías, y también en «el poder divino de nuestra estirpe» antes incluso de ser capaces de veras de hacer un inventario cabal de lo que había y, por supuesto, de la patética e irremisible condena de los hombres a inventarse el mundo.

Julio se detuvo en seco. Parecía haberse puesto a pensar en lo que acababa de decir, y Bertha no se atrevió a interrumpirle.

De pronto, en el silencio de la noche que ya se había echado por completo, los dos oyeron el ruido de un vehículo que se ladeaba en el arcén. No llegó a detenerse –el sonido de la lentitud de las ruedas sobre la grava–, y al cabo de unos segundos volvió a emprender la marcha hacia Sotillo. Julio miró el reloj –no, todavía no es hora de que llegue, dijo– y le preguntó que dónde se había quedado. Se me ha ido un momento el santo al cielo, añadió.

–No parecías muy partidario de la libertad –le respondió Bertha.

De la noche a la mañana –no es eso, no es eso, le rebatió de mala gana y continuó como si hubiera encontrado de pronto el cabo perdido–, los relatos que habían modelado nuestra infancia, todas aquellas historias de santos y de mártires, de abnegación y virtudes, dejaron de tener peso, se desmigajaron, se desinflaron como el globo al que se le suelta el nudo que impide el escape del aire y que, tras hacer unas ruidosas pedorretas en zigzag, va a parar a un rincón donde ya se queda tirado e insignificante. Se ahuecaron, se resquebrajaron y descosieron, y por sus costuras nos pareció ver la borra ridícula e infame de la que estaban hechos. Algo había pasado, algo nos había abandonado o nos estaba abandonando, y era como si todos de pronto tuviéramos que inventarnos.

Miguel, cuando volvía de los colegios de Madrid en los que estuvo interno, venía desconocido, a ratos petulante y despectivo y a ratos apocado y confuso como nunca lo ha estado luego en la vida. Pero sobre todo venía inquieto, inquieto y como falto de algo, con esa desasosegada sensación de carencia que, al contrario del apocamiento, luego ya nunca lograría quitarse ni vencer aunque hiciera de ella, casi como con una receta de Ruiz de Pablo, el propio motor de su vida y el paradójico fundamento de su equilibrio. Sólo a caballo encontráis el verdadero equilibrio, decía Ruiz de Pablo, sólo cuando se salta una cerca o se atraviesa a galope una charca, porque el verdadero equilibrio, nos decía, no está en el suelo sino en el momento del salto, en lo alto del aire donde la decisión y el impulso se equilibran por un momento con la gravedad y la ley que te atan a la tierra, en ese instante de suspendida detención en el aire en que las dos fuerzas y las dos leyes, divina y humana, de la naturaleza y del espíritu en su ápice, por un momento se hacen frente de igual a igual y se funden; no está en la tierra, con los pies en el suelo, sino más allá, con un pie en el día de mañana y el otro en la memoria; no es estático sino dinámico, y no está en la prosa que se codea con la realidad y en ella se embarra, sino en la poesía que la crea, en las ramas más altas y expuestas del árbol donde la habilidad y el aplomo se oponen al vértigo y a la torpeza.

Aquellos relatos domésticos y escolares nos habían hecho el mundo familiar hasta entonces, le habían dado un encaje y una hechura y a nosotros una cabida, pero de repente se nos fueron quedando antiguos y pequeños como una prenda de vestir que ya no nos entra y nos parece ridícula, y se nos hicieron tan insoportables como las propias personas que los pronunciaban. En el trato con ellos, con nuestros padres y familiares, con los maestros franquistas de la escuela, pasábamos de la desconsideración al desprecio y de la vergüenza a la repulsión casi sin transición alguna. Los soportábamos porque no teníamos más remedio, los sufríamos con paciencia de mártires y procurábamos no desaprovechar la menor ocasión para desairarlos. Aún recuerdo cómo me avergonzaba cuando Ruiz de Pablo me veía con mi madre, o cuando estaba con él y alguien hablaba de la última chifladura de mi padre; a pesar, o incluso tal vez también por ello mismo, de que sabía que en el fondo su padre había trabajado en tiempos como empleado del mío. Pero cualquier vestigio del mundo antiguo es un escombro molesto cuando urge edificar otro de nueva planta, de la misma forma que cualquier atisbo de novedad, por deleznables e insignificantes que sean sus materiales, se presenta siempre como un auténtico tesoro.

Y así es como, después de los relatos familiares, vinieron las historias de revolucionarios, las historias donde un individuo de un temple superior, valeroso y magnánimo, entrega su vida al servicio de una idea, de un proceso imparable y necesario que tras un sinfín de obstáculos y trabajos, de sacrificios y penalidades y reveses, conducirá ineludiblemente al paraíso de la justicia y la libertad entre los hombres. No importaban la magnitud de los esfuerzos ni la testarudez de la realidad –esa ideología–, ni la calidad ni el número de los que tuvieran que quedarse en el camino, porque por cada antorcha caída había mil manos nuevas dispuestas a recoger el relevo y por cada gota de sangre vertida, mil brazos más resueltos a entregar la suya, pues la victoria era irrefutable y la verdad estaba de nuestra parte.

Bakunin, Marx, Pablo Iglesias, Durruti y Ascaso y Fermín Salvoechea, nombres que empezaron a sonarme primero poco a poco y que luego rompieron a bullir con efervescencia en mi cabeza; nombres de guerrilleros, de escritores comprometidos, de militantes íntegros y abnegados y de grandes organizadores, de príncipes rusos, de tipógrafos enérgicos y responsables e inocentes ajusticiados, gentes firmes y cabales, vigorosas y rectas que olvidándose de sí mismas se consagraban a la vida de los demás y al advenimiento de un mundo mejor, hombres y mujeres echados para delante que se inmolaban por la causa y eran un modelo de valor, de generosidad y honradez. Al principio todo era una abigarrada confusión, una puerta que de repente se abre a una extensión extraordinaria y una avalancha de inquietud que se te viene encima, pero luego fue adquiriendo todo una forma más selectiva, más discriminante.

El primero que me habló del príncipe ruso y luego del teórico alemán fue Miguel, como no podía ser menos, siempre el más despierto, el más adelantado de nosotros, y el que primero se había acercado o se había dejado atraer por Ruiz de Pablo, como si entre los dos hubiese habido efectivamente desde siempre una corriente subterránea que los imantase y los repeliese con una fuerza incomprensible. Recuerdo que habíamos estado montando a caballo toda la tarde por detrás de Molinos, por donde el arroyo de los Esquiladores, y que Gregorio, al llegar al pueblo, se había tenido que ir en derechura a ayudar a su padre, que había andado buscándole por todas partes. Yo que tu padre ya iba a dejar que anduvieras todo el día por ahí con ésos perdiendo el tiempo como si fueras uno de ellos, le dijo no sé quién; da gracias a Dios de que es un trozo de pan.

Al caer la tarde, nos sentamos a horcajadas en la cerca de unos prados –las piedras, como habrás visto, están sueltas y siempre jugábamos a mantener el equilibrio– y Miguel me dijo de pronto que si nunca había oído hablar de Miguel Bakunin. ¿Tu bisabuelo ruso?, le pregunté. Le encantaba inventarse antepasados exóticos, a los que dotaba de su historia correspondiente y de un lugar exacto en el intrincado árbol de su fabuloso parentesco, y yo creí que aquello era el comienzo de una nueva historia. Solía enfrascarse durante horas en la lectura de los mapas o de las voces históricas y geográficas de una enciclopedia que tenían en casa –ahí lo tienes, me decía a veces su madre cuando iba a buscarle, ciego con su enciclopedia–, y luego fantaseaba con los nombres de los ríos y las ciudades que había aprendido y con los de los extraños personajes de todas las latitudes de los que nadie, a no ser Ruiz de Pablo, tenía noción en el pueblo. Pero aquella tarde, con un tono y una expresión de sigiloso misterio que me eran desconocidos en él, algo así como si se hubiese producido en su interior una metamorfosis repentina de cuya gestación yo no me hubiese apercibido todavía, me contó la vida borrascosa y magnífica de aquel ruso que había nacido cuando pasaba un cometa, que entusiasmaba a las multitudes con su mensaje de libertad y fraternidad y era capaz de arruinar a sus amigos con todo el champaña que podía beber. No paraba de viajar y moverse de aquí para allá huyendo o sembrando el descontento, de escribir y participar en revueltas y conspiraciones de todo el mundo, me contó con un brillo de admiración en los ojos que no he podido olvidar. Había sido encarcelado en las espantosas mazmorras de la fortaleza de San Pedro y San Pablo de Moscú, de las que, gracias a un ardid literario, había logrado salir deportado a Siberia. De allí se escapó hacia Alaska y, dando la vuelta al mundo, llegó a Londres, a casa de su amigo Herzen, el gran escritor revolucionario, más muerto que vivo, pero dispuesto a empezar enseguida de nuevo. No había fuerza ni autoridad que pudiera con él, y ni las

333

malévolas acusaciones de los muchos confidentes y traidores con los que se topó, ni las estrecheces ni los muchos años de exilio, consiguieron hacer mella en aquella alma indomable.

Moscú, Siberia, las calles de Londres, todo el champaña que se es capaz de beber, la libertad y la fraternidad, la vida magnífica de un ser indoblegable, me retumbaba. Lo había leído en una pequeña biografía que le había prestado Ruiz de Pablo, con el que había hablado mucho rato días atrás, me dijo, y al decírmelo recuerdo que le despuntó un orgullo también desconocido en la mirada. Me aseguró que esta vez no había una sola palabra inventada en lo que me acababa de contar, y para que lo comprobara prometió prestarme el librito antes de devolvérselo a Ruiz de Pablo; es más, éste así se lo había sugerido: si te gusta, le dijo, se lo pasas después al hijo de Gómez Luengo. La estatura del ruso, su porte, su fuerza imponente y sus largos cabellos revueltos –sus largas barbas–, lo atractivo y exótico de los países lejanos de los que hablaba y el contundente entusiasmo con que propagaba sus ideas, así como la extrema bondad y radicalidad de éstas, me produjeron en el acto una profunda impresión. Cuando acabé de leerlo al día siguiente –era un folleto de sólo unas pocas páginas–, supe enseguida que algo extraño se había producido en mi imaginación y había removido mi percepción de las cosas. De alguna forma, yo ya no era el mismo. Todavía no sabía de lo que se trataba ni el alcance que podía estar llamado a tener, pero sí que estaba relacionado con el descubrimiento de algo, de una perspectiva o dimensión que de repente hacían que el mundo en el que había vivido hasta entonces se quedara improvisamente chiquito, chiquito y pálido y sobre todo ridículo. De pronto todo se volvió injusto, o mejor dicho, todo lo injusto o lo contradictorio y doloroso que había impresionado antes mi sensibilidad, que me había indignado o provocado perplejidad, encontraron una explicación y un encaje en aquella revuelta contra el mundo y aquel anhelo de sustitución, ante cuyo designio lo que no era adhesión y compromiso pasó enseguida a ser culpa e irresponsabilidad.

El mundo hasta entonces habitado había dejado de tener sentido y se fue desmoronando estrepitosamente, y al que le iba a reemplazar le faltaban todavía las palabras que lo nombraran. Recuerdo mi inquietud de aquella época, el desasosiego y la confusión que me impulsaban a buscar a toda costa y a despreciar cuanto había sido habitual hasta entonces, a hacerme eco de todo y. curiosear en direcciones encontradas hasta que poco a poco, directa o indirectamente, Ruiz de Pablo fue poniendo nombre a cada cosa. Es realidad sólo aquello en lo que se cree y se puede nombrar, decía Ruiz de Pablo, y nombrar es ya en parte creer. Y así fue como el nuevo mundo en el que empecé poco a poco a creer fue emergiendo de las palabras del poeta, del gran poeta de renombre que era ya por entonces Ruiz de Pablo en todo el país. Él nombraba el mundo para nosotros, lo construía para nosotros al nombrarlo, al ponerle las palabras como si pusiera el sonido a una película muda o más aún, como si contara lo que pasaba en la calle a quien sólo percibe sombras y ecos de ella. Él y otros como él crearon nuestro mundo y las palabras que determinaban su verdad, y nosotros y otros muchos como nosotros –no tendríamos entonces más de dieciséis o diecisiete años– pusimos la ilusión y el entusiasmo, la fe –aunque nosotros la llamásemos confianza– y la inocencia. Otros pusieron el resentimiento, el odio, la soberbia y la grosería, y entre unos y otros dimos cuerda a un imponente mecanismo.

Pocos días después –continuó Julio– nos vimos también a la caída de la tarde en la misma cerca de piedras. Nos subimos a horcajadas a ella como solíamos hacer, y recuerdo que al comunicarle mi entusiasmo por lo que había leído, perdí el equilibrio y tiré varias piedras. Te vas a caer, me dijo riéndose, y yo le devolví el librito –lo había leído un par de veces– y empezamos a comentar una peripecia y una idea tras otra con un apasionamiento que el propio relato en voz alta no hacía sino acrecentar. Al descabalgar del murete –la luz del crepúsculo doraba las hojas de los chopos igual que nuestros rostros acalorados, habría que decir– supongo que en mí había anidado ya algo irreversible. Lo podemos llamar ahora, tantos años y tantas cosas después, el entusiasmo de ser otro, de ser por fin de verdad yo mismo en ese otro que se entrega a algo superior y vital, no a las miserias y chifladuras de nuestros padres, sino a algo justo y hermoso que restablecería la verdadera vida y la verdadera justicia sobre la tierra. Lo podemos llamar la vehemencia del adolescente, el cosquilleo del peligro, la atracción de lo grandioso o el deseo de emulación, el anhelo de belleza y justicia –¡siempre esas dos palabras tan unidas!– que alberga tantas veces un alma a esa edad, el ímpetu de afirmarse negando cuanto más mejor. Lo podemos llamar todo eso y quizás no andaríamos muy desencaminados. Pero había algo más, algo tal vez más equívoco que seguramente yo no llegaría a barruntar sino mucho más tarde.

Te enseñaré una fotografía, me dijo Miguel ya camino de casa, y tras un denso silencio añadió: me la ha dado Ruiz de Pablo, y al pronunciar esa frase su rostro cobró de nuevo una fisonomía extraña, como si no sólo la posesión de la fotografía, sino sobre todo su procedencia, le confirieran un estatuto distinto al que hasta entonces había tenido.

Al llegar a su casa fuimos en derechura a su habitación y me mostró a escondidas aquella foto –¿ya estáis trasteando por ahí?, se oyó la voz de su madre, que acostumbraba a tomar café con madalenas en la salita contigua al cuarto de Miguel todas las tardes, casi siempre sola y siempre impecablemente vestida como si estuviera en la mejor cafetería de Madrid–. Cogí la foto que me tendía y me la acerqué un poco, y ambos mantuvimos durante un momento un silencio reverencial. Aquel hombrón ruso con cara de energúmeno y de buena persona a la vez, perfectamente trajeado, pero con algo que desdecía al mismo tiempo por completo aquella elegancia, envejecido y a la par vigorosamente joven y con unos ojos ahondados por profundas ojeras de los que no obstante emanaba una luz especial, parecía como si me hubiera estado esperando desde siempre precisamente a mí y de repente me mirara con rara fijeza y me hablara con la voz de mi pensamiento. Eso es, ahí está, me dije, eso es, así tienes que ser tú, grande y osado, soñador y resuelto, con los ojos siempre puestos allí donde está el mundo que está en otra parte y es la que hay que traer en realidad aquí.

A los pocos días, al salir a la calle para ir a buscar a Miguel, me encontré por casualidad con Ruiz de Pablo. ¿Me acompañas?, me preguntó de repente, voy a dar un paseo. Su figura me imponía, apenas me atrevía nunca a hablar en su presencia y él acostumbraba además a alargar tanto los silencios, que al otro se le hacían insoportables y se sentía obligado a romperlos con el comentario más trivial, que él entonces despreciaba de una forma irónica o displicente o bien redoblando todavía más su silencio para hacer patente la inadecuada insignificancia del comentario. Emanaba una extraña autoridad que te cautivaba y repelía a un tiempo, que inspiraba deferencia y a la vez temor y llegaba a hacerse casi insoportable cuando estabas a su lado, como si en realidad abultara u ocupara todo el espacio a la redonda en el que ya uno no podía moverse más que de una forma acartonada y pendiente de él y hablar siempre de un modo torpe y pusilánime que apenas merecía oírse. Cuando él hablaba, por el contrario, cuando él hablaba en la televisión o la radio o aquí incluso en la taberna, raro era quien no se quedaba boquiabierto, absolutamente embelesado por aquella facilidad y determinación con que las palabras, incluso las más complejas, parecían salir de su boca para describir o explicar algo y sobre todo para desbaratar algo, para descomponerlo y demolerlo. Y no sólo eran las palabras sino el gesto, la mirada y hasta los silencios mismos que interponía hábilmente lo que parecía hablar en él de una forma tan elocuente y poderosa, que era como si entre las cosas y su expresión no hubiese la menor diferencia.

En esa edad en que a uno se le hunde el valor que daba antes a las cosas, en que pierde sus referencias y anda buscando no sé qué, algo que no sabe exactamente lo que es, pero sí exactamente lo que no es, es decir, su mundo de hasta entonces, Ruiz de Pablo encarnó para nosotros, y mucho más de lo imaginable, todo ese no sé qué. Fue para nosotros la ruptura y el camino, el asesino de nuestros padres y hermanos y nuestro nuevo padre y hermano incluso hasta límites insospechados; fue el peligro y la fascinación, el miedo y el apasionamiento. Él era de algún modo el más acá y el más allá de todo, el desafío y el contenido mismo de la libertad, la contraseña y el umbral y, a la vez, nuestro contrincante; era el fundamento de la convicción porque era la fuerza y el significado de las palabras. Yo nunca he visto a nadie ser pura potencia de la palabra como lo era él, convertirse en la voz y el gesto y el poder de las palabras, ser su pura expresividad y su pura inteligencia; en realidad creo no haber visto nada más impresionante porque nada creo que pueda impresionar más en el fondo que las palabras, por mucho que se diga, que lo que son capaces de hacer las palabras. Cuando entraba en algún sitio, su sola presencia obligaba a que pasase a un segundo término lo que cada uno estuviera haciendo o diciendo para poder estar pendientes de él, de lo que decía o no decía y de cada uno de sus movimientos. Era como si se llenara la sala con su sola entrada y todo lo demás se achicara o eclipsara de repente, como si no se tuvieran sentidos ya más que para concentrarlos en él. Desprendía inquietud e intensidad al mismo tiempo, y sus ojos penetrantes eran los de alguien que nunca descansa, que siempre va pensando, tramando, calculando, traspasándolo todo con su voluntad. Siempre supuse que los profetas, que los grandes profetas del Antiguo Testamento y los grandes caudillos o patriarcas de la Antigüedad, debieron de expresarse como él y debieron de tener su misma imponente magnificencia, el mismo empaque, mezcla de temeridad y despotismo, que él siempre ha tenido.

He hablado antes con Miguel, me dijo mirándome fijamente a los ojos y dejando acto seguido que transcurriera el tiempo en espera de una continuación, con lo que me dio a entender que sabía que yo había leído el libro y cuál había sido mi reacción. No recuerdo lo que le contesté –seguramente lo primero que me viniera a la cabeza para evitar aquel silencio tan prolongado–, pero sí que luego él me dijo: bien, muy bien, y me volvió a mirar con una sonrisa de complicidad que a mí me hizo el hombre más feliz del mundo. ¡Ah, esos momentos de plenitud, de esa plenitud intensa que te sube desde el estómago y te hincha los pulmones de modo que te parece que te puedes poner a volar en cualquier momento; esos instantes en que te parece que el mundo y tu ánimo gozan de las mismas dimensiones y están en la misma sintonía! De esos momentos yo iba a sentir muchos a partir de entonces, pero aquél fue sin duda el primero, el inaugural de una larga serie en que empecé a sentirme protagonista de algo, de un mundo que yo comenzaba a crear a medida que me creaba también a mí mismo a su imagen y semejanza.

Paseamos un rato –yo estaba que no cabía en mí– y me habló de muchas cosas que me impresionaron vivamente y de otras que apenas entendía, pero que eran como el eco solemne de las anteriores. Dijo filosofía, antagonismo, dictadura, una sociedad por fin justa y libre, los privilegios de los de siempre, y dijo también lucha, luchar, la vida no tiene sentido si no se lucha por lo que se cree justo. El vino de la vida, el espíritu de los héroes, recuerdo que le oí ya aquel día, el espíritu del joven veloz e impetuoso que hace estallar lo que aspira a contenerlo. Y que también le oí decir fraternidad, el verdadero y oculto sentido de la fraternidad.

La emoción de oírle, de oír lo que estaba diciendo sólo para que yo lo escuchase, me impedía a veces hasta prestar atención en realidad a lo que decía por mucho que fuera mi interés. Aquel hombre al que le dedicaban artículos las revistas y los periódicos y había salido muchas veces, según decían, en programas de televisiones extranjeras, aquel hombre desabrido y sin embargo también elegante que se había hecho a sí mismo desde la cuna más humilde y había conquistado un renombre que sólo la envidia y la cerrilidad de sus enemigos le regateaban, me estaba considerando en aquel momento su interlocutor y me había invitado a dar un paseo con él. Recuerdo lo contento que me puse cuando, al doblar una de las últimas calles del pueblo, pasamos al lado de Gregorio y Anastasio, que venían de segar hierba en los prados, y éstos saludaron cohibidos y admirados de que yo estuviese paseando y hablando de tú a tú con Ruiz de Pablo. Me sentí importante tal vez por primera vez en la vida –creo que en aquel momento repetí una frase que él había dicho antes para darme pote–, y la sensación de plenitud y orgullo que experimenté no es de las que se borran con facilidad.

A partir de ese día comenzamos a verle cada vez que venía a El Valle. Todavía no se había hecho la casa de la carretera y se quedaba donde sus padres, pero en cuanto llegaba, enseguida se sabía en el pueblo y a nosotros nos faltaba tiempo para hacernos los encontradizos, o bien era él quien nos mandaba aviso a uno o a otro. Salíamos a caminar en su compañía o nos veíamos en la taberna, e incluso un día de mediados de verano, con un sol radiante que abrasaba las piedras y el cielo azul desde hacía semanas, Miguel y yo, junto a Anastasio y Gregorio –a quienes nos dijo que invitáramos–, hicimos con él una excursión a los altos de Cebollera.

Nos levantamos muy temprano, y durante el trayecto él se mantuvo la mayor parte del tiempo en un riguroso mutismo que nos intimidaba y nos obligaba a sobreactuar entre nosotros. Muy pocas veces rompió a hablar hasta que llegamos a la laguna que hay bajo la cumbre, y todas ellas –sólo una frase o una breve indicación tras las que volvía de inmediato a su silencio– era por un motivo fútil o estrictamente funcional que contribuía a aumentar nuestra incomodidad. Suele hacer frío siempre allí arriba aun en mitad del verano, y un viento incomprensible agitaba las aguas de la laguna y los juncos de las inmediaciones. Manadas de caballos pacían o corrían al otro lado y, al verlos nada más llegar –el panorama es de una sobria belleza inolvidable–, estuvimos tentados de irnos los cuatro disparados hacia ellos. Pero entonces empezó a sonar la voz de Ruiz de Pablo, empezó a tronar tal vez o a retumbar como si fuera la de un ser sobrenatural, o bien la de un actor antiguo de teatro que hubiera hallado por fin su escenario adecuado.

No hacía mucho que las cumbres habían perdido aquel año sus últimos acúmulos de nieve y el silencio en torno, al igual que la luz o el perfil del circo de montañas que rodea la laguna, era nítido y tajante. Los ecos de los relinchos al fondo del lago o el viento entre los juncos subrayaban esa radicalidad más que desmentirla y, en medio de aquel anfiteatro perfecto, como si hubiera elegido cuidadosamente el punto exacto desde el que sus palabras pudieran sonar con mayor eficacia a la redonda, su voz se alzó de pronto persuasiva e impecable como una autoridad antigua, despejada como aquel cielo y certera como el perfil de los montes. Cada palabra era un dardo que atinaba en su diana; cada argumentación, una máquina perfecta; cada modulación de la dicción, un efecto calculado y seguro. Su voz nombraba las cosas y ese nombre era más que un nombre, decía la cosa, la extraía como de un pozo, o bien de una superficie donde había estado siempre a la vista sin que nadie la viera, y la ponía de pronto al descubierto, nos la ponía al descubierto e inauguraba su significado para nosotros. A veces se sentaba un momento sobre una roca, callaba un instante –y esos segundos eran de la mayor elocuencia–, y luego se levantaba y caminaba arriba y abajo hablando ante nosotros sin dejar que se interrumpiera un momento la magia que ejercían sus palabras. Anastasio y yo no nos movimos de donde estábamos sentados ni dijimos nunca esta boca es mía –Miguel sí se levantaba e intervenía de vez en cuando– y Gregorio, sin dejar de estar pendiente nunca de los caballos del otro lado, escuchaba asombrado como si estuviera asistiendo a algo tan incomprensible como aquel viento y aquel frío bajo el intenso sol detenido del verano.

Lo mismo que los medios de producción, nos dijo, detentan también los de expresión, así que las palabras pronunciadas por sus labios no son más que nombres de falsedad, no nombran las cosas sino la manipulación de las cosas. Pero cuando la palabra y la cosa se aparean, lo hacen como el caballo y su yegua, generan, pero no un potrillo que empieza a chospar poco a poco, sino verdad, dijo, verdadera libertad, y eso es el destino. Repitió muchas veces esas palabras: verdad, libertad, destino, y también riqueza de todos, apoyo mutuo, fraternidad, el reino de Dios en este teatro del mundo, engastándolas en el relato elocuente de historias y anécdotas de viejos luchadores contadas con emoción y eficacia, de hombres y mujeres anónimos que habían sufrido cárcel y un sinfín de penalidades y persecuciones injustas que sin embargo nunca habían conseguido doblegarlos, y de gentes de una entereza moral a toda prueba, de un coraje y una abnegación sin límites para luchar no por ellos, sino por un mundo mejor para todos. Historias de gentes y también historias de atentados y sublevaciones, de esfuerzos ímprobos de organización y clandestinidad –grupos de afinidad, oíamos supongo que por primera vez, acción directa, comités locales– para erradicar de una vez toda la podredumbre y la injusticia.

Desde aquel día hasta la mañana en que los tres nos marchamos del pueblo, sólo un par de años después, nuestro carácter no hizo más que formarse y afianzarse en aquellas historias y aquella visión del mundo como algo que tiene que ser sustituido, de la vida como algo que se tiene que alcanzar enfrentándose a un enemigo inequívoco que la atenaza e impide y que sólo cobra sentido en su lucha frontal contra él. El Enemigo estaba en todas partes, en la familia y la economía, en la cultura y las ideas recibidas, en la religión, en los políticos, y nuestro cometido era desenmascararlo y abatirlo allí donde estuviera, empezando –claro está– por la familia. Le llamábamos Capitalismo, Estado, Aparato, le llamábamos Reacción o Búnker y luego, con el pasar del tiempo, le daríamos también otros nombres. Eran los nombres del viejo Mal, del pecado y el demonio ahora invertidos, y lo nuestro era el buen camino, el proceso de liberación, el Bien. Basta nombrar a veces para que nos parezca que lo tachado de malévolo absorbe todo el dolor y la miseria y opresión del mundo, y nos deja libre e inmaculado el campo adverso y expedito el camino. Es el esquema de siempre, el viejo esquema de la burla del destino. Porque creyendo que nos emancipábamos de él, tal vez lo que hicimos fue sólo adentrarnos por su espesura como se adentra uno en el bosque atraído por el canto de una alondra.

En adelante no hicimos más que corroborar esa visión, y cada acontecimiento político y cada hecho concreto de nuestras vidas nos afirmaba más en nuestra postura. Te haces a ver las cosas desde una sola perspectiva, a juzgarlas siempre según el mismo mecanismo, sin el ejercicio de ponerte jamás en el otro lado, en otro pellejo distinto del que crees justo, y el mundo adquiere un monolitismo de pureza que se retroalimenta automáticamente y te va cargando cada vez más de razón, de una solidez sin fisuras tan soberbia como difícil de abandonar, lo mismo que es difícil dejar de pelar una manzana siempre del mismo modo o caminar con las mismas trazas. Tu visión de las cosas se vuelve inconsciente, caracteriológica, como una segunda naturaleza incrustada en tu piel cuyo abandono supone literalmente un derrumbe, el derrumbe de tu persona y el derrumbe del mundo, la depresión y la soledad, el vacío, y la ideología, sea cual sea, las palabras en las que se expresan las ideologías, te llenan el mundo.

Por eso en aquella época todo se dividía para nosotros en bandos, en los nuestros y los otros, que a su vez se subdividían entre los del cogollo de los nuestros y los más o menos cercanos, por una parte, y respecto a los otros, entre los que nos interesaban para convencerlos o bien para combatirlos, para hacerlos como nosotros o para aprovecharnos de ellos y anularlos. En mis estudios de Filosofía en Madrid, yo no buscaba tanto entender o saber, cuanto dar con lo que me confirmaba o podía prolongar mi razón, y las emociones que viví en aquella época eran emociones ligadas casi siempre a los avances o retrocesos de nuestras filas, a los pequeños éxitos o a la preparación de las grandes batallas. Aún recuerdo como si fuera hoy la emoción que me embargó el primer día que en una reunión clandestina, tras la mesa en la que se sentaba el comité, alguien desplegó por primera vez ante mi vista nuestra bandera; o la noche en que, en otra de esas reuniones, de repente se alzó un hombre enteco de cabello largo y blanco, el de más edad con diferencia de todos nosotros, y del interior de su tabardo negro y viejo de piel sacó un libro y nos dijo: muchachos, lo primero que hay que hacer es tener la razón de nuestra parte, y para eso hay que estudiar y devanarse los sesos –y entonces enarboló el libro en la mano–, pero luego, una vez que sabemos con seguridad que estamos en lo cierto, lo que hace falta entonces es fuerza para imponer esa razón, y esa fuerza ha de ser imparable y terminante, y entonces, dejando aparte el libro, abrió de nuevo su chaquetón y extrajo una pistola que enarboló como antes lo había hecho con el libro.

El resplandor de aquella pistola en el aire empuñada por aquel hombre sobrio, de aspecto limpio y digno, vestido como uno de aquellos antiguos guerrilleros de los que tanto nos había hablado primero Ruiz de Pablo y luego muchos otros y nosotros habíamos contribuido enseguida a difundir, creo que se nos quedó grabado muy adentro durante mucho tiempo, o por lo menos a mí. Miguel le echó luego un vistazo al libro; era *El Quijote*, me dijo a la salida con una asombrada emoción de la que luego se ha burlado muchas veces.

La fascinación por la doble vida, por la clandestinidad y el peligro, se unía al embrujo de la búsqueda de la verdadera vida. No lo que teníamos delante, que era corrupto y opresivo se mirara desde donde se mirara, sino la verdadera vida, la vida de verdad, hermosa e irrenunciable. Nada hay más atractivo para un joven bienintencionado y emotivo que esa búsqueda y ese empeño. Pero con el tiempo siempre ocurre algo que de repente no te confirma en lo que llevas haciendo y pensando, sino que te lleva a un vértigo nuevo y te estampa de sopetón contra ti mismo. Entonces la postura más socorrida es evitar el vértigo con una nueva dosis redoblada de confirmación, sin saber –o a sabiendas– que ese redoble te aboca desde ese momento a un mecanismo de piñón fijo que es el mecanismo del fanatismo, del cinismo y la obtusidad, y que de ahí ya rara vez se sale si no es tras una morrada de envergadura. Pero a veces el vértigo te engulle, te hace tambalear y te arremolina en torno a ti mismo hasta convertirte en una pura vorágine. El tiempo –¿cómo puedo decírtelo?– te estalla entonces en las venas de la memoria y el pasado se te echa encima de improviso y a traición como una loba, y toda perspectiva se vuelve cambiante una y otra vez, todo punto de apoyo del pensamiento ilusorio y todo arrimo momentáneo.

De pronto ves que te has hecho mayor casi sin comerlo ni beberlo, y ves incluso la edad por primera vez desde la edad, ves de verdad la vejez y el dolor y ves también el placer, pero sobre todo vuelves a ver a cada una de las personas que te han rodeado, desde las más cercanas a las más lejanas, desde las que adoraste hasta las que aborreciste o quisiste incluso que desaparecieran del mapa, ves a los que son o fueron de los nuestros y a los que fueron de los otros y cada una de sus acciones en un imposible rebobinado que te arrasa los días y las noches. Es el momento de la vuelta de todas las horas, y entonces te asombra la infinita complejidad de cada uno y cada cosa, y de repente la tierra en torno vuelve a carecer de palabras para nombrarla, de deslindes y referencias para orientarse como aquel día de mi infancia en que quise escaparme de casa, porque las anteriores ya no te sirven o tenían el letrero cambiado por una añagaza o una burla del destino.

Entonces, quizás, llegas a saber que aunque a lo mejor alguna vez se tiene razón, o por lo menos bastante razón o más razón que otros, y esa razón puede que sea buena y justa y acertada, eso no te impide saber también, con no menor certeza ni acierto, que no sólo es poco probable que esa razón alcance a imperar algún día totalmente, sino que empeñarse más de la cuenta —más de lo razonable— en que eso sea así no hace sino atrasar y comprometer mucho más ese imperio. Y que la verdadera entereza que te cabe como hombre no es la del que empuña a lo mejor un revólver o aguanta impertérrito cualquier tortura, sino quizás la de afrontar que cada cosa tiene su anverso y su reverso, y ese envés de cada cosa está siempre ahí al acecho, y que alegría y tristeza, opresión y libertad, vida y muerte se reparten sus papeles en una representación tan compleja, cambiante y enrevesada como fascinante. Y llegas a saber tal vez también que a lo mejor la verdadera vida, de ser algo, se asemejaría más a la falsa, a eso de cada día, sin trascendencias, pero también sin aspavientos, que a ninguna otra cosa.

Ya, ya veo que sonríes, y no te creas que no me imagino lo que piensas, dijo Julio, como si hubiera acabado de volver de un viaje completamente agotado, mientras se levantaba a atizar el fuego y echar luego unos troncos. Pero no es que me haya vuelto reaccionario o nada por el estilo, o por lo menos lo que se suele entender normalmente por reaccionario. No te equivoques.

19

El camarero le ayudó a ponerse su abrigo de loden sobre la chaqueta gris de espiguilla y le acompañó hasta la puerta de la cafetería sin dejar de hablar ni de mover los brazos. Continuaba hablándole incluso después de haberle abierto la puerta de cristal del establecimiento y de que el anciano de gafas metálicas y cabello blanco peinado y repeinado hacia atrás hubiera salido ya a la calle. Bueno, hasta mañana, oyó Julio, esta vez con claridad, desde el interior del coche en el que llevaba ya más de media hora metido. Pero el anciano, que había empezado a caminar lentamente calle abajo y había salido ya del radio de luz del letrero luminoso del establecimiento para entrar en el de uno de los faroles, volvió de pronto sobre sus pasos —el camarero todavía estaba en el umbral de la cafetería con la puerta abierta— y con ademanes resueltos que contrastaban con la parsimonia de su paso reanudó la conversación aportando por lo que se veía algún argumento de peso. No se movía más que de cintura para arriba, y sus gestos bruscos dejaron entrever un momento el ceño fruncido tras las gafas cuando de repente se volvió hacia la calle y levantó una mano como mostrando algo alrededor, las casas o las luces o tal vez los coches o alguno de los coches. El camarero no cesaba de asentir a lo que le decía con un movimiento visible de la cabeza —no había abandonado aún el umbral ni cerrado la puerta— y al levantar la mano el anciano y mantenerla nerviosa y como agitándola en el aire, tal vez sólo apoyando con el gesto una opinión o bien pidiendo cuentas a alguien, a una autoridad o entidad abstracta, y no necesariamente indicando algo en concreto, él también alzó la vista y miró un momento en derredor. La luz del letrero del establecimiento, cuyo radio sobrepasaba la línea de los coches aparcados en aquel lado e invadía claramente parte de la calzada, hacía perceptibles sus rostros y los brillos de las monturas y los cristales de las gafas de ambos. De repente el camarero le invitó a pasar adentro de nuevo con un gesto ostensible de la mano que se percibía desde lejos, pero el anciano declinó la invitación y, con la misma determinación que había mostrado en cada una de sus frases, le volvió la espalda y reemprendió su camino todavía sin dejar de hablar al principio. El camarero aún se quedó mirándole marcharse de nuevo, y mirando un momento la calle arriba y abajo, antes de ceder el paso a un cliente que llegaba –el coronel estaba ya de lleno bajo el radio de luz de la farola– y entrar detrás de él.

Julio respiró con alivio cuando vio meterse al camarero en el local y trajinar detrás de la barra para servir al cliente que acababa de entrar. Se había puesto en guardia al darse la vuelta el anciano y alzar la mano, y sobre todo cuando ambos parecieron mirar hacia donde él estaba. Con el cuello del chaquetón subido y sus gafas oscuras a pesar de la noche, se había hundido un poco más en el asiento mientras duró la conversación en la calle y el camarero no se retiró por fin al interior del local, y ahora, intentando por todos los medios no dar rienda a ningún nerviosismo, seguía paso a paso el recorrido del anciano que estaba dejando atrás lentamente el radio de mayor luz de la farola e internándose en un tramo de relativa penumbra. Por la acera opuesta, la acera junto a la que estaba aparcado su coche desde hacía más de una semana –a Julio se lo había mostrado ya su contacto el martes anterior–, bajaba una pareja abrazada que, según venía observando por el retrovisor, se detenía cada dos por tres a besarse, seguida de un grupo de cuatro jóvenes, más ruidosos y ligeros, que venía bromeando en voz alta. Julio calculó que, poco después de que pasaran a su lado, él tendría que salir ya del coche –sin duda habrían dejado ya atrás a la pareja que se abrazaba– y bajar un trecho tras ellos hasta cruzar a la otra acera. Esperaba que el grupo no disminuyera su marcha –y la pareja no la aumentara– y que llegaran abajo, a lo mejor incluso a la boca del metro, unos bastante antes que el coronel y los otros mucho después, aunque también había que contar con que la pareja de repente dejara de besarse y emprendiera la marcha de la mano a buen paso. También era mala suerte; hacía un rato que no bajaba nadie por aquella acera ni por la otra, y ahora justamente tenía que estar pendiente por lo menos de esos dos imprevistos y sobre todo de los movimientos peristálticos de la pareja, porque sería mucha casualidad que el grupo de jóvenes aminorara de pronto la marcha con la prisa que parecían llevar.

Pasaron a su lado –ése está hecho polvo, dijo uno de ellos descubriéndole de repente mientras los otros se reían– y él dejó que se alejaran un trecho para abrir la portezuela del coche y, sin quitarse para nada los guantes ni dar a pesar de todo el menor pábulo al nerviosismo, introducir con celeridad la llave por fuera y dejarlo cerrado. Con la mirada volvió a localizar inmediatamente al coronel, como si no perderle de vista fuera igual que tenerlo atado a distancia. Se había detenido a encenderse un cigarrillo, y eso hacía que no tuviera que precipitarse sino actuar siguiendo los pasos previstos. Pero por otra parte no podía quitarle ojo a la pareja que ahora, en su acera y un poco detrás todavía del coche, dejaba de abrazarse y empezaba a andar calle abajo. Se llevó la mano a la cintura, como si comprobase algo o se ajustara la altura del cinturón, y comenzó a caminar también hacia abajo a distancia de los jóvenes, que seguían a su paso y con sus risas estentóreas, y delante de la pareja de enamorados a la que ahora le había dado por ir más deprisa. No perdía de vista al militar, que ya llevaba más que mediada la calle, y trataba de respirar continuamente y a ritmo, inspirando y espirando despacio para mantener la calma, pero sin poder evitar sin embargo la fuerza con la que cerraba sus puños. Me clavaba las uñas en el pulpejo de la mano con tal fuerza, le dijo a Bertha, que al desprenderlas me pareció que las arrancaba. Pero ni siquiera eso le puso sobre aviso. Había decidido tajantemente no pensar una décima de segundo desde el momento en que comenzara a caminar calle abajo, no tolerar un solo adarme de nada que no fuera mirar, calibrar, ajustar cada movimiento y estar al tanto, actuar. No permitir que se colara de rondón la menor condescendencia, que aflorara el menor sentimiento de duda ni la más pequeña imagen que no fuera la de aquel repugnante militar de mierda, la de aquella hez de la sociedad y toda la repulsión que se siente por los gusanos que te han salido en el plato en el que estabas comiendo. Gusano, eso es, un gusano repugnante, se iba diciendo, un gusano y nada más que un gusano que uno aplasta porque es repulsivo y porque le da la gana aplastarlo sin tener que dar explicaciones a nadie y menos a uno mismo.

Ahora oía detrás las risas de la pareja que había apretado el paso –las del grupo de jóvenes le llegaban desde más lejos– y decidió cruzar ya, frente a lo que tenía previsto, a la acera por la que bajaba el militar. Con las ganas que tenía el tío de hacer tiempo antes de llegar a casa, podía volverse si oía a alguien detrás por su acera, pero le pareció mejor que dar opción, por pequeña que fuese, a que la pareja le adelantara y le mirara o incluso le preguntara a lo mejor la hora o lo que fuera. Si seguían caminando al ritmo que llevaban ahora y no se detenían, no iban a suponer ningún problema, llegarían a la avenida, o bien incluso a la boca de metro, antes que el anciano y por allí desaparecerían; pero si se paraban, si se volvían a acaramelar en uno de aquellos abrazos que había espiado momentos antes por el retrovisor, entonces sí que se convertirían en una variable casi imposible de despejar, en uno de esos bloques erráticos de hielo que se ciernen acechantes sobre los barcos que intentan esquivarlos. El amor es imprevisible, o más bien los impulsos de abrazar y besar o tocar a la otra persona son los realmente imprevisibles, y por tanto que se detuvieran de repente en el momento menos pensado cabía dentro de lo posible.

El anciano bajaba despacio, casi deteniéndose a cada calada

de su cigarrillo; absorbía el humo lentamente y miraba a los coches aparcados y a los portales de las casas con la parsimonia del que quiere dejar tiempo en la mirada. Mientras tanto el grupo de jóvenes había llegado al final de la calle y se apelotonaba a la entrada del metro. Parecía que habían tocado a su fin sus andanzas en común y que allí mismo, en el límite de las escaleras que descendían hacia el metro, se separaban sus itinerarios o por lo menos el itinerario de alguno de ellos. Pero sin embargo seguían hablando –a veces se empujaban y zarandeaban– y nada permitía descifrar si aquella charla iba a concluir de inmediato, o a prolongarse por el contrario hasta que se aburrieran. Empezaba a ponerse nervioso; se daba cuenta de que si aquellos chicos no se movían de allí antes de la llegada del coronel, todo estaba perdido, a menos de que se arriesgara a ser visto y reconocido a las primeras de cambio, pues ya habían reparado en él antes en el coche. Y por si fuera poco estaba la pareja que ahora se detenía otra vez a besarse antes de la esquina con la avenida. No había contado con esas variables, creía que le habría bastado con estar al tanto de la gente que podía salir en aquellos momentos del metro y vigilar si alguien bajaba por la calle, pero no había pensado que pudieran detenerse precisamente ante la boca del metro. ¡Ya era mala pata! La pareja era raro que tal como estaban prestara atención a nada, se decía, pero los chicos estaban allí mismo, y entonces tendría que jugárselo todo a una carta y calcular el momento justo en que el coronel hubiese bajado ya las escaleras y torcido a la izquierda para quedar fuera del radio de visión de los jóvenes. Pero entonces tendría que afrontar la posibilidad de que, en ese momento precisamente, viniera alguien de frente por los veinte metros escasos de recodo que separaban las escaleras del pasillo más largo que daba luego a una encrucijada más transitada. Todo se precipitaba, y la pareja y el grupo seguían allí parados sin dar la menor señal de querer moverse. Para aquel momento, Julio ya había abierto y cerrado tres veces la cremallera del chaquetón; la bajaba e introducía una mano bajo el jersey como para asegurarse de algo o afianzar algo en la cintura, y al hacerlo parecía que se sentía como aliviado o reconfortado, o bien más entero, más resuelto y seguro. Por momentos, en breves pero pugnaces ráfagas de segundo, me asaltaban imágenes de las que es la primera vez que le hablo a alguien, le dijo a Bertha. Te reirás, pero yo me veía como uno de esos pistoleros del Oeste americano, el pistolero bueno por supuesto, que caminaba por medio de una calle desierta, al cabo de la cual tenía que afrontar cara a cara al malvado que aterrorizaba a toda la comarca. Detrás de los visillos de una de las ventanas cerradas había unos ojos llorosos que temían por mí, pero el destino y el bien de la comunidad estaban depositados en mi mano y yo no podía defraudarlos. Pero luego el polvo y el silencio cargado de presagios de esa calle bajo el tórrido sol del Oeste americano se convertían, casi sin solución alguna de continuidad, en el polvo y el silencio llenos de asechanzas de una montaña por la que yo iba con mis hombres durante la posguerra española. Yo llevaba una zamarra tres cuartos de cuero negro, como las que había visto tantas veces que vestían los guerrilleros en los libros de historia que nos pasábamos y algunos militantes veteranos que había conocido, y me encaminaba al mando de mis hombres, que en ningún momento dudarían en arriesgar su vida como hicieron Quico Sabater o Facerías, a realizar un atentado contra un enemigo muy superior en fuerzas que sin embargo ahora quedaría en evidencia. Sentía la presión de la pistola en la cintura como sin duda la habían sentido también ellos, la sensación de ser invulnerable con ella, una sensación intensa de ser yo en el mundo, y caminaba con la arrogante seguridad con la que ellos a buen seguro habían caminado. Pero de repente era también un revolucionario ruso, un seguidor del príncipe ruso encarcelado en las mazmorras de San Pedro y San Pablo, que me disponía a retirar de la circulación a un enemigo del pueblo, a prestar un servicio a la humanidad por el que sería recordado con reconocimiento el día de mañana, aunque en el presente tuviera que padecer persecución y oprobio.

El coronel retirado, afortunadamente, se detuvo frente al escaparate de la bodega y se dispuso a repasar con la mirada las botellas y sus precios. Había cuatro vasares repletos de botellas de vino colocadas unas junto a otras según el año y la denominación de origen, y en la parte inferior de todas ellas, debajo de la etiqueta, un papel adhesivo indicaba su precio. En dos o tres botellas, un cartelito de mayores proporciones y colores chillones hincado en el corcho anunciaba una oferta. El anciano solía demorarse un rato ante ese escaparate, le dijo el tipo del bigote el primer día, pero ese rato pueden ser unos segundos –le avisó– o sus buenos cinco y hasta diez minutos a veces.

Julio se detuvo a su vez ante el escaparate de una tienda de material eléctrico que distaba unos cuarenta o cincuenta metros de la bodega. Miraba al anciano y estaba pendiente también de la pareja y del grupo de chicos que se hallaba todavía junto a la salida del metro, sin perder de vista tampoco el resto de la calle. Un hombre bajaba con paso decidido y otros salían ahora por las escaleras del metro, diez o doce personas que se desperdigaron enseguida por la avenida y que indicaban que un tren acababa de detenerse en esa estación y que, por lo tanto, durante unos diez minutos era probable que no volvieran a salir más que personas sueltas si acaso y muy de vez en cuando, provenientes de transbordos menos frecuentes. Por lo menos eso se ponía de su parte, y no sólo eso, porque de repente la pareja que se abrazaba dejó de hacerlo y empezó a correr hasta las escaleras del metro. Las bajaron precipitadamente saliendo de escena y haciendo una estrepitosa algazara, él dando zancadas y ella escalón tras escalón y emitiendo unos chillidos agudos que llegaban hasta donde se encontraba Julio. El anciano se volvió para averiguar el motivo de aquellos gritos y luego tornó contrariado a sus botellas. Por un momento Julio temió que reemprendiera su camino ya una vez vuelto hacia la boca del metro, pero inmediatamente respiró con alivio, porque aunque el hombre que descendía presuroso también había alcanzado mientras tanto la avenida y se había difuminado en ella, todavía quedaban los cuatro jóvenes despidiéndose y bromeando junto al arranque mismo de las escaleras. Pero de pronto el coronel se volvió de nuevo y echó a andar. Menos de un minuto y estaría junto al grupo de jóvenes que, si no se movían como no parecían estar dispuestos a hacer, le obligarían a pasar a su lado, todo lo deprisa e inadvertidamente posible, para caer sobre el coronel en el momento preciso en que éste hubiera acabado de descender las escaleras y girado a la izquierda para atravesar aquellos veinte metros escasos que le separaban del pasillo más largo y en los que él tenía que actuar, ya sin falta ni pérdida de un segundo, cuando no viniera nadie de frente. O incluso seguramente aunque viniera, porque ya no había más remedio.

Ya todo estaba ahí: las escaleras –la barandilla negra y el revestimiento de granito, las colillas y las cáscaras de frutos secos pisadas y vueltas a pisar–, los jóvenes que se despedían y, esos veinte metros escasos de recodo; el tiempo que aquel hombre tardaba en atravesarlos y que esta vez ya no sería excesivo debido a su lentitud, sino más bien infinito, definitivo, y también la circunstancia de que nadie le siguiera al bajar, de que nadie viniera tampoco de frente, sólo el anciano y él detrás abriendo por fin definitivamente la cremallera del chaquetón y levantando el jersey marrón de lana para empuñar la pistola como la empuñaría un pistolero del Oeste o un guerrillero de posguerra, un revolucionario ruso devoto como él del príncipe y de las mismas prácticas de la propaganda por el hecho que le llevarían al día siguiente a ver su sombra en los periódicos y los telediarios: un joven de unos veintitantos años, de mediana estatura y pelo largo y negro, con un chaquetón oscuro y gafas también oscuras había disparado un par de tiros a bocajarro a un coronel del ejército; nada más, ni un solo dato más, ni un testigo directo ni una huella, y ésos como mucho, contando con que alguno de los jóvenes a cuyo lado no podía por menos de pasar hubiera dado en advertir y recordar luego su paso esquinado ante ellos. Pero de repente le asaltó el temor de que lo pudieran asociar con el individuo dormido o adormilado del coche en el que uno de ellos había reparado señalando su presencia a los otros, y que ese testimonio pudiera proporcionar una pista importante. Aunque no era probable, y además estaba seguro de no haber dejado una sola huella en el coche. Era, con toda seguridad, un vehículo robado al que le habrían cambiado las placas y nadie de la Organización iría a recogerlo aunque llegaran a identificarlo como el coche en el que había estado aguardando. O al revés, lo más probable era que a aquellas horas ya se lo hubieran llevado.

Se tranquilizó, pero lo que realmente acabó por disipar todos esos temores –a la par que alentaba otros nuevos– fue que de repente, cuando estaba ya para llegar el anciano donde se hallaban los chicos, uno de ellos le palmoteó de pronto en la espalda al que estaba a su lado y, después de despedirse a voces de los demás, se lo llevó escaleras abajo. Los dos restantes, después de gritarles algo a los que descendían aprisa y corriendo, emprendieron también su marcha por la avenida en el momento justo en que el coronel llegaba al pie de las escaleras y se cogía de la barandilla. El horizonte había quedado completamente despejado; no bajaba nadie por la calle –nadie parecía acercarse tampoco por el trecho que él, a unos metros del anciano, divisaba de la avenida– y todos los anteriores obstáculos se habían volatilizado. Ahora le tocaba actuar. Podía hacerlo al cabo de un momento, cuando el coronel llevara más que mediadas las escaleras, o abajo en el recodo o incluso después, en esos veinte metros escasos de pasillo. Pero ya no se interponía nada que le impidiese actuar; al final había habido suerte, todo salía como a pedir de boca. Además no habían pasado ni cinco minutos desde que subió la última tanda de personas y aún tardaría otros tantos en llegar el siguiente convoy. Todo estaba pues de su lado, a su merced, asombrosamente despejado de repente después de los temores iniciales, como esas situaciones tremendamente complicadas que, de manera inesperada, se simplifican de pronto hasta extremos inconcebibles sólo un momento antes. Ahora todo dependía sólo de él, ahora le tocaba a él y sólo a él. El aplomo ahora era todo, la imperturbabilidad, los cojones y nada más que cojones, la convicción de que hacía lo que tenía que hacer con aquel cerdo infame que ni siquiera era un hombre mientras unos ojos llorosos, los ojos verdes de Blanca que siempre parecían estar queriendo recordarle algo o bien estar mirando a otra parte, a otros ojos aunque fuera por un retrovisor, apartaban con angustia los visillos de una ventana cerrada y otra mirada también, la mirada nada menos que de Ruiz de Pablo, estaba esperándole para decirle, sin necesidad de expresarlo con palabras, porque eso difícilmente lo hubiera hecho, pero sí con la mirada: te has portado, Julio, esta vez te has portado, así se hace y eso es tener un par de cojones bien puestos.

Un par de cojones, se iba diciendo, un par de buenos cojones como hay que tener y no como ese rajado al fin y al cabo de Miguel, que lo que le pasaba en el fondo es que se había arrugado, que se había acoquinado en el momento de la verdad, o como esa cabeza boba, como ese tonto del bote que había sido siempre su padre a ojos de todo el mundo.

20

No subía nadie –nadie se acercaba por detrás– y el coronel retirado llevaba ya más que mediadas las escaleras cuando Julio empezó a bajar el primer peldaño. Sin darme cuenta me encontraba ya detrás del anciano, a no más de un par de metros, y de repente, le dijo a Bertha, de repente vi su nuca. Pero no la nuca de aquel tipo que me había señalado el compañero del bigote unos días atrás en la cafetería, ni tampoco la que yo había visto hasta no hacía nada a lo lejos, la nuca de una figura, de un bulto, la nuca de la abstracción y la injusticia de la vida, sino una nuca que era más bien un rostro, no sé cómo decirte, que era como si en ella –el pelo blanco peinado y repeinado hacia atrás, pero también de repente una cabeza gorda llena de greñas sucias y apelmazadas–, como si en ella hubiera irrumpido, no me digas cómo, de pronto el rostro.

Al fondo de las escaleras, en un rincón –pero de eso sólo me di cuenta después–, había unos cartones en el suelo, unos cartones como de embalaje de electrodomésticos, sucios y como usados. Y todo fue ver esa nuca, esa nuca que sin embargo no era un dorso –no sé si consigo decir así algo de lo que querría decir–, y empezar a desmoronarme.

Era como si me hubieran mentido, como si me hubieran querido dar gato por liebre y falsificarlo todo. Porque aquella nuca, aquel cuello enrojecido como por un roce o una urticaria, pertenecían a una persona concreta de carne y hueso y no a una abstracción. A una persona que ahora yo sobrepasaba de pronto escaleras abajo y dejaba a un lado con un ahogo indescriptible, después de que, en el momento en que yo me llevaba la mano mecánicamente al jersey para levantarlo y coger el bulto cuya presión no había dejado de sentir desde hacía horas, él se hubiera vuelto al percibir que alguien venía detrás, al percibir supongo casi mi aliento en su nuca, y me hubiera dicho que pasara, que pasara, que a él le costaba mucho bajar las escaleras ya a su edad, sin que ello viniera a cuento ninguno por cuanto yo tenía todo el espacio a su lado para adelantarle sin necesidad alguna de atosigar a nadie.

Al pasar a su lado –yo no había apartado la mano derecha del bulto de mi cintura– nuestras miradas se encontraron y, tras los cristales de las gafas, en el fondo inextricable de sus ojos, vi de pronto una luz que es imposible que pueda olvidar. Y no porque la hubiera descifrado entonces o lo haya hecho después, sino porque a lo mejor es justamente la luz de lo indescifrable. Todavía no sabría decir si era la luz de quien había intuido o barruntado algo, o era la de la más absoluta inconsciencia; si era la del salvado o más bien la de quien salvaba; la del agradecido o la del necio; si era la luz del que pedía gracia o bien la de quien dispensaba perdón. Sólo que era la luz de una sonrisa, y que en ella quizás se contuviera todo, o quizás más bien nada, la más pura e inconsistente nada, y todo estuviera contenido en las palabras con que le he estado dando vueltas todos estos años.

Pasé a su lado y no acerté a decirle que no se preocupara, que no se preocupara, porque un vértigo invencible se apoderó de pronto de mí y no me dejó en mucho rato. Me temblaban las piernas, me mareaba, estaba a punto de vomitar –sabandijas, me resonaba, no son más que unas sabandijas y unos criminales–. Pero sólo una cosa vi clara enseguida, y era que había sido miedo, un miedo cerval, terrible, pero no cobardía. Y que el que había sentido ese miedo era yo y no ningún otro.

–Y ése fue tu segundo paso atrás, ¿no es así? –interrumpió Bertha, que había estado escuchando con lo que bien podía ser una atención desdeñosa, mientras se apartaba tras la oreja el mechón de pelo que le caía sobre la cara.

–Mi tercero, mi tercer paso atrás, o más bien ya el cuarto a lo mejor –repitió Julio–. Pero de eso ya te hablaré otro rato, mañana tal vez, si quieres acompañarme en mi ronda de inspección por estos montes; ya verás cuántos lugares hermosos –le dijo.

Al día siguiente salieron temprano, casi al mismo tiempo que Mercedes para sus clases en el viejo Instituto de Enseñanza Media de la capital, y fueron en el todoterreno de Julio en dirección a Molinos. Una vez dejadas atrás las cuatro casas de esta aldea, apiñadas en la ladera como si fueran un revestimiento del terreno, torcieron por un camino de tierra batida hacia el puerto de la Blade y luego hacia el Retamar de la Aranzana y el Torruco. Los fresnos, que habían perdido ya la hoja, y los chopos, algunos de los cuales todavía conservaban el amarillo dorado de sus hojas como si fuera una reliquia de esplendorosa belleza, se iban quedando atrás a medida que ascendían y todas las tonalidades de la hoja de los robles, de las hayas y los arces, iban apoderándose poco a poco del paisaje.

Enfrente, en algunas revueltas del camino y cuando ya a lo mejor se esperaba que las anfractuosidades del terreno o lo tupido del bosque la hubieran ocultado a la vista, la mole de Cebollera volvía a imponer su presencia como recordando quién llevaba allí la voz cantante y a la vez la batuta del tiempo, cuál era la obligada referencia de todos aquellos alrededores tanto si se iba hacia ella como si se pretendía darle la espalda, y si se la tenía en cuenta lo mismo que si se le quería escurrir el bulto. Siempre se mira hacia allí para saber el tiempo que va a hacer, le dijo Julio, si va a hacer bueno o va a cambiar el tiempo, si va a llover o habrá helada, y cuando las nubes se agarran amenazadoras a su alrededor y la ocultan –ya está la bardada o la bardera, dicen aquí– todos sabemos que nada bueno nos espera. A veces permanece cubierta durante semanas enteras, y los poderosos nubarrones negruzcos y violáceos que, como las manos de un estrangulador, se aferran a su cima no es extraño que hayan contribuido a tejerle una atmósfera de misterio. Nadie que venga de fuera puede saber entonces si detrás de las nubes se alza una cúspide elevada o una vieja montaña erosionada por los siglos, o incluso si hay algo, algo esbelto y soberbio, dijo, o no es nada más que la vieja retranca de las pasiones más retorcidas. Pero en cualquier caso siempre se ha dicho que todo lo malo viene de allí o tiene en ella su guarida: los fríos inclementes del invierno y los avisos del final del verano, las nevadas copiosas y las leyendas, los lobos, los lobos reales o ficticios de la imaginación de las gentes, y los guerrilleros y réprobos de todas las guerras. Pero sobre todo el viento, el viento gélido e incesante que se cuela inverosímilmente por las junturas de las ventanas por herméticas que sean y las grietas de los muros, que aúlla como un huracán por las noches y parece como si nunca fuese a aplacarse igual que si se tratara de la ira de un dios: el viento y los caballos medio salvajes sobre los que se dice que bajaba El Biércoles entrada la noche para atravesar las calles y apearse bajo la casa de Ruiz de Pablo.

Es tan persistente y ensordecedor a veces el viento, le decía Julio, que incluso cuando se aquieta y llega limpia y serena la mañana, parece que todavía sigue soplando y arrancando árboles de cuajo o abatiendo tapias. Es como si nunca hubiera de llegar a veces la calma, como si se hubiera metido tan dentro de la cabeza de la gente, que hasta su evidente ausencia no da la impresión en ocasiones de ser más que una argucia, una vieja y rastrera añagaza, y no es raro quien da entonces en loco o comete acciones de loco tras haber pasado noches insomne escuchando obsesionado ulular el viento como si viniera a descuajarlo todo. Reina una sensación de fatalidad esas noches, de indefensión y enajenamiento, de insania o megalomanía, y sobre todo de que algo definitivo ha llegado o está por llegar. Todos recuerdan en El Valle cómo, después de una de esas noches de viento, un antiguo párroco del pueblo se colgó del badajo de la campana de la torre; y a aquel extraño profesor de una universidad americana, que venía a pasar los veranos y luego se fue quedando también durante el otoño, cuando apareció cadáver otra mañana de viento con su escopeta de caza entre las piernas. Había dejado la ventana abierta, y por ella entraba el aire que le había helado la sangre y las pestañas y llenado la sala de las hojas de los abedules y los chopos del río. Claro que las víctimas y los trastornos que se le achacan al viento son muchos, y entre ellos también figuran muchas de las chaladuras de mi padre, le dijo Julio volviéndose un momento hacia ella mientras esbozaba una sonrisa. Dicen que los inventos más disparatados se le ocurrían siempre en las noches de viento, y podía ser que así fuera. En el fondo, concluyó, entre el viento y El Biércoles, si en realidad fueran dos cosas perfectamente diferenciables en la imaginación de la gente, se reparten casi todas las culpas de todo en este valle.

—El día que murió Miguel fue también un día de viento, ¿no es así? —le preguntó Bertha—; o por lo menos toda la noche anterior. La noche en que fue a visitarte por última vez y de tu casa se dirigió a la de Ruiz de Pablo.

Todavía no me has dicho lo que os dijisteis esa noche ni la intención con la que fue a casa de Ruiz de Pablo, ni por qué esa noche, justamente esa maldita noche de viento, tenía que ir luego monte arriba en busca de El Biércoles. Porque así fue, ¿no? En realidad creo que no me has dicho todavía nada, que te escurres, le dijo Bertha como abatida de pronto y rodeada de un nimbo negruzco de pesadumbre parecido al que empezaba a formarse en torno a Cebollera, que ahora miraba como esperando tal vez alguna respuesta. ¿Por qué no le retuviste?, añadió.

21

Si preguntas a cualquiera de los que pasan las horas muertas en la taberna o el bar del Hostal, en esas tres o cuatro mesas que hay junto a las ventanas y frente al televisor y la barra, le dijo Julio, todos te dirán que fue efectivamente una noche de viento. Hizo un viento tremendo esa noche, así empiezan cualquier cosa que cuenten, sobre todo si acaba mal.

Y a lo mejor es verdad que sopla siempre un viento enfurecido, un viento de Cebollera –viento del noroeste– cuando se cierne alguna desgracia u ocurre algo aciago en El Valle, y si una yegua o una vaca dan a luz alguna anomalía de la naturaleza o se produce un trastorno mental o un infortunio, es que durante toda la noche, o en las noches y los días precedentes, dicen al cabo del tiempo, un viento endiablado había azotado sin clemencia el valle y los caminos. Se cuela por todos los resquicios y llega a los entresijos más recónditos, a los últimos recovecos que uno pueda llegar a imaginar, e incluso con las ventanas y los postigos cerrados a cal y canto tira los enseres de las cómodas y los jarros de las mesas, suelen decir siempre en la taberna y el Hostal, y ya se sabe que lo que allí se ha dicho es lo que está después en la boca de todos, lo que cuentan luego a la luz de la lumbre o bien más tarde, en la oscuridad ya del lecho, y las mujeres repiten al día siguiente haciendo apartes en la calle cuando se encuentran a alguien. Se dice, he oído, se corre por ahí –dicen–, y donde se dice o se oye es siempre en el mismo sitio. Allí se forma la conciencia colectiva y se crean los bulos, se transmiten informaciones o se tuercen intenciones; allí la población se hace eco de las cosas o se desentiende de ellas, se aclaran, se confunden, se pone en circulación y se da pábulo a algo o bien se oculta, se le echa encima una infranqueable costra de silencio. Pero todo, absolutamente todo, tiene que pasar por allí y satisfacer ese tributo para existir en El Valle aceptando su transformación como los alimentos al pasar por el estómago. Mitad veredicto, mitad voz oracular y mitad mero chismorreo, los relatos que de allí salen son los que luego engendran la opinión, el estado de las cosas e incluso más, la escéptica y sarmentosa sabiduría de estas gentes; y toda iniciativa, todo criterio personal o toda verdad, por científica o razonable que sea, ha de habérselas siempre con el pago de ese arancel.

Pero en el caso de la muerte de Miguel fue sobre todo ese chisgarabís de Ramos Bayal, Fermín Ramos Bayal, que trabajó en el norte con el padre de Ruiz de Pablo el tiempo que éste duró allí y luego volvió después de jubilarse, el que más ha extendido también eso de que fue una noche terrible de viento. Siempre está en el Hostal, sobre todo si hay huéspedes en los que le interese fisgar, y no verás que se pierda nunca la entrada ni la salida de nadie, ni un gesto, ni una palabra dicha un poco más alta en una mesa o en la barra. Se suele poner en el extremo más apartado de la televisión, junto al biombo de madera, para vigilar a sus anchas la puerta de entrada y la explanada tras la ventana, y supongo que por si puede pescar algo de las conversaciones del comedor al otro lado del biombo. Un tipo insignificante, menudo y negrillo como hay muchos por aquí, con los ojos pequeños y hundidos, pero vivos como de hurón que siempre parece que te están radiografiando. Maldice continuamente –parece que no puede empezar ninguna frase medianamente importante sin cagarse antes en Dios– y muchas veces se le sienta al lado un hombre algo más joven, gordo y de poco pelo, que nunca saluda aunque le saluden y tiene un gesto constante de sañuda y contenida indignación que parece siempre a punto de explotar. Ambos son vecinos, y vecinos los dos de Ruiz de Pablo, y se pueden pasar horas sentados a la misma mesa sin hablarse, mirándose de vez en cuando y bebiendo, y sin dirigirse más palabras que alguna que otra frase seca y malhumorada o bien alguna interjección, más o menos acompañada de algún gesto de desaprobación de lo que fuese, en la que se cifran laberintos de presuposiciones, toneladas de desconfianza y rencores atesorados sin tasa desde hace generaciones. Hasta que de repente rompen en una brusca y animada conversación como si sólo un determinado nivel de vino en el cuerpo conectara sus mecanismos lingüísticos. El día del entierro de Miguel, aunque no creo que tú estuvieras ese día para fijarte en esas cosas, fue ese Fermín el que le dijo a El Biércoles a voz en grito, al pobre Gregorio cuando huía ya sobre el caballo blanco saltando una cerca tras otra para escabullirse de la policía, que había matado a Ruiz de Pablo, que ya podía estar contento porque ahora sí que lo había matado ya por fin, sin saber así, o probablemente demasiado a sabiendas, que le estaba matando a él, dijo Julio.

—¿Que le estaba matando a él? —repitió Bertha—. No entiendo, o más bien sigo sin entender una palabra.

Julio intentaba sortear con su todoterreno como mejor podía los baches y las rodadas demasiado profundas, los surcos que las aguas ahondaban formando torrenteras en medio o a un lado del camino. A veces, en algunos tramos especialmente empinados o en los que se arrimaba vertiginosamente a la cuneta para esquivar las quiebras del terreno, el coche parecía más un animal que una máquina; se agarraba de tal forma con el mecanismo independiente de sus ruedas traseras, que parecía capaz de cualquier maniobra o de encaramarse por los sitios más abruptos. Habían atravesado ya el arroyo de Majamarguillos, que baja del Morrocino y vierte sus aguas abajo en el río Razón, y tomaron hacia la pista de la majada que luego asciende a Cebollera.

Ramos Bayal ha sido siempre el vecino de Ruiz de Pablo, continuó Julio, primero de la casa de sus padres y luego de la nueva que se hizo en la carretera, ahora prácticamente pared con pared. Entre el terreno de uno y el del otro no hay más que un murete bajo, pero él se pasa buena parte del día en casa del otro. Cuando no está en la taberna o el bar del Hostal, está siempre en su casa. Tiene una actitud servil con Ruiz de Pablo y falsamente obsequiosa con Blanca, y se lleva a matar con la señora Remedios, con esa pobre mujer, Remedios López Vadillo, que ni que nieve ni que hiele atraviesa a sus años todas las mañanas el valle desde Aldehuela para atender a Blanca y cuidar la casa. Ramos Bayal les lleva el huerto y el jardín, y arregla cualquier avería o desperfecto que se pueda producir en casa despotricando siempre contra la señora Remedios. Ya sabes, ese tipo de personas que lo mismo sirven para un roto que para un descosido, que son unos manitas en todo y que poco a poco se van haciendo tan imprescindibles, como imprescindible se les hace también a ellos llevar cuenta de todo y estar al cabo de la calle de todo lo que ocurre en la casa y a las personas para las que trabajan. Es digno de ver cómo una persona que tiene tan mala boca y es capaz de refunfuñar y maldecir durante horas en torno a cualquier tema, es capaz asimismo de pasarse días enteros sin despegar los labios para nada. Sobre todo cuando se espera de él que diga algo. Él fue quien declaró a la policía que había oído todo lo que Miguel y Ruiz de Pablo se dijeron aquella noche, y qué duda cabe de que lo testimoniará en el juicio. Lo que oyó y lo de su cosecha, a buen seguro, dijo Julio atendiendo luego un momento en exclusiva al camino.

Es un tipo completamente conformado a lo que Ruiz de Pablo ha querido hacer con él, prosiguió, una mezcla de confidente y chico de los recados, de alma aduladora y perfidia pura, capaz de lo que haga falta para complacer a quien luego le trata con una altivez y una desconsideración rayanas en el más craso desprecio. Pero supongo que él encuentra su pago, y un pago que sin duda le devuelve transformados con creces todos sus sinsabores, en saberlo todo, en estar al corriente de todo, de quién entra y quién sale de aquella casa, quién visita a uno y a la otra y a qué horas o en qué días, qué se dice tras las paredes, qué se hace o qué dice él que se hace o se dice. A su modo ese ser despreciable, renegrido y pequeño, con ese pelo tan rebelde todavía y esa barba tan cerrada, es un pequeño demiurgo que parece que sabe siempre más que el diablo –y por supuesto todo de todos– y que siempre da la impresión de estarte acusando con una mirada como de animalillo astuto que es capaz de mantener fija en quien sea, o más bien en quien no sea Ruiz de Pablo, durante el tiempo preciso para que el otro humille la suya o la ladee sintiéndose intimidado o inculpado, o más bien asqueado por ese ser infecto que parece salido de una topera o una alcantarilla y estar siempre a la espera del momento más oportuno para jugarte una mala pasada.

–Es el que dice también –le dijo Bertha desviando la cara del paisaje para mirarle– que tú también llevas mucho tiempo visitando a esa Blanca algunas tardes, cuando ya la señora Remedios se ha ido y todavía no ha llegado tu mujer, ¿no es así?

–Dice muchas cosas ese botarate, como si el destino quisiese que fuera el más infecto de los seres el que acabara por tener en un puño todo y a todos, y ya verás lo que se le ocurre declarar en el juicio. Pero ahora mira lo que tenemos delante.

Una inmensa explanada en ligera pendiente se extendía ante su vista y se abría de repente como un desproporcionado claro del bosque. Al fondo, como un punto de fuga en la dilatada amplitud, había una construcción baja de piedra y tejavana en torno a la cual se extendían hectáreas de tierra sin árboles que parecían imantar toda la luz blanca del día. El recinto estaba cercado, como el resto de los prados de la zona, por un interminable murete de piedra sin argamasa derruido en varios de sus puntos y flanqueado en otros, o en los mismos, por zarzas y cambrones que a veces llegaban a ocultarlo.

Es la antigua majada, le contó Julio, una de las majadas más grandes que han existido. Miles y miles de ovejas, cuando en el sur las expulsaba el calor y el agostamiento de los pastos, venían aquí para pasar el buen tiempo, acabado el cual volvían a bajar a finales de verano hacia la Extremadura de la que habían venido. Cabeza de Extremadura, reza el blasón de esta provincia, y es que en ese viaje de ida y vuelta, en ese periódico abandonar una tierra y acceder a otra de la que luego también se ha de volver, estas montañas y otras de más allá ocupaban la cabeza, el lugar más al norte, y al mismo tiempo el origen de esa continua traslación arriba y abajo.

Cuando el verano iba a llegar a su fin, con los primeros fríos aquí, pero todavía con el polvo caliente de los caminos allí abajo, inmensos rebaños de merinas emprendían su viaje hacia el sur por cañadas exclusivas entre las enormes polvaredas que levantaban a su paso. Las conducían hombres cuyo trato con el resto de sus prójimos era tan exiguo, que formaban prácticamente un mundo aparte, un mundo con sus tiempos, sus costumbres y caminos diferentes, de los que ellos sacaban una sabiduría áspera y esquiva que los hacía inconfundibles. Son muchos de los que se sientan ahora a las mesas del Hostal o se pasan las horas acodados a la barra de la taberna casi sin decir esta boca es mía. No se mueven, pero todo en su vida ha sido trasiego, tránsito, mudanza continua de aquí para allí. Aunque hay a quienes todavía se les hace difícil pisar esos sitios, en los que se sienten como aprisionados y aturdidos, y si salen de casa es sólo para volver al monte y los caminos. Rara vez los sorprenderás a éstos con gente a su alrededor, a no ser que estén rodeados a su vez de intemperie, y el sonido articulado de la voz humana, si se prolonga más allá de unas escuetas frases necesarias, les parece un ruido intolerable. Tienen una visión hosca y malhumorada de la vida, una visión bronca y bravía y más escéptica –o más fatalista– que una montaña pelada detenida a la luz del mediodía. Vivían al aire libre, dormían siempre al raso y comían a la sombra de las encinas alimentos que se traían de casa para meses –mojamas, quesos o salazones–, y se gritaban de una parte a otra del rebaño o gritaban al rebaño con unas interjecciones y onomatopeyas que luego ya nunca han podido dejar de usar, como si todo diálogo se produjese siempre a distancia y a la intemperie, y en cualquier caso con las menores posibilidades de entendimiento.

Con el tiempo, parte de ese camino se empezó a hacer en ferrocarril, hasta que ya luego, pasada la mitad de este siglo, todo ese mundo fue desmoronándose y desapareciendo. Las majadas y las cañadas fueron pasto del abandono, y el ganado, o lo que se tiene todavía por tal, se hizo estable y se traslada en camiones ya sólo a los mataderos. Pero todavía muchos de esos hombres que se sientan a ver caer la tarde tras los ventanales del bar del Hostal, a tratar de hurtarle algo de tiempo a la noche y a la soledad con una soledad compartida, han hecho esos viajes y han llevado esa vida durante la mayor parte de su juventud y madurez. Verás que casi nunca hablan con quien está a su lado, y cuando así ocurre, lo hacen con una voz tosca y estridente que parece como si nunca hubieran abandonado en realidad el cielo abierto o no les cupiera ninguna duda de que el otro no les oye o, si les oye, no es capaz de entenderles o no va a querer entenderles. Hacen inmensos esfuerzos por estar junto a los demás, como si la vida les reservara ahora como castigo lo que antes les había escamoteado también como castigo, y en cuanto pueden o se tercia –una tormenta, un rayo cercano o una determinada luz– recuerdan, y sus recuerdos son siempre percances y peripecias de viajes, de tormentas y pérdidas y crecidas de ríos que, ahora que han llegado por última vez a ese último lugar hacia el norte del que ya no van a moverse, es como si emergieran de los posos que el tiempo ha depositado en el fondo del vaso ya vacío de sus vidas que algo vuelve a agitar de repente.

A veces uno diría, recordaría luego Bertha que le había dicho aproximadamente Julio, que en la cara sólo tienen ojos, porque lo demás es todo como corteza o tierra, como superficie rugosa de una piedra o una hoja, y que por esos ojos miran y oyen, huelen y atisban o barruntan igual que si el olfato y el oído estuvieran también en el ojo y, más allá de esos ojos, ya no hubiera habido más que piernas, piernas y manos o, si me apuras, hasta instrumentos y caminos como si fueran también partes consustanciales de sus cuerpos.

Piernas empeñadas siempre en el mismo obstinado e imparable movimiento de andar, como si no sirvieran en realidad para estarse quietas, y sobre todo manos, manazas grandes de dedos gordos y deformes y pulpejos abultados, manazas de yemas rasposas y uñas cuarteadas que lo han hecho todo en la vida, que se han abierto paso y se han llenado de heridas, que han sujetado y levantado, que han golpeado, apretado, empujado, que han construido y abatido, sacado a los corderillos del vientre de sus madres y dado muerte poco después a esas madres, que lo han tocado todo, lo que estaba helado y lo que estaba ardiendo, lo afilado y lo viscoso, que han fumado empedernidamente casi sin sentir de tan liviano el tacto del papel cuando liaban su cigarrillo, y comido casi sólo con ellas, que han allegado, sostenido, contenido, que han arañado y escarbado y arrancado y casi nunca han acariciado una superficie delicada que ni siquiera pueden sentir, sólo ver, oler y oír con los ojos.

Como el resto de los campesinos, cuando echan ahora los naipes sobre la mesa es como si quisieran hincar una azada de tan fuerte como los tiran; cuando espantan una mosca es como si lo hicieran con una maza, y hechos a no saludar nunca, si te estrechan la mano es como si te la escacharan. La fuerza y la contundencia de sus manos no guarda ya proporción con su nuevo empleo, con los nuevos instrumentos que utilizan o los adminículos que cogen, lo mismo que la sagacidad de sus ojos no la guarda tampoco ni por asomo con lo que ahora pueden ver en las pantallas.

Miran la televisión de mala gana y como con odio, y sólo les distraen los documentales sobre animales –a los que llevan constantemente la contraria– y los partes de meteorología, que oyen siempre con un recogimiento religioso pero igual de pendenciero al final. Nunca oirás hablar a nadie cuando dan las noticias del tiempo, como si el tiempo climatológico fuera en definitiva el verdadero dios, pero al que ellos en el fondo saben que le tienen cogido el tino y que escuchar a los meteorólogos es como escuchar el domingo al sacerdote, tan necesario y tan vano. Dios es para ellos algo así como el complejo conjunto de variables meteorológicas cuyos signos ven en Cebollera, en la bardada que la rodea y el viento que de allí procede, o en las nubes que se forman en el rincón entre la Umbría, el Calar y el Mogote por encima de Sotillo.

Pero no todos volvieron, sino que hay quienes se fueron a vivir al sur y ahora sólo vienen de vez en cuando en verano al Hostal con sus recuas de nietos y de hijos. Se les conoce enseguida por el volumen de la voz, por la distancia petrificada en los ojos y porque sólo han vuelto a recordar, a ir y venir por los vericuetos de la memoria como antes lo hacían por las cañadas. Pregúntales, habla con ellos alguna vez, y te contarán qué es pasarse la vida caminando por otro sitio que aquel por el que todos caminan, vivir de aquí para allí, llegar y saber que tienes que partir; te contarán qué es la soledad, la intemperie, las estrellas, qué es afrontar todo con la sola fuerza de sus manos y la resistencia de sus piernas y la sagacidad de sus ojos; te contarán cómo se vive entre los animales y se aprende de los animales, cómo conducían las ovejas y las recogían y a qué sabían los sueños y la distancia al despertar, qué era la noche y la nostalgia de casa lo mismo que la nostalgia luego del camino. Y a lo mejor, con todo eso, te están contando algo también de Miguel.

Miguel siempre estuvo fascinado por esas historias; una rama de su familia creo que venía de viejos trashumantes enriquecidos y, aunque su madre lo negara en redondo, él lo tenía a mucha honra. A poco que podía, se hacía amigo de ellos en cuanto volvía alguno al pueblo o lo conocía en la capital, y le gustaba pasear con ellos casi tanto como montar a caballo. Todo es trashumante aquí, le decía ya entonces a Anastasio –que le ponía ya desde esa época ejemplos de lo contrario–; hemos nacido en una tierra que es el verdadero emblema de la tierra, una tierra de trashumancia, de migraciones, una tierra donde todo es un continuo trasiego y un continuo abandono. Llegan en febrero las cigüeñas y abandonan sus campanarios a finales de agosto, las alondras en marzo y desaparecen en octubre, lo mismo que llegaban las merinas y también se iban con los primeros fríos, y con ellas los pastores. La gente emigraba a América y a veces volvía –los indianos, les llaman– igual que emigraron en masa estos años de atrás a otras partes, a Madrid y Barcelona y Bilbao y también a Europa, y algunos vuelven con el verano y luego también se van. Antaño fueron desde aquí a todas las guerras y a todas las conquistas y se embarcaron en todos los viajes y, aunque ésos en su mayor parte no volvieron, los que lo hicieron nos han transmitido para siempre su profunda desazón y la tensión de la guerra como la única forma de vida. Aquí, salvo esas montañas, decía ya señalando a la Calvilla, nada es fijo, nada queda más que el propio no quedar, como la nieve según va avanzando la primavera y se disuelve hasta en los ventisqueros de Cebollera. Imaginar un viaje, un viaje al otro lado de la península o del océano, un viaje a los confines del mundo, es aquí lo que menos cuesta, igual que imaginar una guerra, lo que hace cada uno cada noche de invierno o muchas de las infinitas veces que calla: imaginar abandonarlo todo para luego imaginar volver; o bien recordar cómo te han abandonado para no dejar de sentir luego el rencor que les debes. Cada mirada de un viejo trashumante, decía, cada grito inconveniente y estentóreo como si nadie les escuchara bajo la bóveda celeste, es una lección de entereza.

En el fondo Anastasio y él siempre han mantenido la misma discusión, la misma atracción el uno por el otro, la misma necesidad de verse, de admirarse y no estar de acuerdo. Miguel venía en parte aquí también por Anastasio, por seguir esa eterna discusión aplazada, por tratar de convencerle a sabiendas de que nunca iba a hacerlo ni siquiera dentro de sí mismo. A sabiendas también de que no quería tampoco poder hacerlo. Eran el uno el envés del otro, el perfecto reverso una vida de la del otro, y cada uno vivía en el otro la vida que no había podido vivir por él mismo. Por eso uno lo sabía todo del otro, todo, hasta los más pequeños detalles, hasta las más pequeñas debilidades u obscenidades y los pasos más recónditos. Si uno entra en casa de Anastasio, que está exactamente igual que como se la dejaron sus padres al morir y quién sabe si sus abuelos, una de las pocas novedades que encuentra respecto a cómo era la casa a principios de siglo es esa pared que tiene tapizada de las fotos y las tarjetas postales que Miguel le enviaba. Allí están todos sus viajes, todas las guerras a las que estuvo destinado como corresponsal, todas sus casas y lo que se veía desde sus casas. Ésta es la vista que se ve desde mi nueva casa en Berlín, decía en el dorso de una de las últimas, y delante se ven cientos de coches que surcan en varios carriles por cada dirección una inmensa superficie de asfalto flanqueada por edificios nuevos de cristal y otros en construcción. Pero si uno presta atención, en un primer plano en claroscuro verá que hay una foto sobre el escritorio desde el que está hecha la fotografía. Es la Calvilla, como te puedes imaginar.

También recuerdo una foto tuya, en Viena, ante la noria gigante del Prater, que es donde primero te vi y donde pones esos ojos como de que tienes algo delante y al mismo tiempo el miedo ya a perderlo o a que no sea nada o pueda quedársete en nada enseguida.

De alguna forma, dijo Julio enderezando el curso de la conversación, Miguel sigue viviendo en Anastasio como el negativo sigue estando en el positivo de una fotografía. Él lo sabe todo sobre su vida, y entre él y el ciego, supongo que todo también sobre su muerte.

—Y tú no sabes nada, ¿no? Ni siquiera de lo que te dijo la última noche antes de ir a casa de Ruiz de Pablo, me figuro. Contéstame a una cosa: ¿por qué no fuiste con él o no le detuviste si sabías que iba armado? Claro que tú mismo le diste la pistola. ¿Otro paso atrás?, ¿el cuarto?, ¿el quinto? ¿O esta vez fue adelante, tu verdadero y fallido paso adelante?, ¿o bien no fue fallido?

Guardaron silencio durante un buen rato —¿me estás acusando de algo?, le espetó Julio—, un silencio que era todo paisaje, naturaleza, tierra, árboles y explanada, cielo e inmenso claro del bosque.

Ahora estas explanadas son el escenario de otro rito, rompió de pronto a hablar Julio sin que ella al principio le escuchara, de otra lucha que a Miguel también le fascinaba. Había vuelto a poner el coche en marcha —se había detenido antes justo a la salida del bosque— y ahora iban bordeando muy lentamente las cercas de la majada. Si vienes otro año unos días antes, prosiguió, tan sólo unos cuantos días antes, a primeros o mediados de octubre, cuando ya han empezado a amarillear los fresnos y los chopos, pero todavía no ha caído de lleno la hoja y los robles no han hecho más que empezar a colorearse con timidez, asistirás aquí a un espectáculo estremecedor. Los ciervos de los que están llenos estos bosques están entonces en celo y ahí mismo, sobre el polvo de esas explanadas que son como claros del bosque, se dirime su batalla de conquista. Al atardecer o amanecer de esos días, diez días, un par de semanas a lo sumo, cualquier vecino de estos alrededores empieza a oír de repente a lo lejos un rugido aislado en el monte, un bramido que puede antojarse como de dolor o angustia o de una profunda desazón. Es sin embargo el desgarro del deseo, la voluntad de pujanza. Al poco, desde otra parte, otro rugido con la misma desazón rota en la garganta le contesta o le sirve de contrapunto. Y luego otro y otro, hasta que el bosque entero se convierte en un bramido o toda la geografía en una garganta en la que el sonido del deseo es indisociable del de la congoja. Es la berrea, el bramido ronco y desesperado de la soledad del macho que ha estado deambulando solo y esquivo por el bosque durante meses, mientras le crecía la cornamenta que había perdido en primavera, y ahora, con las cuernas nuevas y el cuello de mayor grosor, viene a marcar su territorio, a reunir el mayor número de hembras sólo para él y mantenerlas fuera de la potestad de los demás. Desde las últimas horas de la tarde y hasta ya entrada la mañana, los machos en celo, estirando el cuello y levantando la testuz –la mirada enajenada– con ese gesto tan característico y memo que es tan propio del deseo y que tanto parecido guarda a veces con el de la chulería de todos los pendencieros y perdonavidas, emiten ese sonido bronco y prolongado que es un reto y también una advertencia. La advertencia de que aquí estoy yo y todo esto es mío, y el desafío a demostrar lo contrario, a luchar, a embestirse cornamenta contra cornamenta a ver quién es el más fuerte, quién es el que consigue desequilibrar al adversario a base de empujones y movimientos de cabeza. Arrancan desde lejos, levantando un polvo que el sol del amanecer colorea con tonos parecidos a los de las hojas, y se embisten con la testuz provocando un ruido seco al entrechocar con fuerza las cuernas que se oye a leguas de distancia. Cloc, cloc, resuena una y otra vez, hasta que algunos se erigen en ganadores y se retiran con las hembras así conquistadas al interior del bosque, después de haber hecho abandonar el campo a los perdedores. Rara vez se suelen alancear, aunque de todo hay, en ese campo de batalla o claro del bosque del amor. Basta con ganarse la partida, con demostrar quién es el que manda y a quién pertenecen las hembras que, mientras los machos han estado ensimismados en marcar sus territorios y establecer sus jerarquías, han tenido todos sus sentidos puestos en los peligros que acechaban al grupo, en los más pequeños ruidos o movimientos de la hojarasca que pudieran denunciar la presencia de un cazador al acecho en los alrededores.

Siempre el amor y la guerra como los dos únicos verdaderos paliativos de la soledad, del desgarro de la escisión y el abandono, como decía Ruiz de Pablo. Y siempre el que puede y el que no, y también el que cuida.

Si uno sale esos días de su casa entre dos luces y se adentra por los caminos, el sonido es impresionante, como si estuviera bajo una bóveda sonora del dolor y el deseo desatados; basta subir un poco por detrás del lavadero o hacia Modorriles por la otra parte. Son avisos, desafíos, embrujos, es el sonido de la seducción y la pujanza, la eterna música de la vida en la garganta de los animales. Y el espectáculo es imponente, o deleznable, según se mire: cómo se atraen y repelen, cómo se ufanan y se dan batalla, cómo se embisten –cómo guardan el equilibrio– o se mantienen a distancia hasta ir poco a poco eliminándose y mereciéndose.

–A lo mejor ya entiendo, ¿no? –repuso Bertha, que había acabado enseguida por escucharle con distante atención.

–Ahora ya sólo es cosa de ellos, fue lo que me dije aquella noche –respondió por fin Julio–, y me quedé en casa oyendo el viento.

22

Al entrar por la tarde en el Hostal y adentrarse hasta el comedor, tuvieron que atravesar el bar como quien atraviesa las bardas de una tapia. Lo mismo que las zarzas a veces crecen y se apoderan de lo que antes habían sido caminos o pasos, así los ojos de los ocupantes de las mesas de frente a la barra se apartaron un momento del televisor o del panorama que se divisa tras las ventanas –distinguirás a los viejos trashumantes en que se pasan horas mirando a lo lejos desde un rincón, le había dicho Julio– y se dirigieron hacia ellos envolviéndoles con su mirada y su silencio de una forma tan densa y casi tangible, que parecía que pudieran hasta taponarles la entrada o hacer por lo menos que caminaran como retirando zarzas o esquivándolas por miedo a pincharse.

Era demasiado tarde para la hora de la comida y muy pronto todavía para cenar, pero sabían que no tenían más que sentarse a esperar para que alguien viniera a servirles algo fuera la hora que fuera. El dueño, un hombre fornido y de pocas palabras, de cuya mirada se desprendía una inteligencia clara y despejada que daba la impresión de estar siempre trabajando, se hallaba sentado a una mesa cubierta de papeles y dominada por una pequeña calculadora que pulsaba continuamente. Saludó con un gesto escueto y siguió enfrascado en sus cuentas. Ahora viene mi mujer, dijo al cabo de un rato sin mirarles, y la llamó de un grito.

Después de la majada, habían seguido viaje arriba hasta la laguna de Cebollera, pero un frío intenso y un viento incomprensible sólo unas revueltas más abajo les habían acabado expulsando. Las nubes parecían entrar en el agua del lago y luego ascender y perseguirse levantándose a veces para dejar entrever un momento algún retazo de los límites del otro lado, y entre la niebla que les rodeaba se oyeron de repente los relinchos de algún caballo. Bertha volvió la cabeza a un lado y a otro sin que pudiera llegar a saber siquiera de dónde venían y luego miró a Julio fijamente. Vámonos, vámonos de aquí, le dijo echando a andar hacia el todoterreno. Pero inmediatamente se dio cuenta de que no sólo no sabía dónde estaba, sino de que si se separaba demasiado de Julio y le perdía de vista aunque sólo fuera un momento corría el riesgo de no volver a encontrarlo. Julio percibió su extravío –a lo mejor incluso lo había previsto– y al reunirse con ella le echó un brazo por los hombros. No te alejes, le dijo, y la estrechó tímidamente contra sí mientras ella atendía a su mirada.

Cuesta abajo, le parecía imposible a Bertha que hubieran podido subir por aquel camino que, más que un camino, parecía una quiebra del terreno, y cada dos por tres creía que se iban a despeñar. Julio sonreía, aunque él tampoco las tuviera todas consigo en algunos momentos, y recordaba las veces en que aquella niebla en el precipicio se le había antojado más una defensa y un amparo que un peligro. Cuanto más miedo adivinaba en Bertha, más decidido conducía, como si el desasosiego de ella, lejos de contagiarle, guardase una exacta proporción con el aumento de su aplomo.

En cuanto llegaron a la parte más transitable le hizo pararse para tomar aire. Estaba mareada y le dijo que ella bajaría caminando un poco hasta que se le pasara. Ahora, ya sin la niebla, miraba los colores de las hojas de los árboles y aspiraba el aire seco y limpio; el frío le resultaba estimulante y el olor a tierra y a corteza, a la humedad de las hojas y las setas cuyas variedades iba descubriendo a los lados con una mezcla de fascinación y temor, le iba despejando poco a poco. Caminaba ligera cuesta abajo y él la seguía a corta distancia con el motor apagado, sólo accionando el freno y soltándolo de vez en cuando. Su silueta, incluso embutida en el chaquetón negro que le cubría medio cuerpo —sólo se oía el ruidillo de los neumáticos al aplastar lentamente la grava del camino, el gorjeo de los pájaros—, era armónica y esbelta, y sus formas parecían abultar hasta a través del chaquetón o más bien a través tal vez de la imaginación de Julio.

Volvió a subir al coche y siguieron adelante; ni por asomo se le ocurrió aceptar la posibilidad de dar por concluida la excursión y volver al pueblo, sino que le requirió para que siguiera el recorrido que tenía pensado realizar sin consentir en ningún cambio. Ya ha pasado todo, le dijo de una forma terminante que subrayó con una amplia sonrisa sólo a medias dominada. A Julio le gustaba verla sonreír, e incluso esa sonrisa tan desbocada, tan procaz en realidad, que más bien parecía una mueca al final si no acertaba a controlarla, le parecía sugestiva. Era como si toda la exuberancia de su cuerpo se concentrara un momento y, después de debatirse por no salir al descubierto, rompiera a manifestarse por fin de rondón en esa complaciente desmesura de la sonrisa, y como si en esa pugna por no ensanchar los labios tan desmedidamente como le salía de suyo se celase en realidad la verdadera esencia de su relación con el mundo.

Lo más importante son los cortafuegos, le dijo señalándole uno de ellos al explicarle las medidas que se tomaban para evitar los incendios. También hay torretas de vigilancia en las que durante todo el verano hay siempre quien está pendiente, vigilando y llamando para dar parte cada poco tiempo, pero los cortafuegos son esenciales. A primera vista, esos cortes longitudinales que interrumpen la continuidad del bosque afean el paisaje con su trazado rectilíneo e innatural, con esa anchura labrada y vacía en la que no se deja crecer ni árboles ni arbustos y hay que mantener siempre limpia para que ningún viento a ninguna velocidad pueda hacer saltar el fuego de una parte a otra. No estaría mal que pudiéramos contar también con algo parecido a esos cortafuegos de vez en cuando en la vida, le dijo luego a Bertha, con pequeños tiempos de inflexión al otro lado de los cuales no pudieran pasar ni los deseos ni los entusiasmos tal y como eran antes por fogosos o certeros que fueran. Que algo cuidara de esos trechos, que alguna intuición se hiciera cargo de mantenerlos siempre despejados y limpios, bien labrados y sin maleza, como vigilo yo que estén los cortafuegos en estos montes.

Tomaron por una pista forestal y empezaron a atravesar un inmenso bosque de pinos sin apenas más soluciones de continuidad que un cortafuegos de vez en cuando o bien el cruce con otra pista forestal de iguales características a la que estaban surcando. Son pinos albares, le iba diciendo, probablemente el mejor bosque de pinos albares de toda la península. Y esos otros que ves más allá, de color verde más vivo en las hojas, son pinos negrales o resineros. De su corteza y capas más exteriores se extrae la trementina; ya pronto acabarán de recolectarla, y hacia mediados de noviembre empezarán a coger las piñas para sembrar luego el piñón. Por San Martino se recoge la fruta del pino, dicen por estas tierras. La corteza es de un negro púrpura maravilloso y, con el calor de agosto, pararse a oír cómo se abren de repente sus voluminosas piñas cónicas es una verdadera delicia. Parece que estallan, que crepitan como en el fuego al abrirse, pequeños estallidos imprevisibles aquí y allí que son como el chisporroteo de los instantes. Miguel se pasaba las horas muertas escuchándolos, y también el ciego Julián, que como si fuera un astrónomo, que evalúan la distancia a la que están las estrellas por la oscilación de la luz que emiten, sabe distinguir de qué tipo de pino se trata por el sonido que producen sus piñas al abrirse.

Cuando llegaban a algún cruce sin señalizar, Julio nunca se paraba a pensar hacia dónde ir, como si aquellas encrucijadas sólo pudieran ser conocidas por una memoria motriz y en vano tal vez por el entendimiento. Apenas aminoraba la marcha más que lo justo para tomar la curva, y enfilaba por un desvío u otro con el decidido automatismo del nadador que no medita para accionar sus extremidades. Poco a poco ella se dio cuenta de que iban volviendo hacia atrás, y de pronto los pinos dejaron paso de nuevo a la masa de los robles y éstos empezaron a entremezclarse paulatinamente con las hayas hasta dejarlas que se apoderaran de todo el color del bosque. El ocre de sus hojas alfombraba la tierra y todos los tonos del oro, del castaño y el verde coronaban todavía sus troncos bajo el azul intenso a que había virado ahora el mediodía. A partir de ese momento –descendieron de nuevo del coche para caminar un trecho haciendo crujir las hojas de las hayas–, el rostro de Julio se fue volviendo más oscuro e impenetrable a cada minuto que pasaba. Era como si se hubiese contraído y nublado, y como si las hojas que pisaba y arrastraba al caminar no fueran las que hollaban sus pies, sino las que crujían en algún rincón de una memoria que ya no sólo le guiaba sus pasos sino también todo su entendimiento.

Volvieron a subir al coche y poco después, en un riguroso silencio del que él no podía percatarse y ella afrontaba acentuando su atención al paisaje, entraron de nuevo en zona de pinares. Tras varias revueltas, subidas y bajadas y cambios de pista que Julio efectuó siempre con el mismo automatismo, llegaron de pronto a un amplio claro del bosque desde el que se abría la vista sobre el pantano de la Cuerda. Era impensable sólo pocos momentos antes, entre los caminos donde muchas veces a duras penas entraba la luz del día, que de repente el panorama se hubiese podido abrir como lo había hecho. Una inmensa extensión de tierra se divisaba desde aquella elevada planicie, y las casas de piedra y teja roja de El Royo, que aparecían a la izquierda como la única morada del hombre en todo aquel alrededor, contrastaban con los verdes de los pinos y los azules respectivos del cielo y de las aguas del pantano. Las orillas de éste, con raros entrantes y salientes, como prolongaciones y escamoteos de no se sabía muy bien qué, se perdían a veces en el horizonte y otras parecían estar allí mismo, más certeras y comprobables. Unas lindes parecían fijas e inmutables, y otras sólo referenciales, imaginarias, como un acuerdo realizado con la percepción para orientarse.

Había detenido el coche casi al filo de la explanada, y alzó la vista hacia el frente sin decirle nada. Al apagar el motor, el silencio pareció emerger poderoso de la tierra o llegar del mismo horizonte en el que tenían prendida la vista, y casi se hizo insoportable en un primer momento. Hasta que al poco rato se apearon y el chirrido de las puertas del coche al abrirse y luego los portazos dieron la impresión de romper la tarde con su impertinencia. Pero inmediatamente el silencio restañó su continuidad; calentaba el sol y se estaba bien fuera –apenas si corría allí un leve vientecillo que sólo arrancaba un ligero susurro a los árboles– y durante un rato cada uno se concentró en contemplar el paisaje por su cuenta. Sólo algunos minutos después –Julio escuchaba el aire en unas matas de brezo– Bertha se llegó a él y rompieron a hablar; sublime, dijo ella, realmente sublime. Julio asintió y le describió la geografía que se extendía ante su vista como quien enseña las habitaciones de su casa, pero inmediatamente ella se dio cuenta de que en aquel asentimiento y aquella descripción había más tristeza que admiración, más pasado que presente, y que no era tanto el asombro o el entusiasmo lo que le embargaba, cuanto tal vez el despecho y hasta probablemente la rabia. Enseguida empezó a mirar más hacia el suelo que a lo lejos, como si se le hubiera perdido por allí algo antes entre las matas y lo estuviera buscando, pero mirando ya por encima sin ninguna esperanza de encontrarlo.

A Ruiz de Pablo le gustaba mucho llevarnos allí, le dijo luego a Bertha en el comedor apenas les trajeron algo de comer; le gustaba llevarnos siempre a lugares extraordinarios y majestuosos –sublimes, como has dicho tú– para que el escenario prolongara el contenido de sus palabras o fuera directamente su verdadero contenido, y ése era uno de sus parajes preferidos. Un día de otoño como hoy –Cebollera estaba enfundada en unos nubarrones amenazadores que empezaban a extenderse hacia el este, pero sin impedir que los rayos del sol se colaran aún entre ellos produciendo un espectáculo imponente–, nos llegamos a esa explanada después de haber caminado por el bosque de hayas y comido junto al río. El espectáculo era soberbio, la luz se filtraba en haces perfectamente visibles entre los negros y los violetas de mal agüero de las nubes, y las aguas agitadas del pantano devolvían sus azules, sus verdes brillantes o negruzcos, según la luz cambiante de cada momento, en medio de la inmensidad inabarcable del horizonte. Sólo una vida entregada a lo sublime tiene sentido, recuerdo que nos dijo, una vida que haya roto todas las anclas y los vínculos que nos atan a la mísera fatiga de la supervivencia, al perenne penar de la mediocridad de esta tierra y a la superchería de la fatalidad; sólo una vida que destierre la pequeña piedad que llaman amor –esa mezquina rancidad de la costumbre– igual que la mísera belleza armónica que la burguesía ha elevado a los altares del gusto y del deseo como si de lo más valioso se tratara. La armonía de las partes es un engaño, un puro camelo del más fuerte, el pacto de las partes, el acuerdo, la falsificación, la componenda, esa ruindad del espíritu que se regodea en su propia pequeñez y en su propio miedo y hurga en los desechos de su debilidad. El lenguaje que nombra y deja satisfecho, la simetría que consuela, el horizonte conocido y el olor rancio y protector de las habitaciones de casa, y esas lindes de los prados, esas ubicuas e inveteradas lindes de los prados que durante siglos se han ido desmoronando y han ido reconstruyendo piedra a piedra nuestros antepasados desde los siglos de los siglos con las mismas manos callosas y la misma mugre de las manos, ¡toda esa pacatería, todo ese tesón de la pobreza, toda esa cortedad de miras y ese deseo de servidumbre! Sólo lo inalcanzable tiene sentido y funda el sentido –al fondo de lo inalcanzable para encontrar lo nuevo, decía Bakunin–, sólo lo que nos supera y trasciende, el desorden y la intensidad de lo más intenso, lo que no se puede comprender con un simple golpe de vista porque es oscuro e ilimitado, y sobre todo la desmesura orgullosa de nuestro desprecio. Ése era más o menos su lenguaje.

Los hijos contra los padres, recuerdo que dijo después de una pausa en que sólo se oía el viento que azotaba los árboles y ululaba entre las plantas –nosotros no nos perdíamos una sola palabra de su boca–, los hijos contra los padres, los vecinos contra los vecinos y el hermano contra el hermano, y entonces miró a Miguel, que se había alejado y andaba tocando algo con un palo. Yo vengo a abolir los viejos vínculos y el lenguaje cansado de las cosas –dijo–, a desmantelar las componendas y los cambalaches y tirar de una vez los paños calientes; vengo a poner las partes de todos los pactos patas arriba, los contrayentes de todos los compromisos unos contra otros; vengo a deshacer las familias, a echar abajo las cercas de las propiedades y de las palabras con que se expresan esas propiedades, las cercas de los unos con los otros e incluso las de la vida con la muerte, a dejar abiertos todos los pasos para que paste la vida a su albur y se muestren los verdaderos significados de los miedos. Todo eso es la vida y es también el peligro, y nadie tiene la culpa de no ser valiente para afrontarla a no ser nuestros padres, nuestros verdaderos padres, que no son más que el miedo y la debilidad, la falta de aplomo, la mentira y la servidumbre de la mentira. Pero fijaos en lo que os digo, solía decir a menudo, sólo el que afronta el peligro y se asienta en él es el que siente un verdadero amor irrefrenable por la vida, el más intenso de todos los amores, el que no es posible ni integrar ni acabar de satisfacer nunca, el amor no por el pacto del miedo sino por la contigüidad excelsa con la tierra anterior a cualquier individuación; sólo el que se asienta en el disparadero y la movilidad indefinible de la vida toma posesión de la verdad. Lo demás son excusas. Hay que separar y desgajar para volverse a unir en el goce de la tierra, en el más gozoso de los goces que es poner en peligro cualquier finitud y cualquier inmovilidad. La existencia no es soportable sin haber intentado esa forma de venganza contra la divinidad, decía.

Miguel probablemente oía sus palabras, pero estaba apartado –Gregorio y yo pendíamos literalmente de sus labios sin dejar de contemplar el horizonte como si fuéramos personajes de los cuadros de Caspar David Friedrich–, y de repente Ruiz de Pablo se calló y miró fijamente hacia Miguel, que levantaba algo en el palo con el que estaba enredando en el suelo. A ver quién se atreve, dijo, y lo que había levantado con la vara cayó al suelo zigzagueando. Ruiz de Pablo sonrió y su sonrisa, como siempre sucedía, se quedó al final congelada en una especie de brillo como de metal que duraba hasta que su interlocutor apartaba siempre antes la mirada. Lo que había caído al suelo volvió a culebrear un momento otra vez en la punta del palo antes de serpentear de nuevo en el aire y precipitarse hacia el suelo. Gregorio y yo nos acercamos –la viborilla estaba como aturdida tratando de atravesar las profundas rodadas de tractores o remolques madereros en las que la había encontrado Miguel– y él la volvió a levantar por los aires enarbolándola contra nosotros. En el hospital debe de haber sólo una o dos dosis de antídoto, así que será mejor que no os pique a los tres, dijo Ruiz de Pablo entre contrariado y contento. Y entonces fue cuando Miguel lo hizo ante nuestra mayor incredulidad. Yo me había puesto ya nervioso ante la presencia de la víbora –Gregorio en cambio me confesó luego que no se había inmutado en ningún momento– y supongo que, en el breve lapso que medió entre el gesto de Miguel y la reacción de Ruiz de Pablo, habría podido hasta oírseme latir el corazón, de tan fuerte como me latía y tanto silencio como se había concentrado.

O a ti, le dijo Miguel mirándole un momento mientras volvía a intentar levantar el palo, esta vez en dirección hacia él, con la serpiente en su extremo; o que no te pique a ti, repitió. Cuando por fin logró levantarla de nuevo, fue por un instante todavía más breve que las veces anteriores, porque entonces –yo me había quedado mirando asustado a Ruiz de Pablo ante lo que me parecía una incomprensible falta de respeto por parte de Miguel–, entonces vi de verdad, por primera vez en mi vida, lo que sacaba del bolsillo interior de su tabardo, y cómo de su escueta reverberación, de su metálica e incomprensible materialidad, salía de improviso un fulgor aún más potente que rompió en dos mitades la serpiente y el palo y tal vez las relaciones de ambos para siempre.

Yo no sé, ni sé si ha sabido tal vez nadie, lo que Miguel sabía por entonces o a lo mejor habría oído a medias quizás justamente por aquellos días –era el puente del Pilar y no habrían pasado más de tres años desde que nos habíamos ido a Madrid–, pero sí recuerdo a la perfección que el final de la sonrisa de Ruiz de Pablo volvió a brillar fija entonces en su rostro como si hubieran sido sus labios o sus ojos los que hubiesen disparado, y que de pronto, sin comerlo ni beberlo ni que viniese a cuento de nada –yo no me había movido ni seguramente parpadeado–, me la echó de improviso a las manos gritando «cógela».

Estaba caliente, pero no fue sólo ése el motivo por el que me pareció quemarme. Aquélla fue la primera vez que la tuve entre las manos, y la sorpresa y el susto, la congoja, pero al mismo tiempo el placer –para qué nos vamos a engañar–, se asociaron ya desde ese momento a una especie de entusiasta autoafirmación, de sentimiento de importancia, que luego, conforme fui teniendo más ocasiones de empuñarla, fue ganándole el terreno al resto de las impresiones. Tócala, empúñala, hazte con ella, me dijo, y yo obedecía como a cámara lenta, con una torpeza medrosa más propia de aquel al que le parecía que lo que tenía entre las manos era la viborilla que había acabado de saltar por los aires. Ahora probarás tú a darle al palo de Miguel, ¿has oído, Miguel?, ¡levántalo si eres valiente!

Yo no había tenido una pistola en la mano en mi vida y no había disparado más que con la imaginación y con las pistolas de juguete cuando era pequeño incluso al mismo Miguel, pero ahora la sangre se me había coagulado en las venas como antes el silencio y el pasmo después de que Miguel levantara la culebra amagando contra Ruiz de Pablo. Venga, dispara, me gritó, dispara te he dicho. Con un desprecio frío en los ojos que creo haberle visto por primera vez, Miguel había levantado el palo desmochado a la distancia máxima que permitía su brazo y lo tenía agarrado con la misma frialdad con que se agarraban sus ojos de los ojos de Ruiz de Pablo. ¡Dispara!, ¿me has oído?, ¡dispara!, no cesaba de gritarme éste.

Bertha estaba como petrificada, sin decir esta boca es mía ni probar bocado desde hacía un rato –si Miguel sabía o había oído qué, había dicho la última vez que intervino–, y Julio miró un momento tras los cristales hacia la sierra de la Carcaña y prosiguió como si ni siquiera hubiera hecho una pausa.

Yo intenté apuntar como a dos o tres metros de Miguel –la pistola todavía estaba caliente en mis manos– y al final –¡apunta bien!, gritaba, ¡apunta bien si no eres un cobarde!–, al final apreté el gatillo, que, además de un leve y seco chasquido en el revólver, sólo produjo una sonora carcajada de Ruiz de Pablo que se debió de oír en toda la zona a la redonda y cuyo eco todavía me parece escuchar muchas veces.

Aquella fue la primera vez que vi y empuñé esa pistola. Después, y sin que hubieran de pasar más que unos minutos, la volvería no sólo a ver y a tocar sino a utilizar ya cargada varias veces en el bosque. Con ella aprendí a disparar –las detonaciones se confundían con los truenos de la tormenta en ciernes–, lo mismo que aprendió Miguel y aprendió también Gregorio, y con ella, instantes antes de que la dejara caer al suelo, le vi a Gregorio por primera vez los ojos de El Biércoles la tarde del acebal sólo poco más de un año después.

Era también la que tenía que haber utilizado en Madrid aquel día contra el coronel retirado y la que luego, camino ya de París, me traje aquí a esconder la misma noche en que tenía que haberle matado. La escondí al pie de una de las cercas del único prado que no malvendió mi padre, y ahí ha permanecido oculta hasta no hace mucho.

–Hasta el día en que murió Miguel, ¿no es eso? –concluyó Bertha.

23

Ya en los mismos pasillos del metro empecé a correr, le dijo a Bertha –no habían terminado aún la sobremesa–, que le había preguntado sobre lo que ocurrió después de aquella noche en Madrid.

La tarde había ido cayendo y los perfiles azules de la sierra de la Carcaña se recortaban ahora perfectamente nítidos tras los cristales. Debajo de esas líneas, la mancha oscura de las montañas parecía igual que si fueran un único todo homogéneo, y por encima de ellas, de su trazo certero que en ningún momento podía dar la menor sensación de equívoco o imprecisión, la última claridad de la tarde todavía perseveraba en el cielo.

Por qué corres, me pregunté, por qué estás corriendo si no has hecho nada: si no has matado, me dije. Pero yo sabía, o algo por encima o por debajo de mí supongo que sabía –continuó Julio–, que no haberlo hecho y no haber cometido nada equivalía en aquella circunstancia a haberlo hecho y cometido contra otros y tal vez también contra mí mismo, contra una forma de mí tan predominante entonces en mi fuero interno que era más yo que yo mismo. Por eso corría, corría y escapaba de lo que hubiera podido hacer y, a la vez, de lo que no había hecho; y corría y escapaba también de ellos y al mismo tiempo de mí si hubiera podido hacerlo con sólo mover aceleradamente las piernas.

Adelantaba a la gente, la sorteaba, iba dejando atrás un pasillo y torciendo por otro y, al entrar acezando en el vagón de metro y ver cerrarse las puertas para echar a andar, me sentí por un momento a salvo, seguro y como en casa, aunque ni por asomo llegara a ocurrírseme entonces que, durante un tiempo, ya sólo podría encontrarme como en casa justamente tras esos cierres y en ese perpetuo movimiento, en ese abandonar un sitio y no llegar todavía a otro, en ese subir a un medio de locomoción y alegrarme de que cerrara sus puertas y se pusiera en marcha, o bien en el acabar de llegar a un sitio y no tener que irme todavía. Sí, ya sé en lo que estás pensando –le dijo a Bertha, que se apartó el pelo que le caía sobre la cara y se disponía a decirle algo–, lo sé y no hace falta que lo digas.

A partir de ese momento, continuó Julio, no sólo tendría que guardarme de quienes hasta entonces me había guardado, sino también de quienes me habían hecho ser buena parte de lo que era; y no sólo de los otros, policías o enemigos de los policías, sino también de mí mismo. Eres un cobarde, me dije de pronto, rectificando mi primera impresión de hacía poco, eres blando, un echado para atrás, eres un cagueta, un pusilánime, pero enseguida llegó la estación de metro en que me tenía que apear para ir a casa y, nada más abrirse las puertas, volví a echarme a correr. Sabía que no tenía tiempo que perder, que sólo podía contar con unos pocos minutos para llegar a casa y coger lo más necesario, porque el mismo tiempo que me costara llegar allí, por una línea distinta a la que tenía que haber tomado para reintegrarme en el piso franco, era más o menos el que ellos esperarían para llamar al piso y, al no recibir respuesta, mandar a alguien de inmediato a mi casa si es que no estaban ya allí. Pero si no era así, si no habían enviado por si acaso a nadie todavía, me quedaba el tiempo justo de recoger el dinero y las cosas más imprescindibles e ir en derechura a buscar mi coche para salir disparado primero al pueblo, a despedirme de mis padres con cualquier pretexto –un curso en París, les dije– y enterrar la pistola, y luego, sin dar tiempo a que nadie se pudiera trasladar allí desde Madrid, para desaparecer del mapa en dirección a la frontera.

Durante mucho tiempo pensé luego que un día volvería a Madrid –desestimaron aquella víctima por si estaba sobre aviso– e iría de nuevo a aquella cafetería. Como la primera noche, esperaría a que aquel hombre saliera de allí después de haber echado la tarde jugando a los naipes y hojeando la prensa, y después de que el camarero le ayudara a ponerse el abrigo de loden, pero antes de que abandonara el cerco de luz del letrero del bar, pensaba, me llegaría a él y, con luz suficiente para vernos las caras frente a frente, me presentaría: yo soy alguien que iba a haberle matado hace años y no lo hizo, le diría, y por lo tanto de alguna forma usted me debe la vida. Aunque también, pensé, a lo mejor era más exacto al revés: yo soy el que iba a haberle matado y no lo hice, y por eso ahora mismo yo le debo la vida. Pero sólo hará unos años que decidí llegarme un día hasta allí. Todavía estaba la misma cafetería, y en las mismas condiciones, sólo que ahora parecía muy vieja –¡todo ese culto a la novedad de los sesenta y setenta que ahora resulta tan viejo!–, pero ya, claro, no apareció por allí el coronel ni ese día ni ninguno de los otros dos en que volví y, aunque reconocí al camarero –el mismo gesto de complacencia, la misma sonrisa amable y paciente ahora como barnizada en mate por la edad–, no tuve valor para preguntarle nada.

¿Que qué impresión me produjo? Pues si te tengo que ser franco, la impresión más poderosa, la más clara, fue la del tiempo, la del tiempo que había pasado, o más bien la del paso del tiempo así en general, la de que todo es tiempo en el fondo y se convierte en tiempo e incomprensión. ¿Cómo pude yo haber amado tanto a esa mujer?, se dice uno al cabo del tiempo, ¿cómo pude yo haber estado a punto de matarlo o cómo pude matarlo? Todo, amantes y asesinos, objetos del amor y objetos del odio, el odio y el amor mismos, todo se reduce a tiempo y se diluye en el tiempo, que es nuestro verdadero objeto de amor y de odio en el fondo, como entendieron a lo mejor desde el principio Anastasio o mi madre y nunca acabamos de entender nosotros.

Aquella noche conduje hasta más allá de la frontera. Mi

madre no dijo nada, me abrazó en silencio –se levantó para prepararme unos bocadillos– y en su mirada vi que lo que se imaginaba seguramente distaba poco de ser lo cierto. A mi padre estaba seguro de encontrarle en el taller que había mandado habilitar en las viejas caballerizas –la leonera de papá, decía mi madre–; allí solía pasarse las noches leyendo y haciendo experimentos sin cuidarse del frío ni del paso de las horas, y allí es donde fui a despedirme sin poder imaginar lo contento que se iba a poner porque me iba lejos de viaje. Mi madre, o algún criado cuando los teníamos, solía encontrárselo al día siguiente dormido sobre sus libros o trajinando todavía con sus matraces y sus alambiques cuando se trataba de matraces y alambiques o con sus aparatos eléctricos cuando de aparatos eléctricos se trataba; lo mismo que yo me lo encontré aquella noche enfrascado en la lectura de un libro de citología y se lo habrían de encontrar una mañana al cabo de no demasiados años, con las uñas y los párpados definitivamente amoratados, en la época en que se corría por el pueblo que había dado con un método infalible para hacer que los árboles, todos ellos pero sobre todo las coníferas, crecieran en un año diez veces más de lo que normalmente crecían.

Por el pueblo se dijo de todo: que si habían entrado por la noche; que si un turista que se había instalado en el Hostal recientemente inaugurado, y que no dejaba pasar día sin ir a verle, era en realidad el agente de una multinacional que había intentado sonsacarle lo que fuera; y también que no había logrado sobreponerse a la emoción del descubrimiento que acariciaba desde hacía años –y cuyo secreto se llevó a la tumba– y que eso fue lo que le causó el infarto. Aunque también hay quien sostiene que había inventado un veneno dulce para salir de la vida como quien entra en un sueño placentero, y que él fue su primer degustador. Pero aquella noche –fue el último año que vivieron en la vieja casona de la esquina que ya tenían más que hipotecada–, al saber que me iba a París a estudiar, quiso marcharse conmigo a toda costa. Andaba a vueltas con unos estudios sobre el envejecimiento de las células y estaba seguro de haber dado con la pista buena, pero para poder seguir por ella le hacían falta unos artículos y unos libros que sólo cabía encontrar en la capital francesa. Me costó convencerle de que no era el mejor momento para venir, de que yo todavía tenía que instalarme y no tenía más que darme las referencias exactas y yo le mandaría en cuanto pudiese todo el material. Cuando me escribió, a las pocas semanas, para detallarme los artículos, más una serie de aparatos de medición en los que me gasté todo el dinero que pude conseguir, esos artículos ya no tenían que ver con las células, sino con las ondas magnéticas, en cuyo estudio debió de profundizar también durante un tiempo a juzgar por el trabajo que publicó luego en una revista local que él mismo ayudaba a financiar y que le valió una mención en una investigación de un catedrático de Madrid.

Cuando pude desembarazarme de él y comprendió las ventajas para sus experimentos que podía representar el tener a un hijo en París, ya eran más de las tres de la madrugada. Di la vuelta por la plaza para no pasar por delante de la casa de Ruiz de Pablo y, poco después, atravesé el puerto de Piqueras en medio de una de las mayores soledades que he sentido en mi vida. Era una noche de luna casi llena y, a partir de la segunda o tercera curva, los montones de nieve que se acumulaban en las cunetas y los ventisqueros reflejaban una luz postrera y sideral. En la cima detuve el coche de repente sin haberlo pensado. Estaba angustiado, cada vez más acongojado a medida que trazaba cada una de las largas curvas de la ascensión sin cruzarme con un solo vehículo ni adelantar o ser adelantado por nadie. Y además me encontraba tan agotado como si hubiese estado haciendo a pie la ascensión, así que paré el coche a un lado de la carretera y me apeé. Hacía un frío del demonio –ululaba el viento helado en las agujas de los pinos– y caminé un rato sin saber lo que hacía. Me subí hasta arriba la cremallera del chaquetón reversible y levanté las solapas; ya no tenía necesidad de comprobar el bulto de la cintura ni de mirar atrás, y sin embargo la mano se me iba a la cintura y los ojos atrás como si me siguiera alguien o me faltara algo al mismo tiempo. En un montón de nieve hundí los pies; luego, de la nieve de al lado de las huellas que había dejado, apelmacé un poco con la mano y tiré la bola resultante a alguna de las sombras que proyectaban los arbustos. Me sentía como un asesino que huía sin haber matado a nadie ni haber hecho nada, sino justamente por no haberlo hecho, por no hacer, por no pasar a la acción, como decíamos. Ése era el delito que había cometido fundamentalmente contra mí mismo, y yo todavía no sabía que aquella soledad desabrida e inclemente que me atenazaba, y con la que deambulaba como alma que lleva el diablo entre la nieve con luna de Piqueras, era la soledad del que no cuenta siquiera con una parte sustancial de sí mismo, que es la que verdaderamente había sido víctima de un atentado por sorpresa. Tenéis que matar a Dios no de boquilla, que eso ya sé que sabéis hacerlo bien, decía Ruiz de Pablo, sino cada uno dentro de vosotros mismos; sólo así seréis libres y formaréis parte de la comunidad de los libres. Y yo estaba expulsado ya también de esa comunidad.

Cuando llegué a París al día siguiente por la noche –recuerdo las luces y el ajetreo de la ciudad y el tráfico como una auténtica pesadilla– estaba reventado y muerto de sueño. La ansiedad y la desazón habían dejado paso a una perplejidad blanda y como deshilachada, y el desconcierto general se materializaba ante cada encrucijada. Miguel y Gregorio, a los que había llamado por la mañana, me habían dado cita en un café a la salida del metro de La Bastilla y ésa era la plaza a la que me tenía que dirigir. Pareces un cadáver, fue lo primero que me dijo Miguel al verme. Yo me levanté a abrazarles –había llegado con mucha antelación respecto a la hora convenida– con una alegría que todavía recuerdo muy bien. Fue como si todo el cansancio del viaje y toda la fatiga de la mente desaparecieran en ese instante, y hasta la palidez de la cara y el extravío de la mirada –las ojeras violáceas– estoy seguro de que se evaporaron al menos un momento por efecto de aquel reconocimiento. Reconocer y sentirse reconocidos en esa tierra extranjera que es la vida, acoger y sentirse acogidos, he pensado luego muchas veces, y sobre todo ahora, después de oír esas palabras que dicen que dijo el ciego Julián después de la muerte de Miguel. Es casi como resucitar, por efímera que pueda ser luego esa resurrección.

Abrazar a Miguel fue como encontrar una casa que te acogiera después de haber estado mucho tiempo deambulando —en realidad llevaba tan sólo días sin verle, aunque me hubieran parecido siglos–, pero Gregorio ya no era el mismo. Su abrazo fue distante o más bien como deshabitado. Vino aquel día porque no podía faltar, pero vino ya muy poco de sí mismo. Parecía una sombra lo que se movía en él; se arrastraba de aquí para allá y hacía siempre lo que decía Miguel, pero como un autómata que hubiera renunciado a decidir por sí mismo y a quien todo le resultara de todo punto indiferente. O bien como alguien que escondía, tras esa indiferencia, la fuerza arrasadora de algo junto a lo que a nada más le cabía ya encontrar espacio. Aquel hombrón con cara de niño había perdido sus rasgos y se había transformado en un tipo de mala catadura, de mirada seca y como obsesionada, huraño y suspicaz, intratable una parte del tiempo que pasó con nosotros y el resto sumido en un abismo de angustia y silencio en el que no aceptaba a ninguno. Trabajaba como portero en un hotel nocturno de mala nota —donde yo enseguida le sustituí— y había empezado a beber mucho.

Poco antes de que le echaran del hotel, volvieron a contactar con él y se dejó enredar de nuevo. Volvió a cometer primero pequeños robos y atracos, y luego, o tal vez enseguida, lo que ya nunca pudimos saber qué era a no ser que lo interpretáramos alguna vez por lo que leíamos en los periódicos. Era otra vez uno de ellos —o así se lo harían sentir–, y es que a lo mejor sólo estando con ellos, pensábamos, dejándose persuadir de nuevo por la idea de estar en lo cierto y actuar como debía actuarse —de haber hecho lo que había que haber hecho–, era otra vez algo que se podía asemejar a un hombre y no a su sombra. Su completo desapego por todo le debía de investir de un halo de arrojo y determinación tan inalcanzable como el que sólo engendra la desesperación. O tal vez era al revés y nosotros no nos dábamos cuenta, que su completa desesperación le hacía estar a muchas leguas de todo y en especial de sí mismo. Una vez franqueado cierto umbral, decía Miguel, ya sólo cobran sentido las cosas profundizando ese camino, adentrándose cada vez más por él hasta el final. Pero también se equivocaba, o por lo menos tampoco era eso todo, y ni siquiera lo más importante. Era mucho peor.

Se ausentaba durante largos períodos –vivíamos los tres juntos al principio– en los que nadie sabía dónde podía parar. ¿Desde cuándo no hemos visto a Gregorio?, recapitulábamos de vez en cuando. Pero a las semanas, con un aspecto cada vez más ininteligible, volvía a casa de Miguel, que por entonces empezó a ganarse bien la vida en unos informativos de radio y escribiendo ya para un periódico importante. Aquella cara redonda, llena y luminosa de su juventud –esa caraza de tortas, que decía la madre de Miguel–, siempre pulcramente afeitada y con unos ojos permanentemente risueños en los que se transparentaba la más pura bondad, se había transformado ya en el rostro de otro. Con unas melenas sucias que se le venían a la cara, con barba siempre de algunas semanas, demacrado y violáceo y con un atuendo más propio de un vagabundo que de otra cosa, volvía a casa y, exhalando un aliento que echaba para atrás, se dejaba caer al principio sobre el primero que saliera a abrirle la puerta, aunque fuera alguna de las amigas de Miguel que siempre andaban por casa. Pero al cabo del tiempo, lo más frecuente fue ya que el primero que abría la puerta para salir se lo encontrara tumbado como un perro ante el umbral en el descansillo. Pero qué haces ahí, le decíamos al principio, por qué no has llamado aunque fuera la hora que fuera si has perdido las llaves. Pero él no respondía, se limitaba a mirarnos y a guardar silencio, y sólo algún día que bebía más de la cuenta decía algo así como que su sitio era ya quedarse fuera, que no era digno, decía con estas mismas palabras, de entrar ya a ninguna casa de hombre.

No le hacíamos caso, creíamos que eran bobadas de borracho, pero ni aun así sabíamos qué hacer, porque ni siquiera a rastras conseguíamos casi nunca que entrara. Lo arrastrábamos a peso de muerto, pero a la que nos descuidábamos o no estábamos encima de él, ya se había ido a tumbar otra vez en el rellano de la escalera. Más tarde, cuando Miguel le dijo un día, para ver si así reaccionaba, que o se arreglaba y se cuidaba un poco o no volvía a poner un pie ni en casa ni en el rellano, nos lo encontrábamos durmiendo sin rechistar ante el portón del zaguán del viejo edificio en el que vivíamos o bien en algún banco de las inmediaciones. Pero sobre todo empezaron a menudear cada vez más las temporadas en las que desaparecía sin decir nada y nadie lograba darnos razón de dónde podía encontrarse ni dónde no, y luego, cuando de repente volvía a aparecer, lo veíamos cada vez con peor catadura y menos palabras tirado en el portal de casa o en alguno de los bancos de la avenida de la República, en una de cuyas calles paralelas compartíamos los dos un piso. Pero eso fue antes de que a Miguel le nombraran enviado especial del periódico, y antes también de que yo sufriera el primer tropiezo. Pero de eso ya te hablaré después de cenar, dijo Julio, que ahora ya estará al llegar Mercedes del instituto y tú tendrás que subir a descansar un rato, supongo, a tu habitación.

La noche se había echado ya desde hacía tiempo y ahora, en los cristales que daban a la explanada de gravilla por donde se veían llegar los coches que venían de la carretera –se veían avanzar los faros entre los fresnos y las cercas y, tras desaparecer un momento detrás del almacén, volver a aparecer a unos metros ya de las ventanas–, sólo se percibían, si no venía ningún coche, los reflejos de uno y otro. El murmullo al otro lado del biombo de madera había ido en aumento y los hijos del dueño empezaban a preparar las mesas para la cena. Ponían el mantel de papel y los platos y cubiertos de mala gana y como al desgaire, y sin prestar atención a lo que pudiera decir nadie, a no ser el televisor que acababan de encender también en el comedor. Al atravesar Julio y Bertha por delante de la barra para salir, varias cabezas interrumpieron la atención que concedían al televisor o a la negrura de la noche tras los cristales –a una lánguida e infinita partida de naipes– y se concentraron en sus pasos. Percibieron a la perfección que ella subía sola a la habitación y que él, antes de abrir la pesada puerta de metal de la calle y empezar a bajar los escalones de cemento hasta la explanada, le dijo que pasaría a buscarla al cabo de dos horas.

24

¿Que cómo nos conocimos?, repitió Mercedes, ya a los postres de la cena que había preparado Julio antes de ir a recoger a Bertha al Hostal. Habían estado hablando animadamente y el peso de la conversación, como de costumbre siempre que había invitados, había recaído sobre todo en Mercedes, que le inquirió a Bertha sobre un sinfín de detalles de su vida en Viena y la vida de sus antepasados. Pero ahora era ésta la que llevaba la batuta de las preguntas.

Pues te explicaré cómo nos conocimos este pájaro y yo, dijo Mercedes sonriendo y haciéndole luego burla a Julio con la nariz y la boca. Levantaba la cabeza y, al tiempo que arrugaba levemente la naricilla, le sacaba la punta de la lengua meneando entonces la cara a un lado y a otro. Después de acabar la carrera en Valladolid –te estoy hablando de principios de los ochenta–, una amiga y yo decidimos ir un verano a París para mejorar la lengua y ver mundo, como se decía antes. Allí están los de los caballos, me recordaron en casa deseosos de que tuviéramos alguna referencia, aunque no supieran a ciencia cierta si ésa era realmente de las de fiar. Los de los caballos, les decían. Quien más quien menos, todos han tenido o tienen aún caballos por aquí antes o después o al mismo tiempo que las vacas, pero ellos eran los de los caballos por antonomasia. Date cuenta: los únicos casi, con excepción de Gregorio, que no habían tenido que trabajar en todo el pueblo en un establo con los caballos eran sin embargo los de los caballos. Pero así es y así ha sido siempre. Se creía que estaban estudiando, ampliando estudios, decían algunos, y sus padres solían presumir de ello a la menor ocasión, sobre todo el padre de Julio, que es una pena que no lo hayas llegado a conocer. Aunque no tanto su madre, que era la única que se recelaba algo; no puede ser que estos chicos lleven más de dos años sin volver por aquí, decía con esa vocecilla tranquila y modosa que tuvo siempre. Fue ella la que nos dio la dirección del piso de París como si de un tesoro se tratase –es la primera vez que la doy, me dijo como diciéndome mucho más– y el caso es que allí nos fuimos con toda la ilusión y la curiosidad del mundo. Era la primera vez que salíamos de España y además solas y con la licenciatura en el bolsillo, así que ya te puedes imaginar.

A pesar de que hacía mucho que no les veía, yo me acordaba de ellos como se acordaban todos en el pueblo. Tenía sólo cinco o seis años menos –que a los diez años es mucho pero a los veintitantos ya no es nada– y había hablado muchas veces de pequeña con todos ellos, sobre todo con Gregorio, del que éramos casi vecinos y medio parientes, y cómo no con Miguel, que andaba siempre en boca de todas las chicas prácticamente desde siempre: que si ha venido de Madrid, que si lleva no sé cuánto sin venir, que si lo listo que es o si escribe artículos en el periódico... Pero al llamar a la puerta y volver a verles, la verdad es que me costó lo mío reconocerles. Miguel parecía mucho mayor, se le había curtido la piel y la barba que llevaba entonces y su forma de mirar inspiraban un cierto desasosiego a la par que le hacían aún más atractivo. En Julio también se veían los años, se le había empezado a caer el pelo y su expresión era extraña, no sé cómo decirte, a medias desvalida y a medias excesivamente determinada, a ratos tímido y cariñoso y a ratos arisco y despegado. Pero al que desde luego no podía haber reconocido, por mucha fantasía que pusiera de mi parte, era a Gregorio. Habíamos saltado casi por encima de él en el zaguán del edificio al entrar, lo que por poco no nos hizo volvernos atrás, y al ver que mirábamos los buzones y que éramos dos chicas nos contestó en nuestra lengua que, si buscábamos a Miguel, era en el cuarto.

Nunca supe si me había reconocido, pero a los días se me quedó mirando al parecer un buen rato sin que yo me diera cuenta —lo habían arrastrado a la fuerza a la bañera y luego lo habían sentado a la mesa— y al volver la vista de repente hacia él, vi que me miraba fijamente con los ojos llorosos. No me dijo nada, retiró la vista automáticamente al verse sorprendido, se levantó sin decir nada y salió. No lo volvimos a ver en todo el mes. Pero qué le ha pasado, no cesábamos de preguntar, por qué se ha vuelto así. Pero los dos nos decían que no sabían, que si alguna decepción amorosa, las francesas, ya se sabía, y él al fin y al cabo era muy de pueblo. Pero en sus palabras, y en el tono de disimulo y dejadez con que las pronunciaban, se veía claramente que ni ellos se las creían, y aquello empezó a llenarme de curiosidad. No era recelo, o por lo menos no creo que lo fuera todavía, y menos aún alarma, pero sí a lo mejor la convicción de que allí había algo que no cuadraba, de que había gato encerrado.

Eran y no eran los mismos; había algo en ellos que remitía a las personas que habían sido y al lugar en el que todos habíamos crecido, y algo también, según me fui dando cuenta con los días, que los hacía tremendamente distintos y tremendamente desarraigados, como si estando en un lugar, allí o en cualquier otro sitio, no lo estuvieran en realidad o no pudieran ya estarlo, o como si cualquier lugar fuera ya para ellos igual a cualquier otro y todos ellos iguales a un inmenso vacío interior, a un inmenso yermo —me vais a permitir que lo diga así, se interrumpió— dominado por la helada o la sequedad y como batido a su antojo por el viento. Nada de eso se explicaba totalmente por los cambios de la edad ni por el influjo de la ciudad en la que llevaban viviendo ya dos años largos; se explicaba, o tenía que explicarse —empezaba a creer—, por otro motivo distinto que sin embargo yo estaba lejos de poder imaginar.

Lo que más había cambiado eran sus miradas; no digo ya la de Gregorio, que era, cuando era en realidad algo que podía asemejarse a una mirada, absolutamente impenetrable, como si estuviese ida, arrancada, y a la vez acerada o bruñida por algo recóndito y desazonador, sino también las de Miguel y Julio. La mirada de Gregorio no sé por qué me recordó enseguida a la del ciego Julián, a cuando de pequeñas –como todos los críos del pueblo– apostábamos a ver quién tenía el valor de llegarse hasta él y mirarle de cerca a los ojos, que es como decir a ver quién tenía el coraje de aguantarle paradójicamente la mirada. Nos acercábamos todos, chicos y chicas, muertos de miedo y, en cuanto él levantaba los párpados si estaba descabezando un sueño en el poyo de la solana de su casa o bajo un árbol, nos echábamos a correr despavoridos. Nos cegaba, no lo podíamos evitar, era como una especie de repeluzno interno, de quemadura o descarga eléctrica, no sé cómo explicarlo, que nos revolvía por dentro y nos hacía retroceder de inmediato; era, en realidad, como si los que no pudiésemos ver, como si los ciegos fuésemos nosotros y no él. Pues algo así me ocurrió por aquellos días con Gregorio en París, que no podía mirarle a los ojos, y creo que me hubiera ocurrido todavía lo mismo si el día del entierro de Miguel me hubiera dado por acercarme a él. Con el tiempo, he pensado muchas veces en aquella mirada y sobre todo en aquellos ojos llorosos con que le sorprendí mirándome aquella noche casi recién llegada a París; he pensado como persona y como mujer, pero vamos a dejarlo, dijo sin mirar ahora a Julio.

Las miradas de Miguel y de Julio eran también duras e inquisitivas, pero al mismo tiempo huidizas, sobre todo la de Julio, con un algo de determinación extrema y a la vez impostada. Es cierto que no eran muy distintas de muchas de las miradas de los jóvenes de esa época, todos como muy seguros de algo o de llegar a algo o tener que hacer algo, todos muy convencidos de algo y muy convencidos de lo nefasto y oprimente de lo contrario a ese algo, y sobre todo muy convencidos de que no había otra forma de ser ellos mismos que estar muy convencidos de hacer ese algo y de luchar, de luchar siempre a brazo partido, contra lo contrario a ese algo. Pero sus miradas, la mirada que se les había puesto, mientras no se les cogía desprevenidos por lo menos y luego ya en la intimidad, eran todavía más inquietantes. No era la mirada de quien no te mira cuando te mira sino que se mira mirarte, la de esos presumidos de todas las épocas y todas las latitudes, ni tampoco la de quien no ve nada cuando mira ni le interesa ver nada, sino más bien la de quien lo mira todo a través de algo que no puede dejar de mirar y que al cabo es lo único que ve. Y en eso, a decir verdad, la de Gregorio, cuando era mirada, era en realidad el modelo verdadero de todas ellas. Era como si estuvieran perennemente preocupados por algo, perennemente pendientes de algo respecto a lo que todo lo demás pasara a segundo plano, las chicas, los estudios o el trabajo, quien estuviera por casa o decidiera dejar de estar, y no puedes hacerte una idea de todo lo que pasaba por allí, sobre todo de género femenino, claro.

Yo me daba cuenta y, a pesar de que se veía que les gustábamos, los sentía distantes, despegados, como si las cosas que les contábamos, incluso lo referente a sus familias y al sitio en el que se habían criado, en el fondo carecieran de importancia ya para ellos, todas las cosas, o más bien casi todas, porque cada vez que decíamos algo que tenía que ver con Ruiz de Pablo se veía que aguzaban los oídos y que, como quien no quiere la cosa, se las arreglaban para hacer que la conversación se trasladara de los padres de uno o el vecino del otro a Ruiz de Pablo, a si llevaba mucho tiempo sin ir por allí o por el contrario se estaba construyendo una casa en la carretera de Sotillo, si preguntaba por ellos o con quién se le veía. Sin embargo, si he de ser sincera –que no siempre ser sinceros es una virtud, pero bueno–, la verdad es que en cuanto Miguel me hablaba, fuera de lo que fuera, y ya podía ser de los últimos embrollos del gobierno francés, que a mí no me podían traer más sin cuidado, o de los últimos cuartetos de Beethoven, con aquella voz tan interesante que se le había puesto y aquel bigote tan lacio y rubio que le caía por encima de los labios, con aquella pose tan de intelectual o de matón, no sé, y con su cigarrillo siempre en la comisura de la boca y un ojo medio cerrado a veces por el humo, la verdad es que se me pasaba cualquier imaginación que no fuera cómo conquistarlo. Ya me perdonarás, Bertha, pero así era.

A mí al principio el que me gustaba era Miguel, y si le hacía caso –y se lo hacía todo el rato– a Julio, él sabe que era sólo para darle rabia y celos a Miguel y a ver si así funcionaba; ya sabes lo tontos que son los hombres, sólo les apetece lo que le apetece a otro y sólo se mueven –y se mueven continuamente– por rivalidades, por antagonismos, atraídos por lo que no puede ser mientras no puede ser y por las imágenes que se crean mientras no puede ser. Pero la que no paraba de rabiar era yo cada vez que venía, y se quedaba a dormir, una nueva amiga suya o cada vez que dejaba de venir él por casa una noche. ¿No está Miguel?, preguntaba yo nada más levantarme como si fuera un sargento, ¿se ha marchado ya, o es que no volvió a casa? El periódico, claro, el periódico, no faltaba más, siempre era el periódico toda la noche.

No nos quedamos un mes, como preveíamos al principio, sino todo el verano y poco a poco, sin quererlo ni saberlo, y aunque mantenía mi infatuación por Miguel y representaba muy bien mi papel de celosa, me fui enamorando casi sin percatarme de Julio y cuando ocurrió aquello, en cuanto mismo lo supe, nada más recibir la noticia, yo ya me di cuenta de que estaba enamorada y de que no podría pasarme sin estar el resto de mi vida con él. Ya ves cómo somos de tontas también nosotras, o por lo menos algunas de nosotras.

–Pero qué es lo que ocurrió, si se puede saber, porque la verdad es que por Julio no me entero de la misa la media –dijo Bertha.

–No me digas que, con todo lo que habréis estado hablando estos días, Julio no te ha contado lo que le ocurrió. Los hombres hablan y hablan, pero no dicen nunca lo esencial, o por lo menos no dicen nunca las cosas concretas. Giran en torno a ellas, las sobrevuelan, teorizan, eso sí, teorizan continuamente, pero siempre las rehúyen, no quieren verlas o a lo mejor es que no las ven de verdad o, si las ven, las olvidan enseguida, hasta el extremo de que, si una vez se dan de bruces con ellas, les parece que nunca las habían visto antes. Pero el caso es pasarse la vida teorizando o despotricando alrededor de las cosas como las mariposillas que revolotean en torno a una llama. Será que no quieren quemarse, digo yo, o que lo que en el fondo tienen es miedo, miedo del fuego y también del frío. Pero bueno, eso que te lo cuente él, que para eso es a él a quien le pasó.

Aquella casa, y supongo que no te digo nada nuevo –prosiguió Mercedes con esa costumbre que tenía de mirar con el rabillo del ojo a veces a su interlocutor y apretar mucho los labios mitad en serio y mitad en broma o teatralizando–, aquella casa estaba siempre llena de mujeres. Yo no he visto nunca nada igual, parecía el escenario de un teatro. Éste las mataba callando, como siempre, y el otro las mataba matándolas, casi literalmente. Entre paréntesis, y sin que sirva de ofensa, nunca he visto en los días de mi vida a un tipo tan mujeriego como tu Miguel; era más fuerte que él, de la misma forma que nunca he visto a nadie tampoco que fuera de tan mal asiento. No podía parar un minuto quieto, no pasaba una cena sin levantarse a llamar por teléfono o recibir una llamada o a poner la radio o la televisión porque daban este o el otro noticiario o hablaba este o el otro personaje. Llamadas, llamadas y más llamadas que cuando no eran para uno eran para el otro, y cuando no eran sobre una cosa eran sobre otra. Hasta que un día, cuando ya notaba que estaba empezando a estar bien en realidad con Julio, le dije a este mamarracho –y entonces le miró a él de refilón y apretando los labios– que si veía a una chica más que venía a verle a su casa mientras yo estuviera allí, que de acuerdo, que a mí no me importaba, que por supuesto él era muy libre de hacer lo que le viniera en gana, pero que yo me iba. Y me fui; pero al saber lo que le había ocurrido, al empezar a entender algo o más bien a entender todavía menos a no ser porque ahora me daba cuenta de por qué no entendía nada antes, volví muerta de miedo de perderlo y, ya ves, allí que podía haber acabado todo, resulta que es cuando de verdad empezó o se consolidó ya definitivamente. Nunca aprendemos las mujeres; en el fondo parece que no nos han enseñado más que a asistir a alguien y a cuidarlo y sufrir por él o por lo que sea, y en cuanto tenemos la menor ocasión de cuidar de alguien o el destino nos dispensa la posibilidad de sufrir por cualquier mamarracho de éstos que encima ni nos hace mayor caso, pues ya somos felices y hala, a dedicarles la vida y nuestra felicidad. Pero así fue y así es.

—La verdad es que si uno u otro no me contáis qué es lo que pasó, no creo que me pueda enterar de mucho —dijo Bertha apartándose el cabello de la cara con un gesto mecánico de la mano.

25

El mostrador de la recepción del hotel en el que, primero Gregorio y después Julio, trabajaron en París –un hotelucho de mala nota que no distaba de donde vivían– se hallaba frente a la puerta de entrada y era todo él de la misma vieja madera oscura que el casillero al que se daba la espalda si se miraba a la calle. Tenían ambos zonas más gastadas, como alabeadas o rayadas, que habían perdido por completo el barniz, y otras tan ennegrecidas o mugrientas que se diría que nunca hubiese pasado por ellas más paño que el del tiempo. Los compartimentos de las dos hileras superiores del casillero estaban numerados del uno al veinte con pequeñas placas ovaladas de bronce oscurecido, y de la hilera de abajo, sin numeración alguna, sobresalían papeles, juegos de naipes y medicinas que abarrotaban las casillas y contrastaban con los huecos superiores ocupados por las llaves –por algún papel doblado en dos mitades– o bien completamente vacíos. A la izquierda de la recepción, a dos metros escasos, una empinada y estrecha escalera llevaba a las habitaciones; estaba forrada de moqueta roja y los pasos, tanto por los escalones como por el pasillo y las habitaciones, hacían crujir amortiguadamente la madera del entarimado en unos sitios más que en otros, de forma que con el tiempo, y con un oído atento, cualquiera podría llegar a deducir cuál era el lugar exacto en el que resonaban.

Por la puerta acristalada de la entrada, a unos tres o cuatro metros frente a la recepción, penetraba la claridad del día y por la noche la luz mate de una farola colocada justo enfrente. El movimiento de los coches en un único sentido y el paso de los transeúntes por la acera parecían velados y lejanos tras los cristales traslúcidos, como si transitaran allí mismo y a la vez a una inmensa distancia infranqueable de la que llegaban las voces y los pasos –el bulto de las personas y la sombra móvil de los coches, frases sueltas–, pero nunca la nitidez de un perfil ni la certeza de un rostro o el desarrollo completo de una conversación. Sólo retazos, volúmenes, desplazamientos. La puerta, que era de una sola hoja cuyo cristal traslúcido sólo transparentaba en el escueto trazo de las letras que anunciaban el nombre del hotel, estaba separada de la acera por un par de escalones a los que seguía un pequeño rellano. Crujía intensamente en los goznes al abrirse, pero lejos de producir ninguna molestia, ese chirrido constituía la señal inequívoca –junto a los pasos amortiguados por la moqueta sobre la madera escaleras abajo o pasillo adelante– para que el portero, que la mayor parte de las veces se encontraba tumbado en el catre del cuarto aledaño a la recepción, se levantara y acudiera a ponerse detrás del mostrador para atender al cliente. La puerta de este cuarto, siempre abierta, daba directamente sobre la recepción, en el lado opuesto a la escalera, y quien ladeara un poco la mirada desde fuera del mostrador podía ver una parte del catre y la multitud de cajas y utensilios que se amontonaban por todas partes y llenaban a rebosar la estantería metálica de la pared del fondo. Eran cajas de plástico con botellas de agua y cerveza, rimeros de sábanas y toallas, y paquetes de papel higiénico o de productos de limpieza, entre los que destacaba una vieja televisión de pocas pulgadas permanentemente encendida que había pertenecido al portero de noche que precedió a Gregorio, un hombre delgado, enteco y con profundas ojeras, que había desempeñado ese trabajo durante diez años largos de su vida hasta que una noche de febrero, una noche fría como tantas otras, pero que no daba señales de que fuera a ir de capa caída el invierno, una de las clientas más asiduas se lo encontró de repente colgando del techo. Fue la misma clienta con la que él mismo, después de cerrar la puerta de cristales traslúcidos y poner durante un rato el letrero de completo, había subido muchas veces por las escaleras de madera forradas de moqueta roja a gastarse casi todo el dinero que ganaba en la recepción, y siempre a la misma habitación, pero sin haber cerrado aquella noche la puerta de cristales traslúcidos ni puesto el letrero de completo; y la cuerda de la que pendía su cuerpo estaba sujeta por el mismo gancho del que también colgaba la lámpara, una lámpara vieja de cristales que nunca se limpiaban y que al descolgarlo tintinearon de una forma extraña e insistente.

Gregorio había ocupado el puesto de aquel hombre desde el día siguiente a su fallecimiento. Vivían a dos pasos de allí y al portero del turno de día, que era un viejo exiliado español con quien habían hecho buenas migas desde el principio, le faltó tiempo para comunicarles la vacante en el turno de noche de aquel hotelucho que podía ser todo lo poco recomendable que se quiera, decía, pero que daba sus buenos ingresos y donde además podían pasarse la noche leyendo, o lo que se les antojara, apostillaba siempre con una risita antes de decir que él ya no estaba para esos trotes, nunca mejor dicho, y por eso prefería trabajar de día.

Las tardes que Gregorio se atrasaba en ir a darle el relevo de la noche, que eran muchas y casi siempre equivalía a decir que no es que fuera a llegar más tarde, sino que ya no se iba a presentar por allí durante días o a lo mejor semanas, el viejo exiliado llamaba a Miguel para que mandase a un amigo a sustituirlo y no perder así aquel puesto. A partir de un determinado momento, ese amigo empezó a ser siempre Julio –que acabó por cogerle gusto a la cosa supongo que en todos los sentidos, decía siempre Mercedes cuando lo contaba– y una noche de verano en que acababa de reemplazarle una vez más, sería la quinta o sexta vez que iba en su lugar, fue cuando todo ocurrió o más bien cuando ocurrió por primera vez.

De los dos pisos que ocupaban las habitaciones, por lo menos las de la planta de abajo las reservaban siempre para las chicas, como las llamaban, que desde que entraba el turno de noche, a eso de las siete, hasta que llegaba el viejo exiliado siempre puntual a la misma hora de la madrugada, solían venir hasta cinco y seis veces muchos días con distintos clientes si es que alguno de éstos no pagaba para toda la noche. Se había acordado con ellas un precio por habitación y noche, y cada cliente pagaba nada más entrar, antes de recibir la llave de la habitación, el precio entero del cuarto al portero, que luego, al amanecer, hacía cuentas con cada una de ellas. Unos con insolencia y grosería, otros retraídos y tímidos y otros como escondiéndose, tratando de mirar o de hablar lo menos posible —otros impenetrables—, todos satisfacían sin rechistar el precio del cuarto —arriba se arreglarían además con ellas— e incluso había muchos que dejaban algo de propina para congraciarse con el portero, entre diez y veinte francos la mayor parte de las veces que, unidos a lo que quedaba del acuerdo con ellas y al magro sueldo del hotel, hacía que fuera una pena perder el trabajo.

Al oír el ruido de una puerta y los pasos por el corredor, podía calcularse mentalmente desde el cuartucho aledaño a la recepción de qué habitación se trataba, de qué cliente y de cuál de las mujeres, y muchas veces, si al portero no le apetecía abandonar la lectura o la somnolencia, ni se levantaba siquiera del catre; ellas mismas le decían a veces al salir que no se molestara con alguna frase alusiva o soez, lo mismo que eran también ellas las que arreglaban un poco la cama y la habitación antes de marcharse. Casi nunca se abría la ventana de aquel cuarto, como si el ambiente de duermevela y de tiempo embalsado se pudiera disipar por ella o hubiera algo en aquel acúmulo de repuestos, de ropa y utensilios, con su mezcla de olores medio de droguería medio de almacén de suministros o de lavandería, con lo que por alguna razón uno se pudiera sentir en sintonía. Las pastillas de jabón, las cajas de lejía y de desinfectantes, el algodón de las sábanas y las toallas limpias o los paquetes de café para la cafetera instalada junto a la puerta del cuarto conformaban una atmósfera que defendía de la calle, que acolchaba la noche frente a las esquirlas de conversación de los transeúntes al otro lado de la pared y al ajetreo de los coches. Julio solía aprovechar para leer buena parte del rato que no dormitaba o veía la televisión en blanco y negro del malogrado portero que le había precedido –Gregorio dormía o veía continuamente el televisor sin salir casi nunca–, si bien por regla general le gustaba levantarse y ver las caras de los clientes al llegar y también al marcharse, las caras impacientes o temerosas al principio, arrogantes y procaces o bien incomprensibles y herméticas, y luego los rostros satisfechos y ojerosos de repente, las manos largas que palpaban todavía las nalgas de las mujeres o bien los gestos remisos y como humillados o tan impenetrables y herméticos como al llegar.

Al principio, durante las primeras horas, no eran muchos los que entraban, y fue durante ese rato de una tarde calurosa de finales de verano en que, por el calor que hacía, tenía abierta la ventana del cuartucho del catre cuando todo ocurrió.

Oyó, o más bien recordó más tarde que había oído, que una moto de gran cilindrada se detuvo delante de la puerta. El ruido del motor no cesó después de detenerse ni tampoco luego, cuando alguien hizo crujir la puerta y probablemente se asomó sin ver a nadie y volvió después a cerrarla y a abrirla de nuevo tras haber llamado antes al timbre. Avisado ya por el primer chirrido de los goznes, Julio se levantó lentamente, de mala gana, e iba a franquear el umbral del cuartucho para salir a la recepción –en la televisión había un vistoso programa de variedades–, cuando el segundo chirrido de la puerta al cerrarse, unido al extraño bulto tras los cristales traslúcidos de alguien que extraía algo todavía más extraño, y sin embargo familiar, de una bolsa de deportes al volver a entrar, le hicieron retener de repente el paso lo justo como para estar en condiciones de echarse atrás y al suelo de sopetón y evitar así, casi por completo, los diez impactos de bala que la policía detectó y señaló poco rato después con un círculo de tiza en su torno. Sólo uno le acertó en un brazo y otro, a pocos centímetros del primero, le rozó el hombro, pero al cabo de unos días estaba ya de vuelta en casa de Miguel, donde éste, y sobre todo Mercedes, cuidaron de él de tal forma que con el tiempo no le cabría arrepentirse de lo que había sucedido.

Los dos primeros días estuvo prácticamente aislado en la habitación del hospital; sólo los médicos y el personal de servicio atravesaban cuando era menester aquella puerta flanqueada por una pareja de guardias, y también un par de hombres, uno más joven y con un gesto en la cara como de desprecio y al mismo tiempo de conmiseración, y otro mayor y más grueso que venía sudando y jadeante, con la chaqueta en la mano, y que al principio, en tanto el otro se quedaba mirando desde atrás y caminando a ratos junto a la puerta, le preguntaba distraídamente por su salud mientras se secaba el sudor de la frente con un pañuelo que, en cuanto acababa de introducir de nuevo en el bolsillo del pantalón, parecía que decretara el fin del preámbulo, el paso del hombre al policía y de la palabra que cumple y saluda a aquella que ya sólo interroga.

No había podido ver ni retener casi nada Julio aquella tarde en los instantes que precedieron a los disparos, sino sólo recelar de inmediato y tal vez recordar. No había oído una sola palabra ni había reconocido un solo gesto y, sin embargo, era como si todos los movimientos, como si todos los gestos y los pensamientos o ausencia de pensamientos de aquel joven con casco de motorista y gafas de sol que había abierto la puerta, extrayendo ya al entrar de la bolsa de deportes con la que venía el subfusil cuyas balas sólo llegaron a acertarle en el brazo y destrozar la cafetera de junto a la puerta del cuartecillo, le fueran en realidad extraordinaria y minuciosamente conocidos. Pero nada de eso le dijo al policía, nada de lo que en el fondo tampoco sabía y ni siquiera quería haber intuido.

Seguramente el hombre sudoroso y jadeante que entraba en la habitación del hospital con la chaqueta en la mano mandaría luego vigilar la casa y seguirles adondequiera que fueran, porque durante semanas enteras no sólo Julio y Miguel, sino al principio también Mercedes y su amiga y muchas de las personas que visitaban la casa, se sintieron como acompañados a distancia, como observados y husmeados; aunque tal vez no sólo por los compañeros de aquel hombre sudoroso y de aquel otro más joven que le miraba a distancia como con una mezcla de desprecio y conmiseración, sino también, y quizás sobre todo, por otros compañeros de otros hombres y por otras miradas de desprecio que, sin poder ver ni sorprender nunca, sí que podían barruntar y sobre todo recordar. Sin embargo, en ningún momento, ni inmediatamente después de ocurrido el incidente ni más tarde, durante mucho tiempo, y por mucho que Miguel le insistiera hasta el enfado en lo contrario, quiso Julio descartar por completo la hipótesis de que los dos integrantes del comando de la motocicleta que se había detenido un momento a la puerta del hotel y había huido unos instantes después a toda velocidad después de dar por cumplido su objetivo, de dar por realizado el escarmiento o darle por muerto –y esa pequeña distinción era evidentemente de vital importancia–, pertenecieran a algún grupo de los servicios secretos paralelos de la policía española o bien, como se había apresurado a conjeturar ante el comisario, a alguna mafia de la prostitución o de lo que fuera que hubiese equivocado su objetivo.

Eres tonto perdido, le decía Miguel, un alma cándida en el fondo como tu padre, pero tú lo que inventas son bondades atribuidas a voleo para seguir confiando, excusas para no tener que enfrentarte a las consecuencias de toda esa candidez y esas admiraciones y buenos propósitos que han hecho de ti y de Gregorio lo que sois y casi lo logran también conmigo, aunque a ti parece que te acompaña una extraña suerte. Eres un alma bella, un atleta de la confianza, le decía, un cabezota de los buenos sentimientos al que no entiendo por qué el destino le reserva el seguir alentándolos.

Y tú te pasas de listo, le replicaba Julio, y te pasas tanto, que ya no te queda más que el vacío a tus pies –o más bien en el alma– y por eso no paras de moverte y aletear como un pajarillo, para no caer y estamparte de bruces donde tú sabes. El muy listo, el niño más guapo y el más desenvuelto, el más rico de todo el pueblo, el que siempre está acostumbrado a llevar la voz cantante y el elegido de los dioses y, sobre todo, de las diosas, ahora no puede soportar dejar de serlo y es como si le faltara algo, tiene miedo, se siente ofendido, despechado. Qué risa. Ahora ya no eres más que el espantapájaros de ti mismo, más que el continuo abandono de tus posiciones y el continuo abandono de ti mismo tú sabrás por qué, un ser acomodaticio que ha cedido, que ha claudicado para no ser más que un alma que de verdad lleva el diablo, como dice tu madre cada vez que habla de ti.

Vamos al grano, le decía Miguel hasta la saciedad, al grano, a ver si quieres metértelo de una vez en esa cabeza tan dura que tienes y en ese corazoncito de buen chico. Y el grano era que la única duda que había que despejar, según Miguel, era la que hacía referencia a si el comando que había atentado contra él pertenecía al núcleo duro de la Organización, como represalia contra alguien que se había negado a cumplir una orden o estaba intentando dejarlo todo, contra quien no había acabado de entender que las cosas no funcionaban ahora como cuando desde los grupos autónomos cada uno hacía la contra a su aire –la contra incluso a quienes no podían tolerar no detentar la hegemonía de la violencia en la clandestinidad–; o bien si el comando pertenecía a uno de esos mismos grupos, al magma mismo de los grupos a los que habían pertenecido y contribuido a crear, que no podían transigir tampoco con ninguna defección y se asimilaban cada vez más en lo peor a los otros. No hay más, decía Miguel, lo demás son tontadas, imaginaciones consoladoras, lo que nos gustaría creer que fuera para sentirnos héroes, pero no hay más: o los unos o los otros, o aquello que has sido –«la imposibilidad del paso atrás», no sé si recuerdas–, o aquello a lo que le has hecho sombra o cree que se la has hecho; es como todo lo demás.

La Organización clandestina más importante del país había visto crecer como la hierba a su alrededor, en aquellos últimos años de los setenta y primeros ochenta, una maraña de grupos que obedecían a lo que entonces se llamaba autonomismo. Coqueteaban con las viejas ideas libertarias, o los libertarios con ellos, y actuaban por su cuenta y riesgo practicando una violen-

411

cia difusa, muy pegada según ellos a las realidades cotidianas, a las luchas urbanas y laborales, y tan imprevisible como desestabilizadora para todos los poderes, incluido el que hegemonizaba la violencia clandestina y sus transacciones y exacciones tributarias. Estaban organizados en comandos autónomos los unos de los otros y tenían sus propias redes no sólo en España sino sobre todo en Francia e Italia, de donde en realidad venían tanto el movimiento como la ideología y vivían sus principales instigadores y referentes intelectuales, filósofos y profesores muchos de ellos de cuya íntima amistad se preciaba cada vez que podía Ruiz de Pablo. Había pasado temporadas enteras en París y Bolonia con ellos, asistiendo a reuniones, asambleas y congresos, en particular al multitudinario que se celebró en la ciudad italiana el año setenta y siete del que tanto se ufanaba, y todo ello le daba un halo intelectual e internacional de difícil parangón. En algunas revistas francesas había salido fotografiado con algunos de esos conocidos intelectuales y filósofos, y tres o cuatro de esas fotografías, sobre todo una en la que hablaba con Guattari y Deleuze y otra en la que sonreía posando junto a Toni Negri, todavía ocupaban un lugar central en su buhardilla de la casa de El Valle la noche en que Miguel entró en ella antes de subir luego hacia el monte del que ya nunca acabaría de bajar.

A esa otra organización o sombra de organización es a la que les llevó en principio Ruiz de Pablo, primero a Miguel, como siempre –que fue también el primero en desligarse–, y luego a Julio y Gregorio y más tarde a Blanca. Formaron parte de uno de los núcleos de mayor prestigio, no sólo por estar formado directamente en torno al poeta, sino por la intensa actividad que desplegaba y el grado de compromiso de algunos de sus miembros, como se decía más para avisar a algunos que para jalear a otros; y aunque ni en las fechas del primer atentado contra Julio ni en las del viaje de Miguel a Madrid, un año más o menos después, para empezar a trabajar en el periódico con el que colaboró hasta el fin de sus días, se había llevado a cabo todavía, por parte de otro de los comandos de la organización difusa, el atentado que la situaría en el ápice de su escalada y el inmediato origen de su desmoronamiento, el asesinato de un conocido político socialista, sí que se cargaban ya a su cuenta una docena larga de asesinatos y un sinfín de sabotajes y atentados de difícil y vaga atribución y confusa reivindicación. La realización socializada del deseo –como la dialéctica de la inversión, la construcción de una máquina de guerra más potente– era uno de los sustratos ideológicos de una amplia gama de actividades transgresoras y delictivas que abarcaban todos los ámbitos, desde el familiar y corporal hasta el político, mezclándolos todos en un batiburrillo pulsional donde la figura de carne y hueso del padre o el reconocimiento de la familia era todo uno con la figura o el reconocimiento del Estado, y las raíces del desahogo, de la proyección estética o del impulso erótico se confundían con las de la acción política, como le decía a Julio tantas veces Miguel en los días de París que precedieron y sucedieron al atentado del hotel. Y no será porque no te lo hubiera advertido, concluía en algunas ocasiones cuando menos caso parecía que le estaba haciendo.

Son ellos, le gritaba una y otra vez Miguel, que para entonces ya había adquirido esa forma brusca de moverse, de estar sentado como absorto en algo y levantarse de repente con destemplanza y precipitación para no ir sino hasta la ventana o hasta otra silla o a coger un cigarrillo. Se movía y hablaba de un modo vehemente y como entrecortado, y lo mismo era estar prestando enorme atención a algo o enfrascado de lleno en una conversación, que parecer ajeno y distraído a todo a renglón seguido, eternamente enfadado y eternamente desasosegado. Cada vez que dejaba algo encima de la mesa o de donde fuera, parecía que lo hacía con rabia o por lo menos con displicencia, sobre todo el teléfono o el bolígrafo, que daba la impresión de que los tiraba siempre en lugar de dejarlos. Son ellos, le decía, son ellos y nadie más que ellos o bien los otros, y golpeaba con el vaso en la mesa o bien con lo que tuviera en la mano. Luego, muchas veces, se acercaba a Julio si lo veía sumido como en un hoyo no sabía si de perplejidad o temor, y le abrazaba o le echaba la mano al hombro con una afabilidad y una calma insospechadas sólo unos segundos antes. Pero Julio, que no sabía si esas efusiones le agradaban o le repelían más, no acababa de estar convencido o no quería darse por vencido, no podía admitir que de quien tenía que huir o que guardarse, de quién se tenía que esconder o más motivos tenía para temer, como le decía Miguel, era de sus antiguos compañeros, de aquellos con los que se había puesto a soñar un mundo más justo y más bello. Y ni siquiera acabó de darse por convencido cuando, pasado aquel verano y repuesto ya de las heridas, no pudo volver al hotel donde había sustituido a Gregorio y tuvo que ponerse a trabajar de camarero en un bar de los alrededores y al poco tiempo, a las dos semanas casi exactas, lo que ya le había sucedido una vez volvió a sucederle casi como si se repitiera un guión, como si la vez anterior sólo hubiese sido un ensayo y aquélla el rodaje definitivo.

Se había hecho ya al trabajo —iba todas las tardes desde las nueve hasta las tres de la madrugada— y una noche, poco antes de dar por concluida su jornada, acababa de iniciar el movimiento de darse la vuelta detrás de la barra para coger una botella de coñac, cuando de repente, al percatarse de que se le había olvidado la marca pedida e interrumpir el movimiento de media vuelta que había comenzado para preguntárselo de nuevo al cliente —al que por lo tanto no había dado aún por completo la espalda—, vio, y adivinó enseguida de qué se trataba, un segundo antes de que comenzara a disparar contra él, al individuo que acababa de entrar por la puerta frente a la barra con un pasamontañas negro y una cazadora del mismo color de la que, en un abrir y cerrar de ojos, salía la pistola cuyo cargador se vació sobre los estantes de botellas y vasos que salieron proyectados hechos añicos sobre algunos clientes, pero en particular sobre quien había tenido los reflejos suficientes para tirarse al suelo tras la barra décimas de segundo antes de lo que hubiese sido fatal.

Julio volvió a salir ileso —todo fue cuestión de segundos—, sólo unos rasguños y unos cortes aquí y allí y diversos hematomas además de un nuevo susto, que fue sin duda lo de mayor envergadura. Pero ni entonces siquiera las tuvo todas consigo, como si quien ha creído de veras, y ha escuchado con toda unción las palabras con que se comunica una fe, no pudiera dejar nunca ya de algún modo de creer, a no ser que se diera de bruces con otra fe superior que dejara chiquita o por lo menos anacrónica a la anterior. Hasta que un día, uno de esos raros días ya en que, al volver a casa por la noche, se encontraba a Gregorio tumbado en un banco, en el portal o el mismo rellano de su casa, sin consentir en entrar ni a rastras adentro, Gregorio le dijo mirándole a los ojos de una forma extraña, entre enajenada y a la vez inconcebiblemente serena, igual a como podría haber mirado a lo mejor un dios de la antigüedad, que perdiera cuidado, que ya no tendría por qué preocuparse en adelante. No le dijo por qué, ni de qué, ni de quién podía ya despreocuparse, y no le dijo tampoco qué es lo que él pensaba hacer para que pudiera desentenderse, ni lo que estaba en su mano realizar ni con quién; pero a partir de aquella noche en que Julio le sacó una botella de vino y un poco de pan y de queso al rellano, no volvió a ver a Gregorio, o más bien ya a El Biércoles en París. Le perdió todo rastro y, cuando lo pudo ver de nuevo tras casi quince años, a su vuelta a El Valle, de Gregorio ya no quedaba nada, ya era sólo El Biércoles, y su mirada era ya sólo la mirada con que le dijo que perdiera cuidado y con la que hubiera podido mirar algún dios.

26

De todo lo que es capaz de hacer la estética, y no te digo la estética de la afirmación personal —como si no nos cupiese ya otro modo de vivir que afirmarnos cada uno todo el puñetero día—, no acabaríamos de hablar nunca, dijo Mercedes, Mercedes Díaz Serna ya a los postres, mientras los troncos cilíndricos de los rebollos del monte ardían en el hogar desprendiendo un olor plácido y profundo que era de las cosas que a Miguel más le apaciguaban, como si, al percibirlo, toda su vida desde la infancia se pudiese personar ante él o atravesara el horizonte ante sus ojos como un convoy de mercancías.

Aquí donde me ves —dijo dirigiéndose a Bertha con gesto teatral—, he pensado mucho en todo eso no sé si para poder seguir estando con Julio o sólo para tratar de entender, aunque no creo que haya nada que una tanto como el deseo de entender juntos. Pero entre las cosas que siempre se me han resistido —a lo mejor sólo porque soy mujer— está el por qué a pesar de todo, a pesar incluso de esa prueba definitiva que tuvo que ser para ellos el día del acebal, en que por fuerza tuvieron que ver lo que daba de sí todo ese entusiasmo y toda esa ilusión de potencia: vileza y nada más que vileza y una oscura estrategia de manipulación y bellaquería moral; por qué en su fuero interno personas de probada sensibilidad como ellos seguían sintiéndose en el fondo poco menos que unos traidores, alguien que no ha estado a la altura o que no se merece lo que sea, que no las tiene todas consigo porque a lo mejor es verdad que es un niño mimado o un cobarde y un traidor. Ya ves, alguien que ha acabado por no hacer una barbaridad, a quien su destino le ha eximido de ello, que siga considerándose un traidor: eso a mí no me cabe en la cabeza. Pero a lo mejor es que es muy pequeña, no sé. Como si la única causa verdadera y la única afirmación verdadera de uno mismo se midieran en el fondo con la idea de dar muerte a otro o recibirla de él con el propósito o el ideario que sea. En eso creo de verdad que nosotras, o lo que de nosotras queda en nosotras –a no ser que ya no haya más que hombres–, somos muy distintas, completamente distintas, y tal vez por eso nunca he podido soportar esas fotografías de milicianas, de soldados mujeres con su fusil al hombro y todo o su uniforme de guerreras por mucha propaganda y mucho halo de prestigio y valentía que se les quiera dar.

Al que sí le cabía a ciencia cierta en la cabeza es al otro, continuó Mercedes –el día del acebal, había repetido Bertha, el día del acebal...–, pero ni siquiera pondría yo la mano en el fuego así como así. Porque aunque su inmensa arrogancia le permitiera saber que no era todo más que parte de la estrategia de su obsesión, y que a lo que pertenecían todos en realidad era a esa estrategia disfrazada de política, dudo que su no menos inmensa fatuidad no le presentara también las cosas como pura entrega y puro sacrificio para la construcción de un pueblo a la medida real de su arte. «Él no puede vivir y perdurar en el poema, vive y perdura en el mundo», lo recuerdas, ¿no?, Julio.

Así son poco más o menos todos los constructores de ciudades y los constructores de naciones, como el primero de todos ellos, dijo al cabo de un momento de silencio en que nadie parecía poder mirar a nadie y sus ojos se concentraban en los perfiles cambiantes de la llama o los reflejos de los cristales que daban a la oscuridad en que se había hundido hacía horas la sierra; viles asesinos, redomados rencorosos que matan a sus hermanos con la quijada de la envidia o del amor propio, del odio amasado durante años porque un dios irresponsable o caprichoso prefiere a uno y ve con peores ojos al otro, o bien la linde de la ley o del azar deja a uno a este lado de la cerca y más allá al otro. Campeones del despecho porque han sido o se sienten abandonados y ofendidos, dirigirán su menosprecio primero contra su hermano y luego contra el primer recién llegado, y a ese menosprecio lo llamarán pueblo y nación. Que Dios, no sé si ese mismo Dios irresponsable y caprichoso o qué otro dios —dijo Mercedes a modo de brindis mientras levantaba su copa de vino—, nos libre de todos los fundadores de naciones y los constructores de pueblos.

Yo nunca he podido sufrir a Ruiz de Pablo, arrancó a hablar de nuevo todavía con más fuerza, como el automóvil que aviva la marcha con una nueva velocidad cuesta arriba; nunca lo he podido sufrir, pero sobre todo no lo he podido sufrir como mujer. Se las daba de conquistador, o por lo menos llevaba fama también de ello, de que pocas mujeres se le habían podido resistir, pero a mí todo me daba en él esa sensación de lo viscoso de una personalidad que se afirma cada vez que niega al otro y no cada vez por ejemplo que realza algo; y las mujeres estamos para que se nos realce, en todos los sentidos, ¿o no?, le dijo a Bertha con esa sonrisa tan teatral y maliciosa —y ahora algo ebria— que tenía, pero que en este caso le había salido un poco seria.

Nunca pude soportar desde pequeña su mirada espesa y untuosa, cínica y como de cura que quién sabe siempre lo que estará pensando; su sonrisa triunfal al principio y de inmediato su tristeza sobrevenida, como si quisiera dar a entender ya a las primeras de cambio el inmenso fardo que el destino había puesto sobre sus espaldas; su pose de pavo real cuando caminaba por la carretera o hablaba con cualquiera, y esa suficiencia con la que se escuchaba y se expresaba, la escasa o nula atención que ponía cuando alguien le decía algo, como si siempre tuviese la mente puesta mientras tanto en otra cosa, en algo mucho más importante que lo que su pobre interlocutor le decía. Ya está ahí Ruiz de Pablo, ya ha venido, decía alguna de las amigas, y en cuanto alguna lo veía, ya sabíamos que no íbamos a ver a ninguno de estos bobos en todo el domingo, que no iban a aparecer por el baile ni por la calle, ni los íbamos a poder ver siquiera a caballo apoyadas en alguna cerca. No venían a bailar con nosotras porque él les hacía bailar con el rencor y la suspicacia, con el inventario y el recuento continuo de las ofensas y la injusticia del mundo. Y es verdad que el mundo es injusto, terriblemente injusto y ofensivo, pero una más de sus injusticias y sus ofensas es estar todo el santo día dándoles vueltas a esas injusticias, ¿o me equivoco? Además, sólo hay otro modo alternativo de fundar ciudades y pueblos: bailar, bailar con alegría y algo de olvido delante del laberinto de la confusión y el dolor del mundo, de nuestra inconsistencia y nuestra finitud, y bailar incluso con la más fea, si no hay más remedio. Nosotras no lo sabíamos, pero bailábamos, aunque bailásemos solas, agarradas una de la otra o a la cintura de algún forastero mientras ellos aprendían a odiar y aprendían a disparar por el monte, a matar, a ser hombres aprendiendo a matar, que es lo que siempre han hecho y a lo que siempre le han llamado ser hombre.

Ellos todavía no se fijaban en nosotras, o por lo menos en las que teníamos unos años menos, pero eso no importaba para que nosotras sí nos fijáramos en ellos, sobre todo en Miguel, que al principio era el más rendido admirador de Ruiz de Pablo, una especie de perrillo faldero o de hermano menor que no lo dejaba ni a sol ni a sombra en cuanto sabía que había puesto pie en el pueblo. Ya ves. Recuerdo cómo le miraba, porque tenía como celos de él y porque me impresionó siempre. De pequeña sólo le vería cara a cara en contadas ocasiones, pero las dos o tres veces que Miguel estaba por casualidad con nosotras y vino a por él para dar un paseo, o para lo que fuera, no se me podrán ir jamás de la memoria. Al principio parecía que se le agrandaran los ojos de alegría al verle, pero enseguida, y aunque a veces le volviera a sonreír como satisfecho por algo que hubiera dicho, parecía como si le retirara de repente la mirada o hasta la conciencia misma de que lo tenía delante. Más de una vez me dio por pensar que en el fondo lo odiaba desde siempre por algún motivo que a todos, o por lo menos a muchos, se nos escapaba.

Se ha creído siempre un genio Ruiz de Pablo, y en realidad no ha sido más que un pobre diablo, un soberbio y un enredador de profesión, ahora bien, un enredador como la copa de un pino, un engatusador genial; alguien que ha sido apartado una vez de algo y dejado al otro lado de una cerca como nos deja muchas veces la vida, y que luego ya no ha podido sobrellevarlo nunca y se ha visto condenado a destilar ya para siempre una música que sabe demasiado a venganza. Eso es, un ángel vengativo, un ángel envidioso y ofendido que vaga por el mundo acumulando motivos de encono, un alma que lleva el diablo y que cree que el mundo entero está en deuda con él y no le paga, habiendo él ya pagado por su parte con creces desde un buen comienzo sin hacerle ascos a nada. Y a toda esa vil contabilidad la llamaba deseo, pulsiones, libertad, la llamaba pueblo, cumplimiento de los deseos de cada uno y socialización de los sufrimientos. Un hábil dialéctico, decían, el gran poeta que ha llevado la poesía hasta sus cimas más altas y que luego la ha devuelto al pueblo del que nunca tenía que haber salido. El vino de la vida y el espíritu de los héroes a los que él había sabido dar significado, ahora los había restituido al pueblo y había callado. La célebre época del silencio de Ruiz de Pablo, la época de la restitución y de la perduración en el mundo, la época de la construcción del poema del mundo y de la entrega total, como dicen los libros que tratan de él. Nada más que sangre y vanidad, nada más que engreimiento intelectual y soberbia y una inherente miseria. Escribir de verdad poesía es querer ser reconocido por Dios como un igual, dijo en una de sus sonadas entrevistas, es querer ser reconocido por el lenguaje como lo haría un padre no descastado, es forzar a que el lenguaje y el significado de la historia tenga necesidad de ti. La verdadera poesía –ha dicho en otro sitio– es el resarcimiento del abandono, la revancha ante Dios, el reto que obliga al Padre a desdecirse, a tragarse sus palabras y su creación para dejarnos libres.

Daba el pego con sus audacias, con sus vuelcos de cualquier concepto y cualquier convención por revolucionaria que fuese, con el empleo de los medios más impensados para el logro de unos fines que en realidad sólo estaban en lo más escondido e inexpresable de su cabeza. Injertó el anarquismo con el nacionalismo, la autoorganización con el militarismo, la más férrea clandestinidad con el más evidente espectáculo, la liberación del deseo y una endiablada represión, la dialéctica de la inversión de cada cosa. La técnica más sofisticada y la más enrevesada ingeniería financiera las ponía al servicio de la proclamación de sus paraísos comunistas o nacionalistas, y la creación e imaginación a merced de la más profunda manipulación del lenguaje. Aunque el lenguaje, sé que decía Miguel, tal vez no era más que eso, su manipulación y su poder de uso, y no ninguna idílica zarandaja.

No es arrojo en el fondo ni tampoco miedo lo que ha habido siempre en él –continuó Mercedes como si ya no se pudiese detener–, sino una mezcla embarullada y recocida de ambas cosas en el excipiente del odio y el despecho. Un ideólogo del odio es lo que ha sido, un educador en el odio que se presenta como el más grande poeta del amor. Su figura inaccesible y emblemática, su sonrisa amplia al saludar a alguien e inmediatamente como lavada con el estropajo más rasposo o más bien como arrancada, me han producido siempre, incluso cuando ellos estaban enteramente fascinados por él, una crasa sensación de inmensa e inalcanzable soledad, de una soledad, si queréis que os diga la verdad, verdaderamente repugnante, y estoy hablando como mujer. Pero al mismo tiempo –si he de ser sincera– reconozco también que la encendida pasión de sus palabras, su dedicación en cuerpo y alma a la causa, cualquiera que ésa fuera, y su propia capacidad de autosacrificio acababan ganándose a cualquiera. De igual modo que sus maneras de gran hombre y refinado escritor, o que ese halo como de intrínseca dignidad con que parecía rodear cada uno de sus gestos, le valían las lealtades y fascinaciones más dispares, tanto de las altas esferas como de las más bajas y lo mismo entre los mayores que entre los jóvenes, para muchos de los cuales fue siempre un verdadero guía y maestro.

Pero lo que a lo mejor no sabes, porque no creo que ni Julio ni Miguel te lo hayan contado –siempre fue un tema tabú entre ellos, incluso ya luego, cuando no nutrían por él más que una inmensa ojeriza–, es que su primer matrimonio fue con una ricachona de una de las mejores familias de Bilbao, le dijo a Bertha, que le había preguntado que qué era eso de las altas esferas. Así que ya ves, lo primero fue siempre lo primero, aunque la pobrecilla, dinero sí tendría, porque era hija de banquero, pero también una cara de quitagustos que no podía con ella. Más estirada y más seca que un palo de escoba, decían en el pueblo. Vino varias veces aquí con ella, elegantísimos los dos y él muy dicharachero para lo que era, y fue entonces cuando más se le vio por la calle. Parecía disfrutar como nunca presentándosela con nombre y apellidos completos a todo el mundo, pero sobre todo a la familia de Miguel, o más bien a su padre, porque su madre hizo lo indecible para no tener que encontrársela. Nadie vio, ni siquiera los que más atentos estuvieron porque se daban cuenta de lo que representaba todo aquello, que su madre se topara en la calle ni en ningún sitio con ellos. Ni siquiera una tarde que, haciéndose acompañar hasta la puerta por un pequeño grupo, en el que no faltaba como era de esperar ese chisgarabís de Ramos Bayal, Ruiz de Pablo se dirigió solemnemente con su mujer a casa de los padres de Miguel; pues los mismos que estaban llamados a hacerse eco del encuentro tuvieron que ver bajar poco después a doña María, pero no al jardín de su casa, sino en plena plaza y de un taxi que la traía de la capital donde había pasado la tarde y que ella despidió ruidosamente una vez que los invitados de su marido ya habían abandonado su casa.

–Así que el gran revolucionario empezó siendo el marido de la hija de un banquero; parece un chiste –dijo Bertha–. ¿Y duraron mucho?

–Duraron –retomó Mercedes la palabra casi sin esperar a que acabase de pronunciar la frase– lo que duró su persuasión de que de esa forma podría conseguir lo único a lo que en el fondo ha aspirado siempre a conseguir, algo muy concreto y que sólo

a él le concernía, y a la vez inmensamente abstracto y esencialmente público. Pero como no lo consiguió, pues decidió cambiar de estrategia y empezar a remover cielos y tierra, que es ni
más ni menos lo que a partir de aquel fracaso se dispuso a hacer. Siempre hay un pequeño detalle personal en el origen de
los grandes héroes y los grandes hombres; una pérdida, un fracaso fundacional, un exilio, una orfandad, una puerta que se
cierra o que creen que se cierra o les ha dado en las narices. Estos pánfilos echaron enseguida su primer matrimonio al cuarto
de atrás del olvido como echa al olvido toda ideología lo que
no la ensalza o afirma. Era un elemento más de su enrevesada
estrategia el estar en el ojo de la gran banca a la vez que en la
pedrada que lo hará añicos, pensaban, y así les convino seguir
pensando para no tener que llamarse tontos de remate, que es
lo que siempre han sido, además de ingenuos, aunque tu Miguel, que en el fondo no deja de ser la causa de todo, fue en
realidad, y aunque no supiera a ciencia cierta a lo mejor por
qué, el que antes se dio cuenta de que aquel espíritu de los héroes no era tan heroico y que aquel vino de la vida que pretendía escanciar estaba en realidad más que avinagrado.

Pues sí, estaría todo lo envuelta en dinero que quieras, pero
era más fea y más estirada que un demonio, dijo Mercedes sin
parar de hablar ni dejar intervenir a nadie, ¿y a quién le importaba teniendo lo que había que tener? Pero aquí pocos se llamaron a engaño, porque sabían que ni todo el oro del mundo puede hacer a veces que se enderecen algunas cosas que han nacido
torcidas. ¿O qué se había creído? Con el dinero y la posición
económica no había podido, así que lo intentó por otras vías.

Era extraña Mercedes, podía pasar de las observaciones y
los razonamientos más perspicaces y elaborados al más frívolo
cotilleo en cuestión de segundos, y su cara se volvía ceñuda y
seca o bien armoniosa y alegre –tenía azules los ojos y cuando
sonreía se le dibujaban unos deliciosos hoyuelos en las mejillas– según hiciera una u otra cosa.

–Que se casara al principio por dinero y renombre –intervino Bertha–, ese renombre que luego buscó por otros cami-

nos, lo puedo entender; pero lo que ya no se comprende tanto es que después, y después de lo que le ocurrió, se metiera en casa a esa Blanca y se consagrara a cuidarla para el resto de sus días. En realidad lo que no entiendo es nada de lo que hace referencia a esa mujer, a lo mejor será por la tirria que le tengo.

—De eso sabe mucho Julio —le dijo a Bertha mirándole a éste de refilón con maliciosa teatralidad—, que te lo cuente mañana a solas, cuando te lleve al acebal, porque ahora seguro que no suelta prenda.

27

Julio se levantó temprano al día siguiente y a media mañana ya había terminado todo lo que tenía que hacer en la capital. De modo que poco después de las doce, a la hora de la pausa de los trabajadores de las dos o tres obras que había en el pueblo, quienes almorzaban junto a las ventanas del bar del Hostal pudieron ver cómo un todoterreno aparecía de pronto a lo lejos, primero de costado tras las cercas de los prados y luego ya de frente, antes de ocultarse un momento por detrás del almacén y volver a salir, con el ruido ya como de desasosiego o intriga que producían los neumáticos sobre el chinarro de la explanada, a pocos metros de sus ojos. Es el todoterreno de Gómez Ayerra, dijeron, de Julio Gómez Ayerra; pero nadie le vio bajar, sino que antes incluso de detener el vehículo frente a ellos oyeron sonar dos veces el claxon, seguidas inmediatamente de otras dos, e instantes después el ruido de una ventana que se abría en el segundo piso, justo por encima de ellos, y una voz que decía que ahora mismo bajaba, que ya estaba lista.

Con el mismo chaquetón de los días anteriores, y con pantalón ahora de pana muy ceñido, la vieron entrar en el bar –buenos días, dijo, pero sólo le contestaron con una mayor fijeza de la mirada– y recoger casi a la carrera la bolsa que el hijo del dueño había traído de la cocina en cuanto vio el coche y oyó la voz de la ventana. Nadie habló todavía en los segundos que empleó para atravesar el vestíbulo y descender luego casi como saltando las escaleras de cemento, igual que si por hablar se fueran a perder alguno de sus gestos o de los centímetros de las líneas de su cuerpo. He mandado preparar un almuerzo, fue lo último que oyeron que dijo en voz alta al entrar en el coche, que inmediatamente desapareció por la parte de arriba del Hostal.

El día había amanecido con una neblina baja que ocultaba la línea de la sierra de la Carcaña desde mitad de la ladera para arriba. Chispeaba de vez en cuando y hacia el oeste, allí donde La Umbría, El Calar y El Mogote arrinconan a Sotillo como entre un manto de robles; el cielo estaba oscuro y completamente cerrado de nubarrones. Pero quien a aquellas horas había salido ya del valle en sentido contrario sabía que las nubes y la llovizna quedaban como circunscritas a sus límites, como agarradas a los montes que lo delimitaban igual que si se encontraran allí a gusto y no tuvieran la menor intención de seguir adelante.

Despacio, como si no tuviera ninguna prisa por llegar a donde iban o hubiera deseado que la distancia que les separaba de allí fuera mucho mayor, Julio conducía señalándole de vez en cuando alguna cosa aquí y allí antes de dejar que el silencio rubricase cada indicación y volviera a apoderarse del trayecto. Pero a partir de un determinado momento –la carretera brillaba mojada igual que una serpentina tornasolada entre los ocres de los árboles– y como si ese silencio y esas indicaciones hubieran sido sólo la antesala de lo que originaba el mayor silencio y atraía todas las indicaciones –ningún coche venía en dirección contraria ni tampoco les adelantaba en la suya–, ni uno ni otro tuvieron casi ojos ya más que para la Calvilla. A medida que se iban acercando a Tera e iban dejando atrás las nubes, que se aferraban a la parte boscosa de la sierra como sin atreverse a tocar la Calvilla, la inmensa y vetusta montaña pelada en que concluía el espolón de la sierra iba imantando cada vez más su atención como si ninguna otra cosa alrededor la mereciera –ni siquiera la radiante luminosidad de la llanura– o todo pudiese extrañamente concentrarse en ella.

Sestea y sin embargo siempre está alerta, había escrito Miguel; parece estar siempre inmóvil y hasta se diría que es el emblema mismo de la inmovilidad, y sin embargo es como si se escabullese de todo cada vez con artera celeridad como muchas veces de la lluvia; permanece impertérrita, y sin embargo está expuesta a los cuatro vientos a las puertas de El Valle y atravesada por todas las pasiones de la historia, por todas las búsquedas y deseos –por todas las ansias de venganza– y por todo el hierro de las espadas; es pétrea, inalterable, sin tiempo, y a la vez es como si concentrara todo el tiempo del mundo en su seno, todo el pasado y todo lo por venir y sobre todo el entero presente de los instantes. Inmune a toda voluntad, se atiene sin embargo a todas ellas, las comprende, las padece y hasta se podría decir que las incita. Inalcanzable pese a estar allí mismo, al pie de las vías de comunicación generales, de la velocidad de los grandes camiones y autobuses que crean el vacío a su paso por la planicie sin hombres ni casas y agujerean el viento con su potencia; insoslayable a pesar de todas las desatenciones y todos los intentos de darle esquinazo; elemental, indeleble y sobre todo originaria a la par que dominadora, la Calvilla es la imagen de lo inextricable, tal vez la consistencia misma de la dialéctica o el centinela del significado, la imagen del silencio perplejo ante lo inexpresable y a lo mejor también la imagen de ella, de esa otra vida inmóvil pese a estar en todas partes.

La fueron mirando en silencio, al principio según aparecía en los recodos del camino o entre los claros de los árboles y luego ya al final sin nada que se les interpusiera, y al llegar al cruce con la carretera nacional, antes de darle la espalda en dirección a Piqueras, aún permanecieron un momento contemplándola a sus anchas. A poca distancia del empalme, en un leve montículo elevado sobre la llanura batida por los vientos casi en cualquier época del año, un pastor contemplaba el tránsito de los coches que veía venir desde lejos y pasar enfrente y desaparecer también a lo lejos en sentido contrario. Llevaba ya la capa parda del invierno y su postura impertérrita entre las ovejas que pastaban a su alrededor –las manos apoyadas una sobre otra en el cayado, la mirada seguramente del pedernal del frío y la distancia– parecía una réplica humana de la Calvilla. Lo mismo que él custodiaba sus ovejas, seguramente la montaña –su presencia y su secreto– custodiaría la entrada de El Valle, habría pensado a lo mejor Miguel.

Era imponente, homogénea, viejísima –¡esas desgastadas y tristes montañas del terciario que ponen al descubierto su corazón de roca completamente desprovistas de vegetación como un resabio del principio de los tiempos!– y sin embargo reverberaba limpia y nueva como la mañana. Bertha la veía desde allí, casi al pie mismo de la ladera, y veía también las fotografías que Miguel llevaba siempre consigo; miraba la montaña y veía mirar a Miguel y tal vez veía también otra cosa que sin embargo poseía la misma consistencia de lo indescifrable. ¿Y aquella otra montaña cuál es?, dijo Bertha para romper el silencio señalando al frente, ¿es allí donde vamos?

No se dirigían al frente, por detrás de la Casa Fuerte de San Gregorio, adonde indicaba Bertha, sino más hacia el norte. Enseguida estuvieron en Almarza; dejaron a un lado la carretera nacional y entraron en el pueblo y, una vez atravesada transversalmente la plaza, torcieron a la izquierda por una carreterilla en dirección a Gallinero. Desde allí, y a poco de dejar también esta aldea según se iba hacia Arévalo, torcieron otra vez hacia el norte, pero esta vez ya por campo a través siguiendo las rodadas de un camino de tierra hasta una vieja majada que parecía haber sido retejada hacía poco. Allí, ante una cerca de alambre de púas, detuvo el coche. De repente el silencio era como si hubiese solidificado el aire, y al abrir las portezuelas un viento frío silbaba incomprensiblemente entre las matas como desdiciendo y a la par profundizando aquel silencio. Habían ascendido imperceptiblemente y el panorama era inmenso, desmesurado; hasta la Calvilla, desde aquella perspectiva, quedaba desdibujada entre la inmensidad de la planicie y el desgaste milenario de las montañas. Y frente a ellos, tras la cerca de púas y de espaldas a la Calvilla, se extendía la mancha del viejo acebal enseñoreándose de la ladera.

Desde que habían dejado atrás Almarza, y ya antes desde la carretera nacional, la dilatada mancha de los acebos se ofrecía ante sus ojos coloreando de verde oscuro la falda pelada a su alrededor de la cordillera. Se decía que era el mayor acebal de Europa y en esa estación, desde octubre hasta pasado el mes de enero, estaba en todo su esplendor. Llevarían ya un mes arracimándose los frutillos de color rojo vivo entre el verde oscuro de las rígidas y coriáceas hojas de bordes muchas veces espinosos de los acebos y el espectáculo, ya desde lejos, no podía ser más fastuoso. Julio abrió con cuidado el portillo de la cerca de alambre y, cuando ella hubo pasado, lo volvió a cerrar con el mismo esmero. Es maravilloso, dijo Bertha al ir acercándose y topándose con los primeros ejemplares; sólo había visto ramas de adorno en Navidad y creía que se trataba de arbustos. Con cuidado de no pincharse en el contorno espinoso de las hojas, arrancó unos frutos apelotonados en un racimo. Eran del tamaño de los guisantes y de un rojo escarlata que tenía algo de hechicero; serán venenosos, ¿no?, preguntó Bertha, ¡tan bellos como son no pueden ser más que letales! Julio sonrió, o a lo mejor sólo quiso sonreír.

Digamos que son tóxicos, le respondió luego, después de un rato y cuando ya estaban de camino de nuevo; pueden llegar a ser letales, pero también se pueden utilizar en una dosis adecuada como purgante. La madre de Gregorio lo preparaba, como muchos otros productos con las hierbas que conocía, y creo que lo vendía a no sé quién, y el mismo Gregorio, cuando todavía era Gregorio, le ayudaba, por eso ha sabido siempre tanto sobre las propiedades de las plantas.

Mi padre –¡cómo no!, dirás– también experimentó tanto con el fruto como con la corteza del árbol en su etapa química, y una vez recuerdo que hubo que acudir de urgencia al hospital para desintoxicarlo. Lo encontramos lívido y sin conocimiento en el lavabo después de haber evacuado hasta el alma. A veces, con las ansias de ver el efecto que surtían sus inventos, ni siquiera les daba a probar primero sus preparados a los animales, y mi madre, que ya le dejaba hacer lo que se le pasara por la cabeza sin rechistar –estaba hecha la pobre ya a lo peor–, recuerdo que dijo aquella vez en el hospital que si no se iba de ésta ya al otro barrio, se iría el día menos pensado con cualquier otro invento. Así es tu padre, me dijo, y ya no vamos a cambiarle.

Pero llegó a tener bastante éxito desarrollando, a partir de la corteza del acebo, una fórmula tradicional que alguien le contó que usaba para fabricar una liga muy útil para cazar pajarillos, cosa muy socorrida por aquí. Ponía a remojo la corteza del árbol en agua durante unos días, y luego, una vez que quitaba la epidermis y a fuerza de machacarla, hacía una pasta que dejaba al fresco hasta que fermentaba un par de semanas después. Y ya no tenía más que lavarla, quitando los filamentos de la madera, y echarle aceite para que se conservase. Se la empezó a vender a un comerciante de Barcelona, hasta que éste se enteró de la fórmula y mandó ya sólo a que le trajeran la corteza, y también a una fábrica de esparadrapos de La Rioja hasta que se hundió la empresa. Luego ya sólo la preparaba de ciento a viento por encargo para algún que otro cazador de Madrid que venía adrede por ella. Pero sé que luego, para reforzar sus efectos, pasó a experimentar con el muérdago, y a hacer combinaciones de la corteza del acebo con muérdago y con no sé cuántas otras cosas más, con una de las cuales, pero con mezcla que no dio en anotar, consiguió un pegamento tan potente que se le pegó todo con prácticamente todo, incluidos los dedos de la mano; de tal forma que hubo que volver al hospital, aunque esta vez con la mesa del estudio en la que se había apoyado, para que se los separaran de la madera. Sí, ríete, ríete; tener un padre así está bien para contarlo, pero no para ser su hijo. Aunque cada uno tiene el padre que tiene, rubricó de pronto con seriedad como si se le hubiera venido algo a la cabeza.

Volvió a sonreír ante la risa persistente de Bertha –tenía las comisuras muy ensanchadas–, pero ésta vio cómo de repente alzaba la vista del suelo y miraba de un modo extraño hacia el frente como si de pronto hubiese visto algo que le intimidase. Habían llegado a pocos metros de otra cerca de alambre de púas que se levantaba esta vez sobre un murete de piedras, al otro lado de la cual parecía empezar en realidad el bosque de acebos, pero ahora no se veía ningún portillo para franquearla. Allí fue, dijo Julio de repente tras un denso silencio.

–Allí fue qué cosa –repuso Bertha decidida, como si empezara a estar cansada de enterarse siempre sólo a medias y poco a poco de las cosas.

–Allí fue donde Gregorio empezó a ser El Biércoles o donde por lo menos empezó a dejar de ser Gregorio –le contestó mirando un punto exacto de la cerca y luego más allá, hacia arriba, a la cerca y luego hacia arriba repetidas veces de una forma nerviosa y vehemente, como si estuviera buscando algo con la mirada que se le escapaba o tuviera miedo de ver y a la vez un intenso deseo de hacerlo.

–Y donde yo pude seguir siendo yo todavía durante un tiempo –prosiguió–, o bien algo bastante parecido aún a lo que era o a mi imagen de lo que quería ser. Allí empezó a acabarse la heroicidad –dijo, y todavía no habían reanudado la marcha ni por lo tanto llegado a la cerca– y empezó la mera y escueta culpabilidad de cada uno, unos por omisión y otros por acción, o tal vez, como supe sólo hace poco e hice saber enseguida a Miguel, los tres casi todavía por omisión.

28

Yo estaba acodado en la barra hablando con el camarero —que era también de los nuestros y por eso concertábamos allí algunas citas, le explicó a Bertha—, cuando de repente, igual que si algo o alguien me hubiera hecho una seña, me volví hacia la puerta de cristales que daba acceso al bar por uno de los lados. Fue en el preciso instante en que él miraba adentro antes de empujar la puerta desde afuera y recuerdo que, al encontrarse con mi mirada, bajó de inmediato la suya. Era como si le hubiese precedido algo antes de entrar o como si su mirada, ya desde detrás de los cristales, hubiese podido sensibilizarme de tal modo el espinazo o la nuca, o quizás algún tipo de recelo cerval que se instala siempre en la espalda, que sentí la imperiosa necesidad de volverme porque supe, sin margen alguno de duda, que se estaba acercando. Lo mismo que supe enseguida al verle, o quizás creí luego que había sabido, que era él a quien esperábamos pero al mismo tiempo no era él, o bien que algo, sencillamente, no iba a salir como preveíamos.

La cita era en el bar de una gasolinera que hay en el empalme en el que se juntan, justo antes de entrar en la ciudad, la carretera comarcal que viene de Calatayud, atravesando los inmensos campos de cereal de los páramos de Gómara, y la que recoge por arriba, más allá de Ágreda, el tráfico rodado que viene del norte y también de Zaragoza y la costa. Un lugar estratégico, con dos accesos desde dos direcciones distintas, que cuenta también con un hotel de carretera y una amplia explanada llena de camiones de gran y mediano tonelaje casi a cualquier hora del día y de la noche, pero sobre todo a las horas de las comidas, que es cuando solíamos concertar las citas y recoger el material o pasarlo, en la que se nos antojaba fácil pasar desapercibidos.

Vengo de parte del profesor Ruiz de Pablo, dijo al acercarse, y entonces ninguno de los tres, o más bien de los cuatro si no se exceptúa al camarero, se movió lo más mínimo ni dijo esta boca es mía. De parte del profesor Ruiz de Pablo, repitió, mirándome ahora a los ojos y luego a Gregorio y Miguel, que estaba un poco más apartado, como si nadie le hubiese oído y no como si todos hubiésemos oído en cambio justamente lo que no esperábamos oír, lo que no queríamos o incluso teníamos miedo de oír: de parte del profesor Ruiz de Pablo, del profesor Ruiz de Pablo y no de don Ruiz de Pablo, aunque entre un nombre y el otro no hubiese al cabo más que una mínima diferencia y se tratase en cualquier caso de la misma persona. Pero todavía cabía un error, un mero desliz o descuido que sin embargo sabíamos que era imposible en una cita como aquélla o que era sólo un deseo por nuestra parte o tal vez una esperanza, la esperanza, consolidada en las pequeñas o medianas tareas que hasta entonces habíamos realizado, de que todo siguiera saliendo siempre bien y por lo tanto lo más cercano posible a las palabras y las imágenes que nos habían hecho ser lo que éramos, a la horma de nuestras brillantes y envalentonadas representaciones.

Miguel y yo miramos inmediatamente el reloj sin decir nada, como estaba previsto, y entonces le volvimos a oír, le oímos no la hora con diez minutos de adelanto como era lo convenido, sino un simple, forzadamente dicharachero y al mismo tiempo crucial y condenatorio «supongo que no habréis tenido que esperar mucho, en realidad llevaba ya un buen rato aquí y hasta me ha dado tiempo a comer y dar una vuelta, el cordero estaba estupendo». Pero nadie asintió, nadie sonrió ni habló inmediatamente sino unos segundos después, cuando todos, o

más bien tal vez sólo yo –Gregorio no creo que abriera la boca
y Miguel recordé luego que no cesaba de mirar ya con disimulo
hacia un lado y otro– rompí a hablar y sonreír atropelladamente y como queriendo suplir con un exceso de soltura o campe-
chanía aquello que no era capaz de hacer: pensar, pensar y disimular y sobre todo actuar con aplomo. Quien sí actuó con
desenvoltura y sin demora fue el camarero, que nada más oír
que el cordero estaba estupendo, en lugar de la hora con diez
minutos de adelanto, miró fijamente a Miguel y, casi sin esperar a que éste le hiciera una seña con un leve, casi imperceptible movimiento de la cabeza, dejó el rincón de la barra que
ocupábamos y sirvió unos cafés antes de entrar en la cocina un
momento para llamar por teléfono.

Que se aseguren de que nadie les sigue y lo lleven al acebal,
que le digan que allí le daremos el material, les dices, que es
más seguro, ¿has entendido? Yo les espero junto a la majada,
dijo la voz de aquel nombre, la voz de la contraseña errónea y
también de la acertada, la voz que juntaba las palabras para que
adquirieran significados nuevos y que las mencionaba de tal
forma que al hacerlo parecía que las sacara de un fondo originario, inocente e irrevocable, y la voz que también en esa ocasión dijo la palabra exacta, la palabra crucial y resolutiva, la
misma que dijo seguramente también el camarero y que le repitió a Miguel, y la misma que pensamos probablemente todo
el rato cada uno en nuestro fuero interno, y que a mí se me
componía en la cabeza como si ésta fuese el tablero de un tipó-
grafo que se negase a juntar otra cosa que no fueran las letras
de esa única palabra. Infiltrado, un infiltrado de la policía, alguien que lleva la condena estigmatizada en las entrañas, que es
su propia sentencia de muerte, su propio veredicto a no ser que
consiga que éste se cumpla siempre en otros antes que en él,
que consiga condenar siempre a otros antes de condenarse él; alguien que ha llegado tan allá que ya no tiene retorno y que tiene el mayor poder de desbaratar, pero también paradójicamente
el de producir la mayor cohesión frente a él.

Gregorio y yo nos lo llevamos a una mesa, le dijo a Bertha

–Gregorio es como si hubiera estado ausente todo el rato, como si sólo nos acompañase u obedeciese con aquella cara redonda y reluciente que tenía, con aquellos ojos grandes que parecía que no pudieran expresar nunca más que esa gama estricta de sentimientos que va de la lealtad a la confianza–, y Miguel se quedó junto a la barra con la excusa de pedirle unos coñacs al camarero y en realidad para recibir órdenes. Trajo los coñacs a la mesa sin dejar de atender un momento a la puerta y a la gente que entraba o estaba ya dentro, como hacía yo también de vez en cuando, y después de echarse al coleto la copa le dijo al recién llegado, mirándome enseguida a mí un instante de refilón, que no habíamos traído nada, que era más seguro irlo a buscar donde lo teníamos; además es un sitio precioso, añadió.

Era la semana siguiente a las vacaciones de Pascua, menos de un año antes del accidente de coche de Madrid, que fue a finales de febrero, el 22 de febrero exactamente –apuró Julio–, y los tres habíamos vuelto al pueblo a pasar unos días y Gregorio a echar como siempre una mano en casa. La tarde anterior Miguel y yo la pasamos en la capital; volvimos por la noche en su coche y yo dejé el mío aparcado en el lugar que me indicaron. A la mañana siguiente, al irlo a coger de nuevo para llegarnos los tres en él al bar de la gasolinera con la antelación suficiente para comprobar allí todos los movimientos desde un rato antes, en la parte trasera había dos cajas oblongas de madera en cuyas tapas superiores, perfectamente sujetas con clavos, figuraban el nombre y las características de una marca de azulejos así como su lugar de fabricación. Comprobamos que todo estuviera en su sitio y nos encaminamos hacia la gasolinera prestando una atención supersticiosa a cada uno de los movimientos que realizábamos, como si sobre cada uno de ellos, cada cruce de una calle, cada desvío o parada ante un semáforo –cada coche lateral o posterior–, recayera un peso inefable que nos impidiera incurrir en el menor desliz o desajuste.

En el bar de la gasolinera, teníamos que entrar en contacto con el hombre al que haríamos que nos siguiera, carretera de

435

Calatayud adelante, hasta un camino de tierra a poco más de un kilómetro. Después de habernos asegurado de que nadie nos hubiera seguido, torceríamos por allí y, tras una revuelta, defendidos de la carretera por una loma, le haríamos entrega de las dos cajas de madera. Pero no nos dirigimos hacia aquel camino ni tomamos siquiera por la carretera que nos conducía a él, sino que, en la dirección diametralmente opuesta, nos adentramos en la ciudad por las calles menos descontadas y con la misma supersticiosa atención, con la misma conciencia del peso que recaía sobre cada uno de nuestros movimientos, pero redobladas ahora por la minuciosa vigilancia con que seguíamos los movimientos de los coches que iban detrás, acabamos saliendo de ella después de varios rodeos en dirección a Piqueras.

Una vez dejada atrás la ciudad, nos ladeamos dos o tres veces de repente, en el arcén o por una carretera secundaria, para dejar pasar los coches que venían detrás y asegurarnos de que siguieran adelante, y luego, ya más allá del puente de Zarranzano en el que perdió la vida el padre de Miguel y de los llanos de Chavaler, una vez dejado también a la izquierda el empalme con la carretera de El Valle, nos entramos a Almarza pero no como hemos hecho hoy, le dijo a Bertha, por el desvío de entrada según se llega, sino al revés, ya después de atravesado el pueblo y torciendo de repente hacia atrás. Desde allí hasta el camino del acebal ya no pasó un solo coche, y la amplitud de los tramos de carretera que se divisan casi desde cada punto de ella nos daba la total seguridad de que nadie nos había seguido. Precauciones, pautas, medidas de seguridad, dijo Julio, juegos de niños y a la vez operaciones de la mayor envergadura en las que a alguien siempre le podía ir la vida pero que mientras las observábamos, mientras las seguíamos a pie juntillas, nos parecía que todo continuaba teniendo no un sentido, sino el mejor y tal vez hasta el único sentido posible; como si éste sólo pudiera consistir a la postre en seguir una falsilla o escribir sobre papel pautado.

A partir de allí –era yo el que conducía–, miraba por el retrovisor no tanto para ver si venía y si venía alguien detrás de él, sino simplemente ya por pura inercia de mirarle. Hombre muerto, recuerdo que pensaba, eres hombre muerto, y la estrecha cinta de asfalto brillaba delante del parabrisas hasta casi hipnotizarme. Pero no era el asfalto, no era el paisaje desolado ni el sonido monótono del motor lo que en realidad me hipnotizaba, sino seguramente la presunción, el engallamiento de pasar a la acción, de cumplir un deber histórico, un deber con la verdad y la libertad, con la buena causa y todas esas cosas; o tal vez sólo el miedo, el pavor de no estar a la altura de esa presunción, de no atreverme a lo que había que atreverse para ser un hombre. En fin, no recuerdo a las claras, seguramente porque una mínima voluntad de pudor lo habrá retraído todo al fondo de botica del subconsciente con la esperanza de que se pudra allí en la mazmorra del olvido. Aunque otras veces –y ahora Julio hizo una pausa tan larga que a Bertha le pareció la antesala de algo inconfesable–, otras veces me he dado otra respuesta: no recuerdo bien lo que sentí mientras miraba la carreterilla por delante y al tipo del coche que nos seguía atrás casi sin parar de fumar, simplemente porque no sentía nada, porque no pensaba ni sentía nada.

–¿Cómo nada? –dijo Bertha.

–No sé, a lo mejor debe de ser así, y eso es lo que somos en los momentos decisivos. Tiene gracia, ¿no?

Ni Gregorio ni yo recuerdo que abriéramos la boca; sólo Miguel rompía el silencio y se deshacía de vez en cuando en improperios e insultos dirigidos contra todo bicho viviente, contra aquel imbécil, decía, contra aquel imbécil de remate que se había metido en la boca del lobo, y contra todo lo que hacía que se viera en aquel trance, en aquella jodida y puñetera gilipollez, repetía, revestida de trascendencia histórica. Nunca le había visto tan tenso –no hagas gestos, le dije varias veces–, pero curiosamente no recuerdo que pronunciara para nada el nombre de Ruiz de Pablo ni siquiera por alusión. Es curioso. Por lo demás –los tres, he pensado muchas veces, nos quiso llevar allí a los tres sin ninguna necesidad, otra vez todo sin ninguna necesidad–, supongo que cada uno se concentraba a su modo en sí mismo como si a nadie le cupiese la menor duda de que nos encontrábamos en la inminencia de algo que cada uno iba a tener que afrontar por su cuenta, por su estricta cuenta y riesgo y en completa soledad –a lo mejor sólo alienación o anonadamiento–, aunque fuésemos todo el rato todos juntos.

Seguro que hubiéramos querido que ese último tramo, que ese último y cortísimo tramo que va desde Almarza hasta la majada del acebal que ahora acabamos de recorrer también nosotros, le dijo a Bertha, no terminara aquel día nunca y el tiempo empleado en recorrerlo se dilatase sin medida para que pudiéramos hacer acopio de todo lo que necesitábamos, de coraje o tal vez sólo de enajenamiento e indiferencia con que blindarnos un lugar del pensamiento en el que disimular nuestro desconcierto, nuestro vértigo o nuestra simple falta de redaños.

Aunque tal vez miento –siguió al cabo de unos instantes– si digo que no recuerdo bien lo que sentí entonces, porque a veces, aunque sólo a veces, déjame decírtelo, me veo mirando a aquel hombre –entonces ninguno de nosotros hubiera dicho a aquel hombre sino a aquel imbécil, a aquel perro o rata o sabandija– con esa mezcla de repulsión y recelo con que se mira a un animal dañino que nos puede acarrear un disgusto, pero que a la vez, y sin que podamos evitarlo, despierta en nosotros una íntima e insuprimible atracción. La atracción de la víctima, quizás, la piedad por la víctima, pero no tanto a lo mejor por ella cuanto en el fondo por uno mismo. Porque sé que lo vi, que lo vi mirar fumando a un lado y a otro de aquel ilimitado e incomprensible panorama, y vi sin que cupiera ningún margen de error que aquel hombre moreno, que aquel individuo de facciones angulosas y poblado bigote bajo el que una barba de dos o tres días le sombreaba la cara, no sólo estaba perdido, completa e irremisiblemente perdido, sino sobre todo que esa pérdida nos incluía también a nosotros. Por eso desvié enseguida por el retrovisor la vista hacia Miguel, no sé si en busca de una confirmación o de un desmentido tajante, de un gesto en todo caso que me pudiera dar a entender que todo tenía todavía una solución aceptable, y esa solución se materializaría en una repentina contraorden o una alternativa a la que no fuera difícil atenerse y de la que no tuviéramos que arrepentirnos amargamente en adelante.

Pero Miguel parecía que no podía parar quieto en el asiento de atrás, ora se repantingaba todo lo largo que era, ora miraba a una parte y a otra y se revolvía continuamente –a mi lado Gregorio miraba por la ventanilla como si la cosa no fuera con él–, y el reflejo de sus ojos en el espejo del retrovisor me produjo una desazón que sólo el recurso, a partir de un momento dado, a mi seguridad ideológica de estar en lo cierto, de estar obrando como no se podía menos de obrar por algo de cuyo ideal no podía caberme tampoco la menor duda, pudo en parte amortiguar.

Buenos chicos, había dicho Mercedes la noche anterior durante la cena, buenos y hasta bobos de tan buenos, que se indignaban de santa indignación ante todo y se avergonzaban de muchas cosas, que hasta se ponían colorados como un pimiento cada dos por tres, y que de la noche a la mañana, como por arte de birlibirloque, se convirtieran en asesinos o alevines de asesinos.

Pero no era miedo lo que revelaban los ojos y el nerviosismo de Miguel, siguió explicándole Julio; tampoco inseguridad por si en realidad era aquel hombre el que nos estaba tendiendo una celada en la que acabaríamos nosotros por caer y no él. Era malevolencia, rencor, encono, pero no rencor hacia aquel hombre –hacia aquel imbécil, repetía continuamente– que nos seguía casi pegado en el coche, sino más bien, aunque yo tratara de no darme por enterado al mirarle, odio hacia otra cosa. Hacia algo o alguien –hacia el ideal como coartada, me diría después, mucho después, hacia la nuez agusanada de las palabras y las mentirijillas con que te va enredando el espejo en el que te miras– que aunque no mencionó en realidad ni podía llegar a mencionar por entonces, en aquel momento empezaba a destaparse, a explotar y recrecerse con la fuerza de lo que se ha retenido mucho más de lo soportable. De alguna forma sabía, y eso tal vez le hacía odiar con mayor desesperación, que la hora de trazar un confín había llegado, la hora de levantar una cerca o cerrar un portón y separar aquí unas cosas y allí otras, aquí esta parte y allí la otra y un tiempo acá y el otro allá, y el momento también de comprender al mismo tiempo que, en cualquiera de las partes en la que se pusiera, ya no iba a estar quizás con claridad todo él completamente en ninguna.

29

Eran árboles de hasta ocho y diez metros de altura, y sus formas y agrupaciones –su misma presencia– tenían algo de misterioso e incomprensible. A veces se encontraban sueltos, enseñoreándose con hermética y compacta plenitud del espacio en torno, pero sobre todo se hallaban enlazados entre sí en enigmáticos y tupidos conjuntos de caprichosas formas que llegaban a comprender hasta decenas y decenas de acebos y, cuando así ocurría, que era a menudo, se creaban en el interior unos espacios tan amplios y sorprendentes, tan bien y tan completamente resguardados desde el suelo, que eran en todo parecidos a grutas en las que a duras penas entraban el agua y la luz.

A medida que se caminaba entre esos bultos de follaje, la extrañeza crecía, y la nítida perfección de su volumen muchas veces impenetrable parecía que rivalizase tanto con la tersa claridad azul del cielo ya a aquellas horas, como con la monda esencialidad del resto de la montaña no ocupada por los acebos. Desde afuera, raramente se apreciaban los troncos de los árboles ni se podían adivinar muchas veces esos huecos interiores; sólo se veía el tupido follaje verde oscuro de las perennes y coriáceas hojas de bordes espinosos –rebosante ahora, en otoño, de los racimos rojo escarlata de sus frutos– recubriendo por completo desde el suelo lo que no daba la impresión de ser a veces más que inmensos apelotonamientos vegetales. Alrededor de éstos, los habitantes de los pueblos cercanos cortan cada año, para venderlos como adorno en navidades, los innumerables brotes que se reproducen, creando así una especie de rebaba vegetal en la base que forma como una corona en torno a ellos, como un reborde compacto y cerrado de algunos decímetros de altura que rodea en líneas sinuosas las esféricas formas opacas y apiñadas de los acebos.

Es un bosque en un rincón perdido del mundo, y parece el cuidado jardín de un palacio con sus formas recortadas; son árboles, y parecen rocas. Algunas veces, para poder avanzar, había que bordear un trecho, rodeando sus entrantes y salientes redondeados, esas formas que parecen como inmensos y fantasmales setos, y muy bien podía suceder que en esas revueltas se extraviase el sentido de la orientación y se terminase por andar en una dirección cuando se creía hacerlo en la contraria, tan enrevesadas y antojadizas son sus formas. Y tan tupidas que una voz, o incluso un grito, emitidos a un lado de ellas podían no oírse al otro lado, aunque la distancia en línea recta que separase ambos puntos no fuera tan amplia. Un laberinto, dijo Bertha aquella mañana, es un verdadero laberinto.

En alguno de esos grupos de acebos podía verse, a veces enseguida y otras buscándolo, una especie de orificio o túnel de entrada que daba acceso a la gruta interna, e incluso a veces un comienzo de caminillo entre la hierba que insinuaba el pasadizo. Si uno se agachaba para introducirse por ellos con cuidado de no arañarse en los dientes espinosos de las hojas, llegaba a unos espaciosos interiores completamente huecos en los que, una vez acomodados los ojos a la sombra, podía ver, ahora sí, docenas de troncos lisos y grises cuyas finas cortezas se desprendían en sutiles tiras que caían sobre un suelo de tierra muy fina y blanca, tan árida que parecía no haber visto nunca el agua, y que contrastaba con el verdor de la hierba que tapizaba el espacio exterior entre los árboles. Se levantaba polvo al entrar, y podían percibirse a las claras multitud de huellas abigarradas de hombres y animales. A veces, por los huecos más grandes, entran las ovejas o los caballos extraviados a guarecerse de la lluvia, le dijo Julio señalando unas marcas que parecían recientes y unos chirles negros por el suelo, y luego ya no aciertan a salir a veces de algunas cuevas si no viene por ellas el pastor.

A Bertha le gustaba entrar en esas cavernas interiores, buscar el agujero de entrada e introducirse agachada para contemplarlas como si en alguna fuera a encontrar algo distinto, algo que no fuesen huellas, desperdicios, excrementos o polvo, el tiempo detenido y lento, sedimentado y como antiguo de los árboles y los huecos que formaban. Sonreía al entrar y mirar en torno como sobrecogida por el misterio de ese espacio hurtado a la intemperie, pero su sonrisa, que era sólo leve y moderada por la extrañeza, y que por lo tanto no necesitaba esforzarse en contener, nunca encontraba eco en la de Julio, que parecía esquivarla o como preocupado por algo.

En otros grupos de árboles, Bertha buscaba inútilmente una entrada; los rodeaba por un lado y por otro y luego volvía donde Julio. En muchos no hay acceso, le dijo éste cada vez más distraído, y a menos que alguien abra un agujero porque sí o al podar las ramas para venderlas en Navidad, o bien que se vaya introduciendo primero algún animal y practicando poco a poco un boquete, pueden permanecer herméticas durante siglos.

Los habitantes de esas aldeas que ves allí abajo sacan su buen dinero con la poda ahora en otoño, le dijo a Bertha, que miraba encandilada el resplandor rojizo de los frutillos en los árboles; recortan kilos y kilos de ramas y las envían a las ciudades en camiones para Navidad, y por eso han vallado el bosque y no ven con buenos ojos que se acerquen vehículos de carga. Ellos cuidan el bosque y se benefician de él, lo explotan y lo temen y dependen de él, pero no lo admiran. En algunos sitios, y se conoce que ya desde la antigua Grecia, les atribuyen propiedades mágicas y mistéricas a los acebos, y los plantan a la entrada de las casas para alejar las desgracias y espantar los males, le dijo Julio.

–Como a la entrada del Hostal y de muchas casas en el pueblo, por ejemplo la tuya y la de la madre de Miguel, ¿no es así? –repuso Bertha.

–Aunque a veces es como si no alejasen las desgracias sino que las atrajesen –dijo Julio despacio y deteniéndose de pronto después de haber levantado la vista del suelo y divisado algo al parecer frente a él.

–No pienso dar un paso más si no empiezas a contarme de una vez lo que pasó aquí –le dijo Bertha, mirándole a los ojos con una mirada sostenida que él trataba de esquivar.

30

No quedaba ya rastro alguno de los desabridos frutos escarlata que en otoño se arraciman en los acebos cuando, a mediados de un abril de hacía unos treinta años, Julio aparcó el coche, que había conducido desde la gasolinera de las afueras del otro lado de la ciudad, junto a la cerca de la majada, a pocos pasos de donde se había detenido también ahora. Lo dejó con el morro contra la cerca –inmediatamente hizo lo mismo el otro coche que venía detrás– y al lado de un vehículo blanco que había llegado poco antes y en cuyo interior habían distinguido, ya desde bastantes metros atrás, las cabezas de dos personas, una muy erguida y de abundante pelo rizado, y otra, casi calva y muy redonda, que ninguno de los tres, ni él ni Gregorio, que venía a su lado, ni siquiera Miguel, que era el más observador y fisonomista y venía nervioso en el asiento de atrás, había sabido identificar.

No lo habían visto con anterioridad ni sabrían tampoco mucho más de él a partir de aquel día, salvo que por sus actitudes y su evidente hábito de dar órdenes –por sus actitudes incluso con Ruiz de Pablo– debía de ser un pez verdaderamente gordo de la Organización. No hubo presentaciones –sólo Ruiz de Pablo estrechó la mano sin decir una palabra al individuo que había llegado en el coche detrás de ellos–, pero la mirada dura y escrutadora del desconocido, que parecía lo único que había en aquella cara redonda y de facciones huidizas, se detu-

445

vo un momento en Julio y luego en Gregorio y más tarde, por un espacio de tiempo que a los tres se les hizo insoportable, también en Miguel. Vosotros os quedáis aquí, dijo taxativamente el desconocido cuando Miguel se disponía a seguirles, y con un gesto perentorio le indicó al individuo del bigote, que acababa de encender de nuevo un cigarrillo, el paso de la cerca metálica que daba acceso a la pradera de la majada. Lo atravesaron –soltaron las dos lazadas de alambre, arriba y abajo, del tronco más extremo de la empalizada que hacía de puerta y luego ya no volvieron a enlazarlas para cerrar– y los tres, primero el hombre del bigote poblado y la barba de pocos días que le sombreaba la cara y después Ruiz de Pablo seguido del desconocido, se encaminaron hacia la majada por un caminillo que se abría entre la hierba. Al principio fueron casi en fila de a uno –el hombre joven del bigote se había vuelto un momento como para querer dar en vano la precedencia–, y luego ya más agrupados y casi como si estuvieran hablando.

Era una vieja construcción baja y alargada, toda ella de piedra y recién terminada de retejar por lo que parecía, defendida por otra cerca que formaba una extensa corraliza en su frente y a la que se entraba retirando una destartalada puerta de tablas viejas. Apartaron las tablas, y luego los troncos que cerraban el acceso a la majada propiamente dicha, y Miguel, que no había dejado de mirar un momento hacia ellos, clavado en el mismo sitio como quien ha recibido un desplante del que no se ha recuperado, vio cómo desaparecían en el interior oscuro que se percibía tras el vano de la puerta como si hubieran sido absorbidos por el vacío.

El invierno daba sus últimas boqueadas y la tierra, iluminada ya con generosidad por un sol sin tapujos que comenzaba a estar alto, empezaba a despertar de sus estertores. Los brotes, con el aire inequívoco de la inminencia, apuntaban ya en los espinos y el verde de la hierba revelaba a las claras que las grandes heladas, salvo traiciones del tiempo, eran ya cosa del pasado. Sólo en los escaramujos de los rosales silvestres, y en algunos cartuchos vacíos por el suelo de los disparos de los cazadores, quedaba algún recuerdo de aquel rojo intenso que coloreaba en otoño los acebos y atraía a las aves y a los hombres, y la tarde, por lo menos mientras no se pusiera el sol por detrás de Cebollera, sería plácida y templada. Luego ocurriría lo que les ocurre a todas esas tardes del comienzo de la primavera, que engañan mucho porque tienen ya mucha luz, pero que nada más ponerse el sol y a lo mejor levantarse algo de aire, se vuelven frías y desapacibles como a traición cuando mejor se estaba.

En todo el tiempo que estuvieron dentro no se oyó ni un solo ruido ni una sola voz; todo era silencio en torno, un silencio tenso y mineral que sólo rompían –además de los gorjeos de los pájaros– la vara con la que Gregorio, sentado en una piedra, garabateaba en el suelo y el ir y venir nervioso de Miguel. Entraba en el coche y se fumaba un cigarrillo, y luego de repente salía y se llegaba hasta Julio para decirle algo, pero de improviso, y sin que el otro hubiese dicho nada ni hecho a lo mejor el menor gesto de desaprobación, le daba bruscamente la espalda y se ponía a andar arriba y abajo, a fumar y despotricar en voz alta contra los que estaban dentro y contra ellos tres, ahí pasmados como tres imbéciles, decía. Y en un momento dado, en un momento en que su furia parecía que iba a estallar, arrancó con decisión hacia donde se habían marchado los otros –Gregorio, que no le perdía ahora de vista, se levantó para seguirle–, pero al llegar al paso de la cerca que habían dejado abierto, fue sin embargo como si de repente se hubiera quedado sin energía o lo retuviera algo muy superior a sus fuerzas. Dio un golpe a uno de los palos del portillo –retembló un instante el metal de la alambrada– y se volvió atrás.

De aquel hombre de bigote poblado y facciones enérgicas y angulosas, que les había dado mal la contraseña en el bar de la gasolinera y ahora estaba encerrado en aquella vieja construcción que olería a orines rancios y excrementos secos, y que no sabían con qué cara o qué aspecto saldría, o incluso si saldría en realidad por sí mismo, habrían de saber mucho tiempo después, años para saberlo a ciencia cierta, pero quizás sólo días en algún caso para intuirlo, que además de venir a llevarse las cajas que ellos habían transportado en el maletero del coche desde la ciudad al lugar de la cita y desde allí, al recibir nueva orden, hasta donde ahora se encontraban, había venido a algo mucho más importante. A algo para lo que aquellas cajas no habían servido sino de señuelo, de algo así como una señal previa de entendimiento o un anticipo a cuenta, para que aquel hombre viniera a exponer su plan y sobre todo a precisar la transacción en la que ese plan estaba basado, los términos concretos de una cuantiosa provisión de armamento de la que él era el enlace y la pieza clave que iba a permitir a la organización autónoma no sólo acceder a un extraordinario suministro de armas para una escalada de la actividad en todos los frentes, sino sobre todo dar un verdadero salto de cualidad, situarse en una nueva posición de fuerza que les consentiría mirar definitivamente de tú a tú, o tal vez incluso por encima del hombro, a la Organización militar, piramidal y jerarquizada con la que rivalizaban desde hacía años y que ahora podrían menospreciar con la pujanza de una subversión pertrechada y generalizada que debía extenderse como lo hacía esa hierba que reverdecía en primavera.

Pero en cuanto supo de aquel individuo del bigote poblado que no cesaba de fumar y le llegó la noticia del suministro, fue Ruiz de Pablo el que vio que ni pintada la ocasión para dar él, y no la organización de la que era uno de sus más destacados integrantes y desde luego el máximo mentor, su verdadero salto de cualidad. No se concedió tregua hasta que consiguió concertar aquella cita trucada tras la que iba a asestar su golpe de mano magistral, un golpe doble, o triple, el golpe del maestro y el del traidor, el golpe del jugador tramposo que tiene las cartas marcadas y, a la vez, el del jugador que apuesta todo a una carta y no tiene en realidad nada más que lo puesto en aquel juego.

Aquel golpe de mano por el cual no sólo anularía a un individuo extremamente valioso que podía hacerle sombra, sino que evitaba que la organización autónoma se armase, apoderándose de rebote de sus vías de aprovisionamiento, le abría de

par en par las puertas de la Organización a la que decía comba-
tir, a la vez que ponía totalmente contra las cuerdas a la que
nosotros pensábamos estar integrando junto a él. Pero lo que no
sabíamos, le dijo Julio a Bertha en el mismo escenario en el que
todo había ocurrido treinta años antes, lo que tardamos todavía
años en saber –aunque en realidad sólo horas Miguel en imaginar o a lo mejor ni siquiera eso– era que toda aquella operación
no sólo estaba ya urdida desde el comienzo, e incluso más urdida de lo que poco a poco fuimos sabiendo, sino que quien había tramado todo aquello nos incluía a nosotros también en el
lote. Y que todo ello junto, aun siendo importante, decisivo,
vamos a decir, no sólo para nosotros sino para el curso de los
acontecimientos de los años sucesivos, ni siquiera era tampoco
lo más importante para él. Lo más importante era todavía otra
cosa, para la que todo lo anterior no dejaba de ser más que un
mero instrumento. Pero sobre esto último ni siquiera Miguel
cayó en la cuenta hasta mucho después.

En el fondo él nunca ha pertenecido a nada más que a sí
mismo, le dijo Julio, o más bien a su despecho, a un fondo
irresoluble de aridez e insaciabilidad, de humillación y rencor
–de infinita soledad–, y sacrificio y meritoriaje mezclados, que
hacían que el amor y el odio se conjugasen en él con una consistencia y una reversibilidad inauditas. Pertenecía sólo a la
ofensa infinitamente recordada y renovada de la que había sido
objeto –tal vez como lo es cada uno en un momento dado o
muchas veces en la vida, y por eso es tan fácil hacer prosélitos
entre los ofendidos–, pero frente a la cual él organizó el mundo
como lucha, como queja y deuda inabarcablemente contraída
con él. Eso es, la ofensa, o la invención de la ofensa, que decía
Miguel, como motor de la acción. El haber sido ofendidos un
día por el prójimo, por el vecino o por una mujer o un padre,
por Dios en última instancia, o el haber sido abandonados por
ellos, y luego ya organizar la vida y querer organizar el mundo a la redonda con el propósito fundamental de vengarnos
de ello.

Suena demasiado a venganza, repetía Miguel, todo suena

siempre demasiado a venganza; y las organizaciones políticas o terroristas a las que perteneció, las altas finanzas, los matrimonios o las carreras literarias eran para él sólo un instrumento o una pieza de su estrategia, que era a lo único a lo que se debía, a lo que le devolviera mejor en términos de poder su intenso esfuerzo y su inmenso talento; en términos de predicamento también, de ascendencia sobre otros, pero sobre todo de poder, y poder es en el fondo no sólo poder tener o poder acceder o disponer, sino sobre todo poder vengarse de las ofensas del mundo, poder crearlo y desbaratarlo todo y poder sacar a relucir, echar en cara, poder matar, claro, en el fondo, poder disponer de la vida de los otros lo mismo que Dios, o la Vida o lo que sea, dispone de la tuya, dijo Julio con los ojos fijos en nada y los rasgos de la cara como desdibujados en torno a esa fijeza.

Miguel se daba cuenta enseguida de cuándo iba armado Ruiz de Pablo –prosiguió–; no lo había visto muchas veces con una pistola, pero en todas ellas había percibido un brillo especial en sus ojos, algo así como un mayor estiramiento o aplomada displicencia todavía en sus gestos, una especie de halo de invulnerabilidad que parecía darle a su mirada y aun a toda su figura una apostura adicional, esa extraña belleza del desprecio, dijo Julio pensando lentamente cada palabra, ese sentirse a salvo precisamente en la eventual creación de peligro.

Así es como le vio emerger de pronto aquel día de la oscuridad de la majada. No se había quitado el tabardo negro que llevaba y, al volverse a erguir ya fuera después de haberse agachado ante el dintel para atravesar el vano de la portezuela, percibió desde lejos ese brillo y esa altivez inconfundible. Venía detrás, el tercero de los tres, y durante el breve trayecto, después de atravesar la primera cerca, se les fue adelantando hasta franquear la valla metálica con cierta antelación respecto a los otros, la suficiente para que ninguno de ellos le oyera cuando le dijo algo a Miguel al llegar a su altura: allí arriba quiero que no te separes un momento de mi lado, le dijo, juntos todo el rato, ¿me oyes?, como si fuéramos hermanos. Y ahora coge la bolsa del maletero de mi coche, que la suba Julio.

Como si fuéramos hermanos, se repitió para su fuero interno en tono de burla, como si fuéramos hermanos y tú no me fueras tan repulsivo por lo menos como yo te lo soy a ti. Sin moverse un centímetro, sin decir una palabra ni hacer el menor gesto con el que se pudiera interpretar que se daba por enterado, le dejó que empezara a subir camino adelante indicando la dirección a los otros, que enseguida se aprestaron a seguirle.

Julio había oído las últimas palabras de Ruiz de Pablo –ya voy yo, le dijo a Miguel como intentando mediar para evitar una negativa en redondo de éste y que acabara por perder los estribos–, y se llegó al maletero del coche de Ruiz de Pablo para sacar una bolsa alargada de deportes de la que sobresalían tres mangos de madera.

–¿No sería mejor coger los coches para cargar arriba? –dijo el individuo de bigote negro muy poblado al ver que Julio extraía la bolsa.

–Los de esos pueblos son muy celosos con sus acebos y en cuanto ven un coche que atraviesa esa cerca –dijo Ruiz de Pablo volviéndose– ya piensan que vienen a cortar ramas o arrancar brotes, aunque sea en esta estación, y si te descuidas los tienes aquí enseguida a ver lo que haces. Así que vamos a subir a pie, concluyó taxativamente y acto seguido, sin esperar ningún otro parecer, se puso en camino. Le siguió Gregorio, que había permanecido todo el rato sentado haciendo garabatos con un palo en el suelo o mirando el dilatado panorama como si no se diera cuenta de nada o no tuviera por qué darse cuenta, y tras él se encaminaron el hombre del bigote y el desconocido.

El camino ascendía en suaves revueltas por la ladera y las rodadas que lo formaban, dos líneas paralelas de tierra entre la hierba que parecían la única huella humana en el paisaje, eran tan profundas y marcadas que nada costaba imaginar a los camiones que vendrían a llevarse la carga de ramas de acebo entrar hasta el corazón mismo del bosque.

Está bastante arriba, dijo Ruiz de Pablo, y es fácil perderse, así que no os retraséis. Después de la cerca que habían atravesado a pocos metros de donde dejaron los coches, ya no había otra hasta la misma linde del acebal propiamente dicho. Hasta ella apenas si se veían más que algunos ejemplares sueltos y jóvenes que salpicaban la ladera aquí y allá con sus manchas oscuras sobre la hierba reciente y contrastaban con las ramas todavía desnudas de los espinos, pero más allá de esa otra valla, que se levantaba sobre un pequeño parapeto de piedras, los acebos se agolpaban imponiendo ya la inquietante fisonomía de su presencia.

Aquí fue, aquí mismo fue, le dijo Julio a Bertha muchos años después, tantos como para que no sólo hubieran estallado ya entonces las cosas que en aquel momento estaban por estallar, sino que también lo hubieran hecho por fin incluso aquellas que, como esas bombas que no explotan cuando se lanzan y mantienen durante un tiempo inconcebible su potencial mortífero, se siembran para que lo hagan en el momento menos pensado del futuro. Explota con facilidad la violencia –decía Miguel en sus cartas–, el odio contraído sin acabar de saber muy bien por qué ni por qué no, los agravios acumulados, y lo hace con una facilidad tan superior a la comprensión, que induce a las más sombrías desesperanzas sobre la convivencia de los hombres, pero cuando ésta estalla, cuando la comprensión, que necesita a menudo plazos largos, sedimentaciones lentas y azarosas decantaciones, por fin empieza a descorrer los pesados cortinones de la opacidad y la costumbre, entonces la luz que entra de pronto tiene un poder de deflagración que es capaz de arrasar incomparablemente más que la violencia.

Julio cogió la bolsa y con la otra mano le dio una palmada en la espalda a Miguel como animándole a ponerse en camino –con la cabeza hizo un gesto, moviéndola inclinada hacia un lado, en el mismo sentido– y ambos comenzaron a andar. Los otros cuatro les habían cogido ya cierta distancia y Miguel parecía fuera de sus casillas; no hablaba, caminaba a regañadientes cediendo terreno a cada paso y parecía metido hasta extremos inconcebibles dentro del chaquetón que llevaba –las manos en los bolsillos– y de los pensamientos que lo atenazaban. Al llegar a la alambrada de púas que se levantaba sobre un pequeño murete de piedras, hacía ya un trecho que los otros habían dejado el camino y que andaban a campo traviesa. Miguel cruzó la cerca delante de Julio pero no por el paso, que quedaba algo ladeado de allí, sino por el mismo sitio por el que habían atravesado los otros momentos antes ganando terreno. Levantó el segundo de los tres alambres paralelos de pinchos que la componían y pasó agachado por debajo, pero cuando le tocó el turno a Julio –los otros cuatro ya ni se veían–, éste debió de trastabillar con un pie ya del otro lado, con una mano también y con la bolsa en ella, y el alambre de púas que había levantado se le enganchó en el tabardo después de hacerle un arañazo en el cuello. Enseguida le empezó a salir sangre y con un pie a cada lado, con medio cuerpo en realidad casi a cada lado, no conseguía desurdirse del alambre. Estaba en una posición ridícula, ni en un lado ni en el otro, ni suelto ni totalmente apresado, y no tuvo más remedio que llamar en su ayuda a Miguel. Anda, a ver si me desenganchas de esto, le dijo.

Ya había dejado la bolsa de deportes, de la que sobresalían tres largos y molestos mangos de madera, en el suelo del otro lado, cuando Miguel volvió sobre sus pasos y se llegó a él. ¡Vaya patoso estás hecho!, le dijo riéndose, y se puso a desensartarlo con cuidado, de modo que no se rasgara todavía más el chaquetón, y luego a apretarle con un pañuelo en el cuello para que dejara de manar la sangre. Entre una y otra cosa habían perdido ya por completo de vista a los otros –por un momento es posible que incluso ni se acordaran de ellos– y ahora les iba a costar lo suyo dar con ellos.

Con una mano apretando Julio el pañuelo blanco manchado de sangre contra su cuello –ya llevo yo esto, le dijo Miguel cogiéndole la bolsa– y un sentimiento extraño, mezcla de satisfacción por aquel retraso y de culpabilidad, de imprecaciones y agradecimiento a la vez a aquel azar –el rostro de Miguel se había vuelto de pronto impenetrable, como poseído por una tensión interna que impedía aflorar otra cosa que no fuera esa misma tirantez–, habían acabado de reemprender el camino, ya por entre los acebos y en la dirección que suponían que habrían tomado los otros, cuando de repente, en medio de aquel silencio sólo turbado por sus pasos y el gorjeo de los pájaros, los oyeron con una nitidez estupefaciente. No eran sus voces ni venían de lejos, pero tampoco parecía que fuese de muy cerca, o por lo menos no de un sitio de donde fuera la distancia lo único que les separase; y el ruido, dos detonaciones algo espaciadas seguidas inmediatamente o casi al tiempo de la segunda, de la que apenas si se distinguían, por otras dos, no se habría podido decir que les pillase desprevenidos o no se lo esperaran, pero sí que les impresionó oírlo tan pronto, como aquel que aguarda en casa la visita de alguien no deseado y sabe que más tarde o más temprano acabará por llegar, pero que, cuando por fin oye de repente el timbre, siempre le parece demasiado pronto y se lleva un improviso sobresalto de desconcierto.

Detuvieron el paso y se miraron, pero todavía no dijeron nada; sólo escuchaban lo que podía volverse a repetir y sobre todo escuchaban por si alguna voz interior era capaz de desurdir la maraña de sus pensamientos, igual que la mano de Miguel acababa de desurdir a Julio de la alambrada, y sacar uno en limpio, uno solo suelto y autónomo al que pudieran atenerse sin hacer caso a ningún otro. Luego echaron a correr todavía sin decirse nada en dirección a aquellos disparos, pero no tanto por llegar, sino tal vez por si no llegaban nunca, por si era posible correr y correr y sin embargo no llegar jamás, perderse en el laberinto de los acebos y seguir pensando e imaginando y queriendo que las cosas fueran de este modo o del otro, pero sin tener que ver nunca los resultados de esos deseos y esas imaginaciones, sin tener que constatar jamás las consecuencias concretas de las mejores intenciones y las más bellas palabras, la poza de sangre, el rostro inmediatamente deshabitado y el arcano de lo inapelable en los ojos en que vienen a parar esas palabras dichas con la efusión de la belleza en los labios, con el entusiasmo incontrastable de la soberbia y el atolondramiento de la bondad; por si era posible correr y correr y sin embargo —como dejó dicho Miguel en otra de sus cartas— no tener que ver nunca adónde van a parar tantas veces los entusiasmos demasiado entusiasmados de Libertad, así con su mayúscula y todo, de Independencia y de eso que todos los soberbios –pero también tantas buenas gentes– llaman Pueblo mientras sólo se escuchan a sí mismos, a esa infinita melancolía sin fondo que les constituye.

Perdieron la orientación una y otra vez, dieron la vuelta a grupos y más grupos de acebos que les llevaban a extraviarse de nuevo y a detenerse para ver dónde se hallaban, por dónde ascendía en suave pendiente la ladera y de qué parte habían oído las detonaciones. Pero las formas de los acebos, muy oscuras ya por donde no les daba el sol, la indiferencia e impenetrabilidad de su presencia allí sobre la tierra como si no sólo tuvieran cien o doscientos años sino todos los años del mundo, les producían mayor ahogo que el jadeo que provocaba su carrera, y de repente, desde el interior de una de esas cuevas vegetales que ellos estaban bordeando, se oyó el chasquido improviso de una rama y una voz cavernosa y profunda que, desde una exterioridad casi inabarcable aunque estuviera allí mismo y a la vez como si fuese en realidad una voz interior, decía: ¿dónde te has metido?, ¿no te dije que no te separaras de mí?

31

Lo primero que advirtieron al entrar –les costó dar con el orificio de acceso a la cueva que formaban los acebos– fue el bulto tumbado en el suelo. Estaba de medio lado y como retorcido, y de las otras dos figuras que lo rodeaban de pie hubieran asegurado que una no sólo no se había movido, sino que ni siquiera se había percatado de su llegada. Tenían las cabezas gachas, según vieron conforme fueron haciéndose a la penumbra, el uno fija en el suelo y el otro mirándoles a ellos, con la misma fijeza, pero como a la media vuelta y de abajo arriba. El cuarto hombre, el desconocido de la cara redonda en la que sólo parecía haber una mirada y que ésta fuera inapelable, era el único que se movía. Estaba en cuclillas y revisaba los bolsillos del bulto tendido en el suelo, cuando de repente, de una de las dos figuras que estaban de pie, de la que daba mayor impresión de inmovilidad al entrar y se encontraba más alejada del hombre tendido y cubierto de sangre en la cabeza y las piernas, cayó algo al suelo, algo pesado y compacto, como si se escurriese o desprendiese de su mano, y lo que cayó produjo un ruido seco y a la vez como almohadillado sobre el polvo blanco de la tierra que acotaban los troncos ahora por fin perfectamente visibles, rectos y grises de los acebos. Luego, quien había originado aquel ruido, aquel topetazo que había sonado como macizo y hueco al mismo tiempo, y no se había movido ni percatado siquiera de su entrada, se dio la vuelta sin decir nada ni mirar siquiera a los recién llegados y salió. Al pasar frente a ellos pudieron verle la cara a pesar de la penumbra, y sobre todo pudieron ver los ojos fúlgidos y opacos, si ello pudiera ser al mismo tiempo, de los que normalmente brota la mirada.

Ya no era la mirada de Gregorio, le dijo Julio a Bertha, la mirada amable y condescendiente de Gregorio que habíamos visto a diario desde siempre, sino la que se le pondría luego con el tiempo, la que hay quien dice haber visto estos últimos años al cruzarse con El Biércoles o más bien ha visto solamente en su imaginación.

Coge eso, le dijo Ruiz de Pablo a Miguel con una irritación rayana en el más puro desprecio, coge lo que tenías que haber cogido antes; y entonces la mirada del individuo que hasta ese momento sólo había tenido ojos para los documentos y la agenda del hombre tendido en el suelo se volvió y se detuvo en los ojos de Miguel como podía haberlo hecho una saeta.

Venga, que no hay tiempo que perder, dijo Ruiz de Pablo, Ruiz de Pablo y no el otro, que sin embargo era como si fuera el que diera las órdenes sin dar en realidad ninguna.

Nada más acabar de entrar a la cavidad formada por los acebos, aprovechando el asombro del hombre del bigote, que entró primero, y su acomodación a la sombra, Ruiz de Pablo le había dado a Gregorio la pistola. No le resultó desconocida, ni se sintió raro con ella, como si fuera un día más de aquellos en que subían al monte, normalmente a un lugar muy hermoso, y hablaban y discutían y luego, sin un aparente punto de inflexión, también tiraban al blanco. Un policía infiltrado, le había insistido en un aparte mientras subían y se volvía una y otra vez a ver si venían los otros dos, una rata infiltrada, no hay duda posible: o él o nosotros. Y después, no mucho rato después, al ver que los otros no subían, y mientras penetraban agachados en los acebos procurando apartar las ramas y no arañarse con los bordes dentados de las hojas, fue cuando se lo dijo a él, no a Miguel, a Miguel Sánchez Blanco, a quien esperaba en aquel momento tal vez desde hacía un tiempo que sólo él conocía, sino a Gregorio, al leal y cumplidor Gregorio Martín

López, del que sabía que no se recibía nunca un desplante ni una negativa en un momento crucial porque pertenecía a esa rara estirpe de los que nunca se echan atrás en un momento decisivo, de los que no remolonean ni te dejan en la estacada y están acostumbrados a hacer siempre lo que dicen y a llevar siempre a cabo lo que se les dice sin una queja, sin un mal gesto ni un solo subterfugio, sin una objeción siquiera que no sea esa primera mirada seca e intensa, insostenible si no fuera por su limitada duración, en la que parece estar contenida toda la silenciosa moralidad del mundo. Cuando te dé la señal disparas sin pensarlo un segundo, le dijo, sin pensarlo un segundo. Lleva una pistola en un bolsillo interior de la zamarra, de donde nos ha querido hacer ver que sólo saca los cigarrillos.

—Increíble, ¿es aquí donde está todo? —dijo el hombre del bigote una vez dentro, echándose mano al bolsillo interior para sacar un cigarrillo mientras contemplaba la concavidad vegetal.

—Aquí es; ahora subirán esos dos con las palas —respondió Ruiz de Pablo antes de decir también «ahora, ahora, ¿me oyes?», y de que dos tiros, dos disparos incomprensibles, salieran de inmediato de la pistola de Gregorio segundos antes de que éste dejara de entender nada ni oír nada, ni ver tal vez más que a una persona que se desmoronaba delante de él y permanecía luego ya en el suelo cubriéndose poco a poco de sangre.

No vio ni a Miguel ni a Julio más tarde, cuando entraron, ni seguramente oyó, justo después o casi al mismo tiempo de su segundo disparo, otras dos detonaciones, otros dos disparos más fríos, más certeros, hechos desde detrás mismo de él y con otra pistola, como si los sentidos se le hubieran embotado de pronto y el tiempo se hubiese detenido y truncado tras su primer disparo y ya nunca pudiera volver a reanudarse.

Una vez que Gregorio hubo salido como un autómata, Miguel recogió la pistola del polvo blanco que cubría el suelo de la gruta; estaba caliente, muy caliente, o por lo menos a él le abrasaba en la mano tal vez no menos de lo que le abrasaba la cabeza. Le sacudió el polvo y con el revólver en la mano —sus ojos se habían hecho ya a la penumbra de la cueva— miró a

Ruiz de Pablo. No entraba un pelo de aire allí dentro, no se movía una hoja ni una brizna, nada más que las manos del desconocido hurgándole aún los bolsillos al hombre caído en el suelo y cubierto a medias de sangre y de polvo o del barro que éste formaba con aquélla. Y fue entonces cuando lo vio; cuando lo vio no sólo a él, a aquella figura esbelta de cabellera rizada que observaba cada uno de sus movimientos con una sonrisa helada que sin embargo no parecía haber producido en aquel momento, sino mucho tiempo atrás, infinidad de tiempo atrás, como esos astros cuya luz vemos cuando ya llevan mucho tiempo apagados, y no sólo tampoco lo que allí había ocurrido, sino también lo que tenía sin duda que haber ocurrido o estaba preparado para que ocurriese. Y sin embargo –en ese sin embargo del que no viviré el tiempo necesario para arrepentirme, dijo en una de sus cartas–, sin embargo no se atrevió a alzar el brazo hasta la altura del hombro, o tal vez sólo de la cintura, y llevar a cabo todo lo que le pedían las consecuencias de lo que había visto no sólo con sus ojos. Toda su furia anterior, toda la indignación que le producía lo que estaba no sólo viendo sino comprendiendo, de pronto se habían desmoronado como si ellas mismas se hubieran cortocircuitado.

Ruiz de Pablo no había dejado de sonreírle ni de sostener su mirada un momento. No te hubieras atrevido, le dijo cuando Miguel bajó la vista, sin que ninguno de los otros dos hubiera podido saber a ciencia cierta a qué decía que no se hubiera atrevido; además ya no tiene más balas, agregó, y entonces el filo de inteligencia y astucia que siempre brillaba en su sonrisa –tenía los labios muy juntos– pareció afilarse todavía más.

El desconocido que había estado hurgando en los bolsillos del hombre tendido en el suelo –no había ninguna pistola entre sus pertenencias– se levantó con una cartera y una agenda en la mano además de un manojo de llaves. No dijo «esto es todo» o «esto es lo que había», «no traía revólver», sino que lo que dijo –Ruiz de Pablo no se sintió en la obligación de justificar nada– fue «deja eso», «deja ya esa rata de cloaca», cuando Miguel se agachó un momento para mirarle a la cara. Aquel amasijo de polvo y sangre que le cubría el bigote y la barba de días –que le cubría las pestañas y los párpados– no era muy distinto, diría Miguel más tarde, del que me obstruía a mí también todos los sentidos y los conductos del pensamiento.

Obedeciendo a las órdenes de Ruiz de Pablo, Julio arrastró el cuerpo de la víctima hasta sacarlo de allí. No pensaba, no sentía, le dijo a Bertha, sólo actuaba de la forma más eficaz y en el tiempo más puntual posible. A continuación Miguel cubrió de abundante tierra la sangre para que no quedara el menor rastro y esparció el polvo blanco y las hojas secas del interior de la cueva por todas partes. En frente mismo de la entrada, separado por dos metros escasos de hierba, había otro grupo de acebos donde era imposible que hubiera entrado nunca nadie, de tan cerrado e impenetrable como estaba desde el mismo filo del suelo. Hicieron un pequeño boquete retirando unas ramas y por allí pasaron como pudieron e introdujeron el cadáver. Cuando estuvieron dentro de la nueva cavidad todos tenían rasguños y arañazos en las manos y la cara, y de algunos salía algo de sangre como en una línea de puntos o una serie de rectas paralelas. La herida del cuello de Julio se había vuelto a abrir y durante un momento volvió a presionarla con el pañuelo, pero enseguida empezó a cavar un agujero justo en medio de la ancha cavidad que formaban los acebos. Nadie había estado seguramente nunca allí dentro y todo tenía un aspecto como sagrado o primordial que el silencio entre las hojas, contrapunteado por los golpes de la azada y la pala al entrar en la tierra, acentuaba sobremanera. Miguel se turnaba con él y cuando el hoyo fue lo suficientemente profundo, por lo menos un metro de hondo, había dicho Ruiz de Pablo, éste dio la orden de enterrar el cadáver. Luego, al salir arañándose por todo otra vez, dispusieron de nuevo las ramas con esmero para que nadie pudiera volver a penetrar allí en mucho tiempo y, al volver a meter las palas y la azada en la bolsa de deportes, era como si nada hubiera sucedido en realidad. Todo volvía a ser impecable e indiferente en el laberinto de los acebos como lo había sido antes y lo sería después, cuando ellos ya se hubieran ido, y sólo los arañazos en sus extremidades y sus ropas podían revelar alguna desavenencia con la naturaleza. El sol se había puesto y la tarde, como muchas tardes de la primavera incluso avanzada tan pronto como se va el sol, se había vuelto fría y desapacible. Un viento helado empezaba a soplar desde Cebollera en cuanto se salía del abrigo de los acebos, y la vista hacia el sur, hacia el inmenso panorama de azules y violetas del que sobresalía en primer plano el ariete de la Calvilla, era inclemente y desolada. No se veía un alma a la redonda, y apenas si las pocas casas bajas de los pueblos, mimetizadas en el paisaje, ponían alguna nota humana en todo aquel alrededor.

Tampoco entonces hablaron, ni Miguel ni Julio ni menos aún Ruiz de Pablo o el desconocido de la cabeza calva. Sólo el poeta se volvió un momento al final mientras bajaban —ellos dos iban detrás— y miró a Miguel fijamente a los ojos con una expresión que no supo al punto si era solamente de desprecio, o bien de un odio tan intenso como a lo mejor tardaría uno en imaginárselo mejor expresado en un rostro. Pero no, no era sólo eso, era insistencia, reto, era la amenaza de la abnegación y la terquedad, era como si habiendo salido todo a la perfección, todo casi a pedir de boca —se podría llegar a decir—, algo, un detalle tal vez, un detalle minúsculo o quizás de forma, pero del que dependía para él no sólo su total satisfacción sino la más íntima de ellas, se le hubiera escapado fatalmente y algo le dijera que tal vez se le iba a seguir escapando.

—Nunca estás donde tienes que estar —le dijo marcando bien cada palabra—, ¿verdad?

—¿Dónde tenía que haber estado según tú? —le respondió a bocajarro Miguel—, ¿en el pellejo de Gregorio, o en el del muerto?

—No te descuides —le replicó—, porque puedes llegar a estar muy bien donde menos te lo esperas. Y ahora meted en mi coche las dos cajas de madera —añadió mirando a Julio.

Las dos cajas de madera, pensó Miguel, las dos cajas de madera, y dejando atrás a Julio —le había pedido antes las llaves del coche— adelantó de repente a Ruiz de Pablo y al desconocido, apretando el paso hacia los coches como quien se dirige a evitar un percance sin perder tiempo en dar a nadie la menor explicación. Pero no era un percance, ni se trataba de evitar nada sino tan sólo de constatar, de comprobar simplemente lo que sin embargo sabía o podía haber sabido desde hacía ya mucho tiempo que no podía ser de otra manera.

Al llegar donde los coches, se dirigió al de Julio y abrió enseguida el maletero. Allí estaban las dos grandes cajas oblongas de madera que habían llevado a la cita de la gasolinera al mediodía para entregarlas al contacto si todo hubiera salido como era debido, y con el filo de la azada que había bajado en la bolsa de deportes, con una furia otra vez a duras penas contenida y un convencimiento previo sólo comparable a su desprecio, forzó sin el menor reparo la tapa superior de una de ellas. La madera de la tapa crujió al desclavarse y se rompió en tres trozos, en uno de los cuales –se habían desprendido también algunas astillas– permaneció intacta la etiqueta de papel en la que venían impresos una marca de azulejos, un modelo y unas características además de un lugar de procedencia. Como en un acto de postrera fidelidad, había permanecido adherida a uno solo de los trozos de la tapa que Miguel apartó con rabia para dejar al descubierto un interior en el que no había otra cosa, efectivamente –ya lo sabía, claro, se iba diciendo, ya lo sabía desde el principio el muy hijo de puta–, que esos mismos azulejos con esas mismas características y ese mismo modelo y lugar de procedencia que figuraban detallados en el exterior de la tapa y que más tarde, bastantes años más tarde, podría volver a ver una noche, una primera noche anterior a muchas otras, en el baño del primer piso de la casa nueva del poeta, el que tenía acceso justamente desde el interior de una habitación que miraba al poniente a través de una puerta más ancha de lo habitual, practicada sin duda a propósito para que pudiera entrar por ella sin problemas una silla de ruedas.

32

A Gregorio no le volvimos a ver más que al cabo de los días, le dijo Julio a Bertha contestándole a una pregunta; no regresó por casa de sus padres ni pasó por las nuestras –debió de atravesar todas esas montañas a pie– y al final, por indicación del ciego Julián, que le había oído subir por el camino del Guardatillo, lo encontramos un atardecer junto a un pequeño grupo de acebos que hay también en la cima de ese monte, no lejos de la otra gran majada y al filo mismo de la inmensa lengua de piedras del antiguo glaciar que aquí llaman ensecada.

Había pasado allí, en completa soledad, tres días con sus tres noches. Por la noche se guarecía en la cavidad que forman los acebos; se cubría de hojas, y luego ya de tierra casi hasta los ojos, y así permanecía inmóvil hasta muy entrada la mañana, y después, en cuanto se levantaba, empezaba a caminar por los montes a la redonda sin objetivo ni meta aparente. Hasta que al atardecer volvía y se sentaba por lo visto sobre una roca al filo mismo de la antigua lengua del glaciar: sopla siempre un viento frío allí arriba y el ulular del aire entre las matas y las aristas de las piedras no se sabe nunca si reconcilia o amedrenta, si amansa o subleva, pero sí que te pone en contacto con algo primordial, con algo que nunca llegas a reconocer, pero que siempre sabes que te incumbe en lo más íntimo.

Sentado cada tarde en la misma piedra como si fuera parte

de ella, Gregorio miraba, mientras iba cayendo la noche, el imponente río de piedras grises que desciende sin descender nunca de lo alto, que parece que se mueve sin moverse nunca en realidad, como si muchos siglos y eras atrás se hubiese detenido algo ya desde el principio y para siempre que nunca se podrá volver a poner en marcha; como si se hubiera petrificado para siempre algo que ya ni fluye ni se repoza ni transforma más que en la apariencia de la persuasión de los hombres, que por mucho que se empeñen o se las ingenien –decía Anastasio alguna vez– ya no podrán acaso más que contemplarlo, aprender a conocerlo y tomar distancias mientras se va haciendo de noche y uno se ve solo allí constantemente al filo, como se veía Gregorio –o más bien ya El Biércoles–, ante la lengua arcana del glaciar mientras resplandecían las piedras al último resol de la tarde y las iba ocupando poco a poco la sombra, el viento, el hueco de la bóveda que iba oscureciendo hasta dejar ver sólo el reflejo de sus líneas imaginarias a la sola luz de las estrellas.

Cuando lo encontramos –continuó Julio– era casi ya noche oscura; estaba sentado al borde de la ensecada y nos oyó llegar, pero no se volvió y, cuando de repente lo hizo, cuando sus ojos se volvieron más que para mirarnos para constatar nuestra llegada, tenían la misma consistencia y el mismo color de las piedras que había estado contemplando y sobre las que había bajado la noche. Eso es, era como si a sus ojos les hubiera bajado la noche. Tenían ese reflejo lunar que tienen las rocas grises a la luz de las estrellas y también sus mismas aristas imaginarias, y ya no eran los ojos de Gregorio lo mismo que no lo eran sus palabras ni ninguna de las facciones de su cara. Llevaba tres días seguramente sin probar bocado y la barba le sombreaba las mejillas pálidas y demacradas hasta la misma linde de las ojeras lívidas que cercaban el hueco de sus ojos. Olía a barro, a tierra, a hierbas y humedad, y no cesaba de repetir la misma frase que nos espetó al llegar.

Sus padres estaban preocupados –¿la misma frase?, dijo Bertha–, estaban ya rodando por esa pendiente silenciosa y sufrida que les llevó luego a lo que les llevó, y yo bajé enseguida a decirles que perdieran cuidado, que estaba bien y que nos había llamado desde Madrid, adonde había tenido que ir urgentemente sin poder despedirse ni decirles nada –ellos no tuvieron nunca teléfono–. Pero no se lo creyeron. Su padre me acompañó a la puerta sin decir esta boca es mía y, cuando me di la vuelta antes de torcer por otra calle, todavía estaba allí, parado en el umbral de su casa, quieto como un pasmarote o una cosa inerte –como una cosa sola– igual que cuando se despidió de él la mañana que cogimos el autobús de línea en la plaza para irnos los tres a Madrid.

Miguel se quedó con él; pasaron la noche juntos allí arriba porque no hubo modo humano de hacerle bajar, y lo que se dijeron –o tal vez lo que no se dijeron– es lo que Miguel ha llevado consigo en sus adentros ya el resto de la vida hasta su última noche, que fue a pasar también como sabes con él en el bosque. Quién sabe lo que se dijeron en una y en otra, o si lo que se dijeron fue lo mismo en el fondo, algo a lo mejor tan antiguo y constante –aunque se decía que El Biércoles ya no tenía palabras– como esas piedras grises de los glaciares.

La noche siguiente nos lo llevamos a Madrid; Miguel había conseguido ablandarlo un poco, o más bien convertirlo en una especie de autómata que hacía todo lo que le decía sin rechistar, y luego, tras algo menos de un año en el que alternaba períodos de absoluto mutismo y postración con otros en los que parecía el más fanático y echado para delante de los hombres, se lo llevó como sabes ya a París; después ya conoces más o menos lo que fue de él. Miguel se sintió siempre culpable por lo que decía que en realidad le tenía que haber tocado hacer a él o bien le hubiese tocado evitarlo, y se pasaba horas hablándole e intentando que le hablara, que echara fuera algo de lo que le reconcomía por dentro y le estaba trastornando. Los primeros días, temiendo que fuera a hacer cualquier tontería, no se separaba ni a sol ni a sombra de él, y le preguntaba de las mil formas que se le ocurrían, por activa y por pasiva, metidos de lleno en el tema o bien de repente, como de rondón o a traición, cuántas veces disparó y con qué intervalo aquella tarde. Y él siempre respondía invariablemente que dos, que con dos tiros lo maté como a un conejo, decía una y otra vez igual que nos había dicho, así a bocajarro, cuando lo encontramos aquella noche en la ensecada: con dos tiros lo maté como a un conejo; y cuando le preguntábamos por las otras dos detonaciones que vinieron después, casi pegadas o encima mismo de la segunda, pero que nosotros habíamos oído a las claras mientras subíamos, él parecía como si no nos estuviera oyendo, como si sólo tuviera oídos —con dos tiros lo maté como a un conejo— para escuchar el eco infinito de esa frase igual que aquella tarde sólo los había tenido para oír sus dos detonaciones, o en realidad sólo para el eco, que ya nunca dejaría de oír, de su primer disparo bajo los acebos tras el que luego ya ni oyó ni vio nada más que el desplome de un hombre frente a él.

Durante muchos años nada se supo del hombre del bigote poblado que había aparecido un mediodía en una gasolinera de las afueras de la ciudad para recoger un cargamento y preparar una transacción. Aquel hombre, le dijo Julio a Bertha, desapareció tan sólo para su familia y para la organización, y nadie consiguió dar en mucho tiempo con el menor rastro de él. Era como si se hubiese eclipsado o, mejor, como si nunca hubiera existido. Los voceros de ambas organizaciones, la autónoma y la militar, se dieron buena maña en proclamar a los cuatro vientos, para quien quiso escucharles, que había desaparecido víctima de una emboscada de la policía o de los servicios secretos en la guerra sucia que por entonces alentaba el gobierno contra ellos; y aunque algunos, en la organización autónoma y vamos a llamar no sé por qué libertaria, supieron desde el principio que se trataba de un efectivo golpe de mano y un ajuste de cuentas de la Organización militar, que no podía tolerar que los autónomos cobraran el protagonismo que estaban cobrando y sobre todo el que podrían haber llegado a cobrar con aquella nueva fuente de suministros, a nadie, ni a unos ni a otros, le interesaba en realidad aquella propaganda negativa que podía echar sombra sobre todo el movimiento.

Y así quedó la cosa, todos taparon el asunto —la policía se

lavó las manos– y cada uno se atuvo como pudo a las consecuencias de aquel ajuste y a la nueva y restablecida hegemonía. Nosotros, claro, pasamos al otro lado, en el que Ruiz de Pablo debió de encaramarse enseguida a las más altas posiciones. Pero más que persuadidos o entusiasmados, estábamos ahora cogidos por el cuello. Hasta que un buen día, más de catorce años después, el perro de un cazador –probablemente antes habría sido alguna que otra liebre– entró en la cavidad de los acebos en la que lo enterramos y empezó a husmear y escarbar. Detrás de él, buscándolo por los ladridos, debió de entrar como pudo el cazador y menos de dos horas después la patrulla de la Guardia Civil.

Los periódicos locales dieron una amplia cobertura al hallazgo, y fantasearon casi a placer durante varios días seguidos en torno a los rasgos más misteriosos del crimen y a todos los cabos sueltos que parecía imposible desurdir. Nada se sabía con certeza de la personalidad de la víctima ni de la fecha del asesinato, por no hablar de los móviles o del asesino; tan sólo se pudo establecer, pero ello sin que cupiese el menor margen de duda, que había muerto víctima de tres disparos, dos de ellos mortales y realizados con la misma arma, y además un tercero, efectuado con otra pistola quizás desde un poco más cerca, y de la que también se había encontrado otro proyectil incrustado en la dura madera de un tronco de acebo. A diferencia de los proyectiles del arma que le ocasionó la muerte, que se habían alojado en la cabeza, el otro proyectil disparado por el revólver que incrustó también una bala en el tronco de un acebo se había alojado en una de las piernas de la víctima.

Mercedes, con la que ya mantenía estrechas relaciones desde hacía tiempo aunque fuera a distancia, dijo Julio, me mandó todos los recortes de prensa habidos y por haber, y a mi vuelta definitiva, tan sólo unos cinco años más o menos después del hallazgo, me puse en cuanto pude manos a la obra. Lo primero que hice fue desenterrar la pistola que había enterrado la noche de mi huida a Francia, tras el atentado que no cometí, junto a una linde del único prado que se libró del atolondramiento vendedor de mi padre, e intentar convencer a Mercedes poco a poco para que persuadiese a un hermano suyo, militar de alta graduación destinado en los laboratorios centrales de Ávila, para que la examinase. La pistola con la que tenía que haber acabado con la vida de aquel coronel retirado del abrigo de loden a la salida de la cafetería, a la que iba en realidad ya sólo a jugar su partida con el tiempo, era la misma pistola que utilizó Gregorio aquel día y que habíamos utilizado ya también todos antes en nuestras tardes de excursión y adiestramiento, y la misma también que todavía, como una serpiente que se cuela, se esfuma y reaparece irremediablemente cuando menos te lo esperas, iba a hacer aún de las suyas.

A Mercedes —ya, de las suyas, había dicho Bertha— le costó mucho tiempo no sólo convencer a su hermano de que examinara el revólver cuando pudiera, sino incluso, y más directamente, de que no me denunciara; pero al cabo de los años, al cabo de un tiempo de tratarnos y sobre todo de tratarme y hablar largo y tendido conmigo del asunto y de muchas otras cosas más, accedió a hacerlo a pesar de lo que suponía para él y del riesgo que entrañaba para su carrera si por un azar alguien llegaba a descubrir alguna cosa. Los disparos que le habían ocasionado la muerte al hombre del bigote —ése fue el veredicto inapelable de su investigación— no habían sido disparados por aquella pistola; de la que sin embargo sí habían salido la bala que se alojó en su pierna y la que quedó incrustada en el tronco del acebo.

—Así que no había sido Gregorio el que le había matado —se apresuró a concluir Bertha.

—No había sido Gregorio, como habíamos supuesto siempre y habíamos tratado en vano, no sólo al principio sino también luego, a lo largo de los años, de convencerle o por lo menos de hacerle dudar de su convencimiento. No había matado a aquel hombre y por lo tanto no había matado a nadie aquella tarde con dos tiros como a un conejo; no había dado muerte, como era su obsesión y la angustia de la que no había forma humana de sacarle.

En cuanto tuve las pruebas de balística, la confirmación empírica de lo que en realidad habíamos pensado siempre –o por lo menos de lo que Miguel había pensado desde el mismo momento en que cogió aquella tarde la pistola del suelo y no fue capaz de alzar el brazo en dirección a Ruiz de Pablo–, me faltó tiempo para escribirle a Miguel, que acababa de volver de un viaje como reportero a Belgrado, y darle la noticia; y esa carta, esa carta que confirmaba una sospecha mantenida dolorosamente durante tanto tiempo y ponía punto final a una culpabilidad, o al origen de una culpabilidad, fue la que generó luego todo y abrió de nuevo la caja de Pandora si es que alguna vez había estado cerrada.

En cuanto Miguel recibió la carta compró un billete de avión a Madrid –ni siquiera se debió de despedir de esa chica con la que vivía en Berlín, según me dijo ella el día del entierro– e hizo como siempre su viaje aquí, como tantas otras veces en que alquilaba un coche y lo dejaba a la entrada, delante del indicador de la población, sin saber –o quién sabe si, sabiendo, había comprado sólo un billete de ida– que ése iba a ser su último viaje, su último regreso a El Valle y su última caminata por estos montes. También su última visita a mi casa, antes de que entrara asimismo por última vez también en casa de Ruiz de Pablo, pero ahora en su presencia, y pasara su última noche en el monte en busca de El Biércoles y en compañía por lo visto de El Biércoles y de su licor de maguillas o de endrinas o su cornezuelo de centeno o cornezuelo de lo que sea.

–Ahora ya sabes por fin por qué Gregorio se convirtió en El Biércoles –le dijo tras una pausa–: porque había matado, o creyó que había matado.

–Y sin embargo no lo había hecho.

–No, no lo había hecho; o por lo menos no lo había hecho hasta entonces –repuso Julio como si cediese a la fatiga de unas horas de extraordinaria y concentrada tensión.

–He estado buscando mientras caminábamos el lugar exacto donde todo ocurrió –añadió al cabo de un rato–, pero ha sido en vano; esto es un laberinto, como bien dices, y podría haber sido en realidad en cualquier sitio, en cualquiera de esas cuevas, añadió.

El frío se había echado encima –nubarrones grises y amoratados se concentraban en la cima de los montes de la sierra hasta Cebollera– y tal vez sólo la concentración en las palabras les permitía poder estar todavía al aire libre en pleno monte. Apretaron el paso hacia abajo –en cualquier sitio, le retumbaba a Bertha, podría haber sido en cualquier sitio de este laberinto– y cruzaron de regreso las dos cercas metálicas por los portillos que abrieron y cerraron cuidadosamente.

–¿Que qué es lo que se dirían los dos la última noche? Lo que dijo Gregorio cuando le encontramos sentado aquel anochecer, mirando el río de piedras del glaciar, ya te lo he dicho: lo he matado, dijo a bocajarro al volverse hacia nosotros, con dos tiros lo maté como a un conejo. Y luego, como si hubiera estado buscando las palabras más adecuadas y precisas durante todos esos días de soledad y entonces las soltase de corrido, añadió de sopetón: yo he matado a un hombre e, independientemente de lo que haga o deje de hacer la policía o la justicia, antes y después de eso, hay una instancia íntima que me dice que yo ya no puedo convivir con aquello a lo que he dado muerte, que no puedo ser como lo que he matado. Podré ser inferior o superior, pero ya no su igual. Lo que he hecho me ha expulsado para siempre, me ha arrojado fuera de los confines en los que vive la gente, y cuando yo entre en ellos será para expiar mis culpas o bien, y a la vez, a saco y a cuchillo, porque ya nunca podré hacer más que eso, expiar culpas (y nada importa si soy o no el verdadero culpable) o fundar sobre ellas, y sobre todo seguir matando.

Durante un año a veces se lo hicimos olvidar, pero sólo a veces. Y enseguida volvía a las andadas. Blandos, sé que le dijimos luego esos días, blandengues niños de papá con su moralina a cuestas que se arrugan por cualquier cosa y no tienen agallas ni cuajo para nada, eso es lo que dice Ruiz de Pablo que somos. Pero él ya no decía nada.

Respecto a la última noche, agregó Julio enseguida, qué te

puedo decir, ni yo ni nadie tal vez. Julián, el ciego Julián, dice
–aunque no sé en qué puede fundarse– que nada, que no se dijeron nada. Sólo bebieron y se abrazaron y revolcaron por el
barro durante toda la noche hasta el amanecer. Bailaron, dice
el ciego, y añade: habían sabido.

Tercera parte

1

¿Que si la quiso?, ¿que si la quiso a usted de verdad me pregunta?, se hizo eco Anastasio durante la primera visita de Bertha a su casa la misma tarde del entierro de Miguel.

Anastasio bajó la cabeza y miró al suelo como si de repente se hubiera extraviado en su propia casa y anduviese buscando algo que pudiera volverle a orientar, pero cuando al cabo de un momento levantó la vista y se acercó a la ventana sin haber abierto aún la boca, a Bertha no le cupo la menor sombra de duda de que no le iba a contestar, o por lo menos no le iba a contestar todavía o bien directamente.

Se estaba empezando a acostumbrar a sus ritmos, a los tiempos de recepción y emisión de las palabras de su interlocutor, e intuía que no había más remedio que dejarlo a su aire, que formularle de vez en cuando las preguntas que había venido a hacer desde tan lejos y dejar que él las fuera asimilando, que las fuera rumiando y respondiendo a su modo y en el momento en que él se viera con ánimo de responderlas o lo considerara más oportuno, tomándose el tiempo que creyera necesario y dando los rodeos que precisara dar como aquel caminante que sabe cuál es su meta y cuáles son las encrucijadas y las referencias ineludibles, pero a quien nadie convencerá para que modifique su paso o deje de escoger sus propios atajos y rodeos. Por eso una vez hecha la pregunta se cuidó de no atosigarle repitiéndosela; sabía que la había escuchado y eso ya era suficiente, de modo que se acercó ella también sin decir nada a la ventana.

Por el espacio que dejaba libre la acacia de la entrada se veían a lo lejos los fresnos de los prados del valle y los robles de los montes, pero lo primero que se imponía a la vista era el perfil drástico y casi horizontal, como un corte limpísimo hecho longitudinalmente, de la sierra de la Carcaña. Seccionaba a la perfección, en dos mitades inequívocas, todo el campo visual lo mismo que si un escalpelo originario hubiese determinado, de una vez por todas, el horizonte definitivo ante el que tuvieran que suceder irremisiblemente las cosas en El Valle, y la tarde que ya empezaba a caer, y que había comenzado a sumir paulatinamente los colores y las formas de la montaña en una sola tonalidad azul que iría poco a poco oscureciéndose, no hacía sino intensificar esa sensación.

En un plano más cercano, detrás de un prado vallado y casi a tiro de piedra de aquella ventana, la luz que comenzaba a escasear no impedía ver unos retoños de olmo que habían vuelto a brotar en los bordes de la carretera. Eran plantas de uno y hasta dos metros que parecían salir de nuevo con fuerza en la cuneta como queriendo incluso formar un soto más allá del arcén. Una vista preciosa, dijo Bertha rompiendo el silencio y dando a entender que le daba bula para pasar por alto una pregunta de cuya impertinencia se hacía cargo.

Así debe de ser, dijo Anastasio, y a continuación, como quien se acoge enseguida a un cable tendido en un momento de apuro, fue él quien preguntó. ¿Ve usted esos olmos que han vuelto a retoñar en las márgenes de la carretera?, dijo, ¿los ve usted? Pues no hace tantos años que, donde ahora vuelven los pobres a intentar brotar, había una hilera de grandes olmos frondosos que bordeaba la carretera casi hasta el cruce con la nacional. Proporcionaban una sombra que daba gloria, e imprimían una estampa al paisaje que ahora sin ellos parece como que está falto de algo. Eran árboles corpulentos ya en vida de mis abuelos, hágase cuenta, y hacia finales de marzo, o más bien principios de abril, según viniera el año, sus copas empezaban a teñirse de una especie de velo de color rosa. De repente, un día nos asomábamos y las ramas oscuras y peladas del invierno habían comenzado a cambiar de color como si algo incomprensible se hubiese desperezado en su interior. Todavía no se podía decir que hubiera remitido de firme el frío, pero ya la señal estaba dada y el anuncio hecho, y las copas de los olmos comenzaban a colorearse de una fina gama esplendorosa de carmines. Empezaban a brotar por todo, en racimos que se apelotonaban mucho antes de que salieran las primeras hojas, unas florecillas minúsculas que eran como un compendio de felicidad anunciada y de las que enseguida despuntarían los manojos de los frutos, una especie de colgantes de color verde pálido –sámaras, se llaman– rodeados de una finísima membrana circular que mecía y se llevaba el viento produciendo un rumor característico. «El aire de las sámaras», decía siempre el ciego Julián, «ya suena el aire de las sámaras.»

Hasta mayo a veces no se veían las primeras hojas, y para entonces las semillas ya habían enrojecido y emprendido el vuelo transportadas por el viento. La variación de colores de esos tres meses, como luego en otoño a partir de ahora mismo, era no sólo una delicia para los ojos sino también una constante de nuestra vida, casi diría un eje, una referencia fija –ya ve, una variación era un punto fijo, como hubiera dicho Miguel–, y desde esta misma ventana desde la que ahora estamos mirando, yo todavía he llegado a contemplar muchos años esa maravilla de los olmos de la carretera con el mismo asombro, la misma alegría y el mismo recogimiento –y también con la misma pesadumbre– con que la contemplaron mis padres y mis abuelos y también los padres de mis abuelos. Así lo quiere Dios, recuerdo que decía mi abuelo no sólo cuando despuntaban las flores y se teñía de grana el horizonte o cuando se quedaban los árboles ya sin hojas como yertos ahí enfrente, sino ante casi todas las cosas que nacían y florecían y luego se ajaban a continuación y desaparecían. Pero eso era antes, cuando se creía que había una voluntad superior que unos llamaban Dios y otros Destino o Naturaleza, o simplemente el aire de las sámaras.

Pues bien, entre uno y otro de esos períodos, entre finales de otoño y comienzos de primavera, y aun incluso en ellos, casi nada se movía aquí o variaba: la vida de los hombres, la monotonía de los bueyes y de las vacas, la persistencia de las nieves, la fijeza de las lindes y la entereza de los árboles..., como si el único verdadero movimiento fuera en el fondo el de lo que está quieto, el de esa fuerza incomprensible que unos períodos se adormece y otros de repente se despereza, que se sume y luego estalla mientras dura lo que llamamos siempre. La estoy aburriendo, ¿no es verdad?

Pero un buen día esos olmos empezaron a enfermar –continuó Anastasio ante las frases de reprobación de Bertha, que le escuchaba con atención y como si todo aquello no fuera sino el preámbulo de la respuesta a su pregunta o bien la respuesta misma. Primero llegaron las plagas de galeruca, un insecto pequeño e insignificante que se alimenta de sus hojas y debilita al árbol, aunque por sí solo no llegue a matarlo. Pero la galeruca no era más que el primer plato, el preludio a los ataques posteriores de otros insectos más dañinos –escolítidos creo que los llaman– que excavan bajo la corteza y son los que verdaderamente traen consigo la grafiosis, que es el verdugo final. Ya le enseñaré algún tronco muerto de los que todavía quedan por ahí y verá las galerías, la avaricia y la saña, el amor propio, que decía Miguel, con que excavan y propagan. Según dicen, la grafiosis viene de Holanda y es el hongo que realmente mata al olmo. Uno es el que debilita, otro el que propaga e inocula, y un tercero el que mata y apuntilla cuando los otros ya han hecho el primer trabajo de debilitamiento. Todo un proceso, un perfecto reparto de tareas y una verdadera simbiosis de intereses: una obra maestra de la destrucción, decía Miguel pensando supongo además en lo que fuera.

Así han muerto miles y miles de hermosos ejemplares –ahora los que plantan son ya de otro tipo–, y aquellos frondosos olmos, que para nosotros no eran sólo la madera y la sombra, sino también algo mucho más intangible y originario, prácticamente han desaparecido de nuestros paisajes, de nuestros caminos y de las plazas o explanadas fronteras a casi todas las iglesias. Durante generaciones, los olmos han proporcionado aquí madera para los carros y las casas y para las piezas más delicadas de muchos engranajes, y sus hojas, e incluso su corteza, han procurado alivio para más de un achaque, ya que se utilizaban como cicatrizante de las heridas. Y si no que se lo digan a Julio, que su padre bien que lo experimentó en él, con distintos añadidos, cuando el pobre tenía la desgracia de hacerse una herida.

En los primeros recuerdos de cualquiera de nosotros, cuando jugábamos con la tierra, están siempre esas semillas o sámaras que el viento hacía vibrar incomprensiblemente en los árboles y esparcía luego por todas partes tapizando el suelo como si fuera nieve. Todo el paisaje, toda nuestra vista, estaban llenos de esos olmos; flanqueaban los caminos e indicaban los lugares señalados, daban cobijo y acompasaban el tiempo, eran útiles y a la vez como sagrados. Y ahora ya lo ve usted, apenas esos retoños empiezan a engrosar sus troncos y a ilusionarnos con sus hojas, a volver a señalar los caminos como antes e indicarnos tal vez algo que nunca llegamos a saber muy bien qué es, inmediatamente son víctimas de nuevo de ese proceso que parece tan cíclico y normal como antes el de su crecimiento, y acaban por sucumbir a la grafiosis como si ya nunca más pudieran volver a alcanzar frondosidad ni corpulencia, a ser, como antaño, una especie de numen tutelar de estas tierras y bordear los caminos y custodiar el umbral de todas las ermitas y estar ahí, imponentes y grandiosos, como para decir o recordar algo que siendo siempre lo mismo –afirmaba Miguel– nunca acababan de decirlo de diferentes maneras.

Usted, claro, no ha llegado a ver el olmo de la Dehesa de la capital; se plantó allí en 1611 y era tan corpulento y formidable que en su copa, en un altillo de forja que la rodeaba, tocaba la banda de música de la ciudad al completo. El árbol de la música, le llamaban, ya ve usted qué delicia, y dio sombra hasta hace sólo unos años, cuando todas las inyecciones de fungicidas del mundo no pudieron con su enfermedad. Miguel me contó que los romanos atribuían a los olmos facultades oraculares, capacidades para descifrar el enigma y la trama del mundo, y que después de que Orfeo llorara y cantara a la hermosa Eurídice germinó también a su alrededor un bosquecillo de olmos como ese que ve usted que quiere volver a crecer en la carretera.

Parece que ahora sí que va la vencida, me decía en sus últimos viajes aquí cada año Miguel, como queriendo alentarles con la consistencia de su esperanza; yo creo que este año ya se libran, decía poco antes de que se empezaran a observar en sus hojas los primeros síntomas del proceso que iba a dar otra vez al traste con ellos. ¿Han enfermado los olmos?, me preguntaba en sus cartas o en sus postales si no podía venir, ¿se van a salvar esta vez?, ¿se van a salir con la suya? Ahí lo tiene usted escrito si les da la vuelta a algunas de esas postales de la pared, le dijo dándose él la vuelta y señalando una parte del muro, entre la chimenea y la puerta de las habitaciones, que estaba repleta de tarjetas postales fijadas a la pared algunas con chinchetas y otras simplemente imbricadas en las anteriores. Siempre estaba pendiente de ellos ahora ya al final, de poder volver a verlos crecer un día y formar troncos gruesos y copas frondosas que volvieran a decir todo lo que a lo mejor habían dicho siempre sin que nunca fuese sin embargo suficiente, decía.

Aunque eso no siempre fue así, dijo tras una pausa en que ambos se habían quedado mirando un momento en silencio tras la ventana. Aún recuerdo el odio que les tenía de joven, antes de irse a Madrid, y la ostentación que hacía de ello, lo hartos que estaban los tres de tanto prado y de tanta cerca de prado y tanto tronco de olmo ahí plantado desde siempre. Me parece estar oyendo todavía a Miguel, que era de los que siempre dejaban los pasos del ganado abiertos y si llevaba un hacha u otra herramienta les sacudía siempre a los olmos como si tuviera algo personal contra ellos, como si hubiera algo en lo imponente de su fijeza, en su presencia impasible y majestuosa, que no pudiera soportar. Se alegraba de corazón cuando algún rayo o el viento descuajaba un árbol o tronchaba sus ramas; todavía hay cosas más poderosas, decía, y desde pequeño se desvivía por subirse a los árboles más grandes y caminar manteniendo el equilibrio por las ramas lo mismo que por las cercas de los prados, que yo no sé cómo nunca se mataba con la de veces que se caía y los trompazos que se daba. A diferencia de Julio, que intentaba siempre imitarlo y una vez se pasó un invierno entero vendado y además con aplicaciones de una pócima para las luxaciones que acababa de inventar por entonces su padre.

Árboles, comenzó a decir Anastasio con un tono distinto, más grave y como si salmodiase de repente o hablase sólo para sí mismo; eran árboles y ellos hubieran querido que fueran también caballos. Estaban fijos, quietos, arraigados ahí se podía decir que desde siempre y ellos hubieran pretendido que no pararan de moverse, que no pararan de estar siempre de aquí para allí como si nada en el mundo pudiera ser distinto a un caballo. Eran los mismos, los mismos robustos y añosos árboles de siempre, y ellos hubieran querido que fuesen otros u otra cosa cada vez, que fueran en realidad nada más que su sola pretensión y su deseo, y que lo único fijo fuera la movilidad y el único fundamento el deseo. Pero los árboles estaban inmóviles ahí, afianzados, incrustados, adheridos al lugar, hechos al tiempo en el que variaban y se transformaban continuamente en su fijeza, aunque ellos necesitaran pensar que eran siempre empedernidamente iguales a sí mismos y por eso los aborrecían con todas sus fuerzas, los detestaban porque no se sujetaban a sus deseos como un caballo al dominio de sus riendas. No se les podía decir arre o so, ni mandar ni picar espuelas, sino que sólo se les podía prestar atención, asombrarse o hacerse a ellos, constatar, decir mira, ya han florecido los olmos o han empezado a echar hoja los rebollos, ¿te has fijado?, ya están los tilos en flor y el aire huele a junio como cada año; o bien aún están amarillos los chopos en el soto y las hojas grandes de los castaños iluminan todavía de ocre la carretera al lado de la iglesia, pronto estarán desnudos. Pero no eran caballos, no atendían órdenes ni saltaban cercas ni barrancas cortando el aire ante ellos, sino que se dejaban mecer e incluso tronchar por él y por eso ellos los aborrecían, los deploraban con todas sus fuerzas; pero es que tal vez eran simplemente jóvenes como yo a lo mejor no he sido nunca y por eso me llamaban ya el viejo Anastasio creo que desde siempre, aunque sólo les llevaba algún que otro año.

Se detuvo, y ahora no miraba ya ni siquiera con fijeza inexpresiva el paisaje tras la ventana sino tal vez sólo al cristal. Usted habrá visto sin duda –prosiguió de pronto– ese roble espléndido, ese roble de gigantescas y poderosas ramas que se ensanchan desde muy abajo como si quisieran abrazar y acaparar al mundo, que hay en el camino del cementerio por donde se les ha escabullido esta mañana a caballo Gregorio, que a mí, ya ve, me cuesta todavía llamarle El Biércoles como hacen todos. Pues a don Gervasio, a don Gervasio Sánchez Zúñiga, el padre de Miguel, le encantaba subir a su hijo desde muy niño sobre el arranque de alguna de las ramas más bajas y hacer como que le dejaba solo. Arre, arre caballito, le decía, y sujetándole al principio con ambas manos le gritaba que se agarrara, agárrate, agárrate fuerte que te suelto. El niño debía de disfrutar ya de lo lindo jaleado por su padre, por lo menos por lo que siempre ha contado luego su madre cuando todavía se dignaba hablar de él. No le dolían prendas en decir que, en aquella alegría inconsciente del niño, ella había visto ya desde entonces la misma alegría atolondrada de su padre, a quien parecía que no le hubiese importado ver descalabrarse a su hijo de pocos años lo mismo que parecía que no le importaba a él estamparse en el coche el mejor día contra lo que fuera. Han sido siempre iguales, sostenía, como cortados por un mismo patrón, igual de botarates e igual de desalmados, de esos que te amargan siempre la vida con su atolondramiento como no aciertes a quitártelos de encima a su debido tiempo.

Siempre que pasábamos por allí paseando se acordaba, y aun tenía que burlarme o sujetarlo para que no se acabara subiendo de nuevo y se arriesgara a partirse por fin el espinazo. Me contaba cómo le fascinaba que su padre lo montara en las ramas y que le dijera agárrate, agárrate que te suelto, que el caballo se puede desbocar y derribarte, sujétate bien que te suelto, que te dejo solo o ya estás suelto. A veces decía caballo, que el caballo te puede tirar al suelo si no te coges bien, y otras veces decía gigante, monstruo, y en su imaginación se veía muchas veces a lomos de unos y de otros, sujetándose a ellos, intentando no perder el equilibrio, dominándolos y conduciéndolos siempre donde él quería, a casa a veces, o incluso dentro de su casa para que su madre lo admirara y lo acogiese, para que le dijera olé mi niño, así se hace, y lo besara y estrechara entre sus gruesos brazos al descabalgar y no se pusiese en cambio a gritar y protestar por todo lo que hacían él y su padre, aunque entre otras cosas tanto uno como otro dejaran siempre para su desesperación el barro de las suelas de los zapatos esparcido por todas partes.

Todavía recuerdo esa sensación de quedarme solo y suspendido en el aire, me decía, esa sensación de que me resbalaba poco a poco en el tronco y me escurría a un lado o a otro y estaba siempre a punto de caerme, pero sin embargo no me caía; la impresión de que no podía abarcar la rama con mis brazos pequeños ni adherirme lo suficiente a ella y, simultáneamente, el amor propio y la alegría de intentar abarcarla, de intentar agarrarme y sujetarme con los dedos y las uñas que me sangraban; esa sensación imborrable de que aunque no podía mantenerme nunca completamente tampoco me caía todavía. Pues esa sensación, la sensación de que unas manos poderosas me han dejado solo y la alegría y el prurito de no caerme todavía, creo que es la sensación de mi vida, me decía, la que luego, pensándolo bien, he ido buscando cada vez en todo. Bueno, una de las sensaciones de mi vida, porque la otra es de signo contrario y tiene que ver con lo que tú ya sabes, me dijo un día.

Yo sabía, o a lo mejor no sabía sino que intuía o quizás estaba en condiciones de intuir; pero entre las cosas que sabía estaba que una vez, al contarle Miguel al principio ese recuerdo a Ruiz de Pablo, éste le miró de repente de un modo incomprensible entonces para él y cortó por lo sano subrayando que «hacían como que te dejaban solo, pero nunca te dejaban. Así que vamos a dejarnos nosotros de cuentos».

Anastasio se calló de nuevo con brusquedad y se dio la vuelta para atender a un fuego que había encendido por primera vez aquel otoño en obsequio de Bertha –él todavía tardaba varias semanas en encenderlo–, como si no pudiese hablar y atender al hogar al mismo tiempo. Qué bien se está aquí, qué calor más bueno, le dijo ésta, aunque lo que de verdad le hubiera gustado decirle es qué era eso que él sabía o estaba en condiciones de saber, hacerle esa pregunta y otras muchas más que tampoco eran a lo mejor en el fondo más que una sola. Pero se dio cuenta de que, al volverse para atizar el fuego, lo que en realidad hacía era volverse para dejar de atizar sus palabras, para no avivarlas sino remansarlas, o más bien para no encauzarlas todavía por un solo cauce hacia la desembocadura, sino dejarlas todavía discurrir a su aire como los venajes de los montes, quizás porque no encontraba el curso adecuado, o a lo mejor porque de alguna forma sospechaba que sólo así, desde las distintas venas de agua desparramadas en busca cada una de su propio cauce, podrían entenderse.

Luego –prosiguió de pronto Anastasio todavía agachado frente al fuego y como si hubiese vencido o sorteado un obstáculo–, luego sintió lo mismo por los caballos en cuanto aprendió a montarlos. No levantaban dos palmos del suelo y ya se subían a sus grupas; a duras penas habían empezado a corretear por el suelo sin perder el equilibrio y ya los tenías ahí casi trotando a lomos de los dichosos caballos, como ha dicho siempre la madre de Miguel. No es fácil entender esa fascinación que tenía por el vacío, ese hechizo del equilibrio inestable que se unían ahora al vértigo de la velocidad y a la sensación de no tener tierra a sus pies sino la pura movilidad, como él decía, la soberbia de hender el aire y escoger el camino o hacer camino campo a través de cualquier cosa.

Pero en las ramas del árbol no era la velocidad ni el movimiento lo que le siguió produciendo siempre vértigo hasta el último momento, tampoco exactamente la altura. Era algo distinto, algo que no por estático era menos vertiginoso y producía menor inquietud y zozobra. Huele a inmensidad, recuerdo que me dijo una vez tras estar un rato interminable oliendo la corteza decrépita y rugosa de otro de esos viejos robles del monte, aspirándola a todo pulmón repetidas veces para intentar penetrar tal vez en ese algo; huele a incomprensible, rubricó.

Tal vez, dijo ahora Anastasio sin saber adónde volverse ya y como buscando un sitio donde decirlo a solas; tal vez no supo lo que era ese algo hasta el momento en que perdió por fin definitivamente el equilibrio en el viejo roble nudoso y retorcido de junto a las balsas, hasta esa última noche, o más bien ese último amanecer de hace nada, en que intentó mantenerse en equilibrio por última vez sobre la rama más larga que queda suspendida sobre el agua de la balsa, como habían hecho borrachos innumerables veces ya de jóvenes. Pero esta vez no acertó a mantenerse, y sólo él se llevó seguramente el secreto de por qué no pudo.

—¿Entonces cree usted de verdad que se suicidó, Anastasio?, ¿es eso lo que le ha dicho al juez?

2

Subían a veces, incluso con el pobre Gregorio, al que siempre conseguían arrastrar con ellos tuviera el trabajo que tuviera, por el camino de las balsas, y nada más torcer a la izquierda y dejar atrás el viejo maguillo silvestre donde luego, tantos años y peripecias después, Miguel solía esperarme a que subiera con Carmen contemplando el perfil de la sierra y el ariete pelado y como esencial de la Calvilla, sacaban ya las botellas que llevaran y empezaban a beber pasándoselas uno a otro.

Yo intentaba escabullirme siempre cuando les veía subir con alguna botella, porque sabía a lo que iban. Tengo que ayudar en casa, les solía decir, o ahí tengo toda esa leña sin partir, pero ellos replicaban que era un cobardica y un aburrido y me daban la espalda riéndose. Subían –a veces llevaban una radio o un magnetófono– y bebían bajo la copa frondosa o pelada ya del roble de la balsa hasta que se ponían buenos y luego, cuando ya estaban bien bebidos y envalentonados, se subían al árbol y caminaban por esa rama que se adentra casi horizontal sobre el agua de la balsa intentando mantener el equilibrio, mantener el tipo, solían decir, hasta que llegaban al final y volvían uno tras otro los tres o a veces sólo dos, pues más de un día bajaba luego Gregorio con todo su corpachón completamente empapado y embadurnado de barro y una sonrisa de pobre infeliz, o más bien como de perro apaleado pero contento, que se clavaba en el alma y que ya entonces hacía repetir a más de uno en el Hostal eso de que sarna con gusto no pica. A lo que nunca faltaba quien respondía que no picará, no, pero mortifica.

Se desafiaban, se desafiaban uno a otro y sobre todo se desafiaban a sí mismos; o bien a lo mejor era sólo Miguel el que desafiaba siempre a Julio y sobre todo continuamente a sí mismo y de ese desafío, de ese andar siempre probándose y probando todo a ver qué era, había hecho una necesidad y también un carácter. O tal vez, apostilló tras una breve pausa Anastasio restregándose levemente los ojos, que le lagrimeaban a menudo, tal vez era ya sólo un destino.

A que no esto o a que no lo otro, se decían continuamente, a que no te atreves, y lo mismo era gastar una broma que saltar una cerca o subir al roble de las balsas. Esto último lo hacían cada cierto tiempo –el rito, decían–, y siempre en ese mismo árbol, en esa misma rama de ese mismo viejo roble que se adentra casi horizontal sobre el agua y que luego habría de ser, ya ve lo que son las cosas, la última superficie que pisó tambaleante Miguel. Se subió a esa rama –me ha dicho el ciego Julián que le dijo al guardia y luego al juez–, se subió a esa rama borracho como una cuba y hablando en voz alta, diciendo algo así como que te caías, Gregorio, siempre eras tú el que perdías el equilibrio y te ibas abajo y luego había que bajarte empapado y lleno de barro a tu casa, con lo fácil que es, ¿ves?, primero un paso, ¡hip!, y luego el otro sin mirar abajo, sin mirar nunca abajo y sin mirar tampoco a los lados ni a nada ni nadie más que al frente, a un punto inexistente y sin embargo inmenso y acaparador al frente que es la nada, la pura nada fija en la mente como un planeta luminoso que te embruja e imanta. Toda una escuela, Gregorio, toda una escuela de vida. Pero a ti lo que te imantaba era ya el barro, el cieno, el légamo de la orilla, y nunca estabas seguro. Tú mirabas, cabeceabas, tenías reparos y prevención, desconfianza, tenías demasiada alma todavía como para no ver nada y te venías abajo en medio de nuestras risas y ahora todavía estás embadurnado de barro. Siempre has estado en el cieno, Gregorio, en lo más mierdoso del fango este de mierda, ¿me oyes? Pero era sólo porque mirabas, porque cabeceabas, porque no te dejabas llevar tranquilamente por ese centro vacío y abarcador frente a tus ojos. ¿Me oyes, no?, sé que me oyes porque sé que estás ahí, entre los árboles o donde sea por ahí abajo, siempre por ahí abajo y en cualquier caso rebozado de cieno. ¿Pero no ves lo fácil que es? Hacia un maldito lado de mierda y luego, al llegar al fondo, hacia el otro maldito lado igualmente mierdoso sin perder nunca el jodido equilibrio, sin dejar nunca de mantener el tipo pase lo que pase ni de clavar la mirada en la puta nada del frente, ¿no ves? Cuando uno empieza a hacerlo de joven luego ya nunca se olvida, un paso y luego otro y ya está, ya no hay más que hablar ni más perros que esquilar, ya no hay más cera que la que arde, como dice siempre mi madre, mi bendita madre que Dios guarde donde le quepa. Basta perder lo que está de más, lo que pesa y es un obstáculo y te hace escorarte y tambalearte, y luego te agarrota y no te deja mover y, para cuando quieres hacerlo, te vas abajo sin remisión, de culo o dándote un barrigazo de mil demonios como te ocurría a ti entre las risas de todos, que te ibas de cabeza al infierno de la mierda del barro. Pero basta perder lo que hay que perder, el cuidado, el miedo, el miramiento y las contemplaciones, las pamplinas, como decía al principio el otro, todas esas pamplinas de buenos chicos que tenéis y que no os vais a quitar nunca. Basta no titubear e ir siempre recto; basta perder el alma, Gregorio, el alma, coño, e ir adelante siempre sin hacer caso a ninguna voz de ninguna mierdosa conciencia, a lo que queda atrás y al lado, a los residuos sentimentales, a los puñeteros apegos y los puñeteros recuerdos, sólo a la férrea convicción que te hace ser tú y es tu ser más profundo, que te lleva sin dar un solo paso de mierda en falso hacia el frente con la mente hecha una pelota vacía, una pelota inocente e imantada, y así un paso y otro y después otro y otro más, decía a veces farfullando y otras gritando, y luego, de pronto, me dijo el ciego Julián, se echó a llorar como un niño y a decir a voz en grito perdóname Gregorio, perdóname por favor, y a sollozar de tal modo que a Julián le parecía que era imposible que no perdiese el equilibrio y se fuera abajo, aunque ya intuía que estaba volviendo hacia el tronco y podía agarrarse a una rama si no lo había hecho ya, cuando de repente oyó la voz, la voz que correspondía a unos pasos que antes había escuchado acercarse y detenerse y él sabía que no eran los de Gregorio porque los suyos eran los pasos que distinguía porque apenas sabía distinguirlos, como si fueran en parte de hombre y en parte también de animal, o tal vez en parte incluso de otra cosa que no era tampoco ya nada de eso. Creo que te has olvidado esto, dijo con seca autoridad esa voz, y entonces, en aquel silencio repentinamente asombrado, también oyó moverse a esos pasos que distinguía por no saber distinguirlos, e inmediatamente después se oyó el disparo.

Anastasio se quitó las gafas y se llevó el pañuelo a los ojos, que le lagrimeaban, y al volver a ponérselas vio que Bertha hacía ademán de ir a preguntarle algo. Como si le leyera el pensamiento y no quisiera responderle todavía, se fue de pronto a la habitación de su hija Carmen, de la que llegaba el volumen demasiado alto y el resplandor blando y cambiante del televisor. Tapó a Carmen, que se había quedado dormida –¡qué bonito!, dijo al sentir el beso de su padre–, y le quitó el sonido al aparato pero sin apagarlo, para evitar que se despertara de repente y se pusiera a gritar si no veía luz ni imágenes en movimiento. Se lo tengo que dejar siempre encendido, y la ventana sin cerrar los postigos, le dijo Anastasio al volver de su cuarto, porque necesita ver siempre imágenes que se mueven, formas que cambian, luces y coches y personas que hablan y gesticulan. Es la única luz –la del televisor y luego la de la lamparilla– que nunca se apaga, la luz de la loca, dicen los críos, la luz de la retrasadilla. Y luego, en cuanto vio que Bertha abría la boca para decirle algo, la interrumpió de nuevo superponiendo adrede sus palabras a las de ella.

Era efectivamente como un rito, prosiguió, un rito que no sólo los mantenía unidos, sino que les dejaba como a la espera de algo que luego alguien se encargaría de dotar de contenido –como hubiera dicho Miguel– y alentar con las más hermosas palabras, con las más sugestivas y vibrantes. ¡Ay, los ideales, las ganas de pelea, las buenas intenciones! ¡Qué buenas banderas para colar tras ellas lo que no es muchas veces sino soberbia, soberbia y odio y una recocida y oscura rivalidad! Pero eso, que se ha sabido siempre, es como si no se quisiera saber. Y ya ve usted qué siglo hemos tenido.

Ya sé que le pareceré viejo y reaccionario, como decía Ruiz de Pablo que yo era, o cobarde, como decían ellos, un cobardica y un aburrido, y no me diga que no, atajó Anastasio al ver que ella intentaba replicar. Cuando jugábamos de pequeños, tú te solías esconder siempre en el hueco de los árboles, ¿te acuerdas, Anastasio?, me dijo una vez Miguel para desviar la atención del hecho de que yo no hubiera ido nunca con ellos, a excepción de una vez que lo pasé fatal; no te subías nunca sino que te escondías, pero no detrás o a un lado, sino dentro, metidito dentro y quieto como un santo varón, dijo, y luego recuerdo que se echó a reír como entonces. Pero en los robles, continuó Anastasio, en los grandes robles viejos y huecos del bosque, querer meterse dentro quieto como un santo varón lleva también su peligro, porque el escondite, lo que te resguarda y da amparo, puede ser también más peligroso que el propio peligro. Hay que mirar bien la corteza o el musgo y los líquenes que bordean el hueco, sobre todo por arriba, porque si están arañados o como raspados es posible que nos encontremos con una sorpresa allí dentro: con que el mayor desamparo nos acecha a veces justamente donde más amparados nos podíamos creer, con que donde se esconde uno del miedo se esconda también muchas veces aquello que lo causa; para el caso al que vamos, nada menos que un gato montés. Una fiera escurridiza y elástica, y más veloz que el rayo, en el corazón de un árbol que lleva allí siglos inmóvil.

Durante mucho tiempo, las gentes de este valle han reconocido esas señales como han reconocido otras muchas que ahora ya ningún joven sabe ni quiere reconocer, y si tenían hambre, por ejemplo, como durante la guerra, y subían a cazar, observaban siempre esos huecos. Cuando veían el musgo arañado, les faltaba tiempo para subirse al tronco con un garrote y echaban abajo, al hueco oscuro, pequeñas astillas o piedrecillas. A veces algo se removía en el regazo de siglos del viejo roble, y entonces, si las dos llamas de los ojos que brillaban de improviso en la oscuridad y salían de estampida como si fueran dos rayos maléficos no te amilanaban y te tiraban al suelo, si lograbas aguantar el tipo allí arriba —otra vez aguantar el tipo— quieto e impasible, tenías que atizarle un golpe seco en el momento preciso en que el animal sorprendido se abocaba a salir del tronco. Era sólo un instante, un instante decisivo en el que tenías que asestarle un buen golpe en la cabeza para evitar que se escabullera o se te echara encima, y no podías fallar. El instante del golpe en el umbral del hueco, decía Miguel, los ojos del gato echándosete encima de estampida en el umbral del hueco.

Cuando está nevado ni siquiera dejan huellas en la nieve, continuó, sino que van saltando de una rama a otra y se esconden ahí, en lo más inmóvil y a la vez vivo de los siglos, decía también Miguel. Entonces, con toda la extensión blanca y fija del bosque como detenida desde siempre en su silencio, es como si nada, como si absolutamente nada se hubiera movido desde siglos, y sin embargo allí dentro, agazapada y al abrigo del viejo tronco hueco, está la fiera, concluyó Anastasio acercándose a coger una de las fotografías del espejo del aparador.

Se había quedado un instante contemplando su imagen en el espejo al acabar de decir esas últimas palabras, como si de repente su reflejo le hubiese hecho dudar de lo que había ido a hacer allí. Por fin desprendió una fotografía en blanco y negro del marco del espejo y se la tendió a Bertha antes de acercar una silla para sentarse a su lado junto al fuego. En la fotografía, vieja y manoseada, se veía el grueso tronco de un olmo rodeado por unos niños que lo abrazaban pegados de bruces a él intentando abarcarlo. El de los calcetines largos, señaló, es Miguel y el otro, el que vuelve un poco la cara hacia la cámara, soy yo. Esa mano que toca a la de Miguel al otro lado es la de Gregorio, y de Julio ya no se ve nada porque estaba por la parte de atrás. Nunca llegábamos a ceñirlo por completo por más que nos estiráramos y nos aplastáramos contra el tronco; cada cierto tiempo lo probábamos, pero nunca alcanzábamos, siempre nos faltaba algo, cada vez menos pero siempre algo. Hasta que durante unos años, no sé por qué, dejamos de probarlo. Crecíamos deprisa, ya sabe, eran esos años en que parece que uno deja de hacer lo que había hecho hasta entonces o empieza a hacerlo ya de mala gana como para concentrarse sólo en crecer, en crecer y ser él mismo. Pero un día –había pasado mucho tiempo desde la última vez que lo intentamos y veníamos los cuatro de estar paseando con Ruiz de Pablo–, Julio se adelantó hacia el olmo, que ya estaba prácticamente seco, y nos hizo señas de seguirle. Nos sobró casi medio metro, y recuerdo que no sólo logramos completar el círculo, ceñir por fin el árbol por completo –ya es nuestro, dijo Julio–, sino que lo hicimos con una holgura como despectiva y arrogante, igual que si aquella victoria o aquella capacidad nos invistiera de una suficiencia y una autoridad inapelables como para comernos ya el mundo a nuestras anchas. Pocos meses después, los tres se irían a Madrid y yo me quedaría aquí, escondido en el hueco de este valle, o bien acechando a mi modo a los ojos del gato que también me estaba acechando, como a Miguel y a Gregorio y a Julio, y como a cada quisque, para echársenos encima de estampida en el umbral del hueco.

A mi hija Carmen, la pobre, le gusta mucho esta foto, y la coge a menudo y se la queda mirando ratos enteros diciendo ¡qué bonito!, ¡qué bonito! Raro era el día que, cuando subíamos a pasear y nos encontrábamos a Miguel esperándonos, no nos hiciera abrazar luego algún árbol. Para ella, que viniera Miguel tenía también ese aliciente, que íbamos a intentar rodear un árbol y su mano se iba a encontrar con la mano de alguien que no veía y que era sin embargo la de Miguel. Cuando la tocaba –le solíamos hacer trampas soltándonos nosotros por detrás si alguna vez no se llegaba–, cuando tocaba sus dedos y luego Miguel le cogía la mano desde atrás, sin que ella le pudiese ver, se ponía a gritar y dar voces, a decir ¡qué bonito! y llenarse de babas. Se echaba a reír y llorar a la vez, y luego comenzaba a escupir porque había chupado la corteza y su saliva le sabía amarga. ¿Miguel?, me pregunta ahora cogiendo esa u otra foto. Miguel está detrás de un árbol muy grueso, le digo, y no llegamos a cogerle la mano todavía; y ella se queda satisfecha y callada, como pensando, y luego, cuando la llevo a caminar por el monte, se llega detrás de todos los árboles gruesos que ve para ver si está detrás. No está, dice la pobre, aquí tampoco está, y a veces se queda con la nariz pegada a la corteza como le vio hacer a Miguel muchas veces. No entiendo a qué huele, decía él al cabo del rato, o bien huele a oscuro, decía, huele a impenetrable. Y Carmen me dijo ayer: huele a Miguel.

3

Haría unas dos horas que habían entrado en casa –antes habían estado hablando fuera, aprovechando hasta el último resol en el patio mientras Carmen hacía hoyos y recogía escaramujos– y la noche se apoderaba ya del valle como si fuera un ladrón persuasivo y discreto. Hacia la Calvilla no quedaba ya apenas luz, y el panorama que se divisaba frente a la ventana del comedor parecía perfectamente dividido en dos mitades casi se diría que del mismo tenor: el cielo, con algo de claridad aún arriba, y toda la sierra y el valle sumidos debajo en un intenso color azul oscuro que los hacía indistinguibles. Por la línea de la carretera, surcando de una parte a otra el ámbito de la mirada, se veían muy de vez en cuando los faros blancos o anaranjados, después rojos, que los coches llevaban ya encendidos sin falta a aquellas horas. Pero cuando Bertha se asomó un momento por el ventanuco que daba al viejo ciruelo de la otra parte del patio, hacia el oeste, todavía pudo apreciar, junto a la mole de Cebollera al fondo nítidamente recortada, algo así como una última vedija aún de luz blanca que todavía conseguía colorear de rosas y violetas, de alguna tonalidad también de la gama de los grises, las nubecillas que se formaban y dispersaban a poniente. A lo mejor ahora también está pintando lo mismo que yo veo, estuvo a punto de decir, sólo que desde el otro lado de la carretera, desde el otro lado de muchas cosas, pero se contuvo y lo que en realidad dijo fue que no sabía las ganas que tenía de entrar en su casa, Anastasio, de ver lo que él venía a ver aquí desde tan lejos. ¡Me había hablado tantas veces de ese ciruelo, de ese ventanuco y este comedor, de la vista desde esa ventana!, exclamó. A veces estaba de pronto como ausente en mitad de una cena con amigos o una sobremesa conmigo y, al cabo de un rato de observarlo, le preguntaba que dónde estaba o dónde había estado. Estaba esperando a Anastasio junto al viejo maguillo, me respondía, o estaba en el comedor de Anastasio; la Calvilla se hallaba completamente cubierta de nieve y su perfil en el azul del cielo era la idea misma de la plenitud, pero no me preguntes por qué, decía. O bien el ciruelo estaba cuajado de flores blancas y una nube de abejas revoloteaba en torno a ellas contra un cielo de un azul imposible; una pelusa verde clara, casi inapreciable, empezaba a sombrear ya las ramas de los robles y la silueta de las montañas era nítida a la atardecida. Otras veces sólo me decía que ya casi no había luz en el comedor de Anastasio y sólo por ese ventanuco se colaba algo de claridad; que usted había encendido fuego y olía a leña y a resina, u olía más bien a algo que no acababa de comprender nunca qué era ni por qué le apaciguaba tanto.

Pues ya ve lo que hay aquí, le objetó Anastasio, nada, ningún desahogo, ninguna comodidad. Todo está igual que cuando murió mi mujer y que cuando venía Miguel ya de pequeño a buscarme a casa, igual a como lo dejó también mi madre al morir: el mismo aparador, la misma mesa y las mismas cuatro sillas en las mismas cuatro paredes de piedra. No he tocado nada, no he cambiado nada ni siquiera de sitio ni he traído nada nuevo, sólo una mano de pintura de vez en cuando a las paredes y esas tarjetas postales en el rincón, ¡ah!, y la luz que sale del televisor de la habitación de mi hija. Lo demás, nada; si uno mira por ese ventanuco, ve el mismo ciruelo que plantó mi abuelo y ya vieron él y mi padre cuando se asomaban igual que usted ahora a ver las últimas luces por Cebollera; y si uno mira a la ventana o se sienta ante el fuego, lo que ve también es la misma sierra, las mismas tonalidades cada vez de los árboles

—excepción hecha de los olmos— o los mismos perfiles del fuego. Y sobre todo la misma luz, la misma lentitud de la luz que se va y que, al cabo de las horas, nos sorprende siempre sin embargo con la celeridad con que se ha ido y se ha hecho de noche. A él le encantaba este momento, se pasaba las horas muertas mirando a un lado o al otro, al ciruelo en flor y la última luz de Cebollera, o bien por el otro lado hacia la Calvilla. Durante ratos enteros, como por un acuerdo tácito, dejábamos casi de hablar, como si las palabras pudieran distraerle e incluso robarle algo —usurparle algo, decía él— o más bien como si pudieran echarlo en realidad todo a perder, manipularlo y tergiversarlo todo. Bastaba decir algo más que no fuera «mira», o «fíjate», bastaba intentar describirlo o ponderarlo y, más aún, querer persuadir o instar a algo, para que todo se viniera de alguna forma abajo o bien sonara a falso, a ideológico, a esnob quizás o a artístico, para que fuera en realidad como una especie de pegote. Las palabras, decía en una carta él que era periodista y se ganaba por lo tanto la vida con ellas, las palabras que todo lo crean y todo lo estropean, que todo lo ensalzan y lo agrían y siempre nos dan gato por liebre seguramente porque eso está en su mismo ser palabras y no queda más remedio. La condena a las palabras, decía, a las palabras que son el mal mismo, sobre todo porque también son el bien. Y se quedaba ahí, acurrucado, con las manos entre los muslos o acariciándose el bigote, que parecía un niño y no el hombretón fuerte y decidido que siempre fue. Si no están lo suficientemente impregnadas de tiempo, decía —aunque otras veces decía de luz, impregnadas de luz—, y no lo está el que las pronuncia y el acto mismo de pronunciarlas, las palabras, y sobre todo las más grandes, las más sonoras y movilizadoras, son poca cosa o suelen estar huecas o salir fallas o agusanadas.

No echábamos la luz hasta que ya no se veía nada, hasta haber apurado por completo esa lentitud con que se va la luz afuera. Por eso no la he echado ahora tampoco, aun exponiéndome a ser descortés con usted —ahora mismo la doy, ya casi no se ve ni gorda—, porque sabía que usted quería ver lo que él veía. Querer ver con poca luz lo que no se ve tal vez a pleno sol, querer ver con la luz del crepúsculo hasta que ya no se ve, querer ver con la luz de la noche –tenemos que salir una vez los dos por la noche al monte, me repetía siempre–, con la luz de lo que no tiene luz y sin embargo detesta cualquier artificio como si fuera una trampa, un embeleco. Es el momento de ver la otra cosa de las cosas, decía de esta hora, de ver otras cosas en las cosas, cuando la luz no saca nada de ellas sino que son ellas las que se sumen en sí mismas.

También se podía pasar las tardes ahí viendo el fuego sin decir esta boca es mía hasta que, de pronto, como si en los perfiles de las llamas hubiese visto a lo mejor los rasgos de alguna cara, rompía a preguntarme con avidez por unos y por otros, por personas de este pueblo que habíamos conocido en nuestra infancia y ya no veía o no sabía si vivían. Quería que le contase con pelos y señales qué había sido de ellos, si les había sonreído la fortuna, si se podía considerar –decía– que hubieran sido dichosos, y sobre todo cómo habían sido sus últimos momentos, cómo les había echado el guante el destino. Si habían tenido miedo, si se habían derrumbado o habían estado enteros, y qué carácter habían sacado al final. Es ahí donde nos diferenciamos, añadía, en la rúbrica que ponemos a la firma que hemos ido estampando de por vida. Y a lo mejor no le faltaba razón, porque lo que es lo demás –el trabajo, las penalidades y las alegrías, las rivalidades, el amparo del frío y de la soledad de estas horas del atardecer– aquí ha sido casi siempre parecido para la mayoría. Aunque para muchos incluso la muerte es igual: viene de lejos, y coge siempre a solas. Alguien, un día, en la taberna o ante la cristalera del Hostal, cae en la cuenta de pronto de que Juan o Santos o el cartero, por ejemplo, el viejo cartero, llevan tiempo sin dejarse ver por allí, y entonces empiezan a echar cuentas de los días que hace que nadie lo ha visto. No estaba el domingo durante el partido, y bueno es él para perderse uno, dice alguien; y en el huerto es verdad que tampoco se le ha visto, añade otro. Y cuando constatan que no ha entrado en el supermercado ni en la taberna desde hace días, que nadie le ha visto en la calle o concurrir al Hostal a ninguna hora, entonces la tertulia se pone en pie y como un solo hombre se dirige a su casa. Y allí, en medio de un frío desolador y un olor a rancio que echa para atrás, los encuentran moribundos o ya cadáveres, pero sin que nunca se les hubiese ocurrido a ninguno pedir una ayuda ni decir nada ni menos quejarse. Así se van muchos, pasan sus últimos días solos y los acaban solos, de la única forma a lo mejor que saben pasarlos porque en el fondo siempre estuvieron solos y nunca se hicieron la ilusión de no estarlo, de no afrontar solos a pesar de todo, a pesar de las muchas horas de compañía frente a la cristalera del Hostal o la barra de la taberna, esas horas tremendas y verdaderas de los anocheceres de invierno en que todas las cosas están lejos por muy delante que las tengamos. Tal vez, para quien está abocado a ver continuamente morir la tarde y ver morir todo a su alrededor y luego rebrotar, para quien vive con ello y no se esconde —ahora ya muchos se esconden con el televisor—, la conciencia de la muerte es más soportable. Es como si se la hubiera mirado cara a cara durante mucho tiempo, y no se hubiese torcido el gesto. Aunque también pueda ser, me podrá usted decir, que es que aquí se ha vivido mucho menos y se renuncia por lo tanto también a mucho menos. Es posible que así sea, no lo niego, dijo Anastasio, y de repente se llevó un dedo a los ojos y se los restregó con una parsimonia de anciano.

A algunos se les recuerda sobre todo por cómo murieron, prosiguió, como si no hubieran hecho en su vida otra cosa que morirse. Como al padre del tabernero, que se iba a estas horas a lo de su hijo y se ponía siempre en el mismo rincón de la barra. Allí leía el periódico de cabo a rabo —yo creo que no se dejaba ni los anuncios por leer— y cuando ya iba bien de vino, empezaba a despotricar de todo lo que leía hasta que llegaba al final. Nada, decía al doblar la última página, siempre lo mismo, y entonces se echaba al coleto su último vaso y se retiraba ya sin mediar una palabra más con nadie a su casa a dormir. Y allí se quedó un día, frito como un pajarillo en ese mismo rincón y apoyado en la barra frente al periódico, mientras su hijo continuaba llenándole el vaso como si nada. Sí, hombre, el que bebió hasta después de muerto, suelen decir ahora cuando se refieren a él.

O al pobre Eulogio, el padre de ese chisgarabís de Ramos Bayal que vive pegado a la casa de Ruiz de Pablo y es el que le ha gritado a Gregorio esta mañana que había matado al poeta. Cree saberlo todo y estar al corriente de todo porque está siempre ojo avizor a lo que ocurre en aquella casa, y la mitad por lo menos, y me quedo corto, seguro que se lo debe de inventar. Ahora, que lo que sí sabe siempre es enredar y dónde le duele a cada uno. Pues un día se le ocurrió llevarse a su padre, ya bastante anciano, a vivir con él a Bilbao, cuando trabajaba allí, a un piso que debía de tener por no sé qué barriada de mala muerte y que debía de ser más oscuro y más chiquito que ni sé. Aún no hacía un mes que se lo había llevado y ya lo traía de nuevo, aunque ahora para enterrarlo aquí, de donde nunca hubiera querido moverse el pobre hombre. Se debió de morir del sitio, dicen siempre con las mismas palabras, del sitio tan retorcido y mezquino como las entrañas de su hijo. Cuando todavía vivía aquí, era el último que pasaba siempre en invierno con sus vacas por ahí delante, y después de él, yo ya sabía que, si no salía de casa, probablemente no iba a ver a nadie más hasta el día siguiente, a no ser alguna luz que atravesara deprisa la línea de la carretera. ¡Eeeh!, solía gritar levantando la mano al pasar si me veía por la ventana, y a veces salía a la puerta e intercambiábamos unas palabras. Mira, le decía a Miguel cuando estaba en casa, ya está el Eulogio de vuelta con sus vacas. Ahora, si tú no estuvieras, yo ya no vería a nadie más que a Carmen hasta mañana, y él se quedaba como pensativo mirándole pasar hasta que ya no quedaba rastro de su paso. Le parecerá otro Miguel, ¿no?

Pero Bertha no le contestó sino con otra pregunta: ¿y su mujer, Anastasio, si no es descortesía preguntarle?, ¿su mujer?

Mi mujer murió de pura prevención, así como suena, ahora va ya para ocho años. Creo que fue a la única mujer a la que yo he mirado de veras; la miraba ya desde la escuela, cuando aquí había escuela, que ahora se llevan a los chicos a la capital, y ya desde entonces creo que no imaginamos nunca no pasar el resto de nuestra vida juntos. Ella luego estudió y se hizo maestra; le gustaba mucho leer, y a estas horas raro era el día que no leíamos en alto, un rato ella y otro yo, alguna cosilla. Aquí donde me ve, no sabe la de libros, y libros buenos, que se han leído en esta casa. Todavía vuelvo a leer en voz alta algunas tardes los mismos libros que leíamos juntos, y hasta me parece algunas veces que ella está ahí escuchando como si su atención no pudiera morir nunca. Pero sólo está Carmen, que me interrumpe a veces para decir ¡qué bonito!, ¡qué bonito!, hasta que ya luego se queda ahí dormida.

Era una mujer –ahí la puede ver en esa foto del marco del aparador– a su modo muy distinguida, pero con una distinción natural y nada afectada, y yo creo que la he adorado durante toda mi vida, aunque a lo mejor eso sea lo único que he hecho por ella, adorarla, porque por lo demás ella me daba siempre cien vueltas. Era muy cuidadosa, excesivamente cuidadosa y prevenida. A Ruiz de Pablo nunca lo tragó ni en pintura, todo en él le parecía siempre ostentado y engañoso; está siempre como escocido en el fondo por dentro, decía, y la cara de escepticismo esquinado que ponía cuando no tenía más remedio que escucharle era como para no perdérsela. Le tienes manía, le decía yo, le tienes una tirria redomada que tú sabrás de qué te viene. Y ella me contestaba que a lo mejor era eso, que le tenía ojeriza, pero que desde luego sí que sabía de dónde venía. Y luego se callaba un momento hasta que de repente rompía a decir, como si no pudiera contenerse y explotara, ¡y el bobo desaprensivo de Miguel va a saber un día lo que es bueno!

Durante mucho tiempo, casi día tras día cada invierno, no dejó de instarnos a que tuviéramos cuidado con el charco que se suele formar ahí, a la salida de la puerta del patio, y se hiela luego cada dos por tres. Ten cuidado a la salida en la puerta con el hielo, me advertía siempre a mí y a todo aquel que viniera a casa, cuidado no vayáis a resbalar. Y así un día y otro. Le echábamos tierra, pero al cabo de los días nos la llevábamos con los pies y se volvía a formar hielo. Un día, uno de esos jueves en que viene la camioneta del pescado desde Aranda y toca la bocina para avisar, salió deprisa y corriendo porque debió de pensar que se le escapaba, y de repente, ya ve lo que son las cosas, fue ella la que resbaló y se desnucó ahí, en el mismo quicio de la puerta del que había advertido siempre a todos para que tuvieran cuidado al cruzar. ¡Habrase visto!, no dejaron de decir a partir de ese día los pobres padres de Gregorio, que venían mucho a verla porque eran medio familia, ¡habrase visto!, ¡toda la vida previniendo a los demás, y fue ella la que tuvo que resbalar y quedarse ahí mismo!

Y así es, dijo subiendo de pronto el tono como si hubiese necesitado de un mayor acopio de fuerzas para pronunciar esas tres palabras, así fue. Otro rato le contaré qué ha sido también de los padres de Gregorio, se dejó decir aún, con un hilo ahora de voz apagada y exangüe, y luego se quedó callado contemplando el fuego. Parecía haber enmudecido frente a algo ante lo que ya no cupieran más palabras, y Bertha se sintió por primera vez extraña en aquella casa. Era lo mismo que si no sólo no hubiera podido decirle nada en aquel momento, sino que ni siquiera pudiese pensar incluso que hubiera nada que decir. Nada que decir, recordó luego, pensando seguramente por contraste, haberle oído a Miguel, ninguna verdad, ninguna conciliación ni consuelo de fondo, sólo el tente tieso mientras puedas, sólo el vacío y la huella de aquello que ha ido ocupando progresivamente ese vacío, la huella y una irrestañable contradicción o quién sabe si, como máximo, una incurable melancolía a fin de cuentas. Ésa es nuestra época desde hace ya demasiado, decía, y sin embargo seguimos sin querer hacernos cargo.

Desde la habitación de Carmen venía un canturreo monótono y extraño —eso es que se ha despertado y está cuidando sus muñecas, le había dicho Anastasio al oírlo— y el viento removía las ramas de la acacia tras la ventana produciendo un sonido conocido y a la vez chocante, como de lejanía y cercanía al mismo tiempo. Bertha se levantó —se oía también crepitar la leña en el fuego y el ulular bronco y como hueco y a la vez profundo del aire en el tiro de la chimenea– y le puso una mano en el hombro. Le apretó y, todavía sin decir nada, se dirigió hacia las postales de la pared seguramente para cambiar de tercio la conversación.

Empezó a desprender alguna de las que estaban más sueltas, o con las esquinas simplemente imbricadas en las otras, y a volverlas del revés para leer lo que llevaban escrito. ¿Me permite?, le preguntó a Anastasio. Entre las postales, dispuestas allí como al montón, sin orden ni concierto, sino más bien según iban llegando al parecer y las iba colocando como podía, había también algunas fotografías situadas igualmente al desgaire. Una de ellas, que estaba metida al sesgo, junto a otras varias que a duras penas se sujetaban por una esquina, bajo una postal de la Puerta de Brandeburgo, le llamó inmediatamente la atención. La sacó de su sitio junto a las otras y enseguida se dio cuenta perfectamente de lo que era, sobre todo cuando distinguió con claridad a la persona que aparecía de pie y a un lado en dos de ellas. Son las últimas fotos que me mandó, ratificó Anastasio sin que hubiese hecho ninguna falta, las de su última casa de Berlín.

Las fotografías eran cuatro, tres de las cuales sacadas al parecer una detrás de otra y la cuarta más tarde, ya casi de noche, y en todas ellas se veía más o menos lo mismo. Desde uno u otro ángulo, y a una mayor o menor distancia de los cristales que rodeaban por completo todo el espacio en que parecía consistir la casa, cada una de ellas mostraba una parte de aquel interior acristalado y, más allá, en unas más nítido y en otras más borroso, según de dónde viniera la luz, el panorama impresionante que se divisaba tras los cristales. Ya ve, todas las paredes de cristal y sin tabiques, le dijo luego Anastasio; igual que si estuviera en la calle, o más bien en el aire, añadió, pero ella lo primero en lo que se había fijado era en otra cosa.

Dos de las fotografías, sobre todo la que había sido sacada ya casi de noche, aunque abarcaran también en primer plano la mesa de trabajo que había junto a la cristalera, se centraban en ese panorama exterior; y las otras dos, que estaban hechas desde más atrás para que pudiera verse toda aquella luminosa dependencia, dejaban ver también al fondo el mismo paisaje de tejados y rascacielos en obras entre los cuales, como la lengua de un inmenso río, se abría paso una autopista llena de puntitos relucientes de colores que se movían en una y otra dirección y atravesaban de una parte a otra todo el espacio de la fotografía. Me quedo horas enteras mirando ahí abajo, venía escrito tras una de ellas, igual que en tu casa, pero aquí todo se mueve continuamente. Esos coches que ves en la foto, unas veces más y otras menos, nunca dejan de pasar, como si fuesen los objetos que arrastra la crecida de un río, y las luces se iluminan y se apagan en los edificios y en el permanente movimiento de los faros de los coches como si compusiesen un firmamento en la tierra.

Un firmamento en la tierra, dijo Anastasio, ahí es donde lo dice, eso y lo de los coches como el arrastre de una crecida, ¿no es así?

Hacia la izquierda de las dos fotografías más panorámicas, se veía perfectamente la inmensa lengua de coches en movimiento atravesar un puente elevado, y cómo uno de los carriles de cada dirección se desviaba de los otros y describía como un ojal para pasar por debajo de él. En ambas se apreciaba también con nitidez la mesa de trabajo de Miguel: su teléfono, su ordenador portátil, sus papeles –el suelo lleno de periódicos en varias pilas junto a la mesa– y dos fotografías enmarcadas. Bastaba fijarse un momento en ellas para distinguir, con distintas tonalidades, una misma forma como de cuadro conceptual, una sola línea que dibujaba una especie de ariete limpio en el horizonte. Ahí están, se dejó decir Bertha, como en todas partes; y luego se acercó las fotos como si quisiera distinguir otras cosas en la mesa, otras fotos en las fotos, pero sólo le pareció ver una especie de cilindro pequeño de madera entre los marcos –y el tronco de enebro, claro, dijo.

En las dos restantes se veía también el exterior al fondo, pero estaban sacadas sobre todo para que se pudiera apreciar la casa, un espacio casi único –sólo había un aparte para el baño y otro para la cocina, según le dijo a Anastasio– cuyas paredes estaban hechas sólo de metal y cristales en el decimoctavo piso de un bloque de porte impecable, perfecto de alguna manera como la Calvilla, le había dicho, en el que él había sido uno de los primeros inquilinos. Durante más de una semana, le decía detrás de otra foto, creo que he sido el único habitante de esta pura geometría de cristal y, cuando me asomo o me acerco simplemente a la pared, y lo hago continuamente, estoy a centímetros del mismísimo abismo.

En ambas fotografías se veía a un lado la mesa y al otro, junto al cristal del lado contrario y separada varios metros de ella, estaba la cama, una amplia cama de matrimonio detrás de la cual había un gran perchero al descubierto, como los que se ven en las tiendas y los grandes almacenes, en el que colgaban apretados varias chaquetas y abrigos y también vestidos. Una serie de cajas como pequeños baulillos estaba alineada también a un lado, y junto a ellas, sentada en la cama como a medio metro de distancia del borde acristalado, de espaldas en una de las fotografías y cepillándose el pelo, y como si la anterior la hubiera sorprendido, vuelta en la otra hacia el fotógrafo y haciendo una mueca en pose, la misma persona que había sido lo primero que Bertha había distinguido al mirarlas, la misma muchacha joven –Bertha no le daba más de veintiséis años– que ella había abrazado por la mañana en el cementerio, después de un momento de extrema tirantez que al final fue ella quien resolvió dando el primer paso. Era la mujer menuda e inquieta –la otra extranjera, decían junto a la ventana del bar del Hostal– que había llegado dos días antes junto a otros dos hombres jóvenes rigurosamente vestidos de negro como ella y que, cuando se quitaba un momento las gafas oscuras, descubría unos ojos grandes y rasgados, casi como maléficos, cuya mirada no era fácil mantener. Tienen algo de insano de tan bellos, le había dicho Miguel; como si te arrimaras a las cristaleras de casa cuando los miras fijamente.

Ahí la tiene, no pudo menos de comentar Bertha, con un timbre de voz que de repente no parecía haber salido de su boca; ahí tiene a esa mocosa segura de su juventud, de su seducción y de esos centímetros que les vuelven bobos a los hombres, y más a Miguel, que en eso era el más bobo de todos. Pero sin saber que, con todas sus artes y todas sus poses, no era en realidad más que parte de esos otros centímetros que lo acercaban un poco más hacia el vértigo al mismo tiempo que lo apartaban, como el cristal que a la vez que le dejaba ver más cerca el precipicio le separaba también de él. Ahí la tiene peinándose a esa mosquita muerta, rubricó, haciendo muecas, y sobre todo siempre encima de la cama.

Por la tarde, comentarían luego en el bar del Hostal, había estado preguntando por todas partes, chapurreando la lengua como podía, que dónde les podían alquilar unos caballos. Llevaban desde que llegaron mirándolos los tres detrás de las cercas, llamándoles, acariciándoles las crines o el lomo y por fin, una vez concluido el entierro y todo lo que ocurrió luego, y después de que ni la madre de Miguel ni ningún otro familiar se dignaran hacerle el menor caso –¿Ah, sí?, no me diga, le dijo su madre entreabriendo un momento la ventana cuando llamó para decirle que era la novia de Miguel, ¿usted también?, ¡qué divertido!, ¿no?–, se decidieron a preguntar si sabían de alguien que les pudiera alquilar un rato unos caballos.

La sola alusión a la posibilidad de que un extranjero, y más todavía una extranjera –una que no levantaba dos palmos del suelo y sin embargo más tiesa que ni sé, decían, como si se hubiese creído algo–, viniera allí a alquilar unos caballos, les hacía torcer el gesto a los vecinos del pueblo. Les sonaba no ya sólo a extravagancia sino más bien a ofensa, a algo que, o no acertaban a comprender del todo, o bien, si de veras lo entendían, les repateaba como si fuera un insulto. Durante generaciones los caballos habían servido allí tan sólo para el trabajo, para el engorde y la venta o la comida, pero en todo caso siempre para el sustento. Habían sido la necesidad y no el deseo, la utilidad y no el capricho, habían sido el deber, el apuro, la responsabilidad. Con ellos habían ido de un lado para otro; habían ido a un pueblo o a otro, pero sobre todo habían ido a deslomarse a algún pegujal que tenían en los montes o algún campo valle adentro, a doblarse eternamente sobre la tierra igual que luego se doblaban de cansancio a la vuelta también sobre el caballo, a encorvarse bajo el cielo y sobre la reja del arado que arrastraban esos mismos caballos que los trasladaban y que ellos hincaban para hendir las entrañas de aquella tierra que era lo que ellos más odiaban y a la vez lo que más amaban en el mundo. Con ellos se alegraban cuando alguna yegua paría y el pequeño empezaba a chospar por la cuadra iluminada como la cueva de un pesebre; con ellos enfermaban si alguno enfermaba y morían un poco cada vez que alguno se les moría; con ellos trabajaban y también iban a las fiestas de los pueblos cercanos, y con ellos y de ellos vivían, pero como ateniéndose desde siempre a una alianza de sudor, de esfuerzo y sacrificio de siglos que sólo se rompía a veces, y aun entonces con dolor, con su venta final que les permitía llevarse a la boca o adquirir las pocas cosas extras que habían adquirido o se habían llevado a la boca durante siglos. Eso eran los caballos para ellos y no ninguna otra cosa, y cuando los vieron, cuando vieron desde detrás de la cristalera del Hostal que por fin alguien les había dejado unas monturas y unos caballos y los tres, la chica y su hermano y el otro, caracoleaban por los prados y jugaban a saltar las cercas y a volverlas a saltar riéndose y haciendo burlas, se les agolparon enseguida los recuerdos de aquellos años en que, con todo el desprecio que es capaz de levantar una ofensa, tuvieron que soportar, por primera vez en aquel valle, que unos niñatos montaran con toda la desfachatez del mundo los caballos que ellos criaban con mil prevenciones y cuidados para su sustento, pero ahora no para trabajar o ir y volver y deslomarse, sino para trotar con desenvoltura por los montes, para saltar a su antojo las cercas que ellos y sus antepasados habían ido levantando piedra a piedra y manteniendo continuamente vigilantes, para presumir y vanagloriarse a la ligera y estar a ver si se caían o bien si salían airosos y ufanos de cada salto a la vista y ante el desprecio de siglos enteros de humillación de la tierra.

No diga usted esas cosas, Bertha, le dijo Anastasio al ver la intensidad con que miraba a aquella chica de las fotografías; no diga usted eso sencillamente porque no tiene ninguna necesidad. Porque Miguel a usted nunca la dejó de querer, si quiere que le conteste a lo que me había preguntado antes, nunca la dejó de querer y por eso la dejó a usted, porque la quería y se creía que no podía quererla.

4

He encontrado la casa perfecta y la mujer idónea, me escribió Miguel en una de sus últimas cartas cuando se trasladó a vivir a Berlín. La verdad es que no sé si debiera, pero si tiene un poco de paciencia y me promete no tomarse nada a mal, no entender nada por lo que no es, voy a leérsela y así verá lo que le quiero decir, le dijo Anastasio mientras se levantaba en dirección del aparador.

Sacó una llave del bolsillo y abrió la misma portezuela del mueble que acababa de abrir hacía un rato para sacar una botella –licor de maguillas, le había dicho mirándola a los ojos– y luego había vuelto a cerrar con llave nada más extraerla como si temiera que algo se pudiera escapar de allí. Cada vez que dejaba un sitio para entrar en otro o sacaba una cosa de un lugar para ponerla en otro, había observado Bertha, era como si franqueara en realidad un paso de ganado que hay que abrir y cerrar luego enseguida para que no se escapen los caballos o las reses. Abría por ejemplo una puerta para entrar en un local o en una habitación de su casa –excepto la de Carmen, que dejaba siempre abierta– e inmediatamente la cerraba después de franquearla; abría un cajón o la portezuela de la alacena o el aparador, y enseguida los cerraba sin más dilación después de haber extraído o metido lo que fuera, y era raro que olvidara volver a tapar una botella o un tarro después de haberse servido u ofrecido a quien estuviese a su lado, como si de los recipien-

508

tes o de los sitios se escapara siempre un calor o un aroma que hubiera que preservar a toda costa, o bien algo así como el duende del lugar y la cosa, como el alma que se disgrega en cada cosa si no se cuida y se le pone continuamente coto. Por eso seguramente no se veía nunca a nadie tampoco en El Valle –tal vez sólo a algún joven, a algún forastero– que no cerrara una puerta o un portillo a su paso; se va el calor, decían en el Hostal, o entra el calor, según la época del año, y por eso no se podía ver tampoco nada fuera de su sitio en casa de Anastasio, nada en realidad que no tuviera un sitio allí desde siempre, como si la cosa y el sitio no fueran en el fondo demasiado distintos o hubiese algo en las asignaciones, en la herencia de la colocación de las cosas, que tuviera un sentido más misterioso de lo que en principio se pudiera suponer.

De al lado de las botellas –los cercos sobre la madera, los redondeles completos o las secciones de circunferencia que se superponían y seccionaban, revelaban que aquél había sido su lugar desde siempre–, Anastasio extrajo un atadijo abultado de cartas, soltó el cordoncillo que las mantenía unidas y eligió una. He encontrado la casa perfecta y la mujer idónea, leyó en ella; en mi próxima te enviaré fotografías de una y otra. La casa, como verás, es lo más parecido a lo que hoy día se tiene por una casa, es decir, lo contrario de la tuya. Hoy día una casa no es ya una casa más que para la negligencia del lenguaje y la pereza de la mente, como si hasta hace unos años nos hubiésemos empeñado en seguir llamando cuevas a nuestros hogares. Hoy la casa es lo que por fin yo he encontrado, lo mismo que la mujer es hoy lo que a veces vive conmigo en esta casa. Ya no hay paredes, y menos paredes gruesas de materiales macizos, que aíslen y oculten o defiendan, como las tuyas, que sólo dejan la abertura del ventanuco hacia el oeste, hacia la vista más soberbia, sino que todo aquí es abertura, todo es visibilidad y cristal; no ya que las ventanas sean más grandes o que haya más cristaleras como en el Hostal, sino que todo es cristal, todo ventana, y desde cualquier punto yo recibo en todo momento todo el exterior. La posibilidad de totalidad en cada momento. Tú no seguiste mucho las enseñanzas, vamos a llamarlas así, de Ruiz de Pablo, pero si las hubieras seguido eso te sonaría a algo. Pues bien, ya está aquí realizado (la técnica va realizando todas las ideologías): la totalidad en cada momento y cada punto. Todo lo exterior está dentro, y todo lo interior como si estuviera afuera.

No hay tampoco habitaciones en realidad, no hay puertas —no hay umbrales–, no hay alcobas recogidas y apartadas como en tu casa y, si me apuras, ni siquiera hay cocina ni fuego, y lo que a ella más se le acerca es una especie de aséptico laboratorio donde todo es eléctrico y no se ve una sola llama. ¡Una casa sin fuego y sin llama, me dirás, una casa sin paredes! Por eso te digo que ya no son hogares, sino algo, no sabría cómo llamarlo, mucho más en consonancia con sus inquilinos de ahora. Son espacios, huecos, vanos a los que se llega y de los que se parte y que contienen cosas entre una mudanza y otra, un poco como los corazones —o como quiera llamarse también a eso– de quienes vivimos en ellos. A diferencia de las cavernas, de las cuevas excavadas en la propia tierra o las rocas, y como si la noción misma de abrigo se hubiera trastocado, donde ahora vivo es algo como suspendido en el aire, como colgado. Nada, excepto una delgada superficie de cristal, te separa del aire y te indica que no estás en él, que no estás casi entre las nubes que yo observo aquí por todas partes a la redonda y no sólo por el ventanuco que da a Cebollera en tu casa de piedra asentada y estable. No hay puertas aquí, Anastasio, no hay umbrales, pero cada punto de la casa es como si fuera sin embargo un umbral. Desde cada punto yo estoy saliendo al exterior y volviendo a entrar continuamente, pues cada punto —que es todas partes– es también toda la distancia ya recorrida a cualquier otro cuando hablo con mi teléfono móvil o enciendo mi ordenador portátil. Todo es móvil, todo portátil, todo está aquí y allí al mismo tiempo y el aquí y el allí no están separados ya por ninguna distancia sino por la velocidad y la voluntad de conexión. Desde donde me siento a trabajar, en una mesa a pocos centímetros de un precipicio de dieciocho pisos, y desde donde duermo y hago el amor como colgado y suspendido también, desde todas partes, veo fluir los coches allí abajo a todas horas por una autopista que atraviesa de parte a parte el horizonte ante mi vista como si fuesen las aguas de un inmenso río. Y cuando bebo o vuelvo borracho y me pego al cristal por cualquier lado mientras me dan vuelta las luces de los edificios y los faros de los coches, sé que estar a centímetros del abismo es lo más adecuado –la casa perfecta y la mujer idónea– para un hombre que lleva el abismo dentro de sí, dentro de un interior donde ya no hay Dios que valga ni hay tampoco amor ni sentido de la muerte que vaya más allá de la posición de apagado de un interruptor, donde ya no hay alma ni hay hombre, como nos decía siempre Ruiz de Pablo que teníamos que ser, los primeros hombres sin el hombre. Ya sabes a lo que me refiero.

Muchos de los edificios que desde aquí se divisan son sin embargo todavía edificios en construcción, inmensas moles de acero, cemento y cristal perfectamente talladas, geometrías impecables, volúmenes nítidos, y el bosque de grúas metálicas de colores que los rodea da la impresión de ser a veces el ejército de espantapájaros fantasmales que los habita. Tal vez por eso, por lo fantasmal al fin y al cabo de mí mismo, me encuentro que ni a pedir de boca en este edificio, en este hueco que es igual que el hueco de mi corazón, porque nada hay más verdadero e idóneo hoy en día que sentir ese hueco y su tránsito continuo de una forma tan física. La casa –da igual en qué parte esté porque todas las partes tienden a ser la misma– es ya sólo un punto de referencia desde el que marcharse y al que llegar, desde el que recibir y emitir, un centro de transferencias, una antena o un repetidor en realidad, un no lugar, un vano en el aire, y yo desde ese vano, desde ese sitio que no es ningún sitio, diviso la ciudad entera y recibo el mundo entero que entra en cada momento por mi ordenador, por el cable o las ondas de mi teléfono o mi televisor y por todo el cristal de mi casa. A un lugar que no es ningún lugar llegan todos los lugares que ya no lo son de un mundo que ha dejado de serlo.

Las paredes, las separaciones o las distancias son ya sólo

tránsitos, modalidades, transparencias. No hay un allí ya esencialmente distinto al aquí ni un tiempo que no sea asimilable al ahora, no hay ya centro que no sea periferia ni elemento que no sea su movilidad. Y lo mismo que entran la ciudad y las nubes a través de mis paredes de cristal y entran todas las cosas del mundo por mi ordenador, los datos que necesito y los encargos del periódico, también entra esa chica, Inge, Ingeborg Werkmann, cuando quiere o le conviene, porque ella es la idoneidad del mundo sin mundo o de la ciudad ya sin ciudad y nada le separa de serlo. A veces me dice que estudia, a veces que trabaja en un sitio o en otro o que tiene que irse una semana a trabajar a una ciudad o a la otra, y cada cierto tiempo cambia de aspecto, de forma de vestir y de cortarse el pelo o maquillarse, hasta el punto de que cuando entra me parece siempre una persona distinta o a lo mejor en realidad lo es. En ella, y en cada rato que paso con ella, no hay nada que me indique que ese rato no vaya a poder ser el último que hemos pasado juntos. Cada momento con ella es como estar suspendido sobre la rama de un árbol, como estar caminando sobre una cerca de piedras que se caen a tu paso, que se desmoronan en el momento mismo en que tú estás pasando, pero sobre las que si aciertas a pasar décimas de segundo antes de que se derrumben, si logras hacer de ellas un instantáneo punto de apoyo antes de que se vengan abajo y has llegado a tomar el impulso suficiente para aguantar todavía el tipo, para mantener el equilibrio, si te haces a no mirar abajo sino a columbrar la grandeza de lo que divisas ante ti y la emoción del instante y te sientes lo suficientemente orgulloso y satisfecho por una cosa y la otra, por el alcance de lo que consigues hacer y lo airoso que logras salir, entonces, pero sólo entonces, no es que el mundo esté a tus expensas o a tu merced, sino que tú eres enteramente el mundo y nada te diferencia de él. Aunque llamarle mundo a ese mundo, casa a esta casa igual que llamo casa a la tuya, o amor a lo que me une o siento por Inge, es mucho llamar o bien pura comodidad y falta de otras palabras. Seguramente porque ellas también nos están abandonando. Se han ahuecado, y parecen como pegotes que se resecan y desprenden igual que el revoque de una fachada. Aunque también puede ser que sean lo más idóneo, lo justamente adecuado y certero. Pero es como si algo se hubiese evaporado y sólo quedara la sal.

Inge es el rato en que está conmigo; no hay nada mucho más allá de lo comprendido entre su llegada y su marcha, y lo mismo yo para ella, y su cuerpo, que tengo a disposición cuando viene como el mundo en mi ordenador, es el mismo y a la vez distinto a todos los cuerpos que he abrazado, los condensa a todos y es al tiempo otro nuevo, y siempre está a punto de dejar de ser él y ser cualquier otro. Su cuerpo es la seducción de su cuerpo, el continuo apogeo del ejercicio de atracción de su cuerpo; su cuerpo es el momento en que yo penetro en su cuerpo o desabrocho el primer botón, el instante en que veo sus ojos –sus cejas estilizadas ahora y altas que por la noche, a la luz de la ciudad que penetra por los cristales, le dan como un aspecto maléfico– y veo que en ellos yo no soy nada, yo no constituyo nada o bien nada que no sea mi penetración en ella, mi mano que desabrocha el botón o aprieta su seno. Ya me perdonarás todo esto, Anastasio, todo este desahogo o bien este ahogo, no sé. Tú, tu casa, las piedras de siglos de tu casa que sólo dejan la abertura del ventanuco desde el que podemos estar horas contemplando sin movernos las flores del ciruelo y las nubes amenazadoras de Cebollera, o la ventana frente a la chimenea desde la que vemos la línea de la sierra cortar la tarde y el ariete de la Calvilla, tú y también Bertha, por no mentar otras cosas que ya sabes, todo eso ya no es el mundo, o bien es solamente el mundo, que eso nunca acabo de saberlo y por eso ahí me tienes tan a menudo. Ya no es el amor ni es la casa ni somos los hombres, que sólo somos referencias, nudos, antenas y repetidores, umbrales, disponibilidades, sólo somos conveniencia y potenciación, conexiones que se establecen o caen, flujos que se detienen o circulan, que adquieren una velocidad u otra, puntitos reverberantes o luminosos que nos atraviesan o divisamos.

Dobló la carta –la volvió a introducir cuidadosamente en el sobre y éste en el atadijo con las demás– y luego sacó de nuevo la llave del bolsillo para abrir la portezuela del aparador. Y allí, al lado de las botellas, en el mismo sitio exacto de donde antes las había sacado y sobre el estante donde los cercos de las botellas se superponían y seccionaban, las dejó convenientemente agrupadas como quien deja algo de lo que estaba deseando desprenderse. Parecía como alguien que acababa de recordar de improviso, alguien a quien algo, unas palabras, un objeto o unos olores, acaban de recordar algo que sin embargo no sabe muy bien lo que es o lo que quiere decir porque a lo mejor ni siquiera es un recuerdo sino más bien una intuición o un barrunto, y eso le dibujó por un momento una expresión como despejada y a la par enigmática en el rostro que no se podía decir en todo caso que estuviera reñida con el tono de voz que había empleado en la lectura. Por eso le digo que a usted la quería, Bertha, continuó, que con lo que era él, o por lo menos con la forma que tenía de ver y no ver las cosas, a usted la quería y la quiso siempre, y que lo de esa chica era otro cantar.

Sí, claro, a mí me quería –saltó Bertha como si le hubieran tocado en lo más vivo–, y por eso al final se fue con esa mocosa que encima he sido yo la boba que se ha adelantado a abrazar esta mañana y que espero no volver a ver en los días de mi vida. Me quería, claro que me quería, no faltaba más, pero a la que tocaba era a la otra y con la que se acostaba era con la otra, con el otro cantar, como usted dice, con la mujer idónea. Con esa mosquita muerta que ni siquiera es una mujer sino más bien un fotograma, una especie de fotografía en una portada de revista. A mí era a la que más quería, por supuesto, a la que quiso incluso después de quererme, y por eso muchas noches, cuando se marchaba de aquí después de haber pasado la tarde tan tranquilamente con usted, o con su dichosa montaña o lo que fuera aquello con lo que se entretuviera mientras estaba aquí, se iba bien entonado calle adelante, pero no al Hostal a dormir, como sabe cualquiera de los que se pasan allí las noches frente a la barra hasta que les cierran, que no se pierden nada de lo que pasa o deja de pasar, no a su habitación a dormir escaleras arriba, sino más bien a la carretera, a casa de quien no me haga decir quién si sabía que el otro no estaba. Así que ya ve lo que me quería, concluyó.

Se le habían ribeteado de rojo los párpados, y los ojos, de una extraña dureza fija y ausente hasta hacía algunos minutos, se le habían ido humedeciendo hasta el punto de que parecía que se iba a echar a llorar de un momento a otro. En un instante se le afeó la cara; era como si se hubiese hinchado de repente y se hubiesen desdibujado sus perfiles y abultado sus defectos, como si la edad, siempre al acecho para atajar en el momento menos pensado, hubiese avanzado en unos instantes lo que tarda años en recorrer, y las formas de su cuerpo, tan vistosas y abundantes que era raro que no impusieran a su interlocutor, se hubieran transformado de pronto en las de una matrona. Anastasio hizo ademán de ir a abrazarla, pero le azoraba demasiado la exuberancia de aquel cuerpo y de repente, sin saber a cuento de qué ni de qué no, le pareció como si nunca hubiera abrazado a una mujer en su vida ni tuviese la más remota idea de cómo empezar a hacerlo.

No se preocupe, le dijo Bertha notando su azoro, no se preocupe. No volverá a suceder. Ya he llorado demasiado, y no sólo desde que me enteré de su muerte o desde que él mismo pidió al periódico que lo mandaran a Berlín, sino desde mucho antes, casi desde el principio seguramente, como para a echarme ahora a llorar aquí delante de usted. Demasiadas lágrimas vertidas, demasiadas noches en blanco con la cabeza hecha un puro disparadero, demasiadas mañanas despertándome como si el estómago se hubiera vuelto de plástico y debajo del pecho tuviera algo que no dejaba que me llegara el aire a los pulmones, un animal, eso es, como si tuviera un animal que hubiese anidado en ellos y absorbiera todo el aire que entraba; el animal de los celos, del despecho, de la carne abandonada, el animal seguramente de eso que él decía que ya no existía, que era cosa de otra época, de otro estadio antropológico del hombre, como él decía, el animal sediento, hambriento y herido del amor que yo sí que tengo muy claro que era lo que yo sentía por él. Así que ya no creo que me queden muchas lágrimas, Anastasio, ya creo haberlas derramado todas y ahora lo único que quiero es enterrarlo yo también como hizo su amigo Gregorio, saber, entender y enterrar para ascender también yo a ese estadio antropológico superior donde por lo visto no se siente ni se padece sino que sólo se hace, dijo como con una mezcla de burla y a la vez piedad hacia sí misma que hubiera sido difícil deslindar. Luego extrajo un pañuelo del bolso —se retiró tras la oreja el mechón de pelo que le caía sobre la cara— y con un dedo debajo de la tela se secó las lágrimas repasando despacio la curva de los párpados. Cuando hubo terminado, miró a Anastasio de frente y sonrió, pero con una sonrisa tan excesiva y un esfuerzo tan doloroso para que aflorara, que inmediatamente se le volvieron a saltar las lágrimas.

Las malas lenguas dicen muchas cosas que a lo mejor son ciertas y a lo mejor no lo son, repuso Anastasio intentando mantener una expresión grave y distante. Dicen por ejemplo, como quizás ya sepa, que por la casa de la carretera también pasaba Julio cuando Ruiz de Pablo se ausentaba, y sobre todo Gregorio, o más bien El Biércoles, que bajaba muy entrada la noche con su manada de caballos y atravesaba las calles atemorizando a todo el mundo con el ruido de las pezuñas sobre el adoquinado hasta que llegaba a la casa de la carretera. Dicen que muchas noches atravesaba el pueblo en una dirección y luego en la otra varias veces, formando un estrépito de todos los demonios hasta que se desviaba por donde la fuente hacia la carretera, y allí lo veían subir por el balcón que da a la recta de Sotillo, donde ella, dicen, lo estaba esperando siempre desde que se empezaba a oír el tumulto de los caballos a la redonda. Eso es lo que dicen, y que la manada de caballos lo esperaba allí abajo al retortero hasta que, al cabo de las horas, y a veces podían ser muchas, se echaba encima de alguno desde ese mismo balcón tras el que cada día se la podía ver a ella pintando al atardecer si uno volvía por la carretera desde Sotillo. Entre los niños, sobre todo, no encontrará quien no le asegure haberlo visto u oído pasar alguna noche, y desde luego sus padres así se lo cuentan y se lo amplifican, lo crean o no, para meterles miedo. Duérmete o vendrá El Biércoles con su manada de caballos salvajes para llevársete al bosque, les dicen; sé bueno y estate quieto o llamo a El Biércoles para que se te lleve y te coma por el monte como hizo un año con aquella pobre niña de Villar.

Pero lo que yo sé de buena tinta, porque me lo decía él y porque algo oía además el ciego Julián, que vive a pocos pasos de la casa de su madre, según se sale luego hacia el monte por arriba, es que algunas noches, después de salir de aquí, adonde se llegaba en realidad Miguel era a casa de su madre. Subía, bien entonado a veces por las botellas de licor de endrinas o maguillas que me vaciaba día sí y día también, y al llegar allí bordeaba despacio la cerca de la finca y luego se aupaba sobre el murete de piedra para asomarse a la verja. Agarrado a los barrotes de hierro viejo y con la cabeza entre dos de ellos, me decía, se ponía a recorrer con la vista y la memoria todos los rincones del jardín y la huerta y todos los árboles a los que se había subido de pequeño, los ineses o los alfonsinas, como les llaman, así con el género cambiado, a los nogales o los cerezos o al resto de los árboles según quién los hubiera mandado plantar, si la abuela Inés o la bisabuela Alfonsina o incluso la tatarabuela Gregoria, porque siempre eran ellas, las mujeres, las que los mandaban plantar y no los varones, que si las oías hablar a ellas habían sido todos, con muy pocas excepciones, unos botarates redomados y unos auténticos sinsentidos.

Luego, cuando ya no podía más o cuando le rondaba lo que le rondara por dentro, empezaba a tirar de repente piedrecillas a los postigos de la ventana tras la que sabía que dormía su madre, primero con delicadeza, según dice Julián, y después ya a lo bruto y hasta con saña. Como no le hacían el menor caso, debía de empezar entonces a sacudir la verja y a dar voces primero suplicantes y deprecatorias y enseguida por lo visto más bien insultantes. Vieja reseca y renegrida, parece que decía, vieja marchita y correosa que debes de tener el alma más agusanada y más podrida que un tronco viejo y putrefacto, eres lo que más odio en el mundo, vieja amojamada, que no has sido nunca más que una mojama puesta a secar. Las primeras veces aún debieron de encenderse algunas luces aquí y allí; ¿no oye?, señora, me dijo que oyó decir una noche a la criada, es su hijo. Yo no tengo más hijo que Pablo, y tú misma sabes de sobra que él nunca se presentaría a estas horas y menos diciendo barbaridades, así que haz el favor de irte a dormir, debió de responder doña María.

Algunas mañanas de verano no ha faltado quien, al salir temprano de casa por el motivo que fuera, se lo encontrara allí arrebujado en el umbral de su casa, dormido contra uno de esos pilares de la verja de entrada que siempre han tenido encima esas siemprevivas tan hermosas, al lado mismo del acebo pequeño que aquí ponemos muchos a la puerta de la casa como para ahuyentar los malos espíritus. Mira a ver qué le pasa a esta puerta que no cierra bien, le dijo un domingo doña María a su ama de llaves, al salir de su casa muy de mañana para ir a la primera misa, antes de pasar sin mirar por encima del bulto que yacía dormido pegado a la verja.

5

Que por qué le odiaba tanto, dice usted. Le podría responder haciéndome a mi vez otras preguntas –dijo Anastasio, que acababa de ir a asegurarse de que Carmen se hubiera dormido otra vez–, pero ya me las he hecho un sinfín de veces y no quiero aturdirla ni mucho menos ofenderla.

Durante mucho tiempo llegué a pensar que todas las relaciones que establecía con las mujeres, por cortas o insignificantes que fuesen, no eran en el fondo más que una forma de detestar a su madre, de buscarla y detestarla enseguida. La época en que se desató el odio entre ambos, aunque todavía habría que esperar para la ruptura definitiva, es decir, para la expulsión ya sin vuelta atrás de su casa –que no se produjo sino a los años, cinco si no me engaño, de la muerte de su padre–, fue sin duda la época en que más fascinado estaba por Ruiz de Pablo, los años en que pendía literalmente de sus labios y no había palabra que saliera de su boca que no fuera como sagrada para él, como si le creara el mundo en el que iba a vivir en adelante.

La familia, como el amor y todas esas zarandajas sensibleras del viejo mundo reaccionario, es nuestro primer enemigo, nos decía Ruiz de Pablo con un convencimiento extraño que a mí se me hacía demasiado difícil de digerir y que Miguel, no creo equivocarme, supongo que no llegó a entender de verdad hasta la misma noche que precedió a su muerte, hasta su última visita a casa de Ruiz de Pablo. Los padres, la familia, las mujeres

519

que creen amarnos, son el vehículo y el molde de nuestro sufri-miento y nuestra infelicidad, decía, la estructura originaria de la transmisión de toda esa sentimentalidad rancia y lacrimosa que ha sido siempre la coartada para no vivir ni actuar. Por eso hay que explotarlos sin piedad, hay que utilizarlos y provocarles para lo que nos convenga o convenga al destino de nuestra ac-ción. En el mundo en que el hombre ha muerto, en que lo que se entendía por hombre ya no existe más que en la nostalgia, la blandenguería o el ansia de privilegio de unos cuantos —decía con palabras realmente extraordinarias y seductoras que yo a duras penas puedo reproducir–, las viejas relaciones entre los hombres son sólo un estorbo, una carcasa vacía y aparatosa que no le deja a uno ni rebullirse, un reconocimiento de impoten-cia, una debilidad de otra época.

Como si aquellas palabras le vinieran un poco grandes y le hiciera falta tomarse un respiro, Anastasio hizo una pausa y echó un par de troncos más al fuego; antes había removido los que estaban ardiendo –se les oyó crepitar en el silencio– y ense-guida se levantaron unas llamas que parecía como si sólo lamie-ran por fuera a los nuevos, como si sólo los rozaran o envolvie-ran, y sin embargo poco a poco los irían penetrando hasta su último reducto. Cuanto más vieja y más seca mejor arde la leña, dijo, al revés que con las personas.

Pero ésa, le decía, continuó como si hubiese hecho aco-pio de las fuerzas que necesitaba –prométame que no se va a ofender, le había dicho antes–, fue sólo la época en que empezó a desatarse lo que venía ya de atrás, de muy atrás, creo, y de donde fuera. Durante ese tiempo, un poco antes y sobre todo un poco después de la muerte de su padre, Miguel traía cada vez que venía a una chica distinta. Déjalo que disfrute mientras sea joven, le decía su padre a doña María, y ella callaba y hacía como que no le veía. Desde su habitación, pared por medio de la de Miguel, se debía de pasar las noches en blanco oyendo la mujer a su hijo y a su compañera de turno, hasta que una vez –¿quiere que siga?, le preguntó Anastasio–, como a los cinco años más o menos de la muerte por accidente de su padre, ya le digo que si la memoria no me falla –Miguel volvía ya de vez en cuando del extranjero–, debió de venir con una mujer de la ciudad que a ella le sonaba haber visto ya otras veces o que le había dicho quien fuera que si había estado o no con su marido cuando fuese. El caso es que se la presentó con toda la pompa y la retranca del mundo, y que por la tarde mandó que les trajeran el café al gabinete de la casa en que solía tomarlo siempre su madre, que por supuesto no apareció esa tarde. Grita todo lo que puedas y haz todos los aspavientos que puedas, me contó que le dijo a la dama al acostarse, y toda la noche debió de pasársela por lo visto en vela su madre oyendo los jadeos y las alusiones y barbaridades más bárbaras que hubiera podido oír.

A la mañana siguiente, cuando se despertaron ya tarde, doña María se había ido a la ciudad. La casa estaba sumida en un agradable silencio, según ha recordado siempre Miguel –sólo se oía el gorjeo de los pájaros en los árboles de la huerta, decía– y todo presentaba un tono acogedor y cálido en torno. En una bandeja a un lado de la mesa perfectamente preparada para un desayuno de dos personas, había una nota para él. La cogió y, mientras sin inmutarse ni hacer el menor comentario el ama de llaves les servía el café, se puso a leerla. Cuando te vayas después de desayunar, haz el favor de fijarte bien en todo y cerrar luego bien la puerta, decía la nota, porque será la última vez que pases por ella. A partir de este momento, y a todos los efectos, consideraré que sólo he tenido un hijo, y ése desde luego no eres tú. No vuelvas a intentar acercarte bajo ningún concepto a mí ni a esta casa en los días de tu vida. María Blanco Ibáñez. Firmaba con todas las letras, y luego había puesto la fecha y la hora. No había ni una coma ni un acento fuera de su sitio y ni un solo temblor o vacilación en una sola letra, me dijo muchos años después Miguel, de la misma forma que no ha habido nunca luego la menor vacilación tampoco ni el más pequeño paso atrás en su proceder. No volvió a verle ya nunca más la cara.

En cuanto su madre se enteraba de que había venido –parece que anda por aquí, le decía por lo visto Eugenia, Eugenia Díaz Ruiz, el ama de llaves, sin ponerle nunca sujeto a la frase–, la buena mujer solía dejar no sólo de salir, de asistir incluso a misa a la hora que fuera –seguro que Dios lo entenderá, decía–, sino hasta de asomarse a la ventana o a la verja por ningún motivo. En el Hostal aseguran que si alguien, muy pocos, se había atrevido al principio a preguntarle al respecto, había recibido siempre la misma o parecida contestación: que ya se había pasado una parte de la vida esperando a que le trajeran la noticia de que su marido se había estrellado contra un árbol o un ciervo o se había caído por un terraplén, y no tenía ninguna gana de volverse a pasar la otra parte restante esperando también a que, un día, en el momento menos pensado, pero más bien pronto que tarde, le volvieran a traer de nuevo una noticia parecida pero referente ahora al otro, como llamaba a Miguel cuando no podía por menos de referirse a él.

Parecen cortados por el mismo patrón, se ha dicho siempre por aquí de padre e hijo, como si les hubiese picado a los dos la misma mosca o un mismo flujo obstinado y voluble a la vez circulase empedernidamente por sus venas hasta el final. Porque desde luego a nadie le extrañó nunca la muerte violenta de uno, que tenían vaticinada desde hacía mucho y estaba sólo a falta digamos que de una mera ratificación, ni la del otro, que daban también por descontada, aquí o en cualquiera de las ciudades o las guerras a las que acudía, y a manos de quien era de prever o bien a consecuencia de cualquier otro disparo más o menos perdido y sin embargo reservado desde un principio para él. Era como si un mismo e insoslayable destino les hubiese tenido amarrados desde siempre, como si, por mucho que uno corriese y el otro anduviera el mundo entero y cambiara continuamente de todo, casi hasta de piel, no tuvieran más remedio que pasar al cabo por los mismos trances y acudir a la cita en parecidas encrucijadas. Bailan al mismo son, decían, o está en su destino, en ese destino cuyas pistas se pierden en las ciudades en que viven ustedes, pero que en estos pueblos se sabe leer desde siempre igual que se sabe leer el tiempo mirando a Cebollera o hacia los montes de detrás de Sotillo. Ha salido al padre, sentencian, o es igual a su abuelo; es «Maula» o es

«Cedrón» o «Cardelina», es como todos los «Reznos», dicen, según los apodos –que más que nombrar caracteres, si bien se mira designan en realidad destinos–, y entonces, cuando ya un día se ha atinado a desentrañar las diversas líneas que se trasmiten y entrecruzan en cada familia y a las que hacen referencia esos motes, más decisivos que los mismos apellidos, y a identificar la que se lleva la palma en cada uno, ya se sabe aquí, con escaso margen de error, lo que uno puede dar de sí en la vida, entre qué estrechos cauces de posibilidad se va a mover su voluntad y sobre todo su presunción. Porque nada hay tras las cristaleras invernales del Hostal o junto a la barra de la taberna que más escepticismo cause, y también más escarnio, que cualquier presunción o cualquier farol en la vida, cualquier asomo de una voluntad excesiva y engreída cuando ya se ha descifrado el hilo de la hebra de la que viene.

Así que lo que de veras cuenta es el mote, que atraviesa las generaciones y se cruza y entrevera con otros, pero que para unos ojos atentos, y lo que aquí nunca falta es la atención –el alma de la atención, decía Miguel–, ofrece siempre poco margen de duda. Siempre llega un momento, ante una actitud, una reacción o unos gestos, incluso una forma de andar o de moverse, en que alguien, ahí acodado en silencio a la barra de la taberna o junto a la cristalera del Hostal, sentencia que no en balde es «Maula» o ha salido «Cedrón», y a partir de entonces, a partir de ese gesto o esa reacción que ellos han identificado por fin, de ese reconocimiento que es como un reconocimiento del Olimpo, es como si ya tuvieras asignado un carácter o más aun, como si el destino, que ahora ya equivale sin el menor resquicio al carácter, ya te hubiese pillado definitivamente. Por eso no se extrañe usted si la miran mucho u observan tanto hombres como mujeres cada gesto que usted haga; no es tanto que le miren el cuerpo o la deseen, que también algo de eso seguro que habrá, sino sobre todo porque aquí se atiende a los gestos y a las actitudes de cada uno desde que nace o llega aquí como quien atiende a las peculiaridades de una pieza de puzzle que hay que encajar. Nada se les escapa, ninguna actitud, ningún ademán; parece que no oyen, que están a lo suyo, que son más toscos que un arado o tienen el cerebro tan encallecido como sus manos, y sin embargo no pierden ripio ni echan nada en saco roto, y de cada uno de los gestos que ellos hacen, de cada modulación de voz o cada arranque de movimiento, todos tienen ya la mayor constancia y saben, por somero o amagado que sea, lo que significa o entraña. Por eso parecen tan taciturnos, tan secos y suficientes, pues muchas veces les basta con una alusión para expresarse, con un comienzo de frase o un amago de ademán, un mero conato, y otras muchas sólo con el silencio, con un silencio espeso e inabarcable que sólo hace buenas migas con el destino.

De Miguel siempre se había dicho que había salido a su padre, que era «Cedrón» como él, y no «Cardelina» como su madre, pero que sin embargo no tenía nada de «Maula» como tenía su padre también por parte de madre, nada de ese carácter engreído y ambicioso que daba la impresión siempre de que todos le debieran algo y no le pagaran, más parecido por ejemplo al que tenía también por su parte Ruiz de Pablo.

Para el pueblo, para el valle entero —entonces su madre lo echó hará unos quince años, si dice que fue a los cinco de la muerte del padre, le había dicho Bertha—, padre e hijo fueron siempre en el fondo como extranjeros; su padre aunque llevara cuarenta años casado con una hija de siempre de aquí, y Miguel aunque hubiera nacido aquí y de madre de aquí. Algo había en él, al igual que en su padre, que los hacía irremediablemente extranjeros, esencialmente extraños. Miguel era siempre el que venía de afuera, pero de un afuera —como él hubiese dicho— no tan sólo geográfico sino también temporal, el que venía en realidad de otra índole de las cosas, de otra efectiva condición de las cosas donde todo busca ya sólo su potenciamiento, decía, no su propensión o su perseverancia sino su potenciamiento, y a mí se me hacía muy cuesta arriba entenderle. Todo va perdiendo sus contornos y su fijación y tiende a convertirse en su sola relación, decía, en un continuo entrar y salir de sí mismo y un continuo atravesarse.

Miguel era pues –y ésa, la otra, llegó aquí hará unos veinte años, ¿no es así?, interrumpió Bertha al cabo de un rato– no sólo el que venía de afuera, sino también el portador y el depositario de una especie de extrañeza de la que él, más que ser consciente, era su primera y última víctima. Siempre que venía, desde el principio y hasta el último viaje, dejaba el coche de alquiler justo antes de entrar en el pueblo, delante mismo del indicador de la población antes de los castaños; sacaba su bolsa y se iba andando y dando a veces un rodeo hasta el Hostal, como si no pudiera ser nunca nada más que un extraño, que un intruso inclusive o un advenedizo que no se atrevía a entrar dentro, siendo en realidad tan de aquí como cualquiera. Venía también con un aspecto distinto cada vez, como con una máscara, se podía llegar a pensar, como si de ese afuera de las cosas sólo se pudiera volver ya disfrazado. Muchas veces, al llegar al Hostal a pedir una habitación, hasta al dueño o a su hijo, más joven y acostumbrado a esas cosas, les costaba lo suyo reconocerle. Usted dirá, le decían sin atreverse mucho a mirar a los ojos a un individuo a todas luces chocante, con una barba tan crecida que parecía un patriarca del Antiguo Testamento, o bien a un hombre elegante perfectamente rasurado y con el pelo corto otras veces. No le había reconocido, solía ser el comentario de detrás del pequeño mostrador de la recepción, no hay forma de reconocerle de una vez para otra. Cuando no venía con el pelo muy corto, lo hacía con los cabellos más o menos largos, cuidados o bien muy despeinados y cortados siempre de formas distintas o recogidos a veces atrás en una cola de caballo y, también, como en su penúltimo viaje, el último en que yo llegué a verle con vida, con aquel bigote tan poblado que tenía y ya casi gris al final y una barba de pocos días. Aunque qué le voy a contar a usted en ese aspecto que no sepa, usted me disculpará. Pero para los de aquí –a ver ahora cómo nos viene la próxima vez, decían en el Hostal– era como si todo eso subrayase más aún su extranjería, como si todo ese variar y querer variar, ese querer aparecer siempre distinto y pasar de una cosa a otra, tuviese en sí algo de nefasto o fatídico. Claro, decían,

¡cómo iba a ser de otro modo! Cuando de joven le empezaron a ver cabalgar de aquella forma tan inconcebible e insultante, ya no les cupo la menor duda. Por ese camino, siempre había quien decía, no me extrañaría nada que un día... Un día, decían, o el día menos pensado, el mejor día o cuando menos se lo espere, cuando menos falta haga, como decimos aquí de casi todo en el fondo, igual que si supiéramos desde siempre que, por más fija y robusta y vigorosa que parezca una cosa, no es mucho más en el fondo que un soplo o que el aire de las sámaras, que dice siempre el ciego Julián. Por eso, cuando ha ocurrido lo que no ha podido por menos que ocurrir, como diría su madre, a nadie le ha cogido de nuevas ni le ha extrañado lo más mínimo; ha sido como si ya hubiera estado ocurriendo desde siempre y como si ese disparo, y esa última caída a la balsa, los hubieran estado oyendo y viendo todos desde un principio, y lo de menos para ellos, si me apura, es saber al final si en verdad ha sido él quien se ha disparado o ha sido el otro o el de más allá, porque en el fondo para muchos la diferencia es mínima.

—Veinte años, dice usted, veinte años largos que vino aquí esa otra con Ruiz de Pablo –intercaló Bertha–, como los que hace entonces más o menos que murió el padre de Miguel. Pero ella vendría un poco antes de su muerte, ¿no es así?

También Julio y Gregorio, es verdad, cabalgaban de esa forma caprichosa y deportiva –antes, sí, un poco antes, le había contestado Anastasio sin dar opción a desviarse, como si tuviera miedo a perder el hilo o a olvidar las palabras exactas con que debía contar lo que contaba; unos meses antes tan sólo–, pero en los gestos de Miguel, en su displicencia y desenvoltura innata, había algo que lo hacía esencialmente distinto y esencialmente insultante, como si aludiera a algo que de algún modo todos hubieran querido y nadie hubiese podido realizar, igual que cuando venía con aquellas muchachas que se subía al monte y luego metía en casa de su madre. No sé qué andará buscando, repetía de vez en cuando alguno en los últimos años al verle venir con mayor insistencia, no sé qué andará buscando. Será por decir, oí un día que le respondían, porque lo sabes igual que lo sabemos todos. Lo mismo que el otro, ¿no, Anastasio?, me dijeron. Enredar y traer discordia, nada más. O bien algo contra lo que estrellarse o hacia donde despeñarse, igual que su padre, y esas cosas siempre están lo más cerca posible de uno, no hacía falta que se fuera tan lejos.

O sea que el padre de Miguel se mató, concluyó Bertha como si no hubiera estado escuchando, meses o a lo mejor hasta días sólo después de que Ruiz de Pablo volviera a establecerse aquí con la otra. Claro.

Pero lo que estaba buscando, prosiguió Anastasio, el viejo Anastasio, como si estuviera por enunciar una conclusión aquilatada y sopesada durante mucho tiempo que no admitía desviaciones, lo que en el fondo estaba buscando –cómo se lo diría yo– era una especie de hospitalidad, una especie de nueva adhesión de alguien –ésa era su palabra– que se convirtiera en una nueva adhesión y una nueva hospitalidad de las cosas. Alguien que lo acogiera de veras de nuevo e hiciera así las veces de toda la comunidad de las cosas. Pero para ello –y ese alguien no podía ser yo solamente– tal vez tenía que salvar un último obstáculo o franquear un último umbral –o tal vez dos– sin el que todos los obstáculos salvados con anterioridad, y toda la desenvoltura y la displicencia mostradas durante toda su vida, no eran sino la forma de una sujeción más profunda. Y para ese último umbral, para esa última desenvoltura, tal vez por lo que tenía de íntimo o de monstruoso, siempre le habían faltado fuerzas o le había faltado decisión o más bien algún tipo de certeza. Algo que devuelva las cosas a su sitio o las emplace de nuevo con solvencia, solía decir, una sangre derramada o un lenguaje o tal vez sólo un abrazo, y esa certeza o impulso se lo dio por fin la última carta con las averiguaciones de Julio. Hay que liberarse incluso de la libertad, decía al final; para ser libres de veras hay que estar un poco presos y liberarse también de la libertad.

Claro, repuso Bertha con la mirada como petrificada en los ojos –se le descomponían enseguida las facciones cuando se indignaba lo mismo que cuando sonreía–, alguien que le acogiera en su seno y que le protegiera, pero que le protegiera sobre todo de sí mismo, porque cuando lo encontraba y se daba cuenta de que lo había encontrado, entonces enseguida lo rechazaba y volvía a las andadas.

Volver a las andadas –repitió con los ojos fijos en el fuego–, echarse al mar; en el fondo es verdad que todos los hombres son iguales o por lo menos los que no aspiran, de la forma y con la intensidad que sea, más que a ir en última instancia a la guerra, a echarse a luchar o echarse al mar, pero exigiendo siempre que alguien les aguarde, que una esposa fiel teja en su ausencia el tiempo de la espera o de su acabamiento, lo teja o lo pinte, da igual, pero con el sacrificio de una imaginación completamente consagrada. Que alguien permanezca siempre en un sitio fijo a la espera, a veces olvidada y otras anhelada, pero en todo caso siempre ahí, aguardando en el lugar de la casa y el árbol para dar significado, para dotar de sentido a lo que no es más que miedo y olvido o querer hacer soportable lo insuficiente de la vida y la soledad de las pérdidas en que ésta consiste; que alguien espere para que cuando ellos vuelvan a comprobar la exactitud de la fidelidad y a hacer una escabechina de los pretendientes y una poda definitiva de las posibilidades de quien les ha estado aguardando, puedan sentirse acogidos y reposar tranquilos en el lecho fijo tallado en el viejo árbol en torno al que se edificó la casa, para que puedan sentirse acogidos y seguros y sentirse por fin ellos mismos o bien el reverso exacto de ellos mismos, porque lo más cercano a sí mismo es siempre el miedo, y por eso van a la guerra o se lanzan al mar, para poder no sentir luego más que el deseo del regreso, de que alguien les haya estado sacrificando una vida como si fueran dioses y les acoja con el corazón limpio a su vuelta. Pero tampoco para siempre como querrían creer, sino sólo por un momento, por el tiempo necesario para quitarse de encima el miedo, para sacudirse el miedo más verdadero, el miedo quizás a no ser yo más que sólo hasta cierto punto, y sentir enseguida la angustia por no sentirlo de nuevo a lo grande; sólo por ese breve lapso de tiempo que transcurre entre el abandono del miedo y la llegada de la angustia por no sentirlo, antes de echarse otra vez al mar en busca de nuevas modalidades de guerra. Porque nunca pueden olvidar la promesa que la belleza les hizo en una isla de su imaginación de hacerles inmortales y pervivir en la eterna juventud de los sueños, una promesa que ellos creyeron rechazar por volver a casa, para volver a casa y envejecer junto a la esposa que aguarda y al lecho tallado en el árbol. Pero no saben, o no quieren saber, que si de verdad rechazaron esa sugestión no fue por otra cosa que por miedo también, por un auténtico pavor que luego pagaron los pretendientes. ¡La casa, la madre, el viejo árbol, la madera del lecho y la incondicionalidad de la esposa!, ¡algo limpio y ofrecido, nítido y permanente, que les espere dispuesto para acogerles tras una ostentación de fuerza y astucia!: siempre igual desde el principio de lo que fuimos y siempre igual hasta el acabamiento o la náusea. Pero, claro, quitada aquí su madre y muerto su padre, ese alguien no podía ser más que la otra, más que esa Blanca, Blanca Álvarez Soto o como se llame en realidad, que lo esperaba cada vez, quizás como esperaba a todos, porque no podía hacer otra cosa y la habían reducido entre todos a no poder otra cosa, y en cuya casa no se ha oído, supongo, que se quedara a la puerta. Por no hablar —concluyó— de lo de aquel verano en la fiesta, ¿o me va a negar también eso? Porque eso sí que lo vieron todos.

Se equivoca, Bertha, se equivoca —perdone Anastasio, perdone usted, que ya no sé lo que me digo, debe de ser su licor de maguillas, le había dicho Bertha al terminar—, porque por decir se ha dicho aquí de todo. Hay quien dice también que no subía, o que por lo menos no siempre subía a casa de Ruiz de Pablo cuando éste no estaba, sino que a veces se quedaba también abajo después de salir de mi casa o de ver al tabernero, en el quicio de su puerta sin acebos, y que se quedaba igualmente dormido, borracho como una cuba y sin siquiera llamar hasta que Remedios, la criada, Remedios López Vadillo, esa mujeruca que pesa lo que un pajarillo pero que como ellos no para un momento de moverse, lo encontraba allí, acurrucado en el um-

bral como si fuera un mendigo, al llegar por la mañana temprano después de haber atravesado todo el valle desde la Aldehuela, ese pueblo del otro lado en la falda de la Carcaña.

Pero no falta tampoco, y son los más, quien asegura en la
taberna que a quien en realidad buscaba y rondaba desde siempre, aunque sin reunir el valor suficiente, no era tanto a ella
como al mismo Ruiz de Pablo, y por eso alguna vez lo había
encontrado la criada de madrugada en el quicio de la puerta estando incluso él en casa. Eso explica muchas cosas del día del
crimen, aseguran, y parece que han asegurado estos días al juez.

6

Se habían apagado hacía poco por Cebollera los últimos resplandores de aquella calurosa tarde de agosto y las estrellas, apenas se apartaba uno de las luces del alumbrado público y los farolillos de la fiesta, parecían reverberar aquella noche como poderosos luceros en lo alto quizás no tanto para decir algo de lo que es difícil hacerse cargo, cuanto para avisar más bien, pensó Miguel, de la peliaguda y enrevesada operación de significar. El aire de la noche, aunque a aquellas horas de la fiesta estuviera ya mezclado con la pólvora de los fuegos artificiales y los efluvios del vino que se trasegaba bajo las acacias de la plaza, olía al perfume finísimo de las hierbas que componían el heno de aquella zona, y el intenso calor del día, de dura y caliginosa canícula, había dejado paso, como es habitual y paradójico, a una profunda y serena noche estrellada.

En la plaza de las acacias de detrás del Ayuntamiento se apiñaba ya la pequeña muchedumbre del pueblo y las poblaciones colindantes, y una orquesta venida de la ciudad había empezado a tocar, sobre un entarimado levantado a uno de sus lados con la misma tozuda ilusión de todos los años, desde el comienzo mismo del atardecer. Eran tonadas populares, ritmos clásicos y pegadizos con los que habían bailado siempre aquellas gentes y algunas canciones también más modernas pero ya lo suficientemente envejecidas, como si hubieran necesitado ser sometidas a una pátina de tiempo antes de poder sonar allí; y nada más escuchar los primeros compases, nada más llenarse el aire de aquella estrepitosa sonoridad cuyo eco se oía como a oleadas prácticamente en todo el valle a la redonda –pero no me irá a decir que el día del baile a quien rondaba era también al otro, insistió Bertha, porque aquello lo pudo ver todo el mundo, ¿o me lo va a negar?–, la vieja Remedios, la anciana ágil y sarmentosa que no podía estarse un momento quieta y parecía como si nunca anduviese sino con la ligereza y los saltitos de los pájaros, la anciana para quien servir parecía que fuese no ya una necesidad o una costumbre sino un verdadero rasgo de distinción y la edad incluso un adorno, había empezado a encaminarse hacia allí acompañada esa vez de toda la familia. Habían cruzado andando de una parte a otra el valle con los trajes de la fiesta –venga, venga, que nos vamos a perder lo mejor, decía para azuzarles– y al llegar al pueblo la ayudaron a empujar la silla de ruedas de su señora primero carretera adelante y luego calle arriba, frente a la iglesia, hasta atravesar la plaza de la fuente donde tenía parada el autobús de línea y se hallaba el edificio del Ayuntamiento. Parecía una comitiva: la silla delante, empujada por algún yerno o sobrino de la anciana, y ella ora al lado de Blanca hablando deprisa con ella, ora detrás animando a uno y obligando a otro a aligerar el paso, poniéndole bien la ropa a algún niño o arreglándole el peinado a alguna chica, mientras no dejaba de dar indicaciones a los hombres que iban delante para que llevaran la silla por donde hubiera menos baches.

Ruiz de Pablo se había tenido que ausentar ya al mediodía –se lo habían llevado en un coche dos jóvenes, de esos que de vez en cuando venían a verle por la noche o a la hora de la mayor canícula en verano y nunca entraban en la taberna ni saludaban ni casi se dejaban ver ni de lejos– y otro coche, el coche siempre distinto de alquiler de Miguel, había sido visto ya la tarde anterior aparcado a la entrada de la población. Así que Anastasio supo que, a la mañana siguiente, en cuanto acabara de lavar y peinar a Carmen y subir con ella el primer trecho del camino en dirección al viejo maguillo, ya desde poco después de los depósitos del agua, empezaría a ver la silueta de aquel hombre al que a todo el mundo le costaba lo suyo reconocer quizás menos a él, y sobre todo a Carmen, que saltaba de gozo en cuanto le veía aguardando bajo el árbol de maguillas o apoyado en la cerca del otro lado del camino, justo antes de la bifurcación que por un lado lleva hacia las balsas y luego a la Peñuela y por otro a la fuente del Haya y el Guardatillo. ¿Hacia dónde vamos hoy?, le diría casi como todo saludo al principio y como si ayer no hubiera sido hacía ya mucho tiempo.

Pero aquel día, el día del baile de la Virgen de agosto de haría por lo menos tres años, había salido del Hostal tras las primeras canciones que penetraban en la habitación con el aire perfumado del anochecer. Todavía faltaba para que la línea de la Calvilla se sumiera completamente en la noche después de unos momentos de extrema nitidez, y él se detuvo abajo en la barra del bar para hablar con el dueño del Hostal mientras bebía algo –una botella entera de vino se vació el tío, dijeron luego algunos de los pocos que aún no habían abandonado su puesto junto a la cristalera.

Hasta que no le tuvieron cerca –¡cómo se oían los grillos aquella noche!, recordó luego el ciego Julián– nadie pareció reconocerle cuando llegó a la plaza de las acacias. Algo, algo que no parecía estar ni siquiera en su aspecto, en sus cabellos largos y mucho más grises que otras veces, ni en la barba de meses en la que también empezaba a predominar ya el color blanco, producía un efecto extraño en quien acertaba a mirarle; un efecto como de lejanía y desconcierto que desazonaba, como el recelo, mezcla de admiración y rechazo, que suscita una edad demasiado poco acorde con las trazas y actitudes. No era que viesen a un hombre envejecido –tampoco a un desarrapado, vestía un buen pantalón blanco y una estupenda camisa granate de lino–, sino más bien a alguien que se diría como que quisiese ensanchar de tal modo aquel instante y erradicar tan de cuajo todas las dimensiones ajenas a él, el despecho y la nostalgia o tal vez sólo el miedo, que era como si todo lo de aquel momento, el lugar y la música o más bien el vino y la noche, pudiera quedar no sólo realzado, sino como detenido para siempre. Pero tampoco era eso a lo mejor exactamente, sino tal vez incluso lo contrario: el tiempo, el tiempo en sus ojos o en el desafío de sus ojos echándose encima de estampida –como él había dicho de los ojos de los gatos monteses agazapados en los árboles– en el umbral de un hueco.

No había más que mirarle a los ojos últimamente, le dijo alguien al juez, para comprender que no venía más que a lo que venía, a traer discordia, dijo, a enredar con lo más sagrado, como siempre, y a llamar a voces a la desgracia; lo raro era que tardara tanto en llegar. Cuando el diablo no tiene nada que hacer, con el rabo caza moscas, repetían. Pero aquella noche olía a vino en las mesas dispuestas a un lado de la plaza y adornadas con yedra y ramas de roble –se oían los grillos cuando por un momento cesaba la música y se acomodaba el oído–, y los hombres se agolpaban junto a ellas. Cogían varios vasos blancos de plástico, llenos a rebosar de un vino recio y subido de color que al gotear les obligaba a apartarse de él componiendo lo que casi parecía una reverencia, y luego los distribuían entre las mujeres o los amigos de algún corro. ¿Usted no bebe?, le dijo Ramos Bayal, Fermín Ramos Bayal, el vecino de Ruiz de Pablo, que fue el primero en reconocerle. Pero él no pareció oírle, ni oírle ni verle siquiera como a lo mejor tampoco le había oído ni reparado en su presencia nunca en la vida, y fue entonces, al verle pasar junto a ese Fermín que parecía preludiar siempre según Anastasio los acontecimientos como una corneja de mal agüero posada en la empalizada del camino, cuando algunos más, o bien ya por lo visto todos, según dio después la impresión, debieron de verle obstinar todavía más la mirada y apretar el paso apartando a la gente como si nada ni nadie significara nada para él allí delante a no ser una sola cosa y una sola persona, la misma cosa y la misma persona que, habiéndole abandonado mucho tiempo atrás, tal vez sin embargo por eso mismo no le acababan nunca de abandonar como si fueran la obsesión de la Calvilla o el olor del enebro y que ahora, además, estaban allí en medio de todos y ante su vista.

Hizo a un lado a algunos —él no se desvió un solo centímetro aunque se fuera topando continuamente con la gente— y atravesó la plaza en diagonal por donde varias parejas estaban bailando. Lo vi llegar como quien ve echarse encima un nublado, dijo luego Remedios, la vieja y solícita Remedios, que no le había quitado ojo desde que le reconoció y desde el principio se había temido lo peor; y a mí me tiró el vino encima, añadieron otros, y por supuesto ni siquiera hizo ademán de disculparse sino que siguió su camino como si nada directamente hasta ella.

Sin el menor interludio ni la más leve palabra, como si aquello ya hubiese estado pensado y ensayado desde siempre —ella se lo comía desde lejos con los ojos mientras él se acercaba, se dijo luego—, la cogió con una fuerza imprevisible y la levantó a peso muerto de la silla de ruedas como quien arranca un árbol de raíz. Se la colocó bien entre los brazos —ella le había pasado los suyos por el cuello y sonreía— y la llevó hacia el centro de la plaza como quien lleva una víctima a un altar propiciatorio o entra más bien a una recién desposada a la cámara nupcial. Y allí empezó a seguir el ritmo de la música, empezó a bailar y dar vueltas y más vueltas en redondo con ella en brazos, adentrándose por un rincón y otro de la plaza como para abarcarlo todo con ella, como para asegurarse de que a nadie le pasara inadvertido y centrar todas las miradas antes de volver de nuevo sin cesar de dar vueltas hacia el centro. Todos los ojos acabaron por confluir en ellos y muchas parejas se detenían para mirarlos. Nunca habían visto a Blanca tan colmada de lo que sin embargo siempre rebosaba en ella, tan llena de ese movimiento que desprendía su figura aunque no pudiera moverse. Era como si el ritmo mismo estuviese en sus ojos, en esos ojos que a Julio siempre le querían recordar algo o traer a colación algo que siempre se le escapaba, o estuviera en algún rincón interior de sus ojos y no en las piernas de Miguel; como si aquella persistente sensación de que siempre estaba moviéndose aun no pudiendo hacerlo nunca se hubiera verificado por fin aquella noche y, aún más, como si, a partir de un determinado momento, el mismo Miguel no se moviese incluso más que gracias a la fuerza y la energía que ella emanaba y le contagiaba, al movimiento profundo que se celaba en su parálisis. Echaba hacia atrás la cabeza –tenía la cara despejada y luminosa y los pómulos colorados como quien lleva mucho tiempo corriendo– y soltaba por momentos los brazos y los abría balanceándolos igual que si estuviera planeando en el aire. Luego los replegaba y enderezaba la cabeza –su cuello era esbelto y grácil como el de una bailarina– y se los echaba de nuevo al cuello a Miguel para sujetarse; le pasaba las manos por detrás y las entrelazaba en la nuca acercando la cara hasta rozarle la suya un momento y dejarla caer después en su pecho en un gesto como desmayado y enérgico al mismo tiempo que a muchos debió de parecerles el no va más ya de lo indecoroso.

Miguel bailaba y bailaba como si nunca se fuera a cansar, como si la misma noción de agotamiento no figurara en el orden de lo posible aquella noche; sudaba –tenía la camisa de lino granate y el pelo y la cara cada vez más empapados de sudor– y mantenía los ojos clavados en ella igual que si un imán los retuviese o bien sólo de allí pudiera sacar una energía que, lejos de consumirse, parecía ir en aumento a medida que bailaba y se bamboleaba de un lado para otro dando vueltas y más vueltas cada vez a mayor velocidad. Lo fijo, lo estable, parecía una vez más la vorágine del movimiento, el remolino de las vueltas y revueltas con que la llevaba en volandas, y todo lo demás en torno, los farolillos suspendidos de los cables, las acacias, la gente de pie no sólo expectante sino como detenida casi en vilo en su misma expectación y las parejas que habían ido poco a poco dejando de bailar por temor a que las arrollara con su ímpetu, podía dar la impresión por el contrario de componer una especie de torbellino, de tumulto en continuo desplazamiento circular hacia un lado y el otro de aquel espacio y aquel momento del que casi nadie pensaba que no fuera a acabar en alguna tragedia.

Se le va a ir la cabeza, se oía, o lo raro es que no se le haya ido ya, y la propia orquesta daba la impresión de que se hubiera contagiado del ritmo que imprimía a sus movimientos y forzaba el compás para imponer una mayor celeridad a la música. Y él la seguía meciendo, seguía haciéndola ondear y balancearse en volandas al compás no ya tanto de la música que tocaban, sino de otra música más profunda e íntima igual que si fuera una hoja agitada por el viento, una hoja de la que ni siquiera el ciego Julián a lo mejor hubiera sabido decir a qué árbol correspondía. Pero cada vez iba sudando más y más, y el sudor llegó a empaparle casi por completo la camisa y le chorreaba de la frente hasta metérsele en los ojos. Soplaba para apartarse los mechones mojados de la cara cuando ella no daba en echárselos para atrás, y sus resoplidos iban pareciéndose cada vez más a los de un animal que no se sabía bien si es que estaba herido, en el ápice incluso del dolor de la herida, o bien exultante de plenitud hasta ya no poder más, pero en todo caso a punto de reventar. Ella, como si en aquel momento se volatilizasen por completo años y años de inmovilidad y sujeción, era la imagen misma de la desenvoltura, y la alegría parecía desprenderse de su rostro con la misma naturalidad que la luz de los farolillos que colgaban de los cables tendidos entre las acacias. Y se reían, ambos se reían y llevaban mucho tiempo riéndose con una risa estentórea e inclasificable que era como el eco de sus miradas y que a más de uno empezaba ya a causarle pavor más que miedo.

A lo mejor aquello no duró más que unos minutos, qué sé yo, tres o cuatro minutos, le dirían años después al juez al contarle aquella escena que para muchos puso al descubierto lo que ya todos sabían; pero le puedo asegurar que se nos hizo a todos eterno. Nos tuvo con un nudo en la garganta hasta que todo acabó, completamente en vilo, y ya luego durante días no se habló de otra cosa. Que si se hubiera presentado el otro de repente, que si cómo se miraban –cómo se reían–, que si se veía venir o si aquello duró más de lo imaginable, aquella desfachatez en medio de todos, aquella delirante concatenación de una pieza tras otra sin el menor descanso entre ellas –¡pero a qué esperáis!, les había gritado a los músicos la primera vez que acabaron una canción y quisieron hacer unos segundos de pausa, ¡es que no queréis tocar!– que por un momento les pareció que podía durar hasta el infinito o que era incluso el infinito, pero que sin embargo –lo infinito es también el aire de las sámaras, decía el ciego Julián–, sin embargo de pronto, en un momento en que ya la gente no tenía ojos más que para la inminencia de cualquier desenlace y la danza parecía haber alcanzado ya desde hacía rato un ritmo frenético que parecía lo único capaz de mantenerla en vilo, como si se alimentara de su propio desgaste, Miguel, que hasta ese instante había dado la impresión de tener la corpulencia y la entereza que tienen los viejos robles, de repente trastabilló, resbaló en algún charco del mismo vino que él seguramente había hecho derramar, y toda la fortaleza de la que hasta entonces había hecho gala se convirtió en un abrir y cerrar de ojos en el más puro desvalimiento cuando fue a caer, con toda la aparatosidad y el desgobierno de una peonza que tropieza a toda velocidad con algo y concluye disparatadamente su baile, con ella encima contra una de las mesas llenas de vasos y garrafas de vino y adornadas con ramas de yedra y roble, que se vino abajo con estrépito al abalanzarse contra ella y contra la gente que se agolpaba en torno. El vino se esparció por todo –los gritos– y la música se detuvo en seco aunque nadie pudiera oír ni por asomo el canto de los grillos. Pero lo que no se apagó, lo que en ningún momento se detuvo sino que más bien fue en aumento aunque no se supiera si obedecía al colmo de la plenitud o al dolor más álgido de las heridas y los golpes, fue su risa, la risa estentórea y provocadora de ambos haciéndose eco de aquella otra música y aquel tiempo más profundos que, como echándose encima de estampida en el umbral de un hueco, aún estaban esculpidos en sus ojos.

7

Era la misma risa de entonces, le diría años después el ciego Julián al teniente Pedro García Acevedo, que había venido de la ciudad a realizar las primeras investigaciones nada más ocurrido el suceso, y más tarde al juez Ruiz Liria, a Fernando Ruiz Liria en su primera comparecencia en el juicio; la misma risa, la misma idéntica risa y con la misma ebriedad y desenvoltura de aquella noche de verano en la plaza, cuando los dos por fin se vinieron abajo sin parar un momento de reírse, él allí, boca arriba y como coronado con las ramas de yedra que le habían caído de la mesa tumbada, y Blanca encima sin poder moverse, empapados ambos de sudor y del vino que se les había vertido por todo, pero sin dejar un momento de reírse con una risa que no era tan sólo jovialidad, sino también rescate, resarcimiento, una risa fundadora –habían bailado ante el laberinto, se habría podido decir– que a la vez echaba en cara y pedía cuentas sin embargo o más bien retaba al que fuera, quién sabe si en realidad a todos, igual también que cuando eran jóvenes y se les oía subir ya un poco bebidos, alborotando y haciendo aspavientos por las calles, hacia el mismo árbol de las balsas en que Miguel por fin encontró la muerte.

Había bajado de la sierra ya riéndose y lanzando improperios a diestro y siniestro monte a través y no por el camino que viene de la Peñuela, dijo Ortega Sanz, Julián o el ciego Julián, como le llamaban todos, y el ruido que metía al bajar, quebrando ramas y hundiendo mucho los pies a cada paso entre las hojas, era el de un cuerpo cansado y abotargado al que no parece importarle mucho lo que se lleva por delante ni los arañazos o rasguños que se hace. ¿Que si bajaba borracho, dice usted?, le dijo al teniente el ciego Julián, al que su sobrino había sacado a caminar por el monte muy de mañana aquel día y había dejado a un paso de las balsas mientras él subía un rato a las colmenas. Pues sí que bajaría bien cargado, respondió, o por lo menos eso era lo que parecía por la forma que tenía de reírse y hablar atropelladamente y sin parar más que para acezar un momento o recobrar el resuello. Aunque su borrachera yo estoy tentado a pensar que era más que de vino o del licor ese de endrinas o lo que fuera que tomara con Gregorio allá arriba durante la noche. Era una borrachera de vino, sí, o de lo que sea, pero también una borrachera de cansancio, de despecho, una borrachera del que sabe que no puede agarrarse más que a su propia borrachera y siente todo el escamoteo del mundo subírsele a la cabeza como el alcohol, y entonces reparte culpas y se hunde en su repulsión como en las hojas secas y la madera podrida de las ramas caídas, y desde allí refrota esto y lo otro en la cara de quien sea, de Ruiz de Pablo, por lo que se oía, y en el fondo en la cara de Dios o quizás más bien del dios de su propio vacío.

Sí, blasfemaba, blasfemaba continuamente y como si obtuviera de ello un placer indecible o, más incluso que un placer, un verdadero sentido. Eso, eso es, se decía, como corroborándose o dándose ánimos cada vez que le parecía que había dado especialmente en el clavo con una blasfemia o un improperio. A veces disparataba por lo bajo y como rezongando, con palabras que yo no conseguía llegar a descifrar con exactitud, continuó el ciego Julián, y acto seguido se ponía a blasfemar a voz en grito como si nadie pudiera oírle o bien justamente para que todo el mundo le oyese. Eran invectivas, bravatas, desafíos, eran imprecaciones a voz en cuello con las que parecía desgañitarse y, a continuación, como si estuviera a punto de echarse a llorar entre un insulto y una obscenidad y otra. Y luego, sólo un poco más allá de donde me había dejado mi sobrino, dijo el ciego, oí también de repente los pasos de quien está realizando un gran esfuerzo en no ser notado.

Se oía el restregarse de un cuerpo contra la corteza de un árbol, el chasquido de una rama al romperse, una blasfemia tras otra, me cago en Dios, gritaba, me cago en la leche que me dieron qué alto está esto, a ver si me voy a romper la crisma precisamente ahora. Y de repente el silencio o más bien los movimientos minuciosos, suspendidos, de un cuerpo que se iba adentrando erguido paso a paso por la rama en el vacío, los movimientos aprendidos y mecánicos, impávidos –parecía que se le hubiera pasado de golpe toda la borrachera, dijo el ciego–, y luego ya, más seguro, otra vez la risa, la risa y una nueva obscenidad y una nueva baladronada tras otra. El muy hijo de perra, el hijo de la gran puta, decía, el hijo de la gran puta y el gran cabrón hecho poeta, y a continuación, ya más por lo bajo, algo así como mantener el tipo, mantener el equilibrio donde ya no hay nada más que una línea, más que la línea de ir hacia delante cueste lo que cueste y le duela a quien le duela, decía o algo así, mantener el tipo y no volver nunca la vista atrás para no perder el equilibrio, para no sentir la menor contemplación ni el menor escrúpulo y sobre todo la más pequeña sensación de vértigo, así, primero un pie y luego el otro con la vista siempre puesta en un punto vacío e inexistente del horizonte, pero que está en todo caso delante de ti y no por inexistente y vacío es menos efectivo, decía, que está delante y no debajo como fundamento ni demás zarandajas, y luego se reía e imprecaba y volvía a reírse.

Nunca he oído tantas obscenidades juntas en los días de mi vida, le dijo el ciego Julián al juez Ruiz Liria, eso se lo puedo asegurar. ¿Que quiere que se las repita? No creo que vaya a poder. Pero no hace falta tener mucha imaginación: que si el padre por aquí y la madre por allí, que si el hermano o la hermana y todas esas cosas del sexo, y desde luego siempre Dios de por medio, Dios y el otro. Sólo porque estás vivo, repetía de vez en cuando entre una carcajada y otra, sólo porque todavía respiras y no he tenido valor para que dejaras de hacerlo. Hasta que de repente, justo al acabar esa misma frase, se oyó desde allí mismo, desde el lado mismo de donde se oía la suya, otra voz, la voz serena y altisonante de alguien que había subido despacio y con todo el sigilo del mundo para no ser advertido, y después de la voz, después de la frase escueta e informativa pronunciada como quien no quiere la cosa por aquella voz, un instante de silencio, de puro y estricto agolpamiento de mundo, y enseguida el disparo, el primero de los disparos de aquella mañana de otoño tras el que luego se produjo de nuevo un instante de silencio —el instante fugacísimo en que un cuerpo se bamboleó en el aire como si dudara de qué parte de la rama había de derrumbarse y ésa fuera su última duda— que precedió al choque con el agua de un cuerpo que se ha desplomado y ha cogido peso en el vacío.

No se dio cuenta de su llegada ni de su presencia allí desde hacía un rato al pie del árbol de la balsa, ni seguramente de qué es lo que más le desconcertó al principio, si el sigilo con que se le había presentado de golpe, o los ojos con que le miraba, o bien el caño oscuro del que con toda probabilidad vería salir el último resplandor del mundo. «Te has dejado esto», había dicho la voz, simplemente «te has dejado esto», y enseguida, pero ya en un tono más bajo: «siempre olvidas algo fundamental». Y después del disparo, después del zambombazo del cuerpo contra la superficie del agua que le sucedió, se oyó también el ruido como de otra zambullida, pero no de algo pesado y aparatoso como hacía un instante, sino de algo más pequeño, mucho más pequeño y duro, como de una piedra más que un palo. Luego ya no se volvió a oír nada otra vez por un instante, dijo el ciego, no se movió nada, ni siquiera el otro. Sólo las olillas que había levantado la primera caída de un peso muerto seguían afluyendo débilmente a las plantas de la orilla produciendo un murmullo rítmico y musgoso.

8

Lo primero que se corrió por El Valle aquella mañana, en cuanto se extendieron los primeros rumores de que alguien –unos decían que si Miguel Sánchez Blanco, otros que si Ruiz de Pablo o bien sólo que uno o dos hombres, dos forasteros– había sido encontrado muerto en el monte, junto a una de las balsas, después de aquella desapacible noche de viento, era que El Biércoles había matado a alguien esa madrugada. La escopeta de El Biércoles, dijeron enseguida nada más oír las detonaciones, como si de un acto reflejo se tratara, muchos de los vecinos que a aquellas horas estaban ya manos a la obra, trabajando en los campos o en los establos, o bien desayunando en silencio frente a la cristalera del Hostal, ya está ahí otra vez El Biércoles.

Era como si no hiciese falta enterarse lo más mínimo para atribuir una muerte o imaginar un móvil, como si todo el tiempo empleado en ello fuese en realidad tiempo gastado allí en balde o todos los móviles y las imputaciones, todas las infracciones, hubieran de cargarse por descontado a la cuenta de quien sólo parecía existir para pechar con ello. Igual que conocían la inminencia del mal tiempo cuando una barrera de nubes empezaba a tomar cuerpo en torno a Cebollera y decían «la bardera, ya está ahí la bardera», decían también «la escopeta, ya está ahí otra vez la escopeta de El Biércoles, ¿qué tripa se le habrá roto ahora?», y pasaban enseguida a otra cosa lo mismo que si nada fuera ni pudiera ser nunca en el fondo más que el aire de las sámaras, como decía el ciego Julián. Por eso fue lo primero que se les pasó por la cabeza: era El Biércoles otra vez, que bajaba por las noches a El Valle y se cobraba sus víctimas, como empezaron a repetir enseguida los críos que habían oído los disparos y también fragmentos de algunas conversaciones con un temor reverencial; era El Biércoles, y además daba igual también que no lo fuera para serlo.

A pocos les cupo la menor duda al principio, pero sin embargo, a quienes mejor habían escuchado la sucesión de las descargas, sea porque estuvieron más sobre aviso o más al corriente de los movimientos de la víspera, o porque simplemente pusieron más esmero en distinguir los sonidos que se produjeron en efecto de los relatos con que enseguida algunos contaron lo que creyeron o quisieron oír, difícilmente les pudo pasar inadvertido que no habían sido sólo dos los disparos, dos trallazos sin duda de la carabina de El Biércoles, sino más, cuatro o cinco —y había quien sostenía que hasta seis—, y además procedentes de distintas armas de fuego; pues el estruendo del primer disparo había sido a todas luces distinto al de los otros dos que le siguieron al poco y más parecido a los últimos o bien sólo al cuarto y último que se produjo a continuación casi de inmediato. Las dos descargas del medio, que algunos acertaron a distinguir sin el menor margen de duda separadas por sendas breves pausas —algo más larga la primera— de los disparos que les precedieron y sucedieron, podían provenir en efecto de la escopeta de El Biércoles, argumentaban, pero no así las otras, la primera y la que cerró plaza, fuera ésta una o más de una.

Los rumores y convicciones iniciales parecieron confirmarse durante las primeras horas de la mañana, por lo menos según iban llegando las noticias a las mesas del Hostal o la barra de la taberna y desde allí les iban dando curso y ampliando o modificando o más bien incluso produciendo. Se decía, y así pudo comprobar cualquiera que hubiese hecho el ánimo de llegarse hasta allí, que la policía había acordonado toda la zona de las balsas y que a nadie le era permitido pasar en coche más arriba del cruce que separa los caminos que llevan respectivamente a la Peñuela y al Guardatillo; que habían llegado ya tres dotaciones de la capital y por fin el teniente que estaba al mando, un tal García Acevedo, Pedro García Acevedo, con el que alguno decía incluso estar emparentado y por lo tanto saber las cosas de buena tinta, se había decidido a rastrear todos aquellos parajes en busca de El Biércoles de una vez por todas y costara lo que costara, se decía que dijo, y para ello había pedido que enviaran lo antes posible un helicóptero cuyo tableteo empezaron a oír los vecinos ya desde media mañana. Se corrió asimismo enseguida que El Biércoles estaba herido, que Miguel, o Ruiz de Pablo, habían conseguido herirle no se sabía cómo ni por qué y había dejado al huir un reguero de sangre, y que el teniente, al contrario del alcalde, que había subido también desde el primer momento, aseguraba que en aquellas condiciones no podría llegar muy lejos y que esta vez era suyo; ahora sí que ya no se me escapa esa alimaña, se dijo en la taberna que le había dicho con suficiencia al alcalde.

No era la primera ocasión que desplegaban un vasto operativo por aquellas sierras en su busca y captura, ni la primera que lo hacían con todo el convencimiento y la seguridad del mundo –con toda la presunción del mundo, decían en la taberna–; cada vez que se producía un crimen por aquellas latitudes, y enseguida a alguien le faltaba tiempo para hacer mención del nombre que estaba en la mente de todos a las primeras de cambio, se habían organizado batidas por toda la sierra sin que se regatearan ni los medios ni los esfuerzos necesarios. Desde hacía años, además, la eventualidad de su captura se había convertido en una baza para hacer méritos en el escalafón, y el prurito de darle caza y ponerlo en manos de la justicia seguramente no había dejado nunca de ocupar los ocios de algunos de los mandos jóvenes de la capital de provincia. Mas una y otra vez, con una tozudez y una evidencia que no dejaba el menor margen de duda, pero que al mismo tiempo alentaba de rebote las mayores ilusiones, un despliegue y un operativo tras otro habían ido de fracaso en fracaso y cosechado siempre el más ridículo de los resultados. Nadie conseguía nunca echarle el guante ni por asomo ni yéndole a buscar ni esperándole por el pueblo. Al cabo de pocos días, las pistas eran tantas y a la vez tan confusas que era imposible seguirlas; parecía que toda la montaña fuera El Biércoles, que cada vericueto del bosque y cada risco y cada breña llevaran su nombre lo mismo que lo llevaban cada murmullo del agua y cada rama quebrada, cada huella, cada ráfaga improvisa de viento que se levantara entre los arbustos o cada peso que se hundía de repente en el humus y las hojas de cualquier parte de aquellos parajes hermosos y desolados que iban de Cebollera a la Carcaña y de allí a la sierra de Tabanera al otro lado de El Valle. Todo lo nombraba pero nada obedecía a su nombre; detrás de todo se escondía o parecía esconderse, pero nada lograba desvelarlo y cualquier certeza que lo tuviera por objeto terminaba por resquebrajarse con el mismo crujido de una madera vieja. Cualquiera a no ser el miedo, la seguridad de que aquello que empezaban a sentir poco a poco según iba declinando la tarde y cundiendo el desaliento era efectivamente miedo, miedo y una desorientación que iba apoderándose de todos a medida que recorrían en balde el territorio y que no era exactamente fruto de no saber dónde estuvieran, sino más bien de saber que en el fondo no es posible conocer nunca a ciencia cierta dónde se está ni qué terreno se pisa cuando se está enfrascado de pies a cabeza en ciertas búsquedas.

Desde luego que ninguna de las veces encontraron a El Biércoles dentro de ninguna de las cuevas que inspeccionaron ni de las espesuras que recorrieron, en ninguna barranca ni hoya ni hendidura alguna del terreno, ni tras ninguna de las lomas a las que ascendían día tras día hasta ya entrada la noche, exhaustos y cada vez más desalentados, y dando y cumpliendo órdenes ya más por el hábito de darlas o cumplirlas que por una efectiva esperanza de encontrarlo, hasta que al cabo, cuatro o cinco días o incluso una semana después, quien estaba al mando en cada ocasión no tenía más remedio que retirar el operativo, dejar una pareja aquí y allá de retén todavía durante algunos días, más para no hacer tan ostensible la retirada que por ninguna otra cosa, y dar por concluida la búsqueda, arriando la bandera de sus pretensiones de ascenso y dándose también él por vencido.

No lo encontrarán nunca, se dijo aquella mañana en el Hostal igual que se había dicho allí o en la taberna cada vez que tenían constancia de que se habían puesto a buscarle de nuevo; no lo encontrarán a no ser que él quiera dejarse encontrar. Cómo vas a comparar lo que ese hombre, o lo que sea, conoce de estos montes con lo que puedan llegar a conocer ésos por muchos días que se pasen buscándolo, decían; no hay camino, breña o cueva que no se sepa al dedillo, y donde se atreve a saltar o entrar él no se atreve nadie con un dedo de juicio. Por ejemplo en las galerías y recovecos de la sierra de la Carcaña, decían, donde ni los espeleólogos quieren ni oír hablar ya siquiera de meterse porque dicen que se hunden las galerías a su paso y que los laberintos interiores que allí cavaron los romanos en busca de oro son como los intestinos del mundo; y El Biércoles sabe de eso, añadían, de los intestinos del mundo, como no sabe nadie, ¿o es que no os acordáis de cuando desapareció aquella niña de Villar?

Nunca he visto a nadie guardar silencio como él lo guarda, y por eso tal vez más que por otra cosa no lo cogerán nunca, dijo una vez un pastor enteco y taciturno, de una piel tan atezada y llena de arrugas que parecía la corteza de un árbol, al que apenas se le oía nunca terciar ni responder siquiera en ninguna conversación. Sabes que está ahí, lo intuyes con un sexto sentido más que por los sentidos habituales, dijo, pero nunca oyes ningún ruido que provenga de él. Oyes, sí, el viento, las hojas, los animales como si él les azuzara a moverse con su silencio, pero de él nunca oyes nada. Es más sigiloso que un gato o que el agua cuando está quieta y más sufrido que un árbol, más austero que una roca. Pueden estar a su lado, rodeándolo o incluso encima de él, pero no oirán nunca un chasquido ni un quejido por muy herido que esté ni el roce de una manga o de un cuerpo que se arrastra. Sé que a veces, por las noches o incluso también con luz, cuando he llevado varios días cortado por la nieve en el bosque sin poder volver, él ha venido a hacerme compañía con su silencio; que nos hemos pasado horas acompañándonos mutuamente en silencio, y que a lo mejor él también venía a que yo le hiciese alguna compañía porque sabe que sé guardar convenientemente el silencio casi como él lo guarda.

Sólo una vez, después de que supiera no sé por qué que llevaba horas de alguna forma a mi lado, me atreví a alzar la voz y a decir, desde dentro del chozo en el que me había refugiado del temporal de nieve que lo cubría todo a la redonda, sal, sólo una palabra, sal, tres letras dichas en voz alta y sólo una vez. Y entonces, con un sigilo que fue como si no tuviera que entrar sino que hubiese estado ya dentro, apareció de repente y me sonrió. Recuerdo que aquella sonrisa fue como si lo viese de niño cuando correteaba por el pueblo, como si al sonreír se hubiese quitado no sólo todos sus años de encima sino también todo el peso del mundo, y yo también le sonreí y supe entonces que todas las veces que creía haber estado junto a él en el monte realmente las había estado.

Pero había otros pastores, más ruidosos y peor encarados, que aseguraban haber advertido su presencia casi simultánea en dos o más lugares separados entre sí por una distancia que ningún ser humano podía haber atravesado a aquella velocidad; y los que sostenían haberle visto, o haber oído que le habían visto, correr desnudo o bailar borracho con mujeres extranjeras o incluso de los alrededores, eran desde luego los más. Decir alguien que había visto a la mujer o la hija de alguien bajar del monte, se había convertido en un insulto o una ofensa en El Valle, y a las forasteras que venían al Hostal a pasar unos días caminando por el bosque, aunque fueran acompañadas, había quien las miraba ya de reojo como sabiendo lo que no obstante no podía saber.

Sin embargo, hubo quien refirió un día, pálido mientras lo relataba igual que si estuviera volviéndolo a ver en aquel momento, que una tarde de otoño, después de varios días seguidos de lluvia, había subido al monte a por setas y había tenido que bajar más aprisa que el agua que corría montaña abajo. Nunca me ha dado nada un susto tan de muerte como aquella vez, seguía diciendo cada vez que se lo recordaban. Iba a agacharse para recoger unas setas junto a una de esas formaciones de acebos tan parecidas a cuevas vegetales que hay cerca del Guardatillo y tanto abundan unos kilómetros más allá, en el acebal de encima de Almarza, cuando de repente advirtió por una abertura que algo se movía en su interior, que el suelo, le pareció al principio, se movía todo él o bien era como si un ofidio de inmensas proporciones se estuviera removiendo y revolcándose en el barro allí dentro o bien saliendo de pronto de debajo de tierra. Me llevé un susto morrocotudo, dijo el pastor, y eso que más hecho que yo al monte y a todo lo que sea monte no creo que haya muchos. Pero aquel barro se movía y de repente veo en él a ras del suelo dos puntos brillantes que se me quedan mirando. Yo estaba paralizado, y no acerté a oír ni a ver nada más sino que de aquel barro algo se levantaba de pronto como si fuera un muerto que sale de su tumba. Y luego eché a andar todo lo aprisa que pude camino abajo y hasta ahora.

Con el tiempo, cuando ya se me pasó el susto, agregó, me he llegado varias veces hasta aquellos acebos más para perder el miedo que por otra cosa, y lo que he visto allí dentro ha sido siempre lo mismo: la tierra revuelta, con hoyos y pellas levantadas, como por algo, por un animal seguramente muy grande, que no sólo se reboza o se restriega en ella sino que se hunde y se tapa en el barro como para confundirse con él. No digo que fuera El Biércoles, o por lo menos no pongo la mano en el fuego, porque allí no vi nunca el menor rastro humano, pero tampoco podría asegurar que no lo fuera, solía decir siempre como colofón de su relato.

Duerme bajo tierra, se empezó a decir entonces; como si estuviera muerto. Así que cómo van a encontrar a un hombre que es como un caballo con los caballos y como un árbol con los árboles, y que lo mismo está bajo tierra igual que un muerto que entre las breñas como una serpiente; y más ahora, añadió Ramos Bayal en cuanto bajó aquella mañana de las balsas antes de que hubieran acordonado la zona, más ahora que todo el mundo sabe que ha vuelto a matar.

La convicción de su culpabilidad –pero que incluía no se sabía cómo también en el fondo la de su sustancial inocencia– quedó corroborada al principio cuando se pudo saber a ciencia cierta, aún de buena mañana, que a quien se había llevado la ambulancia que había subido a toda velocidad haciendo sonar inútilmente la sirena y levantando una inmensa polvareda, y luego vuelto a bajar instantes después hacia la ciudad, con la misma velocidad y la misma polvareda y el mismo inútil estruendo, no era a otro que a Ruiz de Pablo. En las últimas, se apresuró a decir Ramos Bayal, seguramente en las últimas. Pero a medida que iba avanzando la mañana, poco antes aún del mediodía, se empezó a extender por las mesas del Hostal la noticia de que Ruiz de Pablo no sólo estaba vivo, sino que ni siquiera tenía el menor rastro de sangre.

Alguien le había intentado estrangular, dijeron, o estaba convencido de que lo había estrangulado, y ese alguien sólo podía haber sido un hombre fuerte como El Biércoles. O bien Miguel, se empezó de pronto a especular o empezó a especular más bien Ramos Bayal, que sostenía haber seguido los movimientos de éste durante la víspera, desde el mismo momento en que dejó su coche a la entrada del pueblo al llegar y salió de él cubierto con un chaquetón negro casi hasta los ojos. Dejó como de costumbre su coche de alquiler ante el indicador, dijo, así que no puede haber pérdida porque es el único que deja ahí el coche cuando viene, y antes incluso de pasar por el Hostal a dejar su bolsa como hace siempre, continuó, lo vi dirigirse carretera adelante a casa de Julio Gómez Ayerra. Yo domino todo ese tramo de carretera desde la ventana del comedor de mi casa y con estos mismos ojos con los que os estoy viendo, decía en el Hostal y aseguraba que testificaría cuando hiciese falta ante el juez y ante quien fuera, lo vi entrar en casa de Julio y lo vi también salir. A la entrada llevaba su bolsa de viaje, y al salir –no estaría dentro ni siquiera una hora– iba ya de vacío, sin la bolsa pero con algo seguramente en la cintura que se iba tocando al andar. Y así es como lo vi atravesar la carretera desierta y llegarse enseguida a llamar a casa de Ruiz de Pablo, que está como sabéis pared por medio de la mía.

Entonces, sonreía Ramos Bayal, fue cuando Miguel lo intentó por primera vez. Cuando todo lo que se había ido fraguando durante tanto tiempo, y con tanta obstinada malevolencia que casi parecía en El Valle tan natural como las inclemencias del invierno o la bardada que se cierne amenazante en torno a Cebollera, empezó a dar sus últimos e inequívocos pasos hacia lo irreversible; y toda aquella macerada inquina, toda aquella empedernida endogamia de las que todos estaban tan al cabo de la calle pero de las que nadie acertaba a prever a las claras —de tantas veces como lo habían anticipado—, ni el momento efectivo ni el sentido en que se desencadenarían, empezaron a precipitarse con una velocidad y un ensañamiento que parecían la otra cara exacta del fuego lento en que se habían ido cociendo durante toda la vida.

Ni en el Hostal, ni en la taberna de la calle Mayor, ni en las solitarias e infinitas noches de invierno en sus casas, los habitantes de El Valle habían dejado nunca de hacerse cruces sobre la naturaleza y el destino de aquel rencor, sobre el origen y la índole de aquella enemistad a la que en el fondo achacaban, aunque sólo fuera por meros barruntos, no sólo la locura de El Biércoles o la parálisis de Blanca Álvarez Soto, sino muchos de los desmanes que se habían cometido en aquellos contornos desde hacía tiempo y que la inocencia y el pavor infantil atribuían a El Biércoles. A cada nueva noticia que alguno traía a la taberna, a cada nueva observación, siempre había quien vaticinaba que de la próxima vez ya no podía pasar, que acabarían por irse a buscar ya de veras, por salirse al encuentro y llegar a las manos descuartizándose al fin un día con lo que fuera como si en realidad lo hicieran con una quijada. Es como una música, decía siempre alguno o se sobreentendía que dijera, como una música que sabe demasiado a venganza, a tierra quemada, a un despecho cenagoso e incolmable que, por mucho que no se llegue nunca a entender del todo, a lo mejor es tan propio y antiguo como el mundo, y como él tan irrevocable.

Sin embargo, Miguel nunca acababa entrando en la casa de la carretera desde la que se dominaba la recta de Sotillo y el crepúsculo frente a Cebollera cuando sabía que Ruiz de Pablo estaba en ella; se acercaba, sí, decían algunos, la rondaba, pero nunca acababa por entrar, y otras veces incluso parecía que se guardase de venir al pueblo si sabía por quien fuese que no se iba a ausentar. Aunque también podía ser que fuera el otro, se decía, el que, si a lo mejor se enteraba de que Miguel estaba al caer, procuraba marcharse y le dejaba el campo libre, por los motivos que fuese y que él sabría en realidad cuáles eran, para la ofensa y la infamia, para esa terca e incomprensible acumulación de agravios de los que él hacía acopio y parecía nutrirse como si de una linfa irrenunciable se tratara, o bien del remache de un clavo demasiado machacado ya como para que no saltase hecha añicos toda la superficie donde se golpeaba.

Era como si hubiese necesitado de la injuria para vivir y a ella siempre se hubiera agarrado, pensaría Miguel tras su última visita, como si sólo la ignominia y el ultraje recibidos le hubiesen suministrado el alimento necesario para sentirse vivo, para cargarse continuamente de una razón que luego él transformaba sin contemplaciones en una energía y una soberbia desmedidas, sugestivas en cierto sentido, pero en el fondo monstruosas. Por eso si no existía la ignominia, era él quien la creaba; si no era evidente o no le afectaba en realidad, era él quien la desempolvaba y la ponía de relieve haciéndola suya hasta acabar encarnándola, y si quedaba lejos, muy atrás, era él a quien le faltaba tiempo para actualizarla y darle vigencia, todo con tal de tenerla al lado, fresca, viva y coleando ante sus ojos, reverdecida y continua, en carne viva siempre y palpable como una mancha original inmarcesible de la que nutrirse como de la leche agria de una ubre originaria.

Pero ayer noche, aseguró Ramos Bayal a la mañana siguiente a todo aquel que quiso oírle, a quien Miguel vino a ver por fin a su casa era a él y a nadie más que a él; y a lo que venía directamente –y aquí hizo una pausa– era a matarle; yo lo oí todo desde mi casa, dijo. Venir a matarle, se hicieron eco en el Hostal, venir a lo mejor a lo que siempre había venido desde tan lejos o había pensado hacer sin atreverse, venir a saldar unas cuentas que sólo ellos sabrían cómo estaban, a poner punto final a lo que nunca se habían decidido a afrontar cara a cara, de tú a tú y sin más víctimas ni damnificados que ellos mismos, venir a acabar de una vez con lo que había empezado tal vez sin que supiera en verdad cuándo ni cómo ni por qué, aunque al ciego Julián todo eso le pareciera, según se decía que iba diciendo cuando bajó de las balsas, tan viejo como el mundo y tan consecuente como su lógica. Que luego no pudiera o no se atreviera, o que le saliese el tiro por la culata, decía Ramos Bayal, eso ya era otro cantar, pero a lo que venía por fin en derechura esta vez era a matarle. Y si no que se lo pregunten a su amigo Julio.

Estaría en casa de Ruiz de Pablo, en la sala de estar grande de abajo, por lo menos tres horas largas, aseguraba, y se hablaban muchas veces a gritos, porque él no tenía demasiadas dificultades para oír lo que decían, dijo ya durante la misma mañana de la muerte de Miguel, antes incluso de subir a las balsas para ver con sus propios ojos lo que había sucedido. Era como si pudiese relatarlo todo sin tener otros datos que lo que él había visto y oído hasta la víspera, y como si lo que había acaecido en realidad no tuviera otra misión que confirmar sus cábalas y sus vaticinios y éstos no fueran más que la esencia tozuda de las cosas. Luego, continuó, al no atreverse, al no atreverse a disparar aquella pistola con la que vino de casa de Julio y echarse atrás, salió de estampida de casa de Ruiz de Pablo –el portazo que dio al salir era de los que seguramente pudieron oírse en todo el pueblo a la redonda– y entonces ya sólo le vi doblar por donde el caserón del viejo Ayuntamiento y encaminarse hacia arriba ya de noche entrada y sin pasar siquiera por casa de Julio a recoger sus cosas, por lo que intuí que ni siquiera iría tampoco al Hostal. Ahora a ver qué es lo que va a hacer si no va monte arriba en busca del otro, recuerdo que me dije. La noche estaba oscura y desapacible –soplaba un viento de mil demonios–, y a nadie en su sano juicio o que no estuviera desesperado le hubiese dado por adentrarse en el bosque, y menos si lo que quería era dar con El Biércoles. Pero ellos se encontraban cuando querían, aseguraba Ramos Bayal, no por nada sabían lo que sabían el uno del otro. Al ver que solo no podía, al ver que no tenía agallas por mucho a lo mejor que le hubiera calentado la cabeza Julio Gómez Ayerra con lo que fuese y por lo que fuese, que ellos ya se entenderían, acudió a El Biércoles. Pero pasaría lo que pasaría entre los dos, dijo, y quien cayó fue Miguel, y entonces fue El Biércoles el que intentó estrangular a Ruiz de Pablo o seguramente se creyó que lo había estrangulado antes de huir monte arriba.

De los motivos que hubiera tenido El Biércoles o dejado de tener para hacer cualquier cosa, ya nadie quería entender nada, todo era posible y también lo contrario de todo. Pero lo que no cuadraba, le objetaban, lo que no encajaba se mirase por donde se mirase, era qué hacía a aquellas horas Ruiz de Pablo por el monte, y precisamente donde las balsas.

Sale a pasear algunas mañanas muy temprano, y más de uno lo ha tenido que ver algún día, contestaba; luego, ya de vuelta y después de haberse dado su buen paseo, se sube a la buhardilla y allí se puede pasar ya todo el día trabajando encerrado con sus ordenadores y sus libros. Yo lo veo salir a veces de madrugada si estoy despierto y volver al rato, y luego ya muchos días estoy seguro de que ni baja siquiera de la buhardilla. La vieja Remedios oigo que le sube a veces de comer y ya no ve a nadie, ni siquiera a la señora, estoy seguro, hasta la noche o el día siguiente, si es que los ve. Ya, claro, le decían, a no ser que se trate de esos que suelen venir a verle de cuando en cuando y que nunca dan la cara a nadie.

No le hacían mucho caso por mucho que insistiera o efectivamente hubiera oído lo que hubiera oído. Todos sabían de su relación servil y aduladora con el poeta, que se remontaba a sus años de emigración en el norte, y pocos daban mayor crédito en el fondo a unas palabras que parecían acuñadas por una malignidad viscosa que parecía complacerse con todo lo perjudicial o dañino que ocurriera en El Valle. Pero luego, ya por la tarde, cuando se supo que se había encontrado una pistola en el fondo de la balsa adonde había caído Miguel –un ruido de zambullida de algo más pequeño, como de piedra más que de palo, dijo y también diría más tarde en el juicio con las mismas palabras el ciego Julián–, la pistola con la que presumiblemente podían haber forcejeado Miguel y El Biércoles y con la que uno es posible que hubiera sido herido y el otro muerto, la versión de Ramos Bayal cobró efectivamente más fuerza en el Hostal. Lo que llevaba en la cintura, según decía éste, era pues de verdad una pistola y con ella se dirigió, si también era cierto lo que decía, a casa de Ruiz de Pablo después de haber estado en la de Julio.

Por fin fue allí, repetía una y otra vez donde se le requiriese Ramos Bayal, no a otra cosa ahora, sino a ajustar definitivamente cuentas, a lo que había estado deseando hacer durante toda su vida pero nunca había tenido agallas para hacer. Pero al no poder ni siquiera ahora, ya a la desesperada, dijo, acudió a buscar al otro, que también se la tenía guardada por lo visto desde hacía mucho y él sabría por qué. A no ser, empezó a preguntarse él mismo y a cambiar de opinión en el Hostal, y luego en la taberna y ante el teniente que le interrogó, como sintiéndose ese día el centro del mundo; a no ser que fuera el propio Miguel, hundido en su impotencia, el que se matara, y Ruiz de Pablo, e incluso El Biércoles –y por eso le hirió–, el que hubiera subido a evitar precisamente lo que con toda seguridad habría intuido por la noche en su casa que se disponía a hacer. Eso es, decía: El Biércoles, que habría seguido todo en la sombra como si fuera un árbol, o se había equivocado al atribuir a Ruiz de Pablo el disparo –debía de estar también como una cuba al igual que Miguel, según se había corrido que dijo el ciego Julián– o bien habría querido llevar a cabo lo que la impotencia de su amigo no había podido realizar, y por eso, por cualquiera de los dos motivos, derribó la cerca de alambre e intentó estrangular a Ruiz de Pablo además de tratar de evitar también antes, con sus disparos seguramente al aire por lo que se sabía, y sin conseguir una cosa ni otra, que se matase su amigo, lo que le valió que éste le disparara simplemente para que no se acercara.

Así que el orden de los acontecimientos ha tenido que ser el siguiente, argumentaba Ramos Bayal por la tarde, si estamos ya de acuerdo en que se han oído cuatro detonaciones como parece que estamos, una de pistola, seguida de dos de carabina y éstas de otro disparo de pistola: primero Miguel le dispara a El Biércoles para evitar que se acerque a quitarle la pistola; éste, herido en donde sea, pongamos que en las piernas, sólo acierta a disparar al aire dos tiros para tratar de disuadirle, lo mismo que estaría haciendo ya de palabra allí mismo Ruiz de Pablo, disuadirle para que no hiciera lo que sabía desde la víspera que iba a hacer. El último disparo de la pistola que se ha encontrado en la balsa es el que se descerrajó el mismo Miguel y el que acabó con su vida. Las pruebas de balística, veréis como no pueden hacer más que confirmar lo que os digo.

Pero entonces, según tu reconstrucción, le objetaban, si El Biércoles pongamos que estaba herido, cómo es que tuvo fuerzas luego para intentar estrangular a Ruiz de Pablo y por qué, si ambos lo que querían era disuadirle. ¿Por qué?, ¿por qué...?, respondía, ¿alguien sabe por qué hace ése lo que hace o lo deja de hacer? Igual que tuvo fuerzas para largarse y las tendrá seguramente que no le encuentren —porque de eso a ver a quién le cabe la menor duda—, pues las tuvo antes también, y a mayor razón, para intentar estrangularle, y, si no, que me demuestren lo contrario los que le buscan, repuso.

La tesis del suicidio fue ganando adeptos poco a poco y empezó a prevalecer en el Hostal, sobre todo después de que trascendiera, días más tarde, el resultado de la autopsia y de las pruebas de balística, y de que se supiera a ciencia cierta que la bala que había penetrado por una sien y se había quedado alojada en el cerebro había sido disparada en efecto desde muy cerca, prácticamente a quemarropa, por la pistola encontrada en el fondo de la balsa, y que esa pistola, allí donde el barro del fondo no la había enterrado, en una parte de las cachas y el caño, presentaba en efecto las huellas de Miguel y nada más que las huellas de Miguel.

Los periódicos locales, que dedicaban cada día un amplio espacio al suceso y traían varias fotos, sobre todo de Ruiz de Pablo recibiendo algún premio o pronunciando una conferencia, e incluso en uno de ellos una fotografía junto a Ramos Bayal, el testigo más importante del caso, según decían, y del que recogían con profusión sus declaraciones, daban ya como buena esa hipótesis. Ninguno de ellos parecía atribuir la menor relevancia a las declaraciones de Julián Ortega Sanz, el ciego Julián, como le llamaban todos en El Valle –habría un testigo ocular del caso, se leía en uno de los diarios, pero se da la circunstancia de que el tal testigo ocular es ciego de nacimiento–. Tampoco traía ninguno la menor declaración del guarda forestal y amigo de la víctima Julio Gómez Ayerra, hijo del renombrado inventor y hombre de negocios Benito Gómez Luengo, de tan grata memoria, afirmaron, por cuya vivienda había pasado el fallecido, según Ramos Bayal, nada más llegar al pueblo y antes de dirigirse a casa del poeta.

Es el roce de los élitros, recordaron algunos en el Hostal que decía a veces el ciego Julián en verano cuando se hacía silencio un momento y se oía el canto de los grillos, el rozamiento de los élitros de los machos en las primeras horas de las noches calurosas del verano, solía decir, y luego se reía con la extrañeza que sólo producen los ciegos al reírse y no con la soltura y el desparpajo infinitos con que, según él, se rió Miguel manteniendo todavía el equilibrio por un momento el último día de su vida en el árbol de las balsas, ni con el que se rieron años antes él y Blanca en el baile de la plaza, como todos pudieron oír y también el ciego Julián, que estaba allí sentado en un rincón como de costumbre y sin que nadie, igual que aquel día cerca de las balsas, lo viera o atendiera a su presencia, como si los ciegos fueran siempre los otros.

9

Se desabrochó el chaquetón de cuero negro –llevaba las solapas subidas– y abrió sin el menor titubeo la verja de la entrada descorriendo el pestillo interior con la misma naturalidad que si se tratara de su propia casa. Apenas si había luna esa noche, no se veía un alma por las calles –ni un solo coche se avistaba siquiera a lo lejos por la carretera– y la luz de las farolas, sacudidas a rachas por el viento, parecía no tener allí otro cometido que mostrar más a las claras aquella desolación. En lo alto, ateridas y magníficas, titilaban innumerables las estrellas. Es la auténtica belleza, ¿no es así?, le había dicho Anastasio una noche, la belleza cruel de lo incomprensible; pero él no recordó haberle contestado.

Ya dentro de la valla –echó el pestillo también al cerrar–, el aire frío de la noche, que producía un sonido áspero y rasgado en las plantas y mecía los escaramujos de los rosales con sacudidas a veces tan violentas que parecía como si estuvieran a punto de salir disparados, le dio de lleno en la cara. Nada se movía en torno más que lo que zarandeaba el viento, e incluso la decisión con que había franqueado la verja y recorrido el trecho que lo separaba de la rampa antes de llamar, la terca determinación con que había salido de una casa y ahora entraba en la otra, tal vez no fuera tampoco sino una consecuencia más del mismo viento que hacía vibrar las ramas de los chopos en el soto del otro lado de la casa y tabletear, a pocos pasos de allí, pero en un lugar indefinido, algún letrero metálico contra una superficie de piedra; el mismo viento que a veces parecía remitir y calmarse, pero que de repente se levantaba de nuevo como para barrer todas las superficies a la intemperie de las cosas.

Nadie le abrió enseguida la puerta —nadie, ni yo ni nadie, le hubiera podido convencer de que no fuera, diría después Julio—, pero él sabía que no tenía más que aguardar para que abriesen, que estarse allí esperando, paciente y de pie en el rellano de la entrada y a merced del viento, pero sin tener que volver siquiera a tocar el timbre ni golpear con la aldaba porque no sólo ya le habían oído, sino que de algún modo le estaban esperando como a una visita que se ha estado aguardando desde siempre. Sólo apareció por un instante una sombra en la ventana iluminada de la buhardilla —unos visillos se descorrieron también en otra ventana de la casa contigua— y al poco se vio luz en el ventanillo de las escaleras y, no mucho después, tras las ventanas de la planta baja. No abras, se oyó que decía desde el primer piso una voz que no le era extraña, una voz cantarina y melodiosa a pesar de su estricta seriedad; no se te ocurra abrir esa puerta. Pero los pasos que descendían escaleras abajo se fueron acercando sin la menor inflexión en el ritmo y enseguida se pudo oír, seguramente en muchos metros a la redonda, el ruido metálico y desabrido que, con la misma impaciente determinación con que el otro se había encaminado hasta allí, alguien provocaba al descorrer con brusquedad un cerrojo y luego otro y dar dos vueltas secas y destempladas a la llave que tenía echada.

De repente, en el recuadro iluminado que recortaba el marco de la puerta de entrada, apareció en contraluz una figura alta, delgada, de cabeza erguida y crespa que parecía no haber necesitado mirar al que llamaba a aquellas horas para reconocerle. O sea que por fin te has decidido, dijo en voz alta nada más abrir la puerta, pero así como en general o como si estuviera sobre las tablas de un teatro, sin dignarse siquiera dirigirse a quien tenía delante; llevaba años esperando. Como quien no tiene un solo segundo que perder, o bien ya ha imaginado aquel momento demasiadas veces como para permitir que se produzca en realidad, dejó en seco de hablar y le dio la espalda con la misma brusquedad con la que hacía un momento había descorrido los cerrojos y quitado la llave, e inmediatamente, sin dar opción no sólo a que el otro pudiera responderle sino a hacer o pensar otra cosa ya que no fuera seguirle y obedecerle, echó a andar y se metió para adentro. Cierra esa puerta, dijo con autoridad, y sin dejar de darle la espalda encendió algunas luces y apagó otras, y al final fue a sentarse junto a una lámpara baja que le dejaba medio en penumbra la cara. Siéntate ahí, le dijo —y pareció que por primera vez le miraba—, señalando un sillón junto a una lámpara de pie que arrojaba sobre él una luz fuerte y muy blanca.

Daba la impresión de que el visitante hubiera perdido en un momento toda la resolución con la que había venido, de que todo el aplomo y la terquedad que había atesorado no sólo tras la recepción de la carta de Julio, sino tal vez durante cada uno de los últimos treinta años, se hubiera venido abajo de pronto en unos instantes como un castillo de naipes. Parecía que dudaba, que no hubiera querido hacer ninguno de los movimientos que hacía ni dar ninguno de los pasos que daba, sino que una fuerza mayor a la que no podía sustraerse, una imantación de la que se había hecho la ilusión de no recordar ni su intensidad ni su naturaleza, lo arrastrara contra su voluntad a ponerse enseguida a su merced. Siéntate ahí te he dicho, repitió el dueño de la casa, pero el visitante, que acababa de iniciar un leve movimiento en dirección adonde le indicaban, levantó de repente la mirada hacia el rellano que rodeaba, a la altura del primer piso, tres de los cuatro lados de la sala como atraído por otra fuerza de no menor envergadura, pero ahora de un signo contrario. En uno de los lados, en diagonal a donde estaba y sólo un poco por encima de la barandilla de madera, vio los ojos de quien, incluso en la extrema fijeza de su mirada, nadie hubiese dicho que no pertenecieran a alguien que no estuviese a punto de echar a correr de inmediato a su encuentro.

—Es ya muy tarde para ti —dijo Ruiz de Pablo en voz alta

sin necesidad de mirar a nadie ni en ninguna dirección que no fuese la de la trayectoria de sus pensamientos–, así que es mejor que te metas en tu habitación y nos dejes solos; el hijo de Sánchez Zúñiga ha venido a hacerme una visita.

–Tarde, para mí siempre ha sido ya tarde desde que te conocí, pero no te preocupes, sólo voy a ver cómo acaba todo, pero lo voy a ver sin moverme, a mis anchas y desde arriba, como es mi costumbre, no en vano no he hecho otra cosa todos estos años que ver así cómo acaban las cosas.

Como si no la hubiese oído, como si no sólo no le importara lo más mínimo lo que había dicho o dejado de decir, sino que fuera en realidad como si nadie hubiese pronunciado allí ninguna palabra después de las suyas, Ruiz de Pablo ladeó la cabeza con un gesto teatral y al mismo tiempo extendió el brazo en dirección al sillón que antes le había indicado al visitante. Tengo mucho trabajo y poco tiempo que perder, le espetó, así que empieza cuanto antes y sin rodeos, a ver si ya has aprendido después de tantos años a ser capaz de ir al grano.

Su mirada, su sonrisa incierta y como esculpida en la cara, todo su porte todavía majestuoso e imponente, podía decirse que no había perdido con el tiempo ni un ápice de su equívoca capacidad de sugestión, de ese empaque envolvente que hacía que todo girase siempre invariablemente en torno a él apenas abría la boca o ponía un pie en cualquier sitio y que todo lo demás careciera de pronto, no ya sólo de importancia en relación con él, sino siquiera de la mínima entidad. Es más, era como si el paso del tiempo no sólo no hubiese menoscabado esa atracción, sino que la hubiera corroborado con una nueva gama de alicientes de los que podía escapársele la naturaleza y el origen pero no así su tirón y su fuerza. Eso es, la misma energía, pensó, la misma capacidad de irradiación, la misma desmesurada y autoritaria confianza en su infalibilidad y el mismo desprecio, la misma sonrisa que al principio se le abría de pronto con lo que daba la impresión de ser franqueza, pero que enseguida, en una inflexión incomprensible, parecía helarse en su propia ambigüedad; la misma mirada que, ahora que por fin se había dig-

561

nado dirigirle, parecía arrancar no tanto de los órganos de la vista, como de los mismos entresijos de los pensamientos con los que daba siempre a entender que sabía mucho más de su interlocutor, no ya sólo que él mismo, sino que lo que él mismo podría llegar a saber nunca, pues la desnudez en la que lo veía no era tanto la desnudez de quien se ha visto despojado de sus vestidos, cuanto la del que se muestra ante el que de hecho lo ha creado.

O por lo menos eso era lo que le pareció sentir al principio, cuando de pronto, sin que se hubiera dado demasiada cuenta de cómo había llegado hasta allí, se vio sentado, hundido más bien contra su voluntad, en aquel sillón excesivamente mullido que le había asignado Ruiz de Pablo –ahí estarás más cómodo, le dijo; como siempre–, con una luz que se derramaba cruda y directa sobre él y parecía dejar al descubierto cada recoveco de su pensamiento, cada circunvolución o resquicio; y no plantado de pie frente a él, cara a cara y a distancia, como había previsto, llevando en todo momento la voz cantante después de haberle cogido por sorpresa y espetándole, en un determinado momento que elegiría con todo el tino del mundo, la acusación que había venido por fin a lanzarle como un juicio inapelable.

Era además como si de repente el tiempo se hubiera echado atrás y él no fuera él sino aquel que había sido hacía mucho tiempo, como si ante aquel hombre sólo se pudiese estar de una forma y ésa fuese la que se había establecido de una vez por todas hacía ya mucho de un modo originario y definitivo. Le costaba hablar, pensar y hasta moverse, igual que si sus gestos, sus palabras o pensamientos tuvieran que salir de alguien al que había que ir a buscar al fondo de los años y luego volver con ellos hasta allí. Pero de repente, sin que le pareciera que su cerebro hubiese dado al respecto ninguna orden, ni él mismo se diera cuenta de cuándo había abandonado esa enredada maraña del tiempo o cuándo no, se levantó con una determinación ostentosa, alzó la cabeza un instante hacia la barandilla de arriba –dos ojos miraban ahora entre los barrotes de madera del pasamanos como si se fueran a echar de un momento a otro escaleras abajo– y se fue a situar unos pasos más atrás junto a la puerta de entrada al salón.

–He venido a despedirme –le dijo de repente con una voz alta, seca, tan extrañamente neutra que se hubiese podido incluso decir que era una voz grabada de antemano.

–¡Ah!, ¿te vas?, ¿ya no vas a volver? Es una pena.

–No, el que se va a ir eres tú, y además para siempre.

–¿De veras? –le respondió enseguida Ruiz de Pablo, casi como a bocajarro y con una dicción irónica que subrayaba su calma, al mismo tiempo que Miguel se levantaba con una mano el jersey (no se había quitado el chaquetón) y sacaba con la otra una pistola del cinto–. ¿La conoces? –le dijo.

Seguro que la conoces, continuó sin dejar que el otro respondiese nada. No tienes más que hacer un mínimo esfuerzo y verás como te acuerdas. Pero te voy a ayudar, no sea que después de ésta hayan venido muchas más como me temo; voy a refrescarte la memoria. Es la pistola de la que no salió la bala que mató a aquel hombre en el acebal porque esa bala, la que acabó con su vida, como sabes muy bien salió de la tuya.

–¡Mira con lo que se descuelga ahora el hijo de Sánchez Zúñiga, el verdadero hijo de Sánchez Zúñiga aquí mismo en mi casa! ¿Y todo este tiempo has tardado en darte cuenta?, ¿o en reunir agallas? Yo te creía más listo, y más valiente, como auténtico hijo de tu padre.

Pero Miguel ya no escuchaba; oía, sí, pero ya no escuchaba, como si el tiempo para escuchar se hubiese evaporado ya hacía mucho y aquellos instantes previos en el sillón hubieran sido sólo un tiempo suplementario formalmente concedido que enseguida hubiese expirado. Ahora sólo hablaba o había venido a hablar él; respondía o tenía en cuenta lo que el otro decía, pero ya no pensaba escucharle ni dejar que ninguna de sus palabras pudiese hacer la menor mella en él, que pudiese infiltrarse y ser acogida y luego tal vez sembrar aún sus dudas y hasta desbaratar sus planes, tan bien aquilatados desde hacía en el fondo tantos años, que todos los años de su vida le parecía a veces que se redujeran a ellos. Ahora sólo había venido a hablar él, a imponer él su voluntad y su determinación y no ya a hacerse eco de las suyas, a zanjar una cuestión abierta hacía tanto tiempo y que abarcaba tantas cosas que se confundía ya con todo, con el amor, con el sacrificio y el abandono, con la soledad y el deseo y también con el poder de sugestión y el poder de dar muerte, con el equilibrio y la venganza, con el mundo, y con el mero seguir viviendo aún en él. No había venido ya a saber nada, sino a que el otro dejara de poder, a dar cumplimiento a la falta de calado de las palabras del otro y cerrar así definitivamente cualquier trato con ellas, a saldar una cuenta y dejar sin valor un crédito, pero ahora con las palabras en su boca y el caño de la pistola dirigido hacia el gran poeta, hacia el gran hacedor de palabras y significados, el gran dialéctico, el constructor de mundos para quien el vino de la vida no era suficiente porque él, el impetuoso, era de la madera del espíritu de los héroes y su poema era el mundo.

–Has llamado siempre política a lo que no ha sido más que tu despecho personal –le dijo–; acción a lo que no es más que crimen, y utopía o vida o deseo y yo qué sé cuántas hermosas cosas más a lo que no pasa de ser tu coartada para todo. Allí por donde has pasado no has ido sembrando más que muerte y desolación, desfachatez, puro delirio, y todo lo que tocan tus palabras se vuelve hueco y como de espaldas, como si ellas fueran tan asesinas como tú, que eres de la ralea de los farsantes y los envidiosos, de toda esa repodrida clerecía que se va pasando siempre con armas y bagajes de una escatología a otra. El gran temerario, el déspota de las palabras y el padre de la liberación del deseo y del gran desprecio es sólo un mísero presbítero del rencor y de la traición. ¿Pero por qué no te han echado nunca el guante?, contéstame, ¿por qué caen todos menos tú? El eterno objeto de fascinación, el encantador de serpientes, el hombre de las mil caras y la energía incombustible es además el gran jugador de las cartas eternamente marcadas. ¡Pero te has creído siempre el mismísimo diablo y en realidad no eres más que un curilla párroco lleno de envidia y de lujuria, de resentimiento y de ira, el gran adulador de sí mismo y el gran embustero y el gran criminal! Y ni siquiera puedes imaginar, tú, el gran poeta, el gran imaginador, el asco que me das, la repulsión tan infinita que me inspiras. No puedes hacerte una idea de lo que te detesto y te he estado detestando día a día de una forma sorda, constante, paciente, sin que pasase uno solo, estuviera donde estuviera, en que dejara de acordarme de ti y la tirria que te tengo no fuese en aumento y me envenenase la sangre. ¿Qué te creías?, ¿que te iba a olvidar y me iba a desentender de ti por muy lejos que estuviera? Te he estado siguiendo siempre la pista tanto o más que cualquiera de las pistas que he seguido para mi trabajo, porque mi verdadero trabajo, mi auténtico trabajo eras siempre tú en el fondo, quitárteme de la cabeza y de mi vida, y todos los éxitos de mi carrera periodística no van a ser nada comparados con el momento en que te vea desmoronarte ahora delante de mí y delante de Blanca, pero sobre todo delante de ti mismo y de todas tus palabras embusteras que no son más que la baba de un perro rabioso, la baba del resentimiento que he ido siguiendo por todas partes, intuyendo y atando cabos sin cesar ni dejar de adivinar tu huella en atentados y campañas, en formas de organización o actuación o en la cínica hipocresía de los documentos y los programas que llevaban siempre tu sello, tu zarpa, la marca de un ánima igual a la que imprimió tu pistola en la bala que mató a aquel hombre en el acebal y de la que ahora tengo plena confirmación. Un crimen ritual, una implicación colectiva, eso es lo que pretendías, crear una cohesión que impediría cualquier paso atrás de nadie, pero sobre todo mío; además de una operación con la que no sólo pensabas pasarte al enemigo y vendernos como dote sino pasarte ya con rango. ¿O me equivoco? No, no me equivoco, qué me voy a equivocar. Porque de eso tú siempre has sabido mucho, has sido siempre el maestro incontrastable del birlibirloque y la infamia, del descenso a los infiernos por persona interpuesta, de la emboscada moral, del enjuague en la sombra, del paso al enemigo y la desfachatez elevada a la categoría de arte y sobre todo de crimen. Primero alientas una criminalidad difusa, capilar, que les ponía en jaque incluso a los otros, pero sólo como un dispositivo más al servicio de tu ambición, de tu rencor imponente e inabarcable que tú sabrás de dónde viene; una ambición y un rencor que se autoalimentan recíprocamente y para los que yo no he encontrado nada más que asombro y repulsión, un aborrecimiento sordo que no me ha dejado vivir a mis anchas, pero al que le faltaba valor o quizás una última prueba, un último escrúpulo o una última gota que desbordara definitivamente el vaso de mi aguante, como la que he tenido hace poco de que la bala que mató a aquel hombre que te podía hacer sombra en la Organización no salió de esta pistola, de la que sin embargo sí que va a salir la que acabará con tu asquerosa vida de perro rabioso y resentido.

—Pobre idiota y pobre ingenuo (¡mira qué bien escoge las palabras el periodistilla!) —había intercalado antes Ruiz de Pablo—, tan lleno de escrúpulos como un niñito bien criado que ha tenido de todo en casa, hasta un padre un poco tarambana. Ni siquiera eso te ha faltado, ¿verdad que no? ¡Les acostumbran a que les parezca que todo les es debido ya desde el principio, y luego se creen que el mundo es eso, algo que siempre está en deuda con ellos y, por deberles, les debe hasta su propia perfección! Pero un día descubren sus desperfectos, su mezquina y cruel injusticia, o más bien creen que la descubren, y entonces se hacen revolucionarios, señoritos revolucionarios de buenos y grandes sentimientos que exigen que el mundo sea tan impecable como el servicio que presta un ama de llaves. ¡Cómo me ibas a olvidar tú, pobre imbécil, si esa falta de olvido he sido yo quien te la ha producido como casi todo lo que has sido a partir de un determinado momento! El que lo ha ido urdiendo y provocando todo para que no tuvieses más remedio que tenerme siempre en la cabeza, a tu lado, pegado a ti como tu sombra, como un acreedor al que no acabas nunca de satisfacer la deuda que tienes contraída con él o un hermano mayor con el que siempre anduvieses a la greña, pero a sabiendas siempre de que estaba ahí detrás de ti para recordarte que ése es el desti-

no de los hermanos: pelearse, pelearse siempre por el reconocimiento de un idiota.

Pobre ingenuo, continuó, ¿pero es que aún no te das cuenta de que he sido yo el que ha engendrado casi todo lo que has
sido en la vida, incluso ese veneno y ese aborrecimiento que no
es más que la réplica de tu complicidad, la prueba fehaciente
de que te he hecho sentir parte, sólo una parte aunque creas lo
contrario, de lo que yo he sentido ya desde el principio? No
sois todos más que un engendro mío.

Porque sabes muy bien, prosiguió Ruiz de Pablo sin inte-
rrumpirse un segundo ni modificar un ápice el tono de su voz
—¿pero qué complicidad?, le había gritado Miguel, ¿qué complicidad ni qué engendro ni qué ocho cuartos?—, que también
en eso hemos ido de la mano, que el imbécil del acebal era el
muerto que te estaba destinado para que todavía estuvieses más
íntimamente ligado a mí si cabe, ligado por la sangre en todos
los sentidos. El imbécil del acebal, y los demás de los que luego
se ha hecho cargo Gregorio por ti y por ese otro pánfilo idiota
de Julio, que si estáis vivos no es más que por él, y por tanto es
vuestra inmolación y vuestra víctima y no la mía; o si acaso
sólo un pequeño error de designio, una inoportuna intromi-
sión del azar, no siempre regulable.

Y también sabes —continuó tras un inaprensible silencio,
pero mirándole ahora con esa mayor deliberación de la mirada
que le resultaba tan conocida y que siempre le había parecido
celar algo cuya virulencia intuía que podía desarbolarlo en el
momento menos pensado— que si no te hubieras acercado a
Blanca, si no me la hubieras querido arrebatar también a ella
—¿también a ella?, borbotó Miguel con despectiva estupefacción y subrayando sobremanera el también—, sí, si no me la hubieras querido arrebatar también a ella, estoy diciendo, nada le
hubiera sucedido. Pero yo soy el que decide los riesgos porque
soy siempre quien más arriesga; soy el que decide el sufrimiento porque soy el que más sufre, el primer sacrificado y abandonado y, por lo tanto, al que le corresponde dictar luego las re-
glas del sacrificio y el abandono para crear un mundo nuevo a

imagen de ese sacrificio y ese abandono inaugurales, el mundo de la guerra total, de la guerra sin tregua ni cuartel, de la guerra difusa, molecular, de la guerra que lo empapa todo como un líquido derramado, el mundo de lo que es el mundo sin más zarandajas, el mundo de la verdad y la vida. Sí, yo, el abandonado, el repudiado, el expulsado como al hijo del porquero siendo como era también hijo del rey. Y en ese mundo tu sitio estaba junto a mí, es decir, fuera, errante, oyendo todo el día la voz de la discordia y la desazón, sucio y arrastrándote siempre y sin descanso, abandonado igual que yo e implicado hasta las heces en ese estar a mi lado, cómplice y partícipe y hermanado hasta las cachas, como si no pudiéramos separarnos nunca y obedeciéramos a la misma ley paterna aunque a ti te pareciera lo contrario. Lo mismo que Blanca, atada también a mí y a mi abnegación porque también soy el que ha dictado las leyes de la abnegación. Así que baja esa arma porque aquí soy yo siempre el que da las órdenes, no lo olvides, el que dice cuándo hay que disparar y cuándo no, y no un pobre idiota privilegiado como tú, que ni siquiera tiene agallas.

—Eres tan engreído —repuso sin dejar de apuntarle— que ni siquiera te das cuenta de que deliras y no has hecho otra cosa en la vida que delirar, delirar y recocerte en el rencor a todo lo que te parece que te supera y que te ofende por el solo hecho de superarte. Y la tirria que siempre le has tenido a todo es la música de la venganza, de la venganza y el miedo, aunque tú, claro, nunca le hayas llamado venganza sino amor, y nunca hayas dicho miedo sino justamente valentía, coraje e incluso cojones, como decías, echarle cojones a algo, a algún proyecto o acción sobre todo si había que derramar sangre para ello. Tener cojones, tener agallas, martilleabas y martillean siempre todos los de tu ralea, hay que ser más echados para delante. Pues mira por dónde ahora sí que voy a tener agallas y voy a ser cómplice tuyo, pero sólo de una cosa y para una cosa: para tu propia y mismísima muerte, a la que has contribuido con todas tus fuerzas como si fuera lo que mejor te has ganado en tu pútrida vida de porquero de las palabras y no de rey, como imaginas serlo, de mísera sabandija que no ha hecho otra cosa que hacer hueco a su ambición y dar pábulo a su delirio. Primero con la hija de un banquero, no ibas a empezar con menos, y por eso te casaste al principio con tu primera víctima, ¿o no es así?, ¡dime si no es así! Pero como allí no llegaste a rascar nada, lo que se dice nada, aprovechando el alboroto de la época te pusiste al otro lado, pero no por nada tampoco, sino por mero despecho y mero cálculo. Y allí nos implicaste a nosotros; pero luego, como aquello enseguida viste que no te iba a llevar a ninguna parte, entonces comenzaste a hacer méritos por el norte, primero en los movimientos asamblearios del entorno en los que también nos encandilaste con hermosas palabras y fantásticos proyectos, y luego ya directamente ante el núcleo más sarnoso de la Organización, para que todo su delirio fuera la mejor plataforma y la mejor caja de resonancia del tuyo. Y así ha sido, ¿o me equivoco? Pero todo eso, claro, manteniendo siempre tu doblez, el prestigio laureado del gran poeta, el halo ambiguo y resplandeciente de la cultura que has utilizado como llave maestra en un mundo de cerraduras hechas en serie. Siempre en las dos partes de la doblez, según lo que te conviniera en cada caso, y desde la falta total de escrúpulos, de miramientos, de alma: de Dios, como nos habías enseñado, de cualquier atisbo de amor a nada que no fuera al cálculo de tu despecho, ni a los hombres ni a Blanca ni a ninguna tierra que valiese, y ni siquiera a las palabras, a las que sólo te unía la más rastrera voluntad de manipulación. La libertad empieza para nosotros en el grito de abandono de Dios hecho hombre en la cruz, nos decías, y sigue en la lanzada del paria a su costado; la libertad es ese abandono y el hueco que inflige esa lanza, decías, es la transgresión de todo acogimiento, de todo amparo y todo límite, tanto los del espíritu como los del cuerpo. Brilla por un instante fulmínea, igual que los relámpagos, cada vez que se franquea una linde, que se abate una cerca o entra un cuchillo en la piel del padre o del hermano, porque ya no hay más padre ni hermano que valgan, decías, que los hermanados en esa transgresión, en el cuchillo que franquea y penetra o la mano que arroja, que aprieta un gatillo o pulsa el botón que mandará todo al diablo y todas las palabras con que se ha edificado todo. No he visto a nadie que aborreciera tanto como tú; ni hubiera podido imaginar tampoco que la belleza y el significado se crearan también por medio del odio, de la más pura y estúpida maldad.

–Pobre pánfilo todavía a tus años, pobre hijito de la infancia del mundo intentando volver patéticamente a un mundo que ya no existe. Con todo lo listo y lo aventurero que te crees, en realidad no eres mucho más que la pobre hija deficiente de tu amigo Anastasio, a la que un día vi subirse a una silla en la taberna y alargar la mano hacia el televisor para coger las imágenes que le gustaban. ¡Qué bonito!, decía sin parar, ¡qué bonito! Igual que tú, pobre hombre moral a pesar de todo, pobre hombre miedoso intentando siempre demostrar lo contrario con su corazoncito a cuestas. Tú no sabes ni has sabido nunca desear, tú sólo dudas y huyes, entras, eso sí, y pruebas, y luego te echas atrás horrorizado para no tener que asumir hasta sus últimas consecuencias el dolor del deseo, el disparadero en la tierra de nadie de la realización de todo lo que puede realizarse. Y todo lo que puede hacerse, debe hacerse, os he dicho siempre, sencillamente porque ya no hay nada capaz de limitar sin farsa ni mentira al poder del que puede. Sólo tal vez por cálculo, pero cálculos los hay de muchos tipos. Pobre idiota, deseas con miedo, con contemplaciones, y no con la sonrisa del despecho en los labios ni con la alegría enérgica del atrevimiento y el poder. Por eso no podrás matarme nunca. A un solo soplo, a una sola palabra mía, caerás de bruces delante de tu impotencia, y eso será cuando a mí se me antoje.

Hace mucho tiempo que el hombre ha sido abandonado en una cruz –continuó como si sólo le cupiese ya hablar a él todo el rato–, y su Dios, todos los dioses, no responden ya más que con su silencio, con lo único con lo que han respondido siempre por otra parte. ¿Pero cuántas veces no os he dicho que el hombre, que el viejo hombre ha muerto y que con él han muerto todas las cosas; que por lo tanto ya nada es más que su disposición y que todo es fruto de la ocasión y la fuerza? La verdad, eso que a ti tanto te gusta y tanto has dicho siempre que vas buscando, no ha sido siempre más que lo que más nos cuadra, lo que mejor nos viene, lo que más cuenta nos trae; a eso es a lo que hemos llamado a fin de cuentas verdad o nos ha convenido creer siempre que lo fuera porque nos potenciaba, porque nos daba fuerza, cualquiera que ésta fuese. Yo simplemente he desnudado toda esa hipocresía que consiste en dar al deseo de potencia del hombre abandonado –y sólo la potencia enjuga su abandono– nombres consoladores, apaciguadores, en rebozarlo de disimulos de damiselas y maneras de curas, en rellenar el silencio de Dios con una poesía moral que ya no dice nada a nadie más que a toda la beatería del miedo. El viejo hombre moral, el hombre que se cree que puede establecer fines morales y actuar en pos de ellos así a la buena de Dios, nunca mejor dicho, que cree que de veras puede elegir en conciencia dentro de un horizonte de sentido, ese hombre está muerto y bien muerto y hace ya tiempo que apesta, y que sólo cabe enterrarlo bien enterrado para que deje de oler, para que su olor nauseabundo y el tufo de la podredumbre de sus ideales no nos siga contaminando ya más todo el aire a la redonda. Porque la tufarada de moralidad echa de veras para atrás y hay que taparse la nariz para vivir entre quien todavía esgrime finalidades piadosas, objetivos benéficos, pánfilas moralidades e ideologías de salón que no son más que el rebozo, cada uno a su gusto, del puro deseo de poder. A no ser que lo sepa, a no ser que las utilice con descaro como medio para lo único que cuenta: aumentar el poder de lo que puede. Yo he venido a anular ese mundo con un hacer sin objetivo, con una acción que toma como medio e instrumento todo objetivo concreto y todas esas ideologías morales. Yo soy el poeta de esa destrucción, el que crea con palabras y acciones el sentido de la falta de sentido; yo he creado la libertad del mundo con mis poemas de acciones que instauran una nueva relación entre las cosas y los hombres, que les despojan de su viejo, apestoso y desmoronado lugar para asignarles una infinita movilidad, una falta de lugar que es a la vez todos los lugares, un centro que es a la vez toda la periferia, una realidad que es toda la virtualidad y una fijeza que es un mero infinito combinatorio. Todo eso es lo que yo os propuse, ser prácticamente como dioses y no como pordioseros, demiurgos y no simplemente ángeles rebeldes, y vosotros tuvisteis miedo, os cagasteis de miedo al ver que no se trataba de mera politiquilla de ideales, sino de la verdadera y única política que existe en el fondo: hacer que Dios ya no tenga más remedio que reconocerte como igual después de haberte abandonado, porque te has hecho a la imagen y semejanza de su potencia y a esa infinita potencia no la has llamado con su nombre. Pero vosotros retrocedisteis queriendo volver al mundo en el que colocasteis vuestros valores de buenos chicos de papá y mamá un poco respondones y calaveras, queriendo volver a las cosas en sí como si alguna vez las hubiera habido, a la naturaleza absoluta de las cosas, a la realidad de la buena. Te arrugaste y te echaste atrás, ésa es la única verdad, te cagaste encima al entender de qué se trataba y por eso, porque tú sí que lo entendiste todo o, vamos a decir, casi todo –no como el otro pánfilo–, no has encontrado paz ni arrimo después. Los has buscado con ahínco, pero era excesivo el desconcierto, la desazón, y también la curiosidad, y además nada de lo buscado está fuera de la propia búsqueda, como te he dicho muchas veces, así que has acabado volviendo patéticamente a llamar aquí a una puerta tras otra. A la de tu madre, que te echó como a un gato con cajas destempladas; a la de ese pobre Anastasio, que debes de haber vuelto más turulato que su propia hija, y a arrastrarte obsesivamente hasta aquí, hasta el mismo cogollo de tu ofensa, para que alguien se digne acogerte aunque sólo sea un momento. Pobre hijo descarriado del descarriado Sánchez Zúñiga, intentando volver como un jubilado de la vida por estos miserables andurriales con ese pobre hombre de Anastasio, que sabe de la vida lo que sabe un chopo o un peñasco; intentando volver a la mujer que no sabes todavía por qué amas ni cuál es el amor con que la amas, tal vez para no dejarte amar o no tener que amar a ninguna otra, para no dejarte amar más que con el miedo a amar o tal vez porque no puedes llegar a acostarte con tu madre y lo haces con... Pero vamos a dejar eso por ahora, pobre idiota, vamos a dejarlo por ahora, pero no creas que ella ha sido para mí, por mucho que haya sido, más que un instrumento, más que el pedacito de queso que se pone en una trampilla para que vengan a husmear y a caer de vez en cuando los ratones. Pobre infeliz, más infeliz que un fuelle, ¿no decía eso de ti tu padre, el encantador y tarambana de tu padre, el desenfadado hombre de mundo que no paraba quieto en ningún sitio porque era como si todo el mundo fuese suyo y él pudiera disponer y organizarlo todo a su antojo, esto quiero y esto no, esto aquí y allí lo otro? Anda, dispara si te atreves, te lo estoy poniendo bien, te estoy hincando puyazos para que embistas, pero no vas a hacerlo porque no tienes agallas, porque tú eres el que no tienes casta, un repugnante hombre moral cuyo miedo apesta como una abubilla. Venga, mantén alta esa pistola por lo menos, tensa ese brazo, porque todavía te quedan por saber antes otras cosas y, cuando las sepas, tú mismo vas a ser el que venga a dármela y a pedirme de rodillas que sea yo el que acabe con tu miserable vida de renacuajo moral que no puede soportar el abandono del mundo. Pobre imbécil que ni siquiera has sabido aprender bien la lección que yo había creado para ti, para que fueras incluso algún día igual que yo en mi abandono. Pero todo lo haces a medias y en todo te quedas a medias, como te vas a quedar también ahora. Yo había intentado crearte libre, desentendido de todo ese Dios de la moralidad, había intentado que te deshicieras de tu alma bonita igual que yo me había deshecho de la mía. Estabas destinado a ser mi réplica más perfecta, sin más objetivo ni verdad ni valor que el poder que entonces resulta de esa oquedad, que la potencia que se alza entonces de la voluntad de no querer alcanzar nada en realidad que no sea el poder imponente de alcanzarlo todo y seguir alcanzándolo. Capitalismo, anarquismo, comunismo, izquierdismo, nacionalismo..., bobadas, organizaciones de ciegos, versitos de poetas malos, intereses domésticos y anuncios publicitarios, ¿o es que creíais de veras que yo he creído alguna vez en algo de eso? Pobres ilusos. Lo único que he querido es construir un entramado poderoso, valerme de un dispositivo tras otro según sus posibilidades en cada momento y utilizarlos todos, aprovechándome de las organizaciones que todavía esgrimen formalmente sentimientos morales para hacer sus prosélitos y aglutinar poder, de la potencia de su maquinaria puesta a mi servicio. Eso, utilizar un medio, una presunta finalidad, una ideología aglutinadora o un dispositivo publicitario con aceptación en una determinada esfera, una máquina potente no para nada, sino para cualquier cosa, para aumentar una potencia que luego redundara en la mía. Cualquier fin no tiene más validez que el poder de sus medios, que su fuerza para imponer lo que ha de valer, igual da uno que otro, y si puede mezclarse todo, mejor. No hay más verdad ni valor que la fuerza de quien establece el valor, ¡cuántas veces os lo habré dicho! Así ha sido siempre, pero con disimulo, con el eterno disimulo de los privilegiados, de los que nunca reconocerán sin ambages el objeto del deseo que les hace hombres ni al hijo ilegítimo que es el fruto de ese deseo. Pero ya es hora de que todo lo bastardo y espurio para los dengues de la moral muestre toda su verdadera fuerza fundante, de que un hombre nuevo sobreviva al hombre con lo que éste tiene de más esencial, su capacidad de potencia, sin rasgarse las vestiduras ni llamarse más a engaño, sin aspavientos ni melindres ni añoranzas como las que tú, después de haber sido abocado a la pura movilidad, a la pura oquedad triunfante del alma que te hizo por fin libre, has sentido luego de la casa de los padres, del valle y los prados y las montañas de los padres y de la pura y consoladora moralina, del doméstico apego que siempre ha hecho las veces del deseo. Eras libre, eras puro hueco sin límites, puro centro sin lugar de todos los lugares, pura dispersión, y has tenido que volver por falta de agallas, por falta de aguante y entereza y por puro vértigo; volver a un mundo donde colocar tus valores como un avaro sus monedas a buen recaudo en la vieja caja fuerte, a la nostalgia de lo fijo y el apego del privilegio de la infancia y de las boñigas de vaca de estos malditos prados, pero ya no hay fijeza ni verdad ni naturaleza que valga, ya no hay mundo ni realidad que no sea la fuerza de quien establece lo que es el valor, la naturaleza y la verdad y también la nostalgia. No habéis tenido agallas para pasar al otro lado y, si por algún momento lo habéis hecho, no habéis sabido apechugar e ir hacia delante a pecho descubierto; habéis tenido miedo de tener fuerza, de carecer de otros objetivos y fundamentos que no sean obtener fuerza y acrecentarla. Ahora tú crees que matarme es tu objetivo, lo que colmaría tu moralidad y te llenaría de sentido. Qué ingenuo, matarme sólo puede ser un medio para algo, para aumentar tu sensación de poder como el suicida que se mata para potenciar, aunque sea sólo en ese momento y esa decisión extrema, su poder frente al Dios que él mismo se ha creado. Pero tú sólo conseguirías atormentarte después, pobre alma moral al fin y al cabo, pobre crédulo, retorcerte como un gusano en el cieno de tu conciencia porque no habrías logrado más que atravesar la linde para ver lo que había más allá, pero te horrorizarías y volverías atrás sobre tus pasos a la pocilga de tu mala conciencia donde sentirte a gusto con tus remordimientos, a cubierto con tus sentimientos de culpa. Pobre hombre muerto que apestas a moral y a duda. Porque tú ni entrarás nunca en la casa de tu madre, ni matarás a quien en realidad te ha hecho, porque no tienes coraje para hacer otra cosa que tener miedo, que echarte atrás y hozar y revolcarte en el lodo de la duda y vagar de una parte a otra, ir y volver de aquí para allí para comprobar siempre lo mismo y ponerte de nuevo a prueba, pero sin tener valor para llegar nunca como tampoco lo tenía tu padre, el simpático tarambana, el hipócrita mujeriego que se creía que podía decir esto es lo que hay y esto no, esto es lo bueno y lo otro la ignominia, y esto enseño y lo otro oculto y aquí establezco la línea divisoria: fija, perenne e inamovible. Anda, dispara si te atreves, dispara si te atreves, te digo, le repitió chillando —los ojos de Blanca parecía que se fueran a echar a volar desde la barandilla del primer piso—, no vaya a ser yo el que te mate antes con una simple palabra si tú ahora mismo no le disparas enseguida a tu hermano, al mismísimo hijo bastardo, réprobo y espurio de tu mismo padre.

10

Veinte años atrás, la mañana del entierro de Sánchez Zúñiga, de Gervasio Sánchez Zúñiga, el padre de Miguel, ninguno de los habituales del bar del Hostal pudo ver, desde su acomodo junto a la cristalera, el coche rojo de pequeña cilindrada que, a la vista de la línea de castaños de la entrada del pueblo, nada más rebasar la última curva de la carretera comarcal que lo traía desde Tera y el cruce con la nacional, aminoró de pronto su marcha y recorrió el trecho que le quedaba hasta el pueblo con la lentitud con que tal vez lo haría no tanto quien temía haber llegado, cuanto más bien quien no querría dejar nunca de estar llegando.

La mancha roja del coche no tomó calle arriba, por donde el viejo Ayuntamiento, para volver enseguida como hacía la mayoría hacia el cementerio y ladearse luego otra vez, bordeando unos prados, hasta la parte trasera del almacén que le hubiese ocultado por un momento a la vista de los hombres que jugaban a las cartas o veían la televisión al otro lado de la cristalera del Hostal y que, desde que algo entraba en el horizonte de su visión tras los cristales, lo seguían con la mirada por encima de las cercas hasta que, una vez superado el almacén, lo veían reaparecer ya justo ante sus ojos produciendo ese sonido lento y aplastado del neumático sobre la grava. Sólo los últimos rezagados que atravesaban presurosos la carretera para acudir al cementerio desde el grupo de casas que se apiñan en torno a la iglesia, al otro lado de la calzada, tuvieron ocasión de ver al cruzarla aquel coche rojo de pequeña cilindrada que se acercaba con extrema lentitud, casi a paso de hombre, y se orillaba al final por el arcén para estacionarse poco antes del indicador de entrada a la población, justo allí donde, durante muchos años, habría de aparcar más tarde su coche de alquiler quien sí era como si no se atreviese en el fondo a entrar o supiese, por el motivo que fuera, que ya no podría volver a hacerlo nunca del todo.

La población, prácticamente al completo, se encontraba ya a aquellas horas de la mañana de primavera en el pequeño cementerio de la localidad y casi nadie, a no ser algún forastero o algún muchacho, o bien algún anciano que hubiese descartado llegarse hasta allí por falta de fuerzas y acertara a descorrer en aquel momento los visillos para ver a quién correspondían unos pasos que no iban donde todos, logró ver al principio a la mujer que, cuando ya el último vecino parecía haber acabado de atravesar la carretera en dirección al cementerio, había salido despacio del coche aparcado a la entrada, se había estirado la falda y puesto con esmero la chaqueta del traje y, una vez cerrado el coche, pero sin moverse todavía un ápice de donde estaba, había extendido la vista lentamente a la redonda respirando a la vez con profundidad. Dio la impresión de haber querido empaparse de todo —del aire limpio y fresco, del silencio y la luz y los brotes recientes de los robles o la línea de las montañas— pero no con ninguna avidez, sino más bien con melancolía, y al cabo de un rato echó a andar primero por la carretera hasta la casa de Ruiz de Pablo y luego la de Julio, para doblar enseguida hacia arriba y adentrarse por las calles del pueblo. Tal vez los zapatos que llevaba, elegantes y de medio tacón, prácticamente nuevos, no fueran los más adecuados para aquel paseo porque se la veía caminar con dificultad, como si le costase hacerlo por allí o no estuviese acostumbrada a moverse más que sobre los pisos lisos y limitados de los interiores. Andaba a pasos cortos y muy marcados que realzaban su porte —se estiraba a veces el jersey o componía el peinado o la chaqueta— como si más que estar hecha a mirar lo estuviese a ser mirada y más que estar acostumbrada a ir a los sitios, lo estuviese a que todo rondara siempre en torno a ella.

Los viejos castaños del arcén ostentaban con empaque ya toda su fronda y las piñas blancas de sus flores inundaban con una fragancia como de ceremonia la entrada del pueblo. A lo lejos, la sierra de la Carcaña por un lado y la mole de Cebollera, más allá, por otro presentaban sus contornos con una nitidez drástica e inexorable y sin embargo también se diría que insondable, como si lo más claro y más evidente fuese asimismo lo más oculto, lo más dispuesto y entregado ante nuestros ojos también lo más huidizo.

Subió calle arriba por frente al cuartel hasta llegar a la vieja casona que había sido en tiempos propiedad y domicilio de la familia de Julio hasta que su padre, en uno de sus muchos apuros financieros, tuvo que malvenderla para hacer frente a los dispendios que le ocasionaban sus invenciones. A partir de allí torció a la derecha y embocó la calle Mayor hasta la plaza de la fuente. Estaba completamente desierta –sólo algún perro daba la impresión de hacer guardia a la puerta de la taberna– y la mujer, más que caminar, pareció pasar desfilando por el centro de la calle. Sus andares se acentuaron como si el trecho recorrido o quizás la importancia de la calle que estaba atravesando los hubieran desentumecido de repente. Era una mujer atractiva a pesar de sus años, más de cincuenta en realidad, aunque nadie le hubiese dado muchos más de cuarenta, pero sobre todo dejaba enseguida traslucir, en cada uno de sus rasgos y sus movimientos, la extraordinaria hermosura de que sin duda habría gozado aunque sólo fuera unos pocos años antes.

En la plaza, junto a la fuente, se detuvo otra vez un buen rato igual que antes al salir del coche. Se quedó mirando los caños de la fuente, oyendo el caudaloso chorro del agua que manaba con un ruido como de caverna y al mismo tiempo de intemperie, como si sonase a las entrañas de algo y fuese sin embargo también a la vez lo más externo, lo más superficial, lo que siempre resbala y se desliza por encima de todo, un sonido

extraño y a la par extraordinariamente familiar que se diría que
fuera igual que el sonido de la fugacidad y a la vez de lo eterno,
de lo que está sucediendo ahora y sin embargo ha ocurrido
también hace ya mucho o tal vez demasiado. En uno de esos
caños se mojó la mano, dejó que le cayera el agua largo rato
—ora ponía el dorso, ora la palma e incluso el cuenco de la
mano que retenía algo de agua por un momento— como si
comprobase alguna cosa con aquel gesto, la temperatura del
agua que le helaba los dedos o la consistencia de lo que fluye.
Luego se incorporó, se secó la mano con un pañuelo que extrajo con cierto amaneramiento del bolso —tintineaban los dijes de
una pulsera de oro, las perlas del collar—, y sin moverse del sitio
pareció observar cada una de las casas de piedra rebozada de
blanco, salvo en los cantos y las jambas y dinteles de puertas y
ventanas, con el detenimiento de quien compara, de quien
aquilata y echa cuentas más que con el asombro del que contempla algo bello o armónico a su alrededor. Las casas estaban
limpias, cuidadas; por las calles, a pesar de oírse casi sin pausa
los mugidos de las vacas y los relinchos de los caballos, tampoco podía decirse que abundaran las muestras de su paso por
ellas, y en torno, todo a lo largo y a la redonda de donde se encontraba, los perfiles de las montañas coloreadas por la hoja reciente de los robles daban la impresión de circunscribir algo no
tanto tal vez en el espacio cuanto más bien en el tiempo, e incluso no ya tanto exterior como más bien interno, íntimo y
profundo, pero que, no por poco o mal delimitado, parecía sin
embargo deslizarse y escurrirse lo mismo que el agua de los caños de la fuente sobre su mano un momento antes. Sí, todo estaba prácticamente intacto y en su sitio, pero esa permanencia,
esa persistencia de las cosas en sí mismas —el empedrado, las
montañas, la mole de las casas o el hierro de los caños de la
fuente—, lejos de mostrar sobre todo la victoria de lo que permanece, parecía estar allí para subrayar más bien la algarabía de
lo que huye, para acentuar el profundo y tal vez impenetrable
estruendo como de cascada de lo que pasa y se ausenta y tal vez
ya difícilmente se aquieta.

No vio ni oyó circular a una sola persona por la calle y sin embargo pocos serían después los que asegurarían no haberla visto. Una vida escondida parecía hacerse cargo de las cosas como la savia dentro de la corteza de los árboles, y todo daba la impresión de respirar con un resuello acompasado y antiguo que se despierta y adormece, que prorrumpe y se sume y sobre todo distingue y delimita. Ahora ese aliento, esa respiración recóndita y profunda, conocía la hora de su recogimiento, y era como si toda la vida en torno se hubiese puesto bajo mínimos, como si todo el motor que la ponía en movimiento estuviera en ese momento en punto muerto para concentrarse de lleno entre las viejas tapias del cementerio donde se estaba dando sepultura a alguien, donde se estaba dando tierra, como recordaba que se decía allí. Seguía saliendo el humo de las casas, a veces se abría una puerta y se escabullía un perro, manaban los caños de la fuente, pero era como si todo ello, como si el humo y el animal o el agua, fuese de alguna forma también inmóvil como el propio motor que los ponía en marcha.

Había pasado un rato indefinido junto a la fuente en el que bien hubiera podido decir que nada en efecto había ocurrido —se habían corrido de repente unos visillos, habían crujido unos goznes, a lo lejos se había puesto en marcha un coche que luego había cruzado al fondo de la calle—, y sin embargo en ese rato había pasado una vida entera con la misma tersura y la misma nitidez del aire de la mañana o el volumen de piedra de las casas, como si de aire, y a la vez de piedra, pudiesen estar hechos en realidad el tiempo o la vida que talla y a la par disuelve ese tiempo. Pero de repente salió de su inmovilidad —se estiró el jersey haciendo tintinear los dijes de oro de su pulsera— y echó de nuevo a andar. Rodeó la fuente y se encaminó calle arriba, hacia las acacias de la plazuela donde se celebra el baile en las fiestas, y sus pasos resonaban en el empedrado como si el eco los anticipara en lugar de sucederlos. Todo seguía en calma, desierto, y al final del pueblo, en el grupo de las últimas casas que precedían ya al monte, casi pared por medio de la vivienda del ciego Julián, la mujer se detuvo ante una casa completamente en ruinas. Durante un buen rato ni se retocó el peinado ni se ajustó el traje, y ni siquiera la pulsera de dijes de oro parecía tintinear en su muñeca accionada por ningún movimiento. Sólo miraba; contemplaba la verja oxidada y el patio atestado de zarzas y ortigas, la madera podrida de las ventanas, los escombros, el tejado y el cielo del techo hundidos como en un embudo hacia dentro, tal vez no tanto del espacio cuanto del tiempo de las estancias. Los extremos de unas vigas de madera desencajadas se levantaban como picas hincadas en el lomo de la intemperie, y algunas piedras desmoronadas estaban cubiertas de musgo en su cara norte. Subió un poco más arriba, ya por el camino del monte, y al cabo de un rato se detuvo para mirar abajo.

Todavía no se movía nada, los coches aparcados en torno al cementerio seguían inmóviles y sin nadie a su alrededor y todas las calles continuaban igual de vacías. Entonces decidió bajar también ella y toda la calma que había presidido sus movimientos hasta ese momento se transformó en prisa y diligencia. Sus pisadas —los dijes de su pulsera— resonaban ahora con una precipitación urbana que contrastaba todavía más con el entorno y subrayaban su extrañeza, su carácter intruso o advenedizo. Al poco rato entraba por la puerta del cementerio y sin hacer el menor ruido, como quien no desea ser notada, se detuvo detrás de los últimos hombres que, con el sombrero o la gorra en la mano, vestidos con trajes que a pesar de los años que habían pasado por ellos se echaba de ver las pocas veces que habían sido usados, seguían las incidencias de la celebración esperando el momento de adelantarse a dar el pésame a los familiares del fallecido que, en aquel justo instante, empezaban a colocarse en fila de cara a los congregados.

Un hombre joven, de una distinción extraña e inquieta, alto y con una poblada cabellera rizada que empezaba a virar hacia el gris, se percató enseguida de su presencia y, con la mirada de quien no acierta a salir de su sorpresa, pero tampoco puede evitar una perceptible sonrisa de íntima corroboración, se acercó a ella, dio los pocos pasos que les separaban sin necesidad de apartar a nadie ni pedir disculpas por pasar delante de nadie —las propias personas que se interponían entre ellos se iban haciendo a un lado y le iban abriendo paso—, y se plantó sin que pareciera saber muy bien cómo comportarse ante la atractiva y elegante mujer, ni siquiera veinte años mayor que él aunque pareciera menos de la mitad, que acababa de franquear la puerta del pequeño cementerio de la localidad. Qué esperas a ponerte con ellos, le espetó ésta enseguida, sin dar opción no sólo al menor saludo sino al más mínimo gesto que pudiese poner de relieve la naturaleza del encuentro.

Como quien no está acostumbrado a recibir nunca una orden o siquiera un consejo, pero al mismo tiempo a lo mejor no ha concebido en su fuero interno mayor plenitud que recibirlos en ese momento, se dio la vuelta de inmediato sin pensar siquiera en la posibilidad de rechistar o de dejar sin efecto lo que le habían dicho y se dispuso a abrirse paso entre la gente que se agolpaba en torno. Igual que si no hubieran hecho otra cosa que estar atentos a sus movimientos y pendientes de sus deseos, quienes se hallaban delante empezaron a franquearle ostensiblemente el paso. Pero no habría rebasado aún más de media docena larga de personas, cuando de la hilera de los familiares que acababan de comenzar a recibir los pésames y en la que se encontraban, además de los dos hermanos del fallecido, sus hijos Pablo y Miguel y también doña María, la madre de ambos, ésta, que había visto entrar a la mujer y observado desde el principio el movimiento decidido de Ruiz de Pablo hacia delante, se salió de pronto de la fila —yo ya no puedo con esto, dijo, es más de lo que una puede soportar, como era de esperar desde un buen comienzo— y con ademanes imperiosos e inequívocos se hizo acompañar hasta la puerta y de allí directamente a casa, de donde no se la vio salir ni esa tarde ni los días sucesivos, interrumpiendo así definitivamente el ceremonial y las muestras de condolencia.

Hasta ahí podíamos llegar, dijo nada más franquear el umbral de su casa —en todo el trayecto no había despegado los labios—; para su boca iba a estar. No nos faltaba ya más que eso, que se viniera a poner allí con nosotros delante de todo el mundo. Los asistentes, unos a solas y otros en grupos, fueron saliendo poco a poco a partir de entonces; algunos formaban corros ya de camino que parecían resistirse a dejar sin comentario cuanto acababan de presenciar. No hubiera podido ser de otro modo, decían mientras caminaban despacio, entre los coches aparcados en las cunetas, unos hacia el Hostal y otros ya de vuelta a casa, ¿o es que aún había quien se hacía ilusiones al final –decían–, aunque fuera ya a toro pasado?

Todavía después de la joven enfermera que había cuidado a Gervasio Sánchez Zúñiga durante la convalecencia de su penúltimo accidente, que se había quedado a un lado a esperar que todos hubieran salido para depositar unas flores y estarse un momento a solas junto a la tumba, salió la mujer elegante y atractiva que había llegado al final de la ceremonia. No había traído flores, como la enfermera u otras personas, pero sí se estuvo un buen rato ante la lápida como si las letras y los números que allí se leían y daban razón de aquella existencia concluida –un nombre en letras de bronce con dos apellidos y debajo dos fechas separadas por un simple guión– pudieran ser leídos por ella mediante otro código y otras referencias que arrojasen un significado distinto al que tenían para el resto, y entre uno y otro, entre lo que significaba para ella y lo que les decía a los demás, hubiese sólo una relación oscura, peliaguda y sobre todo arbitraria.

Cuando se volvió para salir por fin también ella –un simple guión, pensó, al fin y al cabo la vida no es más que eso, un simple guión entre dos fechas–, además del empleado del Ayuntamiento ya sólo quedaba dentro del recinto, cerca de la puerta de entrada y sin moverse más que lo que se movían los troncos de los cipreses o los laureles, el ciego Julián. No había querido irse con nadie, y había optado por esperar allí a quedarse solo y en silencio hasta que volviese su sobrino de lo que hubiera ido a hacer, como otras tantas veces, y se lo llevara ya de vuelta a casa. Solía sacarlo muchos días de paseo por el monte, sobre todo cuando tenía que subir a las colmenas que tenía montaña arriba;

subían juntos un buen trecho y, cuando se cansaba de ir a un paso más lento o según el trabajo que tuviera, le decía que le esperara allí mismo hasta que bajara. Nada le gustaba tanto como quedarse quieto a oír el murmullo de las hojas de los árboles y el zumbido de la vida del bosque que él distinguía hasta en sus más pequeños detalles, y aquel rato en el cementerio no fue sino una más de esas esperas, pero ahora entre el murmullo y el zumbido del bosque de los hombres.

Al ir a salir ya al final del cementerio, la mujer elegante y atractiva que había sido la última en demorarse ante la tumba de Sánchez Zúñiga se ladeó un momento para dirigirse hacia él. Muy pocos de los que aún pudieron ver de refilón, o más bien oír contado más tarde en la taberna o el Hostal, que aquella mujer, al salir del cementerio, se había acercado a saludar al ciego Julián y le había dado dos besos como si le conociera de toda la vida, creyeron en realidad que se hubiera equivocado.

11

Nadie me ha sabido decir nunca a las claras, aunque ya creo que conoce lo poco amigo que soy de pasarme ahí los ratos muertos en el Hostal, haciéndome eco de todo y dando pábulo a cualquier cháchara, le dijo Anastasio, el viejo y sufrido Anastasio a Bertha ya a los días, cuando llevaban un buen rato de caminata monte arriba con Carmen, si antes de salir Ruiz de Pablo del cementerio aquel día se volvieron a mirar cara a cara o a decir algo, o bien, como parece haberse puesto de acuerdo aquí todo el mundo, se marchó de estampida y sin parar mientes en nada, ni siquiera en ella, o sobre todo en ella, nada más recibir aquel desaire. Como tampoco he sabido de nadie en concreto, aunque no faltaría quien efectivamente lo viera, porque aquí todo se ve y se sabe igual que si el pueblo entero fuera un ojo o un oído cuya voz se encarnara luego, como un oráculo, en los chismorreos y las cábalas del Hostal o la taberna, si antes de marcharse ya ella del pueblo pasó o no pasó en realidad por su casa, no la nueva de la carretera, que entonces Ruiz de Pablo no había mandado construir todavía, sino por la de sus padres un poco más atrás, que era donde se quedaba aún cuando venía por aquí y donde acababa de traer a vivir a Blanca hacía muy poco.

Yo pasé aquellos días –haría muy poco, claro, le había hecho eco Bertha– muy pendiente de Miguel, que era el primero de nosotros al que le faltaba el padre; luego ya, en los años siguientes, nos irían faltando poco a poco a los demás. Pero déjeme que le diga que ninguno, ni Julio ni Gregorio ni por supuesto el propio Miguel, sabía ni barruntaba nada de lo que podía haber allí detrás de aquel gesto. Su madre, por lo que luego se supo, ni siquiera se dignó dar la menor explicación después en casa. Se encerró en sus habitaciones y le dijo al ama de llaves que no se la molestara bajo ningún concepto. Y de lo sucedido, o más bien de lo que estuvo por suceder aunque muchos no se hubieran dado cuenta, nunca más se volvió a decir nada.

Sus más y sus menos sí que debían de tener marido y mujer continuamente, reticencias y guiños para no hablar delante de los hijos, y peloteras entre ellos día sí y día también de los que su padre estaba en casa, que eran los menos. Pero nada más —que hubiera sabido Miguel— que el carácter vivo y bullicioso de su padre, las ganas siempre de enredar y hacer de las suyas, como decía su madre, y el pujo intransigente de ésta. Pero que supiera en el fondo, nada.

Sin embargo, lo que nadie en concreto sabía o decía saber a las claras, sí que se sabía así en general o como a la chita callando ya desde mucho antes, y si no todos, sí por lo menos los más ancianos estoy seguro de que se acordarían esos días de aquella chica que vivía en las afueras del pueblo, casi pared por medio de la casona del ciego Julián, junto a uno de los caminos por los que se sube luego al bosque, y que de la noche a la mañana, sin dar más explicaciones ni dejar de darlas, hizo sus maletas y se fue camino del norte. No era la primera ni sería la última persona que se marchaba en aquellos años; familias enteras hubo que, no voy a decir que de un día para otro como pareció con aquella chica, pero sí que un buen día, de repente, empezaban a pensar en irse a otra parte y entonces ya ese pensamiento no les abandonaba ni a sol ni a sombra, ni de día ni de noche. Se convertía en una obsesión, en un sueño que ya no les dejaba pisar despiertos la tierra en la que vivían y trabajaban más que para maldecir de ella y blasfemar con todas sus fuerzas contra el Dios que la había creado; y maldecir y soñar se convertían así lentamente en una sola y única cosa a la que no dejaban nunca de darle vueltas. Hasta que un buen día recogían las cuatro cosas que tenían y metían lo más imprescindible en unas maletas viejas que sacaban de los desvanes, cerraban a cal y canto la casa –trababan las ventanas por dentro no fuera a abrirlas el viento de Cebollera y les arrimaban por fuera las tablas quitanieves– y desaparecían en el autobús de las siete de la mañana camino primero de la capital y luego ya del norte o de Madrid o Levante. Así se fueron los Ruiz y se fue ese chisgarabís de Ramos Bayal, Fermín Ramos Bayal, y se fueron también al norte muchos otros, algunos de los cuales volvieron, como ellos, más ricos y de mejor ver, pero también cambiados, como si al irse no sólo hubieran abandonado algo, sino que algo también, algo impreciso pero decisivo, les hubiera abandonado asimismo a ellos para siempre.

Unos volvieron definitivamente, muchas veces ya después de jubilarse, y otros por temporadas, a pasar el verano o unos días para Semana Santa, pero sin dejar ya de mirar luego como por encima del hombro a quienes no nos habíamos movido de aquí. Recuerdo muy bien esas miradas, que eran lo mismo que quien mira a un pobre infeliz o a un torpe palurdo que no se entera de la misa la media. Pero otros ya se quedaron para siempre allí y se olvidaron de la casa que habían dejado cerrada a cal y canto, de las ventanas trabadas contra el viento de Cebollera y del lugar donde habían nacido y habían nacido sus hijos y sus padres, y sobre todo de la tierra que habían pisado, que habían cavado y segado y maldecido con tanta saña para poder llevarse algo de comer a la boca, por no hablar ya del ganado, del estar todo el santo día –como decían– con la mierda hasta los tobillos y las manos y los brazos siempre embadurnados con ella, y de esas condenadas cercas cuyas piedras habían acarreado y levantado y vuelto a levantar para mantenerlas siempre como eternizadas en cada momento. Habían maldecido tanto todo eso, que el simple recuerdo les debía de parecer también una maldición. Como les ocurrió a los padres de esa chica, que no podrían aguantar además aquí lo que fuese y se fueron primero tras ella al norte y luego ya a Madrid con un empleo que les había conseguido el propio Sánchez Zúñiga. Ninguno de ellos ha vuelto nunca por aquí, a no ser la hija el día del entierro del padre de Miguel, y ahí abajo tiene usted su casa, como muchas otras tiempo atrás, desmoronándose como se desmorona todo con el abandono y se rompe también todo al menor descuido. Si quiere, luego al bajar pasamos por delante, le dijo Anastasio antes de quedarse un rato en silencio.

Los ocres caedizos de los robles contrastaban con el verde intenso y como definitivo de los enebros y las jaras y al volverse para mirar abajo, al valle y al pueblo que se iba empequeñeciendo y delimitando en perspectiva según iban ascendiendo, era el verde fresco de los prados lo que contrastaba entonces con los ocres que pronto abandonarían del todo los troncos de los robles de la Carcaña, cuyo perfil sajaba, con la precisión de un bisturí, el impecable azul del cielo como si lo que prevaleciera en realidad no fuera siquiera lo que hay sino, sobre todas sus modalidades, sólo el contraste, el juego y la fatiga infinita de los contrastes.

No me lo diga, déjeme adivinar, se anticipó Bertha al ver que Anastasio se disponía a proseguir con su relato. La chica, que probablemente no sería siquiera ni mayor de edad y que estaría sin duda alguna de muy buen ver, se quedó embarazada, y entonces Sánchez Zúñiga, como si lo estuviera viendo, se la llevó de aquí. Ella diría en casa que había conseguido un trabajo en el norte y que con el tiempo mandaría por ellos. Por lo que fuera no consintió en no tener al niño, pero enseguida, y también por lo que fuera, que no quiero ni saberlo pero ya me lo imagino, el niño empezó a estorbarle o a estorbarles, y aprovecharían un momento en que ese hombre, Ruiz Solana, Gerardo Ruiz Solana, creo que se llamaba, pasaría sus apuros o lo que fuese, para encasquetárselo a cambio de una buena asignación que Sánchez Zúñiga desembolsaría puntualmente. Mientras tanto él seguiría viajando siempre de aquí para allí y atendiendo a sus negocios del norte, adonde qué duda cabe que se trasladaría a menudo. ¡Cómo creo conocerle sin haberle visto nunca más que en fotografías! Pero no piense que me resulta repulsivo, no, todo lo contrario en el fondo también él. Ya ve cómo somos las mujeres.

Los Ruiz, continuó Bertha, se irían encariñando poco a poco con la criatura y enseguida ni siquiera a ellos, o por lo menos a ella, les daría a lo mejor por pensar que no fuera propio. A partir de entonces Gerardo Ruiz Solana y, ¿cómo se llama ella?, Avelina de Pablo –repitió el nombre con que le respondió Anastasio– fueron los verdaderos padres de Enrique Ruiz de Pablo, del futuro gran poeta, del intelectual inaprensible y oscuramente seductor que, sin embargo –sin embargo–, había sido abandonado y excluido en origen; y ese abandono y esa exclusión, que generaron toda la fuerza de su poesía, de su inaprensibilidad y seducción, fueron también la fuente inagotable de un despecho que fue haciendo hueco progresivamente en él, que fue calando y agrandándose, ensanchando el espacio que ocupaba y el tiempo que robaba hasta no dejar más sitio que para el vacío que producía, y ese vacío se hizo dueño de todo y ya no había quien lo llenara por mucho empeño que pusiera y muchas que fueran las cosas llamadas a colmarlo.

No crea, Anastasio, que no conozco ese vacío, que no lo conocemos ya todos a lo mejor, cada uno a su modo. Es nuestra época, diría Miguel. Se convierte en una maldición, como el sueño del abandono de la tierra para quienes desean emigrar, y a la vez en el acicate más imponente para cualquier cosa, en la fuente de energía más formidable, porque, como el odio y el hastío, nunca se agota, siempre se reproduce y todo se convierte en torno en materia y alimento para ese fuego que nunca se consume por mucho que arda y muchas y de diferente naturaleza que sean las cosas que se echen en su hoguera. Conozco ese fuego, sí, y ese hueco, de modo semejante pero a la vez muy distinto a como lo conocía Miguel y ahora veo que también, a su modo brutal, Ruiz de Pablo. ¡Pobre bestia herida, pobre jabalí rugiendo siempre por el bosque en busca de su camada y para ello destruyéndolo todo a su alrededor y queriéndolo crear a su modo!

No somos en el fondo mucho más que un hueco en el que va cuajando el vacío para crear lo que somos cada vez, más que el alarido modulado del abandono y la pérdida, su rastro y su onda de expansión que no conseguimos digerir de buenos modos y a veces resuena como un pistoletazo en la sien. Y árboles, sí, también, pero árboles ya viejos y huecos a estas alturas de la humanidad; árboles huecos a los que a veces acudimos a escondernos, y de los que otras nos salta a la cara un gato montés. ¿Me he equivocado mucho en la historia?

Así debió de ser más o menos, contestó Anastasio. Durante todo el rato que duró el parlamento de Bertha no había mirado a otro sitio que al suelo, como si le diese apuro mirarla o más bien escuchar de su boca lo que él tenía que haberle dicho. Desde donde se encontraban, en un recodo del camino en el bosque –¿no quiere venir aquí a sentarse?, le había dicho–, se divisaba a la perfección de nuevo el pueblo encogido entre los prados, hundido entre los ocres abigarrados de los robles de la sierra y la línea de las montañas que cerraba el horizonte. La Calvilla remataba esa línea internándose como un ariete en un valle mucho más amplio que parecía infinito, sin más límites que los imaginarios que se perdían en la lejanía.

Así debió de ser, repitió; a él, a Ruiz Solana, apenas se le veía nunca con el hijo en ningún sitio. Parecían salir a horas distintas e ir siempre a sitios distintos, y pocos serán los que puedan decir que los hayan visto alguna vez juntos en la taberna o ya luego, cuando lo construyeron, en el Hostal o en cualquier otro sitio. No te has fijado en que nunca van juntos, me dijo una vez mi mujer, que casi nunca salía de casa más que a lo necesario, pero que siempre veía y se daba cuenta de todo, un poco a su modo como el ciego Julián. Y era verdad, aquel hombre renegrido y enjuto que parecía todo nervio y músculos, todo mal genio –el malas pulgas, le llamábamos de chicos–, no sólo no se dejaba ver con su hijo así como así –si por él hubiese sido no se hubiera dejado ver quizás por nadie–, sino que apenas si hablaba de él y, cuando salía a relucir en la conversación por lo que fuera, porque hubiera salido en la televisión o el pe-

riódico o por lo que fuera, contestaba con sequedad y como re-
huyendo siempre la cosa. A veces parece como si le tuviera miedo, había quien decía. Lo contrario que Avelina, Avelina de
Pablo, que no hacía más que presumir de hijo famoso delante
de quien quería escucharla.

Ruiz Solana volvió del norte para ocuparse al principio de
los asuntos de Gómez Luengo, de don Benito Gómez Luengo,
el padre de Julio, que con sus inventos y sus genialidades estaba
dando ya al traste con la mayor fortuna que estos valles hayan
visto nunca reunida. Lo mandó llamar, según se dijo ya entonces, por consejo de Sánchez Zúñiga, el padre de Miguel, para
que, como hombre de confianza que conocía aquellas tierras y
el oficio de ganadero, pusiera orden y concierto en todo aquel
disparate que era la economía de los Gómez Luengo. Pero desde que volvió del norte todos vieron que era otra persona. Volvió, a pesar de que se había dicho que si había tenido problemas o lo que fuera en la fábrica a la que al principio había ido a
trabajar, con su buen coche y sus buenos trajes, tanto él como
su mujer, y también con un crío, del que pocos habían tenido
noticia en un pueblo en el que todo se sabe. Apenas entraba
nunca en la taberna y contadas veces luego en el Hostal, casi
siempre a horas poco concurridas en que se tomaba en silencio
su café vuelto de espaldas a las mesas de la cristalera, como ig-
norando lo que pudiese venir de allí aunque no hubiese nadie,
y cruzando sólo algunas palabras sobre todo con forasteros o
con el dueño del Hostal, medio familia suya en realidad. Desde
su vuelta, vivían permanentemente por encima de sus posibilidades –por mucho que sea, que lo será, lo que le dé don Benito, decían–, con su piso en la capital, al que enseguida se trasladaron para que el crío pudiese estudiar en un buen colegio
aunque el padre tuviese que venir a El Valle todos los días, y su
casa remozada del otro lado de la carretera, con su coche y
su todo. Nada les faltaba y de todo hacían acopio y ostentación; y ya desde que volvieron se empezó a decir que si iban
aquí o allí y que si él había sido visto con quien hubiese sido, y
desde luego no se estaban de nada ni se quitaban un gusto. ¿De

dónde lo habrán sacado?, se preguntaban algunos no para saber, puesto que todos lo sabían aunque nadie dijera saberlo, sino para que otro enseguida contestara: ¡y de dónde crees que lo van a sacar! Aquel hombre ceñudo, de una seriedad arisca más que reservada, con dos ojos tan oscuros y duros como el basalto que parecían celar siempre algo, nos tenía completamente atemorizados a los chicos. Recuerdo que escapábamos en cuanto le veíamos venir porque siempre tenía algún reproche que hacernos o alguna acusación que dirigirnos, y rara era la vez que no se le iba la mano, sobre todo si estaba Miguel, que casi nunca se libraba de algún pescozón. Aquella figura enteca y renegrida, como concentrada siempre en sí misma y sin más amabilidades que las que reservaba a Gómez Luengo, con el que era imposible no ser amable, era para nosotros una especie de pesadilla, una amenaza perpetua que nos ahuyentaba de donde estuviéramos y nos desasosegaba como si fuera nuestra mala conciencia de críos. Soñábamos con él y le atribuíamos un saber oscuro y penetrante, como el de las lechuzas o las cornejas, y un conocimiento de todas nuestras correrías y trastadas y de todos nuestros pensamientos y deseos más íntimos, que él parecía adivinar con sólo mirarnos.

Mientras Ruiz Solana anduvo por el norte, Gómez Luengo, don Benito Gómez Luengo, que era realmente un bendito pero también una cabeza loca —mucho sentido Benito no lo ha tenido nunca, decía la madre de Miguel, y en sus cabales, lo que se dice en sus cabales, me extraña que haya estado alguna vez—, había acabado por arruinar a la familia con aquella serie de excavaciones mineras que había emprendido por la sierra de la Carcaña. Si usted va algún día por allí, malo será que no se encuentre por un sitio y por otro con las huellas de aquellas famosas prospecciones que pusieron patas arriba El Valle y tuvieron en vilo a toda la provincia. Fueron las últimas, por ahora, que se han llevado a cabo, y esta vez Gómez Luengo hizo venir a una empresa extranjera aduciendo mil y un datos sobre la riqueza todavía escondida, que en buena parte, conociéndole, debían de ser pura imaginación suya, o pura literatura o historia de la mucha que leía cuando le daba por ahí. El Valle se convirtió en aquella época –los días de la locura minera de don Benito, la llaman aquí– en un ir y venir de coches y periodistas y maquinarias que entraban por el cruce con la carretera nacional y echaban a perder todos los caminos, y durante los meses que duró aquello, casi al año se llegaría si no recuerdo mal, pareció que nadie en El Valle tenía otra cosa que hacer que ir a ver las excavaciones y hablar todo el día de lo que se sacaba o dejaba de sacar o se podría sacar de allí seguramente. Don Benito, que no paraba quieto un momento, parecía haber contagiado con su entusiasmo a todo El Valle y a la provincia entera, algunos de cuyos habitantes empezaron a pensar que, si la cosa iba en serio y llegaba a buen puerto, a lo mejor podrían hacerse ricos de la noche a la mañana abriendo este negocio o el otro. Desde el monte, desde las casas mismas, se podía ver la polvareda formidable que formaron durante meses los camiones y las excavadoras al ir de aquí para allí, al perforar hoyos y abrir zanjas y ensanchar cunetas levantando todo el día un polvo terroso que se metía en los ojos y en las casas, que enrarecía el aire limpio de El Valle y el sosiego de las noches como si todo ocurriera en medio de una inmensa nube opaca de materiales en suspensión. El paso polvoriento de los camiones y el golpeteo de las perforadoras –el pálpito de las ambiciones y la codicia, si hemos de ser sinceros– pareció acompasar durante todo aquel tiempo la vida de El Valle como si fuera su único reloj. Pero al cabo la polvareda empezó a remitir y se vio, como casi siempre, que se trataba de ovejas, no de gigantes. Los empleados empezaron a dejar de venir a comer al pueblo, primero los ingenieros y poco después ya también los obreros, y el ruido y el polvo fueron atenuándose poco a poco hasta que la compañía terminó por completar su retirada. En la sierra quedaron otra vez las numerosas huellas de las prospecciones y los movimientos de tierras, los hoyos y galerías inverosímiles, y en la hacienda de don Benito un agujero colosal. Sus sueños mineros –los sueños mineros siempre de los hombres, decía y todavía dice la madre de Miguel, que siempre están dispuestos a soñar con un Dorado a la vuelta de la esquina seguramente sólo por no aburrirse como se aburren– habían acabado por arruinarle, y en pocos días pasó de ser lisonjeado por todos a volver a ser el simpático hazmerreír de siempre, al que sin duda se le seguirían riendo las gracias, pero no ya hasta el punto de creérselas nadie como había ocurrido aquella vez; a no ser..., hay quien empezó a decir en la taberna, pero luego se interrumpió enseguida.

Y en esto fue cuando aquel hombre enteco y atezado, por acuerdo con el padre de Miguel, que es verdad que le evitó lo peor a esa familia, volvió del norte para hacerse cargo de la explotación ganadera de don Benito, lo único ya que todavía le quedaba, puesto que había tenido que deshacerse de todos los activos con los que contaba para pagar la deuda contraída con la compañía minera. En poco tiempo, Ruiz Solana puso orden en la explotación y la amplió y rentabilizó, consiguiendo así, además de un buen sueldo para él, que la familia pudiera seguir llevando una vida decorosa y que incluso don Benito pudiese seguir contando con algo de dinero para continuar con sus investigaciones y patentes, que medio registro provincial debe de estar a su nombre. Era, sí, un hombre huraño, cavernosamente silencioso –como si algo le royera en efecto siempre por dentro–, pero cumplidor y severo con todos hasta el punto de que el mismo don Benito empezó a tomarle miedo, o por lo menos recelo. El propio Julio, cuando hablamos, no recuerda haberle oído nunca más que blasfemias y reproches y que, cuando lo veía y no podía esquivarlo a tiempo, siempre le caía un buen coscorrón. Sólo cuando estaba Miguel con nosotros podíamos estar tranquilos, porque era siempre él, como un pararrayos, el que los atraía siempre. ¿Por qué le sacude siempre a Miguel cuando nos ve?, nos preguntábamos.

¡Qué bonito!, ¡qué bonito!, había dicho de vez en cuando Carmen, la hija de Anastasio, durante el camino, cada vez que se volvía hacia El Valle o encontraba alguna piedra o algún insecto que le llamara la atención. Cuando veía junto al camino alguno de los viejos robles seculares de copa frondosa y tronco corpulento, enseguida iba a interrumpirles y les tiraba del jersey señalándoles hacia el viejo roble hasta que le hacían caso. Se llegaban hasta él, y ella les hacía aplastarse de bruces contra su corteza áspera y rugosa, primero a Bertha, que empezaba a rodearlo con los brazos extendidos todo lo que dieran de sí, y luego a su padre enseguida, que se engarzaba con su mano a la de Bertha hasta haber abarcado todo el perímetro a su alcance; y entonces, disfrutando de lo lindo porque entre los dos no llegaban a abrazarlo, saltando y diciendo sin parar ¡qué bonito!, ¡qué bonito!, se ponía ella también de bruces contra el tronco anudándose a la mano de uno hasta que tocaba por el lado contrario la del otro y, al conseguirlo, al lograr completar ella el círculo, su alegría se desbordaba y acababa echando babas y chupando la corteza cuyo sabor áspero y acre, junto a las brozas y hormigas que se llevaba a la boca, acababan haciéndole escupir y torcer el gesto antes de echarse a reír otra vez y a babear de satisfacción por haber conseguido abarcar lo inabarcable y haberlo conseguido sólo gracias a ella. Como si sólo con la locura, con la estupidez o la inocencia se pudiese de veras completar el círculo y abarcar las cosas, recordó Anastasio que había dicho un día Miguel cuando ella les hacía rodear los grandes robles estando él todavía con vida.

12

Aquella tarde, le había dicho ya Anastasio en alusión al día de los hechos, Carmen no podía parar en casa quieta un momento. Parecía una peonza la pobre de lo excitada que estaba y ni aun la televisión, las figuras cambiantes y vistosas ante las que se suele extasiar durante horas y a las que habla como si fueran muñecos, lograba tampoco calmarla. Todo lo contrario, contribuía a excitarla aún más, y ni siquiera los reportajes de animales, los documentales sobre plantas y paisajes que ella ve igual que ve las cosas cuando salimos al monte, señalando y acercándose o retirándose según le atraigan o repelan, conseguían aminorar un nerviosismo que había comenzado ya con las prisas que yo le había metido por la mañana, nada más oír los disparos y empezar a temerme lo peor. Como un perro que barrunta tormenta y no puede dejar ya de moverse un momento, de ir y venir excitado y atosigar sin descanso a su dueño, entre cuyas piernas anda siempre metido como si fueran un regazo, ella veía a toda la gente que se había agolpado junto a las balsas y a lo largo del camino que recorremos a solas casi a diario con el buen tiempo, veía los coches que no cesaban de ir arriba y abajo y me veía a mí extraño, ausente y seguramente desencajado, y no dejaba de tirarme del jersey, de moverse de un sitio a otro y luego volver corriendo a echárseme encima y abrazarme con una pegajosidad como no había visto nunca. ¿Por qué no ha venido Miguel?, me decía, ¿por qué no ha venido si todos dicen que ha venido?

¿Se ha ido ya Miguel?, me preguntaba de ordinario antes, con un ahogo aprensivo, cuando después de haber estado algunos días paseando con él, no le veía esperarnos ya junto al cruce apoyado en las cercas. Pero yo me daba cuenta de que ese ahogo, con ser grande, no era mayor que el que sentía cuando se iba la imagen del televisor, cuando se apaga la luz por la noche y entonces ella se pone a gritar sin consuelo. ¿Qué significa para ella que se vaya la luz, que se vaya la imagen y no vuelva porque hay tormenta a lo mejor? Que las cosas cuando carecen de formas dan miedo, me decía Miguel, aterrorizan, y por eso no sólo ella, sino de alguna manera todos nos llenamos de formas. Las casas, las ciudades, cualquier sitio, ya no son sino almacenes atestados de formas, batiburrillos de líneas donde la vista ya nunca descansa, y la vista es el alma, decía Miguel. El mundo se ha convertido en un interminable disparadero de formas, decía, del que es imposible desurdirse. Consumimos formas igual que consumimos otros alimentos, pero los digerimos peor, y a menudo nos provocan alucinaciones, náuseas que nos aguantamos como podemos. Y todo por miedo. Por miedo empezamos a crear formas y por miedo nos atiborramos de ellas hasta no saber ya qué nos produce más terror, si su ausencia o su abarrotamiento. Porque ¿qué significa si no que en el Hostal, o mucha gente también en sus casas, enciendan en cuanto mismo se levantan el televisor y ya lo dejen así el día entero? ¿Qué vida fluye en la pantalla, en sus figuras y sus palabras ininterrumpidas, en los gritos altisonantes y superpuestos y el movimiento cada vez más vertiginoso de todas las imágenes, tanto que a mí la televisión ya me parece que es sólo esa superposición y vertiginosidad? ¿Y qué fluye incluso en el chisporroteo final o la carta de ajuste, decía Miguel, para que aún la queramos mantener encendida y nos resistamos a apagarla de una vez? Como un agua, decía mi mujer, como un agua de imágenes.

Yo había tomado la precaución –continuó Anastasio después de pedirle a Bertha todo tipo de disculpas por irse tanto por las ramas– de decirle a Carmen que fuera despacio porque quería y no quería a la vez llegar donde las balsas. Nos habían adelantado camino arriba, en un coche a todo correr, el médico y el alcalde dejando detrás una inmensa polvareda, e intuía que algo grave había sucedido. Pero ya antes, al llegar al cruce de caminos donde nos solía esperar Miguel cuando venía, recostado contra las cercas o bajo el maguillo y mirando, como si fuera él también un árbol –ya ve–, el valle abajo y la sierra enfrente, fue ella la que dijo, como si hubiera intuido algo desde el principio o hubiese empezado ya la primera a echarle en falta, no está, no está Miguel, y yo le había dicho que estaría.

Yo le dije entonces como pude, angustiado y a la vez ya deseoso de llegar arriba cuanto antes y comprobar lo que había ocurrido, que no había venido en efecto, que estaba de viaje y tardaría en venir porque se había ido muy lejos, y que ya vería las postales tan bonitas que nos enviaría desde donde estuviera.

A ella le encanta recibir postales, así que ya está usted ahora enviándonoslas desde Viena o desde donde quiera, y no lo digo sólo por Carmen, le dijo a Bertha con desenfado y arrepintiéndose enseguida de habérselo dicho. Está siempre pendiente de la hora en que suele pasar el cartero –continuó apresuradamente–, y cuando éste trae alguna tarjeta la llama ya desde la esquina y, haciéndole señas de lejos con la postal en la mano, le dice que tiene carta de su novio. Ella entonces se pone más contenta que unas castañuelas y le falta tiempo para echar a correr escaleras abajo a cogerla. Pero cuando está a punto de quitársela de las manos, Fernando, Fernando Quilez Atienza, el cartero, se la retira de repente y le dice que no se la entrega si antes no le da un beso. ¡Qué recompensa tendrían si no los carteros!, le suelta. Entonces ya no cabe en ella de gozo, le da el beso y se da la vuelta corriendo con la carta en la mano y luego ya me la hace leer una y otra vez hasta que se cansa –yo invento muchas cosas referidas a ella– y se la lleva a su habitación para pegarla con celo en la pantalla del televisor. Lo enciende entonces –le debe de parecer como que cobra vida la postal con la música y las figuras que se agitan debajo– hasta que yo entro a quitársela porque le digo que se va a quemar con el calor de la pantalla. Mira, la vamos a poner ahora junto a las demás, le digo, porque sé que eso también le gusta, y ella viene entonces a escoger el sitio y hace que le lea otras más antiguas. Ahora una de Berlín, me indica, o las de Sarajevo, y luego se va a ver la televisión y, si sale alguna ciudad, dice Berlín o Sarajevo, donde está Miguel, y mira a ver si le ve. No había nada que la hiciera más feliz que ese ceremonial, siempre el mismo cada vez que había correo, a no ser cuando veía a Miguel arriba junto al cruce y no se lo esperaba, y entonces echaba a correr para abrazarlo como si fuera la persona más feliz del mundo.

Pero aquella tarde después de lo ocurrido no podía estarse quieta, como si un gusanillo le recorriera todo el cuerpo, y al atardecer, en previsión de que le diera algún ataque o por lo menos no pudiera pegar ojo en toda la noche de lo nerviosa que estaba, como ya preveía que me iba a suceder también a mí, la saqué otra vez a dar un paseo y a que se cansara un poco más antes de acostarla. Empezaba a hacer frío, probablemente por primera vez en este otoño, y yo estaba deshecho, como puede imaginar, no tenía alma para nada, como se suele decir; pero el tener que disimular con ella, el tener que dirigirme a ella como si nada hubiera ocurrido, recuerdo que me hacía un bien extraño que no dejaba que se abrieran del todo las heridas o me precipitara por el desfiladero que la muerte de Miguel había abierto. Me acogía a aquella obligación, a aquella formalidad, vamos a decir, como quien se cae por un terraplén y se agarra a una raíz que sobresale, y así le iba contando cosas y señalándole aquí y allí. Así son muchas veces las obligaciones y las formalidades, ¿no cree? Hacen que no nos despeñemos.

Es curioso, al final ha resultado –¿cómo haré para que me entienda?– que con todo lo estable y equilibrado que siempre le pareció a Miguel que yo era, al faltarme él ahora, al faltarme justamente a lo mejor su desajuste y su vértigo, incluso su lejanía, es como si me hubiera desmoronado yo también, la montaña, como él decía, como si me hubiese abandonado algo sin lo cual yo ya no puedo paradójicamente asentar ahora nada de rebote. Ya ve que no paro de hablar, y que casi no le dejo ni meter su cuchara; que sólo estoy esperando a que usted llegue para hablar, y a veces hasta con una voz que me sale que ni siquiera me parece la mía, usted me dispensará.

Pues bien, al pasar por delante del viejo cuartel, que llevaba cerrado varios años y habían vuelto a abrir aquella tarde, vi que entraba el juez. Allí le esperaba sentado el ciego Julián para prestar declaración y, al verme el juez, se me acercó y me dijo que me pasara un momento luego por allí yo también, que así no tendría que mandar a buscarme. Una pareja de guardias se dio el cambio bajo el farol de la entrada al cuartel que desde hacía años no veíamos ya encendido, y aquellos gestos amistosos e imperativos al mismo tiempo, aquel cambio de la guardia al anochecer, me retrotrajeron a otros tiempos a la vez que me encogían incomprensiblemente el ánimo. Ya está, ¿no?, ¿no es eso?, me dije, ¿no es eso lo que quiere decir?

Pero seguí adelante. Por encima de los chopos del barranco junto al que se halla el cuartel, un último resplandor se apagaba por detrás de Cebollera y hacía resaltar con mayor empaque los perfiles de la montaña. Debajo de ella, el Torruco y el Picorzo, el Retamar de la Aranzana, estaban ya sumidos en la más completa oscuridad y sólo la mole azul de Cebollera, como hubiera dicho Miguel, resaltaba con todo el despecho y el misterio de las preguntas nunca respondidas y las plegarias jamás escuchadas. Quién sabe si por eso ella la pinta cada día, como un rezo, caí en la cuenta.

Recuerdo que miré hacia allí como miramos aquí todos muchas veces cada día, pero que aquel anochecer se me antojó como un dechado de desfachatez. Mira, me había dicho alguna vez Miguel del otro monte, de esa Calvilla drástica y reseca en que termina como en un ariete la sierra que a él tanto le gustaba contemplar; mírala, tan igual siempre a sí misma y tan indiferente a nuestro dolor y nuestra angustia, como si nada de ella tuviera nunca que ver con nosotros y ni siquiera con la primavera y el tiempo que incumbe a los demás montes, soberbia, inmutable e inasequible como una forma pura. Y así es como esa tarde –se estaba levantando viento– Cebollera me pareció tan inmisericorde y cruel como una divinidad insaciable que está ahí sólo para reírse de nosotros, para atemorizarnos y admirarse a sí misma –para lucir su palmito y su estampa– y luego reírse de nosotros con un sarcasmo callado e inmortal. Algo de eso le debí luego de decir al juez, porque él se rió con la misma distancia y la misma indiferencia que si hubiese sido él también un monte y no una persona.

–¿Pero qué es lo que le dijo al juez?, ¿me va a decir ya lo que le dijo? –estalló de pronto Bertha, como si todo lo anterior sólo hubiese sido una forma de dar rodeos.

13

¿Que qué le dije?, le respondió enseguida Anastasio como aquel que ha sido pillado en falta, ¿que qué le dije al juez? Le dije que no, que me parecía imposible, que no podía creer que hubiera sido El Biércoles el que lo había matado, ni mucho menos que hubiese sido él quien se disparara, según fueron diciendo aquel día por todas partes, empezando por ese chisgarabís de Ramos Bayal, y difundirían enseguida los periódicos.

¿Imposible?, me preguntó el juez, mirándome como si fuera a sorprender en mis ojos o mis gestos lo contrario de lo que decían mis palabras. Hombre, imposible, lo que se dice imposible, tal vez no, porque pocas cosas son a lo mejor imposibles, creo que le debí de responder con los restos de aplomo que pude conservar aquel día, pero sí muy poco probable. Siempre andaba en la cuerda floja, es verdad, no pude menos de decirle, y mal a lo mejor sí que estaría, tampoco era para negarlo; pero de la misma forma que lo había estado siempre, es decir, inquieto, descontentadizo e inestable, a disgusto siempre con algo y sobre todo a disgusto consigo mismo, como si nunca pudiera estar a sus anchas en su propio pellejo o le faltara siempre la tierra debajo de los pies. Como quien no puede darse mucha tregua y anda buscando algo que no sabe en realidad lo que es, por mucho que él mismo dijera que una vez puestos a buscar de una determinada manera –que él sabría cuál–, lo que se busca en el fondo ya da igual porque es sólo el mero seguir buscando lo que importa, el mero poder seguir buscando siempre lo que es imposible encontrar porque, si se encontrara, ya no se podría reconocer, ya no se podría decir «¡ah!, míralo», «ahí estaba» o «ahí ha estado siempre», «ahí es donde había ido a parar»; o «hay que ver dónde se había metido», «¡tan lejos!», o bien «aquí mismo y no había forma de verlo». Ése era su carácter, su índole, su mala índole, como dice su madre si alguna vez se digna mencionarle, pero de ahí a suponer que hubiera podido acabar un buen día con su vida para poner fin a ese gusanillo que le roía, tenga por seguro que hay un trecho insalvable, o eso es por lo menos lo que yo creo, le contesté al juez cuando me preguntó que si de su malestar se habría podido deducir de alguna forma un gesto extremo e irreversible.

Que qué era ese gusanillo, me dijo a continuación, que si tenía un nombre concreto, un nombre de una persona o de un hecho, de una relación; y yo le dije que eso era aún más difícil de contestar y a lo mejor nos teníamos que meter en honduras. Ese gusanillo, añadí, y ni yo mismo sé cómo me salieron entonces esas palabras –tal vez por mi mismo deseo de entender o como si me estuviera hablando a mí mismo–, ese gusanillo es algo que todos llevamos ya de algún modo dentro. Algunos no nos percatamos sino tarde –le dije– y hay quienes se mueren sin darse cuenta, pero eso tampoco les exime de llevarlo consigo. Ahora bien, hay otros como él, o como a lo mejor ya la mayor parte de los jóvenes, que se podría decir que es en lo primero en lo que reparan a la que empiezan a hacerse adultos o seguramente ya antes, mucho antes, me temo; en ese bichillo que les devora por dentro, que les roe, que desgasta y mordisquea excavando agujeros interiores como los escolítidos de los olmos, que abren galerías bajo la corteza de esos árboles y propagan la grafiosis que poco a poco va acabando con ellos. Es un animalillo que va a ciegas, le expliqué, insignificante y monótono a más no poder, pero con una persistencia y una voracidad tales que es capaz de acabar con los ejemplares más nobles, con los más esbeltos y corpulentos. No tiene miras sino más bien una ausencia total de miras –decía Miguel cuando veía que otra vez podían con los retoños que volvían a brotar en la carretera–, no tiene más que un instinto: corroer, carcomer, mellar y abrirse camino en la oscuridad dejando el hueco de su paso como rastro hasta que ya todo entorno es vacío. Para ellos no hay límite que valga, sólo hay materia –decía–, la materia a disposición de los tallos en cuanto se hacen mínimamente adultos o leñosos; no hay tampoco mejor ni peor en realidad sino sólo lo que conviene a su voracidad, y esa voracidad –esa conveniencia– es su Dios, su amor verdadero y su infinita oquedad, una oquedad –el hueco de su paso, repetía, el hueco de su paso como rastro– que se gana royendo, mordisqueando, desgastando.

Pero lo mismo que cualquier plenitud es una plenitud hecha asimismo de palabras –decía–, la oquedad es también una oquedad de las palabras y del modo como se dicen las palabras, que pueden ser nobles y verdaderas o también vanas como una nuez vana, esmirriadas y engañosas como un caballo viejo y enfermo que está para pocos trotes, pero que, de lejos o a ojos poco entendidos, parece otra cosa, me decía Miguel como para que lo entendiera sin esfuerzo. Es como si también a ellas –añadía–, o a nuestro modo de decirlas, se les hubiese evaporado algo que las hubiera dejado resecas, enclenques, desmejoradas y vulnerables también como esos olmos que debilitan los escolítidos para que luego venga el hongo de la grafiosis y acabe con ellos; ahora bien, eso sí, muy pintarrajeadas siempre como para estar dispuestas a ir continuamente de gala o de fiesta. Ése es el gusanillo que le roía, le dije, pero me dio la impresión de que me oía como quien oye hablar a un extraterrestre; ése es el gusanillo que le roía la tierra que pisaba y el aire que respiraba haciendo de él un verdadero culo de mal asiento, como decía su madre las veces que era más benigna con él. En cuanto a si eso tenía una réplica concreta en una persona o en algo que concentrase su despecho, puede ser, o por lo menos no digo que no pueda ser. Pero seguramente era mucho más que eso, si es lo que quiere saber, le dije.

¿Que a qué venía, dice usted? Volvía, o más bien lo intentaba, le vine a decir, como quien intenta volver de ese vacío, pero al mismo tiempo vuelve siempre con él dentro; como quien intenta vadear un río o franquear un umbral, pero encuentra siempre una corriente o un obstáculo que acaban impidiéndoselo o incluso viene justamente a buscar ese obstáculo o esos rápidos del río, a llamar a unas puertas que sabía que no le iban a abrir o entrar en otras a las que no podía ni debía llamar. ¿Que qué clase de obstáculo? Pues ya le voy a decir; un obstáculo que era a la vez una atracción –la atracción del obstáculo, decía él siempre riéndose– o era tal vez una deuda o una mancha con la que tenía o creía que tenía que pechar a lo mejor –o sin a lo mejor– sin saber muy bien por qué. Aunque también cabe que a lo que viniera en realidad era a ver si lograba algo así como un dejarlo ya estar todo, un ya está bien, un así es y así de algún modo está bien, que es quizás lo que le atraía de mí por mucho que se burlara muchas veces, ya ve, le dije. ¿Una venganza, dice usted? No sé, tal vez también, una venganza o una promesa –una ilusión–, pero a lo mejor no, o por lo menos no sólo, en el sentido que usted se imagina.

Sí, yo creo haber tenido una buena amistad con él, o por lo menos me precio de ello. Son muchos años y muchos ratos de conversación en los que debí de ser algo así como su interlocutor preferido, como él decía, la persona con la que más a sus anchas se sentía, ya ve lo que son las cosas. Cada vez que volvía, sin necesidad de decirnos nada ni de darnos ninguna cita, nos veíamos al día siguiente por la mañana allá arriba en el monte, en el cruce de los dos caminos que luego suben, cada uno por su lado, a la sierra de Tabanera, y ya paseábamos durante toda la mañana, él y yo y mi hija Carmen, a la que también quería mucho. No tengo que decirle que para mí, y también para mi pobre Carmen, su llegada era siempre el acontecimiento más importante, algo así como la llegada de las estaciones. Luego también muchas tardes se venía a casa y allí se estaba hasta que se cansaba, que no se cansaba nunca, hablando o sin hablar ni hacer nada. Le gustaba estarse allí, estarse, así sin más, mirando por la ventana hacia la sierra o por el ventanuco del ciruelo, o bien al fuego. Ya ve, una casa realmente sin nada, las paredes desnudas, el hueco de las ventanas, la luz que entra por ellas y que deja de entrar poco a poco, las cuatro sillas, nada, y todo eso muy viejo, aunque eso sí, siempre bien caldeado por el sol –la casa está estupendamente orientada y las paredes son de las de antes, gruesas y de buena piedra– o bien por el fuego que me faltaba tiempo para encender en cuanto él ponía un pie en casa o sabía que había llegado.

Acogido, sí, tal vez ésa sea la palabra, Miguel se sentía acogido en casa y reconocido, por usar las palabras que ha dicho el ciego –¿las palabras que ha dicho el ciego?, repitió el juez sin que Anastasio se interrumpiera–, acogido en esas pocas cosas esenciales de casa y de estos viejos montes, y supongo que por mí, que he sido siempre todo lo contrario a él. A mí todo me ha bastado siempre, y cuando ha faltado pues también me he hecho a esa falta sin buscar nada más, y eso a él le impresionaba mucho. Siempre se metía conmigo; tú has vivido más por mí que por ti, solía decirme, y seguramente era verdad, que yo he vivido más y he conocido más mundo por lo que él me contaba que por lo que yo mismo podía contar. Pero yo le contestaba que él en cambio había vivido más sin él que con él mismo, como si hubiera vivido siempre de prestado y en la inopia, en una inopia seguramente fascinante y vistosa llena de imágenes, pero inopia al fin y al cabo, y luego –qué pasa cuando se va la imagen, cuando se va la luz...– fuera mendigando cuatro caricias y un techo como un perrillo callejero.

–Cuatro caricias que luego, cuando alguien de veras se las daba –le interrumpió Bertha–, enseguida se iba como si tuviese miedo de haber encontrado lo que buscaba o bien, es verdad, como si ya no las reconociera y tuviese que remontarse a muy atrás.

–Sí, así era y ahora ya no tiene remedio, como si no hubiera podido dejar de estar nunca en guerra consigo mismo o bien con las palabras con las que hacía esa guerra o se hacía a sí mismo y, si necesitaba paz y sosiego, si es verdad que se pasaba las horas muertas sin necesidad de nada más que mirar la curva impecable de la Calvilla y cómo la luz del atardecer la vuelve un momento todavía más nítida antes de hundirse en la oscuridad, era sólo para hacerse tal vez luego mejor la guerra, para poder enzarzarse más a sus anchas con él mismo y seguir dándoles vueltas a las cosas a las que nunca dejaba de darles vueltas y lo mejor hubiera sido dejarlas ya de una vez como son y hacerse a ellas, como no me cansaba yo nunca de insistirle.

¿Que qué cosas son ésas, me pregunta? Pues todas, recuerdo que le dije, y a lo mejor ninguna en especial, o quizás sí; todas a excepción de las que nombran, que son a las únicas a las que a lo mejor hay que estar siempre dándoles vueltas, pero no a quien nombran o nos han enseñado a nombrar con ellas, a quienes a lo mejor no hay más que observar y al máximo guardarse de ellos. ¿Que ya entiende? No, no creo que me entienda, le dije, porque no creo que ni yo mismo esté entendiendo muy bien lo que digo, pero así supongo que es.

Sí, claro, a su mujer cómo no la voy a conocer, y a su hija, pero hace muchos años que no vienen a El Valle para nada, le dije. Miguel se casó al poco de volver a Madrid para trabajar en el periódico, antes de que le hicieran enviado especial y le mandaran de un sitio a otro, y enseguida tuvo a la niña. No, su hija mayor no, su hija mayor es otra historia, como se dice ahora, o bien no es más que eso, una historia, una pura fantasía, algo que no llegó a existir más que en las palabras con que decía que ahora ya tendría edad para ir a la universidad o estaría tan alta como Carmen, pero que por lo mismo que no ha existido, y mejor que así haya sido, créame, también hubiera podido ser lo contrario. Pero todo eso es mejor que se lo pregunte usted a quien lo sabe, le dije, porque yo de lo único de lo que estoy seguro es de que, aunque ni esta mañana ni ayer, cuando llegó, logré verle –he oído que fue directamente a casa de Julio, de Julio Gómez Ayerra, y de ahí a la de Ruiz de Pablo–, me habría dado a entender algo, o bien yo habría sabido deducir lo que fuera, la última vez que nos vimos o a través de sus últimas cartas si hubiese llegado a ese extremo de querer quitarse la vida. Por eso le digo que es imposible, no sé si imposible de toda imposibilidad, como se dice, pero sí imposible. A no ser que me falte algún dato, alguna razón, pero no, ni aun así podría creerlo porque se hubiera despedido de alguna forma de mí o yo lo hubiera advertido. Si me dijera usted que había tenido un accidente o un percance donde fuera, que se había desnucado o estampado contra lo que sea como su padre, pues eso sí que podría creérmelo. Es más, se lo podía uno temer, aunque ahora ya no era enviado especial sino corresponsal en una capital, en Berlín últimamente, pero lo del suicidio nunca, tajantemente no, le repetí; y eso es lo que luego supe que también le había dicho y repetido el ciego Julián, Julián Ortega Sanz, un momento antes, sólo que Julián le dijo más porque había estado allí, a dos pasos de donde todo había ocurrido, mientras su sobrino subía a dar vuelta por las colmenas, y no digo que lo viera todo, pero como si lo hubiera visto.

14

Aunque le cueste creerlo, le dijo al juez el ciego Julián, yo conozco los pasos de todos los vecinos, y los de él no son una excepción sino todo lo contrario. Los conozco desde que era pequeño, desde que vino del norte y empezó a corretear por aquí, y luego ya mejor desde que volvió más tarde de Madrid convertido en él mismo. Son muchos años, demasiados quizás prestando atención a su empaque, a la convicción con que van diciendo siempre aquí estoy yo y allí voy, notando el aplomo con que anuncian a alguien que enseguida va a imponer su presencia y alzar la voz ordenándolo todo en torno suyo. Es como si nunca fueran perdidos a ninguna parte, no sé si me entiende, como si siempre fueran a lo que van y no a ninguna otra cosa; como si fueran irremediablemente a un sitio determinado y salieran de otro también determinado, sin titubeos ni contemplaciones, y uno y otro sitio no fueran nunca sino los que tenían que haber sido.

Ya sé que no es fácil de creer, sobre todo para alguien que no sea de por aquí, donde todo el mundo le conoce, recordó el juez que le había dicho antes el alcalde, pero así es y, si usted me permite, le diré incluso que no sólo reconoce los pasos, sino que hasta puede llegar a distinguir de qué temple viene cada uno a partir del ruido que hacen al caminar: si están ansiosos o a disgusto, si vuelven de trabajar o bien del Hostal o la taberna o les bulle alguna mala idea por la cabeza, y si no pregunte, pregunte usted por ahí a ver lo que le dicen.

Lo barrunté en realidad ya desde el principio –continuó aquel anochecer, en el cuartel de junto al barranco que habían vuelto a abrir ese día, Ortega Sanz, Julián Ortega Sanz o más bien el ciego Julián, como le llamaban todos en El Valle, poco antes de que fuera Anastasio el que entrara a prestar declaración–, pero sólo después, después de que todo hubiese sucedido, me di cuenta de que lo había intuido desde hacía ya muchos años, desde que los oía andar de muchachos juntos y despectivos, arrastrando los pies y como aislándose siempre de los demás o bien con el paso como cambiado respecto al resto, igual que si estuvieran aprendiendo de nuevo a andar, a mantenerse erguidos y mirar hacia delante con el orgullo de los que saben que hasta entonces no han hecho más que tambalearse y ahora eligen su camino gracias al otro, a quien estaba siempre en el centro de todo con esa vanidad como esponjada y campanuda del que está seguro de que cuanto más fuerte pise, más querrán ir los otros a donde él quiera llevarles. Y ellos allí al retortero en torno a él, como potrillos trotando nerviosos a su alrededor que no saben dónde ponerse ni cómo hacerse sitio, que no saben qué hacer para que él se digne prestarles atención y se empujan y atropellan y sacan la cabeza como pueden, inseguros y a la vez afirmados por estar a su lado.

Ningún testigo le había intimidado nunca hasta entonces, pensó el juez, sino que era él quien intimidaba, quien imponía y presionaba hasta acorralar de ordinario a quien tuviera delante. Pero ahora se trataba de algo distinto, de algo esencialmente distinto que intuía que, si no mantenía a raya, acabaría poco a poco por imponerle y acorralarle a él como si no fuera quien instruyera la causa, sino más bien quien podía tener también motivos para defenderse, y como si aquel hombre no sólo fuera en realidad el testigo ciego de un suicidio o un crimen concretos, sino el de algo más general, más permanente y arraigado y quizás irremisible.

Lo mismo que les sucedía a los críos cuando jugaban y se desafiaban a ver quién conseguía mirarle a los ojos y mantener la mirada, enseguida bajaba también la suya o miraba hacia otra parte, igual que si fuera él quien no pudiera mirar y no el otro. Sus palabras, recordó, le tengo que preguntar en cuanto se tercie las palabras que dicen que dijo al final.

No, lo que he visto no se lo voy a poder contar, le respondió –el juez le pidió atropelladamente disculpas–, pero sí puedo decirle lo que pasó. Porque nada más empezar a oír esta mañana que alguien se acercaba con el mayor sigilo, como no queriendo que nadie se diera cuenta de su presencia a pesar de que no vería allí más que a Miguel, que no paraba de hablar a voz en grito subido a ese roble grande de la balsa al que solían subirse de muchachos; nada más empezar a oír sus pasos lentos y recelosos sobre las hojas, supe sin el menor género de dudas que era él. Nadie pisa en el pueblo con tanta determinación, como quien siempre dice aquí estoy yo aunque no quiera ser notado.

¿Que dónde estaba yo, me pregunta? Calculo que no estaría más que a unos veinte o treinta metros más arriba, según lo oí todo, un poco metido en el camino y al abrigo de unos arbustos que debían de ser bastante espesos, porque no debió de verme ni uno ni otro. Me sube muchas veces mi sobrino un rato cuando va a las colmenas que tiene allí arriba, en esa mancha de brezo de la falda de la Peñuela y el Morrocino que debe de estar ahora ya toda teñida de violeta. Suele llevarme un trecho con él hasta que se cansa de ir a mi paso, y entonces me deja a esperarle sentado sobre una piedra en algún claro o bajo algún árbol. Se para, me dice que me quede ahí, y después de un momento de silencio, si corre el aire, me pregunta que bajo qué árbol estamos. No creo haber fallado nunca, y si no pregúnteselo a él. Le espero luego allí todo el rato que haga falta oyendo el bosque, la maravilla y también las insidias del bosque, y usted no se hace una idea de todo lo que puede llegar a escucharse.

Al primero que oí fue a Miguel; sus pasos los distingo siempre desde pequeño porque son como si no pisaran del todo, como si no buscaran bien el apoyo en el suelo sino sólo el contacto y estuvieran siempre pendientes de algo o a punto de algo y no acabaran de saber de qué; pero esta mañana, ya a aquellas horas, cualquiera le hubiera podido oír bajar desde lejos porque no cesaba de hablar en voz alta. Pasó muy cerca de mí, pero no le dije nada; tal vez –pienso ahora– porque en el fondo intuía que nada podía haber detenido ya nada. Había abandonado el sendero y caminaba a campo traviesa rompiendo las ramas a su paso y arramblando con todo. Luego, sin dejar de chillar un momento ni de despotricar contra esto y lo otro, oí un ruido áspero y raspado como de suelas de goma que resbalaban o se restregaban contra la corteza de un árbol. Un ruido que, más o menos prolongado y con más o menos imprecaciones que iban subiendo de tono, se repitió varias veces. Ya está, me dije, ya está subiendo al viejo roble de la balsa como de jóvenes, y seguí oyéndole sin perder ripio. El jodido y puñetero árbol del paraíso, gritaba, el requetejodido y requetepuñetero árbol del cojonudísimo paraíso que es también la mismísima cruz de los cojones del mismísimo Jesucristo, del puñeterísimo y jodidísimo Jesucristo hecho aquí carne y sangre del jodidísimo Miguel que acaba de zamparse la puñetera manzana del conocimiento y ahora mismo se va a zampar otra vez la del equilibrio por si cupiera alguna duda, por si a algún hijo de la grandísima aún le cabe alguna duda de que yo, aquí donde ni me veis ni falta que hace, clavado en la cruz y a la vez expulsado para siempre del jodido tiempo y el puñetero espacio con una lanzada de licor de endrinas hincada en el costado, voy a poder mantener todavía el tipo. ¡Aquí estoy, gritaba, en equilibrio, siempre en equilibrio como una montaña al borde de un precipicio! ¡La maldita espada flamígera que te echa siempre de todas partes!, ¡la jodida y puñetera espada flamígera de todos los cojones empuñada por un pasmarote, por un puro signo pasmado y descojonado que te recuerda siempre que ya está, que hale, aire, que ahueques! ¡El ángel de todos mis cojones que nunca te hace puñetero caso, pero que cuando un día te estrecha contra su corazón, ah, amigo, cuando te estrecha contra su corazón, entonces estás jodido como dice el otro poeta, porque su existir más potente te asfixia como si fuera una gallina clueca mientras te incuba, y porque la jodida belleza, la requetejodida belleza de todos los demonios, no es más que el comienzo de la terrible puñetería! ¡A ver, centurión, dónde coño está aquí el buen ladrón para echar una parrafada!, decía ya seguramente arriba e intercalando las frases con un montón de improperios e interjecciones; ¡o dónde coño está la serpiente, la jodidísima y sapientísima serpiente del puñetero equilibrio de la ciencia del bien y del mal!

Luego, al cabo de un rato, recuerdo que pareció callar. Estaba ya arriba y sólo se le oía como murmurar en voz baja; eso es, eso es, decía, un paso y luego otro sin mirar abajo un momento, sin mirar nunca al vacío aunque no estés rodeado más que de vacío ni caer presa del pánico, sin derrumbarte ni ilusionarte tampoco en exceso nunca con haber llegado, no sea que vayas a echar a correr y te caigas en el último momento. Eso es, un pie y luego el otro hasta conseguirlo, hasta tocar la rama que sale casi en la punta hacia arriba y agarrarte a ella; así es, consiguiendo, consiguiendo siempre con la vista puesta en todo momento en ningún sitio y por lo tanto en todos, dominando, dominándote, uniendo cosa y representación, paso y aplomo, movilidad y fijeza y cuerpo y alma en una sola tensión verdadera, la tensión de la jodida y santísima trinidad y el solo jodido Dios verdadero que es el Dios del tente tieso mientras puedas, del como des un paso en falso, un solo paso en falso, te vas a enterar de lo que es bueno y, si no lo das, pues también. ¡El jodido y puñetero Dios verdadero y toda su corte celestial de ángeles pasmados con sus espadas flamígeras que no te dejan un rato en paz ni a sol ni a sombra! Eso es, eso es, el equilibrio perfecto, la tensión bien entendida, el metal que se contrae y se dilata, el vino de la vida y el espíritu de los héroes, la puñetera libertad y la jodida necesidad, la puñetera cosa en sí y su jodida representación y, cómo no, las puñeterísimas palabras y el mismísimo marco referencial y encima el amor, el jodido y puñetero amor como tensión en sí de la voluntad de poder, y la jodida manzana del puñetero equilibrio y, para colmo, para acabar de arreglarlo todo, la madre que me parió y la que parió a quien yo más odio en este jodidísimo y puñeterísimo mundo y que además es y ha sido siempre también mi mismísimo y puñeterísimo hermano.

No, más o menos no –le corrigió el ciego al juez como si le estuviera leyendo en el pensamiento o más bien en el silencio perplejo con el que no le cabía duda de que le escuchaba–, sino exactamente; eso es exactamente lo que dijo Miguel Sánchez Blanco esta mañana. Le resplandecía la cara al ciego con una extraña luz mate que era difícil saber de dónde venía, como esas luces que desprenden a veces algunos rostros extremadamente cansados, y el juez se levantó lo mismo que si le punzaran y dio unos pasos por la sala vacía. Luego volvió a sentarse frente a Julián, que continuaba hablando como si nada. Ya verás qué batacazo se da, pensé, ya verás cómo acaba, y me hacía cruces de que no se hubiese caído todavía aunque sabía a la perfección que no era eso, que no era de eso justamente de lo que se trataba. Pero que lo sabía, sólo lo he sabido en realidad después.

Uno estaba esperando oír de un momento a otro el golpetazo de un cuerpo en plancha contra la superficie del agua, el topetazo de un peso que se hunde un poco de improviso y luego emerge dando voces y chapoteando en el agua legamosa para mantenerse a flote y llegar a la orilla, pero lo que se oyó de repente fue un silencio sepulcral. Debió de llegar a la rama que por lo visto señala el final del recorrido que hacían de jóvenes, y allí se debió de dar la vuelta como pudo y, ya más suelto y aprisa, volvió sobre sus pasos. Recorrió otra vez hacia atrás la rama que debe de alargarse paralela al agua hasta bien entrada la balsa y, al llegar seguramente a poder cogerse de nuevo a otra rama y con la satisfacción en el cuerpo de haberlo vuelto a conseguir, empezó a chillar y a despotricar de nuevo a todo pulmón. ¡Mi hermano!, gritaba, ¡mi jodidísimo y puñeterísimo hermano de todos los cojones, el hijo igualito que yo de mi jodido y puñetero padre, pero no de mi santa y puñetera madre que Dios la meta donde le quepa cuando tenga a bien recibirla! ¡Mi hermano el asesino y su fallido hermano asesino aquí donde lo veis, oh Señor de todos los ejércitos!, ¡el gran cabrón y el gran cobarde, que al final no han intercambiado sus papeles!, ¡la bala que sale disparada y la bala que todavía permanece quieta en la recámara, aguardando en silencio, pero en todo caso siempre el puñetero ángel flamígero que viene a decirte largo, largo de aquí, tonto del haba, hala, que salgas de ahí, te digo, que te largues! ¡Por poco te ha ido, hijo de la grandísima puta y el gran cabrón!, ¡por poco! ¡Ama a tu enemigo como a ti mismo, que tú eres también tu mayor enemigo, ésa es la buena nueva que yo os doy!, gritaba, ¡ésa es la religión imposible que os anuncio, así que, hala, a pechar con ella!, dijo echándose a reír.

Llegará tu enemigo, continuó, el enemigo que más has aborrecido en tu vida, hasta el punto de que no consigues concebir seguir viviendo mientras exista, y ese enemigo dirá que es tan hijo de tu padre como tú y tan sangre de tu sangre como tú mismo. Y en vano llamarás entonces al ángel flamígero para que venga como habías tramado y esperado hasta tenerlas todas contigo; en vano te habrás cargado de razón y armado de valor, y en vano te desgañitarás ahora una y más veces para decirle al flamígero que venga ya de una jodida y puñetera vez y se lo lleve con su jodida espada de tu puñetera vista porque tu vista es el mundo. Y entonces te quedarás solo, sin tierra ni ojos ni signos y sin odio siquiera, abandonado por toda representación y todas las palabras, literal y jodidamente boquiabierto, abandonado incluso hasta por el mismo abandono, por el pequeño y complaciente regodeo en el abandono que distingue a tu puñetera y babosa época mostrenca, tan audaz y grandilocuente y tan poca cosa en el fondo, y el silencio retumbará en torno tuyo como si fuera una bala de cañón. ¡Abandono, por qué te has endiosado!, gritó de un modo extraño al cabo de un rato, como si no saliera de él sino de las entrañas mismas del árbol o de la tierra, y luego se quedó callado o como murmurando. El lugar en el límite como único tiempo, mascullaba, aceptar cada uno su parte de silencio y su parte de abandono, su precariedad pero también la alegría de todo ello porque ésa es la alegría; liberarse también de la libertad para ser libres, creí oír, pero me llegaba ya todo muy confuso y lo que a lo mejor hacía era adivinar.

Eso fue lo que oí de él y lo que llevo oyendo durante todo el día, dijo el ciego, y pareció que se callaba un momento para seguir oyéndolo de nuevo. No he visto nada tan incomprensible como los ojos de ese ciego cuando hablaba, dijeron luego en el Hostal que se había dejado decir el juez –¿que su voz cuando veía?

A todas éstas, continuó sin que le hubiera interpelado el juez, yo había oído mientras tanto subir y desplazarse hacia allí los pasos sigilosos del otro, y al cabo de un rato, al cabo de un rato en que dejé de distinguirlos por completo –Miguel estaría ya bajando del árbol o a punto de bajar–, oí de repente su voz, su voz seca y terminante hecha a que las otras se callasen cuando él intervenía, por encima de la letanía de Miguel, que no había callado casi un momento y entonces se quedó mudo de golpe. Te has olvidado esto, retumbó, siempre olvidas algo fundamental, e inmediatamente, inmediatamente pero tras un segundo infinito de un silencio aterrador en que Miguel debió de mirar lo que se había olvidado, lo oí, lo oí como a lo mejor lo habrá oído también el resto del pueblo pero yo desde allí mismo; oí el disparo, y con el disparo el grito, y enseguida el ruido de la zambullida de un cuerpo que caía, ahora sí, pesadamente al agua desde unos metros de altura, que golpeaba la superficie del agua y se hundía en el légamo sin intentar siquiera bracear en vano para mantenerse aún a flote. Después, inmediatamente después, fue como si todo el planeta se hubiera detenido a oír el murmullo del agua que llegaba en sucesivo y decreciente oleaje a las plantas de las orillas de la balsa.

El agua todavía lamía las matas del ribazo con un sonido fresco y musgoso, cuando al poco otro sonido, otro sonido de mucha menor entidad que el anterior, como de una piedra o un pequeño objeto pesado, volvió a turbar las aguas de la balsa con el chapoteo puntual de algo que se zambullía. Y fue entonces, casi acto seguido, cuando los pasos que asimismo iba oyendo acercarse por arriba, desde lejos y como a marchas forzadas, esos pasos que yo distingo porque son los que menos distingo, hicieron también su acto de presencia. No venían por el sendero sino por medio del monte, y aun así no creo que muchos hubiesen podido percibir su llegada ni siquiera cuando estaba ya allí mismo –es como el viento, sé que dicen, como una alimaña–; pero al llegar, al llegar seguramente a la vista de Ruiz de Pablo, sin detenerse siquiera por lo que me resulta, disparó de repente por dos veces esa escopeta cuyas detonaciones todos conocen en El Valle. Algo le debió de alcanzar a Ruiz de Pablo, algo no sé si físico –tal vez alguna posta– o más bien de otro orden, porque emitió una queja seca y sorprendida y enseguida me pareció oír como si se arrastrase o se echase hacia atrás. ¿Qué has hecho?, sonó inmediatamente la voz, una voz que no parecía que pudiese haber salido de ninguna garganta humana, ¿qué has hecho?

Y a continuación oí cómo la mole de la que había salido aquella voz continuaba acercándosele. Lo hacía despacio ahora, marcando sus pasos con deliberación y quebrando adrede las ramas secas del suelo con la parsimonia y el regodeo –con el ensañamiento– de quien se ve de improviso, aun sin quererlo tal vez ya y a disgusto, en la situación en la que había estado deseando verse algún día desde hacía mucho y quiere, o se ve obligado, a paladearla hasta el fondo. Daba lentamente un paso tras otro, ponderados y rectilíneos como los de Miguel hacía nada en la rama del árbol, y no le separarían ya ni seis metros cuando se oyó la voz del otro. No te acerques un paso más; no des un paso más o eres cadáver como el imbécil de tu amigo, dijo. Pero las piernas que quebraban las ramas siguieron andando con la misma convicción –había tirado al suelo antes algo, probablemente la escopeta– y ya debía de estar casi encima del otro –¡que no te acerques te he dicho!, repetía desgañitándose, ¡que no te acerques!– cuando sonó un nuevo disparo, un disparo parecido al primero de todos que, sin embargo, no hizo detenerse a las piernas que quebraban las ramas, sólo dar lo que pensé que no era más que un traspié, un sobresalto o un ligero tropezón, pues ni siquiera me pareció que se tambalearan antes de dejar caer el inmenso corpachón que sostenían encima de Ruiz de Pablo.

Seguramente le quitó la pistola –la otra pistola con la que le había disparado, he pensado luego– y la tiró lejos, porque yo oí el topetazo de un objeto contundente contra el tronco de un árbol lo mismo que poco antes lo había oído contra la superficie del agua, y acto seguido le debió de echar las manos al cuello según los quejidos que emitía. Oí los sonidos entrecortados de alguien al que le costaba seguir respirando, de alguien que boquea y se ahoga y se debate. Y enseguida otra vez esa misma voz que tampoco ahora parecía salir de garganta humana: no mereces siquiera que te mate, exclamó, al tiempo que un cuerpo se derrumbaba como si algo lo hubiera dejado de repente de sostener, y las piernas que habían quebrado tantas ramas volvían sobre sus pasos quebrándolas de nuevo a campo traviesa, pero ahora como arrastrando una de ellas. Poco después, y sin que Ruiz de Pablo se hubiera movido lo más mínimo en el suelo ni de él se hubiera desprendido el menor sonido, le dijo al juez, llegó mi sobrino acezando. Había oído los disparos y le parecía que venían de donde me había dejado, pero al bajar ni vio ni oyó ya a El Biércoles. Le mandé enseguida para el pueblo; no pierdas un segundo, le dije sin decirle todavía lo que había sucedido, que aquí ha ocurrido algo gordo, y al poco llegaron el médico y el alcalde y luego ya lo sabe usted todo.

Eso fue lo que le contó Ortega Sanz al juez instructor aquel atardecer; lo que vio el ciego, según dirían luego en El Valle de lo que dijo Julián o más bien el ciego Julián, como le llamaban todos prácticamente desde siempre; aquel hombre invariablemente vestido de oscuro al que pocos sabían en realidad atribuirle una edad ni siquiera aproximada, porque aunque supieran que era muy viejo, que lo habían visto todos desde pequeños como si fuera ya una sombra de todo en El Valle –el silencio de las cosas, decían que dijo una vez el tabernero–, a veces sus palabras, e incluso muchos de sus gestos, parecían sin embargo los de un hombre todavía joven. No tiene edad, se decía alguna vez de él, no tiene edad porque está en todo, y los chicos del pueblo corrían también la voz de que tampoco tenía sexo, de que si se le veía de ordinario como si fuera un hombre, otras veces sin embargo a ellos les había parecido en realidad como una mujer en el bosque. Había quien aseguraba que cogía a las serpientes con la mano cuando las oía acercarse por el bosque para caer sobre él, y que alguna vez le habían visto separarlas cuando se apareaban. Sería seguramente porque cuando había algún conflicto siempre acababa mediando en él y advirtiendo a todos, y su sobrino Juan, Juan Álvarez Ayesta, que siempre le decía que no bebiera del agua fría de las fuentes, sobre todo de la del Haya cuando le subía a veces hasta allí monte arriba y le decía que lo esperara junto a ella, lejos ya del pueblo y después de haber pasado el río de rocas de las ensecadas, sostenía que no sólo no se equivocaba nunca al distinguir las hojas de los árboles movidas por el viento, sino que también podía percibir, por su gorjeo o su aleteo, las aves que cruzaban volando por donde estuviera y describir su vuelo.

—Ya —dijo el juez, al que no le faltaron deseos en algún momento de burlarse de él como si no se tratara más que de un viejo chocho y fantasioso—; eso es lo que usted dice, pero usted en realidad no ha visto nada.

—Yo no le he dicho lo que he visto —contestó con la mayor de las calmas—, sino lo que ha sucedido. Y lo mismo que se lo he dicho ahora, dije también esta mañana, después de todo, otra cosa.

15

Había venido tal vez con la misma intención de otras veces, me dijo Julio el otro día, pero ahora con la determinación inequívoca de cumplirlo, con la resolución definitivamente tomada después de haberla tomado ya quizás un sinfín de veces; y por eso, le dijo Anastasio a Bertha, por eso en cuanto llegó aquella noche y dejó el coche aparcado a la entrada del pueblo, donde solía dejarlo siempre, y vio aquel caballo blanco del padre de Ruiz de Pablo restregarse contra las tapias del cementerio y luego pararse a mirarle fijamente antes de romper a correr bordeando las cercas, enseguida desanduvo lo andado y se dirigió en derechura a casa de Julio sin pasar siquiera por el Hostal a dejar sus cosas.

Vino a oír de nuevo –ya está, le dijo, me ha pillado, el tiempo me ha pillado y ahora ya no hay más remedio– lo que ya le había dicho bien claro por carta, me ha contado, y supongo que a usted también, Julio Gómez Ayerra; a oír otra vez, por si le hubiese cabido todavía algún género de duda, que la bala con que Gregorio había creído matar, o empezado quizás a matar, no había salido en efecto de su pistola sino de la pistola de Ruiz de Pablo; que el proyectil que acabó con la vida de aquel pobre incauto en el acebal, hará ya ahora más de treinta años, y sobre el que tantas especulaciones se han tejido desde que se descubrió el cadáver, no llevaba la marca del ánima de la pistola que en aquel momento empuñaba Gregorio –pero igualmente hubiese podido empuñar yo, decía Julio, o más bien hubiese debido empuñar Miguel, que es a quien le estaba reservada–, sino la misma marca del ánima de muchas de las cosas que hicimos o dejamos de hacer por entonces: la señal rayada que el hueco del cañón de la pistola de Ruiz de Pablo imprimía a los proyectiles que salían de ella, y el hueco de su desprecio a las palabras que brotaban de su boca.

A eso vino en cuanto llegó aquí, me ha dicho, a oírlo todo otra vez y supongo que también a envalentonarse, a volver a hacer mala sangre al final por si acaso le faltaba el aplomo en el último momento, y también a por la pistola, claro, a por esa misma pistola con la que Gregorio creyó haber matado en el acebal y yo también debí hacerlo poco después en Madrid pero no lo hice, me ha dicho, y dejé aquí escondida, enterrada junto a la cerca de un prado de mi propiedad donde tantas veces habíamos estado hablando y escuchando también a Ruiz de Pablo. Ahora sí que acabará disparando a donde tenía que haber disparado desde hace mucho y no a ningún otro sitio, le dijo por lo visto a Julio aquella noche, antes de quitársela junto a un cargador entero y salir escapado de su casa.

Me dijo –aunque no sé por qué lo dudo– que intentó detenerle, que trató por todos los medios de convencerle de que ésa no era la forma de hacer nada, de que demasiado bien lo sabía; pero era como si pugnara contra años y años de convencimiento, contra un muro de obsesión o el pozo de una ojeriza sorda, constante y ubicua que se había ido formando poco a poco, incansable e irreversiblemente, y por fin acababa de desbordarse. Parecía que hubiera estado no sólo rumiando aquel hecho, sino ejecutándolo ya durante toda su vida, me dijo, como si ya en el fondo lo hubiera realizado y entonces sólo tuviera que recordarlo, que repetirlo o calcar encima siguiendo paso por paso lo que ya estaba hecho. Veía que todo obstáculo por mi parte era no sólo inútil sino incluso contraproducente, me ha dicho, porque contribuía a obstinarlo y enfurecerlo más, pero al mismo tiempo, y no sé si sólo por comodidad o por verdadero convencimiento, no me cabía duda de que él tampoco dispararía, de que un momento antes, tal vez un solo instante antes, él también echaría marcha atrás y no se atrevería a dar ese paso en que la mayor valentía y la más crasa cobardía se aúnan para precipitarte a otra dimensión de la que ya nunca se vuelve. O a lo mejor es que le quería ver ahí a él también, me dijo al cabo de un rato, que me moría de ganas de verle ahí a él también en ese trance, porque estaba convencido de que en el fondo era también como yo, exactamente tan valiente y tan cobarde como yo. Y además ahora ya es sólo cosa de ellos, me ha dicho que pensó.

Ya ve, le dijo Anastasio a Bertha tras un largo silencio y como si le costara arrancar de nuevo, así es y así ha sido tal vez siempre, por mucho que nos cueste entenderlo, no en vano, como decía Miguel, los grandes relatos del principio nos siguen relatando: el sacrificio de uno basta y agrada, y el del otro, aunque tal vez sea mayor, ni basta ni agrada a los dioses, que han establecido una alianza con el primero y no con el otro, le dijo Anastasio. Así que tal vez sea en la naturaleza de esa alianza donde hay que ir a ver, por qué con unos sí y no con otros, y por qué los que se quedan fuera de ella no se quedan sin embargo, como su verdadera herencia, fuera también del poder de matar, de seducir y persuadir y luego también de matar. Su marca del ánima se imprime entonces en todo lo que tocan y todo lo que dicen, en la discordia que trae aparejada todo ello y también en el resplandor de su belleza, porque todo sale de sus manos y su boca como rayado por la espiral de su vacío y éste, lo mismo que la discordia que acarrea, también tiene su belleza. ¿O me lo va a negar? Por eso siguen y seguirán siempre bullendo y proliferando, haciéndose grandes y atrayendo hacia sí las fuerzas de todos los renegados y despechados y los intereses de aquellos a quienes, en un momento dado, se les ha hecho a un lado o ellos creen o les conviene creer que se les ha hecho a un lado. Y es que en su momento, y por los motivos que fuesen —y esos motivos seguramente son Dios, como le gustaba creer a Miguel—, se quedaron fuera de esa alianza, abandonados, y su sacrificio, o lo que fuese, ni agradó ni hizo que un dios se complaciera consigo mismo.

De todo esto hablábamos durante horas mi mujer, mi pobre mujer que en paz descanse, y yo después de leer muchas noches la Biblia como leíamos. Leíamos de todo en voz alta, un rato yo y otro ella, sobre todo durante las noches de invierno junto al fuego, pero muchas de las veces leíamos la Biblia y nos deteníamos siempre en lo que nunca acabábamos de entender, que eran muchas cosas: por qué a Dios no le gustó el sacrificio de Caín, por qué sí el de Abel y no en cambio el de Caín; o por qué se sigue pasando siempre a cuchillo a los criados de Job y de ellos no se hace nunca cuestión, como si sólo fuera siempre el dolor de unos cuantos lo que contase y no el de todos los demás. Pero no me haga caso, Bertha, no me haga caso, le dijo Anastasio, porque creo que todo lo ocurrido no ha hecho sino amontonarme las preguntas que de ordinario nos conformamos con no ver nunca respondidas –porque eso también es Dios, le decía yo a Miguel–, pero que en determinados momentos escuecen como una herida a la que le hemos puesto alcohol. En eso creo que ahora nos parecemos usted y yo, en que somos una especie de herida abierta a la que intentamos aplicar un algodón con el alcohol de las palabras para desinfectarla. Pero ahora déjeme decirle lo que siguió contándome Julio de aquella última noche.

Ya allí, en casa de Ruiz de Pablo, debió de pasar lo que fuera, pero no se oyó ningún disparo. Cuando al cabo de las horas Julio oyó cerrarse la puerta de aquella casa y vio salir a Miguel y dirigirse hacia arriba, me ha dicho que respiró tranquilo. No pasa por casa ni a recoger sus cosas –había dejado su bolsa de viaje allí– seguramente porque se avergüenza de lo que cree que es falta de valor, me ha dicho que pensó; aunque nadie mejor que él para rebatírselo, para decirle que no era eso si bien a lo mejor también lo era, dijo. Pero, en cualquier caso, al verle atravesar la carretera y dirigirse hacia arriba, Julio se fue a dormir tranquilo. Ya vendrá mañana, se dijo; se echará vestido en la cama y allí ya tendrá bastante con querer huir de sí mismo, de la fantasmagoría, dijo, tan real sin embargo, de que uno mismo fundamentalmente tiene que ver en el fondo con matar al otro, con anularle de la forma que sea, me dijo, conozco bien ese estado. Pero no fue al Hostal, a pedir como siempre una habitación, aunque fuera a aquellas horas, sino a la taberna.

Estaba ya a punto de cerrar –no había ya más que un cliente que estaba pagando, me refirió, cosa rara, Alejandro Martín Cuévanos, el tabernero–, cuando entró Miguel con una cara descompuesta. No hacía calor, pero él se quitó el tabardo de cuero negro que llevaba y pidió una copa. De las de Gregorio, se ve que le dijo, y ponme tres o cuatro botellas más que se las voy a subir ahora mismo. El tabernero, que ya sabe usted que, más que de pocas palabras, es de ninguna palabra hasta que le da por hablar, no le dijo nada y fue hacia adentro, al almacén, por las botellas. Se las sacó ya en una bolsa de plástico, y de una de ellas le sirvió en un vaso. Si hubiese ido armado yo lo habría advertido, dijo seca y taxativamente, así que debió de dejar la pistola con la que había ido a matar a Ruiz de Pablo en su casa. Sin decir ni media palabra, ni oír tampoco seguramente ninguna, Miguel se bebió el vaso y enseguida se sirvió él mismo otro, y cuando Martín Cuévanos volvió de nuevo del almacén, adonde había ido a dejar o coger lo que fuera, Miguel ya había desaparecido. En su lugar había en la barra un billete de cinco mil pesetas, ese mismo que ves ahí, me dijo, como si me mostrara que no era su intención hacer el menor uso de él.

El ciego Julián, que vive en la última casa del pueblo según se sube hacia el Guardatillo, oyó luego, por debajo de la habitación en la que se había echado ya hacía rato a dormir, el tintineo de unas botellas de cristal perdiéndose poco a poco monte arriba. Por el sonido estoy seguro de que iban llenas, dijo, y que iba a buen paso. Había dejado la bolsa de viaje en casa de Julio y la pistola en la de Ruiz de Pablo; y el tabardo, con el frío que hacía y el viento que soplaba, y también la cartera, en la taberna. A lo mejor también se le había ido quedando aquí y allí el valor que todavía daba a algunas cosas, ha dicho luego el chisgarabís ese de Ramos Bayal, al enterarse de que se había ido desprendiendo de todo. La subida al monte Carmelo, añadió riéndose: nada y más arriba tampoco nada y en la cima nada también.

De noche, tenemos que subir al monte de noche, me había dicho muchas veces, le dijo Anastasio a Bertha, tenemos que subir de noche al bosque para ver cómo se orienta uno en la oscuridad, qué nos sigue valiendo entonces y qué no, qué formas, qué convicciones, qué horizonte y cuánto abarca ese horizonte, a qué distancia está, para ver qué referencias quedan, o cuáles surgen, cuando ya no hay más referencias que la ausencia de las que había a la luz del día, para ver qué miedos nos asaltan entonces y cómo se apaciguan luego si es que se apaciguan, qué líneas aparecen cuando se han desvanecido todas las líneas.

Una noche, en la época en que estaba ya creo que en Viena, le recordé una de esas veces, mi mujer se perdió en el bosque. Había subido a dar una vuelta o bien por setas al atardecer, que nunca lo he sabido, y extrañamente, porque ella conocía bien los caminos, se perdió. Salimos a buscarla, y buscándola estuvimos todos durante toda la noche, pero no conseguimos dar con ella ni por asomo. Al día siguiente volvió por su propio pie; estaba llena de moraduras y rasguños, y tan pálida y desencajada como si hubiese visto algo fuera de lo normal. El miedo, dijo ella, la angustia de la oscuridad. Luego todo se olvidó; pero al nacer a los meses Carmen como nació, algunos recordaron aquí aquella noche y se empezó a decir lo que se empezó a decir, que si esto o lo otro o si habrá tenido tratos con quien los haya tenido o con quien usted ya se puede imaginar. Bobadas, claro, o bien ganas de enredar, que nunca faltan, pero Elvira ya nunca fue la misma; extremó sus cuidados con todo la pobre a partir de entonces como si todo le pudiera dañar, pero tan inútilmente como ya sabe. No te entiendo, me dijo Miguel cuando acabé de recordárselo, no sé qué quieres decirme. No importa, le respondí, tal vez es sólo el recuerdo, pero yo sabía que no sólo importaba sino que quizás era incluso lo que más importaba.

Ya, dijo Bertha, pero no siguió hablando porque Anastasio había reanudado el hilo del relato como quien no tiene intención de detenerse en lo que acaba de decir ni de oír el menor comentario sobre ello. No oiría los grillos al subir, prosiguió, el ruido de los artejos del macho al rozarse, como suele decir el ciego Julián, porque a principios de otoño es ya tarde para oírlos; sólo el silencio, el zumbido del silencio salpicado aquí y allí por los esquilones de las reses que se dejan por el monte y el tintineo del cristal de las botellas que subía en la bolsa, sus pasos y su respiración y el tintineo de las botellas. Y así me figuro que iría monte arriba, con un sexto sentido infalible esa noche, hacia los corros de acebos donde había dicho un pastor que vio una vez a El Biércoles moverse en el barro. Se pararía, se pararía a menudo a orientarse, a intentar intuir vuelto atrás la línea de la Calvilla o a oír el bosque entero en torno suyo, y tal vez gritaría su nombre, gritaría Gregorio en voz alta o bien Miguel, soy Miguel y no he podido tampoco matarlo. Y el bosque le devolvería su voz o bien el hueco de las palabras que a las cosas no les cabe retener y rebota. Hasta que a lo mejor de repente una voz, una voz que vendría de lejos, de muchos años atrás y muchas palabras antes, se alzaría del barro o de la nada donde estuviera revolcándose, y le respondería. Pero todo esto es como yo me lo figuro, porque ya allí arriba nadie que no fuera El Biércoles lo vio ni lo oyó ya, hasta que el ciego Julián le oyó gritar y reírse a la mañana siguiente junto a las balsas. Así que eso es todo lo que sé de esa noche y tal como lo sé se lo he dicho porque usted así me lo ha pedido, eso y que, al cerrar la taberna, Martín Cuévanos vio a ese Ramos Bayal que había estado mirando adentro por la ventana.

La otra noche, continuó de pronto Anastasio, como si de repente le hubiese entrado miedo de olvidarse de ello si no se lo contaba ahora o bien hubiese encontrado entonces el momento justo de decírselo, cuatro días después del entierro de Miguel, como quien dice por lo tanto ayer –usted había pasado de nuevo a ver a Julio–, García Acevedo, el teniente Pedro García Acevedo, que estaba al mando de los guardias acuartelados en el viejo edificio de junto al barranco y tenía encomendada la misión de rastrear estas montañas para dar con El Biércoles, entró a tomarse un vaso de vino en la taberna sin otra compañía que la de su aspecto desalentado y ya como conforme. Las cuatro personas que había en el interior, y que lo habían visto atravesar primero por delante de la ventana, y luego franquear el primer umbral que da acceso al zaguán contiguo a la taberna acompañado de uno de los perros que parecen estar siempre de guardia ante la puerta, parecieron desentenderse de su presencia una vez que abrió la segunda puerta y entró saludando con un claro gesto de cansancio en el rostro. Sabía, porque es de estas tierras, que después del saludo podían estarse horas mirando el fondo del vaso del que beben, volviendo a pedir que se lo llenasen con un solo gesto del mentón o los ojos y volviéndolo a consumir de nuevo sin decir esta boca es mía para nada ni echar nunca en falta tener que hacerlo, sin sonreír, ni inmutarse, ni hacer otra cosa que volverse de vez en cuando hacia el televisor permanentemente encendido para regresar al rato, tras una expresiva imprecación en voz alta, a su postura anterior y seguir así luego otra vez, inmutables y ajenos como un elemento del paisaje, sin hacerse eco de nada ni hacer otra cosa que estar allí, que oírlo todo sin dejar ver que oyen y verlo todo sin dar la impresión de que ven o miran otra cosa más que los posos de una copa o los cercos de los vasos sobre la madera, las macas y los nudos y aguas de la madera como seccionados por los cercos de los vasos que a su vez se seccionan entre sí. Por eso sabía el teniente que el momento adecuado para decir algo, el momento pasado el cual le sería luego cada vez más difícil romper esa costra ancestral de silencio y desentendimiento –como si el mundo bullera inútilmente a sus espaldas, decía Miguel–, era el instante preciso en que el tabernero le estuviera vertiendo el vino en el vaso, el instante en que por lo menos estaría frente a él, a su alcance y de alguna forma a sus expensas.

Nada, no hay manera, ya me lo había advertido el alcalde, dijo sin dirigirse aparentemente a nadie. Se le veía en efecto desanimado, rendido, y como si sus gestos fueran una especie de asentimiento a lo que ya todo el mundo sabía. Pero allí nadie se dio por interpelado; el tabernero terminó de servirle y enseguida le dio la espalda para volver a poner la botella sobre la repisa en la que estaban las demás, y ningún otro se dio por aludido ni incumbido por nada. Van a ser ya cuatro días otra vez, después del entierro, que lo buscamos por todas partes y como si nada, perseveró; claro que eso ya no es un hombre ni puede serlo, dijo elevando un momento la voz tras una leve pausa que pareció como estudiada. Pero nadie contestó nada ni mostró siquiera la menor disposición a contestar, a decir no sólo ningún dato, ningún paradero o atisbo de paradero donde él pudiera poner a sus hombres a buscar para por lo menos cubrir el expediente, sino ni siquiera unas palabras, una mera admisión de diálogo, nada más que el silencio o bien, al cabo ya de un rato, el eco de sus palabras en unas interjecciones que las corroboraban.

Como si no admitiera darse por vencido, o bien demasiado supiera que no podía retirarse a las primeras de cambio, pidió un segundo vaso de vino –eche otro, ande, dijo–, y entonces el tabernero, en lugar de darse la vuelta y echar mano de la botella para servírselo enseguida, de pronto pareció que le daba más ostensiblemente la espalda antes de irse hacia adentro al almacén. Al poco rato, y con toda la concurrencia y no sólo el teniente en suspenso, regresó y entonces sí que echó mano de la botella. Le llenó otro vaso dándole todavía la espalda y, cuando se volvió a servírselo, al depositarlo sobre la madera de la barra ante sus ojos, abrió el puño de la otra mano y dejó caer algo que luego le acercó también junto al vaso empujando cada cosa con una mano. No le dijo nada, o por lo menos eso dicen los que allí estaban, le contó Anastasio a Bertha, no le dijo una sola palabra hasta que, al cabo de un rato en el que el teniente había mirado la bala y luego al tabernero, a la bala otra vez y enseguida de nuevo al tabernero, todos oyeron de su boca que ésa era la bala que tenía El Biércoles en la pierna, la bala por la que había sangrado al escapar monte arriba y luego cojeado tan ostensiblemente a la vista de todos el día del entierro de Miguel Sánchez Blanco.

Hoy mismo se ha sabido que esa bala fue disparada no por la pistola que se encontró enseguida en la balsa, en el fondo del agua y con huellas todavía apreciables de Miguel en la parte que no quedó cubierta por el barro, sino por el otro revólver, que también se encontró al poco entre unos matorrales a bastantes metros de donde todo había sucedido. Así que había dos pistolas, le resumió Anastasio. La que encontraron enseguida en la balsa, el mismo día de los hechos, era en efecto el arma de la que había salido la bala que había matado a Miguel; llevaba sus huellas y eso, como enseguida se dijo, avalaba la idea del suicidio, eso y que había sido disparada desde muy cerca. Pero era también la pistola con la que había ido la víspera a casa de Ruiz de Pablo y al final dejó allí, según parece que dijo desde el primer momento a las claras la señora Blanca, Blanca Álvarez Soto, o bien esa mujer, como usted dice, sin que Ruiz de Pablo hiciera seguramente otra cosa que conservar las huellas que tenía procurando no añadir ninguna más.

Y la otra pistola, la que encontraron luego entre unos matorrales a cierta distancia –busquen, busquen ustedes y ya verá como algo han de encontrar, le decía una y otra vez el ciego Julián al teniente–, es la pistola de la que había salido la bala que acabó con la vida, más de treinta años atrás, de aquel hombre enterrado entre los acebos del otro lado de la carretera nacional que lleva hacia el norte –sí, ya sé, ya sé, le dijo Bertha–, y también la que el tabernero le dio al teniente la otra noche: la bala que Ruiz de Pablo le metió a El Biércoles en la pierna nada más verle aparecer disparando con su escopeta, y antes de que derribara la cerca, se abalanzara sobre él y le arrebatara la pistola tirándosela lejos y cogiéndole luego por el cuello casi hasta matarlo. ¿Qué has hecho?, le decía con una voz sobrehumana que era como si retumbara de entre los montes, según el ciego, mientras le zarandeaba estrangulándole, ¿qué has hecho? Pero al darse cuenta, al darse cuenta de que con aquella fuerza iba a matarle o le estaba matando en realidad, por lo visto lo dejó y se marchó como espantado. Dos pistolas, dice Julio, siempre la misma estrategia de la doblez, aunque lo raro es que sólo le disparara a las piernas.

Así que aquella mañana, prosiguió Anastasio, se llevaron a Ruiz de Pablo al hospital más muerto que vivo, con un escopetazo en todo el muslo del que iba sangrando como un cochino, según algunos, y en realidad creo que sólo medio asfixiado, pues le tuvieron que dar oxígeno allí mismo, pero por lo demás vivo, vivo y coleando. La prueba es que, en cuanto se encontró mejor –parece que en sus primeras declaraciones dijo que había subido a pasear de madrugada y se acercó a las balsas después de haber oído un disparo–, le faltó tiempo, por muy vigilado que estuviera, que no digo que no, para demostrarlo. Haría una media hora, dicen, que no entraba ni salía nadie de la habitación del hospital adonde le habían llevado –dos guardias vigilaban la entrada en el pasillo–, cuando una enfermera fue a llevarle la cena. Casi se le cae la bandeja al suelo al ver la cama, dicen, porque allí no había nadie ni tampoco en el cuarto de baño, donde el ventanuco que debe de dar a un estrecho patio de luces estaba abierto. Se había deslizado el tío agarrándose a los tubos como pudo hasta la planta, donde al parecer un falso camillero se lo llevó hasta una furgoneta que lo estaba esperando. Luego algunos han reconocido la furgoneta como una que veían a veces aparcada en el callejón de detrás de su casa, de la que habían visto salir en más de una ocasión a alguno de esos jóvenes que ni saludaban ni miraban, y que cuando lo hacían parecía que te estuvieran borrando del mundo con su desprecio. Pero nadie volvió a verla a partir de ese día en sitio alguno y ya nada más se ha vuelto a saber de él.

Las autoridades parece que lo están buscando por todas partes y de hecho, según dicen los que vienen al Hostal, hay puestos de control en muchas carreteras de por aquí, pero no sé por qué me temo que va a ser en vano. Es como si no sólo se les hubiese escabullido –¡no tiene poca escuela ése también para que le echen el guante!, dicen–, sino como si su esencia misma, como diría Miguel, fuese en realidad la de escabullirse siempre para volver a aparecer en el momento más oportuno o cuando menos se le espere, y así una vez y otra. Nadie sabe por qué tardó tanto además en trascender la noticia de su huida, porque hasta más de una semana después no hemos sabido lo que se dice nada; pero tampoco sabe uno nunca por lo visto la mitad de la mitad de lo que se refiere a Ruiz de Pablo, repite siempre Julio, Julio Gómez Ayerra, a cada paso.

–Así que está libre –dijo Bertha como si se tradujera y resumiera todo a sí misma–. No sé si habré entendido bien todo el asunto de las pistolas, que eso supongo que será como siempre cosa de hombres: cómo dañar, cómo ingeniárselas para hacer daño, pero lo que sí he entendido a la perfección es que está libre, libre y vivo y coleando. Lo mismo que la otra.

Son hermosos los atardeceres en esta parte alta del planeta, se leía en la última de las cartas que le mandó Blanca, Blanca Álvarez Soto, a Miguel, y que éste debió de leer durante su último viaje de vuelta, porque la traía en la bolsa que dejó en casa de Julio la última noche. Son largos, ubicuos y radiantes, decía, tan largos y ubicuos, y tan radiantes, que es como si nada pudiera escapar a su dominio, y como si su dominio no sólo fuera el final sino también el principio y todo fuera por tanto acabamiento desde el comienzo, porque eso es lo que dura mientras dura el mundo. Y no hay más; aunque eso sea una infinitud cada vez si bien se mira.

Aquí nada ni nadie puede esquivar el atardecer –seguía leyéndose–, porque el cielo es por lo menos las tres cuartas partes del paisaje, y por eso se ve desde lejos mucho antes y se intuye a la menor variación de la luz. En las ciudades, en Viena o París o en el Berlín donde ahora vives, y por muy alto que vivas, o incluso si me apuras hasta en Madrid, donde nos conocimos, y a pesar de sus cielos tan hermosos para ser una gran ciudad, los atardeceres se pueden sortear o hacer como si uno no se diera cuenta. Pero aquí son inexorables; todo, cada cosa y cada momento de cada cosa, se confronta continuamente con ellos, con ese resplandor finito de lo que acaba en la infinitud de los días de las cosas del mundo. Ya va a atardecer, oigo que dicen desde mi balcón, ya va cayendo la tarde o no queda ya casi luz, y los tonos borrascosos, diáfanos o anaranjados, la inmensa y compleja variedad de las combinaciones que nunca llegaré a recrear del todo en mis pinturas, por mucho que me ponga a ello cada día, son la réplica de los permanentes, largos y ubicuos atardeceres de los hombres, de las complejas e infinitas combinaciones de sus miedos, sus ambiciones y exigencias, de sus deseos de hacerse un sitio o buscarse un amparo o sacar la cabeza por encima de los demás, o bien de olvidar en cambio cualquier sitio y cualquier amparo porque se sienten encorajinados por un puñado de metáforas, mientras que lo que en el fondo siempre se olvida es que, mientras tanto, mientras odiamos y ambicionamos y nos debatimos haciendo tantas veces la peor de las sangres, está atardeciendo siempre, estamos viviendo y yéndonos cada rato por lo tanto de un mundo al que ya un día no podremos volver más que para captar, por un momento definitivo y ubicuo, la luz de las cosas que se desvanecen y de las palabras que han hecho que no nos diéramos cuenta de ello. El aire de las sámaras, sé que dice el ciego Julián, suena el aire de las sámaras. Ya que no me puedo mover, voy a fijarlo todo, me dije un día, y a lo mejor por eso tú siempre has vuelto.

Cuando los nimbos de tormenta cubren el cielo, como muchos días y en particular estos últimos, la negrura del crepúsculo es aquí más imponente; cuando el cielo está despejado por completo y el aire es terso y puro, la última luz se queda apegada tan increíblemente en lo alto que parece que no va a cesar nunca; y cuando hay nubes, ligeras o algodonosas nubes siempre cambiantes, el juego de los tonos es entonces infinito a cada momento e inabarcable. Yo intento plasmar en el lienzo aunque sólo sea una pequeña parte verdadera de esa infinitud para que de alguna forma podamos llegar a pensar que no ha habido pérdida ni abandono ni pueda haberla jamás. Que no nos vuelvan a engañar con más metáforas de plenitud ni infinitud que ésa. Blanca, firmaba al final, y más abajo, como una posdata, ¿te veré pronto?

—Cuando el accidente estaba también embarazada, ¿no es así? —le espetó a Anastasio de pronto Bertha, que no sabía por qué se había acordado en ese momento de que Julio le había dicho que parecía como si siempre se estuviese moviendo igual que si fuera una bailarina—. La hija mayor, ¿no?, la hija mayor de Miguel que no llegó a nacer nunca. No me diga que no.

16

¿Que qué habrá sido de El Biércoles después de todo?, dice usted, repitió Anastasio, el viejo Anastasio, como le llamaba siempre Miguel, mientras hacían tiempo paseando, ya el último día, hasta la hora convenida para que el taxista pasara a por ella y la llevara ya de vuelta a la ciudad, donde cogería el tren a Madrid de regreso hacia Viena. Pues nada bueno, contestó, me temo que nada bueno; aunque de lo que se dice no creo que haya que hacer tampoco mucho caso. ¿Que qué se dice? Pues de todo, qué se va a decir; todo y lo contrario de todo.

Usted recordará que la mañana del entierro de Miguel, al huir a galope tendido en aquel caballo blanco, saltando las cercas de los prados como si no hubiera hecho otra cosa en la vida, ese mequetrefe de Ramos Bayal, que no pasa día sin que uno se encuentre en el lugar menos pensado con sus ojos pequeños y como juntos y hundidos, le gritó de repente sin ton ni son que había matado a Ruiz de Pablo. Ahora ya estarás contento, gritó, que has matado a Ruiz de Pablo. Los que llegaron a estar más cerca dicen que volvió un momento la cabeza al oír aquel grito, y que el brillo de su mirada fue de los que no se olvidan. Dudo mucho que, entre aquellas greñas mugrientas que le caían por todas partes, nadie pudiera distinguir, y menos a lo lejos, ninguna mirada por tremenda que fuera, pero eso es lo que dicen, que era de un extravío y una desesperación difíciles de imaginar.

Había vuelto a matar, y ya fuera por eso, porque le parecería que había dado muerte a Ruiz de Pablo, como aquel grito le pudo hacer creer o por lo menos ponerle frente a esa posibilidad aunque sólo fuera un momento, o porque lo que no podía soportar era en cambio la muerte de Miguel, o bien ni una ni otra ni sobre todo la de sus padres –sí, también la de sus padres, espere a que le cuente–, lo cierto es que casi todos los rumores que han empezado a tejerse hablan no ya de la muerte de El Biércoles –tan poco humano y al mismo tiempo tan profundamente humano, dicen ahora–, sino de una muerte además horrenda que pone la carne de gallina, sobre todo a los niños, que por eso son luego los que más contribuyen a divulgarla.

Dicen que alguien oyó a un viajante de comercio, el otro día en el Hostal, que aseguraba haber escuchado por la mañana de un pastor del otro lado de la sierra de Tabanera, de la falda que da a la otra provincia, que acababan de descubrir por allí los restos de un hombre muerto en extrañas circunstancias. Eran extrañas las circunstancias y extraño el cadáver, dijo, y que había aparecido despedazado y con una soga atada a cada una de las muñecas. Al principio se corrió que si habían sido los lobos o algún jabalí, pero enseguida se descartó esa hipótesis ante la evidencia de que no es que hubiera sido despedazado de cualquier manera, sino que literalmente había sido partido en dos mitades, sí, partido en canal en dos mitades, parece que dijo el pastor, le repitió Anastasio, como si lo hubieran descuartizado tirando de cada una de ellas con una fuerza descomunal por cada lado. Luego, al día siguiente, alguien dijo que, por entre las manadas de caballos de Cebollera, habían sido vistos dos que tenían atado al cuello asimismo un trozo roto de soga.

No sé cómo se pueden inventar cosas así, si en efecto son inventadas como quiero creer, aunque la verdad es que no deben de faltar motivos de esa índole en las viejas historias de muchos pueblos, y supongo que por algo será. Hay críos, sin embargo, si usted quiere otra versión, que si uno les presta oídos dicen por el contrario que fue él, El Biércoles, el que descuartizó y mató a aquel caballo blanco en el que salió como volando el día del entierro de Miguel, y que luego mató también a un pastor que acertó a verle; por lo que no sólo estaría vivo todavía, sino sobre todo vivo en sus miedos, donde a lo mejor es probable que continúe estándolo siempre para que siga bastando con mentarlo o amenazar con mandar llamarlo, con recordar simplemente su presencia, para hacer que los hijos se comporten no sé si como es debido o bien como quieren los padres que sea debido, pero ésa me temo que sea otra cuestión, dijo Anastasio.

Aunque también hay quien ha vuelto estos días de viaje y ha dicho que juraría haber visto, no a El Biércoles, sino al mismísimo Gregorio de entonces, a Gregorio Martín López, con una tez y un aspecto es verdad que extraño, pero bien peinado, con el pelo corto y con traje, que acudía por lo visto a alguna cita por lo rápido y decidido que caminaba. ¿Que qué es lo que yo creo?, repitió Anastasio. Pues qué quiere que le diga; yo me hago eco de todo, pero no creo que crea ya en nada, o más bien no creería si mañana mismo, o al otro a lo sumo, como le anticipaba antes, no tuviéramos que asistir aquí otra vez a un entierro, si no tuviéramos que dar sepultura ahora a los pobres padres de Gregorio, las personas más buenas y modestas que he conocido en mi vida, eso sí que ya se lo puede usted creer.

En su familia, desde antaño –prosiguió Anastasio–, desde tiempos de los que ya nadie guarda siquiera recuerdo, siempre tuvieron, como sabe, una relación muy estrecha con las cosas de la naturaleza; inverosímil a veces, si quiere, y hasta bárbara si me apura, pero así ha sido. Se curaban ellos solos con las plantas que recogían y los potingues que hacían –y en eso fueron siempre la envidia del padre de Julio, que andaba como queriéndoles sonsacar siempre lo que fuera–, y en general vivían y morían también en una consonancia tal con la naturaleza que no se hubiese dicho sino que fueran un elemento más de ella y nada más; sonríen como las plantas cuando les da la luz al atardecer, decía Miguel. De ninguno se supo nunca que no hubiera muerto a causa de un accidente natural; acababan sus días fulminados por un rayo cuando regresaban del campo, arrollados por una riada o sepultados por un desprendimiento. O bien, y ahí es adonde voy, cuando se veían ya faltos de fuerzas, demasiado viejos como para valerse por sí mismos o débiles para soportar algún contratiempo o enfermedad, los hijos varones, y muchas veces también las hijas y las mujeres de éstos, que no pedían nunca la más mínima ayuda a nadie ni daban jamás el menor asomo de molestia, habían contraído la costumbre ancestral, que para ellos era una especie de ley no escrita, pero que todos creíamos o queríamos creer que ya había quedado olvidada o como fuera de lugar, de salir caminando un buen día de casa, un día cualquiera que en nada parecía diferenciarse del resto, y no volver ya más.

Solía ser al llegar los primeros rigores del invierno; salían de casa al atardecer y la cerraban como hacían cada vez que salían de ella, ni más ni menos que como cada día, un portazo y una vuelta de llave sin dar la menor señal de nada ni modificar lo más mínimo su atuendo –la chaquetilla ligera de lana para las noches de verano y el viejo tabardo de grueso paño en invierno–, pero ya ese día para no volver a poner nunca más un pie en ella. Se echaban entonces a caminar poco a poco como quien da al principio un paseo hacia las afueras del pueblo, monte arriba luego según solían hacer siempre para buscar sus plantas o lo que fuera, y lentamente se iban alejando y alejando más y más sin que nadie pudiera saber nunca que ese día no iba a ser como el resto.

Poco a poco, al ritmo que les permitían sus fuerzas, solos si subían solos o bien cogidos a ratos del brazo si habían decidido subir los dos, tambaleándose y apoyándose uno en otro a cada paso, se iban adentrando por el bosque camino de los altos de Cebollera, y la noche y el frío les sorprendían siempre en camino. Dicen, aunque no sé con qué fundamento, que nunca se volvían a mirar atrás bajo ningún concepto, y que desde el mismo instante en que salían de casa y cerraban la puerta no dejaban ya nunca de andar, ni un solo momento para una pausa o un respiro, sino que caminaban y caminaban hasta el extremo mismo de sus fuerzas, hasta que ya ni siquiera el automatismo inconsciente del movimiento que llevaban haciendo durante horas y más horas les permitía dar un paso más y no les quedaba el menor resuello, y entonces, completamente desfallecidos, se detenían por fin y ese por fin era ya para siempre. Se arrimaban a alguna peña o al tronco de algún árbol, y allí se quedaban ya sin moverse ni un ápice, recostados contra la piedra o el tronco del árbol como si fueran parte de ellos, pero sin acurrucarse siquiera lo más mínimo, erguidos y solos si habían subido solos, o bien erguidos y cogidos de la mano si habían subido los dos juntos, pero mirando siempre lo que la fatiga infinita les permitía mirar frente a ellos mientras la nieve los iba cubriendo poco a poco y se iban quedando yertos e irreversiblemente sin mundo.

Así murieron los padres de él, de Fulgencio Martín Arias, y murió también alguno de sus abuelos y de los abuelos de éstos, siempre sin emitir una queja, sin avisar jamás ni dar a entender nada, y así subieron a morir también estos días, sin que nadie nos diéramos cuenta y a una edad mucho más temprana que sus antepasados, los padres de Gregorio a los altos de Cebollera. Hacía ya varios días que se les echaba en falta y ya habíamos empezado a pensar lo peor, pero sin querer hacer caso a lo que pensábamos, cuando una cuadrilla de leñadores que descendía de Cebollera se llegó ayer tarde al cuartel, que permanece abierto con un retén desde los días de la muerte de Miguel, para dar el parte. Hará ya mucho frío allí arriba, y si no hiela ya incluso durante el día, poco le faltará, pero no pudieron esperar ya ni al invierno, a los primeros rigores del invierno para subir, como habían hecho siempre sus antepasados, dijeron por la noche en el Hostal. Hoy mismo dice que subirán con uno de los leñadores para bajarlos; es como si se hubieran quedado sonriendo para siempre a la distancia infinita desde allí arriba, se conoce que dijo el que se había ofrecido a indicar el camino.

—Lo que dijo el leñador y lo que dijo el viajante de comercio —repuso Bertha al cabo de un momento de silencio en que parecía haberse concentrado sólo en sus pasos sobre la grava del camino–; lo que dice éste y lo que dice el otro o dicen en el Hostal o la taberna, pero lo que se va a quedar usted sin decirme, Anastasio, es lo que al final dijo el ciego, lo que dijo el ciego allí arriba en las balsas y también lo que dice usted en el fondo a todo esto.

–¿Lo que yo digo? –se hizo eco Anastasio. Bertha se había detenido de improviso al pronunciar sus últimas palabras, como queriendo hacer mayor hincapié en ellas con su detenimiento, y por tanto le obligó también a él a detenerse. Habían paseado por el camino de los depósitos de agua arriba hasta el desvío, hasta el viejo maguillo que perdía ya la hoja y las cercas donde esperaba Miguel contemplando El Valle cuando venía, y ahora estaban ya de vuelta, cerca de la casa del ciego Julián, por donde a éste todavía le seguiría llegando seguramente el tintineo de las botellas la última noche que Miguel subió al monte.

Era como si de repente se hubiese olvidado del tiempo, de la cita fijada con el taxista con el que había de emprender el regreso, y de la cita del lunes siguiente con su ciudad y su trabajo y con la prosecución de su vida. O más bien como si todo el tiempo, los años compartidos en su casa de Viena con Miguel y los años compartidos con otros, los años de su infancia y los de su juventud y todos los días que acababa de pasar allí, hubieran sido como aquellos globos que todavía no sabía si se le escapaban o bien si era ella en realidad la que los dejaba ir, y todo ello, el pasado y el futuro y aquel mismo nudo del presente, se hubiera concentrado de pronto en la espera de aquella respuesta. Miró a Anastasio a los ojos y vio que miraba hacia el frente, hacia la línea nítida de la sierra que acababa en el ariete reseco, drástico y soberbio –impecable– de la Calvilla, y observó también que se había levantado el viento que venía de Cebollera. Las matas de hierba emitían en el silencio del valle un silbido extraño e incomprensible –es el vacío lo que llama, ¿no es así?, le había contado Julio que había dicho una vez Miguel, es la nada lo que llama, ¿no?– y las hojas perennes de los árboles y las que todavía quedaban en los robles desprendían el confuso susurro ancestral que a lo mejor sólo el ciego Julián era capaz de descifrar. ¿Descorazonador?, ¿una música descorazonadora?, se preguntó. No, más bien una pregunta, una pregunta que no conseguimos llegarnos a hacer convenientemente ni durante todo el tiempo necesario.

–¿Que qué es lo que yo digo? –reiteró Anastasio sin dejar de mirar el perfil ni la mole de la Calvilla igual que hacía Miguel–. Lo que dijo el ciego Julián allí arriba en las balsas cuando yo llegué con Carmen aquella mañana, y al parecer repitió más tarde, al bajar ya de vuelta con su sobrino, cuando se cruzaron con el coche de Ramos Bayal que subía a toda velocidad con la señora Blanca y con Remedios y los puso perdidos de polvo a los dos, fue lo que luego yo me he estado repitiendo desde entonces sin poder quitármelo de la cabeza ni saber a qué carta quedarme: matar al hermano, dijo, en el fondo querer matar al hermano y acostarse con la hermana; ser acogido por la madre y reconocido por igual por el padre. Eso es, y no mucho más en el fondo, ¿o es que alguien se creía otra cosa?

Así se lo oí yo a él, y así se lo oí luego a su sobrino, que me repitió perplejo esas palabras como quien revela un arcano. Pero cuando lo decía, cuando las pronunciaba igual que si las estuviera leyendo en el fondo de qué sé yo qué oscuridad, yo le miré a los ojos al ciego y mantuve la mirada en ellos como si no fuera yo el que no veía. ¿Que qué vi?

A Anastasio le hubiera gustado responder que seguramente vio lo que vio Miguel en la rama del árbol antes de caer fulminado al agua de la balsa aquella madrugada, lo que vio instantes después de oír aquella frase que incluía la palabra olvido, olvidarse, siempre te olvidas de algo fundamental, y mirar inmediatamente hacia abajo: el caño, el hueco oscuro, y el resplandor de luz que ascendía desde el fondo, y también los ojos del ciervo, los ojos como disecados o alucinados, alelados del ciervo antes del accidente, e igualmente los ojos del gato montés echándose encima de estampida en el umbral del hueco del viejo roble. Los ojos del vacío, le hubiera gustado responder, los ojos ciegos que de repente se llenan de un resplandor que se acerca a toda velocidad y se abalanza sobre ti con su espada flamígera para expulsarte como te expulsa el olvido o el abandono; los ojos que salen como de la corteza o la tierra de las caras apostadas ante la cristalera del Hostal, los ojos saltones de la noche, pero también los ojos de la montaña y los ojos verdes incluso de ella, que siempre parecían estar queriéndole recordar algo a Julio, y veían el atardecer desde siempre como si nunca se pudiera llegar a abarcar de ningún modo. Eso es a lo mejor lo que le hubiera gustado responderle, eso y quizás muchas cosas más incluso contrarias a ésas, pero sin embargo volvió a hacerse la pregunta una vez más en voz alta –¿que qué es lo que vi?, ¿lo que yo digo?– y de repente le dijo:

–¿Volverá usted, Bertha?, ¿va a volver?

–¿Volver?

–Sí, si va a volver...

–¿Pero volver a qué?

–No, a hablar, a escuchar de nuevo; a volvérnoslo a contar y volvérnoslo a preguntar, a prestar atención otra vez de nuevo para que de alguna forma no sea así nada del todo irremediable.

Y entonces Bertha no supo si eran los ojos de Anastasio o eran a lo mejor los de la montaña los que la miraban.

ÍNDICE

Impreso en Talleres Gráficos
LIBERDÚPLEX, S. L. U.,
ctra. BV 2249, km 7,4 - Polígono Torrentfondo
08791 Sant Llorenç d'Hortons